DERIVATIVE
TRADESMAN
我们在 VITURAL WORLD
虚拟世界里真实

凌寒◎著

图书在版编目(CIP)数据

我们在虚拟世界里真实/凌寒著．—上海：上海财经大学出版社，2017.8
ISBN 978-7-5642-2806-4/F・2806

Ⅰ.①我… Ⅱ.①凌… Ⅲ.①长篇小说-中国-当代 Ⅳ.①I247.5

中国版本图书馆 CIP 数据核字(2017)第 179965 号

□ 策划组稿　台啸天
□ 责任编辑　台啸天
□ 书籍设计　张启帆
□ 联系电话　021—65904195
□ 电子邮箱　404485100@qq.com

WOMEN ZAI XUNI SHIJIELI ZHENSHI
我们在虚拟世界里真实
凌寒　著

上海财经大学出版社出版发行
(上海市中山北一路 369 号　邮编 200083)
网　　址：http://www.sufep.com
电子邮箱：webmaster @ sufep.com
全国新华书店经销
上海叶大印务发展有限公司印刷装订
2017 年 8 月第 1 版　2017 年 8 月第 1 次印刷

710mm×1000mm　1/16　26 印张　426 千字
定价：45.00 元

目　录

第一部　小店开张三周年/1

第二部　紫花酢浆草/171

第三部　台上一分钟/309

一

常若雨在失业后的一个月内,就把她的网店给开起来了。刚开始尝试做,不敢贸然进货,只敢做她的朋友方亮——一个有着五钻信誉的淘宝网店主的下家,把他的货品挂在网上,若有买主来,再让方亮代发货。方亮因为喜欢她,有意追求她,所以也就不赚她的钱,低价把货品给她代售。

可是卖的是相同的东西,常若雨还把卖价压得比方亮低,可买主就是愿意买方亮的,而不愿意买她的。也是啊,谁敢冒险去买一个信誉为零的卖家的东西。

一个星期过去了,成交量还是零。一开始的豪情壮志已经在这一星期的等待—失望—再等待—再失望中给消磨殆尽了。

常若雨又翻起了招聘启事,可这些工作看起来就让人灰心丧气。好的她的条件够不上,差的她实在不愿重蹈覆辙。

"叮咚"一声,正当常若雨对招聘启事也陷入绝望的时候,她看到电脑上面的旺旺亮起来了——有人来问了。常若雨大喜过望,连忙打开旺旺窗口,心中默念阿弥陀佛,然后定睛一看,果然不是发广告的,是第一个来询问的买主。

顾客就是上帝。常若雨浑身的细胞都活跃起来了,打算把这个上帝牢牢抓住。

"亲,您好,请问需要什么?"常若雨纤纤十指敲击着键盘,用淘宝语飞速地打下这一行字来。

"沐浴券是真的吗?"

"当然是真的。"

"怎么证明呢?"

"我看你的买家记录已经有一颗钻了,想必你是老买家,知道规则的,你拍下来付的款不会马上到我的账户里,你用好了再来确认,如果有什么问题,可以申请退款。"

"那好吧,我先买两张试试看,可以面交吗?你地铁哪里方便?"

003

买家的这个问题一时把常若雨给难住了,她手头没有券,券都在方亮那里,对方才买两张,她也不过是挣十元钱,为了这十元钱要先到方亮那里去拿票子,然后再跟这个买主碰面,算上来回路上的车费,估计这次就是学雷锋了。

见常若雨长时间没回答,买家又说了,"如果不方便就算了,我到别家去买。"

"我方便的,你说在哪里面交?"为了不失去这好不容易才得到的第一单生意,常若雨决定了,这个雷锋她学定了,不为赚钱,先把信誉搞上去再说,有了信誉,不怕没有顾客。

"2号线静安寺站,你方便吗?"对方回到。

"方便的。"常若雨回答,心里却感到窝囊透了。

万事开头难。常若雨在心里为自己打气,然后赶紧通知方亮,她现在马上过来取两张票。她本以为方亮会取笑她,没想到他说自己一开始也是这样委曲求全的。听方亮这么一说,常若雨心中郁积的不快顷刻荡然无存,不跨出第一步,岂有后面的康庄大道?

从方亮那里取完票,又马不停蹄地赶往2号线静安寺站,看了看时间,竟然精准到一分不差。可是服务中心前人头攒动,哪个才是要票子的人呢?

她赶紧打手机给对方,只见一个20岁左右的男孩子手机贴着耳朵,笑意盈盈地朝她走来,走到她面前时,把手机收起来,问道:"你好,你是卖家小雨丝丝吗?"

"对啊,我是小雨丝丝,你是妙芙蛋糕?"常若雨欣喜地问。

男孩脸上的笑意更深,"是的。"

这样的笑容让常若雨感到有些难为情,本来买家详情里有他的姓名的,无奈她没记住,只记住网名妙芙蛋糕了。

常若雨把沐浴券递给妙芙蛋糕,"用得好再来啊。再见。"

顺利做成第一笔生意,虽然没赚到什么钱,还是让常若雨的心情爽翻了。地铁里很热,常若雨感到口很干,她看到边上有家面包新语店,里面雪白的原味酸奶看起来很诱人,但价钱很贵,要12元。平日里她是不舍得买的,但现在她想要犒劳一下自己,犹豫片刻还是买了一杯。心想:哈哈,今天等于是赔了。

但她赔得高兴。

酸奶还没喝完,方亮关心的电话已经进来了。常若雨知道方亮钟情于她,无奈自己对他一点感觉也没有,只想拿他当男闺蜜,又不便于明说。她接起电话,还未等方亮说话,她已经开口了,"成了,票子送掉了。"

"恭喜你做成第一笔生意,晚上我请你吃饭,为你庆祝一下。"

"也没赚到钱,不用庆祝了,你的好意我心领了,等我以后赚到钱了请你。"

说完,常若雨嘻嘻笑起来,弄得方亮心里痒酥酥的,但还没等他再说话,她就已经挂断了电话,不再给他任何机会。

常若雨喝掉最后一口酸奶,然后闭上眼,脸上浮露出恬然的笑意,她本来就是一个知足的女孩子。

回到家,一进门就喊,"妈,我回来了,晚上吃什么菜?"

常妈妈见女儿嗓子很响亮,神情又颇为豪爽,就知道女儿今天准是遇到好事情了。

"这么开心,你找到工作了?"

"不是,我今天做成了第一笔生意。"

常妈妈露出不以为然的表情,"我当是什么好事情呢。网上做生意终究不是个正经的活,也没人给你加养老金,还是趁年轻赶紧去找份工作是正道。女孩子没份稳定的工作,男朋友也找不到。"

母亲总是不能理解自己,常若雨都懒得跟她解释,可她知道,如果自己不解释的话,母亲会一直照着自己的思路一路唠叨下去。于是她说:"其实这几年来,我一直迷迷糊糊地徘徊在清醒和睡梦之中,但现在我算是想明白过来了。好工作是需要开后门的,可我的爸爸妈妈以及所有亲戚朋友没有一个是有路子的。所以没有后台的我只有靠自己微薄的力量来找工作,找到的工作都是既不稳定,薪水又低的烂工作,还常常受气。我今年已经27岁了,就算已经找到老公结婚了,可是等我生完孩子可以出去工作了,也已经过30岁了,这个时候就更找不到好工作了,因为社会再鼓吹男女平等,终究是个男权社会,在求职上面,女人是处在不公平的待遇中的。于是我这一辈子就算完了。还不如趁现在还年轻,发展一下自己的事业,将来也可以不受年纪和性别的控制。"

女儿的话让常妈妈像是被鞭子抽中了,很疼,却不很清醒,她不看好女儿的网上事业,她觉得这根本就不能算是事业。可是他们都是没用的父母,没法帮女儿找到好工作,这是她的痛。

这个冬天如此漫长,漫长得让人觉得永远也不会完结。而常妈妈以前从来没考虑过冬天的问题,她觉得世道真的变了,变得跟以前完全不一样了。在女儿咄咄逼人的话语的撞击下,常妈妈第一次发现女儿已经长大了,而她,已经落伍了。

如果不是手机铃响,可能母女俩还不会那么快偃旗息鼓,但这会儿手机响了,于是母亲也就顺理成章地离开,去厨房准备全家的晚饭。

常若雨看了一眼来电显示,又是方亮,不是已经拒绝了共进晚餐了吗?怎么他又来烦?常若雨有些不悦,接起电话,于是那一声"喂"冷硬得就像是冰粒子。

"若雨,刚才我一个朋友给我打电话,说他松江九亭的别墅车库里有一批减肥拖鞋,现在他想处理掉,知道我在开网店,想给我,我家地方小,没地方放,你有兴趣拿下吗?"

原来是说生意上的事情,只要不跟她谈感情,常若雨还是很有兴趣跟方亮说话的,"多少钱给我呢?总要让我先看看货吧。"

"他跟我是老朋友了,不要钱,白送的。他以前是做生意的,这批减肥鞋是库存,本来想东山再起时再派用场的,但现在他准备移民了,上海的别墅也要卖掉,所以鞋子就送我了。"

"白送?"常若雨两眼放光,声音高了八度,"多好的事情啊,你干嘛不要?"

"我自己的货都忙不过来,再说家里也没地方放鞋子,你家里地方大,可以放的。本来我觉得你娇滴滴的,也不打算把这件苦差事给你,但今天看你为了2张票子跑来跑去的,才知道你能吃苦,是块做生意的料,就问你了。"

常若雨不知道方亮说的是真话还是因为喜欢她而故意把这件好事让给她,但不管怎么说,能有事情可以做了,总比一直闲着好,她还是无比欢欣地答应了。

"那好,他约我们过两天等天暖和点了去他家装货,具体时间你再等我的通知。"

挂了电话,常若雨一脸都是笑,无本的好事情啊。她开始满屋子转,看看如果鞋子来了该放在哪里。方亮说有1000多双鞋子,占地面积还是很大的。

她家是老式公房的三房一厅，父母一间主卧，她自己一间次卧，还有一间屋子有时招待一下客人留宿，大多数时间是空着的，那么鞋子放在这间屋子里面再合适不过了。

常若雨看着这间屋子，想象着里面塞满了减肥鞋，然后慢慢少去，变成一打一打的钞票，有了第一桶金，就可以扩大事业了。这么想象着，心情竟无比开阔起来了，原来的迷惘一扫而光。

二

依照约定，常若雨在下午2点钟出现在松江九亭的一栋联体别墅前。应声开门的，不但有方亮的朋友杜荣生，还有特地把自己的网店甩在一边，等候她到来的方亮。

看到常若雨，方亮的眼睛一亮。只见常若雨虽然穿着牛仔裤和牛仔衣，却在腰间恰到好处地绑了一根银色金属的腰带，清爽又不失女性的柔美。

"若雨，看到你的这身打扮，我就知道春天已经来了。"方亮咧着大嘴说。

常若雨嫣然一笑，目光落到站在方亮旁边的一个30多岁的男人的身上，他高高的个子，戴着一副黑框眼镜，挺文气的，倒看不出以前还是个生意人。

见常若雨目不转睛地看着他的朋友，方亮的心中划过一丝酸溜溜的东西，但仅是一闪而过，他又咧着大嘴说，"来，我给你介绍一下，这是我的哥们杜荣生。这房子已经出售了，下个月就交房，交完房，他就要移民去澳洲了。"

"是家里有亲戚在澳洲吗？"

"是啊，他姐姐在澳洲，所以这次全家移民。"

常若雨不知道这全家指的是杜荣生跟父母还是跟妻儿，但她没好意思再问下去，只说了句，"谢谢你把鞋子送给我。"

"没事，我跟方亮是老朋友了，我跟他经常互相帮助的，这些都是小事，如果你们不要，我就要卖给收破烂的了，那多可惜。现在废物利用，也算是你们帮了我一个忙。"杜荣生笑着说。同样是笑着说话，为什么他的笑这么好看，而方亮的笑那么难看。常若雨心想。

"我们去搬鞋子吧，"方亮边熟门熟路地向车库走去边说，"待会杜荣生把他的面包车借给我们。"

"那太谢谢了。"常若雨再次向杜荣生表示感谢。

"呵呵，别谢我，要谢就谢方亮吧，其实这辆车我已经卖给他了，但我这几天事情多，还要再用一用，所以说起来应该是我借他的车。"

"啊，方亮，那你现在也算是有车一族了。"常若雨调侃道。

"你别讽刺我了，我是老驾驶员了。只是觉得用车的地方太少，就把车卖了。现在杜荣生要处理他的车，我是朋友帮忙才接下来的。"

三人说笑着就来到了车库，虽早有思想准备，知道是1000多双鞋，但乍一看到那几大箱子的鞋，常若雨还是吃了一惊。再走近一点去细看，一股扑鼻而来的六六粉的味道呛得她打了个大喷嚏。

"车库潮湿，怕鞋子发霉，就用了六六粉。"杜荣生解释道。

"伙计。"方亮拿起一双鞋来，"可是鞋子还是发霉了呀。"

"有次车库进水，把鞋子淹了，有一些是发霉了，但大多数是好的，你们挑一下吧，发霉的就扔掉。"

"箱子又深又大，这怎么挑啊？我还要赶回去发货呢。"

见方亮为难，杜荣生的脸上也现出了尴尬之色，常若雨马上当机立断地说，"别挑了，都装车吧，我回去后慢慢整理。"

见常若雨这么有魄力，方亮心头翻腾起一种难以言表的感受。没想到她这么能吃苦，而且有能力，有决断力。一方面他更不敢追求她了，另一方面渴求她的心情又更加迫切了。

当他们只把表面霉烂得比较厉害的一些鞋子扔掉，剩下的全部搬到车上，启程回家时，太阳已经开始落山了，天空上出现了晚霞。而此时，正是下班的高峰时节，车子堵在路上像是蜗牛在爬。

"哎呀。"常若雨急得坐立不安，"我们不该聊天的，早点出来的话现在都该到家了。"

"平时我们各忙各的，也没时间好好说过话，趁着堵车，我们好好聊聊吧。"对于这样的情景，方亮显得更为乐意。

"你不是还要赶着回去发货吗？怎么还这么笃定？"

"一天不发货也死不了。每天忙着挣些小钱，也不知道人生的目标是什么，也该享受一下了。"

常若雨见他竟然把堵车当成享受,心里有股说不出的苦涩感。

车子里六六粉的味道越来越重了,常若雨把车窗开到最大,"你把你那边的窗子也打开,不然我们要中毒了。"

车窗全部打开后,早春清冽的空气抚摩着常若雨的肌肤,她感到舒爽异常,"谢谢你啊,方亮,等鞋子卖了我请你吃饭。"

"跟我还客气。如果你愿意,吃饭就免了,赏光出来我请你看场电影吧。"

常若雨一愣,但随即脸上绽开了笑容,"看电影还不如在家看碟片。要不这样吧,我给你介绍女朋友怎么样?"

"啊?不用了吧。"方亮深深的失望溢于言表。

常若雨知道方亮受了伤,但她不能给他希望,因为这只会耽误了他。

"干嘛不要呢?你都28岁了呢。说说看嘛,喜欢什么样的女孩子?"

"像你这样的就可以。"在方亮的心目中,常若雨已经不是一个普通的女孩了,在他眼中,她就像女神一样,神圣华贵。却又不像女神那样高高在上,她开朗热情,浑身散发着青春的魅力。

常若雨怎能不明白他的心思?但又不能表露出明白了,免得以后交往起来尴尬,他们这样的状况,再没比装疯卖傻更合适的了,于是她便用开玩笑的口吻打算把这个话题岔开,"像我这么优秀的人哪,那比较难找,看来你也不急着结婚,我是皇帝不急太监急了,还是先立业再成家吧。但我妈说在网站上做生意不算事业,而且也赚不到钱。你比较有经验,你说这到底算不算是件正经事呢?"

"做好了就是件正经事,做砸了就不是正经事。"方亮竭力隐藏起自己被婉拒后的失望和沮丧,但语气还是变冷漠了。

常若雨装作没看出来的样子,继续着她的提问,"那你这么做的话,一年能挣多少钱呢?"

方亮现在每年挣的钱还不到5万元,但他没法开口把这个数字告诉身边的女孩,又不想说个虚假数字来骗她,只讪讪地笑了笑说,"商业秘密。"

其实不说也知道,常若雨数学不错,她知道方亮每个货品的进价,再根据他每天的成交量也已经算出个所以然来了。这样的盈利吃饭是够了,若是去上班,像他们这种学历的人,可能还拿不到这个数字。但常若雨是不满足的,她觉得自己如果好好干,肯定远超方亮。

"商业秘密?"常若雨偏要逗逗他,"那是不少的了,什么时候能买得起房子啊?"

一提起这个问题,层层叠叠掩藏着的深不可测的自卑这会儿一下子全都蹦了出来,连握方向盘的力气也没了,就自己这个条件,还敢奢求美好的爱情,太不自量力了。他突然丧失了说话的兴趣,只求可以快点到家。

看到方亮脸色一下突变,像晴空刹那间阴云密布,常若雨知道自己触到了对方的痛处,看上去再傻乎乎的人都有敏感的地方,是不容别人随意触碰的。常若雨后悔不迭,一心想着该怎么补救才好。

赚不到大钱,父母也没什么积蓄,未来到底会怎么样,方亮不敢想下去。他觉得此时就像是有无边无尽的黑暗正向自己笼罩而来,连气也喘不流畅了。

此时,堵着的车流开始蠕动了。

"快开,别让别的车插进来了。"常若雨推了他一把。

方亮仿佛一下子从睡梦中苏醒过来,他把住方向盘,心想:我这是怎么了?我现在买不起房子,不等于若干年后也买不起。我干嘛这么颓废,比我差的人都能活得好好的,我干嘛要小瞧自己?

起先常若雨的话让他感到了伤痛,但她刚才的一推又让他感到了甜蜜,这两种感觉都深入骨髓。方亮的脸上绽出他一贯有的灿烂的笑容,"看来晚饭前赶得到你家。"

"索性你就在我家吃晚饭好了,我打电话给妈妈,让她多烧点饭。"

在常若雨家吃饭?方亮欣喜若狂,那感觉就像毛脚女婿第一次上门一样,充满了紧张和诱惑。

常若雨跟妈妈通完了电话,车流也畅通了,方亮开着车。两人不再说什么,但在这无言中,方亮却感到了一种前所未有的暖心和亲昵。

车子停在了常若雨家的楼下,方亮的心里充满了美好的向往。

"我让我妈下来看着东西,我们把鞋子一箱箱搬上去。"常若雨说完,却见母亲已经心有灵犀地从自家窗口中探出脑袋来朝他们看过来。

"妈,你下来一趟帮忙看着东西。"常若雨在楼下扯开嗓子叫了一声。

少顷,常妈妈就下来了,看着堆放在车前的大箱子,突然大惊失色地叫道,"怎么这么臭啊?"随后低头一闻,"是六六粉?有毒的啊,这东西不能放在房间里的。"

"不放房间放哪里啊?"常若雨不悦道,"有那么夸张吗?"

"放走廊里,不然会死人的。"

"什么?放走廊里?第二天就被偷没了。"

"偷了算了,这什么破鞋子?鞋跟那么高,鞋子这么小,怎么可能卖得掉?"

"你懂什么啊,这就是减肥鞋的式样,要是正常式样的鞋子,能减得了肥吗?不跟你说了,一看你就没有做生意的头脑。"

见母女俩意见不统一,还大有大吵一架的架势,方亮急了,好不容易等来跟"丈母娘"共进晚餐的机会,可千万不能为了这点小事给闹黄了啊。他搔着头皮,腼腆地说,"阿姨说得没错,这鞋子放在房间里确实对身体不好;若雨说得也没错,放在走廊里一定会被偷的,那我们的心思和力气就都白费了。你们看这样好不好?放在阳台上。通风好,也不招贼。"

"这么几大箱子放在阳台上我怎么晾衣服啊?"常妈妈用带着抱怨的腔调说,"算了,你朋友都帮着送来了,就先搬上去吧。"

见自己的调解方案有用,特别是常妈妈的话里有强调是因为看他的面子,更让方亮喜不自禁。

两人吭哧吭哧地把几大箱减肥鞋运到阳台上,外衣裤都弄得很脏了,而且六六粉的味道一路上熏得都快让人吐了。

"不行不行,脏死了,我一点胃口也没有了,我得去洗个澡,不然晚饭也吃不下。"常若雨一边捶着腰一边抱怨着。

方亮低头看看自己被弄污脏的衣服裤子,不好意思再留下来吃饭,虽然很失望,但还是有礼貌地说,"是啊,我也得赶快回去洗澡了,再见了。"

"哎,饭还没吃呢。"常妈妈说道。

方亮看了一眼常若雨,她并没有强烈留客的意思,于是还是坚持走了。他不怪常若雨,女孩子都好干净,只要好好跟她相处,他相信以后会有共进晚餐的机会的。

"那今天不好意思了,改天我专程请你吃饭啊。"常若雨送他到门口说。

方亮含糊地答应了一声,他不敢正视她,生怕目光会泄露出真情。

当方亮启动汽车发动机时,感觉自己先是被人抬举到高空,突然又被同一个人给重重摔下来了,着地时有生疼感。他努力没有让泪水流出来,忍着前心贴后背的饥饿,把车子驶进了傍晚的夜色中。

三

早春时节连绵不断的细雨温润着大地，常若雨在母亲的唠叨中把堆放在阳台上的减肥拖鞋分类排放，很新的装一箱，半新的装一箱，霉烂的装一箱。

她去网上查了一下同类产品的价格，商店里卖 200 多元一双，网上别的商家卖 40 多元一双，但成交量很低。为了避免母亲的唠叨，她必须低价快速地把这批鞋子处理掉。于是她把最新的挂 19 元一双，半新的挂 10 元钱一双；霉烂的挂 5 元钱一双。

常若雨两眼扫视着被她归类一新的鞋子，心中有一种满足感。

虽然目前为止，她只有一个信誉，但她的减肥鞋的价格优势太明显了，鞋子一挂上去，询问的叮咚声就络绎不绝。为了避免买家给差评，常若雨把鞋子的优劣势全都说清楚了，爱买不买。

有了第一笔成交就有第二笔第三笔，母亲每天看着女儿忙不迭地在电脑前不厌其烦地回答买家各种各样提问，然后拿着刷子刷鞋子，再找纸箱打包，她总会唠叨两句，然后帮着一起干，给女儿省下不少力。

曾经看着女儿从一家公司跳槽到另一家公司，像轻盈的花蝴蝶在美丽的世界里不停地翩飞，常妈妈断言开网店也是女儿一时的兴趣，很快她就会厌倦的。

"妈，今天有 10 个快递，而且大多数人都是买 5 元一双的那种。"常若雨兴奋地叫道。

"是啊，真是有卖的就有买的。"母亲哈哈大笑起来，在工厂里干了一辈子的人还从来没见识过这等稀罕事。她不再反对唠叨女儿，反正女儿做事也没个长性，就当是陪她玩玩吧。于是常妈妈从一开始的心疼女儿帮忙干活，到了后来就成一种乐趣了。她最喜欢出去为女儿找废旧纸盒，实在找不到，还会拿家里的旧报纸去跟收废纸的人换旧纸盒。

又是一声"叮咚"，常若雨以为又是来问减肥鞋的，在网上做生意就是这样，哪样产品卖掉了，紧接着买的人就多了。

"你好,我又来买了。"对方的字出现在屏幕上。

"是吗?亲,鞋子穿了有效果了?这次是帮朋友买吗?"

"什么鞋子?我是来买沐浴券的。"

常若雨一愣,再一看买家的网名——妙芙蛋糕,这不是第一次来买沐浴券的人吗?常若雨的眼前出现了一张笑意盈盈的小伙子的脸,她兴奋起来了,有回头客了。

"原来是你啊?刚才没留意看名字。这次打算买几张?还是老地方面交吗?"

"才过了这么些日子,你已经由一个零信誉的卖家变成一个有着三星信誉的卖家了,恭喜。"

看见妙芙蛋糕竟然像个朋友一样跟她说这些话,常若雨又是意外又是感动,"是啊是啊,自从你成为我的第一个买家以来,我的运气就好起来了。"

"那我们可真是有缘了,我看你这里有卖餐饮券的,不如我今晚请你吃饭吧,然后再请你去沐浴。"

常若雨一下子愣住了,这是怎么个说法?还真成朋友了?还一起去沐浴,这发展也太快了吧?而且那不是个小孩子吗?怎么会——她的脸红了,羞怯中夹着一丝甜蜜,纤指在键盘上如弹钢琴般敲击着:"吃完饭已经很晚了,沐浴我就不去了。"

"那好吧,"妙芙蛋糕爽快地答道,"就买两张餐饮券,一张沐浴券,吃完饭我一个人去洗澡。今晚六点,就在餐馆碰头。"

妙芙蛋糕离线后,常若雨还是不敢相信会有这样的事情,这个男孩子看上去那么小,总不可能是看上她这个老大姐了吧?还是他也把她当成了跟他差不多大的小女孩了?

还没等常若雨细想,买减肥拖鞋的买主又来询问了。常若雨没想到鞋子的生意会这么好,看其他人的成交量那么低,她的鞋子却卖得飞快,可见在网上做生意,价格是最重要的因素之一。

常若雨打算抽空去洗个澡,换身衣服,再化化妆。毕竟,晚上也算是另类约会了,不能不修边幅。可是来询问及买减肥拖鞋的买主络绎不绝,一直没法抽身。眼见时间一分一秒过去了,她急得大叫妈妈,"妈,快点来帮帮我,我要去洗澡出去。"

母亲应声而来,"出去干嘛?"

"送货。晚上不回来吃饭了,跟朋友一起在外面吃。"常若雨不想跟妈妈说妙芙蛋糕请客吃饭的事情,免得她又不放心,叽叽歪歪问东问西的。

"跟哪个朋友？男的女的？"

"同学聚会。唉,来不及了啊。妈妈,你就辛苦一点,待会别忘了打电话给快递,让他来取货。"

"我变成你的小工了,要付我工资!"母亲笑道。

"你是老板,怎么是小工呢？我才是小工。我的妈妈最厉害了,不但帮我做生意,还跟快递砍价,现在快递费都省了不少啦。"常若雨撒娇着搂着妈妈说。

"这还是你那个朋友方亮提醒我的,现在我们业务量大了,当然要跟快递砍价的。说实在的,方亮这小伙子不错,人老实,肯吃苦,我觉得你可以考虑考虑他。"

"打住打住。"常若雨做了个暂停的手势,"你是不是觉得我嫁不掉了？现在要求怎么越来越低了？好了,不多说了,我赶紧洗澡去。"

在洗澡时,想起那个妙芙蛋糕,常若雨的周身竟荡漾着一股难耐的春意。连她自己都觉得奇怪,自己怎么变得这么轻浮了。

洗完澡,选了一套蓝白格子的裙子,好使自己看起来像个女学生。化生活妆时,看到镜子里的自己眼里透出一抹温馨,那是被感染的快乐,还有隐隐的满足感。

当方亮看到来取票的常若雨时,直觉告诉他,这次送票没那么简单,再看她已经精心打扮过了,这种疑问就更是强烈。

"你是去送票吗？"他把票子递给她问。

"那当然,不然我这么着急上火地到你这里来取票干嘛？"

"你今天打扮得特别漂亮,也特别年轻。"

"是吗？"常若雨的眉宇间出现一丝羞涩。

看着常若雨含蓄大方又不失娇羞的模样,方亮的心里更是像打翻了五味瓶,他酸溜溜地问道:"怎么去送货搞得像去约会一样。"

见方亮又是这个样子,常若雨心中感到厌恶,便打算气气他,"你可真聪明,一猜就猜出来了。是有人来我这里买票,然后请我吃饭。"

"什么？金钱豹的自助餐你卖198元一张,两张就差不多是400元。你说有个买家花那么多钱就仅仅为了请你吃一顿饭？"方亮吃惊道。

"是啊。"常若雨笑着说,笑得优越轻狂。

"是个什么样的人?以前来买过你的东西?"

"没错,他就是我的第一个客户。"

"小心别是骗子。要不我陪你去吧。"

"开什么玩笑?好了,不多说了,我得走了,不然时间要来不及。"

好半天,方亮从牙缝里蹦出了四个字,"祝你开心。"

看着方亮凛凛的目光逼视着自己,常若雨的心中打了个寒战,她觉得方亮变了,变得不像以前那样对她唯唯诺诺,唯命是从了。难不成是他觉得现在她的事业离不开他,就可以趾高气扬了,就可以要挟她了么?

这个男人,更让人瞧不起了。常若雨这么想着,嘴角处慢慢托起一丝讥笑,"谢谢。"然后转身走了。

走了以后,心里又冒出了丝丝害怕,因为她知道,在初级阶段,如果没有方亮的帮助,她的网店根本没有办法开下去。可是要让自己放弃原有的个性,去虚与委蛇,那她宁可不开网店。不开网店是死不了人的,但如果让自己假惺惺地去对一个自己不喜欢的人示好,那还不如让她死了算了。这么一想通,郁闷的心情马上得到了释放,又变得兴高采烈起来了。

到了饭店门口,看到妙芙蛋糕还没到,常若雨想着反正他的钱已经在网上付了,不用担心他不来,就一个人先进去找了个座位坐。

常若雨啜着饮料,一边不住看着门口,一边又颇为无聊地看着走来走去的各色男女在取餐。

这里环境太乱了,可惜方亮那里没有卖西餐券的,不然吃西餐要浪漫多了。这个念头一闪现,把她自己都吓了一跳,怎么能有这样的想法呢?不过是个小弟弟嘛。

又等了一会儿,她看见妙芙蛋糕来了,在跟领位员说话,他的脸被明亮的灯光照耀得分外灿烂。

"嗨,我在这里。"常若雨从座位上半站起来,朝他挥着手。

妙芙蛋糕也看到她了,脸上的笑容更灿烂了,朝她走过来,"不好意思啊,让你久等了。"

"你迟到了半小时。"常若雨不客气地说。

"路上堵车,真的不好意思啊。"

"没事,我们去拿菜吧。"常若雨熟门熟路地领着他去取菜,告诉他这里哪些菜做得好吃,哪些菜没吃头。

"你常来吗?"

"也就来过一次。"只要是方亮店铺里卖的卡券,她基本都带着母亲尝试过了。她装了满满一大盘子食物,走回自己的座位,妙芙蛋糕也紧跟着过来了。

"待会还有烤羊排,一会去拿,现烤的。"常若雨边吃边说。

妙芙蛋糕笑了,看他长了一张孩子脸,风度却是成年人的。

"你是做什么的?"常若雨问。

"我在念大四。"

"大四?"果然是个孩子,常若雨心中划过一丝失望。

"是啊,我今年 22 岁。"

常若雨不知道他说这句话是什么意思,是想问她的年龄还是已经看出来她是个老大姐了?"怎么会想到请我吃饭呢?"

"我一个人在上海念书,很寂寞的,上次你给我送票,我就感觉有种亲和感,就想请你吃饭。"妙芙蛋糕笑着说,他的笑像海棠花,好看却没有香味,给人一种亲近却又无法亲近的模糊感。

"你的老家在哪里?"

"青岛。"

一个孤身在上海求学的男孩子,却请她吃了这么奢侈的一顿,常若雨突然感到羞愧,有些后悔不该让他来买这么贵的餐饮券,可是方亮这里目前只有这种餐饮券。

常若雨仔细观察着这个男孩子,他长得十分清秀,含笑中略带几分羞涩,若是再长几岁,不知道要迷倒多少女人。特别是那双眼睛,总有些似有似无的笑意在里面,增加了几分愉悦的神秘感。

吃完饭,两人走在去坐地铁的路上。月光下妙芙蛋糕的身影虚无缥缈,似乎马上就会消融,就像他们这段奇异的交往。

"回去后我把 QQ 号留给你,在旺旺上联系起来太麻烦,而且我也只有在买东西时才上旺旺的。"一路上都没有说话,临到要各自分头去坐地铁时,妙芙蛋糕说道。

"好。"常若雨答应着,地铁已经来了,她挥手向他道别。

坐在地铁里,常若雨还是没搞明白妙芙蛋糕请她吃这一顿饭是什么意思。难道现在流行请陌生人吃饭吗？常若雨百思不得其解。她想：完了，我OUT了，已经被生活淘汰出局了。

一进门，妈妈就兴奋地迎上来说道，"我刚才帮你算了一下，鞋子卖到现在不过十几天光景，已经赚了5000元了。"

"真的啊？"常若雨也兴奋起来了，"照这么推算下来，这批鞋子在一个月内就能卖光，我们可以赢利一万多元。"

"是啊，这多亏了那个方亮，你找个时间请他出来吃顿饭吧。"

想到今天下午还对方亮这个样子，常若雨便有些愧疚，"应该的，过几天我打电话给他。"

"你出去以后，我又卖掉好多鞋子，还帮你把快递单子填好，鞋子也刷干净打包好了，你明天直接发货就行了。现在你总算回来了，我可以洗个澡歇息一下了，这一天可把我累坏了。"

听着妈妈这些略带抱怨的交代，常若雨觉得这是最温暖的话，她又撒娇地搂着妈妈说，"我就知道妈妈最好了，我'稀饭'你。"

妈妈的神情登时鲜活起来，"你这孩子，这么大人了，还像小孩子一样，我看你怎么结婚嫁人。话也不好好说，喜欢偏说什么'稀饭'。"

常若雨依然保持着那个搂抱的姿势，"我不嫁人了，我陪着妈妈一辈子。"

"放手，我要去洗澡了。"妈妈掰开女儿的手，满脸笑着去了卫生间。

常若雨伸了一下懒腰，感到心情非常愉快，她来到阳台上，看着月光下这些日益减少的鞋子，感到她的生命在这种平淡而充实的日子里蓬蓬勃勃地生长着。

四

随着阳台上减肥鞋的数量在与日俱减，常若雨网店上面的信誉却在与日俱增，看着自己从零信誉到一颗心、两颗心——直到现在的四颗奔五心。与信誉一同增加的还有她腰包里的钱。买家就是这样，越看到你越卖得多，就越是追风买。常若雨一天比一天忙，但她青春的脸上神采飞扬，丝毫看不出疲劳的感觉。

转眼到了黄梅雨季,而常若雨的减肥鞋也差不多卖光了,剩下的全是一顺边的,算起来也有几十只。

"扔了吧,反正也没用了。"妈妈说。

"别。"常若雨突发奇想,如果以两只4元的价格不知道是否能卖掉,如果卖不掉,再扔也不迟。

就这样,她把一顺边的拖鞋挂到了她的店铺里,没想到就这一顺边的都在几天里一下子卖掉了,她和妈妈两人笑得眼泪都流出来了,在淘宝上面,只要价格绝对占优势的东西,什么都能卖得掉。

"你好。"一声叮咚从电脑里传出来。

常若雨一看,竟是妙芙蛋糕。自从上次"金钱豹"一别,他就杳无音信了,也并没有如分手时说的那样,互留QQ。因为常若雨忙着卖鞋子,也就把这件事给忘了。此时乍一看到妙芙蛋糕上线,一种久违的欣喜涌上心头。

"是你?好久不见,最近忙什么呢?"

"快毕业了,在忙着找工作呢。"

"找到了吗?"

"已经托了人了,应该问题不大。"

"那不错呀。"

"我现在还需要两张沐浴券,今天能在老地方面交吗?"

常若雨看了一眼阴雨绵绵的窗外,有些犹豫,"嗯,还在下雨呢,要不发快递吧,我给你免邮。"虽然是做方亮的下家,但她也备了点货放在抽屉里,就是怕万一要送货的话,就不用先去方亮家跑一趟了。

"可我今天晚上就要用。"

你今天晚上要用,我就得像狗一样给你送过去啊?就算你请我吃过饭,可是说失踪就失踪,连QQ号码都谨慎得不留,我凭什么要给你去送?常若雨愤愤地想。

"行吗?我们很久没见了。"

言下之意是想看看她,常若雨心中一动。"那……好吧。"

常若雨取了把伞就要出门。

"上哪去啊?"妈妈问道。

"去送沐浴券,你在家看店啊。"

"我成你免费的小工了。"妈妈嘟囔道。

常若雨偷笑着出了门。

手里打着一把遮雨伞,脚上踏着湿答答的水泥地,常若雨突然觉得自己很下贱,这个念头一闪出,所有的好心情都被破坏了。

妙芙蛋糕又迟到了,原来在他的心目中,从来就没有尊重过她。这一刻,常若雨的心情糟透了,产生了离开的念头。离开,捍卫自己的尊严。就在她刚想听从内心的冲动时,妙芙蛋糕出现了,年轻的脸上依然挂着笑容,只是这笑容给人以一种很遥远很虚无的感觉,就像是一种职业性的微笑,很不真诚。

"以后请你准时点,大家都很忙的。"

看着常若雨拉长的脸和冰冷坚硬的话,妙芙蛋糕的笑容隐去了,"对不起,对不起。"

不知道为什么,常若雨看到他这个怯怯的,带点诚惶诚恐的样子,所有的不满都消失了,心中像刀子划过似的一阵阵发痛。

"下次,下次还能请你吃饭吗?"妙芙蛋糕痉挛的双手揉搓着衣角,很艰难地问道。

常若雨的心里泛出一团既感动又悲凉的泡沫,她点了点头。

妙芙蛋糕憨憨地笑了,露出洁白的牙齿。看到他这个略带萌的表情,常若雨心中升起一种想要好好爱他疼他的愿望。

他们一起走出地铁站,常若雨生出一种恋恋不舍的情绪,但还没等她说些什么,妙芙蛋糕已经匆匆说了句,"再见。"就打起伞,走进了雨幕中,即刻就被越来越密集的雨所吞没,从常若雨的视线里消失掉了。

周围的雨哗哗下着,常若雨呆站着,感觉今天发生的事情就像《金刚经》里说的"如梦幻泡影,如露亦如电",发生过,却又好像什么事也没发生过。她心里憋得难受,想哭,却又觉得为这种事情哭,太可笑了。这时,她的手机响了起来,她的心中一动,她希望是妙芙蛋糕,却看到来电显示是方亮。

"常若雨啊,你真敬业,刚才我旺旺上面跟你说话,你妈妈说你去送票了,下这么大雨,你还亲自去送两张票,"方亮特地加重了"两"这个字的音,"我以后得好好向你学习学习这种敬业精神了。晚上你有空吗?我请你吃饭。"

"为什么请我吃饭?"常若雨机械地问。

"听你妈妈说,你的减肥鞋都卖光了,替你庆祝一下。"

"是该我请你的,谢谢你。但是今天我有点累,而且又下雨,改天天好了我请你。"

"改天也好,但一定要我请你,你请我就是生分了,我帮你是因为你是我的朋友,要回报的话我也不会把这单生意挑你去做。"

刚才忍住没掉下来的眼泪这时却因为方亮的这句话而产生了更为复杂的情绪,眼泪不觉流了出来。手中的雨伞一抖,伞上的雨水晃下来,流了一脸,跟泪水混合在一起,使她没有办法再跟方亮继续通话。

方亮听着常若雨说了句"好"就挂了电话,心中倍感失落。他感到常若雨就像一只蝴蝶,在他眼前飞来飞去,却怎么也捕不到。

但是常若雨原本黯淡的眼睛却闪出了希望的光芒,她觉得有方亮这个朋友真好,仿佛是一个依靠一样,每当她失意彷徨的时候,只要想到他,就觉得不再无依无靠。只可惜对他没有爱情的感觉,不然有这样一个男朋友倒也不错的。

常若雨回到家,待在自己的房间里,愣愣地对着电脑,减肥鞋已经全部售完,一时间很不适应这样的清闲。她来到原本堆满减肥鞋,如今已经整洁一空的阳台,原本春光明媚的阳台因为雨季的缘故,空气静滞得让时间凝固,非常憋闷。卖掉鞋子,她不知道还能干什么。年纪一年年大上去了,恋爱、婚姻、事业,却没有一样是值得一提的。她感到心就像在无边无际的天际里飘荡,找不到一个支点,她感到有两股涓涓细流从面颊上淌了下来。

我这样消沉是不对的。这个念头闯入常若雨的脑海,她立马就振作起来了,青春的热血不允许颓唐。她一个电话打给了方亮,"方亮,我这里减肥鞋都卖光了,你这里还有没有别的好东西?"

"我的东西都在店铺里挂着呢,你看得到。"

"我不是说这个,这个对我来说没用,你店铺信誉高,卖得动,我店铺信誉低,这些大众化的东西根本不会有人来我这里来买,就算有人来买,也是极个别的,压根没用。我是说有没有像减肥鞋这种的,在价格上比别家有绝对优势的东西。"

"这种东西要等候机会的,哪能随时随地都有呢?"

常若雨吃力地挤出一声生硬、干巴的笑,"好朋友,帮我想想办法,照这个趋势下去,我估摸着没几天我妈又该唠叨上了。"

"那我去问问朋友和生意上的伙伴,如果有什么好消息,我再通知你。"

"谢谢啊,等哪天不下雨了,我请你吃饭。"

"不是说好是我请你吗?"

"我请你来我家吃我妈亲手烧的菜,你来不来?"

"你怎么不早说啊?那我肯定是要来的了。我特别期待吃吃阿姨烧的菜了,而且我还特别喜欢你家的氛围。"

挂断了电话,常若雨感到心情好点了,至少,方亮给了她希望。

她走出阳台,回到自己的房里,突然想到了那个妙芙蛋糕,这个神秘的大学生,总感觉隐藏着很多秘密似的。她从买家记录里搜寻着他有限的资料。妙芙蛋糕的真名叫李力胜,地址是他出租屋的地址,其他就看不到什么了。她再翻寻着他的购买记录,惊异地发现他购买的东西大多是女人用品,而且有些东西价格不菲,就算是给女朋友买的,他一个经济条件并不很好的大学生是不可能负担得起的。

这是个怎么样的人啊?真的是大学生吗?常若雨陷入了苦苦的猜测中。

这时妈妈走了进来,"你在干什么呢?"

"我在看今天买票人的买家记录,我觉得很奇怪,怎么他一个大男孩老是买女人的东西呢?"

"人家买什么东西关你什么事情啊?你们就是买家和卖家的关系。总不见得他比你小那么多,你还会对他想入非非吧?"

母亲的话像一个清脆的耳光,把常若雨给打醒了,就是啊,她这个相对的老女人怎么这么不知耻,跟一个小弟弟玩暧昧,还差点陷进去,不该不该真不该。

"有空多想想方亮才是真的,我觉得这孩子很不错,你怎么就不喜欢人家呢?"

"这人没吸引力。"

"两个人过日子要什么吸引力,他能吸引你,同样也能吸引别人,你拿得住人家吗?找老公嘛,就是要找个死心塌地爱你的人,你看方亮对你多好。"

常若雨笑模笑样,朝妈妈一伸舌头,"好,我答应你,如果我到30岁还没找到男朋友,我就嫁给方亮。"

"什么?再等三年?到时候方亮结婚了,我看你怎么还能嫁得出去,你看看现在都是剩女,像方亮这种各方面条件还可以的未婚男有多抢手。"

"三年都等不了还谈得上什么死心塌地,那不是开玩笑瞎讲吗?"常若雨"嗤"地从鼻子里出了一下气。

妈妈想想也对,鼓动女儿找方亮也是无奈之举,她的内心深处还是渴望女儿能找一个"高富帅"的,方亮不过是垫底的,考验他三年也不过分。这么想着,就认同了女儿,走开了。

常若雨的心情又沉重起来,母亲带给她的压力太大,不是工作上的就是婚姻上的,在家就是催促着她去找工作,在外就是到处托人给她介绍男朋友。还是爸爸好,一百样事情不管,见面就是一张和善的笑脸,让她一点精神压力也没有。明明心里压抑,在母亲面前总要嘻嘻哈哈强颜欢笑。她不由自主地想到了方亮,大概只有在这个人的面前自己才可以做到不用装了。她知道这是因为自己走不太在乎他,但又非常信任他的缘故。她喜欢这种蓝颜知己的感觉,但要再近一步她做不到,她无法想象跟一个没有感觉的男人肌肤相亲、同床共枕的场景。

五

门铃响了,常若雨拉开门,看到方亮提着大包小包的礼物,脸上一片阳光灿烂。常若雨感觉他就像是上门提亲来的一样,心里一阵别扭。"干嘛吃顿便饭还买那么多东西?"

"都是些不值钱的东西,路上顺便买的。"方亮的声音因为紧张激动而颤抖。

"以后来我家不许买东西,不然就不让来了。"

常若雨一挂下脸来样子就很凶,方亮被吓住了,一时站在门口不敢进来。

见他这个样子,常若雨忍不住扑哧笑了出来。看到她笑了,方亮的心头一热,随即提着的心也放了下来,原来不是真生气啊。再看这个美丽又可爱的姑娘今天穿了一件湖绿色的束腰长裙,更显得身材苗条,曼妙生风,不由得又是一阵发呆。

一阵阵诱人的菜肴香味从厨房里散发出来,常若雨吸吸鼻子:"好香啊,呆子,还不快进来?真会挑时间,挑个正正好好吃晚饭的时间过来。"

"是你让我别太早来的啊。"方亮委屈地申辩道。

"你这呆子,那也没让你这么晚来。废话少说,东西给我,你赶紧换鞋洗手。"常若雨接过礼物的时候,手跟方亮的手触碰到了一起。方亮感觉触手所及仿佛美玉,令他怦然心动。

从厨房走出来的常妈妈看到他招呼道:"方亮来了,怎么还买这么多东西呢?下次可不许这样客气了。你和若雨去房间里聊聊吧,再有十多分钟就能开饭了。"

能跟若雨独处一室,哪怕只有十几分钟,也让方亮悸动。

见方亮眉宇间掩藏不住的喜悦,常若雨也涌起一种古怪的感觉,似乎是在害怕跟方亮独处一室。她想去厨房帮妈妈的忙,但一想到现在生意淡如白纸,还是得先干正事才好,便把方亮引进房间。

与方亮忐忑不安又异常兴奋不同,常若雨表现得波澜不惊,坐在他对面,连眉毛也没有抬一下,让方亮所有的非分之想都化为乌有。

"你……最近还好吧?"方亮小心翼翼地问道。

"好什么呀,我妈真烦死了,说什么开淘宝店不是个正经活,让我赶紧去找工作。可是你也知道,现在工作有多难找,找到的都是些薪水低又没意义的工作,说难听点就是在浪费时间罢了。"常若雨皱着眉头说道。

"我一个朋友是在广告公司做的,最近他有个客户用一批番茄汁来顶广告款,现在我朋友在找人处理这批货,问我要不要,我还是那句话,我家没地方放。你有兴趣可以接下来,但这次是有成本的,跟上次那批减肥鞋不一样。"

一听这话,常若雨愁眉苦脸的脸上表情马上生动起来了:"好啊好啊,你干嘛不早说?"

"他也是今天才跟我说的。具体多少钱一箱还没谈,我朋友为了赚钱,价钱不会给我们压得很低,而且这批货离保质期不是很远,你可得想好了,万一卖不掉,就亏本了。"

"那我们现在赶紧上网查一下,人家卖多少钱,只要我们价格卖得比别人低,就不怕卖不掉。再说天马上就热了,正是喝饮料的好季节。"常若雨说干就干,查到别的卖家最低卖每箱96元。

"方亮,我有信心。我就卖90元一箱,你去帮我谈进价,不能超过80元一箱,当然越低越好,就算80元一箱给我们,我也可以每箱赚10元钱。他这里统共有几箱?"

"300箱。"

"那么这个夏天可以赚3000元钱,如果你能帮我谈到70元,我就能赚6000元。"

方亮哈哈笑起来,"你想得不错啊。就是苦了我了,我又得去帮你谈价格,又得把这批东西运到你家里来。"

"得了,别多说了,利润的百分之十归你,够朋友了吧?"

"你跟我谈生意,就不是朋友了,你真心想谢我,就多请我来你家吃饭就好了。"

常若雨不答,看着他,方亮也看着她。常若雨和他的目光久久地交接,又缓缓地逃开,她发现自己不那么在情感上抵触他了,对他想频频出入她的家里,也不那么反感了。

"好吧,只要你愿意。"

方亮第一次发现,原来常若雨的声音也可以这样柔软。他想靠近她,但她在他眼里是华贵与优雅并举的,他终还是不敢造次。他不敢再继续看她,越看心里越热。他扭头看着玻璃窗,雨点在玻璃上纵横如溪流。

"雨越下越大了。"他喃喃说。

常若雨"嗯"了一声就没下文了。方亮有点失望,但随即又在内心里自嘲地一笑,难道还能指望老天下点雨就可以让常若雨留他下来吗?

"开饭啦。"常妈妈在外面喊,打破了这种暧昧的尴尬。

方亮说不上是激动还是紧张,站起身时竟撞到了同时起身朝门外走的常若雨的身上,他感受到了她乳房的弹性。而常若雨也是满脸通红,在方亮看起来简直就是妩媚到了极致,他顿时血脉贲张起来,一把抱住她。常若雨立刻觉得整个身体忽然失去了分量,仿佛化成了一团青烟,悠悠飘散。她一抬头,看到方亮的模样像是要吞下她似的,吓了一大跳,马上恢复了理智,一把推开他,"怎么走路都不会走了?还不快出去,妈妈等着呢。"

方亮听见常若雨说话的声音完全不是过去的那种爽朗,似有忧伤,又格外撩人。于是他知道她对他并不是一点感觉也没有的,只是骨子里的那份清高还觉得他配不上她。这一刻他决定要加倍地对她好,并且加倍地努力多赚钱,他是有希望的。

"又下雨了,这鬼天气,空气里都像是要拧出水来一样。"常妈妈边给方亮夹菜边说,"你带伞了吗?"

"谢谢阿姨,我是开车来的,不用打伞。"

"你有车了?"

"就是上次出国那朋友转让给我的面包车,这车不错,很实用。以后可以经常给若雨运货。"

听了这话,常若雨感激地冲他一笑,方亮回报给她一个灿烂的笑容。

听到运货两个字,常妈妈又不舒服了,"我让这死丫头去找份稳稳当当的工作,可她偏不听。方亮,你帮我劝劝她。"

"阿姨,若雨是个有头脑的姑娘,我们还是尊重她自己的选择好。我相信天道酬勤,若雨将来会有出息的。"

"唉唉,我其实也不要她有什么大出息,女孩子家的嘛,最好能有份清闲安定的工作,有个疼她爱她的老公,再生个可爱的小宝宝就好了,可是她就是不让我省心。"

"若雨是个心高气傲的人,平常男人平常工作怎么能入她法眼。"

常妈妈又叹了一口气,"真是儿大不由娘。方亮,你呢?还没有女朋友吗?"

方亮一愣,随即深情地看着常若雨说:"我在等待,只要我心中的那个人一天不结婚,我就等她一天,一辈子不结婚,我就等她一辈子。"

常妈妈心领神会地笑了,脸上细细的皱纹一道道展开。

"妈,你能不能说些别的话题?"常若雨嗔怪道,脸上浮起了一层淡淡的红晕。

"我吃好了,你们慢慢吃吧。"这时,常爸爸起身推开饭碗进了自己的房间。

"你看你看,你爸爸一辈子就是这样无趣。若雨,你将来可千万别找这样的呆子做老公,不是气死就是无聊死。"

方亮在一边扑哧一声笑出来,赶紧拼命忍住。

常若雨突然觉得,家里多个人来吃饭,还真是热闹,这种感觉非常好。

吃完饭,雨已经很小了。坐在桌边又喝了几口茶,窸窸窣窣的雨点已变得若有若无,方亮再不想告别也只得起身了。

"番茄汁的事情要抓紧啊。"常若雨送他到门口说,"你今天也看到了,我妈有多鸡婆,就看不得我空着。"

方亮笑着说,"老人家都这样,只要不逼着你相亲就可以了。"

"你怎么知道她不逼我相亲?她巴不得我早点嫁出去,她可以完成任务呢。"常若雨偏要逗他。

"啊?真的?"方亮目瞪口呆,"她真的逼你去相亲?"

常若雨咯咯笑起来,"可惜她倒是想让我相亲来,就是手头没有人选。"

常妈妈见这两人站在门口,女儿低低地说着什么,又咯咯咯地一阵儿笑,感觉有门,于是亮起嗓门说,"若雨啊,你去送送方亮,顺便给我带些大麦茶回来。"

"大麦茶哪里有卖啊?"常若雨不满地撅起了嘴。

"我开车带你到处去找找吧,反正我也没事。"方亮赶紧说。

"是啊是啊,反正你们都没事,就出去转转吧。"

常若雨明白妈妈的用意,但偏要逗逗她,"我知道了,大麦茶超市有,那就不劳烦方亮了,待会我自己去超市买。"

"超市的大麦茶哪能吃啊?质量这么差,还贵。方亮不是有车吗?那你们去茶城买好了,那里的大麦茶既便宜质量又好。"常妈妈急道。

"是啊是啊,我正好也要帮爸爸带些胎菊,就一起去吧。"方亮接口说。

常若雨看着方亮,方亮一时不知所措,感觉到身上渗出细碎、密集的汗珠。但常若雨突然冒出一个嫣然笑容,"那就走吧。"

方亮长舒一口气。

坐在破旧宽敞的面包车里,常若雨调整一下坐姿说,"放点音乐出来。"

方亮本想借机好好跟她说说话的,但见常若雨毫无这种意思,只得打开CD。轻柔曼妙的乐声漫涨起来,又瘪皱下去,此起彼伏,跟海浪一样。从车窗外吹进来的空气中飘溢着一股潮湿的气息,常若雨闭上眼睛,享受着音乐和空气。

没有人说话的路途是寂寞的,但能随时看到身边心爱的姑娘,心中又是温暖的。

不一会儿,茶城就到了。方亮找个地方停车,关了音箱。音乐声一停止,常若雨马上睁开了眼睛,"这么快就到了?"

"是啊,太快了。"方亮一语双关。

"快点买好东西好回家,就是帮父母完成任务的。"常若雨笑笑,柔软的话里夹了几根硬刺。

方亮心一沉,脸上却不敢流露出失望和不快来。一阵风吹来,常若雨的头发飘拂起来,那一根根的秀发就是方亮心中的一缕缕阳光。她喜不喜欢他没有关系,只要能跟她在一起,看到她,听到她的声音,想到她,就是他最大的快乐了。方亮笑了。

"你每天都这么开心,真的有这么多开心事吗?"

方亮想说,那是因为有你。但不敢这么说,只说,"知足的人就会觉得快乐。"

常若雨想了想,"很有道理和哲理。"

看到心爱的姑娘柔和的目光里盛满了赞许,方亮笑得更灿烂了。

在茶城一楼转了一圈,方亮问,"还上去看看吗?"

"上面也是大同小异的,我们就随便挑一家买了吧。"

方亮还想跟常若雨多逗留一会,这样的机会难得,他不想这么快就回家。"我还想再买些绿茶回去,这一家有品茶的,我们坐一会喝点茶吧。"

常若雨犹豫了一下,"那好吧。"

茶店老板娘满脸笑容殷勤地为他们泡上茶,常若雨边喝边打量四周,"都说生意难做,卖茶的生意倒挺好的。"

方亮压低声音说:"卖茶的都是暴利,而且这里已经成气候了,所以这些商家的日子比较好过。"

常若雨点点头,"现在看来开饭店和服装店的钱最难赚。"

"你真有悟性。"方亮赞道。

"少拍马屁。"

"我说的是真的,你有做生意的头脑,不好好开发真的可惜了。"

夸奖总让人心情舒畅,常若雨美滋滋地品着茶,感到茶水甜丝丝的。

喝了一会茶,方亮买了一些毛尖和胎菊,又帮常若雨带了一斤大麦茶。常若雨想给他钱,一看才四元钱,想着拿出来方亮也不会收的,就说了声谢谢。方亮想再帮常若雨买些好点的绿茶,被她拒绝了。

从这晚分手后,只要一喝起这次买的茶,方亮都会不由自主地想起常若雨;而常妈妈只要一喝大麦茶,就会问女儿一些方亮的消息。

六

　　初夏的阳光从窗外投进来，常若雨没有觉得热，反而觉得这阳光为这间屋子增添了某种热烈的成分。面对一屋子的番茄汁，常若雨感到满足。清闲总让人发慌，加上母亲的唠叨，几乎到了度日如年的地步。但是现在好了，番茄汁的价格已经谈妥，也一箱箱地搬上来了。

　　"好了，你的这间屋子已经被全部塞满了，你慢慢卖吧。"方亮喝了一口冰可乐说。

　　常若雨笑了，转了个圈，红色的纱短裙飞舞成好看的花朵。

　　"全部卖光也就赚几千块钱，值得你这么高兴吗？还这么辛苦。"

　　"其实这几天我想了很多，不能光靠这个，番茄汁卖完怎么办呢？还得等你下一次再有什么库存的东西给我卖，还不知道猴年马月呢。得有一个长久的东西。"

　　"长久的东西？我店铺里的东西都是可以长久供应的呀。"

　　"这个不行。我信誉不高，根本卖不了。就是你，也是薄利多销，每个月也就挣几千元钱。除去吃饭开销，你还能剩多少？我想过了，我一定要找到一个更好的方法，并且已经有点思路了，但还不成熟。我想试着做做，成功的话再告诉你。"常若雨的眸子随着叙述的深入变得生动起来，浮动着熠熠的光辉。

　　"哦，是吗？透露一点给我听听。"方亮嬉皮笑脸地说，显然觉得她肯定是异想天开。现在开网店的人越来越多，竞争越来越激烈，大多数卖家是赚不到什么钱的，而常若雨却想靠这个来发财，显然不切合实际。若是再早5年，是大有可能的。可是目前这个社会，一个行业盈利了，就会有许许多多的人进来跟风，竞争也会一天比一天激烈。常若雨一个新手，怎么可能颠覆目前网店的现状呢？

　　常若雨眼睛里的表情沉淀下来，"你就跟我妈一样，就不相信我。你们就等着瞧吧。"

　　"我知道我知道，"方亮赶紧说，"我们是燕雀安知鸿鹄之志。我早就说了,你具备做生意的潜力,说不定以后我要好好跟你学学呢。"

常若雨知道这不是他的真心话,他只是想讨她欢心,可她不需要这样的巴结,她想要听真话,因为这样才对她的事业有帮助。

"你今天要是再敢说一句这样的假话,马上就离开我家。说!你为什么觉得我不行?"

"我没觉得你不行啊。"方亮想继续说着讨好的话,但一看到常若雨瞪起的眼睛,马上就乖乖说了心里话,"首先,最重要的一点是事业上的成功总少不了竞争,而你过于善良,所以也就打败不了对手,自然也没有出人头地的成功。"

"原来是这样。那是你不了解我,善良不等于愚蠢,你等着看吧,会让你吃惊的。再说了,按你的理论,成功的人难道都是大恶人?就没好人了?"常若雨说,"去吃饭吧,妈妈都烧好了,看你都忙了一上午了。"

"哎。"方亮高兴地一口答应下来,还有什么比能在常若雨家吃饭更浪漫和温馨的事情呢?他拉着常若雨的手就往饭厅走。

常若雨皱着眉头甩开他的手,"干嘛?拉拉扯扯的。记住,男女授受不亲啊。"

方亮有点尴尬,"我没别的意思,我们是好朋友嘛。"

"好朋友也要保持距离,这样才能相互尊重。"

方亮的眼里划过一丝阴影,他感到自己对常若雨的感情就像陷进了沼泽地,越挣扎就陷得越深。索性听天由命,说不定常若雨哪天会改变心意,拉他上岸。这么一想,马上又海阔天空了,笑容重新回到了脸上,"行,你说什么都是对的。"

吃饭时,常妈妈有些不怎么愉快,她对方亮说,"你看我们家小雨,刚卖掉一批臭烘烘的小鞋子,现在又搬进来一批沉甸甸的番茄汁,这哪像是女孩子家干的事情啊?方亮,你说,小雨这样下去可怎么好?"

方亮一愣,他诧异常妈妈对他的态度怎么变了,还好像很看不起看网店这件事情似的,他不知道自己是哪里做错了,对常若雨,对常家,他是尽心尽力的。

"哦,哦。对,我以后注意,以后不给她揽这样的活了。"方亮尴尬地笑了一下,又看了一眼常若雨。常若雨似乎也有些不自在,闷头吃着饭。

"我就是让她正儿八经地去找个工作,然后再正儿八经地嫁个男人。这男人呢,也得有个正儿八经的工作……"

"妈,你啰啰嗦嗦个什么呢?吃饭还堵不住你的嘴。方亮,你多吃点啊。"常若雨终于忍不住阻制止了母亲,她也搞不懂母亲对方亮的态度怎么会来个180度的大转弯,只希望午饭快快结束,好等方亮走后,问个究竟。

方亮想说"没关系的,让阿姨说吧"。但只是咂了咂嘴,没有说出话来,他也希望午餐快快结束,只觉得这是在常若雨家吃的为数不多的饭里面最味同嚼蜡的一次。他匆匆扒了几口饭就识相地说,"我吃饱了,若雨,阿姨,你们慢吃,我还要回去看店,就先告辞了。"

看到方亮失落的背影消失在门外,常若雨第一次为他感到心痛,突然好想追出去安慰一下他。她冲着母亲大喊一声,"妈!你这是怎么了?方亮为了我整整忙了一个上午,你不表示感谢,还这样对他,究竟发生什么事情了?"

"瞧瞧他那个没有出息的样子,成天就知道倒腾些垃圾来给你打发宝贵的时光。"常妈妈没好气地回答。

"这都是我要求他的,又不是人家主动的。人家出了力,还得不到一句好话,不是吃力不讨好吗?妈,你不是一直很满意他吗?还吵着让我嫁给他的。"

"那是我怕你拖成老姑娘,所以想赶紧给你找个不嫖不赌又对你好的男人嫁了。可刚才我在烧菜时,你江阿姨给我打来一个电话,要给你介绍对象。那男的今年32岁,在社科院工作,你看看多好的工作。"

说到这里,电话铃响了,常妈妈跑过去接,又是一阵欣喜若狂的欢声笑语。少顷,乐颠颠地跑过来说,"你江阿姨说了,就约在今晚,在我家附近的上岛咖啡见面。"

"妈,你也太速度了吧?你怎么也不问问我愿不愿意见啊?"

"你看你都几岁了?我能不速度吗?这样条件的你还不愿意见?难不成你真想嫁给那个没有正当职业的方亮吗?"

"什么叫没有正当职业啊?人家一不偷二不抢,自食其力。好了,不跟你说这个了,我们观念不同,说不到一块去。就算人家没有正当职业吧,你也没必要给人家脸色看吧?"想到这个,常若雨又是一阵生气。

"我们对他好,他又要想入非非了,就是要让他断了这个念头。"

"我无语了,妈,我真的无语了。"常若雨甩手去了卧室,母亲的势利和不可理喻让她觉得分外对不起方亮,想拿起电话跟他道个歉,却发现根本没法道歉。

算了算了,就装傻算了。常若雨拿起电话打给方亮,一阵嘻嘻哈哈,"我跟你说哟,要是番茄汁卖不掉,我们得举办一次盛大的番茄宴会,邀请所有的亲朋好友都来参加。"

"谢谢你。"

"你说什么?"常若雨一阵愕然,突然明白,方亮是明白了她的一番良苦用心,这一刹那,她心有触动,真心关怀的话脱口而出,"开车小心。"

方亮再次说了声"谢谢你",与之前的那三个字意义完全不同。

放下电话,常若雨释然了,沉甸甸的亏欠已经被一种甜蜜的温情所替代,她的嘴角露出了笑容,胸口荡开一团柔软的涟漪。

"若雨,你的番茄汁怎么这么难喝啊?"

母亲的一声喊话惊醒了常若雨,她跑到堆放番茄汁的房间里,看到母亲擅自打开箱子,取了一罐番茄汁来喝。

"妈!你怎么能开箱喝呢?我这都是要一整箱一整箱卖的,你喝了一罐,都等于是这一箱都没法卖了。"常若雨跺着脚说。

"我不喝还不知道这么难喝呢,一股铁锈味,不信你也拿一罐尝尝。"母亲随手又从箱子里拿了一罐番茄汁递给女儿,"喝!"

常若雨把母亲手中的番茄汁又放回了盒子里,她不舍得喝,想着这一箱可以拆零卖。就把母亲喝过的那一罐抢过来,仰头喝了一大口。果然,一股铁锈味。再定睛一看生产日期,保质期2年,已经过了一年多了,难怪铁罐的味道都渗到果汁里去了。刹那间,她有一种灾难感般的危机感。空气几乎凝固了,闷热而潮湿,一行行的汗水从常若雨的背后流下来。

"你看看,你看看你那个方亮干的好事。你是生手不知道,难道他也不知道吗?说不定伙同别人来骗你的,从中拿好处费呢。"母亲目光分外地硬,直直地刺进了常若雨的心里,"还愣着干嘛?还不打电话给方亮,退货!"

常若雨的脸在午后的阳光里泛出冰冷的青色,"拿货的时候就讲好的,不退不换的,不然不会这个价格给我。"

"什么?"常妈妈心头的火噌地窜起,"这更加证明了那个方亮不是好东西,坑你的钱。不管怎么样,你现在马上打电话给他,问他怎么办。"

常若雨一时没了主张,在母亲的淫威逼迫下,电话了方亮。

"别急,若雨,你降价吧,夏天快到了,趁着天热赶紧低价卖掉,你不会亏的,就是也没多少好赚了。"

挂断电话,常若雨把这句话告诉了母亲,母亲听了以后脸上还是残存着愠怒,"也只好这样了,就当是锻炼身体减肥吧,顺便给你那网店增加点信誉,别为这件事情破坏了心情,晚上还要去相亲呢。"

常若雨从内心的挣扎中回过神来,是啊,说穿了还不是小事一件吗?她内心里升腾起一种对晚上约会的期待,实足年龄 27 岁,虚岁已经 28 的大姑娘了,已经很想出嫁了,只是不想找个没感觉的人随便就把自己给嫁了。

她回到自己的房中挑选衣服,衣服一件一件的眼花缭乱,可真的要挑一件很满意的出来,就是没有。她叹了一口气。

"喏,这件就不错。"母亲递给她一件手工绣花的白色棉质连衣裙,"一个人好不好看关键在于气质,这条裙子最能衬你的气质,清纯灵气,今晚就穿这件。"

常若雨接过裙子,心中燃起了希望。

夜幕降临,常若雨洗了把澡,换上白色连衣裙,飘逸的长发垂下,一走路,就自由摇摆,看得常妈妈心花怒放,"看我女儿就像是乘着祥云飞落凡间的仙子,那男孩一定能看上你。"

常爸爸的嘴角也止不住溢出笑纹,在一边由衷地附和着,"是的是的,跟仙女一样。"

常若雨知道,每个父母看自己的子女都觉得像仙子下凡,那是因为心中充满了爱。她知道自己长得还行,但绝不会认为自己美若天仙。

江阿姨常若雨认识,所以妈妈就不陪着了,她一个人踏着夜色朝咖啡馆走去,只需要一刻钟的路程。冰洁的月光如水一般泼洒下来,常若雨心中涌起一股诗意的美感,她放慢了脚步。裙摆在风中缱绻盘舞,跟飘洒的长发交相辉映,引来路人频频回头。

江阿姨和那个社科院的男士已经到了,男士看到她,明显眼睛一亮,江阿姨一看有门,就借故离开了。

常若雨坐在他对面,感觉谈不上好,也谈不上坏。男人没有很出众的相貌,同样不能让女人一见钟情。在这一点上,男女的感觉是一样的。

"你好,我叫贺存礼。"男人隔着桌子朝她伸出手来。

常若雨握了一下,"你好,我叫常若雨。"

"江阿姨说你以前是白领,后来辞职自己创业了?"贺存礼笑着问,常若雨觉得他的笑容有点怪怪的,不舒服的感觉。

"谈不上自主创业,就是开个淘宝店而已,刚开始。"

"淘宝店?"贺存礼吃了一惊,眼光里透着一丝隐约的鄙夷。

这种目光刺伤了常若雨,让她对这个男人仅存不多的好感顷刻被恶感所替代。"是啊,希望可以做好吧。你呢?社科院清水衙门,你没想办法改变窘境吗?"

"窘境?"贺存礼眼镜片后面的眼珠子都快弹出来了,"这是高尚的职业啊,怎么能用俗气的金钱来衡量呢?"

"高尚?"常若雨的嘴角凝聚成一个讥讽的笑容,"谁跟你这么说的?"

男人一时语塞。

"听江阿姨说,你 32 岁了还没结婚,是因为以前的女朋友嫌弃你没钱没房子?你干嘛不让她体味体味你高尚的职业呢?或许可以感化她。"

贺存礼一动不动,仿佛凝固了。他想不明白何以一个看上去这样清新的女孩子说出来的话可以这样尖刻,笑容可以这样世故。

不愉快在空气中蔓延,占据了两个人的心,若不是为了礼貌,常若雨几乎想抽身离开了。她不知道男人是怎么想的,是不是也想拔腿就走。

冷场的环境很难熬,常若雨扭头看着窗外的天空,没有星星,只有一片黑暗的混沌。

也不知道是怎么熬到回家的,妈妈赶紧过来问长问短,但常若雨感到很累,只想上床睡觉。

第二天一早,妈妈就板着脸带给她一个消息:贺存礼说他们是两个世界里的人,他需要的是一个知书达理的女朋友。

仿佛一大桶凉水从头上浇下来,常若雨顿时感到从骨头里冒出一股冷气——这个男人怎么可以这么没素质,诋毁别人来拔高自己。他说他需要的是一个知书达理的女朋友,不就是说她又无知又低俗吗?妈妈是个要面子的人,这样一来,她还怎么在江阿姨面前抬起头来啊。她后悔自己不该心软,应该昨晚就让妈妈打电话给江阿姨,说这个男人不但冥顽迂腐,还自以为是,并且连基本的礼节都不懂。昨晚还残存着对这个男人一点点的内疚之情,就这样被他的一句话给彻底毁掉了。

033

"别再给我安排相亲了,好好的男人不会被剩下来,剩下来的不是有这儿的毛病就有那儿的毛病。"

"你都这个年纪了,不找剩下来的男人,你还能找谁啊?总不见得搞姐弟恋吧?"母亲的目光像老鹰的爪子一样撕扯着她。

常若雨头痛欲裂,"我才27岁,怎么就这把年纪了?你这么怕我嫁不掉?就算嫁不掉,30岁的时候我还能嫁给方亮呢,方亮比这些人都要好吧?至少人家是个正常人。"

"拉倒吧你。"母亲恨恨地说了一句,离开了女儿的卧房。

一大早心情就被破坏了,常若雨恨贺存礼不像个男人,也恨妈妈又烦又不理解她。她只是想要一种自己想过的生活,怎么就那么难。

常若雨抱起床头的绒毛小猪,小猪身上温暖的气息为她增添了一点按照自己意愿走下去的勇气。

七

降价了的番茄汁果然好卖,就像当初的减肥鞋一样,但是售后却不像减肥鞋一样顺利。很多人喝了以后的感觉都跟常妈妈一样,说难吃。退货已是不可能,这么重的东西,谁也不愿意承担高额邮费,于是中评差评接踵而来。

室外的天已经很炎热了,常若雨的心更是心急如焚,满头大汗。钱没挣到还是小事,把信誉都搞砸了可还怎么继续开店啊。好在中差评生效有15天的时间,她可以利用这半个月跟买家去沟通,期望可以把中差评改为好评。

于是她跟买家一个个地打电话,低三下四地去解释道歉,甚至退部分的款项,大部分的中差评最后都改为了好评,让她感慨世上还是好人多。特别是一个买家的评价:想想店主做生意也不容易,还是给个好评吧。更是让她感动得想流泪。

常若雨从冰箱里取出一罐冰冻番茄汁,本来她是不舍得喝的,但现在却喝上了瘾,她以身说法,告诉买家们番茄汁要冰了以后才好吃,并且真的有美容的作用。她靠在椅子上,望着窗外天边一缕飘浮的白云。她的心不再浮躁,天空很广阔,多看看可以让人的心胸变宽广,不会执拗于一些小麻烦里面而钻牛角尖;看看广阔的东西,还能增添无边的智慧。

手机铃声响了,打断了常若雨的遐思,她看了一眼来电显示,是方亮。可能是觉得自己没办好事,让她吃力不讨好了,方亮这些日子经常打来宽慰的电话。

"番茄汁已经卖了差不多有一半了。"常若雨不等他开口就说,因为她知道他肯定就是来问这件事情的。

"你这次没赚到钱吧?"方亮小心翼翼地问。

"现在还说不清。有些买家要求退部分款,我不知道接下来那一半货会碰到什么样的问题。如果一切顺利的话,可以赚一点点小钱;如果很多人都要求退款的话,就会亏本。"

"都怪我没有把事情办好,"方亮惭愧地说,"害你受累不说,还要受妈妈的气,受买家的气。这次你如果亏钱,我给你补上,你别太担心,别为一点小钱跟买家闹僵,当务之急赚信誉是最重要的。"

常若雨的眼眶一阵暖热,目光顿时模糊起来,天边的云跟天融为一体了,"别说傻话了,做生意哪有只赚不赔的道理。这件事情跟你没有关系,是我经验不足。其实也好,吃一堑长一智。"

"你真是个好人儿。不管怎么说,这件事情我是要负主要责任的。哪天你有空,我请你出来吃顿饭,也算是散散心吧。"

"我请你吧。"

"哪有男生要女生请客的道理。我在网上看到你家附近有一家饭店在搞团购,我已经下单了,就等你哪天有空了。"

在我家附近吃饭?连他都不敢来我家看妈妈的臭脸了。要是以前,他是最喜欢来家里吃饭的。

"那你先来我家?"

"不了,你说好时间,我们直接去饭店好了。"

果然是不愿意见我妈妈。常若雨在心里叹了口气,"好吧,等我把这些番茄汁卖完,我们出来好好轻松一下。"

"那需要很长时间吧?"

"不会,现在我的网店里番茄汁的销量已经堆起来了,每天都能出几批货,买东西都是人来疯,估计还有一周左右就能卖完。"

"那太好了,也算是一件值得庆幸的事情。"方亮的声音明显高兴起来了。

挂断电话,常若雨的心真真实实是被感动了,除了父母,大概就数方亮对她最好了。

趁着空闲,常若雨开始去研究其他卖家的信息。那些皇冠店、金皇冠店都是很早就做起来了,当年竞争小,凡事要趁早,所以这些人累积到今天已经做大了;还有些中等的店铺,不死不活地撑着,估计也赚不到什么可观的钱;还有一种就是信誉极低的,好像也不是正经开店的,都是单位里发了什么东西,就低价卖了的。

如果能把这些单位里发东西的人都搜集起来,把他们手上所有的单位发的东西都一次性低价买过来,不是比去普通渠道进货要便宜很多吗?

常若雨心头一亮,再也坐不住了,把电话打给了方亮,"刚才说的吃饭的事情,就定在今晚好吗?我有事找你商量,在电话里说不清楚。"

"好啊。今晚我们见面吃饭。等你卖掉番茄汁,我再团购个晚餐给你庆祝。"方亮喜不自禁。

挂断电话,常若雨看了一眼时间,已经快四点了,就走出自己的房间,对母亲说,"你帮我看会店,一会儿快递来你再帮我发一下件。我去理发店弄个头发,晚上不在家吃饭了。"

"跟谁出去吃饭?"

"方亮。"

常妈妈的嘴巴张成了O型,"你真的打算跟他谈朋友了?"

"我们是去谈工作。"

"你们开个破网店,那还算是工作?唉,去吧去吧。"母亲朝她挥挥手。

常若雨嬉笑着亲了一下妈妈,蹦蹦跳跳地出门了。

一出门,酷暑扑面而来,蝉声不绝于耳,每走一步都能感受到空气中的一股一股的热气。理发店在夏季是淡季,店堂里只有一个客人。常若雨正好挑了一个手艺最好的师傅,要碰到他有空,可是不容易的。她在发型师的建议下尝试剪了个新发型,长发梳成马尾,两侧却剪成短发,看起来别有风味,既调皮又有女人味。

剪完头发回到家洗了一把澡,再换上新买的白色滚红边汗衫和一条牛仔西短,年龄一下子就小了好几岁。她对着镜子嫣然一笑,却从镜子里看到母亲一张似笑非笑的脸。她回过头去,母亲却避开了,嘴里嘟囔着,"你现在已经开始重视起他来了。"

常若雨一愣,真是当局者迷旁观者清,以前去见方亮,哪会这么刻意打扮啊。

一路上,她都在思索这个问题,她爱方亮吗？肯定是不讨厌的,但也肯定是不爱的,嫁给他,更加不甘心。当她到达饭店的时候,得出了最后答案:方亮只是她的蓝颜知己,男性闺蜜,仅此而已。

方亮看到她以后眼睛一亮,"你真是个百变女郎啊。"

"新发型怎么样？"

"好！你弄什么发型都好看。"

常若雨坐定下来,无暇再说废话,赶紧把想收购别家单位发的卡券的决定告诉方亮。

方亮深深地看了一眼她,"你很有想法,我就知道你了不起,但你不觉得这样做很麻烦吗？"

"想挣钱哪有不麻烦的？"

"你真是个好女孩,相比于那些成天想傍大款不劳而获的虚荣女真是天壤之别,就冲这点,我也要大力帮你。"

"怎么帮？"

"介绍点广告公司的人给你认识,很多厂家会因为付不出广告费,或不想付广告费,而把他们的产品抵充广告费。你认识了广告公司的负责人,就可以把这些货物一次性收购进来了。"

"那好啊。"常若雨喜出望外,但随即又眉头一皱,"那你怎么自己不去广告公司进货呢？"

"我就手头这几个固定产品卖卖可以了,不想一会儿卖这个,一会儿卖那个的。"

此时窗外噼噼啪啪的鞭炮声炒豆般连成一片,迸绽的礼花把夜空映得通透明亮。

"哇,有人结婚了。"常若雨欣羡地看着窗外。

"是啊,我们不知道什么时候可以结婚。"方亮看着她幽幽地说。

"你说什么？"常若雨怒视着他的眼睛问。

"你别误会,我是说我,还有你,不知道什么时候能结婚,不是说我和你结婚。"

常若雨扑哧一笑,方亮憨傻中自有狡黠的一面,给人一种大智若愚的感觉。这个笑又把方亮给看呆了,觉得她的一举一动都具有魔力。

"你觉得我刚才说的方法可行吗?"她把话题又引到了正题上面。

"我觉得你的性格相对安静,不是那种自来熟的人,恐怕一遇到挫折就会止步不前。我说的是心里话,你听了别不舒服。"

常若雨沉下脸,好像身上的担子很重一样,"我也担心这个问题,所以来找你。答应我,如果真的有这种情况发生,你一定要给我打气,别让我半途而废。"

"一定一定。"方亮赶紧说,接着又问,"我想知道,你为什么不听妈妈的话,去找份工作,这样压力相对要小多了。"

"做那些无聊的工作真的没意思,或许可以平淡一生,但我想活出一点精彩来,可能有人不理解,那是因为我没有成功,如果成功了,谁会说我的选择是错误的呢?"

方亮的内心翻腾开了,这是一个特别有主见和思想的女人,每一次交谈,都有一次新的发现,是个好女人,但唯其如此,似乎两人之间的距离越来越远了。他该为她叫好呢还是该劝阻她?

"怎么不说话了?"

"哦,"方亮端起茶杯,"我们以茶代酒,我先敬你一杯,祝你能够心想事成。"

"谢谢你,方亮,希望我们能永远是最好的朋友。"常若雨也端起茶杯,用悠悠软软的声音回应道。

只能是朋友。方亮苦笑一下,用杯子碰了常若雨的杯子,然后一饮而尽。

晚餐很快就结束了,但方亮实在不甘心就这么回去了,虽然可以经常跟常若雨联系,但却不是经常可以见面的,他珍惜每一次的见面机会。

"我们找个地方喝喝咖啡好吗?顺便再谈谈你的创业大计。"

常若雨的脸微微泛红,目光也有些躲藏,方亮的心思她明白,唯其如此,才觉两难。

"这附近的咖啡馆都很贵的,不如就散散步好了,反正该谈的都谈好了,就等你给我介绍广告公司的人了。"

"再贵能有几个钱,你也太小看我了。"

"不是,是我不喜欢喝咖啡,也不喜欢咖啡馆的氛围。"常若雨说话不卑不亢,滴水不漏。

偏偏方亮还不知趣,说道,"那我们去看场电影吧,反正现在时间还早,好不容易才出来一次的。"

看电影不是更暧昧吗?常若雨心想,但又不知如何拒绝,怕太生硬会伤害到对方。她仰头看了一眼天空,夏夜的天空高远而明净。

我不应该为这种小事情纠结。常若雨心想,然后嫣然一笑,"可我也不喜欢看电影啊。"

"那你喜欢什么?说出来,我陪你。"

"前面有家大排档,我们去叫瓶啤酒,点盘螺蛳什么的。我请客。"

"啊?你喜欢这个?"方亮吃惊道。

"对,这样才像哥们嘛。去不去?"

对于常若雨,方亮从来就不知道该如何招架,只有点头的份。

看着常若雨站在排档前,跟老板讨价还价,点了一盘螺蛳,一盘小龙虾,一盘糖醋萝卜和一瓶啤酒,然后招呼他一同入座。方亮的心境电闪雷鸣风急浪高,感到自己真的是不了解这个女孩,文静的外表下竟还有如此豪爽的一面。痴心妄想的心思暂时被压了下来。

"你还吃得下?"

"我点的都是吃不饱的东西啊。再说你团购的晚餐一点也不划算,量也太少了,我都没吃饱。"常若雨面孔上荡开笑容,给方亮倒了一杯啤酒,"我知道你也一定没吃饱,想吃什么再点,反正我请客,你就不必再回去吃泡饭了。"

"看你说的。"方亮的脸红了,他请客的晚餐被喜欢的女孩这么调侃,实在没面子。

常若雨哈哈大笑起来。

"你喜欢吃螺蛳和小龙虾?你这么个文静的女孩,"方亮想说不怕有失形象吗?但还是没敢说出来,出口却是,"这样,这样不怕把衣服弄脏了吗?"

常若雨又笑起来了,"看你哪像个男人啊。这种问题不该你问,问了证明你一点也不了解女人。你真的该走出去多接触接触女性,别老是生活在想象中。"

面对心仪女孩的豪爽,方亮觉得自己是有些小家子气了,他心中升起一股夹杂着柔情意味的豪情,端起酒杯,大口喝起来。

"别干喝酒,吃菜。"常若雨把小龙虾推到他面前,自己咯吱咯吱地嚼着一个糖醋小红萝卜。

没想到她还是个吃货。方亮心想,倒不拘束了。两人边喝边吃,当中又加了几瓶啤酒和一盘青椒炒鸡胗。方亮只觉得身上的汗毛已簌簌立起,昭示着他已经进入了久违的亢奋状态,一时间,话也直白啰嗦起来了,"若雨,你外表文静,内心豪爽;看起来很柔弱,其实很刚强;不跟你深入接触也许会感觉你比较乏味,一接触才发现你是最有趣的人。谁讨了你做老婆,少活十年也是赚的,真的,赚的。"

见方亮已带醉意,常若雨觉得该结束了,她一挥手招呼道,"老板买单。"

"我来我来。"方亮摸钱包的手有点不听使唤,等他把一张百元大钞摸出来,常若雨已经付完账了,他又想把这张毛爷爷塞到她的手上。

常若雨一闪身躲开了,"好啦,是朋友的话就把你的钱收好。你的酒量可真小,这就醉了。还好你今天没开车来,不然成酒驾了。我送你去地铁站吧。"

方亮一挥手,"那怎么行,地铁站离你家还有一段距离,女孩子一个人走夜路不安全,应该是我把你送回家。"

"行了行了,我们谁也不要送谁了,就此告别吧。拜拜。"

望着常若雨转身而去的潇洒背影,方亮一阵失落,酒也醒了。这个女人每次都把他撩拨到兴起,却又戛然而止。他恼恨她对他的这种做派,却也是这种态度愈加增加了她身上不可言喻的魅力,让他欲罢不能。

#

常若雨觉得卖卡券不死不活的,她还是怀念一开始卖掉的那批减肥鞋,很刺激的感觉。虽然后来进的番茄汁没挣到什么钱,但她总觉得卖一些实打实的东西要比卖那些纸片好。减肥鞋也好,番茄汁也好,都是一锤子买卖，如果能有长期的供货商就好了。

方亮进入生意场也有好多年了，不知道他这方面有没有人脉。抱着试试看的心情，常若雨电话了他，把自己的想法说了出来。原本是随便问问的，没想到方亮还真有这方面的路子。以前他在公司打工时，有个台湾人是他的上司，两人比较谈得来。后来方亮辞职开了淘宝店，那个台湾人也辞职干起了零食批发买卖，两人还都保有对方的联系方式。

常若雨喜出望外，催着方亮联系台湾人，方亮让她不要进太多货，万一卖不掉就亏大了。于是各种各样的台湾零食，常若雨都各进了一部分。进价并不很便宜，于是售价也低不下来。一连两周时间过去了，零食的成交还是为零。

常若雨有些焦急了，她猜想是因为这些零食没有第一个来买的人，所以后面的人也不敢来买。她发动了一切能发动的朋友，让他们来拍她的零食，以进价卖给他们。当陆续有两三个朋友来买了之后，果然真正的客户出现了。

但是还没等常若雨高兴两天，客户又都绝迹了。没办法又让方亮来拍了很多，评价中说了很多好吃之类的话。功夫不负有心人，又有客人来买零食了。然而几天后，她的店铺又静悄悄的了。

"怎么回事啊？"她在 QQ 视频中冲着方亮嚷嚷着，"为什么没有人来买？"

"要是好卖的话我早就卖了，早跟你说了不行的。"

"可是我看有的卖家卖零食都卖疯了呀。"

"我的大小姐，什么东西都有卖得好的和卖得不好的。可能人家做得早，信誉早就堆上去了，已经形成了气候；也可能人家的零食卖得又好吃又便宜，都是靠回头客来支撑的；还有可能人家的八字就和零食合拍。"说到这里，方亮哈哈大笑起来。

"你还笑？为什么不早点把这些个原因说出来？马后炮！"

"马后炮？有你这么不讲理的人吗？我早就说过了，只是没有死劝你而已。因为我知道你是个不到黄河心不死的人，不让你做，你不会甘心的。好在进货并不多，卖不掉的话，你就自己吃了吧，反正女孩子就爱吃零食。"视频中方亮含笑的目光中倾注了对她的喜爱和宽容的温情，又带一点点嘲讽。

"这么多零食，我怎么吃得掉嘛。"

041

"那就慢慢吃呗。"

"可是有保质期的呀。"

"那我帮你一起吃好了，我付你钱，我来买好不好？"

常若雨看他说这话时脸上洋溢着欢乐的神情，不由恨恨地说，"看起来你很高兴嘛，是不是在幸灾乐祸？"

"我幸灾乐祸？幸灾乐祸用我的钱买了一大堆不爱吃的零食？"

常若雨语塞了，不好意思地低下了头。

"小丫头，实践出真知，别灰心，还是老老实实跟着我一起卖卡券吧。"方亮的嘴角再次漾起了满足的笑意。

"也许，也许也只能这样了，但还是需要创新，不然依然不死不活。"常若雨抬起头说，"这不是我开网店的初衷。"

"有志气的小姑娘，我看好你哦。"

见方亮又油腔滑调起来，常若雨气不打一处来，"别一口一声小丫头，小姑娘的，不就比我大一岁吗？你也别事不关己高高挂起，卡券的事情你也要放点心思。"

"我觉得我现在这样挺好的呀，还要花什么心思？"

"你就是典型的上海小男人的样子，安于现状。你就不想成为富一代吗？就这样心甘情愿地当一辈子屌丝男？"

方亮又哈哈大笑起来。他的不生气惹得常若雨真的生气了，她"啪"地一下关掉了视频。

定了定神来到厨房，看到母亲把山药切碎，将细白的大米淘净，放上水，要将这两样东西慢慢熬成黏稠的山药粥。

"又烧山药粥啊？"

"山药粥养胃，你每天都喝一碗，胃病就好了。"

常若雨鼻子一酸，这阵子为了生意上的事情压力太大，思想负担过重，把胃给搞坏了。母亲不让吃药，说是药三分毒，每天不厌其烦地为她熬制山药粥，这世界上除了母亲会对她这么好，还有谁会对她这样上心？她想到刚开始为了零食卖不掉的事情，她急得嘴边起了一串燎泡，母亲一个菜场一个菜场地跑，为她买芦根烧水喝。

常若雨静静地站在一边，看着头也不抬，在厨房里忙碌的母亲。觉得曾经精神的母亲已经露出了衰老的样子，嘴角这里都起了皱纹，从侧面看上去有一种悲凉的老态。

是因为我这个不让她省心的女儿吗？想到这里，常若雨吓了一跳，对母亲有说不出的愧疚。她想她将来一定要好好孝敬妈妈，一定要乌鸦反哺。

她来到那间堆放着各类台湾零食的房间，看着它们离去的身影比蜗牛还慢，内心深处曾经有过的希望一下子像被风吹散一样，消失了。

她随手开了一罐豆子，嚼了几下，真心不好吃啊，难怪卖不掉。她又拆开一包蜜饯，味道还可以，但还没有到打耳光不放的地步。竞争太激烈，她的零食没有优势。

还是做卡券吧，占地面积小，发起快递来也方便。方亮明明已经总结出经验来了，她却还要再去尝试他曾经失败过的东西。

常若雨回到自己的房间，又开始研究起了网站上各种各样的信息。既然决定要好好把卡券生意做下去，不花些功夫是不行的。与其坐以待毙，不如迎头赶上。

她振奋了一下精神，要做事情就得带着一种新鲜的、热情洋溢的状态来迎接每一天的日子。此时，妈妈端着烧好的山药粥走了进来。

"妈，那间屋子里的零食从现在起你可以随便吃，送人也行。"常若雨的脸上挂着灿烂的笑容说。

妈妈的脸上很不情愿地做出赔笑，她知道女儿这次要亏本了，原本想数落她的，但看到强颜欢笑的女儿，做母亲的心很痛，但为了不给女儿更大的心理负担，她也得装出满不在乎的样子来；"吃吧吃吧，小心吃成个大胖子，就真的要嫁不掉了。"

"就算吃成个大胖子也不会嫁不掉的，再好的女人或是再差的女人，总有一款男人适合她。"

"你呀，就会说。别老待在家里，小心憋出病来，喝碗粥，我们出去逛逛街吧。"

"好，妈你也吃。"

"我的粥在厨房，我们吃完出去看看有什么漂亮的衣服给你买一件。"

母亲说完就出去了，常若雨收敛笑容，她觉得自己好没用，母亲越对她好她就越愧疚，还不如骂她几句或是唠叨几句好受点。两滴眼泪滴落在粥里，她只是个女孩子，脆弱的时候也会流泪。

九

  常若雨在网上跟陌生卖家聊天还自在,但要真的见面详谈,她的心里还是七上八下的。她加快了吃饭的速度,约好了下午一点跟人见面的,时间有点紧。方亮说要给她给介绍广告公司的人,可是等到现在还没给回音,真是求人不如求已啊。她跟一个叫季俊的客户在网上已经聊了很多次了,今天是他们第一次见面接洽业务。

  她如约赶到季俊的广告公司里去,坐在他一个人一间办公室办公桌对面,常若雨的心情紧张又忐忑。

  看到青春靓丽的常若雨,季俊这个中年男子用目光把她全身摸了一遍,让常若雨浑身不自在。季俊曾在她这里买过台湾零食,他们已经在网上聊了很多次了,后来知道他在一家广告公司里面做,给一家美容院做广告之后,那家美容院经常不付钱,而拿美容卡来抵债。常若雨就有意向长期买他们的抵债美容卡。几次谈下来,合作意向明确。而季俊在还不了解她的前提下就敢让她来公司,他的信任曾让她感动,然而现在这种目光,却把对他的好感抹杀得荡然无存。

  季俊把100张美容健身卡放在桌上,"你点一下。"

  常若雨点了一下,没错,她也知道不会是假卡,如果是假卡的话,他也不会让她知道自己的公司了。她把1000元钱递给他,"你也点一下。"

  "不用了。"季俊接过钱,随手放进了抽屉里。

  他怎么就那么信任我啊,而且还给我这么低的价格。常若雨知道,方亮进这种卡,每张是15元,而她10元就搞定了。"谢谢你啊,希望我们能长期合作。"

  季俊暧昧地一笑,"我给你的是特别低的价格。"

  "我知道我知道,从现在起我们就是朋友了。"

  "好啊。"

  从季俊略带得意的笑容和色迷迷的眼睛里常若雨醒悟了他的用意,一时间不知道该怎么办才好。面前放着的似乎就是两条路,要么一次性买卖,要么出卖自己。像这种久经沙场的中年男人，自然不像方亮这样的毛头小伙子那样好糊弄。

匆匆道了别，回去的路上常若雨没有胜利的喜悦，她心事重重。这个季俊多次在网上跟自己交谈过，知道自己不是乱七八糟的女人，所以才敢让她来办公室。如果见面是恐龙，那肯定也就没有下一次了，如果是长得还顺眼的，那就要看她了，愿意发展的就继续合作，不愿意发展的也就到此结束。而所谓的发展，从季俊的眼光里她已经看懂了，无非是上床。怎么办？常若雨想得头也大了，她唯一期望的就是自己多心了，他们不过是比较有缘，所以他愿意帮她而已。

快到家了，但常若雨不想上楼，一上楼妈妈又要问东问西了，而她现在自己都没理清思路，不知道又该如何应对妈妈。

她坐在楼下的街心花园里，一棵小树茂密的枝叶正好帮她挡了阳光，也同时可以挡住路人以及楼上人家的视线，就像待在自己的小世界里的那种感觉。她思前想后，什么事情也没发生，她为什么要这样纠结。那是因为没有安全感啊，要获得一个这样的上家不容易，网上谈了好几个人了，也就这个愿意搭理她。如果这样的客户有很多，她何必这么在意这一个呢？能做就做，不能做就不做。

想到这里，心中有些气愤，一个电话打给了方亮，"你说给我介绍广告公司的人，怎么一个都没介绍？你在敷衍我吗？你看我自己的联系的人，刚才都去拿过货了。"

"真的啊？什么货？那人是男的吗？怎么样一个男人？"

见方亮紧张的口气，常若雨突然明白了，方亮要介绍的人一定也都是男的，他怕她认识太多的男人，他就更没机会了。她又好气又好笑，"方亮，我是在创业阶段，没工夫观察那是个怎么样的男人，这个跟我没有关系，懂吗？你能不能别这么无聊？"

"我没那个意思，我就是随口一问。"

"没有最好，你什么时候给我介绍啊？"

"你什么时候变得这么性急了？"

见方亮这个态度，常若雨突然觉得胃痛得要命，整个胃部都扭结在一起。她一手按着胃部，一边恨恨地说，"行，我就知道靠山山倒，靠人人倒。我不求你了，我自己一样可以开发出很多资源来的。再见！"

听到常若雨的这些怨言,特别是最后两个字"再见",似乎有决绝之意,方亮不由倒抽一口冷气,"别呀。好好好,我马上就跟他们联系好不好?"

"好,但你今天必须得给我一个答复。"常若雨心里已经想好了,如果方亮的回复是那些人都没有意向,那么这些话肯定就是推脱之词,这样的朋友不交也罢。想到要跟他绝交,似乎一下子没了主心骨,人顷刻间就飘在了云层里。

"好好好,最晚一小时左右给你答复好不好?我的大小姐。"

"好。"

挂断电话,常若雨仍然不想上楼,似乎等不到方亮的电话,她就无颜面对妈妈一样。当初开店以及后来有些思路时的意气风发和热情高涨此刻已经降温了,取而代之的是迷茫和心累的感觉。她开始怀疑自己选择的道路到底对不对了。但一想到又要去做那些低薪没前途,并且要看同事或是老板脸色的工作,她又后怕厌烦了。看来人活在这个世界上总是不顺心的,既然横竖都是不顺心,还是干一些相对有意义的事情来吧,说不定就会开垦出一片康庄大道来的。

想到这里,也就想通了,她站起来,从树阴下走出来,仰头看了一眼自家的窗口,虽然有些年头了,窗框上面锈迹斑斑,但是有一种很安静的感觉。

"小雨,最近网店的生意怎么样啊?"

常若雨温暖的心灵突得一凛,邻居张阿姨出现在了她的身后,这个上海中老年胖女人就是烦,老喜欢问东问西的,而且喜欢用一种叫人浑身不舒服的眼神看人。住在这种老房子里,说好听点是邻里关系好,说难听点就是不能有隐私了。还不如那种新房子,邻居之间老死不相往来,虽说冷漠,但自由清静。

"刚开始创业阶段,马马虎虎。"常若雨丢下这句话,就想快点上楼,好不要听张阿姨的不断盘问了。

可张阿姨偏偏还意犹未尽地追问道,"哟,小姑娘志气蛮大的,还自己创业。但男人都不喜欢太强的女人,他们觉得女人只要好看就可以了。太强,男人就不敢要了。"

你不过是个俗妇,怎能知道男人喜欢什么样的女人?常若雨虽然明白不能跟这些市井俗妇较真,但心情还是被破坏了,就像赏花时看到了一条大黑虫一样,根本不可能无视的。

"你说的这种男人我怎么可能看得上,我喜欢有内涵的。"

"那这种有内涵的男人你找到了吗?"

"追我的人不少,但我还年轻,不想这么早就被家庭拖累,过两年我会考虑的。"说完,就逃一样噔噔噔地上楼了。

听见张阿姨还在身后说着:"小姑娘志气大来。还年轻啊,我女儿这个年纪的时候儿子都打酱油了。"

八卦的女人真是烦。常若雨边想边开门。

见女儿虎着一张脸,妈妈就问了,"怎么不开心了?今天办事不顺利?"

"没有,很顺利,就是刚才碰到2楼的张阿姨,这个人可真烦,问东问西的。"

"可不是嘛。所以就怪你,你好好上个班,谈个朋友,人家不就没什么可说的了。"

"我干嘛要为这种人活啊?"常若雨跺着脚,"难不成你怕她吗?要为她而活?"

"这是怎么说的?我就是想让你过一种平凡的普通人的生活,这样我开心,在邻居面前也有面子,难道有错吗?"

常若雨一下子烦得要爆掉了,二话不说就跑进自己的卧室,反锁上门。她想哭,紧紧地憋着,咬紧牙关,把所有的哭泣都压在喉咙口。她知道好事的妈妈会在门口偷听,所以她不能把她的软弱暴露出来,她是坚强的,她不会哭泣。她捂着自己的嘴,跟眼泪做着抗争,好像就要失败了,她快要抵抗不住了,要大哭了,号啕的那种。

就在这时,她的手机响了,眼泪一下子就收住了。她心生感激,是谁在这个危急的时刻救了她?

原来是方亮,常若雨想起刚才托他的事情,心情又是一沉,如果他敷衍她,她就将永远失去这个朋友了。

"若雨,我帮你问过了,明天上午10点你去八马图广告公司找一个叫赵云的人,要我陪你去吗?"

他没有敷衍我。常若雨的眼睛里流下了激动的泪花,"不用不用,你忙你的。那其他公司呢?你联系了吗?"

"我会一个一个联系的,把你的每一天都安排满,好不好?"

"去你的。"常若雨破涕一笑,"那谢谢你了。"

"听到你笑我就开心了,什么时候出来吃饭?你酒量不错,还去你家附近那个大排档吃好吗?"

"这个再说了。那这样,我先挂了啊,有客户要买东西。"

"好的,你忙吧。"挂断电话,方亮有一种隐隐失落的情绪,但他知道他没有退路,他的一生好像就是注定要为常若雨服务的。

常若雨打开电脑上那个闪烁的小人头像,她以为是有人来买番茄汁,一看却是才分手不久的季俊。她的心莫名地一紧。

"我准备利用假期跟几个驴友出去旅游,你有兴趣加入吗?"电脑上出现这么一行字。

单身男女出去旅游,看来的确心怀叵测。常若雨一阵心烦,打下一行字——我要看店跑不开啊。

"你店里又没什么生意,让家里人帮忙照看也是一样的。"

"这个……好呀,不过以后再说吧,最近有很多乱七八糟的事情跑不开。"

"好的。"

常若雨松了一口气,看起来季俊并没有因为她的拒绝而生气,可能真是自己多心了。她何尝不想去旅游,但怎么敢跟男人一起去旅游,虽说并不是单独两个人,但出门在外,保不准会发生什么事情,到时候叫天天不应,叫地地不灵就惨了。

她看了一眼手里的美容健身卡,突然想:我卖这个东西,也得自己先享受一下才不算虚度。想到这里,兴奋地大喊:"妈妈,妈妈。"

"出什么事了?"母亲一脸惊恐地飞奔过来。

"我们去做精油开背怎么样?"常若雨扬了扬手里的美容健身卡。

"原来是这事,你这死孩子,吓死我了。"常妈妈拍着胸脯,"精油开背我不去做,什么时候你有足疗卡再来叫我吧。"

"真不会享福。"常若雨耸耸肩膀,拎起小包,对妈妈做了一个飞吻,然后出门了。逗得妈妈咯咯直笑,把刚才的不愉快都抛到了九霄云外。

常若雨知道,其实妈妈是非常爱她的,虽然不赞同她的观点和做派,但还是最大限度地宽容着她,顶多唠叨两句。相比她的那些女性朋友,她要幸福多了。她想到了她的好朋友小梅,每天干着最枯燥和没有创新性的工作,就想辞职在家写作,可她妈妈打死都不同意。事实上在家写作的收入不比那份极低的工资少,最主要是比那份工作要有前途多了,可梅妈妈就是不同意。一天小梅在老板的呵斥和同事的排挤下忍无可忍地辞了职,这下好了,家里炸锅了,母亲天天对她肆意谩骂。逼得她只能天天流浪在外,谎称已经找到了新工作,其实是找地方写作。稿费也让寄到常若雨家里,然后再对梅妈妈谎称这是新工作的工资,有时寸头调不过来,常若雨还会先借给她。

对了,干嘛不叫小梅一起去做精油开背呢?一个人去太没意思啦,连个说话的人也没有。只是不知道她现在流浪到哪一站了,如果远的话就算了。常若雨心想,然后拨通了小梅的手机。巧的是小梅就在那家美容健身店的附近,这下两个好朋友可高兴了。

小梅的全名叫梅风雪,出生在一个风雪交加的夜晚。跟常若雨一般年纪,两人的名字都跟节气有关,长得也像亲姐妹,特别投缘。常若雨喜欢梅花,觉得梅风雪的气质也跟梅花特别神似,所以一直亲昵地称她为小梅。她们两人以前是初中同学,毕业后各奔东西,没想到若干年后还会在路上相遇,然后就成了闺蜜,一直到现在。所以每当想到小梅,常若雨脑海中总会出现缘分这两个字。小梅在中学时因为性格冷漠内向,所以没有朋友。性格随和大方的常若雨是她的同桌,两人自然而然地亲近起来,但即使如此,因为小梅偏冷的性格,还是让她们在毕业后渐渐失去了联系。几年前在路上偶遇,常若雨发现小梅依然跟少女时代一样难以接近,但毕竟学会了成熟,所以比小时候可爱多了。也许此次邂逅,可以让她们的友谊天长地久下去。常若雨想到一句话:越是不容易交往的人,一旦成为朋友,才最有可能是最牢固的一种关系。

"小梅。"

"若雨。"

两个好朋友在美容健身店的门口一见面,马上两双手拉在一起又叫又笑,互相传递着内心难以抑制的欣喜和激动。

"若雨,谢谢你能想到请我来精油开背,我刚才在公园里看书,一本书都看完了,可时间又太早,不敢回家去,还得熬到像下班时那个时间点。正愁该怎么挨日子,你的电话就来了,及时雨啊。"

常若雨听了心里感到酸酸的,这么大把年纪的女孩了,还得在外面闲逛,跟个二流子似的。原本是个比一般人更努力的人,怎么这个状态就这么不对呢?这么想着,又觉得自己的妈妈好到天上去了,给她自由,给她想要的生活。

"今天没写作吗？"

"我妈说笔记本电脑别天天带到公司里去，万一被老板看到我写作，说不定会开除我的。我说我上班时间不写，就是午休时写。我妈说午休时最好也别写，我怕她唠叨，今天就没带电脑，带了一本书出来。"

我的天，那是你亲妈吗？常若雨心想。如此无知，不通情达理。她无法想象如果她的亲妈也这样，她会不会崩溃。

"小梅，我看你每天还是来我家吧。笔记本电脑就放在我家，就说你锁在公司抽屉里了。这样你妈就吃不准你哪天在写作，你就跟她说公司没人时你才写的。"

梅风雪的眼圈红了，她觉得常若雨就是上天派来的天使，专为解救她而来。

"谢谢你，若雨，如果你是一个人住，我一定会来。但你有家人，家里突然多了个陌生人，会有很多不方便的，我不想使你父母为难。你别为我担心，我这样挺好的，也不能每天都写作，也需要看大量别人的作品的，正好一举两得。"

"小梅，你真了不起，你这样执着和勤奋，将来一定可以成为大作家的，因为天道酬勤。"常若雨两手按在梅风雪的肩上说。

"你也是，你的聪明、勇气和执着也一定会让你成为一个生意场上的女强人的。"

"行了，我们别互相吹捧了，赶紧进去精油开背吧。我们也要劳逸结合啊对不对？"常若雨拉着梅风雪的手，一同走进了健康美容院。

她们手持的是面值1000元的卡，按理可以做5次精油开背。

两个按摩师把她们安排在同一间按摩房里，就这样，常若雨第一次看到了梅风雪的身体，皮肤细腻光滑，就是略显骨感，胸部也像没有发育好的小女孩一样。

在3个女人的面前脱光上衣，梅风雪显然觉得很不自在，她脱衣服的动作很慢，但当脱到胸罩的时候，动作又迅速起来了，一经脱下，立马趴在了床上。

相比梅风雪，常若雨显得落落大方多了，可能是自己身材太好，她喜欢把这种美好展示出来。以前总觉得自己的胸部不够大，但跟小梅一比，就感到自己原来好丰满哦。

凉凉的精油涂在身上感觉很舒服,常若雨合上眼睛,享受着按摩师双手的爱抚。但还没过几分钟,按摩师就说话了,"这个精油开背要长期做才有用,我们店现在搞活动,你们只要充值 3000 元就能享受……"

听到这里,常若雨的头大了,难怪进价才 10 元,卖 19 元的美容健身卡能做 5 次精油开背呢,原来她们是要推销的。她怕把小梅吓到,赶紧说,"下次再说吧,我们先体验一下看好不好。"

这一招果然灵,按摩师不再多话,相反非常卖力地在为她们服务。常若雨心有所动,大家赚钱都不容易,可惜自己也是囊中羞涩,哪一天如果发达了,她倒是愿意充卡的。

一个小时享受完毕,她们穿好衣服走出门去。

"你这次说要看看服务再说,那么第二次,你一定要给她们答案了,不然她们肯定会推销个没完的。"小梅说。

"有我在你担心什么,总不见得一张卡才做一次就不敢去了吧?我们定个时间,下次什么时候去做。"

"你知道我的,我都有时间,是你忙,你定时间吧。"

常若雨一脸甜丝丝的表情,"那太好了,你等我电话。哪天我有空上午就打给你,你来我家吃午饭,吃完饭我们一起去。"

"好。"小梅看了一眼时间,苦笑着调侃道,"我的下班时间到了,我该回去了。"

"你的长篇小说还没找到出版社吗?"

"没有,"小梅语气低落,"投出去都石沉大海,上门去找出版社也都是冷眼,真的很难。现在就靠发些小文章,可是这些小文章差不多有一半的稿费是收不到的。"

"你真太不容易了,"常若雨感慨道。"你还要坚持下去吗?"

"当然,当作家是我童年时候的理想。你还记得吗?中学时我就偷偷在上课时写短篇小说,写了还给你看。"

"记得,当然记得。"常若雨又兴奋起来了,"你那时就已经写得很好,把我都看入迷了。"

"就是呀,那时不好好听课,就顾着写小说了,害得学习成绩差,以至于现在只能做低收入的工作。不过那些中学时代写的小说现在已在南方的几家小刊物上发表出来了。"

"真的？你十几岁时写的小说，在十几年后发表出来了？太好了，我也要鼓励你坚持下去，你一定行的。"常若雨欢欣鼓舞道。

此时天边晚霞从她们头顶的天空中倾泻下来，让她俩沐浴在一片流光溢彩中，就像是一个好兆头，让人的心中升起无比希望。

十

方亮共给常若雨介绍了两家广告公司，一家的负责人是个中年妇女，最主要给她代销餐饮券，另一个是一家很小的私人广告公司，负责人也就是老板，是个中年残疾男人，所供货品基本是没有用处的。

"方亮，你还有没有其他人啊？你介绍的一家是没用的，另一家的餐饮券给出的价格也不占优势，只能冲冲信誉，没有钱赚的，你有没有尽心啊？"

方亮听出常若雨的言辞中不无埋怨，他觉得自己有必要解释一下，"小姐，你知道现在竞争有多激烈吗？那家提供餐饮券的广告公司是我一个朋友介绍给我的，他开淘宝店已经好多年了，那时没啥竞争，就凭着那些餐饮券他一年买一套房子，可是今非昔比了。这么给你形容一下吧，以前一碗饭一个人吃，可以吃饱；现在一碗饭十个人抢，你想想看还有多少利润。"

常若雨晕了，一时间不知道下一步该怎么走，什么事情都得早干，晚了就完了。一抹夏日的阳光从窗口照射进来，将她照得浑身冒汗。从初春到夏末，仿佛一眨眼，她的网店开了已经有 5 个月了，除了那批不花本钱的减肥鞋让她小赚一笔，其他的都几乎没挣到什么，这样平均下来，甚至还不如上班拿的工资多。如果再没有改观，接下去岂不要喝西北风去了？

天气炎热，一丝风也没有，白云静静地停在天穹，汗水从常若雨的额头流下来，流到嘴角，咸中带苦的味道。

"那怎么办？"她喃喃自语。

"我给你出个主意。"

"什么？"她一下子就精神振奋起来了。

"再过 2 个月就是中秋节了，我会去进一批类似克里斯汀、新雅、杏花楼的券,你帮我卖。一般都是单位要,需求量会很大。这样你不但能赚一点钱,还能把信誉飞速炒上去,有了信誉,你其他东西也会好卖的。"

"方亮,你可真是我的贵人。"常若雨长长地舒出一口气来。

方亮在电话那头得意地笑起来,"赚了钱请我去吃排档哦。"

"一句话!"

挂断电话,常若雨心情好起来了,她想去洗把澡,然后做精油开背。她打电话给小梅,想起一周前跟小梅的温馨相见,至今心里都是甜丝丝的。"梅,大热天的,你现在在哪里呢?"

"我在肯德基里面写小说。"

"那我过来请你吃肯德基,然后我们去精油开背。"

"你请我做精油开背,我请你吃肯德基。"

"你现在这种情况,我怎么能要你请客呢?等你出人头地、名利双收的时候再回请我吧,你放心,我记着呢,你赖不掉的。"

电话里停顿了半晌,"小雨,你真好。"

常若雨听出小梅的声音里都有哭腔了,怕她真的感动得哭出来,赶紧乐呵呵地说,"你就在离我家最近的那家肯德基是吧?我过来找你,你别跑开。"

匆匆洗澡换衣服,想到可以跟小梅见面,兴奋得就跟去恋爱一样。

"又要出去?"母亲看到她这个样子说道,"快吃午饭了。"

"我去跟小梅见面吃饭,不在家吃了,然后我们再去精油开背。"

"又是去跟小梅见面。"母亲颇有不满。常若雨不知道是不是每个母亲都一样,会嫉妒女儿的闺蜜,最好女儿跟哪个女人都不好,就跟她一个女人好。

"是啊是啊,我们难得一见的,正好她有张汇款单来了,我给她送过去。"

"就是那张 27 块钱的汇款单?"常妈妈一脸鄙夷,"真不知道梅风雪这个人怎么想的,天天背着妈妈躲在外面,说什么追求理想,我看跟丧家之犬也差不多了。"

"也有几百元的稿费嘛,你别这么说她,难听死了,我们都应该支持她,现在这么有追求和理想的小姑娘已经不多了。"

常妈妈的嘴角挑起一丝嘲讽的笑,"拿着只能喝粥的钱追求理想,这种行为本来就不值得称赞,也不是一个正常人该做的。"

常若雨眉眼含着笑,"小梅本来就不是平常人嘛。好了,妈妈再见。"

亲了一下妈妈的脸颊后蹦跳着下楼。室外日头正烈,常若雨打着一把带花边的草绿色遮阳伞,穿着一条浅绿色的真丝连衣裙,行走起来的时候裙摆飘飘,身材曼妙,就像带来一股绿色的清风。在路上行人的注目礼下,她的自信蓬勃地起来了。

在肯德基的一个隐蔽角落,常若雨看到了正在奋笔疾书的梅风雪。此情此景,让常若雨依稀找回了学生时代的感觉,一时间,竟然心潮起伏,就这么看着她,也忘了走上前去打招呼。

小梅一抬头,正好看到常若雨,笑容顷刻出现在她尖尖的小脸上,"小雨,你来了?"

"没打搅你吧?看你正写得专注,就没敢叫你。"常若雨边说边朝她走去。

"我刚好完成一个章节,正想打电话问你什么时候能到呢。"小梅合上笔记本电脑说。

"那正好,我去买餐,你稍等。"

梅风雪的微笑凝固在脸上,眼里闪出感动的泪花。

少顷,常若雨捧着一只托盘走了过来,里面是两个午市特惠套餐。

"其实你这么瘦,该给你吃点营养的东西,但没办法了,外面太热,不高兴出去了。吃点垃圾食品吧,也能长肉,不然太瘦了男人不喜欢。"

常若雨的热情让人感动,但梅风雪总觉得比起以前,她的身上添了一些商人世故的热络。

"谁说没有男人喜欢我,我都快要结婚了。"

"啊?"常若雨的嘴巴张得可以塞进一只完整的鸡蛋,"上两个月我问你有没有男朋友,你还说没有,怎么一下子就要结婚了?"

"其实我自己也不敢相信,我们边吃边慢慢说吧。"

"好。"常若雨坐下来,仔细打量着梅风雪,她的好朋友全身的每个细胞都像春风里微微绽开的蓓蕾,渴望琼浆玉液的滋润。这下她相信了,小梅是有男人了,不是在开玩笑。

在边吃边听小梅的娓娓道来中,常若雨的眼前出现了一幕戏剧化的场景——当小梅再次在外面找寻流浪者的落脚点的时候,她遇到了以前的同事陈志华,陈志华被她身上这种执着追求理想的精神所感动,向她求婚了,而她竟也答应了。

"他是早已觊觎你,但没机会开口,后来见你这么落魄,就乘机顺梯开口了吧?"

"说什么呢!"小梅没想到常若雨会这么说,她以为她会祝福她,没想到常若雨的目光独到得比她这个写小说的人还深刻。

"我只问你,你爱他吗?"

小梅的嘴角露出了一丝苦涩的微笑,"我对他没有恶感,而他是唯一能帮我解除目前窘状的人。要知道写作的路不是一帆风顺的,我不能一直一直就这么流浪下去,我需要一个家。"

此时,常若雨的心中又升起了对妈妈的爱,如果不是妈妈的包容,恐怕她此时也匆匆嫁给方亮了。常若雨估计小梅对陈志华的感觉就像自己对方亮一样,没有爱的感觉,也没有讨厌的感觉。

"小梅,婚姻是一辈子的事情,还是要慎重啊。"

"知道为什么现在有这么多剩女吗?都是这么想的。婚姻就像买房子买鞋子一样,买了就买了,也不错,不买就错过了。"

常若雨再次惊愕,这个说法富有哲理,难道她真该嫁给方亮吗?嫁了也就过上日子了,不嫁错过了,可能一辈子都嫁不掉了。没想到文文静静,瘦瘦弱弱的梅风雪能镇定自若地说出这么一番暗藏机锋的话来。常若雨心有领悟,她赞同小梅的观点,但自己还是不想像她一样,匆忙把自己嫁了,她还是期待有眼缘的白马王子把她给牵走。

"到时候你要做我的伴娘哦。"

"一定一定。"常若雨连连说。想想真是时光飞逝,学生时代青涩的小梅眨眼成了文学女青年了,现在又眨眼即将变成新嫁娘了,说不定再过两年见她,手里还会抱着个肉团团呢。她想起了以前写作文,那是她最头痛的一件事,每次的开头都是"光阴似箭日月如梭"。看来她那时还是有先见之明的。她想到好朋友小梅常常教她写作技巧,可她依然没有长进,这才明白写作是天生的,后天再培养也是苍白。

"你在想什么?"

小梅温柔的问话将常若雨从回忆里拉回来,发觉心中已是感慨无数,"我想起了我们上学的时候,那时候才十几岁,可一晃都到了谈婚论嫁的年龄了。"

055

"是啊,时间过得真快,我还记得学校旁边种着一排夹竹桃,夏天时花开得尤其艳丽。我还写了一篇小说,说的是一个女孩想要以夹竹桃谋害她继父的事情。"

"是啊是啊,你是在上课时写这篇小说的,后来被数学老师抓住了。数学老师我们叫他'四只眼',他语音不高,声音里却透出一股威严。自那一次,你就再也不敢在数学课上写小说了。"

两人回忆着过去,越聊越兴奋,直到方亮的一个电话打进来,才把常若雨拉回到现在的生活中来。

"什么事啊?"常若雨有点不耐烦,怪他打断了难得的美好回忆。

"我这边美容健身卡断货,刚才客户要买2张,你得帮我代发货了。"

"我在外面呢,我妈在家,你在旺旺上跟我妈说好了。"

"你在外面干什么?"

"你管得可真宽啊。"

"我是关心你。"

常若雨本来还想呛他一句,但想到人家一直待她不错,就老老实实地回答,"跟小梅在一块儿吃肯德基呢,我们一会去精油开背。"

方亮满心的紧张立马化为了似水柔情,"那玩得开心点,我不打搅你们了。拜拜。"

小梅望着常若雨一张甜蜜妩媚的脸说,"亲,这就是你常跟我提起的方亮吗?"

"对,亲。"常若雨哈哈一笑。

"他对你不错?"

"我们是生意上的合作伙伴,你别想歪了啊。再过一阵我就要忙了,我们要进很多月饼票面包券,到那时就没空陪你吃饭美容了。"

"卖月饼票?"小梅一脸的疑惑,"那不是黄牛吗?"

常若雨哈哈大笑,"对啦,我就是网上黄牛。"

小梅一阵心酸,当年的班花常若雨怎么就成了黄牛了呢?这世道变得叫人看不懂,如果说她是流浪者是可怜的,那她好朋友是黄牛不是更可怜吗?

"你开淘宝店为什么不卖一些上档次的东西呢?我看一些人卖名牌服装也已经几皇冠了。"

"哦,卖名牌服装就是上档次啊?"这句话差点没让常若雨的眼睛里冒出火来,没想到小梅也会这么俗,也会看低她,"卖什么不是做生意? 每个人做生意都会有不同的进货渠道,做好了卖什么都是上档次的,卖不好就是卖你那些所谓的阳春白雪的图书也是白搭。"

小梅自知说错话了,又不知该如何补救,只急着解释,"我不是那意思,我是说你应该卖一些符合你身份的东西。"

"身份? 我有什么身份? 三百六十行行行出状元。就像你,你写小说,写成功了就是受人尊敬的大作家,写不成功就是一个比扫垃圾的还不如的废物。所以说不在于你做什么,而是你能不能把一个东西一件事情给做好。"

常若雨一番劈头盖脸的教训让小梅的脸色煞白,她刹那间觉得身子轻得如同蝉蜕下的一张空壳,轻飘飘的几乎没有分量,几乎要晕倒了。

见小梅脸色突变,常若雨知道自己话说重了,也是后悔不迭。小梅仿佛触及了她的敏感之处,如果她真如自己说得那么不在乎,就根本不会这样激动。与其说是小梅看轻她,不如说是她自己本身就看轻了自己。突然看清自己,让常若雨的头脑顷刻清醒了。

"对不起对不起,我也不是那个意思。我是说,一开始都不容易。但是,以后会好的。不管是你还是我,付出去努力都会有回报的。我看到过一段话,是这么说的——人在达成目标前80%的时间和努力,只能获得20%的成果,80%的成果在后20%的时间和努力获得。这是个非常重要的二八定律,很多人在追求目标的时候,由于久久不能见到明显的成果,于是失去信心而放弃。要知道命运修造是长久的事情,要有足够的耐心。只要不放弃,最后20%的努力就会会被你看到。"

小梅呆呆地坐在那儿,泪水慢慢滑下来。这下可把常若雨给吓坏了,一向理智的小梅这是怎么了? 如果说是她的话说重了,那后来不是又补充说明了吗? 小梅为什么还会抑制不住地悲伤,也不说话。本来想出来开开心心一天的,怎么话不投机事情就弄成这个样子了呢?

"小梅,你不要这个样子,算我说错话了,给你赔礼道歉好不好? 我们现在去做精油开背好不好?"常若雨手足无措,除了一个劲地道歉,根本就是一筹莫展。

在小梅的心里,有个针尖一样的东西在刺痛着她,她知道没有理由责怪常若雨,没有比她更好的朋友了,她只是痛惜甚至迷惘自己的坚持究竟有没有价值,如果不成功,真的连最底层的人都不如吗?她原本以为文学不该这么功利,她应该去反驳常若雨,但她发现做不到,因为常若雨说的本来就是实情,她不该像鸵鸟一样钻进草丛,只把屁股留在外面。是她先看不起别人的,别人就有资格和权力看不起她。她引以为荣的东西在别人眼里一钱不值,就像常若雨引以为荣的东西在她眼里就跟下三滥一样。常若雨的一番话彻底骂醒了她,职业没有高低贵贱之分,若说有什么不同,那就是成功与否。

"你没有错,小雨,但我想冷静一下,我不想去做精油开背了,对不起扫你兴了。"她终于开了口,但目光只敢看着桌面。

其实常若雨也早没了做精油开背的兴致了,但她担心如果就这么走了的话,可能她跟小梅之间的裂痕就很难修补了,她珍惜这个朋友和她们之间的友谊。

"好吧,那改天我们再去精油开背。现在我们出去走走吧,一直坐着,都腰酸背痛了。"

小梅知道不该拂了好友的好意,但遭受重击的人实在没有心情再强颜欢笑,她的脑子很乱,此时唯一想做的事情就是让她一个人静一静,好好想一想。

"我真的想一个人静一静。这样吧,你先回去,过几天我联系你,我们再一起去做精油开背。"

见小梅主意已决,常若雨没办法再勉强,只好道了一声别,离开了肯德基快餐店。但不知为什么,走的时候心里面盛满诀别的悲凉。隔着大玻璃门,常若雨看到小梅静静坐着的身影。她本来就清高,此时更显得偏冷。常若雨突然觉得,她们是两个世界里的人,怎么会阴差阳错做了那么多年的好朋友。

回家的路上,火辣辣的阳光直射在常若雨的身上,但她没有感觉到热,她的心中一阵阵的钝痛,似乎有把冰刀在扎她,这把冰刀久久难以化开。刚才的那番争执似乎引申出了很多问题,她无法解决,也不知道该如何解决。

快到家了,她轻轻抹去腮边不知何时落下的清泪,脑子里想着该不该展露一个笑颜,省得妈妈又问东问西的。但是刚才发生的一切像梦魇一样缠绕着她,她跟小梅从上学时起就没红过脸,但为了不为人理解的事业和工作,彼此伤害。她笑不出来,徘徊在楼下,不敢上楼。

"小雨,怎么不上楼?"

常若雨吃了一惊,爸爸什么时候出现在她面前了?"爸爸,你今天怎么这么早就下班了?"

"爸爸快退休了,不高兴再卖力了,让年轻人去做吧,我早点回来休息。"

常若雨听了,原本酸楚的心如同雪上加霜。在父亲故作轻松的语调后面,掩藏着多么不甘和痛心的因子啊,他本在单位里是技术骨干,但是现在都实行年轻化了,爸爸又是个不会变通的人,于是他被安排到了一个闲职上去了,他以前的工作被一个小他20岁的人顶了。现在爸爸的工作是每天看看报纸,喝喝茶,还能拿工资。可能在别人看来这样的工作羡慕都来不及呢,但常若雨知道,这样的生活如同炼狱,人是需要周围人的赞同的,被抛在一边不闻不问的日子是最难熬的。爸爸每天在这种环境里生活一定很痛苦,但是他展露给女儿的,永远是一张笑呵呵的脸。

"我刚才跟小梅吵架了,她贬低我的工作,我诋毁她的理想,但我们都不是故意的,可说着说着就这样了。"常若雨把刚才发生在肯德基里的一幕描述给了爸爸听。

"难怪你一脸不开心呢。你重视你们之间的友谊,这很好。正因为你觉得这友谊可靠,才会口无遮拦。说了以后,产生不好的后果了,你才明白即使是最好的一种关系,也不是什么话都可以说的。这不挺好?你犯过一次错误了,以后就不会犯相同错误了,正所谓吃一堑长一智,你应该高兴才对。"

"啊?可是小梅不高兴了呀,会不会从此以后就会对我心存芥蒂了?"

"不会的,真正的友谊不会这么小心眼。但可能她以后说话也会注意了,不是什么真话都可以说的,前提是不能伤害别人的自尊心。小雨,说话也是一门艺术。不要以为出发点是好的就是对的,也要看看对方能承受的限度。"

常若雨若有所思,"哦,那接下来我该怎么做呢?"

"什么也别做,等小梅打电话给你,你就装得没事人一样,还是跟她一如既往就可以了。"

"那她如果不打电话给我呢?"

"是朋友就不会不打电话给你,最后道歉的那个人是你,所以先打电话的那个人就一定会是她,那才叫朋友,明白吗?"

"可是?我怎么觉得我们像是两个世界里的人呢?"

爸爸哈哈笑起来:"怎么两个世界了?你们一个是白富美,一个是女屌丝?"

刚才苦闷一直占据着常若雨的心,但经过爸爸这么一开导,马上就豁然开朗海阔天空了。常若雨也哈哈大笑起来,没想到平时三棍子打不出一个闷屁的爸爸竟有这么高深和超脱的远见,还能说些时髦的新名词,一点都不落伍。妈妈还老是说他,真是拿着宝玉都不知道是宝贝。常若雨暗暗为父亲不平。她亲昵地挽起父亲的胳膊,"爸爸,你真是我的好军师,以后我碰到什么想不开的事情,就来请教你哈。"

亲情和温情沁入常爸爸的血脉深处,女儿就是他的精神支柱,在外面再有不如意的事情,回家一看到女儿就释然了,觉得这辈子终还是没有白活,生命还在生机勃勃地延续着。

回到家,常妈妈看见父女俩一起回来了,还洋溢着幸福的色彩,她也被感染了,乐呵呵地说,"回来得正好,一人一碗冰冻绿豆汤,我去给你们端来。"

"好啊,正口渴呢。"常若雨欢呼雀跃。

她跟爸爸面对面坐在餐桌旁,呼噜呼噜喝着冰甜的绿豆汤,感受着家人对自己的关怀与呵护,心里面是一片明亮和温暖的艳阳天。

天气一天天转凉,还在执着穿着漂亮短衫的常若雨打喷嚏了,看来什么季节就得穿什么衣服,要风度不要温度是使不得的。窗外下秋雨了,开始很小,但是无形中在慢慢加大,透明珠子一样的雨滴打在窗玻璃上,发出啪嗒啪嗒的声响。

"哟,下雨了,看来我走不掉了。"来送喜帖的小梅站起来,走到窗边说。

常若雨一双活泼的眼珠子流光溢彩地照在好朋友的身上,"那好啊,这是天意,让你别走了,陪我说说话呢。"

"好吧,可能这么轻松的时候也就今天一天了。"小梅的眼睛里闪现出迷离的光芒。

"为什么?"常若雨知道小梅现在不需要流浪了,她跟梅妈妈说自己快要结婚了,未婚夫让她辞职在家等待结婚。可即使不用流浪了,来好朋友这里玩玩怎么就不可能了呢?小梅不会这么势利吧?利用完了人家就一脚踢开。

"陈志华很看好我,他希望我可以尽快成为一个大作家,他的期待其实给了我很大的压力,这种压力甚至于比在外面流浪时更要沉重。"

"所以你连出去玩的自由也没有了,天天呆在家里写写写?"常若雨惊怒交加。

"不是他,不是他不让我出去玩的,小雨你别误会。是我自己不想给我自由,我得对得起他。"

"天哪。"常若雨倒抽一口冷气,"那你何必急着嫁给这个人呢?"

"我没办法,马上又到了要'发工资'的时候了,我没有钱,这阵子稿子都发不出来,没有稿费,我没法跟我妈交代,跟陈志华结婚是最好的办法。"

"你没钱跟我说呀,我借你。你现在这不是离了狼窝又入虎穴吗?"

小梅轻柔地捻着常若雨的耳朵说,"谢谢你,小雨,但是救急不救穷,我不能老是问你借钱。再说人家陈志华也不是老虎,他对我还是蛮好的。"

"可他不该给你这么大的压力。"

"不谈他了。"小梅故作轻松地笑着说,"幸亏我今天带着笔记本电脑,就让雨继续下着吧,我要写作了。你也别光顾着聊天,好好做你的生意去吧。你现在信誉多少了?"

"那批番茄汁虽然没让我挣到钱,却把我的信誉搞到一钻了。"

"那不错啊,继续努力。"小梅拍了拍她的肩,然后坐到一边去打开了她的笔记本电脑。

常若雨把视线落到自己的电脑上,却见有个旺旺头像在那里闪动,有人来买东西了。她点开了,却不想是妙芙蛋糕。

"你好,还记得我吗?我还需要两张沐浴券。"

这人想来就来,想走就走,说是要做朋友,却无做朋友的诚意。常若雨心中没有好气,在键盘上打上一行字,"有货,但小店现在不提供送货服务了,你拍了我发快递。"

"你信誉上去了,都不送货了啊。"

"你买2张票子还让我送货,你明知道这样我没有钱赚的。"

"那我出送货费,我今天急着要。"

"送货费30元。"常若雨打下这行字,摆明了不想做他的生意。

"好的,我拍了你改价格,还是老时间老地点我们见面。"

常若雨的心剧烈颤动起来,这个小男人就是有这种魅力,能让她心跳,不像方亮,总让她心如止水。常若雨抬头看窗外,雨渐渐停息了,天空也变亮了,她的心情也似这天色一般明朗起来。"小梅,我一会要去送货。你就在家等我,晚饭也在我家吃。"

梅风雪的思路一下子从虚拟的小说回到现实中来,她抬头看了一眼窗外,"雨停了啊,那我回家了,你忙你的。"

"干嘛这么着急啊,你自己都说了,以后很难有见面的机会了。"

"那好吧,我再陪你聊会,等你去送货了,我就走。"

常若雨想跟她聊聊妙芙蛋糕的事情,却不知道该从何说起,正想着该怎么趁这点有限的时间去多跟小梅说点什么,小梅已经开口了,"什么时候再去做精油开背啊?"

"对啊,不说我倒忘了,再不去做要过期了。明天怎么样?要尽快,不然等我的月饼票一来,就没时间去做了。"

"明天我不出来了,来来回回路上浪费的时间可以写很多东西呢。要不这样吧,你去送货,送完货电话我,我们在美容院门口碰面。"

"你现在可真是惜时如金啊。"常若雨摇摇头,"那我去送票了,你等我回来。"

见常若雨面露不快,梅风雪站起来搂住好朋友的肩膀,在她耳边温柔地说,"小雨,我发誓,有朝一日我成功了,一定天天来找你玩。"

常若雨扑哧一声笑了,"天天来找我,我还不烦死了?好啦好啦,我知道你的心思了,我没生气。乖,在家等我,我去去就来。"

因为心中惦记着小梅,一路上常若雨都不是在走,而是在小跑,因此比规定时候早到了15分钟,正考虑着是不是要打个电话给妙芙蛋糕让他快点,却发现服务中心站台门前站着一个熟悉的身影——妙芙蛋糕。一看到他来得比她还早,常若雨的心就软了下去,本来不想给他好脸色的,这会儿却迎上去给了一个微笑,"你这么早就到了?"

"上次迟到被你批评了,这次哪敢不早点到。"妙芙蛋糕还是保持着以前的那个迷人的,不很亲近也不很生疏的笑容说。

"这些话你都还记得?"常若雨有些感动。

"当然,你说的话,怎么可以忘记。"

就像遭到电击一样,常若雨产生了想多跟他在一起,多了解他的强烈愿望,这感觉就像恋爱一样,又不完全是这种感觉,是达不到恋爱程度的那种感觉,就像要吃一样东西,却吃也吃不到的感觉。按理说,她是不喜欢姐弟恋的,甚至是排斥的,但是妙芙蛋糕身上就是有这种神力,比成熟男性还要有魅力,深深地吸引着常若雨。有魅力的男人就像有魅力的女人一样,都是稀缺资源,不大容易能碰到的。但她不敢把这种感情流露出来,因为她知道年轻的女孩就像韭菜一样一茬一茬地收割,她这个相对而言的老女人怎么能跟她们比,所以她要把这些痴心妄想都藏到心灵的最深处去。

"这是你要的沐浴券。"常若雨把两张票子递给他,随即问道,"跟女朋友一起去吗?"

妙芙蛋糕笑了一笑,"跟一个姐姐一起去。"

姐姐?常若雨心里嘀咕了一下。很显然,妙芙蛋糕指的这个姐姐不是亲姐姐,也不会是堂姐或是表姐,只能是一个跟他没有血缘关系的年长他的女人。而且能一起去沐浴,显然关系已经非比寻常。她想起了他的买家记录,大多买的是女人用品。难道这个人有恋姐情结?不然怎么又会用这种暧昧的态度对待她?如果她够主动,那么跟他一起去沐浴的人就是她了。常若雨感到妙芙蛋糕身上的神秘色彩越来越浓了,让人急于想撩开他这层神秘的面纱。

"那我先走了,再见。"妙芙蛋糕送上一个温情脉脉的微笑,然后转身离开了。就像上两次那样,没有一点依恋。

常若雨想叫住他,她有太多太多的问题想要问他,但嘴张了张,还是没有发出一点声音,她终还是矜持的。泪水,突然无法抑制地涌出来。

尽管妙芙蛋糕态度和蔼,但骨子里还是骄傲的,他看不起她。常若雨是这么认为的,她的心压抑得都快爆炸了。

她打了个电话给小梅,"出来吧,我在美容院门口等你。"

15分钟后,两人同时到达美容院。

小梅拉住正欲望里走的常若雨,"怎么送了一次票子回来,你的情绪看上去不对啊。"

"没什么,我们去精油开背吧。"

"先把问题交代清楚再进去。"小梅故作严肃地说。

"你什么时候也像我妈一样鸡婆了?允许每个人都能有点小秘密好不好?"

"如果这个小秘密给你带来不愉快,那就要把它说出来。俗话说当局者迷旁观者清,也许旁人帮你一分析,你突然就发现这个小秘密根本就是一坨臭狗屎。"

超凡脱俗的小梅难得说几个脏字,她的话让常若雨有一种想要倾诉的愿望,于是她把跟妙芙蛋糕事情的前前后后说了一遍。

"原来是这样。这你都看不出来?这根本就是一条小狼狗嘛。他嘴里的姐姐应该就是包养他的女人,应该也是一个工薪阶层,所以他不知足,还想搭上更多的姐姐。对你这个态度,分明就是欲擒故纵。你看,你不是险些就要上钩了吗?"

"你凭什么这么说?一个刚从大学校园里出来的人,哪会有那么多心计。"常若雨不以为然。

"我敢打包票这个人根本不是什么大学毕业生,就是社会上的一个混混。不信你去问问他现在在哪里上班,一调查就知道了。"

常若雨想起那时妙芙蛋糕说他已经毕业了,在西门子公司上班,但说的那个地址,根本就不是西门子公司的。当时也没有细想,经小梅这么一点拨,马上如醍醐灌顶。

在做精油开背的时候,技师小姐不停推荐着她们公司的内容,有护肾、减肥、美白……应有尽有,鼓动她去充卡。这次她跟小梅被安排在了两个房间,可能是技师觉得把她们俩分开,胜算的可能性就越大吧,省得一个不充钱,另一个就跟着不充了。

技师说的什么话常若雨一句也没有听进去,她满脑子想的就是小梅刚才的分析和妙芙蛋糕的点点滴滴。妙芙蛋糕选择在她新开店的时候光顾她的店,一来可以让她心生感激并留下深刻印象,二来没有选择信誉高的店家来买东西,是因为信誉高的卖家不会亲自去送票,他就无法用他迷人的脸庞和计谋去实施计划了。这样一个小男生,真的被姐姐们搭上了,哪个姐姐不愿意为他倾囊而出啊。请吃饭不过是一种投资而已,麻痹姐姐,将来会从姐姐身上捞到更多的。如果一开始就让姐姐请吃饭,那么姐姐就会增加警惕性,那么他胜算的可能性就要小多了。

常若雨倒抽一口冷气,感到社会真是太复杂了,她还是太嫩了,多亏写小说的小梅有着洞察人内心的能力,不然她死在哪里都不知道呢。被骗钱、骗色,最重要的是被骗去了真情,需要用多少精华才能修补伤口啊。

一个小时就在她的胡思乱想中度过了,等她心事重重地走出来时,看见小梅已经等在门口了,是大门口。常若雨一愣,小梅干嘛不坐在里面凳子上等她,而是要站到大门外去呢?

带着疑问,她匆匆在登记单上签了字。技师在她签字的当口不失时机地让她为这张美容健身卡充钱,接待员也在一旁帮腔。但常若雨没心思敷衍她,急于想知道为什么小梅等在大门口,匆匆地扔下笔就跑出去了。

"干嘛不在里面等我?你怎么比我先结束啊?"出得门来,常若雨劈头就问。

"我受够了,"见到常若雨出来,小梅像受了惊吓一般紧紧拉住她的手浑身发抖,"我下次再也不去了,这张卡就浪费了吧。一刻不停地让我充卡,我哪是在享受啊,我是度分如年啊。受不了了,要崩溃了。我怎敢在里面等你啊,在里面她们不停地推销,我只好逃到门口来了。"

常若雨哈哈大笑,"你理她们干嘛呀,你一搭腔,她们就起劲了。看我,一语不发,说到后面,她自己都没劲了,就不说话了。"

"反正说什么我也不去了,这次就这样,下次还不拿刀对着我呀。"小梅惊魂未定。

常若雨想想也是,美容院推出这种卡,就是等人进去蛊惑别人充钱的,不然美容院里的老板和工作人员不就吃西北风去了?下次可能真的会不让她们出门也难讲。想到这里就说,"好吧好吧,下次我也不去了,做了2次,已经很划算了。"

小梅定睛看着她,一语双关,"你的气色看起来好多了,看来毒已经被排出来了。"

常若雨当然知道小梅指的排毒不是做精油开背的功效,而是刚才的一番分析把她心灵的毒给排出来了。她羞涩地低头一笑,"我觉得每个人都是大智若愚。上次我爸爸的话给了我惊喜和启发,这次又是你。看来遇到问题就要跟人诉说,三人行必有我师焉。"

"什么?你说我大智若愚?难道我看起来很愚蠢吗?"小梅故作生气状地过来打她。常若雨欢笑着奔跑起来。她们一个在前面跑,一个在后面追,就像两个天真烂漫的少女,引来路人欣赏的目光。

十二

秋天的风很凉,但是常若雨忙得满头冒汗,她不由自主地打开窗户,任凭秋风灌满她的小屋。中秋节快到了,方亮进得来的面包券卖得像飞起来一样。每天早上一打开电脑,"叮咚"声就不绝于耳,让她手脚不停,一直忙到深更半夜,已经持续三天,天天如此。常若雨心想,这幸亏是有季节性的,如果长年累月如此,不"过劳死"才怪呢。

常若雨打了个大大的喷嚏,正巧常妈妈推门进来,见此情形,心疼地三步并作两步来到窗前,把窗户给关上,一边嘴里念叨着,"出了汗不能吹风的,小心感冒,你快去洗个澡休息一下,我来换你的班。"

常若雨边一眼不眨地盯着电脑荧屏,边十指飞快地击打着电脑键盘,嘴巴里说着,"不用,你打字速度太慢,干不了的。"

常妈妈看见电脑荧屏的下方闪亮着一排旺旺头像,不由啧啧道,"真想不到面包券的销路会这么好。可惜利也太薄了,就算生意好成这样,也赚不了几个钱,也就赚点信誉吧。"

"糟了!"常若雨突然叫到。

"怎么了?"常妈妈凑上头,看着电脑,只见一个买家写道:券已收到,我买的是200张,可是却只收到160张。

"不可能啊,每次这种数量大的单子,都是我点一遍,你或者爸爸再帮我复查一次的呀。"常若雨失魂落魄地叫着。

"这不是秃子头上的虱子明摆着的嘛,一定是快递偷了,转手卖给黄牛了呗。不信你问问买家,信封有没有被拆开来的痕迹。"

常若雨心想,姜到底还是老的辣啊,妈妈虽然没做过生意,但是一推断就推断出来了。再问买家,果然快递盒子上有拆开再重新封上的痕迹。

"妈妈,这事不怨买家,我们退钱吧。接下来再有买家来买,我们一定要关照他们当着快递员的面点一点数量,不给点的或是数目不对的,一定不要签收。"

"40张啊。"常妈妈心疼地叫道。

"400张也是我们的错。先退钱,回头找快递公司交涉。"

女儿的语气坚定,让母亲难以抗拒。这一刻,常妈妈觉得若雨真的长大了。然而唯其这种长大,在常妈妈看来,尤其我见犹怜。她突然扭头冲着门外大吼一声,"懒虫!在家也不帮忙,快去烧碗水果羹给女儿吃。"

"烧水果羹这么麻烦,直接吃水果不就可以了?"从外间传来父亲迟缓的声音。

"你不知道女儿最喜欢吃水果羹啊?她现在又忙又累,你怎么当爸爸的?"一顿数落,最后以一句"老畜生"结尾。

"妈,你干嘛对爸爸这个态度啊?"常若雨抬起头,埋怨道。

"不骂他就这么懒着,你看,一骂他,就去烧了。"母亲说完,离开了女儿的房间,监督老公去了。

常若雨来不及继续替爸爸抱屈,一堆的"叮咚"声等着她去回复,忙得人都已经机械了,爸爸什么时候端着烧好的水果羹进来的也不知道。

"先吃,身体最重要,钱是赚不完的。"

常若雨边打字边头也不抬地问爸爸,"怎么是你端来的?妈妈呢?"

"你妈买菜去了。"

听到母亲买菜去了,常若雨停下打字的纤纤十指,"爸,你先别走,我有话跟你说。"

"你不是在忙吗?"

"放放没关系的,我还能边吃边跟你说,你不开心吗?"

听了这话,父亲非常高兴,世界上还有什么比跟女儿谈天说地更幸福的事了。

"为什么妈妈老是骂你,你也不回嘴?如果你把她顶回去了,她就不会这么肆无忌惮了。"

"自己的老婆嘛,有什么好斤斤计较的。"父亲憨憨地笑着搓搓手。

常若雨转动了一下脖子,颈椎疼得厉害,她又边用手给自己按摩边说:"你可真是个老好人啊,在单位里是这样,在家也是这样。可是爸爸你知道吗?一个没有脾气的人是不会受到别人的尊敬的,特别是在家里,女人会被宠坏的。"

女儿的话在父亲的耳旁停了停,羽毛一样飘走了。他只关心的是女儿的颈椎又疼了,让他心疼,"歇歇吧,别年纪轻轻的就把身体给累坏了。"

"没事,现在得颈椎病的人多得很。像我这个年纪的,即使不开网店,他们也一直在电脑前玩游戏,一样颈椎不会好。比起他们,我的颈椎坏得其所。"

女儿的话把父亲给逗乐了。

"哟,下雨了。"常若雨突然发现不知道什么时候下起了雨,窗外斜飞的雨丝迷蒙了玻璃,"妈妈带伞了吗?"

"她没带伞,我去菜场找她,给她送伞。小雨,快把水果羹吃了,已经不烫了。"父亲说完,就拿着他那把格子大伞出门了。

看到这一幕,虽然早已是司空见惯,但现在常若雨却觉得鼻子发酸。人突然长大了,就对很多平时熟视无睹的东西上起心来了。她想找个机会一定跟妈妈好好说说,说说她有个多么好的好老公,一定要知道珍惜,知道好好回报。很多女人都是这样,给孩子的爱比给老公的要多很多。常若雨知道,妈妈突然去买菜,肯定是看女儿辛苦,准备烧一大桌子可口的饭菜来慰劳女儿。这是母爱的伟大,让常若雨很感动,但她不想独占这种爱,她要妈妈至少把这种爱分一半给爸爸。

常若雨搞不懂,面包券的生意怎么会这么好,她都想把脚举起来当手来用了。虽然这东西利很薄,但就靠这么忙下来,这个中秋也能小赚一笔了。

她的手机响起来了,但她无暇去接听,太忙了,客户一个接一个过来,每个人都要问一堆问题才会拍了付款,她就连看一眼是谁打来的都没有时间。她只能肯定不是方亮打来的,方亮信誉比她高,一定比她更忙。

"怎么不接电话呢?"妈妈的声音在一边响起,"是小梅。"

原来自己忙得连父母回来了都不知道,听到是小梅打来的,常若雨立马放下手头的工作,去接听手机,而常妈妈则接替女儿,替她打字回话,虽说使用的是"二指禅",也能帮不少忙。

"小梅,不好意思啊,我太忙了,都没时间接你电话,还好我妈回来了,我可以喘口气了。"

"这么忙啊?那为什么不请个小工呢?"

"如果是长期这样的话当然是要请的了,可这只是阶段性的,我总不见得只请半个月吧。"

"还好还好,你只忙半个月,还来得及做我的伴娘,陪我去做些准备工作。"

听着小梅的声音和口气,常若雨知道她此时每个毛孔都洋溢着发自心底的快乐,看起来这段时间她跟未婚夫的感情又增进了,常若雨由衷地为她的朋友高兴。看来感情是可以培养的,她又想起了方亮,有一种温暖的感觉。

"你今天找我有事吗?"

"没事就不能找你说说话啊?还好朋友呢。"

"你不是时间很紧,想争取早点成为大文豪吗?"

"不许取笑我。"说完,手机里传出一串咯咯的笑声。

难得见小梅这么开心,常若雨也想陪她多聊一会,但是手头一堆的生意,让她不得不挂断了电话,想着等忙过这阵一定好好陪小梅玩玩。

"来,妈,你去休息,这里我来。"

常妈妈站起来,把座位让给了女儿,嘴里喷喷说着,"赚的都是辛苦钱哦,又不是很多,没啥意思。你还是应该去找个正经工作做。"

常若雨没空搭腔母亲,双手在键盘上一阵噼噼啪啪。

等到了吃晚饭的时间,常若雨拖着筋疲力尽的身体来到饭桌旁,着实被吓了一大跳——满满一桌子菜,好像要招待10个客人似的。她在电脑前忙乎的时候,妈妈和爸爸两个人在厨房里忙乎了一整个下午,就是因为心疼她,想让她吃好。常若雨一激动,泪就下来了:"干嘛烧那么多菜啊?这样起码能吃一个星期了。"

见女儿掉泪,常妈妈似乎有点尴尬,"你怕吃不了,要不现在打个电话给方亮和小梅,让他们过来帮忙一起吃。"

听见这句话,常若雨破涕为笑了,"这么晚才打电话,好没诚意哦。再说我也不要,我们一家人好好吃顿晚饭,干嘛要有外人?"

"要不要来点酒?"父亲提议。

"好啊,我们喝点酒助助兴,累了一天了。"妈妈说着就去拿酒。

这个时候常若雨的手机响了,拿起一看,竟然是方亮,"怎么是你啊,方亮,难道你不忙吗?还有时间打电话。"

"我忙得都快死过去了,这不在吃晚饭吗?想着你也在吃晚饭,所以想跟你说两句。生意是次要的,身体最重要。宁可少接点单子,也别把身体累坏了。"

累了一整天,听到这些话,常若雨的心里涌起一股暖流,她突然好想方亮也能在她身边,四个人一起吃饭。

"你也是。保重!"

挂断电话,常若雨看到妈妈取了一瓶葡萄酒出来,赶紧阻止,"换啤酒吧,葡萄酒太有情调,浪费时间,我一会吃完还要去接单呢。"

"总不见得我烧了这一桌子菜,你吃两口就要跑掉吧。今天说什么你也得在这饭桌上坐满一个小时,否则不放你走。"

"可是还有很多生意呢,我接得慢了,就要到别家去买了。"

"赚钱首先要保证正常的生活状态下,否则赚钱就失去了它的意义。"父亲说着这些富含哲理的话,已经把葡萄酒打开了,往每个人的杯子里倒了一点。

虽然还有些心神不定,惦记着电脑上的一堆生意,但常若雨还是举起了酒杯,"我祝爸爸妈妈身体健康,永远恩爱。"

父母也说了些祝女儿事业有成,永远美丽之类的话,然后一家三口开始吃菜。

"若雨啊,你们这些面包券几折拿进来的?"父亲边吃边问。

"7折。"

"那你卖72折,一张只赚4毛钱,十张4元钱,一百张40元钱,按每天1000张的量来算,就是每天赚400元,10天的话就是4000元。你太不容易了,这么累才这点钱。明年你可千万别再接这种活了。"

"明年要是发展好,我当然不会接这种活了。但是现在不是没有走上正轨吗?闲着也是闲着,能挣一点是一点,最主要是想赚些信誉,信誉高了,才会有更多的人来放心地买。"

"你肯定明年你能走上正轨?"常妈妈问道。

"当然,我对自己有信心。"常若雨又恢复了一贯的自信态度。

"好了,我们不说工作了,说点轻松的话题吧。"常爸爸提议。

常妈妈马上接受了这个建议,"昨天我看《非诚勿扰》,其中一个男的我看不错,配我们小雨正合适,要不联系一下?"

"拜托拜托,不谈工作也别谈这个好吗?征婚最不靠谱了。你们急什么呀,我慢慢地会在工作中认识很多男人的,会嫁出去的,你们放心好了。"

"我不急,是你妈急,我们小雨这么优秀,不能随随便便就找个男人嫁了。"常爸爸用一种春风拂面的语气说道。

常妈妈狠狠地瞪了他一眼,"你就从来不为女儿的终身大事操心!"

"这是爸爸的英明之处,他知道他的女儿是绩优股,不怕抛不出去。"常若雨吐了吐舌头,一脸的温暖笑意。

"还英明呢,天生就是一段木头疙瘩,不通人情。"

"妈,你干嘛总这么谦虚呢?有个好老公就使劲夸呗,还老说他这里不好那里不好的。是不是说他不好,就显出你好来啦?"

"你这死丫头说什么呢?"常妈妈举起筷子作势要打她。

常若雨嘻嘻笑着躲过一劫,她看到父亲看着她的眼里闪出佩服和极其喜爱的光芒。

"你看人家小梅都要结婚了,可你在月份上还比她大几个月,却连个男朋友都没有,我这心里着急呀。"

"妈妈,你是不知道,小梅是随便找了个男的结婚的,就是为了逃开她那不近情理的妈妈。我要是也随便找一个,也老早就嫁掉了。谁叫我有这么一个好妈妈,好爸爸呢?害得我一直不舍得嫁出去。"

常妈妈被逗笑了,女儿的嘴巴像抹了蜜,若有一天这个可爱的女儿真的嫁掉了,家里不知道该有多么冷清呢。

"就是啊,为人父母的差距怎么就这么大呢?你肯定小梅是她妈亲生的?"

这次轮到常若雨被逗笑了,"当然是亲生的了,就是一直想生儿子,结果生了女儿,所以不疼爱罢了。"

"都什么年代了,还这样重男轻女,没文化。"

常若雨笑而不答,人家小梅的妈妈是本科毕业,而自己的妈妈是中专毕业,还在说人家没文化。她也想再跟父母多聊聊家常,心里却还是惦记着电脑上的一堆回话。她放下筷子,"我吃饱了,你们再慢慢边吃边聊啊,我去工作了。"

妈妈轻轻叹了一口气,女儿都离开饭桌了,晚餐似乎没有进行下去的必要了。常爸爸把酒杯里的残酒一口干完,帮着老婆一起收拾起了桌子。

十三

中秋近在眼前,来买月饼票面包券的人少多了,该买的都买得差不多了。常若雨以为可以轻松点了,没料到投诉的人却多了起来,都是一个问题——收到的票子少了。

自从第一次赔了买家40张面包券以后,常若雨就关照后面的买家一定要验货后再签收,可这些人还是不验货就签收了,理由是快递员不让验货。

常若雨心里的烦像野草一样疯长起来了,这些人都是怎么了,不敢跟快递员叫板,就会来她这里找事,她是坚决不会再赔给买家票子的了。可想而知,过了中秋节,算一算,中差评已经有四个了。若不是有个客户好说歹说把差评改了,她就有5个中差评了。忙完买家的事情,还得去跟快递公司交涉,让他们理赔,都是烦心事麻烦事。她突然想哭,很想哭,她不知道为什么做一点事情会这么难。她想到了一句话:人生就像拉屎,我已经很努力了,可只是一只屁。

明天还要陪小梅去选婚纱,可我的婚礼在哪里?常若雨听见自己的心里一声凄楚的长叹——好累啊,多想有个男人的肩膀可以靠靠。今晚,她好想去约会,却无人可约会。那么找点事情做也好,一下子空下来了,而且是觉得比较失败地空下来了,就更想找点什么事情做做,走出家门。

她突然想到了季俊,自从第一次去他那里拿了100张的美容健身卡,然后又拒绝了他一起去旅游,之后问他有没有又有美容健身卡了,他都回答没有。常若雨知道,他不是没有,而是不想给。如果能跟他做朋友,建立长期的客户关系,这是个不错的人选。常若雨突然还想试一试,看看自己有没有能力把一个对自己有非分之想的男人感化为生意上的合作伙伴。

她在QQ上问明季俊今晚有空出来吃晚饭,又问明大致想在哪条路上吃饭,季俊说恒隆广场附近那一带都可以。常若雨的心一咯噔,那里的餐馆都应该很贵吧?但请客的话已经说出去了,不好收回了。她硬着头皮故作潇洒地答应下来,然后打开团购网,期冀着能在那一带找到一家团购便宜点的饭馆,她的心理价位是100元左右。

突然，她的脸上激起了小小的欢愉，她看到那一带附近有一家餐厅有个团购餐只要 128 元，而且里面的菜品非常丰富。她觉得老天真是眷顾她，让她今晚既可以不用破费，又能给足面子。

为了不使季俊看出她是团购来的晚餐，她特地早到了半个多小时，等短信问清季俊还有十五分钟可到时，她向服务员出示了团购的券号和密码，让服务员可以吩咐厨房了。

十分钟后，当她看到季俊从门外走进来时，吃了一惊，才 10 月的天气，天刚转凉，此人已经把大衣穿上了，不知道是实在没有拿得出手的衣服，还是纵欲过度把身子掏虚了。但是凭良心说，穿上大衣的季俊确实英俊潇洒多了。

"你好啊，美女，怎么想到今天要请吃饭的？"他坐下来，脱下大衣，里面是一件藏青色的薄款鸡心羊毛衫。

"你穿得不少啊。"常若雨微笑着说。

季俊看着穿着一件灰色短袖羊毛衫，下面是一条牛仔裙的常若雨说，"晚上天凉，怕感冒，你穿得这么少不冷吗？"

"我还有件外套。"常若雨指了指挂在椅背上的风衣说。

"不过美女这么打扮很性感。"季俊说着，眯缝着眼睛，身子微微前倾，那嘴巴似乎就要吻上常若雨搁在桌子上那修长葱白的手臂了。

常若雨赶紧放下手臂，故作豪爽地招呼道，"菜来了，吃菜吃菜。"

"干吃菜有什么意思，我们叫瓶酒。"季俊说着，拍了一下手，"服务员，把酒水单拿来。"

常若雨像掉进了冰窖里，心里直叫，"完了完了，今晚我要大出血了。"

"喝黄的，还是红的，或是白的？"季俊拿着酒单问。

"不不不，我不会喝酒。"常若雨赶紧摆手，"你自己要一瓶啤酒好了。"

季俊看了她一眼，坏坏地笑道，"酒量不行就不叫你喝白的了，叫瓶葡萄酒吧，女士喝了还能养颜。"

葡萄酒？常若雨暗暗叫苦，饭店里的葡萄酒价格可没底的。她一把夺过酒单，"现在的葡萄酒都是勾兑出来的，还养颜呢，不毁容就好了。能不能不喝酒啊？我真的不会喝酒。"

"好吧，你既然坚持，那我也不喝了，陪你。"

常若雨松了一口气，一股欣慰的暖流流过她的全身。

"来，吃菜，你说你没忌口，我就随便点了几个。"常若雨热情地招呼道。

季俊有些懒洋洋地夹起一筷子菜，放入口中。原本想看对面的女人喝得一脸桃花般的红晕，说不定还能说些让他感到意外的话，更好的是说不定还能做点什么事情，但这个姑娘也太不配合了，未免扫兴。

"最近在忙什么呢？"与季俊的慵懒成鲜明对比的是常若雨的精神抖擞，她眼神鲜亮地望着对面的男人问道。

"上班，然后在假期里去旅游。"

"你很喜欢旅游？"

"是啊，什么时候一起去？"季俊微笑着问。

"我没时间啊，我要看店。"当常若雨再一次拒绝他的邀请时，心里隐隐不安。

果然，季俊脸上的笑容消失了。

"其实干嘛要旅游呢？像我们现在这样见见面也挺好的呀，你说是吗？"

季俊一抬头，看到常若雨的眼睛里流出百媚千态，不由一阵心猿意马，笑容重新回到了他的脸上。"忘了跟你说了，我现在又有100张美容健身卡，还是原来的那个价钱给你。"

常若雨又惊又喜，没想到季俊这么好说话，看来是个本性善良的人。

"谢谢你啊。"

"我不能白吃你的饭啊。"季俊哈哈大笑起来。

事情似乎进行得太顺利，让常若雨不大敢相信，"那你卡现在带在身上了吗？"

"出来吃饭我带卡干什么。"

"那我明天到你单位去取。"

"不要老是去我单位，让别人看到次数多了不好，改天我回请你的时候给你。"

常若雨的心一沉，事情果然没有那么简单顺利，她都有些灰心了，为了这些可以称得上是蝇头小利的事情，要花去那么多的精力，似乎有些划不来。她感到不能这样，她必须有一种长久的、固定丰厚利润的东西，而不是为了这些零星生意，还要跟色狼们虚与委蛇。

"你在想什么？"见常若雨默不作声，季俊问道。

"哦。"常若雨努力把微笑堆砌在脸上，"想让你帮我介绍男朋友。"

显然这个回答出乎季俊的意料,他有些吃惊,"嗯?"

"我妈老是说我老大不小的,追我的人呢也不是没有,可都不是我的菜。虽然我和你认识的时间也不长,就是上下家的关系。可我总觉得你就像大叔,很亲切的,让人尊敬。"看到季俊听到大叔二字瞪圆了双眼,常若雨知道对方还停留在老派的认知上,于是改口说,"不,大哥哥一样的人。所以想让你替小妹妹的婚事操操心。"

季俊往座椅后背上一靠,"想要什么样的男人?"

"一定得是未婚的,不能是离过婚的,年龄嘛,30岁左右就可以,个子不要太矮,其他的差不多就行。"

"你喜欢高个子的?"

"嗯,我有点外貌控,个子啊长相啊都不能太差,太差了就没感觉了。"

季俊呵呵笑起来,"好啊,有机会我给你物色物色。但是话又说回来了,你现在这样很自由很好,先好好玩两年,再找个人把你绑起来。"

这句话怎么听怎么不舒服,再看季俊的眼神,色迷迷地盯着她。本想借这个话题打消他的欲念的,没想到却适得其反了。

"我已经不小了,玩不起了,也不想玩,只想好好地过正常人规矩人的日子。"

季俊上下打量着常若雨明媚靓丽的脸蛋和洋溢着青春活力的身材,不住摇着头说,"可惜,可惜。"

此时常若雨感到季俊就像是个瘟疫,她厌恶地皱起眉头,很后悔今天邀他出来吃饭,浪费钱浪费时间,还搞得一身的鸡皮疙瘩。她只想快点结束晚餐,可以离开这个叫人恶心的男人。没想到他紧接着说,"吃完饭我请你去酒吧,我请客。"

"我都说了我不会喝酒。"

"去酒吧又不一定非得喝酒。"

"去酒吧不喝酒就没意思了。"

"你这人倒挺有意思的,"季俊眯起眼睛,"那就请你去唱歌吧。"

"我五音不全。"

季俊用一种说不上来的目光盯着她,"我唱歌很好听的,你就听我唱。"

常若雨还想拒绝,季俊已经抢先一步说了,"你不会这么不给面子吧?"

"那……好吧。"

季俊满意地笑了,点燃一支烟,吸一口,再仰头轻轻吐出吸进去的烟,形成一只只的烟圈。常若雨看着这些烟圈,觉得很好看。她想起有个中学男同学也会吐这样的烟圈,但是后来学习成绩太差,就退学了。

看到常若雨目不转睛地看着从自己嘴里吐出来的烟圈,季俊很得意地说了声,"走吧。"

出来饭店,坐进季俊的车里,常若雨故意坐在后排,以示两人之间的距离。

在KTV包间里,跟季俊这么近地挨着坐,真是浑身不自在,跟长了刺一样。常若雨想站起来,坐到远一点的地方去,但出于礼貌,还是没有动。

"我们来合唱一首《因为爱情》吧。"在自顾自唱了一首汪峰的《怒放的生命》以后,季俊突然提议。

"不要吧,我都说了我五音不全,再说你唱得这么好听,我更没信心唱了。我还是听你唱吧。"

"正因为你唱不好,才更要唱,多唱唱就好听了。没关系,我来带带你。"说着,他已经不由分说地点好了歌,把话筒递给了常若雨。

常若雨不便再推辞,只好接过话筒。其实这首歌她会唱,也并没有五音不全,只是觉得跟这样一个男人唱"因为爱情"太暧昧了。

在唱歌的过程中,季俊越靠越近,常若雨不停地朝另一边挪着身子,好不容易熬到一曲终了,季俊突然一把拉住她的手,"哈,你这个大骗子,还说你五音不全,唱得都快赶超我了。"

常若雨赶紧抽出手,"哪有啊,我觉得我唱得很难听。"

常若雨的拒绝没有让季俊退让,反而伸出一只臂膀一把搂住她,"美女这么谦虚啊?"

常若雨气呼呼地站起来,眼看就要翻脸了,"你再不坐远点,再要动手动脚的,我可要回家了。"

"难道我是大老虎吗?"季俊看着此时看起来像个小孩子一样的常若雨问道。

常若雨的目光里写满了恐惧,"我不习惯跟男人搂搂抱抱的。"

"你这样子是做不了大事的。我不是说要做大事就要跟男人搂搂抱抱,而是最起码要成熟,而不是像个小女孩一样既幼稚又天真。你见过生意场上的女企业家有你这个样子的吗?"季俊眼光毒辣,一针见血。

常若雨愣住了，突然就无地自容。她感到自己很傻很没风度，一个成熟的人不会把事情往糟糕里面去带，她应该有一种让男人折服的魅力，让男人心甘情愿地退避三舍又甘愿为她服务。只是她离这种境界还差很远很远，不知道若干年后的某一天会不会练就这番本事，而大多数女人是一生都没有这种本领的。

她喘了一口气，"对不起，我把你当大色狼了，其实你不是的，对吧？"

季俊露出一个哭笑不得的表情，然后点了一首英文歌唱了起来。

常若雨小心翼翼地坐下来，距离季俊不近也不远。

一曲终了，常若雨为他鼓掌，露出一个尴尬的笑容，"没想到你的英文歌也唱得那么好。"

"你想不到的事情多着呢。"

常若雨愣住了，种种可怕的联想浮现在脑海里：饮料中被下了迷药了、唱歌的单要她来买、从此以后他再也不会跟她合作生意了。

"你怎么了？呆若木鸡的样子？"

常若雨回过神来，结结巴巴地问："还有……还有什么事情是我……我想不到的？"

"没什么，别瞎想。"季俊把歌单递过来，"想唱哪首歌？别说自己五音不全，我已经听到过了，你唱得很好听。"

"那就……你帮我点一首蔡依林的《日不落》吧。"

在接下来的时间里，两人轮流唱着歌，竟没再发生点别的事情，直到季俊买单准备走人。常若雨有点不敢相信，女人如果不愿意，即使孤男寡女两个人独处，男人也可以是规规矩矩的吗？这难道就是季俊刚才说的她想不到的事情吗？原来不是上述这三种可能，而是这第四种。

离开歌厅，常若雨想坐地铁回家，她不敢奢求季俊会用车送她。她想他今晚没有达到目的，心中是不会爽的，却想不到她这种纯粹而又干净的人生态度已经带给了季俊美感。

"很晚了，你一个女孩子一个人回家不安全，我用车送你。"

一缕感动的情愫在常若雨的内心弥漫。

穿着大衣的季俊看上去很修长很挺拔，其实他是开车来的，根本用不着穿大衣，可能他也知道自己穿大衣是最好看的，所以就选择了穿大衣。常若雨终于明白了。

晚上街上的车辆很少，季俊专注地开着车，也不主动开口说话。为了不使两人之间的关系太过生疏，常若雨没话找话了几句，但都是问答式，很快常若雨就感到没意思了。她望着车窗外向后飞驰的世界，觉得真的看不懂男人的世界。

是为了扳回刚才失掉的面子？是因为欲擒故纵？还是对她彻底没兴趣了？常若雨的脑子里乱哄哄地闪过这些猜想，这些都不是她想要的，她只是想跟他成为普通朋友，成为生意上很好的合作伙伴。如果事态发展没有按她原有的计划走，那么今晚将是一个失败的邀请，浪费了钱也浪费了时间。

转眼车子已在她家楼下停下，常若雨并没有立即下车，似乎不想带着满心的疑惑下车，但又怕自己的犹疑让对方误认为她对他有意思，如果再次对她动手动脚，那么他们之间的关系就彻底破裂了。

她清了清嗓子，"谢谢你，季先生，请我唱歌，还送我回家。你看哪天你方便可以把货给我？"

一种讥笑漫过季俊的眉眼，让常若雨极不舒服，感受到了比搂抱更强的侮辱，"再说吧，到时候再联系。"

再不下车就真的是在自取其辱了，常若雨道了声"再见"后下了车。车子毫不留恋地飞驰出去，不留一丝痕迹。

常若雨一直自认为心理素质是极好的，但此时，情绪却低落到了极点。在这个月色凄迷的夜晚，所有的悲伤一起涌上心头。事业、爱情，都无处收获。

月光如水，她有一种心如死水的颓废感。

十四

虽然从中学时代就认识小梅了，那个瘦瘦的，表面怯弱飘摇，内心清高固执的女孩子。但在她穿上婚纱的时候，常若雨还是被那种飘逸纯美，纤尘不染的仙女形象给大大的惊艳住了，原来女人穿上婚纱可以这样美。加上一改清汤挂面式的长直发，盘发的女人也是最美的，尤其适合小脸的女人。额前一缕刘海让盘发不显得老气，反而让她沉静中透出些许活泼，典雅中带点妩媚。

看见新郎从她手中把小梅接过去,两人相依偎着站在酒店的大门口迎宾时,常若雨陡然生出一种孤独凄惶之感。但今天她是伴娘,她还必须满脸笑容地站在新娘的边上迎客。一直以来,在别人的眼里,她都比小梅漂亮。但是今天为了突出新娘,化妆师故意不给她上妆,只草草弄了弄。于是站在小梅的边上,她都觉得自己是个丑小鸭。

常若雨扭头看看小梅,这个新娘始终面带淡淡的微笑来应对众宾客,倒是她这个伴娘看上去欢天喜地的,都搞不清到底是谁结婚。

"你能不能笑得热情点?今天是你的大喜之日啊。"她在小梅的耳边轻轻说道。

"难道我没在笑吗?"小梅吃惊地看着她问。

可能,对于小梅来说,这样的微笑就是普通人的大笑了,她就是这种性格,不是装出来摆出来的清高,是从小就从内而外自然而然流露出来的,那是自尊和自卑的混合体的表现。可能她人性中真正的热情早已融入她的小说里面去了,所以在现实生活中表现出来的就是冷淡了,若不是很了解她的人,是不会喜欢这种性格的,难能有亲切感,人缘很差。

难怪连她妈妈也不喜欢她。常若雨心想:不知道将来的老公会不会真心爱她。

胡思乱想中,已到了入席时刻。常若雨也是第一次做伴娘,感到很累,神经一直处于高度紧张中。最不堪的是小梅不会喝酒,据说是身体里没有能分解酒精的酶。帮她挡掉一杯两杯酒没问题,多了她也吃不消。

婚礼才过半,常若雨已经面红耳赤了,趁着婚礼司仪主持的当口,赶紧溜到卫生间去,想吐,却吐不出来。在喝酒前已经吃过一点东西了,不是空腹,可人还是难受,真想一直躲在卫生间里不出来算了。但想着小梅没有了她,该不知怎么被那些客人戏弄了,不知道能不能抵挡得住。就不敢在卫生间里久待,用冷水敷了敷脸就出去了。

出了卫生间的门,想着进宴会厅去又要喝酒,就犹豫着止步不前了。

"常若雨小姐,你还好吗?"从男卫生间里走出来一个胖胖的小伙子,满脸笑容地关切问道。常若雨定睛一看,原来是伴郎。他知道她的名字,估计是打听过了,而她还不知道他姓什么呢。

"酒喝多了,人不大舒服。"常若雨扶了一下额头说。

"新娘子不会喝酒,就苦了你了。待会你的酒我替你喝了吧。"

"真的?"常若雨大喜过望,这下算是来了救兵了。没想到伴郎的酒量这么好,帮新郎挡掉一部分不算,还能帮她这个伴娘挡。

两人结伴朝宴会厅走去,常若雨用眼角的余光看到伴郎在不住瞟她。

婚宴的下半场,依然是敬酒,但因为有了伴郎在身边,常若雨就心定多了,她看到伴郎帮她挡掉了不下十杯酒。

常若雨的脸上泛着醉酒后的淡淡红晕,她看着伴郎像护花使者一样挡在她的面前。很奇怪伴郎喝了那么多酒怎么就不上脸呢?在伴郎的眼镜片后面,闪着一种亢奋的目光,不理解新郎结婚,他这个做伴郎的怎么比主角还兴奋。

有个客人让新郎唱歌,新郎是真的五音不全,推脱几次推不掉,勉强唱了一句,第二句还没开始,就引来哄堂大笑,新郎面红耳赤地住了口。于是伴郎又自告奋勇地唱起歌来,而且还一首接一首。直到这时,常若雨才发现他是醉了,已经失态。赶紧对新郎说,"他不能再喝了,已经醉了。"

"你扶他出去休息一下吧,这里我来。"新郎说。

常若雨看了一眼伴郎,此时他胖胖的脸白得非常可怕,透着青色,都说喝酒不怕脸红就怕脸白。她赶紧搀扶着伴郎朝门外走去,她要让那些宾客看到,可以适可而止了,难道要把新人都放倒你们才甘心吗?

"你是想去酒店外面呼吸点新鲜空气还是在外面的沙发上坐一会?"出得宴会厅的门,常若雨问已经面现痛苦状的伴郎。

他似乎已经说不出话来了,伸手指了指角落里的一张沙发。常若雨赶紧扶他过去坐下,他的屁股一落到沙发上,马上就一头倒下了。

常若雨坐在他身边,也顺带喘口气,没想到结个婚这么累,还牵连无辜。

突然,伴郎一个反扑,大量的呕吐物从他嘴里喷涌而出。常若雨被吓了一跳,顾不上脏臭,一边拍着他的背,一边叫服务员过来收拾。就这样又来回折腾了两三次,伴郎才舒服了。

"你酒量不行还逞什么能啊?"见伴郎脸上恢复了人色,知道他已经差不多好了,常若雨嗔怪道。

"我这个样子总比你这个样子好吧?"伴郎喘着气笑着说。

"什么?"常若雨一下子没听懂,转而明白过来,如果他不帮她挡这些酒,那么难受呕吐的人就是她了。常若雨的心中涌过一股暖流,"谢谢你啊,还不知道英雄你叫什么名字呢。"

对这声"英雄",李大伟显然很受用,他的脸上洋溢着自豪的微笑,"我叫李大伟,是搞翻译工作的。"

"哦。"常若雨朝宴会厅大门看看,"现在应该差不多结束了,我们过去吧。"

李大伟很不情愿地支起身体,似乎想单独跟常若雨多待一会。但是常若雨没有这种感觉,她心中牵记着小梅,不知道那些难缠的宾客把她怎么样了。男方家里的客人都这样不知道怜香惜玉,估计新郎也好不到哪里去,可能小梅婚后的日子恐怕也不会如意的。

当回到小梅夫妇在浦东近郊买的一房两厅的新房后,宾客又闹腾了一个小时才散去。常若雨累得腰酸背痛,看到小梅也是一脸倦容。

"小梅,你们好好休息吧,我也该回家了。"

小梅拉住她,"若雨,今天你辛苦了,让李大伟送你回家,他有车。"

"是啊是啊,我现在酒已经醒了,不算酒驾。"李大伟赶紧说。

"你真的行?"

"当然了。"他把胸脯拍得当当响。

常若雨吟吟一笑,"好吧,那你辛苦了,你住在哪里啊?"

李大伟边下楼边说,"八佰伴那里。"

"啊?"常若雨站住了,"是浦东的八佰伴吗?我在浦西啊。你这样不顺路的,我自己回去吧。"

"那怎么可以,让你一个人回家,我怎么跟陈志华交代啊?"

"没关系,我就说是你送我回家的好了。"

没想到他们在楼梯上的对话都被小梅夫妇听到了,他们在楼上喊道,"不许作弊。你就让李大伟送你吧,他今天已经要求了好几次,晚上一定要送你回家的。"

常若雨看了一眼李大伟,他的脸顷刻红了,常若雨当下明白,小伙子是中意她了。她也一阵尴尬,噔噔噔地跑下了楼。

李大伟紧跟着跑了下来。

"这样吧,你送我到地铁口就可以了。"常若雨站住说道。

"真的没关系的,反正明天也不上班。"

"可是很晚了,这样会浪费很多时间,也会浪费很多汽油费。"

"我一点也不累,才12点还不到呢,平时周末我都要两三点才睡觉的。节约这点油费搞不好了。看得出来你很会持家,将来也一定会是个贤妻良母。"李大伟赞赏地看着她说,"一般女孩子不会考虑油费的。"

"那好吧,既然你坚持。"常若雨说着,坐进了李大伟为她打开的车门里。

常若雨看到他欢天喜地地坐到了驾驶座位上。

"听说你在做淘宝?"李大伟边开车边问。

"你打听得可真清楚啊。"常若雨说,心里猜想别是在婚礼之前他们就跟他说过要给他介绍女朋友的吧。

"梅风雪说你是辞职后做淘宝的,为什么会这么做?"

"你去问问她,为什么辞职后去写作,我的情况跟她一样。"

李大伟露出惊愕的表情,"她辞职去写作?写作是什么意思?就是写书吗?我还真不知道这件事情呢。"

"在那种没有发展前途的小公司里上班的感觉就像垃圾股一样,在被逐渐贬得毫无价值。"常若雨耸耸肩膀说,"说白了就是不想浪费时间浪费青春。"

"明白了,所以梅风雪辞职去追求精神方面的东西了。可你不一样啊,你追求的不是精神啊。"

常若雨一听头就大了,又是一个蠢材,"对,我追求的是物质,追求物质没错吧?"

李大伟讪讪地笑了一下,"淘宝也不是那么好做的吧?做的人那么多。你这物质,追求得到吗?"

常若雨知道她又要为这个纠缠不清的主题解释了,她感到自己就像祥林嫂,一遍遍地跟人去解释,"什么事情做的人是不多的呢?哪一行的竞争是不激烈的?就算是在路边摆个地摊,做得好的人一年可以挣几十万,做得不好的人到处被抓还血本无归。比如你,是搞翻译的是吗?有的人就可以成为翻译大家,有的人却自己都养不活自己。"

常若雨以为李大伟会生气,没想到他反而笑起来了,"你说得很对,真是伶牙俐齿、冰雪聪明。既然可以选择的行业那么多,你又为什么单单选择淘宝呢?"

"因为我有个朋友是做淘宝的,现在已经做到皇冠店了,我有现成的老师,那就是捷径。"

"哦,是这样。"李大伟的脸上露出了赞许的笑容,目光也闪亮起来,"能留个联系方式吗?"

常若雨抬眼望了他一眼,看到他在黑暗的空无一人的街道上开着车,眼睛却在看她,闪着一种异样的光芒。

常若雨心里迅速盘算上了:这个人身高最多170,还这么胖,又不聪明,甚至还不如方亮有吸引力,实在没兴趣跟他处对象。

"你问陈志华他们要吧。"

这句轻描淡写的话让李大伟的心中生出一股寒意,今晚他为她做了那么多,却连一个联系方式都要不来,看来是没戏了。

怀着沮丧的心情,李大伟一言不发地开着车,他在黑暗中迷惘地前进,就像开在一条看不到希望的甬道里。坐在副驾驶座位上的常若雨嘴里却哼起一首流行歌曲来。

这样的场面不那么和谐,李大伟沿着长长的,似乎是一望无际的道路向着常若雨家的方向开去,两人之间似乎已无话可说。

车在常若雨家楼下停下,她扭过头去,猫一般的眼眸里闪动着灵光,"谢谢你,李大伟。再见!"

"再见。"李大伟诚惶诚恐地说道,心里想着:真的还能再相见吗?

看着李大伟的车子绝尘而去,午夜的气氛宁静悠远,常若雨暗暗对自己说:你已经27岁快28岁了,也不是没有男孩子追你,可你怎么就都对他们没有感觉呢?若是诚心要嫁,也早就嫁掉了,可既然拖了那么多年,还是要对自己负责,不想随便就嫁了。李大伟算起来也不是条件差,可就是没感觉。这样的人就当是生命中的匆匆过客,放在记忆深处慢慢遗忘吧。

十五

过了中秋国庆双节,网店的生意又冷清下来了。常若雨百无聊赖地坐在电脑前,看着天猫的成交记录和淘宝小店的成交记录。同款商品天猫的价格要远远高于淘宝小店,可是拥有的买家却比淘宝小店要多很多,看来买家还是怕买到假货啊。

她又继续看着其他店铺的中差评,看着看着,其中有一条把她给乐坏了,黯淡的心情也增色不少。一个买家给了一个卖家一个差评,理由是卖家死样怪气,不管买家提什么问题,卖家总是回答一个是,要么"好",要么"是",要么"对",要么"嗯",惜字如金,不愿多说一个字。虽然商品不差,但就因为这个态度,买家给了一个差评。看到这里,本没什么好笑的,但在卖家的我要解释一栏里面,卖家的解释还是一个字"呸"。把常若雨笑得前俯后仰,肚子都笑疼了。

若不是小梅的一个电话打进来。她真怀疑自己会不会被笑死。接电话的时候还是捂着肚子止不住笑。

"什么事情这么开心啊?"

常若雨把刚才看到的东西告诉了她,没想到小梅听了一点也没笑,"这有什么好笑的,你的笑点也太低了。"

"二十多年的日子一直都这么波澜不起地过去了,总得自己给自己找点乐子吧。"

"看来你一点都不精进,你这样不结婚,不发展事业,要知道人的一生是很短暂的,女人的青春尤其短暂。我要是你的话,急也急死了,哪里还笑得出来。我虽然在事业上很失败,但至少把自己嫁出去了,很快也会做妈妈。我没有浪费时间,你呢?"

小梅的话像当头棒喝,一下子就把常若雨给打醒了,是啊,她怎么可以这样混日子,怎么可以任由身上的惰性猖狂,不能因为没有人逼她,她就可以不逼自己。"是啊是啊,我也想啊,可我没有头绪啊。"

"昨天李大伟还来向我打听你,他人不错,家境也还好,不如你嫁给他吧,生个孩子,在家里一边带孩子一边开网店,也蛮不错的,女人嘛,这样过一辈子就算成功的了。"

"原来你打电话来就是为他做说客啊,要嫁给这样条件的人,我老早就嫁掉了,何至于等到现在?"

"你别傻了,那时候你年轻,还可以挑挑拣拣,你现在都快 28 了,能有这样的男人愿意要你,你就赶紧把自己嫁掉,不然再过 2 年,这样的男人都找不到了。"

常若雨感慨了一下,"小梅啊,你怎么可以这样理智?我是个女人,我是感性动物,我不会这样去分析问题,我只问我的感觉。"

小梅的语调低沉缓慢,"我说服不了你,那好吧,既然你暂时不想嫁,也不要荒废了青春,努力一点,做一番事业出来。"

"我会的。你呢?结婚也有月余了,一切都还好吧。"

"不怎么好,我的事业还没什么发展,老公和婆婆已经有微词了,他们认为我应该边上班边写作。"

"怎么可以这样?"常若雨大大地愤怒了,她本来就不看好陈志华这个人,没想到他的马脚这么快就露出来了,"这不是骗婚吗?如果不是他当初说支持你的写作事业,你怎么可能下嫁他?"

"谈不上下嫁,我们门当户对。只是……只是我心中感到很失望。"

一股怜香惜玉的柔情从常若雨心中油然而生,她很想帮帮她,哪怕给点安慰,可是却发现没法做,这个时候她才觉得她们都是弱势群体。"写作也不是一朝一夕的事情,出来散散心吧。"

"说实在的,我一点这种心思也没有。"

结婚没有给小梅带来欢乐和解脱,反而是一种新的束缚,这更坚定了常若雨不能随随便便嫁人的决心,婚前花好稻好的,一得到手,狰狞的面目全都出来了。如果不能一见钟情,那么最低限度两人之间必须是非常了解的,这样的婚姻才能长久和平。不知怎么的,想到这里,常若雨的眼前浮现出了方亮的形象。

挂断电话,常若雨对自己说:"不能再浪费时间了,我要努力!"

她拿起电话,把2个月前就整理好的每个网上一些信誉极低的卖家的号码挨个打过去,她知道这些人并不是真正来做生意的,而是单位里发了什么卡券,自己不用,就注册个账号,便宜把东西卖了。以前她一直没有勇气打电话给这些人,但是小梅的这个电话给了她动力。她本以为她的电话会让对方厌恶,就像面对一个推销保险的人一样。但是没有,十有八九的人接到她的电话都十分高兴,他们觉得以后单位里发东西可以不必自己麻烦去卖了,直接全部卖给常若雨,虽然总价低一点,但是方便多了。

从打第一个电话起的心紧张得怦怦乱跳,到后来信心越来越足,说话底气也越来越足,她感到眼前一片海阔天空。真是实践出真知,没有去做这件事情的时候,把它想象得千难万难,一旦做了,发现原来这样简单。

花了一个小时,打了20个电话,其中的一个人今天单位里还正好发了几十张沐浴券,谈好价格,现在就能去取货。

常若雨开始倒腾起了衣服,梳妆打扮,要跟人见面,一定要把自己打扮得精精神神的,给人留一个好印象,别人才会以后一直跟她合作。

一路上,常若雨都心潮澎湃,她觉得这是一个好兆头,她一定会成功的,不会被人看扁,她的青春会绽放出五彩的光芒来的。

到了一栋办公大楼门口,常若雨发短信给那人,说自己到了。

大约五分钟后,一个戴着黑框眼镜的30多岁的男人走了下来。

"你是小雨丝丝?"来人明显眼前一亮。

"对,我叫常若雨,你好。"常若雨嫣然一笑,她知道精心打扮过的自己会给人以惊艳的感觉的。

男人从口袋里掏出一叠票子,"一共30张,你数数。"

常若雨也递上早就准备好的现金。

款券两讫后,男人笑着说:"本来我还有点担心,现在看到你,我放心了,你是个让人信得过的人。"

常若雨绽开笑颜,"你的感觉跟我一模一样。"

两人哈哈大笑起来。

事情发展得很顺利,常若雨庆幸并不是所有的人都像季俊会心怀不轨,也不会所有的人都像妙芙蛋糕是个小骗子,到底还是正常人、好人多。这样很好,碰到坏人就直接删除了,留下的都是好人,这不是什么烦恼都没有了吗?

当然,在以后的接触过程中,常若雨又接触到了第三类人,那就是既不是好人也不是坏人的那第三类人。他们对她没有恶意,但骨子里却透着一股鄙视她的意思。常若雨忘不掉有次去跟一家公司的财务碰头的场景,那中年女人薄薄的嘴唇不时让人感到刀片般锋利的迫害,每一句话都是审问式的,每一个眼神都是很高傲的。这个时候,常若雨想转身就走,但她忍住了。如果这个女人对她是这种态度的话,那么对大多数的其他人也一定是这样的态度,所以没什么可跟她斤斤计较的,她只要做好自己的事情,达到自己的目的就可以了。

已经是深冬了,街上凛冽的寒风呼啸着从她的脖子里灌入。今天的气温比昨天骤降8度,常若雨忘了添衣服,走到大街上才发现已经这么寒冷了。但她要赶时间,她没有时间再回去添加衣服。今天她要陪一个客户去健身会所开卡,这个客户怎么也不相信信誉是一钻的卖家常若雨的卡是真的。

她想到了方亮,如今方亮已经做成皇冠店了,卖同样的东西,却从没人质疑他的卡是假的。

在健身会所中山公园门店,常若雨见到了那个女客户,虽然是冬天穿着厚衣服,但肥胖的女人最明显的地方是乳房,胀得鼓鼓的,有着随时顶破衣服的势头。常若雨忍不住想笑,女人的确该去健身,而且还得是长期的。

顺利开完卡出来,胖女人很高兴地问常若雨,"怎么你的卡卖得这么便宜啊?只有健身会所原价的十分之一。"

"因为我的心不黑,有赚就好了,而健身会所是暴利。"常若雨微笑着说。

"那太好了,今后我就认准你家了。"胖女人欢天喜地地说。

"好啊,那我回家了。下次需要货,你直接在旺旺上跟我说就好了。"

"一定一定,拜拜。"

跟胖女人分手,常若雨长长地舒了一口气。快过年了,大街上已经有点年味了。又是一年过去了,又老了一岁了,还好这一年的密度很大,特别是这两个月,基本发展了自己的上家,可以拿到比方亮便宜的货,几乎每天都有事情去做,没有空缺的时间。要说有什么遗憾,就是还缺一个男朋友。

也许我该独自去看场电影,看看能不能会有艳遇。这个念头一出现,马上就被自己否决掉了。这段时间为了更好地经营网店,成天跟不同的人接触,有已婚的,也有未婚的,可都没有合适的。一场电影又怎么可能改变得了这种现状?爱情和婚姻这东西是靠缘分的,缘分没到,再努力也是白搭。

好想放松一下啊,不想这么快就回家。一回到家,就得面对电脑,回答客户的问题,然后发快递。这些事情就让妈妈去做吧。

约方亮出来见一面?或是约小梅出来见一面?她就只有这两个知心朋友。拿起手机,很快又放下了。方亮最近业务繁忙,还是不要打搅他了。小梅肯定在创作小说,就不打断她的思路了。

常若雨跳上了地铁2号线,朝家的反方向坐去。她想去看看外滩,小时候爸爸一到休息天就带她去看黄浦江,父女二人买个桃酥饼,边看江水和轮船边吃桃酥饼,可以待上一天。可是自从她上学后,爸爸就再也没带她去看过黄浦江。现在她突然很怀念那片江水,那里有她童年的回忆。

地铁到了南京东路站,常若雨下了地铁,她在地铁商城买了一条围巾,这样出去后就不会太冷了,靠近水的地方总会特别冷的。

这个时候,她的手机突然响了,让她惴惴不安的心情突然像找到了一个支撑点，因为独自去看童年时的那片江水，她有一种奇怪的感觉，紧绷的神经在寻找放松点的时候会有很多的迷惘，而这个电话或许可以缓解她此刻恐慌孤独的心理。虽然这些日子以来天天跟人接触，网上网下的，但这种接触是最浅显的，在她的灵魂深处是孤独的。

是一个陌生的手机号码，常若雨一阵失望，又该是哪个买家懒得在旺旺上面打字，而直接打电话来询问事项了。

她懒洋洋地接起来，"喂。"

"我是李大伟。"

李大伟？常若雨的脑子有几秒钟的短路，她不是已经跟小梅明确过对这个伴郎没兴趣了吗？怎么小梅还把自己的手机号码给他？

"你现在忙吗？"

"哦，"常若雨回过神来，"刚忙完，现在准备去外滩看看黄浦江散散心。"

"这么巧？我现在也在外滩，我刚办完事，突然很想给你打电话。看来真是天意，是缘分，你也在外滩。"李大伟的语音里难掩兴奋。

"是……有点巧，小梅什么时候给你我的电话的？"

"给了有一阵了，一直没敢打，但是今天……真的是第六感，感应到你在附近了。"

李大伟的兴奋和热情感染了常若雨，"好啊，既然今天我们有幸碰上了，就见一下吧，一起看看江水。"

"这么冷的天待在堤岸边看江水，那不是受罪吗？去外滩68号咖啡馆吧，我请你。"

李大伟怎么能明白她为什么要去看江水，她也不想解释，"好吧。你多久可以到那里？"

"我就在那附近，走过去几分钟就到了。"

常若雨心中暗暗叹了口气，本来她心想如果他可以晚些到的话，她可以先去看看黄浦江，然后打个车过去。但现在看来，她只能直接打车过去了。

咖啡馆的环境很古朴，很有老上海的奢华气息，一进门，常若雨就被这里的感觉迷住了，而且客人很少，在靠窗的位置，她看到李大伟在向她招手。在这样温馨的地方，就连平淡如水的李大伟也变得生动起来。

常若雨坐进软软的大沙发，感觉人一下子放松了。抬头看窗外的行人，只感到极其惬意。这比在江边吹冷风要好多了，她心中暗暗感激李大伟能带她来到一个这么温暖的咖啡馆。

"喝什么?"

"摩卡吧。"

"好,2杯摩卡。"

他们相视一笑。

"这儿不错,你经常来吗?"

"也不是经常,你呢?"

"我是第一次。"

李大伟似乎有些吃惊,但没有说什么。坐在沙发上的他,第一次细细地打量对面的女孩。五官精致端正,轮廓线条柔和,皮肤细腻白皙,身材高挑苗条,正是他喜欢的类型。

常若雨被他看得有些不好意思,她羞涩地说,"干嘛这么看着人家。"

"哦。"李大伟意识到自己的失态,赶紧端起咖啡杯,喝了一口咖啡,"这里的咖啡做得很不错,你尝尝。"

常若雨端起咖啡,刚想喝,手机就响了起来。她放下杯子,去取手机,来电显示是爸爸的手机号码。常若雨有些奇怪,如果是问她什么时候到家,通常都是妈妈打的呀。"爸爸,什么事?"

"你的事情办完了吗?"

"办完了。"

"那你来华山医院一趟吧,你妈查出来是乳腺癌,要住院开刀。"

"啊。"常若雨感到天旋地转,挂断电话,已是脸色煞白。

"出什么事了?"李大伟关切地问。

"我妈在医院,查出来乳腺癌,我得赶紧过去。"

"怎么会呢？一般这种病都是遗传,你外婆得过这个病吗?"

看到李大伟惊恐的表情,常若雨才升起对他的好感消失了,她还想再试试他,"是啊,不但外婆,我有好多个亲戚都是得的这个病。"

李大伟惊恐的表情中夹杂了厌恶,"那你赶紧过去吧。"

他有车竟然连送都不送一下,常若雨彻底心冷了,"那你一个人在这里慢慢喝吧,还有电脑可以玩。"

李大伟冷淡地点了一下头。

出得咖啡馆的大门,两行热泪奔涌而下,既为妈妈突然而来的重病担心,又为李大伟的势利寒心。人怎么可以这样,太伤人了。她的咖啡还没喝过,估计这个恶心的男人会一边玩着电脑一边把两杯咖啡都喝了的。

她扬手招了一辆的士,回头看外滩68号渐行渐远,最后消失在她的视线里。人心难测。她想到了这句话。还好,突发事件能看清人的本质,真是天意,不然说不定一辈子就被这个人给毁了。她自我安慰道。

十六

在陪伴母亲住医院的这些日子里,常若雨的眼泪一直没断过,切片报告还没出来,不知道会是一种什么结果。不擅厨艺的父亲每天变着法地烧各种汤羹给母亲送去,这让常若雨更见证了他们相濡以沫的感情。她跟爸爸轮流照顾妈妈,在医院陪护已经很累了,回到家还要处理一大堆网店的事情。她感到自己的身体快要透支了,快要顶不住了。苦闷占据着这段黑暗的日子,她担心还没等到妈妈康复,她自己就会累倒了。如果自己累倒了,爸爸岂不是要更忙更累了吗?如果爸爸也因此累倒了怎么办?而且爸爸虽然快退休了,但毕竟还没退休,也不能老请假的。想到这里,常若雨的心扑扑乱跳。母亲的病不是一时半会可以好的,她不能让自己和爸爸的体力透支,她要想个办法。花钱是免不了的了,但与人的生命比起来,花点钱又算是什么。

她打电话给方亮,说起母亲的病情,忍不住呜咽起来。

"若雨,你别急,慢慢说,需要我帮什么忙吗?"

"店里的事情我是顾不了了,我要去陪妈妈,爸爸还没退休,我不能让他老请假。你能不能帮我找个客服,来我家帮我看店,我知道你这方面的人头熟。"

"是的,我有几个几皇冠的朋友都雇佣客服的。"

"能不能帮我也介绍一个呢?要快,要可靠。如果不可靠,把我的货卷走了怎么办?最好是小姑娘。"

"没问题,我马上会去联系,你要什么价位的人?"

"我不懂咃,有哪些价位的?"话说到这里,心就有点慌乱了,如果很贵怎么办?

"一种是从早上9点做到晚上12点,每月3000元;还有一种是每月1000元,然后拿提成。我建议你找第一种,按你现在的销量,如果拿提成的话,每月估计要付4000元。"

"啊?都这么贵啊?我不用她做到晚上12点的。就早上9点到晚上9点好了,能不能便宜点?"

"这个要去问的。我待会给你回音吧。你现在在哪里?如果需要用车,尽管叫我。"

常若雨一阵感动,她想到了那个李大伟,那个死胖子,一听是乳腺癌,就噤若寒蝉,马上联想起遗传病来,怕她也得。自那次咖啡馆分手后,半个问候的电话或是短信也没来过,当她是瘟疫了。"我现在要去医院了,你只要帮我尽快解决客服的事情就可以了。"

"好的,我会尽我最快的速度。等过两天我也去医院看看阿姨。"

常若雨心想:为什么要对我这么好?我妈以前对你这个态度,你都不计前嫌。她的眼角在不知不觉中就湿了。

她马不停蹄地赶往医院替换父亲,看到父亲面色凝重,病房里的气氛就像乌云遍布的雨前一样。

"怎么了,爸爸?"她发现自己的声音都在发抖。

"今天我又请假了,因为医生说今天报告出来,我想跟你一起找医生谈谈,听听他的意见。"

"今天报告出来。"常若雨重复了一遍,心里暗暗祈祷:但愿是早期的,哪怕中期也好,只要不是晚期的就行。

父女俩一分一秒地熬着日子,直到主治医生到来。

"你们家属来一下。"医生在病房门口叫了一声就转身回到了自己的办公室。

"要不,爸爸,你在这里陪妈妈,让我一个人去吧。"常若雨突然说。

也许是没有勇气听候宣判,常爸爸竟然点头同意了。

走到门口的时候,常若雨回头看了一眼父亲母亲。此时父亲坐在母亲的床头,看着母亲。从父亲的表情上看不出所以然来,但常若雨知道,经过这场病魔,父母之间的感情已经升华了。母亲带给父亲的并不只是一个老婆的身份,而是一个相濡以沫陪伴终生的人间伴侣;而父亲带给母亲的,并不是一个她口中常念叨的窝囊废的形象,而是一个伟岸的丈夫,值得托付一生的精神和物质的双重伴侣。

常若雨的眼眶里沁出一颗滚热的泪珠。

走到医生办公室的门口,她却没有勇气再跨进一步了,她害怕听到噩耗。她的心狂跳着,怎么也无法让它平静下来。

医生一抬头,看到了她,招手让她进来。常若雨自己也不知道自己是怎么走到医生面前的。

医生拿着报告书说,"你母亲的病情很不乐观,癌症已经到了中晚期。虽然现在已经做了肿瘤切除手术,但癌细胞转移的可能性非常大。"

常若雨的脑子里"嗡"的一声,真的是个噩耗,怎么会这样?

"妈妈会死吗?"她喃喃地问,突然又说,"不!什么时候会好?"

"这个要看个人的,反正先做化疗吧。"

常若雨不知道自己是怎么离开医生办公室的,满脑子都是:妈妈才55岁,她不能死。常若雨无法想象没有妈妈的日子该怎么办,世界会乱成什么样子。可是医生的话同样在耳边回响:癌症中晚期,癌症中晚期。

她面色惨白,定在医院的走廊里,举步维艰。这时,她听到手机铃声响了,她机械地接起来,"喂。"

"怎么才接啊?"手机那头响起了方亮焦急的声音,"我都打了好几遍了,还以为你出事了呢?你妈现在怎么样了?还有你托我问的客服的事情我已经帮你问好了。你还是就找那个到晚上12点的吧,因为生意一般都是9点以后会比较多,你要在医院陪妈妈,所以还是不要省这点小钱了。"

"医生说我妈是乳腺癌中晚期,方亮,我好怕啊,我怕妈妈会死。"

"没事的,若雨,乳腺癌是所有癌症中最不容易死的。"方亮安慰道。

"真的吗?可是除了配合医生照顾妈妈,我还能做点什么吗?"

"好好生活,每天微笑,你妈妈的病就会好得快。"

"方亮,你真好。"常若雨从刚才的恐慌和悲嗟中渐渐走了出来,能有这么一个朋友,她感到自己真的是太幸运了。

"你放心,我永远都在你身边。"

方亮的话温泉一样流过常若雨的全身,刚才还觉得天空都要崩塌了,现在看到全世界都复苏了。

挂断电话,常若雨小跑着回到病房,在外面耽误了那么久,等候"宣判"

的爸爸该等急了。看到女儿进来,常爸爸的眼睛里闪烁着既害怕又期待的光芒,"你回来了?"

"嗯,医生说乳腺癌是所有癌症中最轻的一种,让我们不要担心。"她把方亮的话按在了医生的头上。

"真的吗?那就好。"常爸爸兴奋地搓着手,"医生说切片报告上怎么说的?"

常若雨不敢说中晚期,最起码不能当着妈妈的面说,虽然妈妈闭着眼睛好像在睡觉,但谁知道是不是真的,说不定是装睡在故意偷听他们说话呢。

"医生说是中期。"

父亲"哦"了一声就不再说话了。

这时,方亮的电话又打了进来,常若雨拿了手机就到门外去接听,她不想让这种工作上的事情再烦扰到父母。

"若雨,我想过了,马上快要过年了,过年期间是不会有什么生意的,所以客服你完全可以不用请,等过完年再请,这样可以省下一个月的工钱。"

"过年期间没生意吗?过年了不是应该生意更兴隆吗?"常若雨不解地问道。

"一般网购的人都是在上班空闲时去网上淘东西的,所以休息日生意会清淡。"

"不对啊,之前你还说晚上9点以后生意会多呢,这又不是上班时间。"

"是这样的,"方亮耐心解释道,"工作日的白天白领会网购,晚上9点以后夜猫子会来网购。但是过年期间人们会利用长假出去旅游,所以网购的人会很少。而且过年期间快递放假,买家都知道这个情况,所以过年期间也没人会来买东西。"

"原来是这样。"常若雨恍然大悟,"过完年妈妈也能出院了,也可以不用请客服了。"

"客服是一定要请的。你妈妈即使出院,但依然要做化放疗,身体还需要好几年时间来调养。你请个客服,自己可以好好休息一下,别仗着年轻身体好就可以透支体力,还能腾出时间来帮着爸爸一起照顾妈妈,再空一点就跑出去多联系联系业务,开阔一些眼界。"

常若雨像重新认识方亮一样,心中油然升起对他的崇敬之情,但同时又有些纳闷,他不是一直很怕自己跟其他男的好吗?怎么还建议她跑出去多开阔眼界,多认识些人呢?难道他也像李大伟一样,怕她妈妈的乳腺癌是遗传病,已经不打算追求她,而只是把她当成朋友,当成生意上的合作伙伴了?想到这里,常若雨的心中突然异常难过。本来她一直希望他们两人之间是这种关系的,但是方亮的心中也是这种意愿了,为什么她会这样不好受?

"谢谢你,方亮。"虽然心中难受,常若雨还是礼貌地说道,"谢谢你为我做的这一切。"

"怎么又说这种话了?你的事情就是我的事情,你是明白的。"

这是什么意思?常若雨心中又一阵迷茫,难道他的感情还是始终如一?那为什么刚才鼓励她多出去接触人呢?"可我觉得越来越看不懂你了。"

"是不是觉得我比以前成熟了?"方亮笑道,"人都会成熟的嘛,你也一样。"

原来他只是成熟了,对她的心意还是没变,常若雨释然了。这是得知妈妈癌症以后心情最好的一刻,此时她竟然产生了是不是可以尝试跟方亮恋爱的冲动。

"但是这几天你要辛苦了。我建议你的网店先关门几天吧,把人累着了就得不偿失了。或者你要是信得过我的话,就把登录账号和密码告诉我,这几天我来帮你卖东西。"

"真的可以吗?"常若雨大喜过望,"我当然信得过你了。谢谢啊,不会太长时间,就一周左右时间就可以。"

"好啊,很愿意为你效劳。"电话那头,方亮脸上的笑痕更深了。

"这几天你可要辛苦了,本来自己的事情就够忙的了,还要帮我卖东西。等我稍微空一点,就请你吃饭啊。"

"不用,要吃饭也是我请你。过年期间我倒是可以来看看你妈妈,可是她好像不大待见我。"

想起妈妈曾经对方亮的态度,愧疚之情流过了常若雨的心田,"不会的,你帮了我那么多忙,我妈妈是领情的。"

"真的吗?"这下轮到方亮大喜过望了,"那我更要来看看阿姨了。"

"嗯,好!"挂断电话,常若雨像只轻巧的小鸟一样飞进病房。愁眉苦脸的爸爸乍一看到春光灿烂的女儿,心中又惊又疑,"怎么接了个电话你的心情就这么好了?"

"因为生活本来就很美好。相信我,妈妈会没事的。因为妈妈的性格比我还开朗,病魔拿她没办法的。"

父亲不住地点头,他觉得女儿真的长大了,而他们都老了,是需要依靠女儿的时候了。女儿给了他温暖的感觉,只是他不知道这种温暖是另一个大男孩传递过来的。

十七

自从妈妈生病后,担忧加上劳累,父女俩都有些脱形,父亲的脸就像霜打过的树叶,一脸倦怠的疲惫;而常若雨则瘦了好几斤,也憔悴了不少;母亲因为化放疗,头发掉了差不多有一半,连耳朵都听不清楚别人的话了。这个年关是常若雨20多年来最难过的一年,事实上这一个月来从一开始的恐惧和难过已经演变成了一个字——累!她急需找到一个客服来接手自己的生意,可以让自己多陪陪母亲,替父亲分担一些,也可以让自己多休息一下。她已经不好意思再让方亮帮她卖东西了,谁都知道年后的买卖会特别好,憋了一个新年,白领们开始了疯狂购物。方亮只有一个人,卖他自己的东西都已经有些力不从心了,她怎么还能好意思再麻烦他呢。

手机响了,常若雨不胜其烦,是谁在她又忙又累的时候打电话进来的,她没有看来电显示随手接了起来,"喂。"

"小雨吗?你现在忙吗?"

原来是小梅,只要一接到这个朋友的电话,常若雨的口气总会缓和下来,"忙啊,我都快忙死了,真希望客服现在就能来。"

"你找到客服了吗?"

"方亮答应帮我找了,可还没找到,而且我不需要那种早上9点到晚上12点,每个月3000元的那种,我只需要上午9点到下午5点的就可以了,还能省点钱。"

"这种朝九晚五的你打算出多少钱?"

"最多每月2000吧,多了我也承受不了。"

"那我来帮你做吧。"

"什么什么?你说什么?"常若雨以为自己听错了,小梅不是一直在潜意识里鄙视她这个行当吗？怎么突然打算来为她打下手了？是缺钱还是为了来帮她的忙？

"你正好一时半会也找不到人，而且放个陌生人在家里也不安全。我虽然没啥经验，但你只要跟我说几句我就会做了。最主要的一点是我很安全，这不是一举两得的事情吗？"

"你愿意来当然好了，可是你不是要写作吗？为了写作把工作都辞了，怎么愿意屈尊来我这里呢？"

"写作不是一天两天的事情，而且现在文学不景气，需要有打持久战的决心。小雨，女人要是结了婚，没有收入或者只有极少的收入，会被丈夫一家看不起，会没有尊严的。不过你放心，我过来帮你不会三心二意的，我不会把笔记本电脑带过来的。白天我一门心思地帮你做生意，晚上在家写作，也是一举两得的事情。"

常若雨大致明白了，小梅现在的日子不好过，那个男人终是骗了她，婚前说得花好月圆的，说什么全力支持她写作，到头来还不是一句空话。常若雨突然间对婚姻没了信心，本来还想跟方亮建立起恋爱关系来的，现在又把这个念头打消了。谁知道体贴入微的方亮结了婚以后会不会露出什么狐狸尾巴来。

"好呀，你什么时候能来？"

"今天来不及了，就明天上午9点吧。"

感觉小梅的心情比她还迫切，常若雨的心中泛过一丝酸楚。放下电话，她又是激动又是兴奋地跑到父母的房间面去里去，亢奋地说道，"从明天开始，小梅要来我家上班了。我太高兴了，本来我还在发愁放个陌生人在家里多不自在啊，还担心会偷东西。"

"小梅要来做客服？那真是太好了，我本来也在发愁呢，要是客服是个男的，还不知道要怎么被邻居嚼舌头呢。"母亲死灰的脸上也泛出了笑容。

"是啊是啊，妈，这样你就可以安心养病了，省得我一出去，你就想来帮我看店，医生说你现在是一点也不能受累的。"

父亲的脸上也现出了笑容，"小梅这孩子也不容易，在你这里帮忙是一举两得的，不忙的时候还能写写东西。"

"这可不行，到了我这里，脑子里就只能装着我的事情，不能有她的小说，不然会分心的。"常若雨果断地说，"而且小梅也很拎得清，她说不把笔记本电脑带过来的。老爸,到时候你别傻里吧唧地对她说:反正这几天也不忙,你就写写小说看看书吧之类的话啊。你这不是在帮她,是在害她。我们是很好的朋友,别为了这种事情连朋友都没得做了,老爸你的罪过可就大了。"

"怎么是在害她?"父亲一头雾水。

"让她养成一种三心二意的坏习惯,这不是害她是什么?而且当她习惯于这种生活,就会只是一味索取而不知感恩了。"见父亲依旧瞪着迷茫的双眼,常若雨唉了一声道,"反正就是不能对一个人太好,对她太好了,万一有哪天疏忽了为她做什么,她就会记恨你的。懂不懂啊?都吃了一辈子亏了,这点悟性还没有。"

父母被她说得一愣一愣的,唯有点头的份,他们感到女儿真的是跟以前不一样了。

第二天上午9点,梅风雪准时来到常若雨的家中,才几个月时间不见,两人都吃了一惊,异口同声地说,"你怎么瘦了这么多?"

"我瘦是正常的,又要担心妈妈的病,又要照顾妈妈,还要打理店铺,劳心劳力。可你呢?新婚不久,又不要上班,怎么也瘦了这么多?"常若雨说。

"可能待在家里时间久了缺乏锻炼吧。"小梅避开常若雨的眼睛,"不说这个了,我们开始工作吧。"

先给小梅讲解了最基本的接单常识后,常若雨说,"今天爸爸上班去了,我到妈妈房里去照顾妈妈了,你有什么不清楚的就过来问我啊。"

"好的,你去吧。"小梅专注地看着电脑,头也不抬地说。

常若雨来到母亲的房中,"妈妈,你想吃点什么?我去做。"

得了这个病,母亲眼中的光彩尽失,好像苍老了十岁,"我什么也吃不下,你别忙了,去睡会吧,这些天都没好好休息。"

"没事,我年纪轻,身体顶得住,现在小梅来了,我轻松多了。要不我出去给你买灵芝孢子粉吧,听一个朋友说这东西对你的病很有帮助。"

"很贵的,你现在请了客服要花钱,别再为我花钱了,把你的嫁妆钱都要花掉了。"

常若雨不知道母亲说的是真话还是玩笑话,但她当真话来听了,"钱是身外之物,什么都没命重要。妈,你先休息,我这就出去买了。"

说完,常若雨来到自己的房中,轻轻推开门,看到小梅目不转睛地看着电脑屏幕。

"现在有生意吗?"

"没有,我在研究。"

常若雨很满意小梅的状态,"我现在出去给妈妈买保健品了,有什么问题打我手机。"

"好的,你放心地把店铺交给我吧。"

走到大街上,冷风一吹,常若雨又想起了妈妈刚才的话:太花钱了,把你的嫁妆钱都要花掉了。

想到现在处处要花钱,而物价又那么高,常若雨的压力就排山倒海一样下来了,当务之急就是要想办法多赚钱啊。常若雨边走边给方亮打电话,"现在天天有人在问沐浴券有没有,你怎么就进不到了啊?"

"我的券都是广告公司给我的,现在没人用沐浴券来顶债,所以我也就进不到了呀。"

"那你干嘛非守株待兔一样等着广告公司来给你货物呢?你不会自己去那些健身会所啊,游泳馆啊,沐浴场馆啊,游乐馆啊,自己去谈吗?这样就可以有长期货源了。"

听常若雨的口气不满中带着娇横,方亮忍不住笑了,"小姐,就你聪明,就你想到了。你以为这么好谈的啊?谁理你啊,就算理你,给出的价格也没有优势的,你赚不到钱的。"

"去谈10个地方,只要有一个地方谈下来了,日子就好过了。"

"我跟你说话怎么这么累呢?就算你谈下来了,给你每张票子赚一元钱,你算算看,你每年能卖掉多少张,就能知道赚多少钱了。"

"我跟你说话才累呢。"常若雨怒道,"你个笨蛋,脑袋瓜子不开窍,就算一年卖掉一万张也有一万元钱好赚。"

"一万元,小姐,平摊到每个月连一千元钱都不到,而你谈下来需要花掉N多N多的精力。"

常若雨愣住了,是啊,她怎么就没想到呢?

见对方那头没声音了,方亮以为是她生气了,赶紧说,"不过你总是能有些想法很好,说明你又聪明又有上进心。"

"我有办法了。"常若雨突然说。

"什么办法?"

"去谈的时候就谈返利,卖掉多少多少张票子就能拿百分之多少的返利,这样大头在返利上面,而不在卖掉卡券的微利上面。"

方亮不得不佩服常若雨的智慧,她的脑袋瓜子转得快,确实是做生意的人才。"可是如果人家单位同意的话,一般恐怕一年的营业额要达到100万元左右人家才会给你返利的。"

"只要能谈下来,就能想到怎么卖出去的办法。"

常若雨的胆大心细再次让方亮佩服得五体投地,"那你去谈谈看吧,反正你现在有客服了,你的时间空出来了。就算谈判都失败了,你做过了,也就无怨无悔了。"

"呸呸呸,你个乌鸦嘴。我可不想做无用功,只要做了,就一定会成功,除非不够努力。"

"若雨啊,你能不能不要这么厉害?不然我更要自惭形秽,更要仰视你了。"方亮感叹道。

"那你就抓紧赶超上来,别你比我起跑那么长时间,到时候还是我赢。"

"我努力跟上你的足迹吧。"

常若雨哈哈大笑起来,她的自信心又爆棚了。

买完灵芝破壁孢子粉,又在路上带了两个盒饭——她跟小梅的,母亲的午饭父亲已经在早上烧好了。

常若雨蹑手蹑脚开了门,先去母亲房中看看,母亲正在睡觉,她又轻轻退出来,拿着盒饭进了自己的房间,小梅还是在聚精会神地看着电脑。看见常若雨进来,她兴奋地说,"你刚走就有几个人来买东西,现在我已经卖掉10张美容健身卡,1张体检卡和2张野生动物园的门票了。快递单子也已经填好了,盒子没封口,等你回来检查呢。"

"行啊,小梅你真厉害。"常若雨把盒饭放到桌子上,俯身亲了她一口。

小梅擦着被亲的部位说,"还有很多人来买沐浴券,可惜你没货了,他们一直在追问什么时候会有货呢。"

"有客户没货确实很可惜,刚才我还在跟方亮商量怎么解决这个问题呢。来,休息一下,我们先吃饭。"

小梅打开盒饭,常若雨买了她爱吃的鱼和素鸡,再看看常若雨那盒,就看到一堆肉。"以后别去买盒饭了,那个肉也不知道是什么肉,在家随便吃点吧,还省钞票。"

"今天我出去就顺道买了,以后就在家里吃。"

"我刚才看了你信誉,你开店还不到一年,就已经2钻了,不错啊。"小梅边吃边说。

常若雨不无妩媚地扬起了笑脸,"快要冲三钻了。"

"什么时候让我见见你常说的那个方亮,感觉你们志同道合,如果成为夫妻,应该是很搭的。"

"你怎么现在不让我嫁给那个李大伟了?"常若雨故意拉长语调说。

"真不好意思,没想到他是那种人。你跟我说他怕伯母的乳腺癌是遗传病,我还不信,就去套了他的话,好像还真是这么个意思。真有这种男人的。世界之大,无奇不有。"

"可不是嘛,林子大了,什么样的怪鸟都有。"提起李大伟这个人常若雨就生气,她闷头哗哗地吃完了饭,一抬头,看到小梅还在那里慢条斯理地吐着鱼刺。

常若雨的心中一动,是什么样的力量促使这个文弱清高的女孩颠颠地跑来给她打下手,她的丈夫给了她什么样的压力?"小梅,你们夫妻感情怎么样?"

梅风雪吃饭的动作停了下来,欲言又止。

"我们是好朋友,我什么都对你说的,你也别瞒我好吗?"

小梅放下筷子,"你说得对,我们婚前不够了解,结婚后发现性格差异太大。最不能让我容忍的是他明明说支持我写作的,结婚后就反悔了。一次,他陪同我去邮局拿稿费,是一家报纸的一篇随笔,稿费150元。他看了直摇头,说还不够交煤气费。我没想到他会这样俗气。我们常吵架,我觉得是被骗婚了,而他觉得我每月只有几百元的稿费收入,他亏大了,被拖了后腿了。"

说到这里,小梅抬起头,脸微微上扬,呈现出一派空蒙恍惚的表情。这个样子让常若雨看了心疼不已,也对陈志华这个不像男人的男人恨之入骨。"我就不明白了,当时你不是说他很希望你成为大作家,还给了你很多压力吗?他现在是在用这种方式来逼你尽快成为一个大作家吗?"

"他现在的意思是希望我可以一边上班赚着钱,一边再马不停蹄地成为大作家。"

"真是遇人不淑,碰到这个骗子!"常若雨气得脸都涨红了,"要是能一边辛苦上班还能有时间和精力写作,还用得着嫁给他吗?怎么有这样不要脸的男人?干脆离婚算了。"

"我也觉得是被骗了,所以吵架后那种愤怒就变得格外强烈。离婚我不是没有想过,可是离婚后我能去哪里?我怎么还有脸去面对我的父母?我的妈妈是个极要面子的人,当初坚决不让我在家写作,让我去上班,不是为了钱而是为了面子,怕邻居说三道四。要是真离婚了,被邻居知道了,让她丢了这么大的面子,她还不杀了我?如果不是你说要找客服,我可能也是会去找份工作的,可是像我这样的,也确实找不到什么工作。"

难得见小梅可以一口气说这么大一堆话,可见是憋屈得太久了,需要释放。常若雨爱怜地看着她说:"你可以去应聘编辑的。"

"学历不够。"

"那去私人的文化公司里谋个职位呢?"

"同样要学历,本科以上。"

常若雨重重地捶了一下前额,"学历学历,只知道看学历,就不看能力。唉,小梅,你也真是命苦,第一次投胎没投到个好人家,都说嫁男人是第二次投胎,你又投错地方了。"

说完这句话,她马上就后悔了,她真恨自己这张嘴,这么不会说话,小梅已经够难受的了,还在往她伤口上撒盐。意识到这点,常若雨马上改口说,"好在你有才华,会有前途的,你还有我这个好朋友,我永远都支持你。"

"可我倒是对自己越来越没信心了,觉得做什么事情都好难。"

"要做好任何一件事情都好难的,信心和鼓励很重要,你老公虽然很可恶,但是他偶尔还会不会鼓励你一下下呢?"

"他内心冷笑,语带讥讽。我很奇怪一个人婚前婚后可以判若两人的。有人说婚姻是赌博,我以前也信。但我现在不信了,我觉得在进入婚姻的殿堂之前需要有一定的了解,让对方的缺点和真实想法慢慢暴露出来,至少可以让自己知道,然后慎重选择。而不是在婚姻的初期迅速暴露出来,让人措手不及,那才是真正的赌博。"

这番富有哲理的话听得常若雨心服口服,所有真理都是在实践中得出的,所有的成熟也都是在痛苦中提炼出来的。

"那你现在有什么打算吗?"

"还能有什么打算？就这样吧。好在还活着,活着总是有希望的。"

常若雨仿佛看到生活的枷锁重重地套在小梅的脖子上,让她无法喘过气来,却又在自我安慰着——我还活着,活着就有希望等到枷锁自动脱落的那一天。

离婚是需要勇气的,我们这种人都没有勇气。常若雨想到了她一个表姐说的话。表姐的亲朋好友都离婚了,将近40岁的她还在坚守原配。在他人艳羡的目光下,她说了这么一句话。原来维系婚姻的不是感情,而是怯懦。这听起来太悲观也太不容易让人理解。但是看到坚守婚姻的小梅,常若雨终于理解了表姐,理解了她的这句话。

"每个活法都有每个活法的长处和短处,也不一定哪个活法就更好一些,心态好最重要。小梅你说是吗？"常若雨知道,她不能跟小梅说表姐说过的那句话,只能用希望之火点燃她心中摇摇欲灭的残火。

小梅的目光闪烁了片刻,露出一个难看的笑容,点了点头。

"那快吃饭吧,饭都凉了。"

"好！"小梅拿起筷子,很努力地往嘴里塞着饭。

十八

常若雨一会儿如坐针毡,一会儿又焦躁地在房间里踱来踱去。她突然发现构思想法是一回事,真的要迈出那一步又是一回事。本来已经想好家里有小梅接单,自己可以腾出时间外出公关,以后的卡券可以不通过有一搭没一搭的广告公司,自己直接去企业进货。但是真的要这么盲目地迈出第一步,她发现自己竟是怕得发抖。

"第一次就找个人陪你去吧,我要帮你看店,不然就陪你去了。"看到瞻前顾后,愁眉不展的常若雨,小梅提议道,"你找方亮陪你去吧。"

"可是他没有客服,他要亲自看店的,他的生意比我还好,怎么可能走得开呢？"

"为了爱情,放弃一天的生意算什么。"

"你说什么啊？什么爱情,我们只是合作伙伴,是好朋友而已。"常若雨红着脸说。

"那好吧。"小梅意味深长地一笑,"既然是好朋友,放弃一天生意都不肯,算什么好朋友。"

"好朋友就更不好意思麻烦他了呀。"

"那你就一个人去!"

想到要单枪匹马地用自己的热脸去蹭别人的冷屁股,常若雨又怕起来了,"要不,小梅,你陪我去吧,我宁可自己放弃一天生意,也不好意思让方亮放弃一天生意啊。"

"方亮陪你去的效果比我陪你去要好多了,我充其量只能站在你身边给你壮壮胆,可他是能帮你拿主意、做事情的。"

"好吧。"常若雨觉得小梅言之有理,就鼓足勇气把电话打给方亮,将情况说了一下。万万没想到他一口就答应下来了,常若雨感动得几乎要热泪盈眶了,连声道谢后问道:"那你准备哪天陪我去呢?"

"当然是今天的现在了,时间是不等人的。"

常若雨说了一连串的好以后挂断了电话。

"怎么样?我说他一定会答应的吧?"小梅微笑着说,"你们在哪里碰头呢?"

"他说开车来接我。"

"开着面包车来接你?"小梅笑道。

"你的记性真好,还记得他开的是面包车。不过他也觉得不方便,已经把面包车卖了,换了一辆轿车。"

"买的二手车吧?"

"你怎么知道的?"常若雨惊呼道。

"别忘了,我是写小说的,最会揣摩人的心理,知道哪种人会做哪种事,方亮是个实在人。"

"可你并没有见过他呀。"

"不需要见的,听你的描述就知道他是什么样的一个人了。"

常若雨心想:既然你这么厉害,怎么没看出陈志华是个表里不一的人呢?可能这就是当局者迷旁观者清吧。

"那小梅,你先忙着,我陪妈妈去了。"常若雨说完,就来到了妈妈的房间里。距离母亲开刀已经一个多月了,母亲经历了化放疗,现在正在吃中药,准备先吃一段时间的中药再化疗，不然连续化疗身体是吃不消的。

看到女儿进来，妈妈很高兴，消瘦苍白的脸上露出了发自内心的笑容。

"妈妈，我只能陪你一会儿，待会方亮来接我。"常若雨把刚才在房里发生的一切告诉了母亲。

母亲竟然红了眼眶，"小雨，你真是个有福气的人，有两个这么好的朋友。方亮为了你什么都肯干，小梅在你不在的时间里，不但帮你做生意，还帮着照顾我，我都不好意思了。"

"这才是朋友嘛。"常若雨握着母亲的手说。

"等我身体好点了，请方亮过来吃顿饭。"

"医生说你的身体这几年里都不能劳累，如果癌细胞转移就没得救了。等你身体好些了，我们请方亮到饭店里去吃一顿，再叫上小梅。"

"烧个菜又不累，方亮喜欢吃我烧的菜。"

"这些话如果方亮听到了不知道有多高兴呢。不过我替他领你的好意了，我们还是去饭店吃。"

"你这个孩子。"母亲点了一下常若雨的脑袋。

这时小梅跑了进来，"若雨，有个客户前几天买了东西让我包邮，我没包，他竟然怀恨在心，给了一个差评，怎么办啊？"

常若雨一听这种事就头大，"赶紧跟他沟通，说说好话，让他把差评改好评，哪怕就退他一个邮费好了。"

小梅为难地说，"我不会啊，我最不擅长跟人打交道了。"

若是换了别人说这句话，常若雨早就一跳八丈高了——不会你做什么客服啊！但这是小梅，她只有柔声细语道，"谁都有第一次，不会就学就想办法，就当是体验生活吧，以后还能写到小说里。"

"那如果他不同意改怎么办？"小梅的声音有些嘶哑，看得出正忍受着内心的煎熬。

"他的目的是包邮，退他邮费他肯定肯改的。放下你大作家的架子，说点好话，不会不改的。"

"这……"

"去吧，别怕，我看好你哦，我们小梅最厉害了，这点小事算什么？"

看着小梅离开的瘦弱的背影，母亲叹道，"让她去做这种事情真是赶鸭子上架了，小雨啊，为什么你不去沟通呢？你明知道小梅做这种事情有多痛苦。"

常若雨的眼泪被逼了出来,"妈妈,我们这里不是慈善机构,我让小梅过来,是让她来帮我分担的,而不是我要处处维护保护她,我没那么伟大。"

母亲又叹了一口气。"小雨,你长大了。"

常若雨知道,母亲这句"你长大了"的意思是说她变了,变得冷酷了,变得心硬了,变得现实了。常若雨的心很痛,但她知道唯有改变才能真的长大,一味地没有原则的善良最终只会一事无成。

"妈妈,我必须长大。"常若雨眼睛里噙满瞬间而来的泪水说。

"你越来越像个生意人了,我们家世世代代都没有出过生意人,你是第一个。"母亲感叹地说。

透过泪水,常若雨看到母亲浑身散发着忧伤的柔情,她很奇怪一场大病会让母亲像变了一个人,那个快人快语,泼辣的妈妈哪里去了?

"小雨,"母亲拍拍她的手背说,"待会你跟方亮出去,若不成功,千万别勉强,更不要去责怪方亮,日子能混混就可以了,千万别把心情搞坏了。"

常若雨用力点点头,她的心情又凄迷又温暖。

手机铃声响了,那头传来方亮朝气蓬勃的声音,"常总,我差不多要到了,你可以收拾收拾下来了。"

常若雨扑哧一声被逗笑了,挂断手机,她对妈妈说,"你好好休息,开心果方亮快到了,我要走了。"

母亲点点头,"去跟小梅也打声招呼吧。"

常若雨犹豫了一下点点头,推开自己卧室的房门,看到小梅正在打电话,不知道是在打私人电话还是在跟那个给差评的客户打电话。常若雨朝她做了一个我走了的动作,关上了房门。

像算准时间一样,常若雨刚到楼下,方亮那八成新的飞度牌小车也刚好到。看到常若雨,方亮摇下车窗,平凡的脸顿时生动起来,"常总,你现在越来越有企业家的气场了。"

"烦不烦啊你,再敢叫我常总,我就一辈子不理你了。"常若雨拉开副驾驶座的车门,命令道,"开车。"

"去哪儿?"

常若雨愣住了,结结巴巴地说,"我……我哪知道啊?你……你老法师了都不知道去哪里,还来问我?"

"见过有不讲道理的,就没见过这么不讲道理的。"方亮笑道,"那好,我开车了,去错地方可别怪我。"

见车子开出了一段距离,常若雨终于还是忍不住了,"停车停车,你先说去哪里,我看看值不值得去。"

"去奉贤,我朋友介绍了一家制衣厂,我们去看看有没有尾单可以接下来。"方亮停下车子回答道。

"亏得我问你。"常若雨叫道,"谁说我要卖衣服了?那烦也烦死了,一大堆货要找仓库,一件一件往店铺上挂累得要翻白眼,还不知道销得出去销不出去。万一销不出去血本无归不说,每个月的仓库钱还是要付的。"

"小姐,你怎么就不往好的地方去想呢?万一销路好呢?"

"听我说方亮,"常若雨咽了一口口水,"当然不排除这种可能性,你这条关系还留着,别断了。我们先去干卡券那一块,因为卡券不占地方。等我以后事业做大了,买了别墅,再去尝试衣服这块。不好就不做,好的话找几个客服也有地方呆。但现在不行,我们的精力不能浪费在这种地方,你明白吗?"

方亮咯咯乱笑起来,"你希望卖卡券可以买别墅,哈哈哈,你真好玩,异想天开。要么你去买小产权的那种农民别墅,但现在这种也不便宜了,你也买不起的。"

"方亮,你看你就这点出息吧。人首先要有想法,要有目标,才有动力。有多少亿万富翁是从一无所有起家的?"

"好好好,我说不过你,"方亮抹了一把笑出来的泪花,"那你说,现在去哪里?"

常若雨的心往下一坠,是啊,去哪里呢?一点头绪也没有。但脸上还是若无其事的样子,"那就,那就……"

紧闭的车厢里面一股暗香若有若无地浮动在空气中,方亮有点痴迷了,那是女人的体香啊。如果此时不是去跑业务,而是去卿卿我我该有多么美啊,"那就找个地方我们好好玩玩轻松一下吧。"

"你说得对啊,你天天在家接单做生意,是想出来轻松一天。可我呢?我妈病了,需要花很多钱,现在还找了客服,你知道我的压力有多大吗?我现在根本连一点点娱乐的心思都没有。"

刚听到第一句,方亮还以为这个建议被接受了,正打算欣喜若狂。骤然又听到了后面的那些话,惭愧和怜惜之情不由油然而生,这个女孩羸弱的肩膀上承担了太多的责任。而他,作为一个一直暗恋着她的男人,不能为她分担什么,反而为了一己私欲,想要拖她的后腿,简直就不是男人。如浪的情欲熄灭下去,他重新开起了车。

"喂,你打算去哪里啊?我还没想好呢。"常若雨叫着,想要阻止他继续前行。

"放心吧。"方亮边开车边说,"没有拉你去游玩,可去的地方很多,你只要拉得下面皮来。我知道前面一座大厦里面有家是上海滩著名火锅连锁店的办公室,我们可去他们的市场部谈谈。"

"真的啊?"常若雨喜道。

"就是不知道门口保安放不放我们进去。"

"啊?那如果不放我们进去怎么办?"

"反正先试试再说吧。"

常若雨的心又抽紧了,紧张得颤抖起来。

常若雨的恐惧被方亮觉察到了,"你怎么这么害怕啊?你以前不是单枪匹马地去跟人家广告公司联系的吗?怎么也没见你怕成这样。"

"那不一样,广告公司我是先电话联系的,跟人家联系好了再登门拜访的。可现在,唉,我都后悔了,要不我们回去吧。"

"回去没问题,我可以送你回去,但你回去后一准后悔,到时可别再拖着我陪你去,我的时间可耗不起。"

今天有方亮在一边指导和陪同,再以后就是一个人了,她当然不能放弃今天的机会。常若雨咬咬牙说:"我不打退堂鼓,走吧。"

方亮赞许地看了她一眼,边开车边问,"如果你妈没有得病,你会不会这么拼命?"

"我不知道,也许还是会的。我不喜欢混日子的感觉,要做,就要做出名堂来。待在家里有一搭没一搭地开着淘宝小店,年纪一年年上去了,一事无成。那种感觉就像垃圾股一样,在逐渐贬得毫无价值。"

方亮再次对她表示折服,他想开开玩笑轻松一下气氛,"原来你也知道有垃圾股啊,你也做股票?"

"我不做,这东西不靠谱,我妈做的,但也就是做着玩玩,不指望发财。"

"那你妈妈心态挺好的,做过做到后面都希望发财,特别是赢钱以后。"

107

"你懂得也不少嘛,看来也做过,并且亏过Ｎ次,总结出来的经验。"

"哈哈,又被你发现了。"

说话间,目的地已经到了。常若雨下车,冷风一吹,发现自己已经不再害怕。

进了大厦,果然门口保安询问他们去哪里,方亮流利地报出了公司名称。保安又问,"预约过吗?"

"预约了今天的。"方亮面不改色心不跳地回答,让常若雨暗暗佩服。

保安的手一挥,"上去吧。"

电梯里,常若雨用力地捏着方亮的手指,"太好了,第一关已经过了。刚才我还怕那个保安会打电话上去确认呢。"

"第一关容易,最难的是这第二关。"

"啊?"常若雨又泄气了。

"反正试试看吧,就这套路,这个地方不成,可以去其他地方。这不是你说的吗?十个地方只要有一个地方成功就已经很好了。"

"对啊。"常若雨豁然开朗,笑容出现在了她的脸上。

当他们向门口的接待小姐说找市场部经理的时候,小姐看他们的眼神就像看一对来推销产品的或自我推销的人一样,让常若雨浑身不自在。

"市场部经理叫什么?你们预约过吗?"接待小姐的声音仿佛从冰窖里传来,听得常若雨浑身起了一层鸡皮疙瘩。

"我们希望来找他合作,双赢,麻烦你通报一声。"方亮笑嘻嘻地说。

"合作什么?你们是哪里的?"

真是阎王好见,小鬼难缠。常若雨恨恨地想到。

"我们是天康贸易公司的。"方亮说,常若雨愣住了。

"今天经理不在。"接待小姐冷冷地丢下一句话。

"这么不巧啊。那你能不能把经理的电话号码告诉我们?下次我们约好了再来。"方亮说。

接待小姐说:"那怎么行?你们又不认识他,我不能随便把他的电话给陌生人。"

"那你把市场部办公室的电话给我们吧,下次来之前,我们先打那个电话。"

"你们自己去网上查吧。"

方亮和常若雨面面相觑,还想再说什么,看到接待小姐那张臭脸,就什么都不想说了。

在电梯里,常若雨的心口一阵刺痛,眼泪呼地涌了出来。

"小雨,别哭。"方亮手忙脚乱地给她擦眼泪,"今天出师告捷,你应该高兴。"

"还告捷?白来一趟不说,还遭受这样的侮辱。"

"这算什么侮辱啊,我以前做业务员的时候,那受的,才叫侮辱呢。"

"啊?你还做过业务员?"常若雨诧道。

"是啊,我的工作经历丰富着呢。"说着,已经到了楼下,方亮跟门口的保安笑着点点头,拉着常若雨的手走出了大厦。

"难怪你应对自如的,原来做过业务员。"常若雨坐进车内,"今天真是憋屈死了,我不想跑第二家了,我们去吃冷饮吧。"

"这么冷的天吃冷饮?"

"对,我想吃,我热。我们去吃肯德基里的蛋筒吧。"

方亮笑道:"小丫头,我请你去吃DQ,我有积分,你敞开肚子吃,是免费的。"

"真的啊?这么好的事情?"常若雨开心地笑了。

方亮觉得她就像个孩子,原来女神也是可以孩子的。

"你还没告诉我呢,今天怎么叫出师告捷?"常若雨想到了刚才的问题。

"你不是擅长在电话里跟人沟通,不喜欢像今天这种碰壁型的吗?那个接待小姐提醒我们了,电话号码都可以在网上查到的。以后只要我们想上哪里去,就先在网上查电话号码,打过去,对方有意向的,我们再过去;聊得不好的,就放弃。"

"哎呀,方亮,我不知道你原来可以这样聪明的。"常若雨喜不自禁,几乎想抱着方亮啃一口了。

"你是不了解我,我当然聪明了,以后多跟我接触一下就知道了。"

"可是查到的号码并不一定是负责这件事情的那个部门的电话呀。"

"你可以让她转呀。"

常若雨又突然想起了,"对了,你刚才对那个贱女人说你是天康贸易公司的,这什么意思啊?"

"这是我随口编的一个公司,我要是说我们是做淘宝的,不是更被人看

109

轻吗？说不定连那句'网上去查'都不会告诉我们了。"

常若雨一拍脑袋，"对啊。那么以后在电话里是实话实说呢还是说自己是什么贸易公司的？"

"你的计划是拿返利，那么肯定是要签合同的，那么最好说是正规公司的，不然对方单位也不放心啊。"

"可是真要签合同，我拿什么跟别人签呢？"

方亮停下车，"DQ到了，我们边吃边说。"

两人各自点了一杯"暴风雪"，常若雨就又急不可待地问了这个问题。

"小姐，这些问题你以前都没想过吗？"方亮看着她的眼睛说。

常若雨很茫然地摇摇头，"我以为只要说我自己是做淘宝的就可以了。"

"独木不成林。你要去谈的都是大企业，你认为他们会相信一个开淘宝小店的人吗？"

常若雨倒抽一口冷气，"看来仅凭一腔热血是根本不行的。"

"你才知道啊？要这么容易，我早去干了，还轮得到你？"

"那你今天干嘛还陪我来？"

"让你碰碰壁，你就知道做事情没这么容易的。"

"你！"常若雨气不打一起出来，"那你还说出师告捷，原来都没用的。"

"你会有办法的，我知道。"

常若雨一时语塞，不知道方亮葫芦里卖的什么药。

吃完"暴风雪"，方亮提议道，"难得出来一次，我们去看场电影吧。"

但是常若雨已是心烦意乱，吃到嘴里的冷饮都不知道是什么滋味了，哪有心思看电影。"我想回家了。"

"那我送你回去，顺便看看阿姨。"

"今天算了吧，我还要去菜场买菜，回去后烧菜呢。"

"那好啊，我陪你去买菜，帮你一起烧菜。"方亮目光闪亮。

"方亮，我真的不想欠你太多。"

"怎么是欠我的呢？"方亮的目光黯淡下来，"我们是好朋友，能跟好朋友一起做这些事情，你不知道我有多少高兴呢。"

"你说的是真的？"

方亮当然明白常若雨问的不是一起买菜烧菜，而是仅是好朋友这件事情。他当然不希望两人仅仅是好朋友的关系，但是常若雨希望，所以他也只好如此。

"当然。"他回答道。

"那好,开车去菜场!"

在买菜的过程中,他们被菜贩子误认为是一对小夫妻,这让常若雨尴尬不已,方亮却是心花怒放。

买完菜到家已是 4 点多钟了,放下菜,把方亮留在厨房里洗菜,常若雨先去妈妈的房间看了看妈妈,妈妈午睡还没有醒,她轻轻带上门,来到了自己的卧室,看到小梅正在填写快递单。

"今天有几个快递?"她轻轻走进去问。

"目前为止 10 个。"小梅头也不抬地说道,"还有那个差评已经改过来了。"

"真的?小梅你太厉害了。"常若雨走过去抚摸着小梅的头发说,"你看吧,人都是有潜能的吧?你还说你不行。对了,今晚在我家吃了饭再回去,方亮来了,他说他会烧菜,给我们露一手。"

小梅抬起头,看到房间里除了她们俩没有第三个人,就又低下头边填单子边说,"今天不行,我得回去吃饭,陈志华有事要跟我说。"

"啊?"常若雨失望道,"我还特地买了你爱吃的菜呢。"

小梅写字的手顿了一下,然后不容置疑地说了句,"以后有机会吧,今天不行。"

这时候,常若雨终于感觉到了小梅的冷淡,寻思着哪里得罪她了。

"这里有我,你去厨房忙吧。"小梅头也不抬地说。

常若雨也感到无趣,讪讪地退了出去,来到了厨房。他们买了很多菜,闷头洗菜择菜切菜,不知不觉就到了 5 点钟。小梅的身形出现在了厨房门口,"我下班了,你多注意一下电脑吧。"

"哦,时间过得真快,"常若雨把湿手往围裙上擦了擦,"让方亮送你回家吧。"

"不用的,我坐地铁反而方便。再见。"

看着大门在小梅身后关上,常若雨悻悻地说,"今天她好像不大高兴。"

"原来她就是小梅啊,看上去不怎么随和,性格偏冷,面相也不好,又瘦又苍白。我打包票,她干不长的。"方亮说。

"去你的,乌鸦嘴。小梅就是内向点、清瘦点、不爱笑,怎么就变成不随和、面相差了？不随和我们这么多年的朋友是怎么做的？赶紧洗菜去吧。最讨厌男生对女生评头论足了。"

"你们可以长时间做朋友是因为你随和包容，哪天你计较一点了，看看你们还能不能继续做朋友。而且你觉得一个看上去这么冷的人能长时间干这份工作吗？能干这种活的人，一定得是像你这么热情的人才行。"

这句话一下子深入到常若雨的内心深处，这其实也是她所疑惑和担心的问题。一开小差，菜刀差点就切到了手指。她赶紧定了定神，看来干什么事情都不能心猿意马、三心二意，连切个菜都是一样的道理。

十九

早春的空气里基本已经没有冬天肃杀的味道了，像是能带给人新的生机的那种感觉。只不过才过了一天，春天就不期而至了。常若雨想，也许好运也会像这春天一样，会突然在某一天到来。她开起音响，陶醉在一支支曲子那清澈而流畅的抒情旋律中。该忙碌的时候忙碌，该休息的时候休息，该享乐的时候享乐，才不枉做人一场。

这时候门铃响了，打破了室内的宁静和谐。常若雨正纳闷这么早是谁来了，却听见母亲去开门的声音，然后是小梅换鞋走进来跟母亲打招呼的声音。

常若雨起身关掉音响，小梅已经推门进来了。

"你怎么这么早就来了？"常若雨狐疑地看了一下时间，"才8点多。"

"因为今天是最后一天，所以我早点来。"小梅微笑着回答。

"最后一天？"常若雨张大了嘴巴。

"是的，我不做了，你只能另请高明了。"

常若雨感到身体里有一种丝帛断裂般的痛楚，是一种惋惜。小梅太清高了，一定是她逼着她去跟客户低三下四地说好话，把差评改为好评，伤到了她的自尊心，才辞职不做了的。昨天跟方亮一起回家后就发现她的情绪不对，没想到第二天就提出甩手不干了。想不到外表看起来憨憨傻傻的方亮看人这样准。

"可是,为什么呀?做得好好的。而且这么冷不丁的,让我到哪里去找人啊?"然而她还想挽留她,心中毕竟不舍。

"昨天陈志华跟我说,他表姐给我找到了一份工作,在电力公司下的一个三产里面做接待员。"

"接待员?"常若雨愕道,"那这个工作也没高级到哪里去啊。"

"是不高级。"小梅淡然一笑,"但是工资比这里高,3000元还能加四金,以后还有可能会加薪和升迁。"

"可是……可是这样你就没时间写作了呀。"

"难道我在这里就有时间写作了?"

"对不起,小梅,我是没有照顾到你的情绪,可你也不能说走就走啊。我们是朋友,有什么不能敞开来说呢?你有什么不如意的地方说出来啊,不能就这么憋在心里,不给对方一点退路。你究竟有没有把我当朋友看待?"常若雨说着说着鼻子一酸,眼泪忍不住掉了下来。

看见常若雨的眼泪,听到她说这些话,想到自己所遭受的委屈,小梅的眼泪也想夺眶而出,她拼命地抑制泪腺,仰起头不让泪水掉下来。过了一会,她控制住自己的情绪,开口道,"正因为我们是朋友,所以只能是朋友,一旦涉及到雇佣问题,就会生出很多矛盾出来。我还是换份工作比较好,哪怕这份工作很不尽如人意。不然恐怕到时候我们连朋友都做不了了。"

小梅的话给了常若雨一种压迫感,她突然感到茫然,难道真的是自己做错了吗?如果说她是公正的,公私分明的,不让小梅在工作时间写作,却又默认小梅在工作时间替她照顾母亲;明知道小梅不擅长跟人打交道,不擅长甜言蜜语,还要求她在回买家提问的时候,先加上那个'亲'字,还有还让骨子里清高的小梅去跟素质很差的买家谄媚,只为了把差评改为好评。

常若雨想不下去了,觉得自己全部做错了,这近一个月来,小梅受了多少委屈,她从来没有替她想过。也许在自己的潜意识里,觉得小梅拿她的工资,她就有理由高高在上,而忘了"帮助朋友"这四个字。

"要不你再留下来试试?空闲的时候你可以把小说拿过来写,或是看看书什么的。接待员这个工作真的不适合你。"

如果常若雨能够早点说这些话,小梅会非常感动,但是在她提出辞职后再说这些话,就觉得是自己讨来的一样,特别无趣,也不可能去接受这样的馈赠。"你别说了,我都想好了。明天去象征性地面试一下,不出意外后天就去新单位上班。"

"可是……可是我这边怎么办呢?"

"我觉得你现在已经不是很迫切地需要一个客服了。阿姨的病情已经稳定,你出去跑业务也不急在一时。"

"是,我现在是不会那么手忙脚乱了。"常若雨点点头,"可是小梅你呢?想当初你执着地追求自己的理想,瞒着你妈妈到处在外流浪,就是为了能有一方写作的天地,你违心嫁给了没有感觉了解不深的陈志华。可是现在,你怎么又要去做接待员了呢?早知今日何必当初。如果那时你就愿意去上班,就不用这么急着嫁人了,可以多挑挑,多选选。可现在……"

"理想是美好的,现实是残酷的。理想和现实相冲突的话,只有理想妥协。"小梅黯然神伤地打断她。

常若雨突然义愤填膺起来,"我去找陈志华谈,没有这么骗婚的。"

"你跟他谈什么呀?他会说:'我一直是支持梅风雪写作的呀,她自己要去上班,我当然尊重她的意思。'可是若雨你知道吗?我是可以留在家中写作的,他没拿刀逼我。但那个感觉真的很不好。他不会像我妈妈那样坚决反对,大发雷霆。但是他会冷淡,会借其他事情跟我吵架,会说人家老婆多么能干,会用一种鄙视的目光看我,会时不时地说我都是靠他来养着的。"

常若雨倒抽一口冷气,原来人可以这样可怕,可以好话说尽便宜占尽,到头来对方却得按照他的意思去做,却又没法说他有哪里没有遵守承诺的。小梅那双带着泪光的眼睛,再次把常若雨的眼泪催落。她很后悔很后悔在小梅遭遇了这一切之后,还不能得到好朋友的眷顾。她现在对陈志华这么深恶痛绝,然而站在第三方的角度看问题,她跟陈志华又有什么两样?还不是一丘之貉?她想好好补偿小梅,好好怜爱她,但小梅却已经不再给机会了。外表脆弱的小梅的内心永远是这样坚强。

"有生意来了。"小梅坐到电脑前,"你去照顾妈妈吧,这里我来。"

"不要,你都说这是最后一天了,就让我好好陪陪你。"

小梅一阵心酸,也有一阵动摇,但她知道不能心软,话已经说开了,反而更不能正常做事了,以后的相处,会有更多尴尬。但是常若雨今天的态度,让她本已冰冷的内心慢慢有了一丝不易觉察的暖意。"也罢,既然你愿意坐在这里,我就给你提几点意见。"

"你说你说。"常若雨赶紧说。

"我看别人家的店铺都是装修过的,你也应该去装修,也就两三百块钱的事情,这钱不要去省。这样店铺看起来就要正规多了,网店跟实体店其实也一样,首先得给人第一眼感觉好哇。"

常若雨一个劲地点头,"这问题我也想过了,这几天就会去办。"

小梅回了客户的一个问题,接着说道,"我看人家都加了消保了,可你这边还没动静。不加消保,店铺看起来特别不正规,这些投资还是要的;还有有时生意不好,你可以尝试去给店铺做推广,试试看如果业务量上去了,那么花这些钱还是值得的。"

常若雨的心灵受到了冲击,小梅在给她做客服的这段时间里,是真的用心去做了,研究了本不该她研究的东西。她的鼻子一酸,赶紧低下头,艰难地说道,"这个问题我也想过的,但是现在货源不稳定,我打算等有长期货源的时候再这么操作。"

"那也好,你考虑得也蛮周全的。再就是我昨天见了方亮,虽然只有一面,但能感觉到他非常喜欢你,远远超过陈志华对我。虽然配你是差了点,但是有一句话不是这么说吗?找一个爱你的人做老公,找一个你爱的人做情人。当然我们只要这前半句就好,后半句就不考虑了。"

这句话把常若雨原本悲伤的心给逗乐了,她哈哈笑起来,"你前两个建议都很好,但这第三个建议我暂时还不会考虑的。我觉得恋爱和婚姻的前提是对方首先要能给你心动的感觉,方亮不能给我这种感觉。"

"什么心动啊,结婚不就是过日子嘛,柴米油盐的。有一个人能死心塌地地爱你,这才是最靠谱的。"

"话说得没错,可是我还是期待能有一场让我心动的爱情。方亮,他不是我的菜。"

小梅叹了一口气,"你也太理想化了,你看看现在上海的优秀剩女有多少。你已经几岁了?还在期待浪漫。趁着自己还没老,赶紧找个爱你的人把婚结了,人生的一件大事也就完成了。一年年拖下去,你再降低要求也没人要了。再过几年,轮到给你的,就只有离过婚拖着孩子的了。你一个好好的大姑娘,进门先当后妈。"

"不会吧?"常若雨将信将疑,听得心里怕怕的。

"不听智人言,吃亏在眼前。"

"是不听文人言吧?"常若雨笑道。

"我算什么文人啊,连边都还没沾到呢。"小梅又黯然神伤了。

"老天会开眼的,你都这么努力了。"常若雨安慰道,心中却觉得希望不大,小梅努力这么多年,除了发表过一些散文随笔,正经的书一本都没出过,就连短篇小说,也只有几十分之一的命中率,并且发的文学杂志都是比较差的杂志,省级以上的,都石沉大海了。偶尔收到一封退稿信,都能让她欣喜若狂。常若雨不明白这样的坚持有什么意思,但她不忍心打消小梅的积极性。人有追求和理想总比没有好,即使这是一件看不到什么光明的苦差事。

"唉,小雨,你过来看,有个人在旺旺上跟你说话,可看起来不像是买家。"

常若雨一惊,第一个反应是妙芙蛋糕又来了,她连忙跑到小梅身边,小梅站起来,把座位让给她,自己坐到对面去。

常若雨一看,竟然是季俊。那天唱完歌后,他守约把100张美容健身卡给了她以后就没音信了,她也不敢再跟他联系,没想到这时节,他不知哪根筋搭牢,又来找她了。

"你好吗?"他在问。

"马马虎虎。"她打下了四个字。

"下个月要跟驴友一起去新疆,你有兴趣吗?"

又是说这事,常若雨一阵心烦,"我要看店跑不开啊。"

"哦,那比较遗憾。"

"是的,看以后有机会吧。你现在还有美容健身卡吗?"

"没了。"

他似乎很不高兴的样子,"没了"这两个字显得生硬。谈话就这样结束了。

看见常若雨面色阴郁,小梅小心翼翼地问,"怎么了?这个人是谁啊?"

"一个上家,总让我跟他一起去旅游,我不去,他就不提供卡了。"

"这种男人真恶心,拿这种小恩小惠做诱饵,我最看不上这种人。不理也罢,省得恶心到自己。跟他说我们是开网店的,不提供这种服务。"

"人家也没明说呀,就是透露个意思。我是不理他这种心思的,但心里总归不舒服啊。"

常若雨这最后一个"啊"字在小梅听起来更像是一声叹息,她突然也有点可怜起她来了,一直以来都觉得常若雨很强势,但在社会竞争的大潮中,还不一样是只自身难保的小蚂蚁？她们两个虽然追求的东西不一样,但都是弱势群体这点是一样的,所以应该惺惺惜惺惺,而不应该太过于计较。想到这里,小梅的心中涌起一股母性的爱潮,"别想这件事情了,去看看你妈妈需要什么吧。店铺交给我。"

"好,我一会再进来陪你。"

常若雨一出去先看到了爸爸,"爸爸,你怎么还没去上班?"

"我今天不上班。"

"那太好了,我可以全天陪小梅了。"常若雨兴奋地说道。

"陪小梅?"父亲疑惑地看着她。

"小梅要去新的地方上班了,今天是最后一天做我的客服,我有好多话要跟她说。"

"真的不做了啊?昨天你妈还跟我说昨天她不高兴了,可能今天会来辞职,还真给你妈说中了。"

听到父亲这句话,常若雨整个心玻璃般碎了一地。

"妈妈都跟你说了?爸爸,你说这件事情到底是我做错了还是小梅太小心眼?"

"这个不好说。所以人家找员工,都不喜欢找家里人或是熟人,大抵也就是这个原因吧,所以也无所谓对和错。如果一定要说对和错,就是找朋友来打工这件事情是做错了。"

常若雨若有所思。

"既然今天是最后一天,我建议你歇业一天,你们出去找个地方逛逛聊聊。"

常若雨茅塞顿开,欢天喜地地跑进了房间。

"小梅,关电脑,我们出去玩玩。今天爸爸不上班,可以留在家里照顾妈妈。"

"可是要做生意呀。"

"一天不做生意也死不了,这些日子一直在忙碌,你也一直憋屈地坐在电脑前,都没时间玩。我们今天就放纵一天,出去好好玩玩。"

小梅犹豫着。

"对了,"常若雨取出 2000 元钱来,"你的工资我先给你。"

小梅没有去接,"还不到一个月呢。"

"跟我还算得这么清楚。"常若雨捉过小梅的手,把钱放到她的手心里。

"既然这样,那你就答应我,今天出去玩的费用都是我来。要是不答应,我就再退你钱。"

"可以。"常若雨答应着,心想那就挑最省钱的地方去好了。

两人欢天喜地地拉着手走下了楼,就像两只在笼子里关久了,逃出来的小鸟。

"没车真是不方便。"常若雨想起了方亮的那辆车。

"那就把方亮也叫出来好了,给我们当车夫。"小梅像是看透了常若雨的心思。

"昨天才让他陪我浪费了一天时间,今天怎么好意思再叫他。再说了,我们两个女孩子玩,他夹在当中算什么?唉,算了算了,我们自己玩吧。你想去哪里?"

小梅想了想,"我们去南翔古猗园吧,中午就在那里吃小笼。"

"那好远的。"常若雨又想起了方亮的那部车。

"还是把方亮叫出来吧,一方面给我们当车夫,一方面让我再多了解一下他,看看是不是配得上你。"

"你又来了,都跟你说了我对他没有感觉。还有你为什么选择去那里呢?古猗园要夏天去比较好,可以看荷花。"

"我在流浪的时候去过几次那里,给我留下了深刻美好的印象。真正的江南风格,太美了。亭台楼阁,植物盆景,呼吸城里没有的新鲜空气,体会一下这喧嚣的尘世外的安静,还有幽幽绿荫的风景。一年四季,无论哪一天去,都能给你美好的享受。"

"亭台楼阁,荷塘怪石,竹林清悠。"常若雨的情绪被调动起来了,"那赶紧去吧。我发短信给方亮,看他愿不愿意跟我们一起去。"

极快的速度,方亮的短信就回过来了,"等我,我 20 分钟可到。"

"我说什么来着?你还怕他不愿意去,他真巴不得呢。"

"去你的。"常若雨红着脸推了小梅一把。

她们边往路口走去边聊着天,小梅有些感慨地说:"流浪的时候觉得有一种颠沛流离的感觉,但是现在却又有些向往了。"

"那要不你还继续这样,然后对陈志华说你还在我这里上班。"

小梅摇摇头,"这终究不是正常人的生活。再说以前试过了,行不通,我怎么还可能去走老路呢?"

"也是,而且压力更大,老是在想,到了发工资这一天怎么办。"

"呵呵,你还记得。"

"怎么会忘记,那时候我好佩服你的。"

几十分钟后,一辆黑色轿车停在她们身边,茶色的车窗降了下来,方亮一张喜笑颜开的脸露了出来,"赶紧上车吧。"

常若雨和小梅相视一笑,坐到了后座上。

"谢谢你啊,方亮。每次叫你都肯出来。"常若雨说。

"是该我谢你,有事情能想到我,把我当朋友,以后再有好玩的地方千万记得叫上我。"

常若雨和小梅心照不宣地相视一笑。

方亮从后视镜里看到了她们的表情,感到内心的秘密被那个还很陌生的梅姑娘窥破了,一时间涨红了脸,再也不敢吱声,只竖着耳朵听后面两个女孩说着各种各样的话题。

今天是周二,天还有些冷,古猗园里几乎空无一人,只有他们三人走在偌大的院子里。但是他们都没有感到冷清,反而有一种前所未有的平静。庆幸选择来了这个地方,空气就像被过滤过了一样,没有纷扰和吵闹,看着还在衰败中的树木,感受到了一种仿佛与世隔绝般的舒心。

"我们去茶室吃藕粉吧,这里的藕粉特别好吃。"走了一段时间,小梅提议道。

"好啊。"方亮和常若雨异口同声道。

"人少就是好啊,感觉像走在自家的别墅里一样。"常若雨边走边说,"几年前我是国庆节来的,那个人山人海啊,我一去就想回家,跟今天的感觉完全不同。"

"你的别墅情结又来了。"方亮笑道。

茶室是个大亭子,里面空无一人,见来了客人,老板娘的眼睛笑成了一条缝,"三位,喝点吃点什么?"

"3杯绿茶,3碗藕粉,"方亮抢着说,"你们还要吃点什么?别客气,我买单。"

"不,我跟若雨说好了,今天我买单。"小梅轻声说道。

"你已经买过单了,门票是你买的,现在轮到方亮了,你们两人就轮流买单好了。"常若雨说道。方亮朝她跷起了大拇指。

"再要一包瓜子和两包薯片吧。"常若雨加了一句。

"好的,马上就来。"老板娘喜出望外。

"一边喝茶一边看这么好的风景,真是爽翻了。"常若雨边品茶边看着亭外的湖水和几枝发黄的竹子说道。

"是啊,难得有这样的雅兴,平时每天忙着网店上的繁琐事,人都快麻木了,今天感觉人又活过来了。"方亮说。

"哎呀,这里的藕粉真的很好吃很纯正,超市里买的藕粉一股香精味。"常若雨不一会儿就把藕粉吃了个底朝天。

"再来一碗吧。"

方亮刚想叫老板娘,就被常若雨制止了,"好东西点到为止就可以了,多了就没味道了。"

"你现在说话越来越哲学了。"

小梅看着他们两个人你一言我一语的,就像两个两小无猜的小孩子。初春的风缓缓吹过来,虽然有点冷,但是很舒服的感觉。她插嘴说,"若雨,你的网店也快一年了,要不今天就提前庆祝一下吧。"

"真的哎,你不说我倒忘了,再有半个月就满一年了。"常若雨拍了一下脑袋,"小梅就是细心。"

"在这里庆祝?"方亮道,"中午我请你们去饭店庆祝吧。"

常若雨隔空点了一下他的脑袋:"你这傻瓜,那有什么意思?随大流没劲。我们开淘宝店是草根做的事情,就在这个草根的地方庆祝最合适了。中午去古猗园门口的那家店吃小笼,那家店做得特别好吃。"

没想到这句话被老板娘听到了,赶紧凑过来说:"小笼我们这里也有的,中午就在这里吃吧,省得还要跑出去。"

"老板娘是顺风耳啊?"常若雨压低声音吐了吐舌头。

"不是老板娘是顺风耳,而是你太激动了,叫得那么大声,不是聋子都能听到。"方亮呵呵笑道。

"看来得向小梅学习,不管什么场合,发生了什么事情,她都是细声细气的。"常若雨嘻嘻笑着看着小梅说,"所以我很难想象,你说跟老公吵架,是怎么吵的?"

"别提这事好不好?"小梅皱了皱眉头,"好不容易今天心情好,你又来搞破坏。"

"对对,常若雨就是个破坏分子。"方亮哈哈笑着。

常若雨拿起一包没有开封过的薯片扔向方亮。

小梅看着他们俩打打闹闹,明白常若雨为什么一直对方亮没有感觉了。这个男人不是因为长得有多挫,也不是因为穷到什么地步,更不是因为人品不好,而是因为不性感,深沉的男人才是最性感的。

"我上个厕所啊,小梅你去吗?"常若雨站起来问道。

其实小梅也想上厕所,但她有些话不能当着常若雨的面问方亮,现在终于有单独的机会了。"我待会再去,你先去吧。"

看着常若雨像只花蝴蝶一样飘飘而去,小梅看着方亮问,"你谈过恋爱吗?"

方亮一愣,不明白为什么一个看起来这样文静内向的女孩子会突然问这个问题,"嗯,嗯,为什么问这个?"

"你不是一直喜欢常若雨吗?我想帮你分析一下为什么你们认识这么久了,还没发展成恋爱关系。"

见小梅主动愿意当军师,可把方亮给乐坏了,"若雨说你是她最好的朋友,你可要多在她面前美言我几句啊。"

"她若喜欢你,我再说你不好也动摇不了她爱你的心;她若不喜欢你,我再多的美言也是废话。"

"难怪我觉得最近若雨说话怎么越来越哲学了,原来是一直跟你接触的缘故。"方亮恍然大悟的样子。

"你要会猜女孩子的心思,不是一味得对她好就可以的,多动动脑子吧。"小梅瞟了他一眼,喝了一口茶。

"请大作家指点,我真的没怎么正式谈过恋爱,对女孩子的心思真是猜不透。"方亮作了一个揖说。

"别总像个小孩子一样跟她打打闹闹、嘻嘻哈哈的,女孩子都喜欢成熟的男人。"

"这是她跟你说的?"

"还用说吗?"小梅顿了一顿,"女人的心都是相通的。"

方亮若有所思地喃喃自语:"成熟,成熟。"

这时常若雨回来了,小梅嫣然一笑,起身离开了。

"这个小梅,让她跟我一起去卫生间她不去,我一回来她又要去了。方亮,你说她古怪不古怪?"

方亮刚想说:就是就是。突然想到刚才小梅嘱咐的话,要成熟。就板着一张脸道,"别在背后嚼舌根,小梅是你的好朋友。"

常若雨一愣,不明白怎么才上了一次卫生间的工夫,方亮也变得这么古怪了。"谁嚼舌根子了?被你这么一说,好像我是在背后说小梅的坏话一样。"

"我没这么说你,就是提醒你别这么说自己的好朋友。"方亮继续不苟言笑道。

"哟,我才离开一会儿工夫,你就这么维护她了?难不成是对小梅有意思?可惜了,人家已经结婚了,不然我还可以给你们撮合撮合。"常若雨胸中堵得慌,用挑衅和冷嘲的口气说。

见常若雨动了怒,方亮一阵心发慌,想着赶紧解释和赔礼道歉,再说些好话。但一想到小梅说的要成熟,就不敢像以前那样了。可他又不知道成熟的男人碰到这种情况该怎么去处理,面临这这个大难题,他的脑子里嗡嗡直响。

"你别瞎说,我去上个卫生间。"方亮借故离开了座位,他急于找到小梅,想问她该怎么办。

穿过一片竹林,方亮看到小梅正从女厕所里出来,赶紧迎上去急切地说,"我照你的方法去做了,但事情好像变得糟糕了,若雨生气了。"

小梅一听,就明白方亮一定是学成四不像了,"唉,你这个人啊,成熟不是装出来的,当然也可以装,但不能装得太假,太假了就让人心生厌恶,连朋友都没得做了。"

"啊?"方亮慌了神,"那现在该怎么办?"

"先做回原来的你吧,然后再慢慢想成熟这个问题。"

方亮愣愣地看着她。

"你先回茶室,我逛逛再过来,你先把矛盾化解了,不然我在的话恐怕更化解不了。"

"为什么?"

"我在的话,你怎么跟她赔礼道歉说好话啊?你们男人不是最要面子了吗?"

方亮佩服得五体投地，他跑回到茶室。看到他，常若雨皱起眉头，"怎么是你？小梅怎么去了那么久？"

"她应该是来大的了。"方亮呵呵笑着说。

常若雨瞪了他一眼，"你这人真恶心。"

"我说的是实话，不然她刚才为什么不跟你一起去呢？"

常若雨想想也对，又想起刚才方亮的态度，就懒得理他了，摆弄起了自己的手机。

"若雨，你真好看。"

常若雨一愣，抬头看到方亮一张笑脸，又气不打一处来了，"看不出来啊，方亮，你长得不起眼的样子，原来还是个花心大萝卜。一会儿暗恋人家小梅，一会儿又夸我漂亮。"

"我怎么可能会暗恋其他人呢？别说是小梅了，天仙也不在我的法眼里。刚才是逗你的，就想看你生气的样子。"

"啊？原来是这样，你这个死方亮，敢耍老娘！"常若雨举起杯子到方亮的头顶，作势要把茶水淋下来。

"别别，这么冷的天别把我搞感冒了。"方亮双手护着头，"你又不负责照顾我。"

"哼！"常若雨放下杯子，"你以后要是再敢耍我，就不是把你变成落汤鸡了。"

方亮放下双手，"那变成什么？"

"到时候你试试看就知道了。"

"我不敢了，我再也不敢了。"

常若雨笑得前俯后仰。

一会儿小梅回来了，看到这两人又在有说有笑了，她知道没事了，提着的心也放下了。

三人在茶室喝着茶，又叫了几样零食，中午时分还叫了小笼包子，吃得肚子里满满当当的。

"我们换个地方玩玩吧，古猗园有没有船啊？我们坐船去。"常若雨提议道。

"好啊。"只要是常若雨的提议，方亮总会第一个响应。

三人走到湖边，小梅有些感慨地说，"当时我来到这里，沿着湖岸一走，再往通往湖心亭的九曲桥上一站,倒也有了几分在西子湖中央的小瀛洲上的感觉,只是更多了几分幽静。几乎让人忘了自己是流浪至此,而误以为是来游玩散心的。"

方亮呆呆地看着她,觉得小梅有几分林黛玉的味道。

"都过去了,小梅,那时你是在流浪,但今天,你确实是来游玩散心的。"常若雨拉着小梅的手走到九曲桥上,"那时的你很孤单,但现在的你身边站着朋友。"

小梅把两只手掌摊开放在石头的桥栏上,任由寒冷的感觉渗入掌心,冰凉地穿透皮肤,"现在不过是另一种形式的流浪而已,明天、后天,不知道还将飘向何方。"

"小梅,你太伤感了。每个人都是这么活着的,很难,不敢松懈,也不知道将来会怎么样。所以人要学会知足常乐,今天快乐着,明天有事情等着你去做,这就已经很好了。"常若雨的手压在了小梅的手上,传递给她温暖温柔的气息。

"若雨,你心态真好。我们去划船吧。"

三人坐在船上,没有太多的话语,周围空气里氤氲着一片幽谧清凉,湖水荡漾着,偶尔传来一两声鹅叫,仿佛进入了世外桃源。

"看,湖心亭也有个茶室。"方亮手指前方。

"嗯,下次有机会我们去那里喝茶。"常若雨慵懒地回答道。

听到这句话,小梅的眼眶湿润了,因为她知道不会有下一次了,从明天开始,每个人都将卷入到纷扰的俗世生活中去。赚钱、攀比,仅剩的可怜的时间才能给予理想,而那理想其实也是功利的,有关乎名利。即使是去旅游,谁又能真正把心放开?像今天这样纯粹的无忧无虑的生活,在将来的日子里将会是一种奢侈。她想她会把今天永远地记在脑海里,就像回忆录一样。

#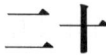

常若雨没有想到她真的谈成了一家可以拿返利的生意,电话打了 N 多个地方,跟略有意向的公司也面谈了几个地方,还能够谈成一家。而这一家不是别家,就是跟方亮去跑的第一家——好中好火锅连锁店,第一次没有见到负责人,第二次是她一个人去的,一切顺利。常若雨借用了方亮一个哥们陈家伟的公司抬头,因为是哥们,人家信得过方亮推荐的人,也很放心地把营业执照和图章借给了他们。

当方亮把这些东西交在常若雨手上的时候,她以为他会叮咛几句:别弄丢了什么的。没想到他语重心长地说道,"若雨,你太聪明了,我跟陈家伟是哥们,竟没有想到这一招,我佩服你。"

"别这么说,我的能力加上你的实力才能成功,说到底还是我要谢谢你的帮助才对。"面对方亮,常若雨第一次说了一句公正的话。

不知道为什么,看着意气风发的常若雨,方亮的内心掠过一片阴影,可能过于顺利的事情都隐藏着一种危机吧。

"要不要我陪你去?"

"不用,谈的时候都是我一个人去的。"

"可是签合同是大事,找个助理一起去不是看上去更正规吗?"

"不要,不好,我走了。"常若雨断然拒绝,她觉得如果有方亮的出现,也许事情会黄掉。

"那我开车送你去。"

"真的不要,我地铁一部头就到了。你还是留在家里做生意吧。"说完,常若雨就匆匆告辞了,仿佛担心方亮会追上来一样跑得急促。

大街上一片春暖花开的景象,衬得常若雨也是心花怒放,她的脑子里早已没了方亮的焦虑和担心,有的只是即将到来的成功。

身材高大的市场部经理许巍斌等一干人坐在会议室里,常若雨紧张得心都要跳出来了,但当笔落到合同的那一霎那,她觉得自己的人生又迈开了一大步。

签完合同,其他人都走出了会议室,许巍斌笑容可掬地朝着常若雨,"祝贺你啊,晚上我们去庆祝一下,喝一杯。"

常若雨当然知道这次能顺利签下合同,多亏了许巍斌,至于他为什么要帮助自己,常若雨心中也是有数的。但她不知道他的婚姻状况如何,如果也是未婚,能拥有这么一个高大魁梧、相貌堂堂的老公,倒是一件大好事。她决定,晚上吃饭的时候一定要旁敲侧击问问他这个问题。

"要不就去你们的火锅店吃饭吧,反正我手头有大把大把的卡了,可以请你。"常若雨说道。

"那多没意思,我找个好地方,我请你。一会发你手机上面。"

常若雨答应下来,就自行回家了。

回到家中,心里像有个小鹿在乱撞,总觉得晚上会发生点什么事情,心情又是紧张又是害怕。

此时,方亮的电话打了进来,"合同签好了?东西什么时候给我?"

常若雨一愣,随即懊恼地想:太心猿意马,心不在焉了,竟然把营业执照和公司图章还给方亮的事情给忘了。

"哦,嗯,"她支支吾吾地说道,"我先回家了,因为有点累,明天还你行吗?"

"明天一早我要还给陈家伟的。要不这样吧,我发完快递就过来拿,顺便晚上一起吃个饭。你签下了合同,每年得完成200万营业额的销量才有返利拿,我们得商量一下怎么把卡多多销售出去,仅靠我们两个人是根本做不出这么大的业务量来的。别到时候你虽然签下了合同,却完不成任务,不就等于是做了无用功了吗?这种卡的利润这么薄,不靠返利,那跟做雷锋也差不多了。"

"明白明白,"常若雨定了一下神,"你能不能跟你那哥们说一下,晚一天还给他,或者你明天白天来我家里,我把营业执照什么的给你,再商量一下怎么销卡的事情,然后你再把东西还给他。"

"为什么今晚不行?你有事?"方亮狐疑地问。

"约了朋友一起吃饭的,早就说好了的。"

方亮刚想问:是什么样的朋友?耳边就回响起了小梅的叮咛,要成熟,要成熟。他忍了忍说,"那好吧,明天我一早就来你家,还能顺便看望一下阿姨。你今晚开心点,不要玩得太晚,注意安全。"

"好的,拜拜。"挂断电话,常若雨的心中泛起对方亮的一丝愧疚。但很快,她就被即将到来的约会给鼓舞了,脑子里盘算着晚上该穿哪件衣服。当然不能是现在身上这套很正规的套装了,那是去用来谈生意的,而晚上,她将以妖娆的形象出现。

她翻腾起了衣橱,发现妖娆的衣服都集中在夏天,春天的衣服是那么少,她有些灰心了,埋怨自己平时为什么不多买点衣服,可以以备不时之需。

一个疯狂的念头在脑海中闪现,现在马上出门去买。说做就做,她扔下电脑上的生意就出门了。时间很紧,就去离家最近的商城,她这样对自己说。

一件黑色的长袖连衣裙闯入常若雨的眼帘,这件衣服看上去既高贵又妩媚,穿在她的身上一定很好看。

见她在这件衣服前流连,目光中透着喜悦的因子,中年女营业员不失时机地走了过来,"喜欢就试试,你的气质很配这件衣服。"

"多少钱?常若雨边抚摸着这件衣服边问。"

"1000元。"

"啊?这么贵?"常若雨放下了衣服。

"你先去试,试得好可以给你便宜点。"

能便宜多少呢?常若雨心想:便宜个200元也得要800元钱,而她一直是个节俭的女孩子,除了那件皮风衣,最贵的衣服也没超过300元。

"我再看看。"

见常若雨有离开的意思,营业员一把拿下衣服放在她胸前。"你去试一下嘛,试衣服又不要钱的。"

土生土长的上海女孩常若雨知道这种上海阿姨推销的本领,加上自己也想看看穿上去到底是个什么样子,就接过衣服,去了试衣间。

当一袭黑衣的她从试衣间里走出来的时候,她看到营业员的眼睛一亮,"多漂亮啊,你自己看看,自己照照镜子,像变了个人一样。"

常若雨站到镜子前,就一眼,马上自己爱上了自己,镜子里出现一个高贵美丽的女子,衣服就像为她量身定做的一样,裸露的雪白的肩头配上黑色,再也找不到比这更合适的搭配了。

"小姑娘你的身材真好,不买你要后悔的。"

"最低价多少?"

"给你打8折,最低价了。"

果然跟我猜的一样。常若雨心想,嘴里说,"又不是名牌,凭什么卖这么贵?"

"名牌也穿不出这种效果呀,千金难买心头喜欢。你现在年纪轻轻的不打扮一下,到了我这年龄,想打扮也打扮不出来了。"

太贵了。常若雨理智地想着,就想去试衣间把衣服脱下来。此时她的手机收到了一条短信,是许巍斌发来的,是晚上吃饭的地址。

没时间了。常若雨咬咬牙,"300元卖不卖?"

"哎哟,小姑娘你还的也太厉害了,诚心买东西哪有这么还价的?算了,阿姨我也爽气,再给你减掉100元,不能再低了。"

"500元。"

"哎哟,我都说了700元是最低价了,我们已经不赚钱了。"

最终,一番激烈的讨价还价,以650的价格把衣服拿下了。常若雨知道其实还能还,但她没时间了。付了钱,衣服也不脱了,就让营业员把吊牌剪去,然后拿着自己的旧衣服匆匆放回家,就又马不停蹄地赶着出去了。

浪漫的西餐厅里,昏黄的灯光下,她的白马王子就坐在那儿对着她微笑,常若雨一阵心乱神迷。

"你今晚太漂亮了。"

常若雨知道,他第一句话一定是这个,因为她知道今晚自己实在是太美了。

许巍斌定定地看着她,常若雨的脸红了,羞涩地低下头,"干嘛这么看人家?"

许巍斌依旧全神贯注地直视着她,"我想把你今晚的形象铭记在心中。"

他真是太浪漫了。常若雨心想。爱情的种子在她心中播下,并且迅速地生根发芽。因为这爱情搅得她心神不宁,以至于在吃西餐的时候频频出错,要么就是左手拿刀,右手拿叉了,要么就是碰翻了杯子。她一杯杯地喝红酒,想让酒精来使自己清醒,然而在红酒的作用下,周围的物件和对面许巍斌的脸变得如梦似幻,好像海市蜃楼一般越发不清晰。

"我可以追求你吗?"许巍斌突然说。

常若雨的脸越发红了,"你也是单身吗?"

"对,单着呢。"

常若雨心花怒放了。

晚餐结束,常若雨醉意已浓。她脚底打飘,摇摇晃晃地走着,若不是许巍斌扶住她,她几乎要摔倒了。

"去我家坐一会吧。"许巍斌搂住她说。

店堂外的冷风加上许巍斌的搂抱让常若雨清醒了不少,而包内的手机铃声更是在一遍遍地唤醒她。

"等等,我接个电话。"常若雨靠在许巍斌身上,接起了电话。

"若雨,你晚餐结束了吗?"

又是方亮,常若雨有些扫兴,她"嗯"了一声。

"要不要我来接你,送你回家?"

"不是说好明天碰头的吗?你这么急干什么?"常若雨不耐烦地说。

"我是在关心你,怕你喝酒,酒能乱性。"

"瞎说什么?挂了。"

常若雨挂断了电话,许巍斌敏感地问:"你男朋友?"

"没有,一个合作伙伴,我没男朋友。"

许巍斌面露喜色,"这我就放心了,我可以大胆追求你了。"

"你这人,真直接。"常若雨娇羞地推了他一把。

"我是喜欢你,对于喜欢的人,不需要矫情。"许巍斌说着,突然俯下头,吻着常若雨裸露着的光滑如丝绸般的肩膀。

常若雨一阵心跳加速,她靠在许巍斌的肩膀上,看着天上的月亮正穿破云雾忽隐忽现。她突然发现,她对于许巍斌还什么都不了解,就像这杯云雾遮住的月亮一样。她离开他的怀抱,"我们还彼此不了解。"

"喜欢一个人不需要了解太多。"许巍斌微笑着说。

"可我想知道。"常若雨后退一步。

她的举动似乎让许巍斌有些意外,但他依旧微笑着说,"好吧,你想了解什么?你问我答。但是外面太冷了,你穿得太少,我们进车子里去说吧。"

许巍斌搂着她向车内走去,感受着来自她身体里的战栗。

"你多大了?"一坐进车内,常若雨就问道。

"35岁。"

"为什么这么大了还不结婚?"

"结过,离了。"

仿佛一盆冷水浇头,原来这是个离异男。常若雨的酒彻底醒了,"为什么离婚?有孩子吗?"

"为什么离婚?"许巍斌苦笑一下,"你是要把我记忆的沉渣给翻出来啊。"

"你不愿意说就算了,送我回家吧。不,我自己打车回去,不劳烦你了。"常若雨说着,就欲拉开车门。

"别这样。"许巍斌一把拉住她,"我说,其实也没什么原则上的问题,就是婆媳矛盾。"

"婆媳矛盾？你们跟父母住在一起的？"

"没有，但是坐月子的时候我妈来照顾，结果，就一点鸡毛蒜皮的事情，结果搞得成天鸡犬不宁的。后来又发生了很多鸡毛蒜皮的事情，也不知怎么的，这些事情就变成了导火线，炸开来了，一发不可收拾了，就离婚了。"

常若雨听得云里雾里的，但不管怎么说，这是个离婚男，而且不会协调婆媳间的关系，她对他的形象分大打折扣，"孩子多大了？跟谁？"

"5岁了。离婚时妈妈一定要孙子，所以跟我。确切地说是跟我妈。"

常若雨倒抽一口冷气，她知道她跟他没有办法再继续下去了，不是她现实，而是她对他的感情还远远没有到甘心为他跳进一堆乱哄哄的事情里面去，并且承担起当后妈的职责来。她低下头，不知道该怎么去开口说她不能接受他的追求。

许巍斌拉起她的一只手，轻轻摩挲着，"这些都不是问题，只要两个人心中都有爱，什么事情都能迎刃而解。"

常若雨抽回自己的手，"爱哪有这么容易产生？生活中的琐碎倒可以把爱磨平。"

许巍斌吃惊地瞪大眼睛看着她，"你像个过来人。难道……难道……你也是离过婚的？"

常若雨哑然失笑，她想纠错，但突然就想将错就错，看看他的反应。"是的，跟你一样，我也有个儿子，判给我了。"

"啊，啊。"许巍斌的嘴巴张开就再也合不拢了，"看不出来啊，你也竟然是？"

"是怎么样？不是又怎么样？你希望是还是不是？"

"当然希望不是了。"

"你可真自私，自己有个儿子，还不许人家有儿子。"

"这样关系会很复杂的。唉，三言两语也说不清楚。我先送你回去吧，让我们都各自再好好想想。"许巍斌兴味索然，一踩油门，把车开了出去。

没个好男人。常若雨心想。情绪低落得就像当初看到李大伟前后判若两人时的感受一样。虽然这就是她要的结果，但是真的这样直接而迅猛地来到，她的自信心就大受打击。

茫茫夜色，再黑暗也黑暗不过常若雨的心情。她想到自己一整天都在为这个男人意乱神迷的,结局竟会是这样。她想如果她没有撒谎,而是坦言自己是个大姑娘,许巍斌一定会在今后的日子里使出浑身解数来追求她的。也许到那时她真的会被他迷惑,以身相许。但这个行为一定是错误的,会让她后悔终生的。所以,她庆幸自己撒了一个谎,即使这个谎言让她的情绪跌到谷底。

二十一

当早晨的阳光洋洋洒洒地把整个屋子包围起来的时候,方亮来到了。不但人来了,还给常妈妈带来了营养品。

"你怎么又带东西来了?春节时你来,说是节日里到别人家空着手是不礼貌的,那么今天呢?又不逢年又不过节的,你怎么还是带了那么多礼物来?"常若雨的口气是质问型的,但是心里却感动得一塌糊涂。

"这是别人送给我父母的,他们不需要,我就拿来了。"方亮笑嘻嘻地说。

常若雨当然知道这都是他编造出来的,却故作生气状,"你把你父母不要的东西拿来了,当我们是乞丐啊?"

看着常若雨刁蛮的娇样子,方亮竭力压制着内心想要冲上去搂抱她亲吻她的冲动,"骗你的呢,这都是刚才我在路上买的。好了,我下不为例就是了。"

常若雨接过礼物,放在一边,"好了,我们去房间里谈正事吧。"

走进常若雨的闺房,方亮一阵手足无措。这间充满青春女神味道的房间,蔓散着若有若无的沁人的香味。眼光落到常若雨每天都睡的单人床上,方亮浑身战栗,紧张得心都要跳出来了。这间屋子自己并不是第一次进来,但是不知道这次的欲望为什么会这么强烈,也许是因为相处的时间久了,也许是因为昨天胡思乱想了一晚上常若雨跟哪个男人一起去吃饭,以及饭后发生的事情吧。

"愣着干什么?坐吧。"常若雨一指她电脑对面的凳子,随手把桌上的一瓶乌龙茶递给他。

方亮挤出一丝笑容,好不容易才把欲望压下去。

"你有什么好办法？把这些卡销出去。"常若雨问道。

"你昨天晚饭吃得还开心吗？"方亮答非所问。

"老兄,我让你过来是商量正事的,不是来聊天的。"

"我过来是拿营业执照和图章的。"方亮纠正道。

"好吧。"常若雨耸耸肩,"你不想帮忙是吧？你就不想想这是双赢的事情？"

"双赢？难道你拿的返利还分我一半？"

方亮的话让常若雨突然明白,自己是太自私了,一直在利用方亮对她的好感。不从她这里拿卡,他也一样可以从别人的手里拿,而她的返利却从没想过要分给他一点,她还一直心安理得地接受他的帮助,她不明白自己怎么会这么顽固和不懂得感恩。"是我没想到,对不起,返利就分你一半好了。"

这下轮到方亮慌了,"我没这意思的,我是乱说的。我们是最好的朋友,能给你帮助,是我最大的乐趣。"

"亲兄弟还明算账呢。就这么说定了,分你一半。"

"我们不是亲兄弟,我们的关系比亲兄弟还要好。"

常若雨脑子里转着念头——什么样的关系会比亲兄弟还要好？恐怕除了父母和配偶小孩,就不可能有别的了。难道方亮已经把她看成妻子了？她一阵脸红。"方亮,我一直都这么说的,希望我们只是朋友和合作关系,你也答应的。"

方亮的心沉到了谷底,无论他怎么样对她好都是没用的,她始终不能接受他,而他刚才还在想入非非。"我对你好不是要你回报我什么,这也是我一直说的话。"

方亮失落的表情和说话的样子使他的形象显得格外感伤,让常若雨不自持地想要拥他入怀,对他说：再给我一点时间,看看我们是否可以走到一起。但她终还是没有这么做和这么说,而是说,"你没必要对我这么好的,欠别人情的感觉不是很好的。"

方亮没有答话,两人就这么静谧地坐了几分钟。突然,常若雨就将昨晚发生的事情一五一十地告诉了方亮。既然他想知道,就告诉他吧,也算还他一个人情的方式。

方亮的脸由红转白,又由白转红,他觉得他内心承受的极限已被压垮,为什么他们认识那么久了,常若雨都没爱上他,而对于一个总共见过几次面的男人,就可以心猿意马。若不是那个男人离婚还带个孩子,有个难弄的老母,他的女神不就成了这个男人的了吗?

"为什么你可以这么快就爱上他?"

"爱情从来就不是以时间来计算的,爱情是最没有理智的东西。"

"可是你的理智最终战胜了爱情。"方亮的嘴角挂着一丝不易察觉的讥讽的笑意。

"是啊是啊,"常若雨叹了口气,"所以我妈会说我越来越像个生意人了,生意人都是理智的。"

是啊,所以你对我也总保持着若即若离,始终保持着高贵,这也是另一种形式的理智吧。方亮苦笑着想。

"好了,你想知道的我都告诉你了,接下去你想干什么呢?"常若雨问。

方亮的脸突然涨得绯红,他想说:你们昨晚有没有过什么亲昵的举动,还有我想抱抱你亲亲你,可以吗?但他终于还是没敢这么说。在常若雨等待他的回答的时候,时间显得格外的漫长。也许他不该奢想,其实常若雨常常在他的梦中出现,已经成为他生活的一部分了。人生本就如梦,在梦中什么事情都能发生,他已经心满意足了。想到这里,心里就释然了,"没什么问题,现在就来讨论一下怎么样把业绩搞上去吧。"

听到方亮说了她最想听到的话,常若雨的脸上露出了迷人的微笑。

"人不发奋,愧对人间好春光啊。"方亮像个老夫子一样说了一句。

"行啦,别文绉绉的了,这个调调跟你不配。"常若雨一边回着电脑上的买家问话一边说。

"要不你把我的旺旺也上一上?今天我就能一天都在这里商量事情了。"方亮期待地说。

"搞什么啊,"常若雨嗔怪地抬起头,"你的哥们不是还等着你送材料过去吗?"

方亮如梦初醒,"我都忘了,我还答应请他吃中饭的。"

常若雨嫣然一笑,"坐一会你就赶紧走吧,省得到时候他说你重色轻友。"

说着话,陈家伟催促的电话已经过来了。

"好了,若雨,我该走了,不然真的要被人说成是重色轻友了。"方亮站起身,匆匆撂下一句,"你现在赶紧在网上找下家帮你一起销卡吧,回去后我也会帮你一起联系的。"

方亮屁股还没坐热就要走了,常若雨竟然产生了一丝丝恋恋不舍的感情,她懒洋洋地站起身来,"我送你到门口,下次请你吃饭。"

"你说的是真的？那我团购去了。"方亮两眼发光。

"你还真性急,不急。再说要团购也是我去团购,我请你嘛。"

"我是男人,哪能要女人请客吃饭呢？"方亮还是那句话。

"什么男人女人的,不是男女平等吗？我想哪天叫小梅一起出来吃饭,也不知道她去新的地方上班好不好。"

一听不是单独吃饭,方亮立马积极性大减,于是团购的心情也不那么迫切了,"那再说吧,我走了,再见。"

方亮一走,常若雨就觉得肩上的担子很重。她顾不得休息,赶紧上网去找有卖好中好火锅连锁店卡券的卖家,她搜了一下,总共有10个卖家的店铺里有销这种卡。她开始一个个地询问过去,其中有5家没搭理她,2家不打算来她这里进货,只有3个卖家觉得她给出的价格比自己原来的进价优惠,愿意以后长期跟她合作。

总算战绩还可以,常若雨松了一口气。此时陪同母亲去配中药的父亲已经在门外喊了,"小雨,我们回来了。"

常若雨飞快地打开房门,看到父亲站在门口,笑容可掬地问,"中饭吃过了吗？"

"还没呢,忙到现在都没停过。"

"这么忙,应该再去找个客服。大门口放着的营养品是你买的吗？"

"不是,方亮来过了,他带过来的。我暂时不找客服,先省点钱,店里的事情我现在一个人还应付得过来。"

这时,母亲也出现在了她的面前,"方亮来过了？你们单独在家里？两个人？"

母亲狐疑的目光和口气让常若雨倍感生气,她怎么可以这么侮辱人？把人都想象得那么下作？但考虑到母亲还是个病人,常若雨没有像往常那样爆发,而是和颜悦色地解释道,"他来拿营业执照和图章的,拿了就走了,都没进门。"

"真的？"母亲继续狐疑道。

"骗你干嘛？我让他进来坐,他说怕打搅到你休息,而且得赶着把图章什么的给人家送回去,就匆匆走了。"

"哦,他不知道家里没人。"母亲总算放下心来。

母亲的不信任让常若雨极不舒服,就算方亮知道家里没人,两人就会做苟且之事么?也太看轻女儿不了解女儿了。生病的日子让母亲感到日子漫长而无奈,还带着担心生命突然消失的恐惧,性格脾气难免不比以前。想到这里,常若雨也没争辩什么。这个时候的母亲,唯有顺从她才最有利于身体康复。

"赶紧吃饭吧,路上我买了烤鸭,只要烧个饭就可以了。"父亲说着,就要去烧饭。

"我不在家吃饭,没时间了。"常若雨说,"刚才有个卖家愿意做我的下家,我现在要马上去地铁站跟他见面,一手交钱一手交货。我会在路上随便吃点东西的,爸爸,你跟妈妈一起吃饭吧。"

"这么忙啊?"父亲心疼地说,"我看还是得找个客服,这个钱不能省。"

"有客服在家也很烦的,不自在。以后再说吧,我现在先走了。"

常若雨拿了一沓卡券就匆匆离开了家门,一上午又累又饿,出得门来一阵眩晕,她赶紧稳住自己,停了有半分钟才缓过神来,她想她的脸色一定很苍白。不行,人是铁饭是钢,这么饿着肚子东奔西走,是在透支生命,不是聪明人的做法。她在楼下的包子铺买了两个菜包子,三口两口就把它们狼吞虎咽了,立马觉得精神气就有了。

就这么紧赶慢赶地赶到地铁站,打电话给这个名叫丁丁的下家,却被告知还有将近半小时才能到。她气得差点没背过气去,都是什么素质的人啊,根本不懂得尊重人,随意践踏别人宝贵的时间。但是愤怒归愤怒,她唯有找个地方坐下来静静地等他到来,没有其他的办法。

想上去找家肯德基或麦当劳快餐店坐上半小时,又一想一上一下的要用去不少时间,坐在里面还得花钱买饮料,现在省钱是王道,不如就坐在地铁站的候车椅上坐着边等边给朋友打电话聊天吧。她记得在一本书上面看到过这么一句话:一个优秀家庭主妇的标志是少花钱、多办事、不浪费。说的就像现在的她一样。想到这里,她自嘲地在心里说了句:我现在成优秀的家庭主妇了。

自从古猗园一别之后,就再也没有跟小梅联系过,天天都很忙,总算现在有半小时的空闲时间了,常若雨第一个就把电话打给了小梅。但没想到小梅接起来,压低声音说,"上班呢,不方便聊天。"

常若雨沮丧地挂了电话,刚想打给方亮,突然想到现在他正跟哥们一起吃饭呢,也不好去打搅人家。常若雨的表情变得犹豫和深重,好不容易自己空下来了,朋友们却都在忙。每个人为了五斗米而每天忙忙碌碌,生命的意义难道就是这样每天周而复始地忙碌着吗?她感到从脚下升起的寒意。她下意识地把自己蜷缩起来,心里越发感到迷茫。

过了不知多久,她的手机响了,是那个丁丁打来的,"我已经到了,在服务中心。"

常若雨一震,先前的迷茫一扫而光,看来人还真不能空闲下来,一闲下来就会胡思乱想。

一个20出头,又高又壮,剃着光头的男青年笑嘻嘻地看着朝他走来的常若雨说,"你是小雨丝丝?"

常若雨回以灿烂一笑,"是的。"

跟这个男孩子交接的时候,常若雨产生了一种怪怪的感觉,总觉得一男一女合作起来有些不自然。这时候她想到了方亮,其实跟这些男下家交易的时候,应该由他去更合适。想到这里,她的脑海里突然划出一道闪电,那是一个全新的大胆的想法。

交接完毕,她一刻也不想耽误地就把电话打给方亮,"方亮,你请朋友吃饭结束了没有,我有重要的事情跟你谈。"

"结束了已经结束了,"方亮忙不迭地一连串说,"你在哪里? 我来接你,我们去喝咖啡。"

"你就到美罗城二楼的那家星巴克来找我吧,我在那里等你。"

常若雨离开地铁站,她在星巴克的露天大晒台上找了一个座位,沐浴在春光里,边喝用积分换购的免费咖啡边等方亮。

没过多久,方亮就到了,看到她,他的眼神炽烈如火,"什么重要的事情? 怎么把我的咖啡也买好了。"

"先坐,我慢慢跟你说。"常若雨指了指对面的藤椅,举手投足尽显女性妩媚,"反正用的是银行卡的积分,也没花钱,所以你不必客气,喝完我再去买。"

看到早上才分手,下午又见面的常若雨,方亮感到非常开心,同一天里能看到心爱的姑娘2次,这是以前从来没有发生过的事情,难道预示着什么好兆头吗？"到底是什么重要的事情？还是快点说吧，你知道我是急性子，就别再吊我胃口了。"

"其实是跟你商量一件事情。"

"什么事情？尽管吩咐就好了。"

"让自己升值永远比指望别人升值使自己更受益更有前途，你说是吗？"

方亮愣住了，他文化程度不高，这句有些拗口的话让他一时之间有点反应不过来。"你还是明说吧。"

"我们可以合作。"

"我们一直都在合作呀。"

"我是说真正意义上的合作，一同投资，一同分成。你现在每个月赚多少钱？"

方亮不明白常若雨葫芦里卖的什么药，他的眼神有些茫然，"五六千吧。"

"想不想一个月赚五六万？"

这下方亮大笑起来了，"我知道了，你又在异想天开了。"

常若雨克制住想要发脾气的冲动，和颜悦色地说："你以前也说我异想天开，可是怎么样？好中好火锅店的合同不是谈下来了吗？这只不过是第一家，以后还会有第二家、第三家、第Ｎ家。"

方亮不笑了，"只要你肯努力，我相信你，可你为什么要跟我合在一起呢？本来这些钱你可以一个人赚，为什么要分我一半？"

"因为一个人的精力有限，我不仅仅是分你一半的钱，还要分你一半的力，你明白吗？你不是坐享其成的。"

方亮来了兴趣，他身子微微前倾，"那你想怎么个合作法？"

"我们出去借个办公室，租金一人一半，再请个客服，工资一人一半。我们两个人出去跑业务，因为我一个女孩子，有些地方真的不方便，需要有个男人在前面挡一把。而且有些人并不喜欢跟女人打交道，他们觉得跟男人打交道更自然；而喜欢跟女人打交道的，又往往是心怀不轨的。"

方亮不住点头，"可是出去跑业务也不用每天都去跑吧？大多数的时候是不用去跑的，那么这个客服是不是显得有点多余？"

"就算不是每天都去跑业务，但也经常会有面交之类的活，所以客服一定是需要的。现在业务还没做大，做大了，一个客服还不够呢。比如我们沐浴券谈下来了,整个冬天都会很忙,如果我们游泳票谈下来了,整个夏天都会很忙。还有面包券月饼票之类的,那么一年四季都会很忙。"

"等等。"方亮做了一个停顿的手势,"可这些毕竟都还没谈下来呀,万一谈不下来呢?我们借了办公室,请了客服,不是浪费吗?"

"就是这样不要给自己退路,才能让自己奋勇向前呀。"常若雨不满地说。

"你的构想很好,我赞同。那么你看这样好不好?办公室先不要去借,就把我家当办公室,以后做大了再借房子好不好?"

"那客服呢?"

"也先不要请。"

"那不行,办公室可以先不借,但客服是一定要请的。"常若雨考虑的是孤男寡女同处一室难免尴尬,方亮的父母虽然已经退休了,但还在外面发挥余地,家里大多数时间只有方亮一个人。

"为什么一定要请客服呢?"方亮失望地说,他多么希望能每天都跟常若雨单独同处一室啊。

"你不必现在就回答我,可以回去考虑几天。我是希望能在外面借办公室,地点在我家和你家的当中处,如果你实在要省钱,那先暂借你家也行。但客服是一定要请的,这是我的底线,不要再来说服我,你考虑好了只要告诉我行还是不行就可以了。"

这番雷厉风行的话说得方亮哑口无言,半天才憋出一句,"那么女强人,你离开家庭了,你的母亲谁来照顾呢?"

"我爸已经办理好退休手续了,以后我爸爸可以全心全意地照顾妈妈。"

方亮往椅背上一靠,"难怪你想大展身手了呢。"

常若雨凌厉的眼光投向无处藏身的方亮,"你是个男人,不能只安于现状。"

天气并不热,但方亮的额头渗出细密的汗珠,"那万一失败了怎么办?"

常若雨用眼神震慑着他,"努力的人不会失败,就是付出努力收获10分还是2分的区别。就算退一万步来讲,失败了,大不了各就各位,不过是损失了一个客服的那点小钱。"

方亮看着常若雨,难以掩饰心中的骄傲,为能有这么一个漂亮、聪明和能力超群的密友而骄傲,"好,不用考虑了,就这样决定了!"

"好！爽快！不愧是我常若雨的蓝颜知己。"常若雨朝他伸出手来,方亮一把紧紧地握住。此时,他已经不再把她当作一个遥不可及的女神,而是一个真正的工作上的合作伙伴,心中已没有任何非分的想法,只想为这个女人,为自己做出一番事业来。

二十二

常若雨现在变成每天一大早挤地铁赶去方亮家里上班了,虽然没有营业执照什么的,但是好歹也勉强算个私人公司了,他们给自己的小公司起了个名字,叫平安小店,用的其实是方亮淘宝店铺的名字。常若雨很喜欢这个名字,只要日子过平安了,一切都会顺利了。

她后悔以前空闲的时候没去学驾驶,现在想学都没时间了。若把办公地点改在自己家里,又怕打搅父母。好在他们请了客服,若是出去跑业务的话,可以由方亮开车来接她,有时跑业务时间长了,方亮就让她直接回家了。

今天不知道运气怎么会这么好,这么挤的地铁里竟然能坐到座位。常若雨闭起眼睛,享受这短暂的舒适。她插着耳机听歌,她喜欢听邓丽君的老歌,喜欢听她那轻柔曼转、摇人心旌的靡靡之音。曾几何时,她变得这么忙碌了？就连坐在地铁上听歌都成了一种奢侈。而这一切都是她自找的,以至于她自己都怀疑自己是不是个劳碌命。她边听歌边想以前空的时候是什么样子的,但是她发现忙碌已经使记忆也变得模糊起来。

转眼站头已到,常若雨再一路挤到地铁门口,已是气喘吁吁。她看了一眼时间,是早上八点三刻,不知道那个客服到了没有。说实在的,她一点也不喜欢那个客服。1米60的个头,估计体重100斤都没有,看上去只有十几岁,其实跟他们是同龄人。一般男人看到她总会露出好感的表情,不知道那个家伙为什么看到她就像没看到一样,眼睛从来就没落到她身上过,也没对她客气地笑过,反而瞧着方亮才能露出笑容来。她也曾问方亮怎么会找这么个活宝来,方亮很不满意地撇撇嘴,觉得她是以貌取人,只要能干活,人机灵,长什么样不一样？又不讨他做老公。这么一说常若雨就明白了,方亮是故意的,要是找个帅小伙,不是无形中给自己增加个竞争对手吗？

敲开方亮家的门,常若雨扫视一下四周,"怎么那个活宝还没到啊?"

"人家有名字,叫石磊。"

"叫四个石头的名字,浑身上下却找不到一点硬气的地方。"常若雨丝毫不掩饰对客服的厌恶和鄙视之情。

"要不辞了客服?"方亮期冀地问。

你想得倒美。常若雨心里说。嘴上说了句,"算了,凑合着用吧,有这么个活宝总比没有好。"

这个时候,客服石磊突然打来了电话,说身体不适,请假一天。方亮听了,赶紧让他好好休息,不要惦记着工作。同时心里已经盛开出了光艳艳的花——今天终于可以跟心爱的姑娘在自己的家里待上一整天了。

常若雨看着方亮的表情,就像一个小学生听到要去春游的消息一样,她感到又好气又好笑。"看看你找的这个病秧子,才上了几天班就病假了。好了,今天我们一人一台电脑接单子吧,也别外出了。"

看着常若雨一屁股坐到他对面的电脑前,方亮内心的一股邪火控制不住地隐隐地燃烧起来。他们早在5年前就认识了,那时还是同事,而他也没开化。而今的常若雨不但比那时长匀称了,显得身材凹凸有致,而且也比那时更聪明更精神了,一种成熟的姿态使她的美更为纯粹。看着这个朝思暮想的女人,方亮想放纵自己内心一直都压抑着的疯狂,但他又不敢造次,他就这么定定地看了她一分钟。在这仿佛无穷无尽的一分钟时间里,方亮内心的挣扎起伏了几万次。

方亮内心的波澜逃不过常若雨眼角的余光,她在等他清醒,但一分钟后他还是那个着了魔的样子,她头也不抬地发话了,"你那边的电脑有生意来了,快去接!"

方亮乖乖回到了自己的座位上,他爱这个女人胜过一切,她的话对他来说就是圣旨。其实只要能跟她静静地待在一起,那感觉也就像爱情一样,同样是柔情蜜意的。

"你觉得凭我们两个人的店铺和发展的几个下家,今年能完成好中好火锅店的指标吗?"方亮问。

"照目前这个销路,可以。"常若雨心里惴惴不安,不是怕今年不能完成指标,而是怕明年不再续约了。如果第一年顺利签下合同的真实原因是许巍斌有意于她,那么两人没戏现在已是秃子头上的虱子——明摆着的事情了,那么,还会有明年吗?常若雨觉得压力一下子大了起来。"听着,我们必须把其他地方再谈几个下来。"

"哪那么容易啊,这段时间我们都在跑,可收效甚微。"

常若雨听了心里一片冰冷,真是应了那句话"理想很丰满,现实很骨感",如果都谈不下来,现在所做的一切又算是什么呢?还不如各回各的家,混混日子好了。

"怎么办?"

常若雨眼里的绝望让方亮一阵心痛,"别灰心,若雨,最严酷的沙漠里才能开出最迷人的花,如果成功都这么容易的话,那不是人人都成功了?我记得好像是你,以前跟我说过的,事情在进行到80%的时候都是收效甚微的,所以很多人就放弃了,功亏一篑自己却蒙在鼓里;但是最后的胜利总在那最后的20%里面,所以能坚持到最后的人才是成功的人,但是很多人都不明白这个道理。"

方亮的提醒重新点燃了常若雨心中将要熄灭的火焰,她激动地说,"谢谢你,方亮,有时真的,真的觉得你就像我的贵人一样。"

方亮看着她,感觉快要到达她内心的秘密了,"那你每当彷徨的时候就第一个想到我好了。"

"你真坏,想让我就此依恋上你。"

方亮努力抑制住想要扑上去抱住她亲吻她的冲动,他低下头,不敢再去看她的娇艳。

常若雨明白,随着时间的推移,单纯的诉苦和寻求帮助会逐渐变得意味深长,一种滴水穿石的力量会慢慢感化她,让她离他越来越近。他原本不是她的菜,为什么现在会这样温暖?

两人不再说闲话,各人接各人的生意,填着快递单子,不知不觉已经到了中午时分,生意逐渐淡了下来,白领买家们也都去吃饭了。

"嗯,中午我们吃什么?"常若雨站起来,伸个懒腰问道,"今天石磊不在,我们不买盒饭了吧?"

"好啊。"方亮刚想说:我们出去吃顿好的。一抬头却见常若雨脸庞玉润,明眸流出一片水光,红唇翕动,身体曲线分明,让人看了怦然心跳。她伸懒腰时,衣摆下方露出一块白肉来,白得耀眼,从那里似乎还散发出少女的暖香来。

常若雨的目光撞上了方亮那双饥饿的眼睛,赶紧摆正姿态,几步走到大门口,打开房门,"我们出去吃三黄鸡吧。"

方亮怀着真诚的哀伤看着她,刚才这种体验是种折磨,他突然好怀念有石磊在的日子。常若雨提出请客服是对的,他们不能单独相处在一间屋子里,总有一天自己会失控。

三黄鸡店就在方亮家的斜对面马路上,常若雨走在前面,方亮看见她走起路来有一种天生的高傲,昂首挺胸、目不斜视、步履轻快,而他跟在后面越发自卑,越发渺小。也许我真该去找个女朋友了,可能那样对大家都会好一点。他心想。

两人点了20元钱的鸡,两碗鸡汤面,两瓶雪碧。吃着吃着,方亮突然说,"下午你一个人在家看店行吗?"

常若雨一愣,"嗯?那你呢?"

"陈家伟让我下午去他那里,他那里有个员工要介绍给我。"

"介绍员工干什么?男的女的?"

方亮笑了一下,"给我介绍女朋友能是男的吗?"

常若雨恍然大悟,她感到面部肌肉在抽筋,方亮怎么能去相亲呢?他不是一直很坚定地在等她吗?她还没有男朋友,他怎么就可以放弃她了?"不行!上班时间怎么可以干私事?要去相亲也得等到下班后。"

"别这么教条主义好不好?下午有你在,而到了晚上,你回家了,客服也没有,店铺反而没人看管了,难道到那时我反而能离开了?"

"那……反正今天不行。哪天石磊病好了上班了,你才能离开。"

"到那时你更不会让我走了,你会说你没法跟这个屁精单独待在一起的。"

像被人看穿了心事,常若雨的脸一下子红到了耳根,"好吧好吧,你这个重色轻友的家伙,去吧去吧。"

"谢谢准假。"方亮意味深长地看了她一眼。

爱吃的三黄鸡突然就味同嚼蜡了,常若雨放下筷子,"饱了,都给你吃。"

方亮看看只动过一筷子的鸡和大半碗面,"你吃这么少?"

"不好吃。"

"这不是你喜欢吃的东西吗?怎么今天胃口不好?"方亮的脸上挂着笑意,"再吃点,不然下午会饿的。我家不像你家,我家一点零食也没有的。"

"那你就早点回来,路上给我买点点心带回来。"

"怕早不了,说不定我们很谈得来呢。"

"你!"常若雨柳眉倒竖,"你这个重色轻友的家伙。"

短短几分钟,常若雨已经两次说了"重色轻友"这四个字。第一次说,方亮还有些窃喜,她终于吃醋了。但第二次再说,方亮就有些心酸了。既然常若雨明明是在乎他的,为什么不让他再走近她一点?其实他不想去相亲,陈家伟已经催过多次了,要去早就去了。这一刻,他几乎想放弃了。但一想到一下午要单独面对心仪的姑娘,而她却总是拒人于千里之外,而他又无法克制自己的蠢蠢欲动。他只有逃开,他知道不会有其他姑娘能走进他情感的世界里,但他必须在今天下午去相亲。

吃完午饭走出店门,方亮把房门钥匙塞到常若雨的手里,"你一个人回去吧,我不上去了,直接坐地铁过去。"

看着方亮离去的背影,常若雨胸腔里胀满了气般,顶住了喉咙,她张开嘴想喊住他,却一个字也叫不出来。想追上去骂他重色轻友,腿却像灌了铅,一步也挪不动。

常若雨情绪极其低落地回到方亮的家,很陌生很孤独的感觉让她想哭,方亮怎么可以这样对待她?她不是一直都是他手心里的宝吗?怎么现在移情别恋了?她急于要找很多很多事情去做,不然这个问题一直缠绕着她,折磨着她,太痛苦了。她疯了似的给每一个她跟方亮两人整理出来的公司打电话,平时难以启齿的推销这会儿变成了三寸不烂之舌。这个时候,奇迹发生了,一家大型洗浴中心对她的提议很感兴趣,也愿意像好中好火锅店一样,跟她签合同,拿返利。

放下电话,常若雨像泄了气的皮球。嫉妒引发了她的潜能,平时不敢放开手脚做的事情现在敢了。凭着一股气达到了目标,回头想想,确实不可思议。她明白了一个道理,什么事情只要敢于去尝试,成功的概率是很大的。

她看了一眼时间,她竟然像打了鸡血一样给各个公司打了 2 小时的电话。一想到 2 小时,她就火冒三丈了。为什么方亮去了那么久还不回来?跟那个在私营公司里上班的小文员就真有那么多可聊的东西吗?她不管不顾地打了方亮的手机,"你知道吗?我刚才谈成了一笔大生意。对,就是碧浪洗浴中心愿意跟我们合作了。你看我这么尽心尽力地工作着,而你竟然好意思做甩手掌柜出去谈情说爱了,你难道就不感到愧疚吗?"

"我还在咖啡馆,等我回来再说好吗?"

方亮不由分说地挂了电话。委屈和愤懑涌上心头,常若雨无法控制住自己,号啕大哭起来。

哭完,常若雨觉得不找个人说说自己一定会疯了。她第一个就想到了小梅,也不管人家是不是在上班,是不是很忙,方不方便接她的电话,就打了好朋友的手机,"给我十分钟时间,我有话要跟你说。"

"好吧,我去卫生间跟你说。"小梅四下看了看,快步走进了盥洗室,"什么情况?"

常若雨像倒豆子一样把今天发生的事情告诉小梅,最后问道,"我明明对方亮是没有感觉的,为什么他去相亲我会这样难过?"

"因为你对他已经日久生情了。"

"不会吧?"

"当然是这样了,你别再自欺欺人了。"

"可他哪里配得上我?"

"他又有哪里配不上你了?剩女知道是怎么产生的吗?就是只看自己身上的优点和对方身上的缺点,以为自己可以找到更好的。要知道好女孩到处都是,你不过是其中的一个,并没有特别出挑的地方。"

"我在你眼里就这么差?"常若雨不服气地问。

"我是站在很公正的立场上说你的。不像方亮,总是把你给美化了,越看越好,就把你给惯坏了。"

"可他没钱没貌的。"

"也就是普通家庭出来的男孩子,普通的相貌。难不成你还要找个富二代吗?就算你找到了,他们全家都会看不起你,因为你们门不当户不对,不会幸福的;或者你想找一个有着明星相貌的大帅哥?你看着人家帅,其他女人也看着他帅,你会平添很多烦恼的。当然这些都是你在找到这两种男人的前提下才会发生的事情,而现在事情的关键是你根本找不到这两种男人。所以你还是切合实际点,找个经济适用男,他的心里只有你!"

小梅看问题太尖锐了,难怪可以写小说,常若雨心里暗暗佩服,嘴上还不肯服输,"反正我知道了,我在你心目中就是这样一钱不值。好吧好吧,可是现在方亮去相亲了,你却还在说他的心里只有我。"

"你把门关死了,人家不去相亲,难道还要去撞门?然后撞得头破血流?

好了,我不能说了,我要赶紧回去上班了。"

放下电话,常若雨意犹未尽,无奈无法再麻烦人家小梅,她只有一个人反反复复地思考着小梅的每一句话,越想越觉得有道理,自己不就是个普通的女孩吗?家庭普通,自己既不是富二代也不是官二代;学历也不高,就是大专学历,在当今社会算是低学历了;容貌嘛,也没有达到惊艳的水准,充其量也就是个小家碧玉型的。小梅说得对,是方亮一直以来的仰视才造就了她的自信心爆棚,除开方亮,谁还会这样死心塌地地爱着她,因为像她这样条件的女孩太多了,没有竞争性。今天才算真正认识到自己了,可是太晚了,连方亮都没有耐心去等她了。清醒的痛苦让她热泪盈眶。

此时,响起了敲门声。常若雨才想起来方亮的钥匙在她这里,他没法开门。她赶紧站起来,舒展了一下脸上的肌肉,避免被方亮看出来她刚才哭过。她拉开门,装作很高兴的样子,"你可回来了,我忙死了,刚才一直在电话联系业务,叮咚一大堆都没空去回,你赶紧去回一下。"

方亮三步并作两步跑到电脑前,可不是嘛,下面一大片红红的提示,都是未回答的买家提问。

看着方亮埋头在电脑前马不停蹄的样子,常若雨感到心里酸酸的,这是个好男孩,是自己太不知道珍惜了。

"今天相亲还顺利吗?"她试探地问了一句。

"嗯,还不错。"

常若雨的心里像打翻了五味瓶,这是她最不愿意听到的答案,"哪里不错了?"

"各方面都不错,跟我也谈得来。"

"你能说得具体点吗?"常若雨突然声音的分贝提高了。

方亮略有点吃惊地抬起头来,"今天就第一次见面,印象还不坏。你要听具体的,等以后接触多了再跟你汇报啊。"

他们还要再约会?常若雨有些焦急,"你们约了下次见面的时间了?"

"没有,我让她等我电话。"

"你打算约她?"

"是啊,你有什么吩咐?"

"下次带我一起去,我帮你参谋参谋。"

方亮哑然失笑,"你不要这么搞笑好不好?你该不是在故意搞破坏吧?"

常若雨"嗤"了一下，"我干嘛要搞破坏？这样对我有什么好处。"

方亮意味深长地看着她，"有些人自己不想要一样东西，也不允许有别人接手。"

被方亮一下子看穿了，常若雨有些气急败坏，"好了好了，真是狗咬吕洞宾不识好人心。你的事情我不管了，省得被你想成那个样子。"

方亮多么希望常若雨能把她的嫉妒表现得更彻底一点，那他就能有勇气向她表白。他根本就没有看上陈家伟给他介绍的那个女孩，那是一个腼腆害羞、毫不起眼的女生，或许将来能成为一个好妻子，却不是他喜欢的类型。他也不打算再去约她，跟一个自己不喜欢的人约会，这种折磨比跟自己喜欢的人在一起，却不能亲近的痛苦还要折磨人。

"好好，你别生气，那下次我们三个人一起约会吧。"

"什么叫我们三个人一起约会？你什么意思啊？"

"这不是你的意思吗？我都遵从了，你还不满意？"

常若雨"呼"地站起来，"我没工夫跟你扯淡这些无聊的东西了，我现在要下班了。"

"还不到点呢，今天石磊也没来，你可不能提前下班。"

"谁让你找了这么个病秧子的客服来？活该！我今天一个人干了那么多事情，还谈成了一笔大生意。别说提前下班了，就是连请一个礼拜的假，也没什么不在理的。"

"好好，你的话都在理。"方亮做投降状，"我这里还有一堆叮咚等着回，就不送你下楼了啊。"

常若雨走了，砰地重重关上了门，好像很生气的样子。难道她真的是嫉妒了？方亮心中暗暗高兴，觉得今天下午还是很有收获的。

热闹了一整天，突然只剩他一个人了，一种很强烈的孤独感油然而生。狭小的房间里的一切都是旧的，散发着一股淡淡的陈腐味。这股味道让他想要开始新生活的念头越来越强烈，他不知道这关键的一步应该怎样跨出去，他怕会跌得粉身碎骨。明明感到幸福已经在向他招手，却始终不敢跨出去。他觉得跟常若雨之间的距离似乎不可逾越，越过去，如果粉身碎骨，还不如维持原状。

二十三

又是一年冬季的来临,方亮和常若雨目前为止谈下来签合同拿返利的公司已经有四家了,其中还包括一家著名面包券的企业,这年的中秋节把他们结结实实地忙翻了一阵。他们也已经在外面借了办公室,客服也增加到了2个人。

今天,他们要去上海滩最大的洗浴中心之一——浪淘沙有限公司去谈判,这是一家连锁公司,因为之前有跟碧浪洗浴中心签合同的经验,常若雨的心里还是有些底的。

方亮开着车子来接常若雨,远远的,就看到破旧的老公房的楼下站着一个亭亭玉立的身影,她穿着一件红色的大衣,更衬得皮肤白皙,冰清玉洁。方亮的心砰砰乱跳,他已经决定了,就在今天,他要寻找机会向她表白,哪怕被拒绝,也赛过把话憋在心里好多年的痛苦。

"不是说快到了吗?我在楼下等了有差不多5分钟了,这么冷的天。"常若雨嗔怪着。

方亮感到她的声音甜美而清澈,就像一股甘泉,滋润着他的心田,"对不起啊,最后一个路口碰到个红灯,时间超长的。"

"赶紧走吧,约好的时间不能迟到的。"常若雨边说边钻进车里。

"放心吧,时间还早呢。"方亮回答着,心里想着该怎么开口把想要说的话说出来,但话到口边却又再一次缩回去了。随着想跟她在一起的渴望越来越强烈,同时害怕失去她的恐惧也越来越强烈。

见方亮欲言又止的样子,常若雨以为他是紧张,于是柔声安慰道,"别怕,大不了就是谈不下来而已。到时候反正由我来谈,你只要旁边配合一下就好了。千万别露出紧张的样子来,让人家小瞧了我们。"

"我没为这事紧张。"方亮说了句大实话。

"你就死鸭子嘴硬吧。不过跟这么家大公司去谈,紧张也是正常的。"虽说心里有底,要说的话腹稿也打了好几遍,但是常若雨的心里倒真的是紧张,那些安慰方亮的话,不如说是在给自己打气。这段路她感到异常漫长,她希望能快快到达目的地,整个结果出来,就算是失败了,心却也可以放下了。

"我不紧张,倒是你,看起来很紧张。"方亮侧头看了一眼常若雨。

"说不紧张是假的。"常若雨哭丧着脸说。

她的样子让方亮心生爱怜,他很想把她搂进怀里好好抚慰一番,这只是个小女人,不该承受这么大的压力。而他是个男子汉,应该给所爱的女人安全感。

"要么你在车里等我,我一个人进去谈。"

"开什么玩笑啊。"常若雨惊愕道,"你怎么行?"

"我怎么不行?面包券的合同不是我谈下来的吗?"

"那不一样,面包券是有人引荐的,而这家是完全陌生的。"

方亮突然伸出一只手,紧紧地握了一下常若雨的手,"你别小看人,行不行待会看我的。"

被方亮这么出其不意地一握,常若雨的全身激起阵阵轻微的颤动,这是一种从未有过的体验,让她一时间竟说不出话来,好半天都沉浸在这种奇妙的感觉中。

很快的,浪淘沙洗浴连锁店的总部就到了,方亮停下车,看着常若雨的脸说,"你在车里等我的好消息。"

"别别,"常若雨赶紧阻止他,"在电话里都是我跟范经理谈的,我也说了今天跟我同事一起过来。你说我一个主角不出现,只来了配角,首先给人不正规的感觉,能成的事情也都成不了了。"

方亮呵呵笑了几下,"好吧,主角,那就我们一起进去,我们一起谈。"

常若雨点点头,"别冷场,我没话说的时候,你来说。"

"放心吧,有我在,你别怕。"

常若雨感到心里暖烘烘的,也真的不再紧张了,仿佛有了依靠一般,她庆幸能跟方亮一起搭帮开店,确实比孤军奋战要受用多了。

一路报上范经理的名号,顺利地见到了这个中年北方汉子,握手寒暄过后,常若雨直奔主题,"范经理,我在电话里说的事情,您考虑得怎么样了?"

"你在电话里说什么了?我都没听清,何来考虑一说?"

"啊?"常若雨惊愕道,"那你怎么会约见我今天来谈呢?"

"我今天这个时间正好有空,想听听你的大计划,电话里听不清楚。"范经理笑道。

"哦，"常若雨理了理思路，"就是我们公司跟别的洗浴中心也有合作，帮别家销卡或销券，每年帮你们完成一定的营业额，然后你们给我们分成。"

"这个啊，"范经理喝了一口茶，"我们是大公司，不用别人帮忙生意也很好的。"

"我知道你们生意很好，但是让生意更好不是最好吗？何况到了夏季，你们就是淡季了，我们也可以帮你们把营业额做上去，不是很好吗？"

"哦？"范经理露出感兴趣的表情，"那夏季你们有什么办法把营业额做上去？"

"这就是我们的事情了，您就别管了，只管跟我们签合同就可以了，若我们完不成指标，你们可以一分钱的提成都不用给我们，一切按合同来。"

"那我让你们一年完成500万的营业额有问题吗？"

"没问题。"

范经理哈哈大笑起来，"你连考虑都不考虑一下就说没问题，凭什么？"

"因为我们之前已经做过预算的，你们在上海滩共有40家连锁店，每家都四层楼，还有吃饭的地方，每年做400万是根本没有问题的。你现在提出500万，努力一下是可以完成的。"

"年轻人，话不要说得太满。你们能不能完成任务现在根本不知道，而我却凭空要冒出来很多麻烦事。我看你们还是去找小公司谈吧，他们生意不好，一定特别欢迎你们的加入。"说到这里，范经理看了一下时间，似乎有下逐客令的意思。

常若雨的心凉了半截，看来这个范经理是不会跟他们合作的了，正所谓高处不胜寒。她正想让方亮一起离开，却不想一直坐在一边一言不发的方亮开口了，"范经理，这件事情对你来说是无本万利的好事情，有百利而无一害，我不知道你为什么要拒绝？"

"跟你们签合同，还要印许许多多的票子给你们，这不是人力财力是什么？怎么说是无本万利？"

"印一点票子能有什么成本啊？况且我们又不是白拿票子的，拿票的同时我们是付钱的。所以说这事对你们是无本万利的。"

"等等，"范经理似乎又有了兴趣，"你是说你们花钱买我们的票子是吗？"

149

"是的。至于拿价和每年的营业额,以及返利是多少,等你有了明确的意向以后在继续谈。"

"可以。"

常若雨欣喜若狂,在桌子底下拼命地掐方亮的大腿,她太佩服他了,竟然三言两语就把几乎黄了的事情又给说活了。

"等开会时我会把你们的建议提出来。我还有事,你们先回吧。"

方亮忍着疼微笑着对范经理说,"好的,很高兴你能接受我们的建议。希望我们能合作成功。"

范经理看了一眼方亮的名片说,"哦,你是公司高级经理,真是年轻有为啊。"

"哪里哪里,比起您来还差得远呢。"方亮站起身跟范经理握手道别,范经理也很大力地跟他握了手,却忘了跟常若雨握手。常若雨赶紧把手伸过去,但范经理只是稍微碰了碰她的手就算完成任务了。常若雨心下沮丧,说什么男女平等,还不是男生受到重视?

出得门来,常若雨又兴奋上了,"方亮,真看不出来,你还有这手,真厉害。"

"我早就跟你说过,我做过业务员的,谈判这种事情对我来说不是什么难事,说再多废话也是没用的,关键是要一针见血,挑最重要的话题在最关键的时刻说。"

常若雨朝他拱拱手,"我现在几乎要膜拜你了。太好了,让我想想,我们现在去哪? 先不回去,找个地方庆祝一下。"

方亮刮了一下她的鼻子,"小丫头,看把你高兴的,庆祝什么,还没成功呢。"

"怎么没成功? 范经理不是答应了吗?"

"他只是答应在会议上提议。这种北方人,好吹,答应的时候好好的,可能一转身就忘了变了。我们还需要隔三岔五去问候一下,盯盯他。就算他在会议上提议了,也不是百分百能被大领导接纳的。"

"啊,这样啊,我都白兴奋了。"常若雨降下温来。

"不过要庆祝也是可以的,毕竟第一步已经成功了。说吧,想去哪?"

"才走了第一步,我就都快累死了,也没心情了,回办公室吧。"

方亮坐进车里,并不发动车子,"你刚才掐得我好疼,估计腿上已经一大块乌青了。"

"我刚才是情不自禁嘛,还以为马上就能签合同了呢,哪知道万里长征才迈出第一步。"常若雨沮丧地说。

方亮哈哈大笑起来,"陪我去看场电影,算是补偿我的。"

"好吧好吧,现在不是在热映《失恋第33天》吗?我们去看那个好了。"

方亮发动了车子,脸上露出心满意足的笑容。

当电影院的灯关闭了,电影开场时,方亮像先前在车里一样,握紧了常若雨的手。但这时常若雨却没了那种激情,她甩开他的手,"老实看电影。"

真是女人心海底针,常若雨坐在他的边上,却还是一如既往地清高着,高贵着。先前在车里那个可怜的小女人不见了,悸动也没有了。方亮感到自己越来越摸不透她的心。

电影在一分一秒地播放着,方亮却心乱如麻,一点也没看进去,直到电影散场,灯光大亮,他才如梦初醒,"这就放完了?"

"男女主人公都结成正果了还不完了?难道还要生孩子什么的一路放下去啊?"常若雨站起身就往影院门口走。

散场的影院人潮涌动着,翻滚着。方亮一边小步伐地跟着人流往门外走,一边目光时不时地看向常若雨,怕走散了。走出电影院,方亮看了一下时间,"快5点了,我们吃个饭吧,然后我送你回家,我再回办公室。"

"我看我们还是都回家了吧,反正办公室里有2个客服在那里盯着呢。他们不会偷懒,都是拿提成的,偷懒就是自己跟钱过不去。"

"我不是怕他们偷懒。也对,有他们在,我们不用担心。要不我们先去吃饭,吃完饭再找个酒吧坐坐?"

常若雨站在黄昏铅灰色的天幕下摊开两手说,"这么冷的天不赶紧回去休息着,你还在外面哆嗦什么?"

"我有话跟你说。"

"说什么呀?"常若雨不耐烦地问。

一阵风刮过,有点像针扎一样地戳在脸皮上,方亮指了指影院边上的一家饭店说,"我们进去边吃边说吧,外面太冷了。反正你回去也要吃饭,不如就跟我一起吃了吧,省得你爸妈知道你要回去吃饭,又得大张旗鼓的。"

最后一句话起到了作用,常若雨不想让父母太累,她听话地跟着方亮进了饭店。

两人点了两荤两素四个菜,方亮又想点酒,被常若雨制止了,"我们挣点钱不容易,没事别在饭店里点酒,都斩人的。"

方亮改点了茶水,笑着对她说,"你真勤俭持家。"

"不勤俭不行啊,都是血汗钱。"

"那你有没有想过,我们每个月几千块钱的办公室租金也很浪费的。"

常若雨无奈地叹口气,"那也没办法啊,现在业务繁忙,请了2个客服,你家太小了,我家我妈又在调养身体,不好打搅的。

"我们可以拼起来买房子的,付个首付,然后每个月的贷款就权当是付房租了。"

"啊,好主意。"常若雨的情绪被调动起来了,"我们买个60平方米左右的二手房,偏一点的地方,总价大概在150万左右,首付50万,我们每人出25万,然后贷款100万。就算将来散伙,房子卖掉,钱一人一半分了走人,也蛮不错的。"

方亮的目光中流露出一种悲哀,"我们会散伙吗?"

"这个可说不好,我见过很多朋友合伙的,刚开始的时候好好的,后来越做越大,矛盾也就越来越大,最后不得不散伙了。"

"今年是几几年?"

见方亮突然问这个问题,常若雨一愣,以为他忙得日子也搞昏了,"2011年啊。"

"你多大了?"

"快29了,怎么了?"

"你还知道你的年龄啊?你每天就这么忙着赚钱,钱赚得再多有什么意思?一个女人终归要以结婚生孩子为主要目的的。"

"你敢歧视女性?"常若雨皱起眉头。握紧拳头。

方亮笑了,"我哪里是歧视了,你自己想想是不是这个道理?"

常若雨舒展眉头,松开拳头,点了点头。方亮以为她想通了,没想到她突然来了一句,"我突然发现你很像刚才电影里的王小贱啊。"

刚才的电影方亮根本没有好好看,若早知道自己身上有王小贱的影子,说什么也要仔细看看一看,人家王小贱最终抱得美人归了,他什么时候才能心想事成呢?"我是王小贱,那你就是电影里的那个女主人公了。"

"去你的,又占老娘便宜。"

"看你还爆粗口,这可跟你的气质不符啊。"

常若雨哧哧笑起来。

菜端上来了,方亮却没有胃口,"说真的,你有没有考虑过终身大事?"

"不谈这个,说买房子的事情,我觉得这个主意好,房租都能省下来了。"

方亮叹了一口气,"你已经无药可救了。"

"你到底谈不谈房子的事情?"常若雨板起脸来。

"谈,谈。"方亮答应着。

"那我们明天就去找房子,速战速决。买个二手房,反正做办公室,基本也不需要太大的装修。"

"这么急?不过不能买偏的地方,不然客服上下班不方便,还得买我们办公室附近的房子。买老公寓,也就这点钱。"

"也行。"

吃完饭,常若雨打死也不接受再去酒吧的建议。方亮没有办法,只能开车送她回家。目送爱人的背影上楼,消失在他的视野里,方亮恨自己还是没有勇气向她表白。他有跟陌生人谈判的勇气,面对朝夕相处的人,该说的话到了嘴边却总是说不出来。

一进门,常若雨就兴奋地跑进父母的房间里,把打算买房的事情跟父母说了。没想到母亲斩钉截铁地说了两个字,"不行!"

"为什么?"常若雨惊愕道,"现在这样多浪费钱啊,我现在又不是付不出首付的钱。这两年,特别是今年,我赚了好多钱了,吃过用过还剩30万。"

"不是钱的问题,钱不够,我们做父母的还可以资助你。而是你跟方亮是什么关系?不明不白的房子买到一起,将来这种事情被你老公知道了,说也说不清楚的。"

"老公?老公还在天上飞呢。"常若雨哑然失笑。

"你都快30的人了,你不急,我们都替你急死了。"

"哎哟,妈,"常若雨上前搂住母亲的肩膀说,"你干嘛总急着想把我嫁出去啊?"

"女大不中留,留来留去成了愁。再说女人年纪大了生孩子也不好生的,你要抓紧啊,别老是想着赚钱的事情,女孩子家的,要赚那么多钱干什么?"

"哎哟,我就奇怪了,你怎么不是方亮的妈呢?说的话如出一辙。"

"方亮也这么说了?"常妈妈盯住女儿的脸问。

"对啊,就是刚才吃饭的时候说的。"

"傻孩子,那他是在暗示你呀,他想让你嫁给他。"

"啊?"常若雨顷刻红了脸。

"你们志同道合,嫁给他也蛮好的。这孩子人正派、孝顺、勤劳,而且也知根知底的。如果你跟他确定恋爱关系了,我就同意你们买房子,不然想也不要想。"

常若雨望着母亲坚定的眸子,悻悻然离开了父母的房间,对于方亮,她是有好感的,但还没有到想要嫁给他的地步,她需要再想一想。她需要那种心动的感觉,很偶尔的,方亮能给她这种感觉,但是还远远不够。她拿出手机,发了一条短信给方亮:明天不去看房子了,我妈不同意,再说吧。

为什么?方亮回道。

她说这样关系不清不楚的。

过了很久,方亮的短信又回了过来:你妈妈是对的。

常若雨叹了一口气,她感到很累,她需要上床去睡觉。刚想关机,一条短信跳了出来,是小梅发来的:若雨,我怀孕了,找了个认识的医生看了,说是儿子。陈志强家几代单传,他妈妈高兴死了。如果真生了儿子,我还打算辞职,我要把写作的道路重新走下去。啊,这个小生命,他让我像变了个人,我感到自己又有了生命。

小梅充满激情和诗意的短信并没有感动常若雨,反而让她呆若木鸡。小梅都快要做妈妈了,她却还单着,看来她真的要考虑起自己的终身大事来了,这事似乎已经迫在眉睫了。

二十四

在跟浪淘沙连锁洗浴中心的合同还没有正式落实前,和好中好连锁火锅的合同却已经快要到期了,如果不能续签,而浪淘沙那里又没有谈下来的话,意味着常若雨和方亮将要拆伙。因为没有一家大的公司撑在那里的话,每月负担房租和2个客服的工资将成为一种不必要的奢侈。对这点,方亮是一点也不担心的,因为好中好连锁火锅的指标他们已经提前完成了,不出意外的话,第二年续签是顺理成章的事情。但是常若雨不这么想,本来当初谈下合同,有很大一部分原因是许巍斌看上了她。但她骗许巍斌自己是离异带小孩的人,让他对她没有了兴趣,而现在许巍斌也找到了一个 23 岁的未婚女孩,都已经到了看房子准备结婚的程度了,那么她跟许巍斌之间的合作就岌岌可危了。虽然许巍斌表面上看起来还是对她彬彬有礼的,但谁知道到了下一次签合同时他会用什么理由来拒绝呢? 想到这里,常若雨心乱如麻,如同热锅上的蚂蚁。她决定单独约他出来见次面,探探他的底,虽然之前几次也见过面了,但旁边都有方亮在,可能许巍斌会有所保留。

很爽快的,许巍斌就接受了晚上顷刻吃饭的建议。

看到常若雨挂断电话,方亮狐疑地问,"请许巍斌吃饭的事情你怎么也不跟我商量一下啊? 万一我今晚有事情呢?"

"今晚你不必去了,我一个人去。"

"为什么?"方亮的眉毛都挑起来了。

常若雨不知道该怎么对他说,"别问了,我懒得解释,反正你只要知道这样对我们公司好就可以了。"

"有秘密?"方亮酸溜溜地说。

"有秘密的话我就不会当着你的面打这个电话了,我偷偷约他出来岂不更好?"

石磊和另一个客服——女孩小荣相视偷偷地在笑。

常若雨见状,瞪了一眼方亮,方亮只得作罢。四个人守着四台电脑,忙着网上生意。乘着空闲时,方亮抬起头说,"小雨,虽然现在我们有 6 家店铺,但是就我的那个最好,你的那个第二,用我父母和你父母身份证办出来的店铺的生意很冷清,得想办法做上去。"

"没事的,"常若雨头也不抬地说,"哪个新开店铺生意会好的? 需要时间的堆积的。谁让你才想出来多增加店铺的主意的? 早干嘛去了?"

"不是在外面借办公室,压力大了,我才想出这个主意的嘛。不是因为这个,我们现在还是两家店铺。"

"所以说你这个人就是对自己要求太低,长期处在没有压力的状态之下未必是好事,你看看哪个淘宝做得好的人没有几个小号的?"

石磊和小荣又偷笑起来。这下轮到方亮瞪她一眼,常若雨闭了嘴。

一天时间很快过去,转眼已经到了下午3点多。

常若雨收拾着包说,"方亮,你们辛苦了,我先回家准备一下,晚上还要跟许巍斌吃饭。"

"怎么又要早退?"方亮不满地叫道。

"什么叫又要早退?我哪天早退过了?哦,我今天这叫早退啊?那晚上吃饭算不算加班啊?"常若雨把包往桌上一顿说。

"晚上吃饭的事情你没跟我商量就擅自做主,不算公司里的事,你挪用公司资金请客吃饭,我都没说你呢。"

常若雨怒了,"难道我请客吃饭是在聊私事啊?难道我不是为了下一次合同能顺利签下来吗?"

"那为什么不让我一起去?"

这次常若雨已经不管两个客服在怎样偷笑了,她怒不可遏,口里喷着怒火,"请你成熟点好不好?没有人在玩。你已经不是小孩子了,也算是做老板的人了,还这样一味幼稚没有长进。我是怎样的人,你跟我认识这么久了都不清楚,难道你不生眼睛的吗?"

被常若雨一顿劈头盖脸的骂,让自己在客服面前颜面尽失,方亮的脸涨红了。小梅的话又在耳边回响:你一定要成熟啊。他心里恨,对常若雨恨不起来,只能恨自己。想要低头,又没有台阶下。好在常若雨很快就平息下来了,"我可能话说重了,你好好想想吧,我走了。希望明天能给你一个好消息。"

常若雨一走,小荣就说开了,"老板,别怨老板娘,老板娘不会做对不起你的事情的,她一看就是个正经人。"

方亮赶紧阻止她,"千万别乱说,若雨还是个姑娘呢,别老板娘老板娘的坏她名声,被她知道了可不得了。"

"那你就抓紧点,让她真的成为老板娘不就好了?"

"你这个小姑娘,太坏了,说不过你。"方亮嘴里这么说着,心情却莫名其妙地好起来了。虽说连小荣都看出来常若雨是个正经人,但方亮还是不能释怀,既然是为了公事请客吃饭,为什么不从办公室直接走,而非要提前收工,赶回家涂脂抹粉换衣服呢?

常若雨自己都不清楚为什么要单独去见许巍斌非得打扮得漂漂亮亮的,有时连她自己都看不清自己。她对着镜子换衣服,描眉涂粉,梳头发,看着自己一点点漂亮起来,她被自己的杰作迷住了,心中升起一股缱绻的柔情。

黄昏的天色越来越暗,西天泛起一片红云。常若雨已经出现在饭店里了,许巍斌还没有到,她先点起了一壶茶,边喝边想着待会该说些什么。

太过于专注自己的思想,许巍斌什么时候坐到她对面的都不知道。

"你来啦?"常若雨一紧张,差点打翻了茶杯。

"刚到。"许巍斌微笑着看着她的失态。

常若雨呵呵干笑两声,"那我们点菜吧,你来点。"

许巍斌接过菜单,点了几个家常菜。

"太少了,我来加几个。"常若雨拿过菜单,想要加菜。

"不用了,"许巍斌的手压住了她的手,"不是为了吃饭,最主要是朋友聊聊的。"

常若雨的脸红了,尴尬地抽出手来,"嗯,那好吧。听说你现在已经在筹备婚礼的事情了?"

"你的消息可真灵通啊,你拒绝我,我只好去找别人了。"

"不是这样的吧?是因为你不想找个离异带小孩的,你要找未婚女青年。"

许巍斌笑而不答,默认了。

"你公司的同事方亮,是你的男朋友吗?"

"当然不是了,只是同事。"

许巍斌点点头。常若雨想着怎么样把话题回到正事上面去,又怕说不好显得太过于功利而功亏一篑。她等着许巍斌来发问,他却一直不说这个,说来说去都是风花雪月。她也只好陪着他说,看着他嘴角的笑意越来越浓,却始终听不到自己想听到的。

一餐饭眼见已经接近尾声,常若雨有点按捺不住了,"还要吃点什么吗?"

"不用了,差不多了吧。"许巍斌看了一眼时间,明显是想走了。

再不说今天就等于白来了,常若雨一边叫了结账一边说,"今天跟你吃饭聊天很开心,等下次签了合同我再请你。"

许巍斌脸色一变。

"怎么?有问题吗?今年我们已经顺利完成任务了。"见到他这个表情,常若雨心中一咯噔,眼前一片黑云飘过。

许巍斌顿了顿,"我不清楚我们老板是什么意思,明年能不能签合同现在还不好说。也许他会改变主意,也许会加大你们的营业额。"

常若雨塞住的脑子一下子像被拔掉塞子一样通透了,她真傻啊,她今天其实是应该跟方亮一起来的,然后给许巍斌送上钱,只有互为利益,合作才能长久。而她脑子短路了,只想到男男女女的事情,而忘了互为利益这件事情。"没事,尽人事听天命吧。今天方亮有事不能一起来,他说了,下次补请,他有很重要的事情跟你说。"

"什么重要的事情?"

"等他亲自跟你说吧。"常若雨装作满脸灿烂的样子,"接下去你哪天有空?除了今天,方亮哪天都有空。"

许巍斌犹豫着,"到底是什么重要的事情?"

"欲知谜底,见面可知。"常若雨故作调皮状。

许巍斌笑了,"好吧,过几天吧。"

常若雨松了一口气,只要他还肯出来,事情就有救。

出得门来,许巍斌欲把手搭在常若雨的肩膀上,但被她巧妙地让开了。既然设定好了一种最合适的模式,那么其他任何一种方式都是画蛇添足。

饭店是定在许巍斌家附近,所以常若雨没让他送她回家。

"再见,我自己坐地铁回家。你多保重。"常若雨朝他挥挥手。她那清亮的声音在晚风中,仿佛有着一种金属之音,让许巍斌怦然心动了一下。但很快常若雨就回过身跑远了,一如一年前一样,曾经打动过他,但终究有缘无分。

一脱离开许巍斌的视线,马上电话了方亮,他竟然还没回家,跟两个客服一起坚守在办公室。

"怎么还没回家?"

"今天生意特别好,他们两人忙不过来,我就陪着他们奋斗在第一线了。哪像你这么滋润啊,在外面大吃大喝,我们晚上吃的盒饭。不过话说你怎么这么快就结束了?"

常若雨听得出来,方亮很高兴,他是觉得自己被重视了吧?"许巍斌没有意向跟我们再签合同。"

"为什么?难道他对你动坏脑筋,没有得逞,故意来刁难?"

"你怎么老往这方面想？思想真肮脏。"

"那是什么原因？"

"好处啊。我们替他们把营业额做得再高，钱也是到老板口袋里，到不了许巍斌的口袋。所以他没必要继续跟我们合作，完全可以找别家合作。所以过两天你请他吃饭，给他1万元钱的回扣，合同也由你去签。"

"我真服了你了，可能他就是这意思，我怎么就没想到呢？"

"所以说你笨嘛。"说完，常若雨挂断电话，感到心情舒畅。

下了地铁，外面的空气奇冷，加上天黑，路上的行人全都缩着脖子走路。但常若雨内心火热，感觉不到天气的寒冷。在她看来，冬夜充满了诗意。落了霜的路面在黯淡的星光下泛着幽幽的银光。她突然很想作诗，她想到了中学时，经常跟小梅对诗的情形。

如今小梅也快要做妈妈了啊，可我的老公在哪里呢？诗意消失了，现实生活中没有诗，有的只是永不停息的奋斗。

二十五

新年里，常若雨去庙里烧了头香，所以在初春来临，她的淘宝店铺开张2周年的时候，竟然一口气签下了2个大单——好中好火锅连锁店和浪淘沙连锁洗浴中心，常若雨把这都归功于头香的缘故。特别是浪淘沙连锁洗浴中心，能顺利签下合同真是不敢想象，如果完成指标的话，那么一年的净利润将最少为五六十万，如果在下家的共同努力下，赚100万也不算多。她跟方亮一人一半，再加上其他项目，明年她个人就能赚100万左右。就算不再发展其他地方，每年100万她已经很知足了。

"要增加客服，两个客服明显不够用了。"签完合同的路上，常若雨这么跟方亮说。

"的确，起码要再增加两个。这样地方明显就不够用了，要重新去借房子。"

"如果我们又谈下了其他地方，岂不又要增加客服，又得搬家，烦也烦死了。"

"那是没有办法的事情。"方亮耸耸肩。

"每个月在房租上浪费那么多钱真是不划算,我觉得还是得去买房。每个月付的房贷也比租金贵不了多少,房子就算我们的了。"

"你不是说你妈坚决反对,怕坏你名声吗?"

"那我就骗她说我已经跟你确定恋爱关系了,等把房子买到手,她就没办法反对了,总不见得再让我把房子卖掉吧?"

方亮突然把车停了下来。

"怎么停车了?"

"你就这么讨厌我?"方亮没有看她,透过前车窗看着外面问道。

"谁说我讨厌你了?"

"那你为什么要骗你妈妈?你为什么不能真的接受我?"

方亮的问话勾起了常若雨内心的隐痛,她已经29岁,转眼就要30岁了。她也不是不满意方亮,但是在日复一日的操劳中,似乎已经把谈婚论嫁的事情给忘了。她突然想到了李大伟,那个钟情于她,却在听到她母亲得了癌症的消息后就把爱掐灭在萌芽里的男人。她也想去试试方亮,"我不想结婚,不想害人。"

"结婚怎么是害人呢?"方亮不解地问。

"我们家有家族的癌症史,将来我也是要得了癌症的,说不定很早就会死了,所以我不打算嫁人,不想害人。"

"就是因为这个?"方亮看着她问。

"对啊。"

"如果不是因为这一点,你愿意嫁给我吗?"

方亮这样直接地问她,常若雨的脸一下子红得烧着了一般,"这种可能不存在的,因为癌症会遗传的。"

方亮摇摇头,"你不了解男人,一个男人真的爱一个女人,不要说是癌症了,哪怕是艾滋病,哪怕第二天就要死了,他娶她的决心是不会变的。"

"呸呸,什么艾滋病啊,我怎么会生这种病。"

"我是打个比方。"方亮诚惶诚恐道。

"我感到身体不舒服,说不定已经得了癌症了。"

"那我们马上结婚。"

"美得你,这样我的财产也都成你的了。"

"你怎么会这样想？如果你真的得了癌症,我们明天就结婚,结婚前财产公证,你的是你的,我的也是你的,这样你放心了吧？"

一股热泪夺眶而出,常若雨这下真正被感动了,她伏在方亮的肩头失声痛哭起来。

"怎么了？难道你真的查出来得了癌症了？"方亮手足无措。

常若雨呜咽着,似乎在说是的。

方亮的心凉到了极点,也痛到了极点,他克制着悲痛轻拍常若雨的肩膀,"别怕,现在医学这么发达,你不会有事的。"

听到这句话,常若雨笑得不行,她克制着笑声,把头在他的肩膀上埋得更深,看着常若雨剧烈颤抖的肩膀,方亮以为她哭得更厉害了,他喃喃地说,"我们明天就结婚,明天就结婚。"

这下常若雨又从笑转为了哭,她知道这个男人是真心爱她的,无论她贫穷还是富有,年老还是年轻,漂亮还是丑陋,无论她将来变成什么样子,他都会一如既往地爱着她。此时,她知道,她心底最后的一道防线已经全线崩溃了。

当晚回到家,常若雨就向父母宣布了她已经跟方亮确定了恋爱关系,奇怪的是父母并没有太大的惊讶,仿佛一切都是水到渠成顺理成章的事情。想象中的恋爱应该是一见钟情,惊天地泣鬼神的,现实中的爱情原来是从最平淡的过程中一路走来的,理想和现实差距这么大,常若雨突然被这份现实所感动。

顺利签下了2个大单,业务量明显增加,4个人挤在小屋里每天忙得四脚朝天。石磊首先提出身体吃不消了,要再增加客服,不然没法干下去了。

增加客服意味着要换房子,常若雨是想一步到位买套房子的,最理想的是买别墅,当然以目前的经济情况,这无异于是痴人说梦;那么退而求其次,买复式结构的房子,下面一层做办公室,上面一层住人。但现在合同刚签下来,手头并没有太多的钱,这个方案也不可能实现;那么继续退而求其次,给2个客服增加收入,得到的回答却是,"不行,钱再多,身体吃不消"。常若雨一筹莫展。

增加客服是迫在眉睫的事情,他们只得在边上借了套两房一厅,又增加了2个客服。即使增加了2个客服,工作量依然比以前大多了,所以工资也上涨了。

越是忙碌,方亮心中越是充满了对命运的感激,如果不是因为这份忙碌,也许常若雨永远都不可能接受他。对于他们已经是男女恋人这件事情,方亮始终不敢真的相信,一件事情期盼太久了,突然好运降临,一时之间很难接受,这种难以接受是不敢让自己太过于高兴,生怕会乐极生悲的小心翼翼。有时他甚至希望常若雨得乳腺癌这件事情不是她在跟自己开玩笑,而是真的。太完美了总让人觉得虚幻,而残缺的反而更真实了。

很快,在忙碌中常若雨最先注册的这家小店——小雨商场,就已经到了二周年了,她决定纪念一下,就像一周年时一样。想起一周年纪念日,她和方亮还有小梅三人,在古猗园搭乘小船,漂泊于湖心的景象还历历在目。可惜现在小梅快要生孩子,不能再跟他们一起庆祝二周年了。而她跟方亮也发展成了一对恋人,也许更适合两人同行吧。只不过才一年工夫,生活就大变样了。

一想到要浪费一整天的时间去游玩古猗园,常若雨又犹豫了。虽说又招了2个客服,可人手依然不够,这时候他们2人还丢下生意去游山玩水似乎太说不过去了。还要攒钱买房子,都是事情。思前想后,常若雨最终放弃了再游古猗园的打算。还是跟方亮一起吃顿晚饭庆祝一下吧,反正晚饭总要吃的,节省了时间,还顺便庆祝了,也是一举两得的事情。

然而事与愿违,这天正好其忙无比,等意识到已经空闲下来的时候,时钟已经指向了晚上10点钟。

方亮牵着常若雨的手离开办公室,坐进方亮的车子里,常若雨浑身瘫软地蜷缩在副驾驶座位上,遥望着黑得像墨汁一样的夜空。

"我们去吃夜宵为你庆祝吧,想去哪里?"方亮强打起精神,微笑着问常若雨。

"我知道你累了,回家休息去吧。"常若雨有气无力地回答,"再说晚上吃过点心了,现在也不饿。"

"那怎么行,不庆祝一下你会失望的。"

常若雨感激地朝方亮伸过一只手,"亲爱的,已经很晚了,明天还要早起,回去吧。"

方亮握着这只手,贴在自己的脸颊上,"我不累。"

热辣辣的泪水从常若雨的眼睛里流出来,方亮吃了一惊,"你怎么哭了?"

"我在想,我们这么累究竟是为了什么?"

"现在是最累的时候,等过了这个阶段就好了。你休息几天吧,放心地把一切事情都交给我。"方亮心疼地说,"我现在就送你回家。"

当车行到中途时,常若雨突然叫停。

"怎么了?"方亮疑惑地问道。

"这里有条河,陪我下去在河边坐坐。"

方亮探头看了车窗外,今夜阴霾连连,清冷无比,不明白常若雨怎么会突发奇想。

"你不想吃夜宵的话我们就找家咖啡馆坐坐吧。"他建议道,"河有什么好看的。"

"咖啡馆有什么意思?"说着,常若雨已经径自下了车。方亮也只得锁上车门跟着她下来了。

还来不及擦拭河边的长椅,常若雨已经一屁股坐了下来。方亮犹豫了一下,坐到了她的身边。

黑色的河水像一匹微微起皱的绸缎,还散发着一点点臭味。方亮实在搞不明白常若雨为什么要选择在这里坐下,都说女人心海底针,都不知道怎么会突发奇想。

常若雨靠在方亮的肩头,在冷冰冰的黑暗里任时间吞噬自己,却一言不发。这样的气氛显得诡异,让方亮浑身起鸡皮疙瘩,他伸出手臂搂紧她,"太冷了,我们上车吧。"

"冷才好啊,这样我们的卡券才能卖得好。"

听到这句话,方亮一阵心酸,他想起了学生时代的那篇课文《卖炭翁》:卖炭翁,两鬓斑斑十指黑,心忧炭贱愿天寒。再看此时此刻常若雨的眼神,竟然单纯得令人自惭形秽。难道她坐在这里,就是专程来体会这种寒冷的?为的只是让心中欣慰?

初春深夜的寒风针砭似地钻进肌肤,静谧的河面上似乎罩着一层若有若无的淡雾。方亮忍不住打了个喷嚏,"上车吧,别冻病了。"

"我们抱团取暖,就不会觉得冷了。"常若雨望着他,笑着说,笑得特别柔美。

方亮愣了一下,觉得今晚她的每句话都有深意,都是一语双关。正是因为这两年来,他们俩一直都在抱团取暖,才能使友情化为爱情,才能把事业发展起来。想到这里,方亮激情澎湃,张开双臂,把常若雨整个人都抱在了怀里,"是的,我们永远永远都会这样抱团取暖。"

常若雨在他的怀中递上自己冰冷的嘴唇。方亮被她的爱火燃烧着,浑身灼热滚烫,幸福得几近晕眩。他用他滚烫的身子和嘴唇温暖着她的全身心。

2周年的店庆,就这样在黑暗清冷的河边互相拥抱着亲吻着度过。星空无言,大地无声,只有爱火在冷寂中燃烧。

常若雨用自己的方式为她的小店庆生了。

二十六

常若雨手里抱着粉嘟嘟的小人儿爱不释手,一逗他,他就会咧开嘴巴笑。常若雨这才知道,原来再小的小孩子也会笑的,而且笑起来就像是灿烂的花朵。

"你这么喜欢小孩子,赶紧跟方亮把事情办了,也生一个。"小梅在一边说。

常若雨叹了一口气,"现在条件还不成熟啊。等我们把房子买好了,事业都平稳下来了,就差不多可以了。"

小梅似乎对好朋友今后的打算并不感兴趣,她滔滔不绝地痛诉着婆婆的恶行恶状,诸如月子里不来服侍啦,不贴钱啦,跟她抢儿子抢老公啦,得得得得,没完没了,说的时候还两眼放光。看着蓬头垢面照顾儿子,喋喋不休在背后数落婆婆和老公的小梅,那个不食人间烟火的清秀女孩不见了,取而代之的是一个最普通也最俗气的女人,常若雨有点心痛,难道女人结了婚生了孩子就会变得这么庸俗了吗?她问小梅,"你还写作吗?"

"我现在忙得连睡觉的时间都没有,哪有时间写作啊。"

"那等以后你空下来了呢?"

"以后的事情以后再说了,现在谁知道啊。"

常若雨不敢在小梅的家里久待,办公室那里还有很多事情等着她去处理,她匆匆道别小梅。在路上,才有一点奢侈的时间可以让她冥想,回忆过去,没2年的时间,人和物都变了。她想起小梅刚才的话,以后的事情以后再说了,现在谁知道啊。是啊,2年前,谁会想到她也能有属于自己的事业,谁又能想到执着的文学女青年小梅差不多都快成一个婆婆妈妈的家庭妇女了。

一进门,方亮就迎上来说,"你回来啦?小梅的儿子很可爱吧?有没有跟她说我走不开,以后空了一定去看她?"

"说啦。口干死了,去给我倒杯水。"

方亮倒了一杯水递给她,看到常若雨坐在椅子上,因为裙子太长,一只手要抓着裙子才不会拖到地上,他就笑着说她:"去小梅家打扮成这个样子,受累了吧?"说着用充满赞赏的目光看着她,她穿着一件绿色的荷叶长裙,领口开得很大,恰到好处地露出了她最美丽的脖子和双肩。"太美了,让人看了情不自禁。"他在她耳边轻轻地说道,热气呼了过来。

常若雨瞪了他一眼,"小心被人看到。"说完提高嗓音说,"今天没什么事情吧?一切都还顺利?"

方亮一拍脑袋,"红颜祸水这句话一点不错,你一进门我看你这么漂亮,把重要的事情都忘了说了。"

"真贫嘴,什么重要的事情?"

"现在网上有个卖家在卖浪淘沙的洗浴券,竟然是卖我们进价的价格,这分明是在恶性竞争,想要打压我们。我跟几个客服商量了一下,决定亏本卖券,先把他打死,然后再把价格提上去。"

"什么?"常若雨一听急了,"你现在已经降价了?"

"没呢。领导没发话,我怎么敢擅作主张。"

常若雨松了一口气,"鲁迅先生说过,摔过一跤的人不是笨蛋,但在同一个地方摔了两次跤的才是真正的笨蛋。"

"什么意思?"

"上次你说好中好火锅店的券有人在恶性竞争,就跟他对着干把价格降下来了。结果怎么样呢?其他的卖家也统统跟着降价,再想把价格提上去,就根本不可能了。现在你还想重蹈覆辙,而且有过之而无不及,竟想亏本这么干。我真不知道说你什么好,你做事能不能先动动脑子?"

方亮一听脸上就有些挂不住,"难道你有更好的办法?现在客户都跑到这个人那里去了。"

"你跟那个卖家沟通过没有?"

"没有,沟通有个屁用啊?上次跟好中好降价那人沟通了,还被他骂一顿。"

"那是你沟通方法有问题,这次交给我。"常若雨说着,就坐到了电脑前,让方亮把那人的旺旺号找出来,然后用自己的小号打上一行字:亲!请问你浪淘沙的浴券还有吗?

对方回答道:有的。

常若雨接着问:那你怎么卖得这么便宜?我看别家都卖得比你贵。

对方继续答:我的券快要过期了,所以低价抛售,现在仅剩25张了,你要的话要快点下单。

常若雨抬头看着方亮,"看到了没有?人家是因为券快要过期了,而且没剩多少了,才低价抛售的。你却不问青红皂白,只想着怎么打压别人,而不想着怎么解决问题。你知道吗?如果刚才你真这么做了,别人不痛不痒,最多损失25张票子,而我们就大惨特惨了,所以你打压的不是别人,而是你自己,你明白不明白?"

方亮明知自己是错了,但在客服面前被常若雨这么抢白,自尊心还是受到了伤害,他据理力争道,"这个人是个意外,如果真是恶性竞争的人怎么办?"

"那就收编他而不是打压他。以后再碰到这种事情千万不要自作主张,如果上次好中好的事情你先跟我说,结果就完全不一样了。"

"行,行,你是万能的好吧。"方亮说完,就阴沉着脸走开了。

常若雨气不打一处来,男人蠢还要嫉妒女人的聪明。而方亮也觉得未婚妻的一针见血令人心惊胆战,他第一次感到娶个比自己聪明百倍的女人做妻子,是一件压力很大的事情,还不如讨个笨笨的女人,即使这个聪明妻子能给他带来财富。他以前是喜欢常若雨的容貌和灵气,但从来不知道她竟是这样聪明的,女人能力太强了真的会给男人带来很多压力。

这一晚,方亮失眠了,他一直在床上翻来覆去地想,如果真的跟常若雨结婚了,会不会被她压得死死的,自己一点翻身的机会也没有,会不会一直生活在压抑之中;但是如果放弃跟她结婚,那么自己这么多年的追求和等待又算是什么?他就这样被杂乱的思绪纠缠,难以入眠。

他从床上坐了起来,来到阳台上,想抽一支烟,但突然想到家里是没人抽烟的，所以没有烟。正在考虑着要不要去楼下的24小时便利店买包烟，却被上洗手间的老爸看到了，很惊讶地朝他走来，"三更半夜不睡觉，躲到阳台上来干什么？"

"我好像得了婚前恐惧症。"方亮决定跟爸爸说实话，他需要倾诉。

"怎么了？常若雨不是你一直心仪的女孩吗？好不容易被你追到手了，你不是还兴奋得几天几夜没睡着吗？怎么现在又恐惧了？"

"可是她太强势太厉害了。我以前喜欢她是因为还不够了解她，她漂亮、刻苦、有能力，都是我欣赏的品质，可是这些品质如果过了头，就变味了。"

父亲笑了起来，"原来是因为这个啊？吓我一跳。"

"你还笑得出来？"方亮惊诧道。

"我笑你矫情。"

"我怎么矫情了？"

"你不是说即使她破相了或是得了癌症了，你爱她的决心都不会变吗？现在只不过发现她更能干了，你就否定了你对她的爱，这不是矫情是什么？"见方亮还想争辩，父亲不给他机会继续说道，"你是觉得她太完美了，在她面前你很渺小，所以故意找出点她的不是错的错来，好让自己的心理平衡点。儿子，这种想法可要不得啊，伤感情的。其实你心里很清楚，你爱她，无论她变成什么样，你都会爱她的。何况她并没有变成怎么样，只是更成熟更优秀了。那你又何必现在自寻烦恼呢？明天好好地跟人家相处，听到了没有？现在赶紧回去睡觉，不作死就不会死。"

父亲的分析丝丝入扣，在情在理，尤其是最后那句总结性发言，让方亮豁然开朗，他朝父亲跷起大拇指，"高！姜还是老的辣啊。"

当他再次回到床上的时候，心里的包袱放下了，立马觉得困得要命，头一挨到枕头，马上就鼾声如雷了。

二十七

常若雨没有想到，开店三年，前面两年除了吃用开销，基本就没有太大结余，但是这第三年，只这一年，就赚了两百万。她跟方亮在租借的办公房的旁边买下了一套110平方米的两房两厅作为婚房,她知道,再过几年,她就能如愿以偿买上梦寐以求的别墅。

在晶莹的客厅大吊灯下,方亮觉得新婚妻子常若雨的美显得更加光彩夺目。今天是妻子开店的三周年纪念日,他们特地把婚礼安排在今天,让这一天显现得尤为有意义。方亮觉得像在做梦一样,他从来不敢相信渺小的自己可以事业有成,可以娶到一个像黄蓉一样美丽又聪慧的女子为妻。现在的常若雨在他的眼里再也不是当年那个古灵精怪的小丫头,而是一个真正的女神。看着她,他常常会从心底里泛上一种感动,一种怜爱,一种崇敬。他想他一定是前世积德了,否则不会娶得到这样一个完美的女人。看着她,他有一种新生的感觉,似乎生命从遇见她爱上她开始,才得以诞生。

"总算只有我们两个人了。"常若雨倒头四仰八叉地躺在新床上,"累死我了。"

女神悄悄告别了,在这个新婚的晚上,那个古灵精怪的小姑娘又回来了。此时的常若雨一点也不像一个已经三十挂零的女人,只活脱脱的像一个十多岁的小女孩。

方亮正想躺到她的身边去,她却一骨碌爬了起来,"我去洗澡,你帮我拿衣服。"

方亮乖乖地把妻子的睡衣拿到浴室里面去,玻璃门里水哗哗地响着,朦胧的身体隐隐约约,方亮的心怦怦乱跳,想拉开这扇玻璃门,但还是退了出去,即使她已经成为他的妻子,他依然觉得她是这样遥不可及、高不可攀。

不一会儿,长发披散的常若雨裹着睡袍从浴室里面走了出来。方亮呆呆地看着她,仿佛变魔术般,浴后他的妻子浑身散发着成熟的风采。她的眼睛里跟她的头发一样湿漉漉的,抖颤着一丝不知道是娇羞还是期冀的笑意。当她看到他的目光一触及此时的她,眼睛便像充电似的一下子亮起来,她眼里的笑意就更加显著了。

"你去洗澡,我来给你拿睡衣。"

当常若雨甜美的嗓音响起的时候,方亮才正常过来,是的,他娶的是一个小女人而不是女神,他们可以过最恩爱最平凡的小夫妻的生活。

第二天的太阳升起的时候,他们同时醒来,互相看着对方,仿佛看到前世的姻缘,今生是注定的。他们相视一笑。环顾新家,心中倍感踏实,这里有他们的一切。

今天要把新家理一下,衣服整理一下,明天将要踏上蜜月旅行之路。抛开最繁琐的事情,尽情地享受生活。回来,他们还有新的计划,构想已经成熟,就等着去实施了。

紫花
酢漿草
第二部

一

常若雨和方亮刚刚踏进家门，各种拉杆箱和大包小包还没来得及放下，就听到房间里面的电话铃响得跟战场上拉响号角一样。常若雨知道，那一定是妈妈打来的。女儿嫁出去，妈妈有一百个不适应，在他们蜜月旅行时，就一天一个国际长途打她手机。之前上飞机把手机关了后一直忘了开机，妈妈就开始疯打她新家的固定电话了。

常若雨放下满手的行李，接起电话，一连串地说，"妈，我们刚进门，一堆事情呢，晚上我打给你，挂了啊，拜拜。"

"怎么对妈妈这个态度啊？"方亮放下行李，走上前问道。

"烦哦，每天都给我打那么多电话。"常若雨两手一摊。

"一下子离开宝贝女儿，当然不习惯了，过一阵就适应了。理解一下她。"

"那你爸妈怎么就习惯呢？"

"因为他们不在乎我呗。"方亮装出愤怒沮丧的样子来。

常若雨扑哧一声笑出来，抬头看着已经成为她丈夫的方亮，眼眸美丽而清澈，"别心理不平衡了，有我一个人在乎你就可以了。"

"你真的在乎我？"虽然已经跟常若雨领了证，办了酒席，去美国蜜月旅行了一圈，但方亮始终不敢相信这个他一直仰慕的女孩真的已经成为自己的妻子了，不安全感时时刻刻存在着。仿佛她嫁给他只是无奈之举，权宜之策，一旦碰到白马王子，马上就会离开他的感觉强烈地存在着。

常若雨看着他，脸上的表情莫测高深。猜不出她心里在想什么，但是这种眼神让方亮的心里一阵阵发毛。好在常若雨很快就把眼睛从方亮的身上移开，用命令的语气说道，"赶紧把拉杆箱里的东西都放回原处，然后我们一起去公司看看，这么多天了，我真有点不放心。"

"你不是天天都给他们打电话的吗？还有什么好不放心的。"

常若雨的眼睛像锥子一样扎进了方亮的身体，"你就知道偷懒。"

方亮觉得结了婚的常若雨最明显的变化就是变厉害了，以前虽然任性，会发脾气骂人，但不是这种厉害。现在的语气和眼神让他感到很陌生，虽然现在的样子有另外一种味道,但他更喜欢从前的常若雨,能干而不失可爱,而现在只剩下能干了。

见方亮站着不动,常若雨起身自己收拾起了大包小包,并且手脚异常麻利,浑身上下透着一股爽利劲。干完这一切,不到十分钟。她一抬头,看到傻站着的方亮,脸部肌肉扭曲着好像要挤出一个笑容,却又没有挤出来,只是肌肉抽搐了一下。

"你怎么了?为什么这么个奇怪的表情?"

"若雨,你好能干,能干得我觉得都不认识你了。"

见方亮惴惴不安的样子,常若雨摆出一副千娇百媚的笑脸来,"现在认识了吗?"

看到这抹熟悉的笑容,欢乐和激动重新回到方亮的心里。是自己多心了,常若雨还是过去那个常若雨,是自己太在乎她了,导致草木皆兵。

"宝宝,你真是我的好宝宝。"自从结婚后,方亮就基本不叫她的名字了,为她自创了个小名,只在他们两个人的时间里亲昵地叫。他忘情地把她搂进怀里,吻着她柔软的嘴唇,她闭上眼睛含蓄响应。

激情又将他绑回历史之柱,犹如新婚之夜。

午后的光景很安静,每家每户不是去上班了就是还在午睡,常若雨躺在床上,享受着这份静谧,春天的静谧。

方亮亲了一下妻子的脸庞,起身来到厨房看看能有什么食材可以做顿简单的午餐。

不一会儿,就从厨房飘来炒鸡蛋的香味。常若雨躺不住了,她味蕾绽放,涎水奔涌。一骨碌起身,来到了厨房。

"宝宝,你起来了?家里实在没什么东西了,我就煮了点面,鸡蛋炒火腿肠,我们将就吃一下就去办公室吧。"看到妻子站在厨房门口,方亮心中的满足幸福感更加强烈了。

厨房里的丈夫以及炒鸡蛋和她之间有着融洽和睦的联系,这种关系让人感到很舒心很舒畅。常若雨一吸鼻子,满意地回转身坐到餐桌前,等候着方亮把午餐端过来。

当她吃着这顿简单而又可口的午餐的时候,心里暖暖的,那是一种家的感觉,这种感觉又不同于跟父母在一起的感觉,这是一种女主人的感觉,特别新鲜特别好。

第二部　紫花酢浆草

"要不今天不去公司了吧?"常若雨给了方亮情意绵绵的一瞥后突然提议。

"嗯?"方亮诧异地一扬眉毛,"不是你一直吵着要过去吗?"

"这么悠闲的心情,恐怕过了今天再也不会有了,所以我想再好好享受一下。"

"真难得,你这个劳碌命能这样想。"方亮的语气里明显透露出一丝高兴的味道来。

当常若雨洗了澡躺在床上拿着遥控器看电视的时候,突然发现很不适应,这样悠闲地浪费着宝贵的生命,宝贵的青春。再看身边的方亮,却是一脸惬意和满足。

"老公。"她嗲嗲地叫了一声。

方亮诧异越来越雷厉风行的常若雨竟然能发出这样的声音,转过头去看她,发现她的笑容也变得娇媚起来。不知为什么,他想到了"无事献殷勤,非奸即盗"这句话来。

"你不会是又想去公司了吧?"

"真是生我者父母,知我者方亮也。"常若雨双手环住方亮的脖子娇声道。

方亮的心里却犹如哀悼一样发出悲鸣的声音,"你自己劳碌命还非得拖着别人呐?"

常若雨的目光在方亮脸上游走着,"公司是我一个人的? 你到底走不走?"

声音不大,却刺激着方亮的耳膜,他看着妻子,心中又升腾起了那种敬畏感,"走! 老婆都下命令了,怎么能不听?"

常若雨亲了他一口,又顺势拍了一下他的屁股,"赶紧起来,出发!"

方亮懒洋洋地起身,嘴里喃喃道,"成天跟打了鸡血一样,你就该有个孩子来分散你的精力。"

"你说什么?"

他们的目光交接,方亮马上说,"我说我现在就能走了,你快一点。"

出得门来,常若雨挽着方亮的胳膊亲昵地说,"老公,晚上我们再商量商量怎么把公司做大。"

"我觉得这样就挺好的了呀,你别老是不知足。要知道期望越高,失望

175

就越大,飞得越高,摔得就越重,这是唯物主义的辩证法。"

常若雨甩开他的胳膊,虎起脸说,"若没有当初的期望,就没有今天的我们。还唯物主义的辩证法呢,我看你就是懒,得过且过。"

"好吧好吧,我懒,全仰仗老婆大人了。"方亮说完,饱含深情地望了她一眼。

他的包容和好脾气让常若雨转怒为喜,她重新挽起了他的胳膊。

只十分钟的路程,就走到了他们俩的另一套房子前,在一个月前,这套房子还是租着的,现在已经贷款买下来了,常若雨特别享受这种 30 岁就拥有 2 套房子的感觉。她昂首挺胸走进去,看到里面几个客服都在各自忙碌着手头的活,没有偷懒的人,她很满意。石磊这个娘娘腔是几个客服里面工作的时间最长的,所以理所当然地成了客服领班。看到这个瘦小的男人,常若雨也不似以前那么讨厌他了,毕竟在他们不在的日子里,都是这个人在帮他们打点一切,让他们少了很多后顾之忧。

"石磊,快看看我们在美国给你买的 T 恤衫。"常若雨从包里面取出一件短袖汗衫来递给石磊。

"谢谢老板娘了。"石磊欣喜地接过来,"呀,是我最喜欢的绿色,你们太贴心了。"两人从过去彼此敌意的紧张气氛中一起解脱出来,好像忘记当初无谓的对立都是他们自己制造的。

常若雨又从包里取出其他礼物,一一分发给其他客服,女孩送化妆品,男孩送 T 恤,一个也不落。她做这些事情的时候,方亮一直面带笑容看着她。他是真心佩服妻子的,这些礼物值不了几个钱,却可以收买人心,常若雨天生就有这种无师自通的本事,这是他学也学不来的。

"老板,老板娘,你们忙你们的去吧,这里就交给我,你们放 100 个心好了。"石磊挂上讨好的笑容,用一种献媚的语调说,"新婚燕尔,别待在这个没情趣的地方了。"

石磊的善解人意让方亮很满意,觉得他就像以前富人家里的管家一样可靠贴心,看着常若雨还恋恋不舍的样子,一把拉起她的手,"走吧走吧,别老是以为离开你地球就不转的样子。"

离开办公室,看着方亮扬扬得意的样子,常若雨用揶揄的口气一连串地问,"怎么?开心了?以后可以做甩手掌柜了?"

方亮的眼角浮现了带些微痛楚的微笑,"那你要我怎么样?"

常若雨没有注意到他的情绪,很激情地说着,"既然卡券这块可以顺利放手了,那么我们赶紧扩大规模,找新产品去呀。"

方亮才平静下来的心境此时再度紧缩起来,他停下脚步,将身体倚靠在马路上的一棵大树上,以一种疲倦而沉厚的心情,眺望着远处的天空说道,"若雨,你的脑子里怎么总想这些呢?我以前上班时,单位里有个领导,她是个老姑娘,为了排遣孤单和寂寞,强迫自己每天高强度地拼命工作,我们都在背后说她。可你现在已经成家了,不去想想怎么生个孩子或是其他什么的事情,却老是想工作工作再工作,你不累,你身边的人还累呢。"

方亮的表现让常若雨很失望,为什么他的身上会全无斗志,都是得过且过的心态呢?他从来都是这样一个人,只是以前没有结婚,为了追求讨好她,他才一味地迎合她。现在结婚了,他就以为进了保险箱了,身上的惰性一览无遗。他们的结合本来就不是因为惊心动魄的爱情,而是事业上的推助,水到渠成的结果。如果没有这一层的联系,他们之间还有什么?就剩下过日子了,过日子跟谁不能过,为什么一定要跟他过呢?

常若雨仰头看着太阳,锋利的光芒让她眯起眼睛,脑中一片白茫茫的晕眩。才刚结婚就后悔了,这是她没有料到的,接下来的路该怎么走,她心里一点底也没有。

"那我问你,现在你想干嘛?"常若雨看着方亮的眼睛说,她想知道他的答案会不会是回家睡觉,如果是那样,就太没意思了。

"你想干什么,我就陪着你。但我不希望你老是工作工作的,我们需要有休闲和娱乐的时间。"

这句话让常若雨满意,这说明她的老公不是无药可救的,他们之间只是缺乏很好的沟通和互相体谅、黏合。"我们怎么没有娱乐活动了?不是刚从美国回来吗?"

"那是去度蜜月,跟走个形式是一样的。一回来,你就马不停蹄地要去工作工作。你说哪有女人像你这样的?"

被老公劈头盖脸一顿说,常若雨虽说听了心里不舒服也不服气,但毕竟也意识到自己身上是存在问题的,于是那盛气凌人的气势就瘪了下去,换成一副小女人的媚态,"好吧老公,我接受你的批评。这2天我们就好好休息一下,过2天再商量实施创业大计。"

"哦,MY GOD,"方亮败下阵来,"I 服了 YOU,你怎么说就怎么办吧。

人家是嫁鸡随鸡嫁狗随狗,我是娶鸡随鸡娶狗随狗。"

常若雨哈哈大笑起来,前俯后仰,听到方亮委委屈屈地说:你还笑你还笑。她止住了大笑,脸上露出胜利而又妩媚的微笑。她搂住方亮的脖子,响亮地亲了他一口,她知道这是给他最大的奖励和鼓励,小女人和女强人的风格在她身上结合得天衣无缝。

二

仿佛鸟儿在林间鸣叫,这是门铃在响。常若雨不耐烦地说了句:"谁这么讨厌这个时候来?我们都要出发了。方亮,要是是你的狐朋狗友,别让他们久坐啊。"

说完,打开房门,却吃惊地张大了嘴巴,"妈妈?你怎么来了?也不事先打个招呼,要是家里没人呢?"

"没人也没关系,反正我有你们家的钥匙,正好给你打扫一下卫生。"常妈妈说着就进了门,放下手中的各种瓜果蔬菜。

常若雨和方亮无奈地对望一下。

"妈,你怎么买这么多东西过来?你现在的身体还在恢复期里面呢。再说,待会我们就要出发去义乌了,这些水果蔬菜的我们也用不上,你还是打个车回去自己吃吧。"

"什么?真的要去义乌?我还以为你只是说说的。"常妈妈瞪大了惊恐的眼睛。

"当然要去了,我跟方亮商量好了,先去考察一下,看有什么可做的产品。"

常妈妈的目光扫到方亮身上,仿佛在说:都是你的主意吧?你一个大男人没本事,害得我女儿也跟着受累。

方亮尴尬地笑了一下,赶紧解释:"妈,小雨是个有创意的人,你就让她去吧,不然在家跟我搞死了。"

"万一你们把产品做起来了,而你又怀孕了怎么办?"常妈妈的目光重新回到女儿的身上。

"放心吧,现在怀孕的事情还没放在日程上。"

"什么?你们现在在避孕?"常妈妈大喊起来,把常若雨羞了个大红脸,"你都30岁的人了,已经不在优生范围里了,居然还不抓紧?你究竟有没有脑子啊?孰重孰轻你分不清啊?"

"对,30岁的确不是优生年龄,没看过报道吗?女人34岁才是最佳生育年龄。"

"哪里的报道?肯定又是网上看来的。你能不能动动脑子啊?看到什么相信什么,用大脚趾想想也想得出来了,当然生孩子是越年轻越好,一把老骨头了,卵巢功能都衰退了,生下来的小孩怎么可能质量会好?"

妈妈真是太讨厌了,成天就喜欢咋咋呼呼的,当着方亮的面就这样大声数落自己,真是太不给面子了。

见老婆的脸拉长了,方亮赶紧赔着笑脸过来,"妈妈,你误会小雨了,她只是想过几个月再考虑要孩子的事情。我们现在刚结婚,说是去考察商品,其实就是找个借口到处去玩玩散散心而已。"

认识方亮那么久,直到结婚,常若雨对他都没有一种感激的感觉,但现在当她看到他站出来为她说话时,被深深感动了。虽然这是一件极小的事情,也足以看得出他对她的呵护,不舍得她受一点点委屈,哪怕是来自妈妈的委屈。"是啊,妈,我们要走了,你也别帮我们打扫卫生了,我们先送你回去,然后再去义乌吧。"

见女婿如此呵护女儿,常母宽心的同时,心中又有些酸溜溜的。再看女儿,皮肤洁白,散发出光辉,滋润更胜婚前。她知道,该放手把若雨交给这个男人了。

"你们不用送我了,我自己回去,路上顺便逛逛。蔬菜我带走了,水果你们路上吃。"

母亲离开了他们家,常若雨的心中突然泛上一丝空落,妈妈是好心,她倒像个不孝女。

"宝宝,快看看还有什么要带的东西吗?没有的话我们就出发了。"方亮提醒还呆站着的妻子。

"方亮,其实我们不要这么拼搏,在家享受天伦之乐也蛮好的。"

"怎么又突然这么想了?"方亮笑眯眯地问。

"我觉得还是你说得对。"

"我可没说过不要拼搏,我只是说不要玩命地拼搏。这个世界上的每个人都希望能每天什么事情也不用做,大把的钱就从天上飞下来,然后每天负责吃喝玩乐就可以。但这是天方夜谭,没有之前的拼搏,哪来后面的享受?人生是平衡的。先享福的,以后就要吃苦;先吃苦的,以后就可以享福。"

常若雨给了方亮一个拥抱,"亲爱的,你说出了我的心声,原来你并不糊涂。"

"我糊涂的话怎么会讨你做老婆呢?"

"嗯,"常若雨拉长了音,"这倒是,由此可见,真人不露相啊,你就是个老奸巨猾。"

方亮喜欢常若雨跟他这样打趣调侃,就像没有结婚的时候一样。虽然那时候妻子的闺蜜小梅说过这是他不成熟的地方,但正是这种不成熟让他有轻松的感觉,不至于觉得生活的压力太大。

方亮捧起常若雨的脸,重重咂了一下她的嘴巴,"好,我就是个老奸巨猾,现在跟着我这个老奸巨猾出发吧。"

两个年轻人拿着行李,提着水果就出发了。方亮遗憾地心想,"如果真的是去旅游该多好啊。可惜不是,停泊下来要面对很多未知的因素,就像在大海中的航行,谁知道会不会触礁。"

去义乌的车程是三四个小时,在这期间,常若雨拿着小刀削水果,两人你一口我一口的,恩爱异常。方亮的心慢慢完全敞亮起来了,为了这么一个女人,上刀山下火海都是愿意的,何况仅仅是去开创未知领域的事业呢?

下午一点时分,他们到达义乌,找了家旅馆把行李放下,也顾不得休息,就驱车前往义乌小商品市场了。

市场里熙熙攘攘,各种小商品和服装应有尽有,一时间两人就看花了眼,不知道该买什么好。

穿梭了很久,也没有把市场转完,反而越看越没信心了,终于明白什么叫挑花眼了。

"要不就随便买一些吧,挂在网上,看哪个卖得最好,以后就进这种。卖得不好的,自己用也可以,送人也行,你看怎么样?"常若雨提议。

"老婆的话总是对的。"正一筹莫展的方亮听到这话,一阵轻松。

然而即使是随便买,也不可能全部买下,只能挑一些东西。他们决定买日用品,这些东西实用,价格也不贵。

一时间，两个人四只手就都提满了货品。

"先回宾馆吧，明天再继续购物。"方亮说。

常若雨看了一下时间，已经五点了。她点了点头说，"好吧。"

市场很大，两人转了好久才找到出口，已经累得气喘吁吁了。

把所有的东西往后车厢里一放，常若雨说了声，"累死我了，赶紧回宾馆休息去。"

方亮发动起车子，"晚上去哪里吃饭？"

"晚上随便找个地方吃碗面就可以了。"

"啊？累了一整天，晚上吃面条？"

"已经花了那么多钱了，总不见得晚上还要胡吃海喝吧？"

方亮偷笑了一下，自从事业有成后，常若雨已经比他还要节俭了，真是不是一家人不进一家门。

回到宾馆后，困意很快就俘虏了常若雨，她躺在床上沉沉睡去。但是方亮却没有睡意，他在担心，他们两个人这样盲目地摸索着前进，到最后会不会是劳民伤财。

方亮的眼睛在熟睡的妻子脸上游走着，这是他渴望了多年终于得到的女人，别说这个女人是在胡乱地创业了，就算是拿了他的辛苦钱胡乱去买奢侈品也没有什么好抱怨的。这么一想，悬着的心就落到了实处。

常若雨睡醒了，睁开眼睛，看到方亮正笑意盈盈地看着她。

"你怎么不休息？真佩服你的精力，所以以后有关体力的活都得你干。"

"哪次体力活不是我干的？这次从上海开车到义乌，都是我一路当司机的，其中你都没提出过一次换手开开，让我休息一下呢。"

常若雨伸了个懒腰打了个哈欠，"才三四个小时换什么手啊？以后开车去西藏，我们换手开开。"

方亮哈哈大笑起来，他喜欢妻子的这种蛮不讲理，非常可爱。

"好吧，宝宝，以后等我们老了做不动生意了，走不动路了，就开车去西藏玩玩。"

常若雨也被他逗笑了。

"宝宝，现在可以起床去吃面了吧？你知道现在已经 7 点多了吗？我都饿得前胸贴后背了。"

"啊？"常若雨支起身体拿起手机看了看时间，"哎呀，我睡了这么久，你怎么不叫醒我呢？"

"我怎么舍得叫醒你呢？"方亮温柔地看着她说。

常若雨的心像浸泡在放过柔软剂的温水里一样情意绵绵起来，"老公，晚上不吃面了，你想吃什么？我们现在就去吃。"

"好啊，我饿昏了，想吃自助餐。"

"好，自助餐就自助餐，千万别把我的好老公给饿坏了。"常若雨翻身起来，给了方亮一个大大的吻。

"今天我可以吃好多，自助餐的老板今天会亏钱。"

"好啊好啊，我也不能甘拜下风的。到时候看看是你的战斗力强还是我的战斗力强。"常若雨做了个强悍的姿势，这个动作并没有使她看起来真的强悍，反而显得女人味十足。

"你强，肯定你强，一直都是你最强的。"方亮笑着一语双关道。

"哼！"常若雨一甩头发打开门，"快走吧，手下败将。"

方亮哈哈大笑起来，"说你胖你还真的喘上了，小心点，吃不下不要硬塞，小心吃成胃肠炎就得不偿失了。"

"你才吃成胃肠炎呢。"常若雨走在他后面，一脚踢在他的屁股上面，看到他趔趄的狼狈样，她开怀大笑了。

三

从义乌回来后，这对小夫妻就开始马不停蹄地整理物品，一件件地拍照，上传到网页上，事情繁琐又单调。客服们也跟着操劳，把他们的成果再一件件地复制到小号上面去。整整忙活了一个星期，才边接单子边发货，然后见缝插针地把每一样东西都挂了上去。

方亮看常若雨忙了一个星期，人竟然瘦了一圈，脸色也苍白了，不由得心疼不已。

"宝宝，其实我们不用这么赶的，慢慢来又不急的。"

"你这人真是的，这句话都说了好几遍了，现在已经完工，你竟然还在说，都快成了祥林嫂了。"常若雨皱起眉头。

这时方亮的手机短信进来了，他拿起一看，"是石磊，说有一样产品卖得不错。"

"哪一样产品？"常若雨苍白的脸上泛起了灵动。

"你猜。"方亮的脸上现出难以琢磨的笑容。

"你这人真讨厌，我不想动脑筋去猜，快说！"常若雨又开始不耐烦了。

"你是老板，我看看你有没有判断能力啊。"

常若雨的好胜心被这句话给吊起来了，她的眼睛里闪过一丝亮光，"我判断，会是九阳豆浆机或是一些小的常见的东西，比如垃圾袋、抹布什么的。"

"小的东西在挂的时候就陆续有人来买，你也是知道的，所以不可能为这个石磊会专程发个短信来说；九阳豆浆机已经过时了，也不会有人来买。你这个老板，判断力不行哦。"

"那一定是游泳衣，或者是锅子。"

方亮一边摇着头，一边在嘴角绽开了红艳艳的微笑。

"到底是什么嘛，我不猜了，你快说！"

方亮脸上的花彻底绽放了，"宝宝，是我们最后随手拿的牙刷消毒器。"

"牙刷消毒器？"常若雨愣住了，"会是这个？卖了多少了？"

"我们总共也没拿几个，都卖了。"

"啊？没货了？那赶紧去进啊。"常若雨急道。

"宝宝，你别急啊，这样会把自己累着的。我们都不是铁人，需要喘气的时间。"

"好，现在你现在赶紧回去休息，明天一早出发去义乌。"

"天哪，若雨，"方亮吃惊地看着她，"你这个样子，让我的神经每天都绷得紧紧的，会断裂的。"

方亮直接叫她名字而不是宝宝了，说明他的郁闷已经不想掩饰，常若雨觉察出来了，"好吧，你休息，明天我一个人去。"

"啊？"听到妻子说出这么一句话，又见她面无表情，方亮心中一阵发怵，不知道这是什么意思。是生气了？还是在考验他？方亮用力在唇边挤出一个微笑，"你一个人去，我怎么可能放心呢？再累，也要陪你去，做你的司机，当你的保镖。"

常若雨的眼神中露出光芒，带着温暖、冷静、还有力量，"谢谢你，老公，我知道你想偷懒,其实我也想。但我更想趁着还年轻还没孩子多做点什么,一旦有了孩子,就没那么自由了。你能理解吗?"

听着妻子合情合理的话,看着那张百看也不厌的脸,方亮的心灵再一次被温柔占领,"宝宝,从决定要娶你的那一天起,我就说过,我一切都听你的。"

看见方亮紧绷的面部线条逐渐变得柔和,常若雨的心又一次被自信所占领,她不但是个有生意头脑的女人,更是个御夫有术的女人。她笑了,笑容里带着些许的张狂与得意。她拿起手机,打给石磊,让他牙刷消毒器的单子有多少就接多少,先拖着不发货,等她到了义乌会再联系他,看卖掉多少套,然后推算一下再进多少货。

方亮站在一边看着她打手机。她打电话的样子美极了,笑意盈盈地站在一棵梧桐树下,果绿色的裙摆飞扬,耳垂上的金耳环迎风晃动,点点碎碎,盘发被风吹乱了碎发,几丝在额前,几丝在脸庞,说不出的妩媚与明艳。

我怎么有福气娶到这么美丽,这么能干的妻子?方亮再一次在内心里问自己。

"好了,OK 了,我们明天一早就去义乌,当天来回。"常若雨挂断电话,很干脆地对方亮说。

"我们这么来来回回的,算上汽油费,赚不了几个钱的。"

"这个问题还用你说?我早就想到了。若是这个产品真的卖得好,我们就找加工厂自己做了卖,这样成本就可大大降低。不光是牙刷消毒器,任何一个卖得好的产品,我们统统找加工厂代加工。"

"这样行吗?找工厂代加工,量要很大的,万一卖不掉怎么办?"

"所以现在先不找工厂啊,看哪一个东西的量做上去了,再找工厂。"

方亮露出为难的表情,"宝宝,我觉得我们没有必要搞得那么大,风险太大了。"

"有什么风险啊?再说了,风险跟收益是成正比的,什么事情都要勇于去尝试。就像当年的卡券,若不是我想出来找企业签合同,谈返利,哪有我们的今天啊。"

方亮感到自己的脑子不好使了,看着信心满满的妻子,他唯有点头的份。

"我们现在再折回办公室,详细问问石磊情况。"

"啊？再回去啊？"方亮绝望地叫道。

"你不想去就先回家吧，我一个人去。"常若雨白了他一眼。

"我去我去。"方亮赶紧投降。

"我就知道老公最好了。"常若雨高兴地挽起方亮的胳膊，方亮瞬间脸上就笑开了花。

当他们走到办公室的楼下，方亮却突然止步不前了。

"怎么不走了？上楼呀。"常若雨用感到奇怪的眼神看着他催促道。

"宝宝，"方亮停顿了一下说，"我们两个人的时候，你随便怎么对我大呼小叫、耳提面命都可以，但是当着外人的面，你能不能温柔一点？"

"我不温柔？"

"不是，"方亮鼓足勇气把一直想说的话说了出来，"你别老是好像总是都要听你话的样子，我才是老板好吧？你是老板娘。"

"哦，"常若雨拖长了音，"原来是好要面子啊。"心里不满地想道：你要面子，难道我就不要面子了吗？主意明明都是我想出来的，为什么都要归功于你的头上？

"宝宝，我们两个人的时候我会加倍补偿你，加倍对你好的。"

看着方亮哀求的眼神，常若雨回忆着过去，以前怎么没发现他这么要面子呢？

"好吧好吧，不过你也不许对着我摆大老板的架子，让我没面子。"

"那当然那当然，我怎么可能会让老婆大人没面子呢？这个关照是多余的。"方亮赔着笑脸说，"老大请在前面走。"

常若雨上到3楼，用钥匙开了门，看到她的客服们都各自坐在电脑前忙碌，没有人在偷懒，每次都是这样，说明石磊管理有方。

看到他们进来，石磊笑着打招呼，"你们怎么又回来了？"

"收到你的短信，所以回来了呀。"常若雨在他对面坐下，"牙刷消毒器这次拿了两款，哪款销路好？"

"是贵的那种，用进口材质做的那款。"

常若雨点点头，"明白了，我们明天就去义乌进这种。石磊，明天我们不在公司，这里就交给你了。我们尽量当天来回，来不及的话，就后天回来。"

石磊笑了，"没问题，你们放心吧，这里有我。你们去度蜜月这么长时间，公司不是一切正常吗？"

常若雨满意地点点头,一抬头,看到方亮虎着脸站在一边,就突然想起刚才在楼下的对话来。心想做女人真累,不但要忙事业,还得时刻想着给男人面子,凭什么？心里想着不管他,但又担心回去后他生气。虽然他不会跟她吵,但是板着一张脸,郁郁不乐的样子,总是让人不舒服的。想到这里,便扬起一张笑脸对方亮说,"好了,你的意思我已经替你传达了,我们该回去了吗？"

方亮没想到常若雨会这么说,一时似乎很感动的样子,手足无措地结巴着说,"那……那就回去吧。"

常若雨掩嘴一笑,站起来,"走吧。"

走到楼下,方亮突然问,"你是不是觉得我这个人很可笑？无能却又要抢功？"

"看来你还是有自知之明的嘛。"

"你真的是这样看我的？"方亮停下脚步,看着她的眼睛问。

"哎哟,烦死了,我现在没心思想这种无聊的问题。我以前常听小梅说搞文学的男人心眼都小得要命,看来她是个井底蛙,你对文学狗屁不通,心眼还不是照样小得像针眼？"常若雨一下子爆发了,对他怒目而视。噼里啪啦说完这些话,头也不回地大踏步朝前走去。

见常若雨忍无可忍地生气了,方亮慌了神,赶紧追上去陪着不是,"对不起对不起,你别生气,我还不是在乎你吗？"

"在乎我是这样在乎的？你根本不懂女人。"常若雨愤愤地说。

"我是不懂女人。你也知道的,我从来没有对别的女人动心过,你是我的第一个女人。"

常若雨停下脚步,看着方亮恐慌又嬉皮的样子,气一下子消了,她扑哧一声笑了,"看来找张白纸做老公,也并不见得都是好处。"

见常若雨笑了,方亮的心放下来,也跟着笑起来,两人又和好如初,手挽着手朝家的方向走去。

四

这些日子顺风顺水,生意一直稳步向前,所以不管是在家里还是办公室里的气氛都很明快活跃。

"老公,快来看,这些天我整理了上海周边地区的一些工厂的名单,明天我们一个个电话打过去,看哪里价格便宜,就去哪里加工产品。"晚上洗漱过,方亮本想和妻子温存一番,却不料刚上床,还没来得及调节浪漫的情绪,常若雨就递上来一张写得密密麻麻的纸。

方亮扫兴地接过来一看,马上失声叫道,"怎么这么多啊? 服装加工厂,日用品加工厂,五花八门怎么什么都有? 你该不是要把每一件卖得好的产品都送去不同的加工厂加工?"

"那当然,不然怎么做大?"

方亮内心一阵瑟缩,"你太贪心了,虽然我事事都听你的,但这件事不能依你,依你就出大事了。"

"你怎么这么没用啊?"常若雨提高了嗓音。

方才的温情被头痛欲裂所代替,"我一直都反对你这么做的,但是出于对你的尊重和爱,我不敢反对你。但我们对这一块毫无经验,所以不能乱来。你喜欢尝试新生事物,我不反对,但总得一件一件来吧? 你想一口吃个大苹果?"

"你究竟什么意思? 说说明白。"

"先试一样产品,一样样来。"方亮重新把这张纸塞到常若雨的手上,"至于先加工哪一样产品,找哪一家加工厂,你自己决定。决定后,我陪你去。"

"胆小鬼。"常若雨把纸放到床头柜上,"我就知道你会这么说。我也早想好了,先加工牙刷消毒器,具体定哪一家工厂,明天打了电话比较了再定。"

"先加工牙刷消毒器?"方亮诧异道。

"对啊,你刚才不是还说先加工哪样产品由我来决定吗? 怎么我说了你又有异议?"

"总感觉有些不可靠。"

"哪里不可靠了? 那你说呀,先加工什么?"

方亮不说话,躺了下来,背对着她。常若雨嗤之以鼻道,"让你说又说不出来了? 还是听我的吧。"

正僵持着,床头的电话铃响了,常若雨一看来电显示,是婆婆,就不想接了,肯定是来问打算什么时候要孩子的,从没见过有这么猴急的婆婆,好像

187

八辈子都没有过孙子一样。

"哎,是你妈,快接。"她推了推方亮。

"电话在你这边,你干嘛不接?"方亮不满地伸长手臂拿起电话,"哎,妈,这么晚了有事吗?"

家里的电话机是漏风的,常若雨听见婆婆的大嗓门在那里喊着,"已经10点多了啊?我没注意时间,你们已经睡了吗?"

"还没呢,在商量去哪里加工产品的事情。"

"怎么老是商量这种事情啊?你们是新婚小夫妻啊,一点情调也没有。钱是赚不光的,抓紧生孩子是正道,你们两人都三十出头了,打算什么时候要孩子?"

方亮看了一眼常若雨,"等生意上了正轨就要。"

"现在还不算上了正轨啊?别是她不会生,故意找借口的吧?不然这把年纪还会不急着要孩子,一心扑在生意上?"

听了这话,常若雨怒不可遏。看见妻子涨得通红的脸,方亮赶紧说,"妈,你别瞎说,我们两个人都身体健康,怎么能不会生呢?你跟丈母娘的心怎么都这么急啊?现在才结婚多久啊?又不是结婚几年都没孩子。"

"是,你们结婚是没多久,可她不能老是把不急着要孩子这句话挂在嘴上啊。"

看见常若雨在身边坐立不安的样子,方亮知道该挂电话了,"她也就是说说,放心吧,你很快就能抱上孙子的。不早了,早点睡吧,挂了啊。"

方亮的电话一挂上,常若雨就叫开了,"为什么天下的婆婆都那么可恶啊?"

方亮笑了,"你嫁过几次了,知道天下的婆婆都是可恶的?"

常若雨瞪了他一眼,"没吃过猪肉,还没见过猪跑吗?网上、电视上不都是这些吗?还有小梅的婆婆,比你妈还可恶。"

"哎哎,"方亮听不下去了,"我妈怎么就可恶了?不就是想早点抱孙子吗?你妈不也是这种心情吗?成天催着你。你怎么不说你妈也可恶?"

"我不是说这个,而是她凭什么说我是不会生孩子而故意找借口的?这句话什么意思知道吗?就是说我以前是个烂女人,这是对我人格的诋毁。"

"这跟烂女人有什么关系啊?"方亮啼笑皆非。

"不是烂女人能知道自己不会生孩子吗?试过多少回才知道自己不会

生的？或是以前打胎打坏了，才不会生的。"

方亮忍不住又笑了，"扯远了，多心了，我妈就是随口一说，你别往心里去啊，省得以后搞不好关系。"

"还有，以前你没结婚时，她干嘛不催着你随便找个女人结婚，可以让她抱上孙子？凭什么你一跟我结婚，她就猴急成这个样子了？我看想抱孙子是假，嫉妒是真。"

"你想多了，真的是想多了。"

常若雨眼睛一眨不眨地看着他，方亮被她看得心里毛毛的，"你看什么呀？"

"你妈和我都掉进河里，你先救谁？"

方亮哈哈大笑起来，笑得上气不接下气，"先救你，肯定先救你。"

"骗人！"

"真的真的，真的先救你。"

"那还差不多。"常若雨莞尔一笑。

看着妻子光滑的脸蛋和娇嗔的表情，方亮的心开始波动起来，动作开始不安分起来。他胸中爱意涌动，把她紧紧地抱在怀里，爱抚她身体的每个部分，那无可抵挡的女人的气息让他一口口地吞着唾液。看着她脸上的表情也带着神往之色，他就觉得自己已经登上天堂了。

早晨，常若雨醒了，身边的丈夫还在熟睡。虽然已经结婚几个月了，但是好朋友的时间做得太久了，直到现在，她的心里还不能完全适应此人已是她的丈夫这个事实。他们以前是友情，现在是亲情，怎么好像少了爱情这一道呢？是不是别人的婚姻也是这样的？还是她的要求太高？在这世上走了30年，还没有真正地爱过一个男人。她想到了闺蜜小梅写的小说，跟琼瑶阿姨一样，都有轰轰烈烈的爱情。可是现实生活中怎么都不一样呢？她的婚姻，父母的婚姻，公婆的婚姻，小梅的婚姻，都是为了结婚而结婚，不是为了爱情而结婚。

微凉的风从敞开的窗户外吹进来，秋天的味道已经越来越浓了。时间过得真快啊，转眼又是秋天了。常若雨有点感慨，从婚姻到季节，都有点无常又在情理之中的意思。

常若雨不停地翻来覆去把方亮给吵醒了，他搂住她，嘴里嘟囔着，"不好好睡觉,兴奋什么呢?"

常若雨拿开他的手,"你也别睡了,我们出去吃大饼油条吧,晚了就卖光了。"

"你昨天不是买了蛋糕,说今天早上喝牛奶、吃蛋糕的吗?"方亮含含糊糊地说。

"蛋糕明天吃吧,我现在突然很想吃大饼油条。"常若雨拧着他的脸说。

方亮彻底醒了,"怎么跟来喜妈妈一样?你不是有了吧?"

"有你个头啊,"常若雨一戳他的脑门,"赶紧起来,一起去吃早点。"

方亮打着哈欠爬起来,"命苦啊,想睡个懒觉也不行。"

"你已经睡了8个小时了,足够了。"

"好吧好吧,你永远是对的。"方亮不由自主地嘟囔了一句。

"你说什么?"

"我说老婆说的都是对的。"说完这句话,方亮以最快的速度起床了。

他们从小区的后门出去,经过一条嘈杂的街道,来到一条更嘈杂的街上。那里有好多家吃早点的小店,这些店他们都光顾过,选定一家早点做得最好吃的小店,就再也不去其他的店了。

"你们来啦?今天还是两副大饼油条,一碗豆腐花,一碗甜豆浆吗?"老板娘已经认得他们,他们一落座,就招呼上了。

"是的。"常若雨每当在这里吃着这些小时候经常吃的早点,心灵就会被无限地释放出来,变得柔软了。这种氛围,这种地方,让她能充分地在竞争如此之大的市场上感到一种日子的安恬,这种感觉非常好,是从一种从骨头里从心里发出的和睦之光。

她的嘴边漾过一丝微笑。

方亮深情款款地看着她,"宝宝,你真美。"

"真的?"

"当然是真的。"方亮觉得她被生活锻炼得成熟稳重,雷厉风行,但是偶尔又会呈现出少女般的神韵,真是非常完美。

常若雨看到方亮的眼睛里满含疼惜的笑意,就想一直坐下去,多享享这种安逸的乐趣。但是毕竟脑子里要去找加工厂的事情还是占了上风,便催促道,"吃完了就走啊,公司里还有一大堆事情呢。"

"宝宝,其实我真的希望你能在家做个贤妻良母,不要踏进生意圈太深。

要知道那些人都是没有三分利,不念早晚经;当面赔笑脸,背后插尖刀的人。我怕你总有一天要摔跤。"

"嘀嘀,"常若雨怪笑道,"记得几天前你可不是这么说的,你说女人也得要有自己的事业,但不要太拼搏了。"

"对,我现在还是这个意思,像我们现在这样做做就可以了,别再深入了。"

"你这个没出息的,怎么说着说着又来拖我后腿了？老是这样,你不嫌烦,我都烦了。"

见常若雨的声音越来越大,情绪越来越激动,方亮赶紧摆手,"好了好了,算我没说,都是我无能,还要老婆大人成天抛头露脸地打拼。"

"知道就好。"常若雨白他一眼,用力挽住他的胳膊,"走啦。"

方亮的心顷刻又酥了,他的老婆总是这样,打一个耳光又喂一颗糖吃,而他又偏偏就吃这一套,这大概就是所谓的一物降一物吧。

天上阳光明媚四射,地上人影成双,看起来秋天一派干净宁和的景象。清风吹乱几丝头发,在脸的周围调皮地起舞。这个时候的人间看起来倒有点到了天堂周边的意思。

五

经过几番比较,常若雨最终选定浙江余姚的一家工厂作为牙刷消毒器的代加工厂。最主要是价格上的优惠,而且接待者从电话里听起来热情有加,应该是个比较容易打交道的人。热情的人,总能在第一时间留给别人好印象。

理所当然的,方亮又成了她的车夫和助理。在途中,方亮的心中一点底也没有,他也是第一次尝试做这件事情,他觉得这并不可怕,可怕的是他的妻子也是毫无经验,完全是一拍脑袋想出来的主意。想到这里,他叹了一口气。

"叹气做什么？"坐在副驾驶座位上的常若雨问道。

"我昨晚做了一个梦。我们在一个景色优美的地方过着恬静舒适的生活,享受着夏日时光,常常在窗口,在路上,观察着大自然。我们还会坐在园子里小酌一番,一面眺望着湖水,一边谈着趣闻轶事。颇有陶渊明的《归田园居》的意思。可是醒过来却是一场梦,现实是这样的没有浪漫情调,充满了未知、辛劳和盲目。"

常若雨斜他一眼,"这些话真难相信是你说出来的,小梅说说还差不多。你这个俗人真给你过上那种与世隔绝的生活,你又会怨天尤人了。你还是现实点吧,年轻创业时当然辛劳了,天上不会掉大馅饼下来。你羡慕陶渊明能隐居,你也不想想人家多有钱,隐居的话首先你得赚够钱了才行,不然你没有资本隐居。OK?"

不知为什么,每当被老婆教训,方亮浑身都能像被点燃一样迅速热起来。她的声音、语气、话的内容,无一不让人感到舒服。方亮搞不懂自己是受虐狂还是太爱她了,总之,他已不再迷茫,不再抱怨,淹没在能和她一起打拼生活的浓郁的幸福之中。

车开着开着,渐渐路上人影稀疏,行道树也越来越少了,到处是空地、乱世和飞扬的沙土。

"看来你找的这家厂在很郊区的地方啊。"方亮边开车边找路。

"管他在什么地方呢,能合作并愉快就可以。"常若雨探头看着窗外,一条大黄狗从车旁跑过,还好奇地回头张望了一下。

"宝宝,现在已经中午了,这个时间点去人家工厂不合适,我们还是先去把午饭给解决了吧。"

"这个鬼地方好像没有吃饭的地方。"

方亮的面部表情变得僵硬起来,"我有个不好的预感,你找的这个厂家会很不靠谱。"

"没事啊,谈下来若是不靠谱,我们就打道回府好了,就当是去郊游了一番。"说到这里,常若雨突然看着车窗外叫了起来,"快看快看,前面有家小饭馆。"

方亮顺着常若雨手指的方向看去,果然有一家看上去又破又小的饭馆开在那里,虽然肚子已经饿了,但看到这家饭馆,他一点胃口也没了。

"看,窗口还放着一盆松叶菊呢,开得真茂盛啊。"常若雨叫着,"停车停车。"

方亮刚把车停稳,常若雨就窜了出去,直奔饭馆窗前的花,她把鼻子凑上去,闻着这种熟悉的丝丝缕缕的花香,心中有些感慨。

"面对这盆花这么感兴趣?难道是你的初恋情人以前也送过一盆同样的花给你?"方亮停好车,来到她身边酸溜溜地问。

"猜对了一半。我16岁生日那天,小梅送了一盆松叶菊给我当生日礼物。现在看到这盆花,我就想起了小梅,想起了我们的少女时光。"

原来是闺蜜送的,方亮松了一口气。

饭店老板娘看到了他们,十分热情地走出来招呼道,"二位吃饭啊?请里面坐吧。"

"别挑了,我们就在这里随便吃点吧。"常若雨对方亮说道。

他们踏进饭馆,里面几张简陋的桌椅,并没有其他客人。老板娘冲着他们热情地笑着,眼角的鱼尾纹纵横交错。不知为什么,方亮心中有一种进了黑店的感觉,而老板娘,就像是孙二娘。

"我们还是换个地方吧。"方亮扯了扯常若雨的衣袖,在她耳边小声说。

"不要,就是个便饭而已,吃了好去办正事,别在吃饭上面浪费太多时间。"常若雨说完,径自找了张桌子坐下,"老板娘,拿菜单来。"

"我们小店没有菜单,就是些家常菜,你能想到的,我们做出来就是了。"

一听这话,方亮的心情指数马上为零,他用眼一瞟常若雨,却看见她一副漠然的神态,"好吧,就来一盘黑木耳炒肉片,一盘芹菜干丝,一个番茄蛋汤,2碗饭。"

"就这些?"老板娘露出吃惊的表情,"酒水饮料要什么?"

"不要了,吃了我们要赶路,请快一点。"

老板娘答应了一声,就进了里面一间屋子,应该就是厨房了。

"你怎么不问价钱啊?方亮责怪道。

"就这几个菜,再贵也是几十元,有什么好问的。"

但愿如此吧。方亮心想。

不一会儿,菜就上齐了,老板娘的手艺不错,虽说就是简单的几个家常菜,却烧得十分入味。常若雨吃着高兴,得意地对方亮说,"看吧,这就叫经济实惠,吃得开心。"

方亮看看吃得差不多了,这个地方他不想久待,就叫了买单。

"请付180元。"老板娘笑容可掬地说。

"什么?"常若雨一时以为自己听错了,"这几个菜要80元?"

"不是80元,是180元。"老板娘纠正道。

"你抢钱啊?就是去星级大酒店,这几个菜也要不了180元。"常若雨怒了。

老板娘的脸拉下来了,瞬间晴转阴,"什么叫抢钱啊?我们这是正规饭店。五星级大酒店的饭菜有我们新鲜吗?我们这都是自己种出来的绿色菜。再说了,欺负我不懂行是吧?五星级大酒店里一个菜都不止180元。"

老板娘唾星四溅地叫着,却见从厨房里走出一个五大三粗的男人来,满脸横肉,目露凶光,应该就是老板了。

方亮不由心里发怵,他制止了还想理论的常若雨,掏出两张毛爷爷,"找钱。"

笑容又回到了老板娘的脸上,"哎哟,找不出啊,要不送你们两根黄瓜路上吃吧,绝对新鲜绿色有机。阿大,你去拿两根黄瓜给他们。"

常若雨气炸了,正想跳起来,却被方亮一把拉住,拖着往外走,另一只手还接过老板递上来的一个袋子,里面装着两根粗壮的黄瓜。

跑到门外,常若雨用力甩开方亮的手,指着他的鼻子说,"你可真是个窝囊废。"

"这是人家的地盘,你狠什么?谁知道从那间屋子里还会不会再跑出几个打手来,就算没有,光看那个老板,我们能是他的对手吗?"方亮重新拉住常若雨,把她拖到车子跟前,塞了进去。

"我真被你气死了,没用的东西。"常若雨恨恨地说,"光天化日,朗朗乾坤,他们能敢怎么样?电话给我,我要投诉他们。"

"没用的,宝宝,在这方面你还太嫩,一看就是没见识的。"说着,方亮发动了车子。

"什么什么?我没见识?我这就打电话给工商局,让他们把钱吐出来。"

见常若雨掏出手机要打电话,方亮赶紧制止,"别为这点小钱耽搁了大事,这家店若没有打通关节,也不敢这么猖狂。就算你比别的客人厉害,经过一道道艰难的关卡,把你的200元钱拿回来了,但你耗损的精力几百个200元都不止了。"

听了这话,常若雨像泄了气的皮球,"便宜这对狗男女了。"

"只要接下去的事情顺利,刚才就算是破财免灾了。"方亮笑着安慰道。

"可我还是搞不懂,这对夫妻这样做对他们有什么好处?都没回头客了。"常若雨百思不得其解。

"这有什么好奇怪的？你看这家黑店所处的位置，周围住的人不多，而且一看就是些不会下馆子的人。他们主要的客源就是往来路人，周边没有其他饭店，要吃就这一家，所以他们不怕。"

"还真是。"常若雨恍然大悟，赞许地看着方亮，"没想到我的老公还挺有观察分析能力的嘛。"

"那就好好爱他吧。"

常若雨凑上嘴巴，快速地在他腮边"啵"了一下。

那个黄蓉一般古灵精怪、美丽可爱的小姑娘又回来了。方亮欣喜万分地感觉到了。当他的车开到这家电子工厂的门口时，脸上荡漾着的一汪激情兀自没有褪去。

又要进去跟陌生人谈合作了。常若雨想到第一次跟方亮去连锁饭店跟人谈判时在门口时的那种紧张和忐忑，内心涌起了一种莫名的感动，那是一种很温暖很相互支撑的亲人的感觉。

"老公，还记得当年吗？你陪我去好中好餐饮公司谈合同的事情，那时我们还只是普通朋友。但就那一次，你给了我可以依靠的感觉。"

"真的？"方亮还是第一次知道原来常若雨对他的感情是从那个时候起产生的，这番话说得他心里又暖和又亮堂。他握紧她的手，"走，我们进去。"

跟门卫老头通报了以后，在他手指的方向沿着石砌的楼梯朝着2楼走去，却见一个胖胖的中年男人已经在一间办公室的门口等着了，穿着一件浅蓝色竖纹衬衣，烟灰色针织V领羊毛背心，见着他们俩，热情地招呼道："你们就是方经理和常经理吧？"

一番握手寒暄过后，两人进入房间。房间里放着一张小型会议桌，他们三人围着会议桌坐下来。

"路上还好找吧？"那人边递上名片边问。

"还不算难找。"常若雨回答道，看到名片上的抬头是业务经理，"王经理，今天我们把牙刷消毒器的样品带来了，你看看能不能加工。"

王胖子接过样品粗略看了一下就放在桌子上，"这个简单，绝对没问题。我电话里就说过了，我们有现成的模具，直接投入生产就可以了。"

"能保证质量？"

"这个你绝对请放心，我们又不是第一次加工牙刷消毒器。我厂利用高品质紫外线杀菌灯,有效杀菌率可达99.9％,利用电源适配器供电,安全省电,功率仅为7瓦,按每天使用2次,每次8分钟计算,全年耗电量仅为1度;只需按下启动按钮即可自动消毒,15分钟后自动停止,安全省心;消毒器可以拆开,方便清洗。"

看他说得头头是道,全是专业术语,常若雨完全放心了,"那么今天签完合同后就可以投入生产了?"

"那当然,你们钱款到位后马上就加工。"

"能不能先付定金,出货后再将钱款打上?"方亮问。

王胖子的笑容僵化在脸上,"你们怎么意见不统一的啊?电话里不是说好先付百分之八十的吗?不然这个价格也不给你们做啊。"

常若雨瞪了方亮一眼,又笑脸对着王胖子,"王经理,没问题,我信得过你,签合同吧。"

笑容又回到了王胖子的脸上,"常经理可真是巾帼不让须眉啊,佩服!"

受到赞誉的常若雨不由得有点飘飘然,感觉自己真有点京剧里面帽子上插大旗的巾帼英雄的味道。

合同签完,常经理又领着他们在车间门口转了一圈,然后将他们送出厂门,不住挥手道别,一脸弥勒佛一样不知疲倦的笑容。

"我总觉得哪里不对劲。"方亮手握方向盘,却并不发车。

"哎哟,你又不懂,还瞎操心,赶紧找家银行打款去吧,不然资金不到位,不给加工生产的。"常若雨的脸上露出疲倦却又充满希望的神色。

"你为什么答应付百分之八十?万一做出来的东西不合格呢?"

"不是有合同吗?若是不合格,他们是要赔款的。"

"我总觉得你不该一次付那么多。"

"只付定金,那要价就高了,我们就赚不到什么钱了。好了,开车吧,再晚银行要下班了。"

方亮心事重重地发动了车子,他总觉得哪里不对劲,但究竟具体是哪里不对劲,又说不上来,这种感觉就像刚看到那家小饭店一样。他的妻子做事太草率了,黑店不过是损失了200元。但是这批牙刷消毒器,万一失败,可是十几万块钱哪。

六

一晃两个星期过去，每天就是工作、回家，两点一线，即使如此，每天依然是没有多余的空闲时间。人生看起来没意思，但如果不这样，恐怕更没意思。

从办公室里出来，看到天空中一块泼墨状的乌云挡住了红红的夕阳。

"哟，看起来要下雨。"常若雨看着天空说道。

"反正在我们到家之前雨是落不下来的。"方亮在一边说。

"我又不是在担心这个。"常若雨斜睨了他一眼，"王胖子总算把几千个牙刷消毒器赶做出来了，让我们明天去看货，行的话付余款，再让货运把东西运回来。"

"不是说要三个星期吗？怎么才过了两个星期就生产好了？"

"我电话催的呗，网上订的人太多了，真要三个星期才好，我们要顶不住了。"常若雨得意地说，"王胖子这个人还真仗义，让工人为我们加班加点赶制出来了，以后就认准他了。"

"说实话，我心里总是悬空着的，总感觉不那么靠谱。"

"哎哟，你这人可真婆婆妈妈的，就不是能干大事的人。"常若雨极为不满地评价道。

方亮就怕常若雨看不起他，每当她这样贬低他的时候，他总是迅速闭嘴。

谁也没想到，当天半夜就下起了大雨，第二天早上，倾盆大雨混沌了整个世界。

方亮站在窗前说，"雨太大了，今天走不了了，明天再去吧。"

"有车怕什么？再说我已经跟王胖子说好了。我怎么觉得任何事情都能成为你偷懒的借口呢？"常若雨皱着眉头说。她的丈夫可真扫兴，她昨晚为了今天的出发极度兴奋，几乎彻夜难眠，而他却总是一副勉勉强强、别别扭扭的样子。好像不是在为自己打工，而是在替老板跑腿一样。

常若雨把牛奶热了，拆开一包切片面包，"快来吃早饭，吃了赶紧出发。"

"早上就吃这个？干面包？"方亮走到餐桌边不满地问道。

"那你还想吃什么？"

"至少切片面包里要加点东西吧，比如红肠方腿之类的。"

"没有。"

"那总也得煎个荷包蛋夹进去吧？"

"好主意，冰箱里有草鸡蛋，多煎几个。"

"为什么是我？待会我还要长时间地开车。"

常若雨站起来，搂住他的脖子，把自己的嘴唇盖到他的嘴唇上，给了他一个香吻。

这个亲昵的举动让方亮一惊，随即骨头一酥。他乖乖地进了厨房，一边嘴巴里嘟囔着，"男人可真贱啊。"

常若雨在客厅里闷着头笑了个天翻地覆。

吃着荷包蛋三明治，常若雨想到了上次去余姚加工厂吃午饭挨宰的事情，"老公，我们得带些饮料和干粮车上吃，午饭就不要到处去找饭店了。"

方亮扑哧一声笑了，"一朝被蛇咬十年怕井绳了吧？好，吃完早饭我们去家乐福买点。"

"那至少又得浪费掉一个小时，找找看家里有什么，随便对付一顿就好了嘛。"

方亮大口嚼着自己的杰作，"家里什么也没有。"

"怎么会呢？"常若雨将牛奶一饮而尽，站起来说，"我来找。"

方亮看着她翻箱倒柜地找出一包饼干和一袋牛肉干，又把一听啤酒往马甲袋里装，赶紧叫道，"哎哎哎，就这点东西当午饭吃啊？你以为是忆苦思甜？"

常若雨拿起牛肉干在他面前抖了抖，"这么贵的东西被你说成忆苦思甜？"

"可你总得让我吃饱吧？"

"你可真像头猪，就知道吃。好吧好吧，沿途有什么小超市我再下去买点能填饱肚子的东西好了。"

"小超市里能有什么东西？还不就是饼干？"

"有面包和酸奶，足以填饱你的肚子了吧？"常若雨两手叉腰，"你吃完了没有？吃完了赶紧出发。"

"中午已经没东西吃了,还不乘着早上多吃点?"方亮细细地嚼着他的荷包蛋。

常若雨眉头紧锁,叹了一口气,"你什么时候步调能跟我一致就好了。"

"嘀,跟你一致还不每天都处在百爪绕心的状态中了?"

常若雨一个黑虎掏心过去,"你不跟我一致,现在就让你百爪绕心。"

方亮夸张地惨叫起来,张着满口的荷包蛋:"天下最毒妇人心啊。"

常若雨边笑边押解着方亮出门。

方亮被一路押到了楼下,打开车门,他突然又想到了小梅曾经说过的话,你们成天像两个孩子一样打闹,哪里会产生什么男女之情。他摇摇头,他觉得小梅说的是错的,越这样,他越爱常若雨,只是不知道常若雨是什么感觉。

方亮开动着雨刷,叹口气说,"这么大的雨哦,还要赶到外地去。你说除了像我这样的男人会听你的,换了别人早就翻毛腔了吧?"

"别再说这样的话了,我早已听腻了。"

看妻子的表情真的带上了些许失望,方亮就再也不敢讲这种半真半假的话了。

车子在雨路上行驶,常若雨一言不发。方亮偷看她一眼,风风火火的妻子此时看上去情绪有点低落,但是这种低落的情绪使她另有一番忧郁的魅力。特别是今天她穿了一袭黑色的套装,很配现在的这个表情。

欣赏了一会这种别样的忧郁之美,毕竟不说话的两人世界使气氛十分低迷,方亮清了清嗓子打破沉寂,"怎么不高兴了?不会是因为我刚才的那句玩笑话吧?"

"我哪有不高兴?你刚才说什么了?我都忘了。"

"还说没有不高兴?你看你的脸就像一枚开在深秋的月季那样美丽而忧伤。"

"哎哟,真是肉麻死了。"常若雨撅着嘴巴搓着自己的双臂说,"都起鸡皮疙瘩了。"

方亮哈哈大笑起来,凑近她的身体抽了抽鼻子,"你今天洒过香水了?"

常若雨"唔"了一声。

"说实在的,你穿着黑色衣服,擦了香水,又这么个忧郁的表情,女性特质在车里浓烈地弥漫着,我都要意乱情迷了。"

"好了啦,大老粗别学文人了,听上去除了有恶心的感觉没有其他的。"常若雨呵斥道,"再说什么忧郁不忧郁的,我是在担心,你说他们做的产品要是不合格怎么办?"

方亮斜睨她一眼,"你不是一直对胖子充满信心吗?怎么这个时候突然怀疑起来了。"

"不是怀疑,而是我右眼一直在跳,跳得我心慌意乱。"

"别迷信了,大不了人生不得志,回家种地卖红薯。"

"你能不能不要用这样调侃的口气?"常若雨突然火了,"还回家种地,你这个手无缚鸡之力的样子抢得动锄头吗?"

方亮一下子愣住了,他只是想让她轻松一下,却适得其反惹得她这么生气。这让他很有挫败感,甚至觉得是妻子不爱他,所以才会处处看他不顺眼。如果她觉得嫁给他很委屈,不爱他,那他一味地宠着她、让着她的意义何在呢?

"有什么事情需要一大早先是板着一张脸,然后又莫名其妙地发脾气吗?都是我把你给宠坏了。要么我现在把车开回去好了,等你冷静了再一个人开过来吧。"方亮说着就掉转车头准备回家。

"你干嘛?"见方亮动真格的了,常若雨有点慌张了。她以为他已经习惯了这种被她任意欺凌的状态,没想到只是在忍耐,忍到忍无可忍时就爆发了。若是平时在家里,她或许会不理他,杀杀他的威风,但是现在是去办正事,而且是件大事,怎么能够当儿戏呢?"汽油钱不是钱对不对?都快到了你却要开回去,以为小孩子过家家呢?"

方亮不理她,朝着反方向开去。

常若雨火了,一把拉住方向盘,车子歪歪扭扭起来。方亮被吓得脸色煞白,再看妻子那张被气得通红的脸,他不敢再造次,嚷嚷着,"松手,快松手。至于要同归于尽吗?我掉头就是了。"

常若雨放开手,不再理他,靠在座位上,合上了眼睛。

一路上,两人不再说话,只在停车啃吃饼干的时候交流了一下眼神。

到达工厂的时候,雨已经小多了,为了不使王胖子看出两人吵过架,常若雨堆起了满脸的笑容,所以即使方亮在一边板着一张脸,也不能使人怀疑他们之间刚产生过不愉快。

但是真正的不愉快在他们去仓库取货时爆发了。

首先是方亮闻到了一股浓浓的呛鼻的劣质塑料的味道,他一惊,赶紧拿起一只牙刷消毒器放在鼻子下面一闻,顷刻头就炸开了,他愤怒地把牙刷消毒器放在常若雨的鼻子底下,"你闻闻。"

常若雨的脸也变得惨白惨白的,她问王胖子,"为什么你们要拿这种低劣的塑料来做?我不是跟你们说了要用进口材料吗?"

原本笑脸相迎的王胖子像变了个人似的,一脸的藐视相,"小姑娘,你们才付多少钱啊?就想让我们用进口材料做?要让我们倒亏本是不是?"

常若雨急了:"不用进口材料,也得用质量好的塑料呀,用这种廉价的有怪味的塑料是有毒的。本来牙刷消毒器是用来消毒的,这下好了,成了放毒的了。"

"塑料怎么会有毒呢?这种塑料也是合格的产品,什么极其低劣,请注意你的措辞。"王胖子渐渐转为一副凶狠的模样,"再说了,牙刷消毒器是用紫外线来消毒的,又不是用塑料来消毒。你不要再胡搅蛮缠了,赶紧把剩下的百分之二十的货款付了,然后把货拉走吧,放在我们仓库里还占个地方。"

"你们做了不合格的产品,还问我们要余款?"常若雨气得发抖,"我还要你们赔偿经济损失呢。"

"我们都是照着合同办事的,若是你再不付款,货物就别想拉走。"

"对,我们是签了合同的。"常若雨颤抖着手从包里拿出合同,"白纸黑字,你不能耍赖吧?"

"是我们耍赖还是你们胡搅蛮缠?合同上写得清清楚楚明明白白的,先付百分之八十的货款,出货后付余款百分之二十,若余款不付,全部货物抵扣。"王胖子把合同甩得哗啦啦地响。

常若雨眼冒金星,"可你现在用了不合格产品,让我们怎么收货?"

"合同上有规定用哪种塑料吗?你不要睁着眼睛说瞎话!"

这一刻,常若雨知道自己已是满盘皆输,她欲哭无泪,只怪自己经验不足,江湖险恶,人心不古。

王胖子撂下一句话,"我在办公室等你们,你们自己考虑要不要付款拉货吧。"说完,甩着手就走了。

常若雨哭丧着脸看着方亮,希望得到帮助和支持,却看到他脸色铁青,气得一句话也说不出来。常若雨意识到,一场铺天盖地的风暴的来临好像已经不可避免,方亮此时一定想骂她的愿望比骂王胖子还要强烈。

"现在怎么办呢？你倒是说句话啊。这事也不能全怪我，签合同那天你也在，你也没发现合同有哪里不对的。"常若雨带着哭腔说。

方亮终于爆发了，"我那时就对你说，不能先付百分之八十，得先付定金，可你主意大得很呢！你听过我的话吗？现在出事了，又来问我，你怎么不问问你自己？"

常若雨从没见方亮发过那么大的火，她心里又是害怕又是后悔又是悲伤，据理力争道，"现在问题又不是出在先付多少钱的问题上，而是出在塑料上面。"

"你脑子进水啦？你要是只付定金，他们敢拿这么烂的塑料来应付差事吗？"方亮咆哮道，引来很多工人的注目。

常若雨的最后一丝寻求安慰的希望，被方亮的粗暴硬生生地掐断了，她捂着脸朝工厂门口跑去。她一直跑一直跑，似乎就想这么一直跑回家，直到方亮的车子拦在了她的面前。

常若雨喘着粗气，手捂在胸口，说不出话来。倒是方亮，冷着脸摇下车窗玻璃，"你就扔下这破烂摊子不管了？几千个牙刷消毒器，十几万元钱，你就打算不要了吗？"

这条街上冷冷清清，除了他们两个人，连一个人影子也没有，雨虽然已经停了，却更有一阵阵的冷风，携带着几片枯枝败叶吹来吹去。绝望和无助从常若雨内心的某个角落一点点扩散开来，她抖着嘴唇说，"要不，先把东西运回去吧。"

方亮哼了一声，"你觉得这批难闻的破烂货还能卖得掉吗？若现在拿下来，你得付掉剩余的百分之二十的钱，再花上运费把这堆破烂运回去，放在办公室里不但占个地方，还毒害客服们。到时候看来就只能卖给收破烂的人了。"

"那你说怎么办？总不能不要了吧？那就是把钱往水里扔啊。拿回去再想办法，或许便宜点能卖掉，这样还能减少些损失。你忘了那批减肥鞋了吗？因为便宜，所以发霉的，一顺边的也都卖掉了。"常若雨眼里的躲闪消失了，取而代之的是她一贯的不屈不挠的坚毅。

"好啊，不过你得去跟那胖子说一下，他们的东西太次了，余款我们不付了，让他把货物给你。"

常若雨点点头，"那就回去试试看吧。"

车子重新开到工厂门口,方亮说,"你下吧,我在车里等你。"

"什么？你不一起去？"

"你做的破烂事自己去收尾吧,我就不奉陪了。"

常若雨像不认识他一样看着他,这还是那个以前她一碰到困难就挺身而出的仗义男人吗？怎么如今变得这样猥琐冷酷残忍自私？

方亮在这样一种目光逼视下掉过头去,说出了心里话,"我们一起去肯定谈不成,你一个人去,或许胖子会因为同情弱者而答应你的要求。"

"方亮,看来我还很不了解你啊,你够老谋深算的。"常若雨冷笑一声下了车,只感到风一吹,脸上冷飕飕的,眼泪不知道什么时候已经流下来了。

她像踏着云彩一样,整个人都轻飘飘的,来到了王胖子的办公室。王胖子看到她后吃了一惊,只见这个女人脸上的妆容被两道泪痕给冲花了,曾经神采奕奕的眼睛浮肿而疲乏,整个人像遭受了重创一样。

"你……你没事吧？你的同伴呢？"

"他不是我的同伴,他是我的老板,我把事情办砸了,他要处分我。王经理,你能不能通融一下？余款不要了,把货物给我们,可以让我们减少点损失。"常若雨机械地说道。

"这怎么行呢？这事我也做不了主。要是我同意你了,我的领导也是一样要处分我的。"

王胖子拒绝的果断和冷漠让常若雨无限痛苦,当初的豪情万丈此刻都变成了对现实的无奈的低头,她低声下气地求道,"今天你要是不帮我这个忙,我真的回不去了,你就通融一下吧。"

"哎,哎,这怎么说的呢？你这不是在为难我吗？"王胖子犹豫推脱半响,看着楚楚可怜的常若雨,终是动了侧隐之心,"算了,我们各退一步,你就付余款的一半吧,好吧？我估计我这次也要被你害死了。"

常若雨不知道是怎么离开王胖子那里的,一切都好像在梦里,思维是游离的,身体是失重的,心情是茫然的。

方亮看到常若雨木偶一般从厂门口出来,现实的残酷将她美好的理想击得粉碎,才一会会工夫,她的意志就垮了,人也憔悴了。方亮的心一抖,从车里出来,迎上去问,"王胖子不同意对吗？"

"他让我们把剩下的钱付一半就行了。"

"这也算是件好事,那你怎么？"方亮突然一惊,拉住她的手,"那胖子是不是对你做什么了?"

常若雨甩掉他的手,鄙视的目光投向他,"这不是你的本意吗?你让我一个人过去,不就是为了这个吗?"

"我怎么能是这个意思呢?我是说你一个人去容易引起他的同情心,又不是引起他的色心。"

常若雨的嘴角抿出一个讥讽的微笑,随即脸上满布凄凉的阴影,"反正都一样。去打款吧,然后把货物运回去,再过一个月就是双十一了,趁这个机会把东西廉价处理了吧。"

方亮长长地叹了一口气,"这下可亏大了。"

常若雨心中涌起对他的极度厌恶,第一次产生了离开他的念头,这个无财无貌的男人,现在连德都没有了,她还怎么能跟这样一个人生活在一起?

雨虽然已经停了,但是天阴沉得仿佛要压下来一样。

七

堆放在房间里的牙刷消毒器散发出一股股难闻的气味,就是把窗户开到最大,这股味道也散不出去。

"不行不行,方哥。这批牙刷消毒器绝对不能廉价卖出去,赚一点小钱,得来一大批差评外加投诉,绝对是得不偿失的。"石磊捂着鼻子说,"更不能在办公室里放上一个月等双十一到来,我们都会中毒的。这哪是用劣质塑料做的呀?分明是再生塑料,要死人的。"

方亮瞪了一眼常若雨,问石磊,"那怎么办?好不容易运回来的,还再扔出去?"

"你们当初不运回来损失还没那么大,当初运货时看到是这样一批产品,怎么说也不能运回来啊,还付余款,真不知道你们是怎么想的。"

"那不运回来又能怎么样?"看到石磊指手画脚的样子,好像他才是老板,他们成了他手下打工的,正在挨他的训。常若雨满肚子的火不发泄出来,都要憋成内伤了。

"跟他们交涉呗,反正不管怎么样都不能付余款,再付运费把一批垃圾运回来。"

"现在说这些还有什么用？你能说点实际点的方案吗？"

"实际点的方法就是找个收废品的过来，把这批垃圾统统卖给他，不能再放在这里放毒了。"

"什么？卖给收废品的？那不等于是白送吗？石磊，你知道这样一来我们要损失多少钱吗？"

"我觉得石磊说得对。"方亮插话了，"我们办公室人多地方小，放那么多毒品不应该。就算廉价卖掉了，搞一堆投诉更是得不偿失。"

常若雨感到自己都快疯了，"难道你们就没有更好的主意了吗？除了把钱往水里扔？"

"究竟是谁在把钱往水里扔？"方亮的喉咙响了起来，"都是你，常若雨，是你没有经验又自作聪明的结果、恶果！"

常若雨气结，半天说不出话来。却见石磊已经在打收废品的电话了，而方亮对他这种反客为主的做法一点也没有异议。

常若雨眼中泪光摇曳，心中原本就石磊积存的好感再一次荡然无存。

不一会儿，收废品的人就来了，当常若雨看到他们把一箱又一箱的牙刷消毒器搬出去的时候，她的心都要碎了。

她待不下去了，独自回了家。

回到家，她一直无法平静下来，焦躁不安地在屋子里走来走去，连找人倾诉的心情都没有。她不明白一直一帆风顺的自己怎么走起魔窟运来了，更不明白为什么一直对她俯首帖耳的方亮像变了个人。她努力回想着以前，她也经常碰到困难，几乎每次都是方亮帮她渡过难关的，让她感动。现在回想起当初的这种感动来，感到已经被如今残酷的现实稀释淡化到浑浊模糊的地步了。

常若雨蜷伏在床脚，身心疲惫。她就这样蜷伏着一动不动，直到天黑方亮回来。

方亮开了灯，看到床脚的常若雨，被吓了一跳，他满心怒火，根本没有注意到妻子眼里疼痛的意味。

"你倒好，我们为了你的错误忙得臭要死，你先一个人回来躲清闲来了。你知道吗？那批臭牙刷消毒器被搬走后，房间里的臭气却一直散不掉。我、石磊和那两个客服先用清水擦墙擦地，然后又去买消毒水、空气清新剂。边忙还要边接单子。这还不算,最倒霉的是我们得跟每个买牙刷消毒器的客户去解释,说没货了,让他们退款,而本来说是质量没有原先的好,让他们退一部分款,现在又变卦了,客户的意见大得要命,有些人真是蛮不讲理,说要去投诉,说我们浪费了他太多时间,搞个不停。这些售后工作,本来是应该全部甩给你的,可你倒好,躲起来了。好像这公司不是你的,错误也不是你造成的,都是别人的一样。"

是别人的,公司是石磊的。常若雨听着方亮滔滔不绝的埋怨,一句反驳的话也不想跟他说。她只在心里说了这么一句。

"你躲在这里干什么?我还以为你会把晚饭烧好,回来一看,灶头都是冷的。你既然做不好老板,做一个女人也不会吗?"

常若雨终于听不下去了,她嗖地站起来,一把抓住方亮,将他推出卧室,反锁了门。

"你神经病啊?"方亮在外面拍着门,"你自己犯了这么大一个错误,我说你几句都不行了?说你是为了你以后能长记性,不要一拍脑袋心血来潮就去砸钱办不靠谱的事情。"

我刚才为什么要把他推出房门?我应该把他扔出窗外。常若雨闭上眼睛绝望地想。

方亮叫嚷了十来分钟,可能又累又饿,气呼呼地出门了。常若雨听到大门极其响亮地被关上了,屋子里顿时陷入了可怕的沉默。

两行热泪从她的脸上流下,越流越多,越流速度越快。她张开嘴抽泣起来,肩膀耸动着,怎么也控制不了。好不容易控制住,下一波的热泪来得更加激烈。

八

早晨梅风雪送走老公,哄睡吵闹了一晚上的儿子,刚想休息一会,就听见几下沉闷的敲门声,以为是老公忘了拿什么东西,嘴里不耐烦地埋怨着,披头散发就去开门,却见门外站着闺蜜常若雨,扬着一张苍白却愈显生动的瓜子脸无助地看着她。

"啊,是小雨?你怎么了?脸色这么差,还瘦成瓜子脸了?"梅风雪惊叫道。

事实上小梅黄脸婆的形象也把常若雨给雷到了,但她心情极糟糕,没有心思去关注这些,她气若游丝地说道,"能让我进去说吗?"

"当然当然,快进来。"小梅为她让开一条道路出来,指指沙发让她坐,"早饭吃过吗?"

常若雨摇摇头,"没有,而且昨晚一夜都没睡。"

"怎么?跟方亮吵架了?"小梅满意地笑了,好朋友遇到家务事首先想到的是她这个朋友,而不是娘家人,可见自己在对方心目中的分量。

"吵架倒好了,我现在是心灰意冷。"常若雨把涌到喉咙口的眼泪咽回去,把在余姚工厂发生的一幕原原本本地告诉小梅,"回来后,我连一句话都懒得跟他说。可他偏偏还不识相,一个劲地在那里唠叨,数落我。你知道我有多气吗?我把房门锁了,不让他进来睡觉。我一个晚上都没睡着,第二天天刚蒙蒙亮就出来了。我不想再见到这个没有担当的男人,可我又不想回父母家让他们担心,我只有来找你。小梅,你是旁观者,你给我分析一下,这件事情难道真的全是我的错吗?"

"我觉得这件事情你一点错误也没有,谁生下来就什么都会的?不都是边学边做吗?不就是亏了十几万吗?而且从理论上来说,这十几万还都是靠你赚到的,况且天又没塌下来,吃一堑长一智呗。比起那些婚后不上班要靠老公养,或是虽然有份收入,却不停地购买奢侈品的女人,方亮娶到你已经是烧高香了,他却不知足。你平时这么努力,而且也很节俭,这次不过是交了一次学费而已。他却不能容忍,不安慰还在伤口上撒盐,真没看出他是这样一个人,以前无论你做了什么他都笑嘻嘻地为你挺身而出,原来都是装的呀,一旦娶到手,小市民的真面目就出来了。"

"你是这样看的?我没错?我还一直以为我犯了个大错呢。"常若雨激动的情绪已全然消去,脸上换了一层淡漠哀怨的薄雾,她的声音显得格外凄凉。

"那当然了。"

"那我现在该怎么办呢?"她一阵迷茫。

"先在我家住几天冷冷他,然后看他的认罪态度,如果态度不诚恳,没有意识到自身的错误,那就一拍两散好了。"

"啊。"常若雨轻轻地叫了一声,"他不知道我在你这里,我怕他会去我妈家找我,我不想让我妈知道这件事情。你知道我妈现在还是乳腺癌的治疗修养期呢,不能心事太重的。"

"他要是够聪明,会知道怎么做的。他如果蠢到要闹得满城风雨,那就离婚好了,离婚了你总是瞒不住你妈的。"

想到要跟方亮离婚,对他的恨意和讨厌竟然减轻了。常若雨看看在床上熟睡的宝宝,说道,"我住在这里会不会太打搅了?而且我睡在哪里呢?要不我还是去外面旅馆住吧。"

"你还拿我当不当朋友啊?还当的话就不许说这种话。晚上你就睡小房间,我跟宝宝睡大房间,让陈志华睡客厅沙发。"

一股暖流从常若雨的心中涌出,到底是闺蜜啊,关系就是不一样。"晚上我、你还有宝宝一起睡大房间吧,陈志华还是睡他的小房间好了。"

"好吧,如果你不嫌宝宝吵的话。"

这时,小梅的儿子醒了过来,小家伙睁着两只骨碌碌的大眼睛,好奇地看着家里的客人。

"宝宝,你醒了?"常若雨朝他拍拍手,小家伙咧开嘴笑了,常若雨被一种母爱的冲动包裹住了,抱起了沉甸甸的"小石头","好重啊,小梅,你每天带孩子做家务也很辛苦的,还有心情和时间写作吗?"

"早就没有了,不过即使我现在有时间和精力,也不会写了。"小梅给常若雨倒了一杯牛奶,拿了一个面包放在桌子上,然后伸手接过孩子,"你去吃点东西吧。"

"为什么呢?"常若雨边吃边问。

"现在这个社会没有关系什么事情也做不成,文坛就更是这样,都是关系户。出书也好,发小说也好,都得要认识人。"

"可你以前不是靠自己投稿还发表过一些文章的吗?"

"那是以前,现在不行了,世风日下。"

"别退了几次稿就没信心了呀,人还是要有追求的。"常若雨看着蓬头垢面,衣衫不整的小梅说,"你看你现在这个邋遢的样子,哪里还有从前仙风道骨的样子啊?"

小梅冷冷地苦笑一下,"追求?追求一个穷行当?写作是养不活自己的,有这点精力用在其他地方早就发财了。就比如你,如果当初也选择写作这一条路,你现在兴许还在要饭呢。可看看你现在,都有两套房子一辆车子了,我即使写一辈子,也写不来其中的任何一样东西。"

"那你打算转行?"

"没想过这个问题,先把儿子带大吧,没有其他精力了。"

"那把孩子带大以后呢?"

"我也老了。"

常若雨吃惊地看着小梅,以前弱柳扶风的才女气质已经消失,取而代之的是一个理想破灭,又被生活压弯了腰的家庭妇女,似乎也失去了一般生活的干劲和兴致,只边围着锅台和孩子转,边絮叨就是一辈子了。

"中午想吃什么?"小梅问。

才吃了早饭她就在想午饭吃什么了?常若雨心中突然感到一阵悲哀,她觉得小梅仿佛天生就是个悲剧人物,以前为了躲避母亲,成天躲在外面偷偷地写作,像个流浪者;现在又被家庭琐事牵绊住,什么理想和抱负都没了,已经活得没有自己。

"我来了你就不要忙了,中午我们去吃点点心,晚上我请你们全家下馆子。你也别买汰烧了,又带孩子又做家务是很累的。"

小梅叹了一口气,"有钱真是好啊,可我把我的青春都献给写作了,到头来却是一事无成。"说着,她一只手搂着孩子,另一只手扯过一张面巾纸,很响地擤起了鼻子。末了,她看到常若雨吃惊的神态,有点不好意思地说,"我有点感冒,你不介意吧?"

"不不,当然不介意。"常若雨看着面前这个陌生的女人,脑子里努力搜索着她从前的影子。无论喜怒哀乐,都让人觉得是世外仙姝一样优雅,举止淡定,注意形象。可现在这个人,常若雨都有点怀疑这不是一个人了。

"哎呀,每天就是带孩子做家务,从生完小孩到现在,我就没好好休息过。可我老公和婆婆就以为我有多闲一样,一直叨念着孩子要早点进托儿所,这样我就能早点去上班了,不能老是闲在家里。每次听到这些话,我都怒不可遏。我婆婆好像没生过孩子,没带过孩子一样,难道她不知道带孩子比上班要累一万倍吗?还说这样的话。还是你好,你婆婆和你老公都不敢这么对你。虽说这次你老公做得有点过分,但我想过不了几天他就会后悔的,就会低三下四地来求你回去了。知道为什么吗?不是你的命好,而是你能赚钱。经济决定地位。我如果能早点参透这个道理,哪会花上十几年的时间去摸索着写作啊。生活就是个大学堂,教会了我很多东西,可是参透了这些道理又有什么用呢?我都30出头了,学历又低,又没一技之长,我能去做什么工作?就算找到工作,还不是又辛苦钱又少的那种?我若年轻十岁,一切都可从头开始,可是现在后悔已经晚了。人来到这世上一遭不知道是干嘛的,好像就是为了受苦来的。"

小梅喋喋不休地诉着苦,发着牢骚,常若雨越听越心酸,不是因为这些话的内容,而是原来那个气息如兰的小梅真的已经死掉了。

"小梅,要不你睡觉吧,好好休息一下,我抱孩子出去晒晒太阳。"

听到常若雨这么体谅自己,小梅无神的眼睛熠熠地闪起了兴奋的光亮,嘴角也带出了开心的微笑,"小雨,你真有心。不过这么多日子下来我已经习惯了,我就是累,我不困。我们好久没在一起这么谈过心了,今天我真的很开心,真的,小雨,能跟你说说心里话我真的是开心极了。"

看得出来,结婚这两年来,不如意的生活像幽魂一样深深伏贴在小梅的心上,使她没有喘气和诉说的机会,今天闺蜜来了,她找到了宣泄口。常若雨静静地看着她,让她一吐为快。

"你说做人辛苦吧?做女人就更辛苦。本来陈志华的表姐给我介绍的工作做着还不错,可领导知道我怀孕后,老是给我小鞋穿,那是逼着我辞职啊。幸亏我生了个儿子,如果生的是女儿,我敢肯定,我婆婆肯定会挑唆着她儿子跟我离婚的。"

"小梅,"常若雨打断她,"既然你觉得经济决定地位,那你就不该让家务和孩子牵绊住你的手脚,你把孩子给婆婆或母亲带,自己去找份工作做,业余的时候也别放弃你的写作,虽说你觉得这是没有前途和金钱的事情,但是它至少能提升你的气质。而且,说不定只要你坚持,还是会有好的结果的。"

小梅摆摆手,"在没有任何背景的情况下,靠坚持写作来得到好的结果,这概率跟遭雷劈一样小。让我婆婆带孩子?得了吧,她会肯?这可是个享乐型的老太太。至于我妈,更不靠谱,她成天去喂流浪猫流浪狗,哪有心思来管我。小雨,你说说看,一个人成天对着猫狗献爱心,却对亲生女儿不闻不问,这人真的有爱心吗?"

常若雨都快听哭了,"别这样说,一切都会好起来的。听我的没错,等儿子上了幼儿园,你就去上班,再找个钟点工来做家务烧饭。业余的时间不要放弃你的写作,一切都会好起来的。"

"拉倒吧。你以为我这样一个要学历没学历,要一技之长没一技之长,更没有社会关系的人能找个月薪几万的工作?还找个钟点工来烧菜烧饭呢,赚的钱说不定还不够付她工资的。写作写作,我以前没结婚的时候,上着班都没空写东西,现在又要上班又有孩子,倒有空写作了?就算有那么一点点空,你认为我还会怀着少女般的情怀去写那些一文不值的文字吗?"

眼泪终于从常若雨的眼眶中流出来,她不知道自己为什么要流泪,只觉得小梅不该过这样的日子,更不该对生活抱怨这么深。是什么样的生活和绝望让一个曾经那么美好的女孩变成了一个怨妇。

看见常若雨的眼泪,小梅慌了神,"哎哟,你怎么哭了?"

常若雨赶紧擦掉眼泪,"不是,是我昨晚没睡觉,眼睛酸的。"

"那你赶紧去睡吧,我不吵你。"

"不,我跟你一样,很累,但不困。"常若雨强颜欢笑道,"等你的陈志华下班回来,我要好好说说他。"

"他回不回来还不知道呢。"小梅撇撇嘴,"因为我要带孩子嘛,所以晚饭都烧得很简单,他就常常不回来吃饭,总是跟狐朋狗友出去吃饭。"

"太不像话了!"常若雨皱紧眉头,"你们经济这么拮据,他却把钱花在这种地方。看你这么累,他也不搭把手,什么人呐。你现在就打电话给他,让他晚上不要安排饭局,就说我请他吃饭。"

"太好了,我这就打电话给他。"听到晚上可以不用辛苦烧菜,闻难闻的油烟味了,小梅神采飞扬。

给陈志华打完电话后,小梅又开始滔滔不绝地数落起婆家人的种种不是来,然后又感慨年轻时浪费了太多时间,若把精力用在其他地方,日子早已不是现在这样了。常若雨听着听着,发现已不像第一次听那么感叹了,有点漠然,再听到后面,就昏昏欲睡了,到最后,眼皮就耷拉下来,再也睁不开了。

等她醒过来的时候,已是黄昏时分,婴儿的哭号吵醒了她。睁开眼睛,一时脑子有点短路——我这是在哪里呢?现在是早上几点?

"你醒啦?"小梅出现在沙发前,"看你睡得这么香,我就没敢叫你起来吃午饭,你现在饿不饿?我给你拿些点心过来。"

常若雨清醒了,想起来自己已经离家出走了,不由得心中一阵黯然,"对不起,昨晚一晚上没睡,不由自主就睡着了。"

211

小梅抱着孩子坐到她身边,"别难过了,你比我要幸运多了。"

已经停止哭泣的婴儿看见醒来的常若雨,睁着两只骨碌碌的大眼睛看着她,婴儿身上的奶香和尿臊味那么浓烈地向她拂来,让她心中母爱泛滥,从小梅手中抱过孩子,"别不知足了,你有他,就等于有了全世界。"

"有他是等于有了全世界,但有他也就等于失去了全世界,没法重新开始了。"小梅苦笑一下,"你帮我看会孩子,我去换身衣服。你这么光彩照人的,我这么个邋遢形象,等会出去晚饭都没法站在你身边了。陈志华说晚饭不要你请,他来请。"

"这不行,说好的,我已经给你们添麻烦了,怎么还能让你们破费呢?"

"是朋友就别说添麻烦这样的话。"小梅嫣然一笑就进了卧室。

常若雨抱着小婴儿坐在沙发上,婴儿很不安分,两只手挥舞着东抓西抓,突然就对放在沙发上的常若雨的包发生了兴趣。一把抓过来,摸索着把拉链拉开来了,在里面一阵乱摸之后,掏出手机来,然后拿在手上,好奇地反复摆弄着。

手机已经关机,现在被婴儿拿出来,常若雨又是一阵伤心,她跟方亮从认识到现在已经快10年了,从来没有红过脸,这次却决裂到要离家出走的地步,不知道他有没有打过她的手机。

婴儿把手机举到她面前,呜呜叫着,好像在叫她开机,他要玩。

常若雨心潮起伏,一方面她也想开机看个究竟,一方面又不敢开机,怕自己心一软就跟着方亮回去了。她不甘心,这次他伤她这么深,不能就这么算了。

见常若雨没动静,婴儿烦躁起来,在她身上上窜下跳着,呜呜的声音更大了。

"宝宝,不许跟阿姨闹。"换好衣服的小梅出来了,呵斥着儿子。

常若雨一抬头,看到小梅穿了一身紫罗兰丝绸的长袖连衣裙,腰间系着一条飘逸的同色长绸带,长发梳理整齐,披散在两肩,没有戴首饰,也没有化妆,却有一番清新动人的韵味,跟刚才的黄脸婆判若两人,依稀找回了点从前的影子。

"呀,你真漂亮。以后你每天都打扮得这样美丽动人多好,老公看了开心,自己也舒心。"常若雨赞道,连宝宝也看呆了,不闹了。

"等你自己生了孩子就知道了,这是不切合实际的。每天忙着孩子转,穿得这么好是一种浪费,我不是少奶奶。"小梅虽然嘴里这么说,但是原本已经习惯于单调生活操作的她,换了一副装扮,自己都觉得变得自信和充满活力起来了。

"我要是生了孩子,我就找个保姆,再加上双方父母来搭把手,肯定不会把自己搞得衣衫不整的,我还是要有自己的事业的。"

"当然,你是有钱人嘛。"小梅揶揄道,"哎,你先前不是说要离婚吗?怎么又打算跟他生孩子了?"

一说到跟方亮的婚姻关系,常若雨的方寸整个儿都乱了,一下子又回到了痛苦中去了。小梅见状,赶紧岔开话题,"怎么陈志华还没到?干脆我们直接去饭店吧,先把菜点起来。"

常若雨点点头,跟着小梅来到楼下的餐馆。在等待的过程中,她先给每个人点了一份布丁。小梅把孩子放在饭店的小孩专用座位上,用小勺子一勺一勺地喂着他;若雨则低着头,一口一口无情无绪地咽着布丁。

吃完布丁,宝宝似乎还很不满足,呜呜叫着还想吃,小梅就把自己的布丁也给他吃了。常若雨看着这幅母子图,觉得做母亲很辛苦,但也很幸福。她看着看着就呆了,暂时忘却了自身的痛苦,融入到了这种母子亲情里面去了。

突然,小梅的眼里掠过一丝喜色,顺着她的目光,常若雨看到陈志华朝她们走来了。

陈志华先是跟常若雨打了声招呼,然后就在儿子的小脸蛋上面亲了一口,可能是胡子扎到小宝贝娇嫩的皮肤了,他叫了起来。小梅一把推开老公,"老实点坐好,看你把儿子都弄疼了。"

看着这一家三口,常若雨愈发觉得自己是多余的一个人,回归家庭的欲念就出来了,她不由自主地掏出了手机。小梅眼尖嘴快,"怎么?想开机接受方亮的道歉了?"

"哦,没,没有。"被看破心事,常若雨红了脸,把手机放了回去。

"就是嘛,好不容易走到这一步,不逼他几天怎么对得起自己。小雨,千万别心软,一定要乘胜追击。"

"又不是打仗,还乘胜追击呢。"陈志华在旁边嗤笑道,"本来很简单的家庭关系,就是被你们这些女人给搞复杂的。常若雨,你别听梅风雪挑拨离间,夫妻之间最忌讳冷战,有什么矛盾说开了就好了。赶紧开机。"

"夫妻关系没这么复杂,但也绝不是那么简单的。"常若雨的话语里有些感伤。

"真的,听我的没错,夫妻间忌讳冷战。"

常若雨避开陈志华的眼睛,"再说吧,菜来了,快吃吧。不够再点,今天我请客。"

见自己的意见没有被采纳,陈志华讪讪地笑了一下,举起了筷子。

九

晚上,窗外一团漆黑,风声压倒一切。常若雨躺在温暖但是陌生的床上,身边睡着闺蜜小梅和她的儿子。他们的呼吸已经很均匀了,说明已经睡熟。但是常若雨却一点睡意也没有,离开了方亮,离开了家,离开了她的网店,她的心一下子就腾出了闲来无事的胡思乱想的空间,也比没有离家出走时更感孤独。不知道这一天来方亮有没有着急地找过她,妈妈有没有知道这件事情,如果被妈妈知道了,事后她该怎么解释呢?方亮和妈妈的影子,以千万个不同的形式在黑暗中出现。常若雨再也躺不住了,她悄悄地下床,拿上自己的手机,去卫生间偷偷地开机了。

卫生间比卧室要冷多了,常若雨裹紧身上的外套,一想到会有无数个短信跳出来,她的心都颤抖了。但是令她瞠目结舌的一幕出现了,手机静悄悄的,竟然没有一个短信。刹那间,她觉得胸前有一种压力,使她闷得几乎窒息。她都失踪一天了,她的方亮竟然一点都不着急?

她听到卫生间门口出现了一个熟悉的叹息声,是小梅被她惊醒跟出来了。这声轻微的叹息,让常若雨的整个胸部都剧痛起来了。她太不争气了,让小梅看笑话了。她拉开卫生间的门,不敢看对方的眼睛。

小梅微微一笑,掠一下头发,"卫生间冷,回床上去说吧。"

常若雨挂着脸,跟着她回到房间,然而暖和的被窝已经不能温暖她一颗冰冻的心。

小梅打开床头的小灯,看到常若雨的眼睛深深地沉浸在泪光下,透出一股绝望之色,她吓了一跳,"小雨。"

"我明天就回家,跟他离婚。"常若雨别过头去说。

"唉,本来我不想告诉你的,但既然你这样,我不说不行了。其实白天的时候你睡着了,方亮给我打过手机了。"

"什么?"常若雨重新回过头去,"你别安慰我了。"

"我骗你干什么,你看通话记录,这个号码是不是你们方亮的?"小梅把她的手机伸到常若雨的眼前。

常若雨看了一眼,马上就释然了,"那你怎么跟他说的?"

"我把他教训了一顿,他也知道错了。本来说要来接你的,我让他过几天再来,写好深刻的检查再来,等你的气消了再来。"说到这里,小梅忍不住咯咯笑起来。

"那他怎么知道我在你这里呢?他该不会已经打给我妈了吧?"

看到常若雨紧张的样子,小梅又笑了,"放心吧,你的方亮没你想的那么蠢。他说了,他先打给我,若你不在我这儿,他就发短信给你,要是你一天都不回他,他才打给你妈。你妈那么凶,他很怕她的。"

常若雨嘴角上牵了一个苦笑,"老实人现在也有心眼了。"

"方亮可不是老实人,他那是大智若愚,否则,怎么能娶到你呢?他用小猫钓鱼法,慢慢地就把你这条大鱼给钓到了。"

"千辛万苦钓到的大鱼,怕是现在要脱钩了。"常若雨虽嘴上这么说,心却又重新活跃了起来。

"放心吧,鱼跑不了,早就在网里了。"

"你真讨厌,还是不是我的好朋友了?胳膊肘老是往外拐。"

"别没良心好不好?我若不帮你,你还会躺在这里吗?早就让方亮把你给接回去了。"

常若雨默默地瞅着小梅,眼神专注而又凝滞,"我还要在你这里住多久?"

"怎么?已经想回去了?你这没出息的。这么快就妥协,哪能给他一个深刻的教训啊。"

"说得对。关灯,睡觉!"想到方亮曾这样冷酷而残酷地对待她,常若雨软下去的心又坚硬了起来。

渐渐的,睡意浮了上来,然后全是乱梦。中间听到婴儿的哭声,不知是现实里还是梦中,她不愿意睁开眼睛。

当天刚蒙蒙亮,婴儿就醒了,吵闹起来,小梅抱着他起来做早饭。常若雨仍在胡乱的梦中疲惫地沉浮着,她不愿意醒过来,醒来有很多她不愿面对的事情,不如就这样一直在乱梦里好了。

接着,她听到陈志华起床洗漱的声音,再接着就是他上班关门的声音。她努力睁开眼睛。

"你醒了?你可真能睡,平时懒觉睡惯了吧?"小梅抱着儿子笑意盈盈地站在床边说,"同样是女人,凭什么你的命就比我好那么多?你要不是我最好的朋友,我都快嫉妒死你了。"

常若雨不好意思地笑了一下,"我早就醒了,但你老公在外面,我不方便起来。"

小梅把儿子往床上一放,然后哗地一声拉开了窗帘,一拥而进的光明充满了屋子。看见这明媚的阳光,常若雨的心情也好了许多,她对小梅说,"要是方亮再打电话给你,你就吓吓他,说我要自杀。"

小梅扑哧一声就笑了,"谁信哪?谁都知道爱财的人是不会自杀的,因为她留恋自己的财产,哪怕只是一小点,你都那么多了,怎么可能去自杀?"

"什么?你说我财迷?"

"别不承认了,不财迷能这么辛苦地去开网店,还搞出那么多花头来?还不都是为了钱?"

常若雨一摆手,"跟你没法沟通,我去洗脸刷牙了。"

"我给你开一支新牙刷吧。"

"不用,我带着一次性牙刷。"

"你可真是准备充分啊。"小梅叹为观止。

常若雨苦笑一下。

在常若雨洗漱和吃早饭的当口,小梅又开始絮叨起自己的不幸来,光是数落婆婆的罪状就数落了半个小时,接下来的一刻钟数落陈志华的种种不是,最后一刻钟又在悲叹自己的命苦。都是老生常谈,都是昨天说过的内容,今天再重复一遍。一个小时,常若雨洗漱完毕,吃完早饭,收拾了碗筷,感觉自己的双耳长满了老茧。

"别老是抱怨生活,家家都有本难念的经,总是盯着不好的地方看,不是自己给自己找不舒服吗?我觉得你的日子还可以,至少比上不足比下有余。即使你的生活真的像你描述的那么低劣平庸,也要耐心地好好过完每一天,况且它并不像你想的那么糟,起码在我看来,你的日子还是安逸的。"常若雨劝慰道。

"哟哟哟,看你好像心胸开阔得跟阿Q一样,那你还离家出走干什么?刚才是谁让我跟方亮说某人要自杀的?"小梅讨厌这样的说教,她希望得到的回答是两人一起愤世嫉俗,一起痛诉社会,一起痛诉男人,一起痛诉老妖婆。这样一本正经的开导让她觉得受到了侮辱,于是伶牙俐齿地反驳道,"说别人都一套一套的,事情落到自己身上了,别说是抱怨了,干脆实际行动就出来了。"

常若雨久久地看着小梅,"你真的变了,你以前是不善言辞的,我妈还老说你三棍子打不出一个闷屁来。"

"就许你变,不许人家变?"

"我怎么变了?"

"你以前清纯可爱阳光灿烂,你再看看现在的你,厉害、世故。"

小梅掷地有声地扔出了这句话,把常若雨给噎住了。见一向凌驾在她之上的朋友一副目瞪口呆的样子,小梅的脸上开始有了笑容,语气也缓和了许多,"一会陪我去买菜好吗?"

常若雨吐出一口气来,"不是说好了吗?我在你就别烧菜了,我们下馆子,我请你们全家。"

"昨天你已经请过了,一次就好。"见常若雨还想坚持,小梅说了实话,"我知道你有钱,不在乎几顿饭。但是这样在陈志华看来,我愈加显得无能了。"

这句话让常若雨无比心酸,她的眼角落下一滴眼泪。难道男人衡量女人有用没用,是看钱多少来定位的?世风日下到这种程度了?

"你怎么了?"小梅吃惊道。

常若雨赶紧抹去眼泪,"这几天眼睛一直发酸流泪。"

小梅笑了,"想方亮想得一晚上没睡着吧?"

常若雨的眉毛揪成了一团,"你再这么调侃我,我就走了。"

"走到哪里去?回家?"

"住旅馆去,也赛过在你这里受气。"

见常若雨真的生气了,小梅不敢再造次,忙自己的家务事去了。常若雨百无聊赖地坐在沙发上,帮小梅看着孩子。想到自己的家,想到父母,想到她已经很具规模的网店,想到亏掉的钱,想到以后的路,心里是一千个一万个放不下。在小梅家才住了一天就像住了一年那样无聊,她想到了那句老话:金窝银窝不如自己的草窝。她长长地叹了一口气,又望了一眼自己的手机,忍住不去按开机键,不能这么便宜了方亮,他伤她伤得太厉害了,她需要在这里疗伤,哪怕无聊死,也不能让这个可恶的男人顺心。

小梅的儿子双手勾住她的脖子,咿咿呀呀的,兴味浓郁地研究着她的脸。

"小宝贝啊,外面太阳这么好,你妈怎么把你关在屋子里呢?走,阿姨带你出去玩。"说着,常若雨就抱着孩子下了楼,走到洒满阳光的小区里,找了张靠背石椅坐下。空气中布满了初冬的甜蜜味道,常若雨放眼望去,在小区里带孩子晒太阳的都是老太太们,只有她一个是年轻人。带孩子是甜蜜的,也是无聊的。

此时,小梅也下来了,笑着朝他们走来,"嗨嗨嗨,你们可真像一对母子呢。听我的,雨儿,抓紧也生一个。"

"你看小区里带孩子的都是老年人,你这么年轻就被孩子绊住了手脚,你觉得有意思吗?"

"生活怎么样都是没意思的。"小梅坐下后抱过孩子说。

"看你这心态。要不你再来我这里当客服吧,不敢说这活有多大意思,至少能有收入,回到家可以不必看老公的脸色,婆婆对你的态度也会好转,人就是那么势利。"

"都一样。"小梅说,心想,来你这里当客服就得看你的脸色,与其看你的脸色,不如看自家老公的脸色。

"你是觉得这活太低级,配不上你?"

小梅不敢正视常若雨婉约光洁的容颜,"我这样的人能有地方要我就很不错了,还说什么低级高级的。但是我不能来你这里,来了以后朋友都不是了。"

"你是还在怪我以前?就是那件事?"

小梅苦笑一下,"现在孩子还小,还离不开娘,以后再说吧。我现在要去买菜了,你是陪我去呢?还是继续留在这里等我?"

"别去买了吧,晚上我请你们。"

"我说过了,这不行。"

"你的难弄还是跟以前一样,没变。"常若雨哈哈笑了一声,"你自己去吧,我抱着孩子在这里晒着太阳等你。"

小梅离开后,孩子开始闹腾起来,常若雨不知道他是因为饿了还是想撒尿拉屎还是想睡觉,或是想妈妈了,怎么哄他都不行,累得腰酸背痛都快哭出来了。

就在她一筹莫展的时候,一双男人的手从她怀里抱过了孩子,常若雨定睛一看,竟然是方亮。只见他抱过孩子,上下举动,嘴里说着,"坐飞机咯,我们坐飞机咯。"孩子被他逗得咯咯直笑。

常若雨心头一暖,脸上却是一凛,"你怎么来了?"

"我一早就发短信说要来接你。"

常若雨想起自己一直未开机,当然收不到短信了。她一把夺过孩子,"你滚吧,我不想看到你。"

方亮不语,常若雨可以感觉到他可怜巴巴的眼神,但她没有朝他看,目光不想跟他有任何接触,她的心还在疼,那是被伤害后还没来得及痊愈的疼。

孩子又哭起来了,常若雨手忙脚乱地哄他还是没用。方亮把他抱过去了,回到方亮怀中的小家伙神奇地不哭了。

"看,小孩子都知道谁是好人谁是坏人,你太凶了太霸道,连小孩子都不要你。"

听到方亮这句扬扬得意的话,窝在常若雨心里的愤怒就更是澎湃了,像拍打着海堤的怒涛一样撕扯着她的心,"呸,小人就喜欢找坏人这句话你不知道啊?我看你这倒霉胚子被小人找上要更倒霉了。"

听到这话,方亮没有生气,反而笑了,"还有什么比你离家出走更让我倒霉的了?我知道错了,以后无论你做了什么我都不说你好不好?只要你别离开我就行。"

常若雨心中的怒火平息了,但还是不甘地别过头去不理他。

"你妈昨晚打电话来了,问我你的手机怎么关机了。我说你的手机坏了,拿去修了,现在正在洗澡,不方便接听电话。宝宝,这样的谎话是瞒不了多久的。你妈现在还在手术恢复期,你不希望她为你担心吧?"

母亲是她的软肋,而且住在小梅家实在无聊透顶,常若雨是真的想回去,但是她不甘心,不甘心就这么回去了,她还是不能原谅方亮给她造成的伤害。

"宝宝,你知道没有你的生活,日子有多么难熬。白天还好,忙忙碌碌就过去了,晚上我一个人独守空房,那种凄凉。睡到半夜醒来,我以为你还在旁边,但是伸出手去一摸,床是空的,手摸到的床面是冰凉的,就像我的心一样。"

常若雨听了这些煽情的话,心里也酸酸的,但是依然不想就这么便宜了他。见她不说话,方亮又说,"你有什么要求尽管提吧,我都满足,只要你跟我回家。"

常若雨心中一动,主意已有,"这可是你说的。我可以回去,但我们晚上必须分床睡,如果你不同意,我们就离婚。"

她以为方亮会不同意或是发火,但是他却说,"我同意,就当是我们还没结婚,让我再重新追求你一次吧。"

"这你也答应?你不怕睡到半夜,一摸床是冰冷的?"

"那不一样,你回家了,即使不在一张床上,也在一个家里,那感觉是不一样的。"

"早知现在,何必当初。"常若雨嘟囔了一句。

"你说什么?"方亮竖起耳朵。

常若雨白了他一眼,不再理他。

两人就这么坐在长条石椅上等小梅买菜回来,还抱着一个孩子,倒像是一家三口。抱着这个温软的孩子,方亮的心也软软的,他好想要一个自己的孩子。可惜现在跟常若雨的关系没法缓和,回去后还得分房睡,不知道什么时候才能有自己的孩子呢。想到这里,他叹了一口气。

远远的,小梅就看到方亮已经来了,见他们坐得那么近,以为已经和好了,走近却看到常若雨板着一张脸,方亮一脸尴尬。

常若雨接过小梅手里的菜,冲方亮努努嘴,"好了,把孩子给小梅,你走吧。"

"不是说好一起回去的吗?"方亮一脸无辜。

"我说了会回去,但没说跟你一起回去。你先走吧,我还要跟小梅说几句话。"

方亮看了看她们两个,说了句,"谢谢你,小梅,我走了,让小雨早点回来哦。"

见方亮走了,常若雨也不想多待,"我帮你把菜拎上去吧。"

"怎么?送我上楼后你就打算走了?"小梅抱着孩子边走边问。

"我不想再给你添麻烦了。而且这次我回去并不是向他妥协,而是在考验他。我们分房睡,就像没结婚一样。我看他的表现。"

"那过不了两天考验就会结束的,这两天他一定会大献殷勤。"

"不会的,这次他伤我太深,我不会就这么轻易原谅他的。"

说话间已经到了楼上,常若雨放下菜问道,"你又要烧菜又要带孩子,怎么忙得过来呢?"

"我都是趁着孩子睡觉的时候抓紧烧菜的,晚上吃的时候热热就行了。"

常若雨悲悯地看着她,"这样你太辛苦了,至少该请个钟点工。"

"我命贱,没这么好的福气,反正人生就是熬呗。"

常若雨倒抽一口冷气,小梅嫁的这是什么老公,一点也不知道心疼老婆。跟陈志华比起来,方亮算是头号好男人了,真是不怕不识货就怕货比货。想到这里,对方亮的厌恶转变成了庆幸。

常若雨离开了小梅的家,这个家让她窒息,小梅也凡俗得叫人想逃,但是真的逃开了,她的心又好痛。这是个缺乏爱的女人,她也想多给她一点爱,可她只是个朋友,想给爱也给不了多少,只有来自家人的爱才是治愈心灵创伤的良药,可她不是她的亲人,心有余而力不足。她深深地叹了一口气。

十

常若雨回了家,心里打定了主意,拿起冷淡的武器来对付方亮。方亮识相地搬到了次卧里去睡觉,两个人同在一个屋檐下吃饭、工作,说的话却是最简单的,总是问答型的,方亮问:饿了吗?常若雨答:不;方亮问:一起去公司?常若雨答:嗯;方亮问:累了吗?常若雨答:没。

这样的相处让方亮极其痛苦,但他知道不能强求,只能让时间冲淡常若雨对他的怨恨。他也清楚地知道,常若雨嫁给他不是因为爱情,而是因为他对她无微不至的关心,如果这种关心没了,常若雨对他所有的感情也就没了。这个醒悟虽然让他痛苦,但他不敢有太高的要求,只要每天能看到妻子就行了,他相信自己可以重新感化她的。他不奢求自己能成为她的至爱,只要能是至亲就可以了。妻子回家的这段日子以来,再次赢回她的信念是他最无望的时候心里的那点阳光,是他荒芜中的一点翠绿。

这天公司里一下子走了两个客服,新的客服还没招来,常若雨和方亮两个人一直忙到很晚才准备回家,晚饭也是在办公室里跟客服们一起盒饭了事。

回去的时候天已经很晚了,他们并肩走到小区里,看到围绕着小区的河水升起了潮湿的雾气,在小区路灯的四周形成充满浪漫气息的光晕。方亮看了心中一动,赶紧叫常若雨:"小雨,你看,多漂亮。"

常若雨顺着他的手指看了一眼,嗯了一声。

"我们在河边坐一会好吗?以前你最喜欢坐在河边了。可是后来一直忙于生意,都没有这样的闲情雅致。今天也不用回去烧饭,睡觉还太早,就坐一会好吗?"

常若雨犹豫了一下,想想回家也是一个人把自己关在屋子里没劲,不如就在外面呼吸一下新鲜空气。她径自朝河边的长椅上走去,兀自落座。

虽然常若雨没有搭理他,但是她的行动说明他的提议符合她的要求,方亮大喜过望地坐到她的身边。

常若雨扭头看了一眼他,但眼神只在一瞬间碰撞了一下,便移开了。虽然她想也不要逼得他太紧,但是曾经的伤害还是让她不能释怀,她这才明白想得通和放得下完全是两回事。

"小雨,你什么时候才能原谅我啊?我知道是我错了,我不该把钱看得那么重。"方亮抓起常若雨的一只手急急辩解着,他受不了那样冷冷的眼神,还不如骂他或是暴打他一顿来得舒服。

"你一向都把钱看得很重,但是在钱和我之间,你是把我放在第一位的,但是你现在本末倒置了,已经把钱放在了第一位,你很让我吃惊。"常若雨抽回手冷冷地说。

"怎么可能呢?你比我的命还要重要,不管是跟什么东西或什么人比,你都是最重要的。那天是我懵了,我急了,我不知道该怎么表达,让你误会了。"方亮更紧地抓紧她的手说,让她感受到他男性的躁动。

常若雨的心动了,她再强也只是个女人,跟天下所有的女人一样,希望有个男人对她的爱情恒久远,像钻石一样经得起任何东西的打磨。可能方亮说的是真的,他不是爱钱超过爱她,而是太傻了,情急之下不知道该怎么处理问题。

河边的空气新鲜寒凉,常若雨抱了一下自己的双臂。这个动作给了方亮表现的热情,他迅速脱下自己的外套,披在常若雨的身上。

"回去吧,你会受冷的。"常若雨说。

"我说过的,要重新追求你的。我再陪你坐会,我不冷。有你在身边,再恶劣的环境就我来说都是天堂。"方亮的话语里逐渐增添了抒情式的热情。

常若雨的眼睛湿润了,她把外套披在方亮身上,"傻瓜,冻病了你就不能工作了,你想让我更忙更累吗?"

常若雨的语气和这个动作一下子感染了方亮,他激动地搂住她说:"宝宝,我就知道你是关心我的。我爱你。"

他还想说:每天跟你同住一个屋檐下,相见却不能相亲,是一种强烈的吸引,又是一种无处不在的压迫。他过够这样的日子了,他想要以前的生活。但他没有说出来,因为他的眼泪已经流出来了。

常若雨被他紧紧地拥抱住,没有看到他的眼泪,她的目光所及之处,只看到清淡的月色把四周都笼罩得朦朦胧胧的,就像她的心,不知道该怎么办才好。但是他的拥抱和他颤抖的话语让她知道他真的是很爱她,爱到不知道该怎么表达的程度了。

周围很冷,但方亮的怀抱很温暖,让常若雨想起了她的网店开了两周年时他们特殊的庆祝方式。那一天更冷,他们相拥在冰冷的湖边,抱团取暖。往事如烟浮上脑海,她心里的乌云,就像被一道犀利的阳光给刷拉一下划开了,一片晴朗的天空展开在眼前。她同样讨厌这种同处一室却不能相亲的方式,没有了爱和温暖,再华丽的家也是坟墓,她不想要再进坟墓。每天两个人介于仇人和陌生人之间的那种关系,没有丝毫乐趣可言,人生苦短,实在没有必要自己跟自己过不去。

邻居重重关门的声音惊醒了常若雨,她睁开睡眼惺忪的眼睛,看到了从窗帘与墙壁间漏进来的晨光,再看睡在她身边,还在沉睡中的方亮。她想起来了,昨晚他们已经和好了。她在心里长长地舒了一口气,总算可以不用板着脸装哑巴了,这几天都快把自己给憋死了。

和方亮的危机是过去了,其间大家都再也不敢提加工产品的事情了,但是常若雨不甘心十几万就这么打了水漂了,如果把它看成是付了一堂学费,那么这场失败就具有意义了。想到这里她兴奋起来了,推了推还在睡梦中的方亮,"起来了,起来了。"

要是在平时,方亮一定会翻个身说声:再让我睡一会。然后继续呼呼大睡。但现在不同了,危机刚刚过去,他不敢掉以轻心。一骨碌坐起来,"怎么了?怎么了?"

"太阳晒屁股啦。"常若雨拖长了音,然后翻身下床,一把拉开了窗帘,外面的阳光明亮地洒了一房间。

方亮让这阳光刺得恍惚了一下,"很晚了?"

"九点多了。"常若雨说完,张开双臂,以一个热烈的拥抱扑过来,"起来我有正事跟你商量。"

他活泼而又可爱的妻子又回来了,方亮刚才还惴惴不安的心高兴极了,他的喜悦之情溢于言表:"说什么商量,老婆大人吩咐就好了。"

常若雨又爬上了床,钻进被子里,"我想啊,牙刷消毒器我们是失败了,这是因为经验不足。俗话说得好,吃一堑长一智,我们这笔学费不能白交,得再去实践了。"

"你还要做牙刷消毒器?"方亮瞪大了吃惊的眼睛,他低估了常若雨把公司做大的想法炙烤着的胆量。他以为经过这一番伤筋动骨的惨败,她至少也得过个几年才能缓过神来。

"是不是做牙刷消毒器倒不一定,也可以做其他产品。"与方亮的震惊表情不同的是常若雨一副风轻云淡的样子。

"你想做什么?"

常若雨慢条斯理地挑了挑眼皮,"其实这几天虽然在跟你冷战,我的脑子却一刻也没有停过,已经有方案了。"

"什么方案?"方亮紧张地问,心里在说:千万别又是傻主意,我们禁不起再一次大亏了。

"我们只加工两样产品,是有季节性的东西,一样是夏天的,一样是冬天的。这个灵感我是从我们的卡券里得出来的。你看我们冬天卖沐浴券,夏天卖游泳票,这两样东西都是主打,其他卡券都是配角。那么做实体,也要做这种季节性的东西,那么一年四季都不会有闲着的时候。我们请的这些客服才能尽我所用。"常若雨放机枪似地一口气嘟嘟嘟说了一通话。

"想法是不错,可是落到实处还是有难度的。季节性的东西具体是什么呢?做了未必销路好啊。"方亮满眼的疑窦像阴天的乌云。

"所以才跟你商量,所以才要去尝试呀。"常若雨浑身上下洋溢着生动的精力。

"呵呵,你还要去尝试。"方亮浅笑着,眼神却是冰冷无奈的。

"你怕了?缩了?"

方亮犹犹豫豫地看着妻子,常若雨的神态带有几分孩子气的任性,又带有几分女人特有的娇媚。为这样一个女人值了,哪怕亏钱,也总比失去这个女人好。方亮一咬牙说,"谁怕了?大不了就是再交一次学费,我交得起。"

"不会再交学费的,我们好好商量一下,不打无把握的仗。"

"要不现在去办公室吧,跟石磊商量一下。他是老员工了,人又聪明,跟他商量一下比较好。"

"不好,我不看好这个人,说了好几次要辞职了,还不是变相地要加工资?现在他一个人的工资都快赶上两个客服了。我不希望被他知道太多。"常若雨断然拒绝。

"我以为你已经对他没有看法了,怎么成见还是那么深啊?我们的公司成立一年多了,换了多少个客服了?但他一直没有离开,这么多客服都归他一个人管,我们省了多少心了?要求加工资这不过分的。若是上次加工牙刷消毒器事先跟他商量一下,肯定不会搞得那么惨。"

常若雨被他呛得半天没说出话来,使劲地白了他一眼,"先吃饭吧。"

"想吃什么?"

"想吃麦当劳。"

"什么?一早起来吃垃圾食品?你懂不懂养生啊?早饭要吃得好,吃得清淡。我们去喝粥吧。"

常若雨虽然知道油炸食品很不利于健康,可还是难以抵挡它的香辣鸡翅和草莓奶昔的诱惑。最近压力大,特别喜欢吃重口味的东西。"不想喝粥,只想吃麦当劳。"

"好吧,我去洗漱,你换衣服。"

常若雨偷偷地笑了,这才是那个对她百依百顺的方亮,她实在不习惯会反驳的那个方亮。

在麦当劳里,常若雨吮着奶昔说道:"就在这里商量吧,我不希望外人知道我们太多的内幕,石磊毕竟只是个客服而不是合作伙伴。不是有句话说吗:教会徒弟饿死师傅;害人之心不可有,防人之心不可无。他学得越多,对我们越是不利。"

方亮嘴角挤出一丝笑纹,"你说什么就是什么。"

"我昨天想了一晚上,决定夏天就卖游泳衣,可以配合我们的游泳票一起卖;冬天就做贴身穿的带羊毛的那种衣服,我记得你以前说过认识奉贤的一家服装加工厂,厂长人很厚道,价格更加公道。"

方亮涩涩地笑了一下,"你想得倒很美,你是想做服装啊,找我认识的服装加工厂做,至少不会上当受骗?"

"对呀。"

"可是我跟那家厂早就没联系了,电话号码什么的也都丢了,好多年没联系了。"

常若雨用质疑的目光看着他,"骗我的吧?"

"我骗你干什么?真的联系不到了。"

"你想办法联系一下,找你以前的朋友,看看他们能不能找到。如果实在找不到,就只能我们去找陌生人做了。说实在的,我真怕了陌生人了,别又做出一堆次品来。"

"就是啊,别又碰到王胖子这种人,所以我说这个计划还是缓一缓吧。"

方亮的这句话将常若雨推到了恼怒的境地,她一拍桌子,"难道所有的人都是王胖子?你真是没用。我给你三天时间,你去想办法把你奉贤的老朋友找出来。找不出来,我就去找别的厂家。这件事情不能缓,做事情就是要一鼓作气,一缓,气就散了。"

方亮被教训得灰头土脸的,他埋头大口地啃着汉堡包,不再说话。见他这个样子,常若雨气得吃不下去了。

抵触情绪归抵触情绪,但老婆的吩咐是不敢不听的。一连三天,方亮都在找那个名叫赵辉的奉贤老板。他和赵辉的共同朋友本来就不多,要么就是也失去联系了,要么就是对方也没了赵辉的联系方式。

今天已经是第三天了,若还是找不到赵辉,常若雨就又要去找陌生厂家了。虽说卡券这块都是他们一起去找的陌生企业,但经过王胖子的事情之后,方亮真是怕了,他和常若雨经验都不足,万一哪里出个纰漏,他不敢想下去了。他不是亏不起钱,而是亏不起自信了。他不像常若雨那样时时有着梦幻、理想和斗志,从开一家小淘宝店到如今有了自己的办公室,请了好几个客服,他已经很满足了。每年都有可观的稳定收入,他目前想做的就是怎么样去捍卫这一块辛苦耕耘来的沃土,不想再发展更多的土地了。他的想法不敢跟常若雨去说,因为他知道,只要他说了,他的这种小农思想一定会被她嗤之以鼻的,从而更加看不起他。

"怎么样?还是找不到赵辉?"5点离开办公室后,常若雨边走边问方亮。

"你看现在天已经冷了,你再做冬天的保暖内衣已经太迟了,等做好,冬天也快过去了。做夏天的游泳衣,现在做也为时太早了。所以找赵辉不用那么急,再给我几个月时间。"

"几个月时间?开玩笑吧?"常若雨很不满地叫道,"做那两样东西只是我的初步构想。你当我为什么要找赵辉?那么多服装加工厂我为什么不找别人?因为他是你的朋友,而且以前合作过一直没问题,这是个值得放心的人。我们可以坐下来一起谈,他这个工厂最擅长做什么,然后我再根据谈话内容最终定下来做什么。若是找陌生厂家,我没经验,这样风险就大了,你明不明白?当务之急是要尽快找到赵辉,实在找不到,只好找不认识的人,做我说的那两样产品了。"

听到常若雨的那句"我没经验,这样风险就大了",恐怖的回忆就窜进了脑海里,方亮再也不敢马虎了,"好,我明天就开车去奉贤,一路问过去,奉贤就这点大,总能问到这家厂的。"

"你记得厂名?"常若雨惊喜道。

"记得。"

"你怎么不早说呢?可以去工商局网站查得到的。你这头笨猪,浪费了我三天的时间。"常若雨用手指头用力戳了一下方亮的额头。

方亮捂着额头讪讪地笑了一下,"我不是没想到你决心那么大嘛。"

"好了好了,你就是榆木脑袋,真气死我了,很笨很笨的你。"

"不笨能找你当老婆吗?"方亮嘟囔了一句。

"你说什么?"

"讨个普通女人可能我要轻松多了。"

常若雨冷笑两声,"人要知道知足狗就不吃屎了。现在还来得及啊,反正还没孩子,我们离婚,财产一人一半,清爽吧?你马上就能找个普通女人去过日子了,优秀的女人难找,普通的女人满大街都是。"

见她生气的样子，方亮开怀大笑了，"我再傻也不会丢了西瓜去捡芝麻的。常若雨，你想找借口甩掉我？痴心妄想吧。我这辈子就是盯牢你了。"

"去死吧！"常若雨恨恨地丢下一句，朝家的反方向大步走去。

"宝宝，你去哪里？"方亮忙不迭地跟上来。

"反正要离婚了，要你管？"

方亮一把抱住她，"你要离婚，我只好去死了。"

"哎呀，放手，别人都在朝我们看呢。"常若雨使劲地掰他的手。

"跟你在一起，我早就不要什么面子了。"

见方亮一副小孩子耍赖的样子，常若雨心中本来的无名之火，就像阳光下的雪花一样，不知不觉地消融了。

"再不放手真的离婚了啊！"

一听这话，方亮赶紧放手，常若雨扑哧一声笑了，"今天放你假，晚上不要你烧饭了，我突然想吃羊肉面。"

"来点白切羊肉，再来点羊肚羊肝，还有一个羊杂锅？"

"哎呀，你都快变成我肚子里的蛔虫了，我都快爱死你了。"常若雨搂住方亮，重重地亲了他一口。

百变小魔女。方亮觉得这个词用在常若雨身上最合适了，一个魅力无穷的女人就应该是这样的，可以让人心甘情愿地为她肝脑涂地。

#

常若雨从车窗外看出去，上班的人流浩浩荡荡，行色匆匆。查到地址后，他们一大早就开车去了奉贤，不一会儿，车就堵在了高架上。像是心有灵犀，知道他们堵在路上会寂寞一样，石磊不停地打来电话，不是沐浴券青黄不接了，就是餐饮券卖光了。

"真是的，昨天我们都在时他干嘛不说？"常若雨不满地对方亮抱怨道。

"他也没料到今天生意会突然这么好。我估计我们下午赶不回来的，要是明天再去拿的话，各种卡券堆在一起集中发要手忙脚乱的。要不让石磊自己去取票吧？我们只需要停一下车，找家银行，把钱打进他的账户里就可以了。"

常若雨的心一抽,"什么?你要让石磊一个人去拿票?你就这么信任他?"

"他也不是第一次去拿了,你赌气住到了小梅家,正好断货,我身体又不舒服,就是让他去拿的。"

"什么?"常若雨气急败坏,"方亮,你的脑子是不是被屎塞住了?你让石磊知道太多,学会太多,万一哪天他不干了,自立门户了,你哭也来不及。"

方亮的脸也板了起来,"我信任石磊,他不是那种过河拆桥的人。即使退一万步来讲,他真的离职了,那也不影响我们,他拿他的货,我们拿我们的货,井水不犯河水。又不是他拿了货,人家就断了我们的货了。"

常若雨气不打一处来,"你这人真是又蠢又耿,我跟你说不通,你等着吧,有你吃苦的时候。"

方亮摇着头,"妇人之见。"

常若雨又想发作,但忍住了,一会要去见赵辉,心中憋着怒气肯定不行,得从内到外都流露出舒心的样子来。但当他们找了一家银行把钱打进石磊的账号里去的时候,隐隐有不祥的预感还是抓住了她的心。

有了地址,沿途又问了一些人,奉贤的工厂总算找到了。这家工厂没有门卫,方亮和常若雨在门口停好车子就进去了。常若雨正纳闷怎么也没人阻拦他们,就听到一声断喝,"你们找谁?"

他们停下脚步,看到一个五六十岁的老妇人虎视眈眈地看着他们。常若雨正心想这个老太太怎么这么厉害啊?却见方亮像看到亲人一样朝她走过去,"老娘娘,你不认识我了?我是方亮呀。"

那个被方亮称为老娘娘的老妇人露出满眼的狐疑,"方亮?"

"是啊,赵辉在吗?"

"你找赵辉?"

"对呀,他在吗?"

老娘娘抬起头,冲着楼上用跟她瘦小身体挂不上号的嘹亮声音喊道,"赵辉,有人找你。"

从二楼的一间办公室里应声出来一个敦实的中年男子,看到方亮,明显很高兴的样子,"方亮?你怎么来了?怎么也不事先打个电话?快上来坐。"

方亮和常若雨喜笑颜开地上楼,赵辉惊异的眼睛看看常若雨,方亮赶紧介绍道,"这是我的老婆。"

赵辉看常若雨的眼神已带着浓重的异性色彩,"这么漂亮的老婆怎么被你骗到手的?"

方亮得意地揽过常若雨的肩膀,"我老婆最大的优点还不是漂亮,而是能干,怎么样?眼红了吧?"

"别瞎说。"常若雨拨开方亮放在他肩上的手,"现在我们到这里来,我的身份就不是你老婆了,而是合作伙伴。"

方亮笑弯了腰,"对对,是合作伙伴。"

"进来坐吧,别站在门口了。"

随着赵辉的招呼,方亮和常若雨进了办公室的门,坐在一张布艺沙发上,这张沙发上堆着一些碎布和线头。

"赵辉,最近在做什么?"方亮用一次性杯子喝着绿茶问道。

"刚接到一批订单,婴儿睡袋,这几天一直在赶工。你现在在哪里高就啊?今天过来是不是又是给你们老板带生意来的?对了,你离职后又去哪里高就了?"

"猜对了一半。今天过来是给你带生意的,但不是给什么老板干,我早就跳出来单干了。"

"哦?"赵辉的眼睛里放出异彩,"自己做老板了?看不出来啊,小方亮现在出道了。准备做什么?"

方亮用充满情意,无所顾忌的目光看着常若雨说,"做什么,让我老婆跟你谈吧。我们这里是老板娘做主,老板不做主。"

"呵呵,你们开夫妻老婆店了?不错啊。主要做什么的?"

见两个男人都看着自己,常若雨清了清嗓子说,"我们是做淘宝的,一直做卡券这块,现在想拓展业务,做些衣服什么的。"

"原来是开网店,想做衣服在网上卖?这个衣服成本可不会小啊。"

见赵辉无形中略略露出不屑的神情来,常若雨不卑不亢地说:"我们的网店现在已经颇具规模了,有自己的办公室和仓库,手下员工也有五六个,如果服装这块做起来,会继续扩展人员的。还有就是你放心,你跟方亮虽然是朋友,但我们一切都按正规方式来,该签的合同,该付的款,一分不会少。"

赵辉的眼中流露出越来越浓厚的赞许,"方亮啊,你讨到这个老婆是前世修来的。"

"这句话也是我常常说的。"方亮笑着说。

"你们想做女装?"赵辉继续问道。

"不是的,我想做夏天的游泳衣和冬天的贴身内衣。"

"游泳衣我们没做过,贴身内衣倒是可以的。"

"其实也并不一定非得做这两样东西,今天来就是想跟你商量一下,你们最擅长做什么,我们也可以考虑做。"

"除了游泳衣,我们都擅长做。"

"那好,"常若雨站起身,"今天来就是跟你初步了解一下情况的,我们回去先在网上做一下调研,看哪个好卖,回头再来找你。"

"没问题。"赵辉给了他们一人一张名片,然后拉着方亮的手说,"这么多年没见了,别这么快就走,中饭还没吃吧?我领你们去吃。下午再参观一下我的工厂。"

"好啊。"方亮看向常若雨,"反正我们公司里的事情都安排好了,今天不用赶着回去了,就多在这里跟赵厂长聊聊吧。"

常若雨欣然同意。

一行三人在工厂附近的饭店吃了顿午饭,然后回到工厂参观了各个车间,每个女工都头也不抬地做着自己手头的活。

"我发现开家工厂也不错。"常若雨在方亮耳边小说声。

"你别吃着碗里看着锅里的了,你哪有那么多资金。"方亮在她耳边小声说。

"我又没说现在,我是说以后有了钱可以考虑。"

常若雨是个有想法的人,方亮这次不再觉得她是异想天开了,只要她愿意去想,那么时机成熟后就会去做的。她的能力是一座矿,只要有时间和机遇就会被陆续开采出来。

"你们如果做衣服的话,肯定还要做吊牌、塑料袋和盒子,我附近的小工厂都有得做,你们要去看看吗?"一圈转完,赵辉发问了。

常若雨沉吟一下,"那些都是小事情,今天就算了,等确定下来做哪种服装再去看吧,也好顺便针对性地谈一下价格。"

赵辉眼里赞许的目光越来越浓厚,"好啊,那就这么办吧。"

临出门时,赵辉用力握住方亮的手说,"老朋友,你福气真好啊。"

方亮咧开大嘴笑了。

"老婆,我发现你现在越来越漂亮了。"方亮边开车边不住扭头傻笑着看着常若雨说。

"才知道啊。"常若雨没好气地说。

"怎么？心情不好？"

"找到赵辉了，怎么会心情不好？看起来这是个实在的人，跟他合作应该是可以放心的。方亮，虽说你这个人没什么才能，但是认识的人还真不少呢。你也不是完全没优点的嘛。"

"你就这么看低我？你仔细想想，你有今天，虽然跟你自身的努力是分不开的，但最终还是靠我，不是么？"

常若雨一愣，虽然她一直都看不上方亮，但细想他的话，她的每一步成长还都是靠他一直在边上扶持着，没有他，就根本没有今天的自己。从某个侧面来说，方亮的作用似乎更大一点。他们两个人其实分不出谁更有用一点，分开来，都什么也不是，组合在一起，却能汇成强大的力量。她想到了姻缘前定这句话，方亮就是老天爷为她量身定做的终身伴侣啊，无论是在生活上还是事业上。

"方亮。"她动情地叫了一声。

"嗯？"常若雨突然如水温柔，让方亮一时没回过神来。

"你要是再能英俊一点点，就完美无缺了。"

"嗨，我当你要说什么呢。我要是个大帅哥，你现在的日子肯定没这么好过，你会时刻处在危机感当中的。而且大帅哥肯定不会对你百依百顺，倒过头来你得对他百依百顺。"

常若雨笑了，"你真会说话，而且每句还都能说得这么有道理。"

方亮突然把车靠边停了下来。

"怎么了？"常若雨惊讶道。

方亮的唇吻了过来，他的唇温柔暖和，久久地压在常若雨的唇上。这一吻，让他们相识相交多年以来，他对她的好，点点滴滴地涌上心头，化为感情的激流在常若雨的胸中冲荡，最终凝成感动的泪水，不动声色地涌出眼睛。

#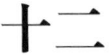

因为心中装着事情——服装厂、石磊、卡券，常若雨一晚上都没睡踏实，索性很早就起床了。刚一吃完早餐就拉着方亮来到办公室,客服们也才三三两两地来上班。

"你们怎么这么早就来了?"石磊露出惊讶的表情。

"昨天生意很好,怕你们忙不过来,所以早早过来帮忙。"常若雨微笑着回答,"昨天货进得还顺利吗?"

"我们人手够,你们不用担心。昨天我进货发货一切顺利,你们清点一下吧。"

方亮刚想说:你办事我放心,不用清点了。却见常若雨朝他使了个眼色,这句话就没有说出口,帮着妻子一沓一沓地清点着卡券的数量。

"没错。"清点完毕,常若雨把卡券重新锁进抽屉里。

"你们昨天去服装厂谈得怎么样?"石磊问道。

常若雨在他对面坐下,"今天我一早来就是想过来跟你说一下,今天你辛苦一下,帮我们一起看看,网上什么样的衣服销量好。"

"你原来是想卖服装?"

"废话,不然去服装厂干什么?"

"方亮说你要做游泳衣。"

常若雨冷冷地横了方亮一眼,他怎么可以什么都跟一个外人汇报得这么勤快?方亮装作没有看到,对石磊说,"上午我们都各自研究一下,中午吃饭的时候交流一下意见。"

"还研究什么啊?什么衣服都有卖得好的和卖得不好的,究竟赚不赚钱或是赚多少钱,最主要看是怎么经营的,比如进货渠道,店铺信誉等等。"

见石磊说得头头是道,方亮又感兴趣了,跟男人聊生意比跟女人聊要带劲多了,"那你有什么好主意没?"

"你们昨天去的那家工厂,现在做一件衣服的成本是多少?"

"这个没问,再说每种衣服的成本也不一样啊。"

"就他现在正在做的服装,每件成本是多少?窥一斑而知全豹嘛。"

"这些都没问,昨天就是去初步看看。"

石磊笑了一下,"那这家工厂是专门做来料加工的还是有自己品牌的?"

"最主要做来料加工。"

"我们现在刚开始做服装,你觉得有必要大批量地找工厂加工吗?"

"你的意思是?"方亮探询地问。

"我们可以去七浦路批点衣服来,先做起来看看情况再说。"

常若雨在旁边看着这两个人的对话,她觉得石磊真是个厉害角色,只是这种厉害是不动声色的,不像她锋芒毕露。

"我觉得石磊这个建议可行,若雨你说呢?服装没做过,万一大批量生产又卖不掉,压货损失就大了。"方亮看向常若雨说。

"这就跟我们去义乌批发小商品一样的,批了那么多,销量都差不多,所以也就拿不准该批发生产什么。如果这次去七浦路批衣服,我觉得就跟去义乌的结果是一样的。"常若雨努力地撑着,微笑着,她不想被石磊打败。

"怎么会一样呢?义乌批了那么多东西,还是有几样卖得不同于其他产品的,只是牙刷消毒器的加工厂没找对,才会大亏。你现在决定放弃做日用品,改做服装,难道不应该先少进一点服装,试试看好坏吗?"

"早知道这样,昨天也不用去奉贤了。"笑容从常若雨的脸上褪去。

"昨天奉贤也没白去啊,"石磊突然插进来说,"不但没有白去,下次有空还得再去,问一下做一件衣服的成本,跟七浦路的批发价比较一下,看看哪个更实惠些。"

对于石磊的突然插嘴,常若雨很反感,"这还用比较啊?当然是工厂加工便宜了,七浦路的衣服难道不是从工厂加工出来的吗?要是工厂加工更贵的话,他们还赚什么钱啊?"

"那可不一定。所以我刚才问方亮哥,那家服装加工厂是仅仅加工衣服还是连面料什么的一起解决,如果连面料一起解决,他在面料上多赚你们的钱,你们也不知道;如果你们仅仅是让他代加工,面料从哪里进,你们有路吗?如果你们去进的面料很贵或是很差,就得不偿失了。"

看到方亮眼中流露出越来越多对石磊的赞许,常若雨很愤怒地对方亮喝道,"方亮,你不是说赵辉是你以前打工的公司的客户吗?那么以前你替你们公司加工服装,一定知道面料哪里进的不是吗?"

"我们那时的公司做的服装不是你现在想要做的服装。"对于常若雨在外人面前莫名其妙地发火,不给他面子,方亮也很是不满,他的声音也提高了。

"你们那时做什么的?"

"我们那时做的是羊毛内胆衣。"

"那是什么东西?"

"冬天穿在棉毛衫外面，毛衣里面的东西。"

"那不就是我一开始说的冬季内衣吗？你干嘛不早说？我们就做这个。"

方亮摆摆手，"那是十年前的东西了，早就过时了。式样老式，穿着臃肿，估计现在老头老太都不要穿，别说年轻人了。"

常若雨啪啪地敲击着电脑，把羊毛内胆衣这五个字输入进去，搜索，果然一件也没找到，估计是早就淘汰了。

"我们下午就去七浦路看看吧。"方亮说。

常若雨没了兴趣，"你下午一个人去吧。"

"那怎么行？对女装我一窍不通的，万一进的衣服很难看怎么办？"

"我也不是最会打扮。"常若雨没好气地说。

"那你还做服装？"

石磊笑了，"方哥，下午我陪你去吧，我对服装还在行。"

常若雨傻眼了，她说自己不懂服装，不去七浦路实际上是一种抗议，抗议方亮不应该信一个外人有时甚至超过她。没想到石磊竟会自告奋勇，此时若是反悔说自己去，石磊不用去了，那么就成了司马昭之心路人皆知了，所以她只得打落门牙往肚子里咽。看着这两个欢天喜地的男人，她只剩了气鼓鼓的份。

手机响了，是小梅，常若雨以为是来关心她跟方亮的夫妻关系的，没想到却说他们一家三口周六要来她家坐坐。常若雨口中说着欢迎，心里却直冒嘀咕。她是了解小梅这个人的，无事不登三宝殿的主。但会有什么事情呢？而且还是一家三口都来。她怎么也想不出来是为什么事情。

午饭后方亮和石磊就去了七浦路，年底了，趁着石磊不在，常若雨正好一人先对对账，看他有没有贪污。除了她跟方亮的两个大号，所有的小号都查了一遍，几小时下来，已是头晕眼花。

她靠在椅背上，闭着眼睛，其实光是各类卡券就够他们忙的了，似乎真的没有必要再拓展其他业务，但她又是个野心勃勃的人，不甘愿一辈子守着个网店过日子。她想有家自己的工厂，那么就不能安于现状，她必须一步步地边积累资金，边积累经验，每一步都是摸索着前进。现在她还年轻，并且没有孩子，但如果生了小孩呢？她还会有那么多精力去做事业吗？她想到了成天围着孩子像陀螺一样转的小梅，就不寒而颤。当然她不同于小梅，她有了孩子也不会把所有的时间都用在孩子身上的。她会找月嫂,会找做家务的保姆或是钟点工。然而这样一来不但每个月的开销大幅度上升,住房面积也似乎小了,平白无故地多出3个人来。有了孩子,母亲和婆婆肯定也会时不时地过来看看第三代的,那么换大房子就是迫在眉睫的事情了。那么现在,只有趁着还没有孩子时,先拼命积累资金,省得到时候被打个措手不及。

"嘿,睡着啦?"

是方亮的声音,常若雨这才从恍惚中抽出神来,睁开眼睛,看到方亮和石磊容光焕发的容颜。

"你们回来了?"

看见常若雨怔怔的样子,方亮笑了,"还没睡醒呢?"

"哪有睡觉。"常若雨彻底清醒了,她揉了揉太阳穴说,"让我看看你们今天的战利品。"

"都在后车厢里,还没搬进来呢。"

"什么?"常若雨像按了弹簧一样跳起来,"你们真的就去七浦路进货了?"

"当然,总不能白跑一趟。石磊很能干,讨价还价也很在行,以后我有了这个得力助手,你就可以轻松了。"说到这里,方亮压低嗓门凑近她的耳朵说,"好好休养,给我生个大胖儿子。"

常若雨的心一凉:怎么回事?鸠占鹊巢了?这个店是她的,她怎么能做甩手掌柜?

再看石磊,已经坐到了电脑前,手指在键盘上起起落落,嘴里说着,"都是我的客户,才跑开一会儿,她们就不知道怎么处理了,还得我亲力亲为。"

"能者多劳嘛。"方亮在一边傻笑着说。

"你们还不去把衣服都搬进来?"常若雨看着方亮说,其实是在对石磊说。

不过石磊头也没抬一下,倒是方亮满含着深情地对他说,"石磊事情多,体力活别干了,我跟小雨两个人就可以。"

常若雨气得发晕,但又不好发作,只好指挥着其他的小客服说,"你们去跟方哥把车子后备厢里的东西都搬进来。"

"不用了不用了,你们手头都有活。这里就我一个是闲人,我一个人去搬吧。"在这些小姑娘面前,方亮表现出一种前所未有的英雄气概。

常若雨看见这些小客服都朝方亮投去依赖的眼光。处在这种环境里,常若雨心里烦不胜烦,真想拍拍屁股回家享清福去。但她知道她得留下,不然说不准真的会有人鸠占鹊巢。石磊这种略带强迫症似的勤奋给了她很大的压力,偏偏她愚蠢的老公不认为这是一种危机,而觉得是如虎添翼。他不是虎,能干的人不会做他的翼,只会把他当成梯子。

十三

周六,阴沉沉的天空中飘飞着细细的雨丝。常若雨寻思着这种天气小梅全家应该不会来了吧,但是就像猜到她的心思一样,提出异议一样的,门铃响了。打开门,一家三口笑盈盈地站在门口,一人手里抱着孩子,一人一手拿着湿漉漉的雨伞,一手拎着各种礼包。

常若雨有些吃惊,一边把他们让进来,一边猜测着他们的目的。

"今天下雨,怎么想到要来我家玩?"常若雨把各类零食饮料放了一茶几,边招待着他们边问。

"怎么,不欢迎啊?"小梅笑着问。

"欢迎,怎么会不欢迎呢? 只是我们是好朋友,你们来就来了,还买什么礼物呢? 太见外了。"

"好朋友也不能失了礼节嘛。"小梅细长清秀的眼睛里射着水灵灵的光焰。

这太奇怪了,他们这是想要干什么呀? 常若雨满心疑惑,又不便于直接问,只能顺着小梅的话头拉着家常。

闲扯了大约半个小时,小梅总算把话切入正题了,"我在你这里做过客服,有经验,所以我现在也想开家淘宝店,来你这里取经了。"

难怪我让你再来当客服你不干呢,原来是想自己当老板。常若雨心想。

"好啊,我就说嘛,女人不能只围着孩子和老公转。本想劝你找份工作或是继续写作,你都拒绝了,没想到是也想开淘宝店。说真的,我很吃惊,这不是你的主意吧?"

"你怎么知道?"小梅脱口而出。

因为你曾经那么鄙视我开淘宝店,为此我们还差点翻脸。常若雨心想,但她看小梅的样子应该是忘了这件事情了,便也不想再提起这些不开心的往事,打趣着说,"因为我会推,我会算。"

"好啦,半仙,算你算对啦。"小梅哧哧笑着。

"你要开就开好了,还来我这里取什么经,你又不是不会。"

"可我现在没资金,所以不想囤货啊。"

"那就做我的下家嘛,我这里代发货。"

"可是我新开店没信誉,怕不会有人来买我的东西。所以我想跟你商量一下,你能不能卖一个小号给我?反正你的小号多得是。"

好家伙,想无本万利啊。不食人间烟火的小梅,你什么时候也这样精明了?常若雨心想,脸色便有些难看,"那怎么行?给你一个小号,我就得再申请一个小号,就得从头来过。每个月要损失好多赢利呢。你又不缺钱,何必急于求成?我也不是一点点做起来的吗?你把我的产品都挂上去,我再用我的一些小号假拍你的东西,不就有信誉了吗?这样慢慢来,也能做起来的。"

这个回答显然出乎小梅的预料,在老公的面前觉得很没面子,这哪是好朋友的做法,对任何一个陌生的下家都可以用的办法,却用来对她。这个办法只对她常若雨有利,多一个下家帮她卖东西,她拿到的返利就越是多。那么自己呢?从头做起。既然从头做起,做谁的下家不是做,为什么偏偏要做她常若雨的下家呢?

方亮在边上看到小梅和陈志华的脸色都晴转阴了,心下说了声:不好。以前没结婚时,她们就为了类似问题闹过别扭,差点一拍两散。如果这次再翻脸,恐怕真的要从此以后老死不相往来了。他赶紧说,"对,卖小号比较麻烦,小号都是用客服的身份证注册的,我们也不大好做主。看看还有没有其他办法可以帮到你。"

小梅的脸色稍微缓和了点,"我还是外行,你们精通,帮我想想我怎么做最好。"

常若雨刚想说:我刚才不是已经说了方法了吗?却见方亮一个劲地在向她使眼色,所以就闭了嘴。

帮她势必自己的利益要受损,不帮她,以她的小心眼一定会憋出内伤。

常若雨在矛盾中挣扎着,一时不知所措。

小梅捧着热茶在等待着回音,她感到了一种压力,手上的热茶散发着袅袅的白烟,透过白烟,看到好朋友的脸在模糊中有些扭曲。

"要不晚上我跟方亮商量一下,有什么好方法再电话你?"常若雨试探地说,却见小梅眼里希冀的光在慢慢消退,终于冰凉。

"好吧,那我们就不打搅了,先回去了。"

"怎么才来就走,还没吃饭呢。"

小梅的眉宇间有痛楚,"你们都忙,就不吃饭了。"

"这怎么行呢?今天说什么也要留下来吃饭。我们楼下新开了一家餐馆,正好想去尝尝。"

小梅朝陈志华看看,陈志华对她使了个眼色,言下之意是:不要去吃她的饭,吃了就互不相欠了。不吃饭,留下礼品,就是她欠他们的了。

"不了。"小梅站起身,"等我店开起来赚了钱请你们吧,再见。"

常若雨把惊讶收敛得很好,一脸的笑容,"那我就不留你们了,有空来玩。"

"好的,等你电话,留步。"

他们一离开,常若雨就牢骚开了,"真是近墨者黑,小梅嫁了这个一个老公,就变得这样世俗精明了。想开店就开呗,还一定要占到我们便宜,难不成还要合作,给她分红啊?"

"别急,宝宝,总会有两全之策的。我们出去吃午饭吧,边吃边想对策,饿着肚子的时候会影响智商的。就吃你最喜欢吃的藏书羊肉好不好?"

常若雨跟着方亮去楼下吃午饭,一路上喋喋不休地抱怨着,方亮终于忍不住了,"你真是给我宠坏了,你怎么只想着别人的不好呢?你就不会换位思考一下?你的冰冷会让小梅很受伤的。"

"我冰冷?"常若雨停下脚步。

"当然了,小梅满怀希望而来,她觉得你们的关系很铁,你一定会为她的事情两肋插刀的,却不想你只是把她当成累赘。你在失意的时候可以跑到人家家里去诉苦,在别人需要寻求你的帮助的时候,你却只想到自己的利益。"

常若雨若有所思地坐在藏书羊肉馆里,一直在想刚才方亮的话。一口羊肉面汤下去,随着热羊汤顺着喉咙口蜿蜒而下,她突然有了主意,"有了,卡券这块我们最主要靠返利赚钱,还是别让小梅加进来了。让她去卖小孩服装吧。"

"小孩服装?"方亮丈二和尚摸不着头脑。

"我想过了,你上次跟石磊去七浦路批的女装虽然销路还马马虎虎,但我们总不能每次去七浦路批衣服吧?我想把我们的店做正规一点,也希望利润可以更大点。而赵辉的工厂最主要的业务是做小孩衣服,不如我们也做小孩衣服,做一个系列。我们现在最主要的业务是靠两个金皇冠店,其他小号店只起到辅助作用,送个小号店给小梅对我们没多大损失。但是这是以客服的身份证注册的号,给她以后做好了会有很多麻烦。不如我们用小梅的身份证注册一个账号,然后帮她卖出一定量来还给她。像这种新开店卖东西不能太杂,就做小孩系列,慢慢可以做好的。"

"这个行吗?连我们自己都不知道做小孩服装的利润和销路怎么样。这是你一拍脑袋想出来的主意。"方亮迟疑地说。

"先试试看呗,好的话皆大欢喜,不好的话再想其他办法。不过小梅是外行,心中没底,我们得跟她说这是最有前途的办法。"

"你这跟赌博差不多。"

"人生本就是一场赌博,就像我跟你的婚姻也是一场赌博。不赌怎么知道输赢?"

常若雨的话一针见血,让方亮无从辩驳,只有点头认可的份。

"过两天我们再去赵辉的工厂一趟,先让他加工一批小孩的衣服出来。"

方亮有片刻的眩晕,但想到妻子刚才说的做什么事情其实都是一场赌博,他觉得是对的,只要不拿出全部身家去赌,都是可行的。他很佩服地看着常若雨,在他看来是去做一件大事,而在常若雨看来,却不像从前那样有恐慌的情绪在里面。她现在有一种特别笃定的气质,这使她在做任何事情的时候都显得从容不迫。他觉得他的妻子是可以成就大事的,只要把性格里的急躁和自私都慢慢消除掉,她会是一个人物的。

"既然想好了,还不给小梅打电话?"

"急什么?"常若雨笑道,"先让她着急几天,才能珍惜这个机会。马上就给她答复,倒显得我们草率和敷衍。你得好好去学学心理学,太容易得到的东西和不容易得到的东西,你会更喜欢哪个呢?"

方亮佩服得五体投地,有个聪明的妻子不但可以省很多力,还能学到很多东西。他很奇怪以前自己怎么会害怕她的能力,也很奇怪为什么大多数男人都不喜欢太强的女人。

"你知道为什么吗?"常若雨反问道。

"为什么?"

"因为太强的女人在无形中会露出趾高气扬来,把男人踩在脚底下,如果强势的女人同时也是个小女人,哪个男人会喜欢无能的或是蠢女人呢?"

方亮豁然开朗,"我的老婆,你什么时候变得这么聪明,这么会洞察人心了?"

"这几年生意场上打拼下来,再笨的人也学聪明了。"

"我做生意的时间比你长多了,怎么我没学聪明?"方亮忍不住笑。

"那就是动脑筋和有悟性的区别了。"

"这么说是你的基因好。听说孩子的智商都是遗传女方的,将来我们的孩子一定青出于蓝胜于蓝。宝宝,你什么时候生一个我们爱情的结晶啊?"

"等生意再稳定点就可以生了,不过……"常若雨拉长音,"你都叫我宝宝了,我们生的孩子你要怎么称呼他?"

"刚夸你聪明又笨了,你叫宝宝,你的孩子当然就叫小宝宝了。"

常若雨的心里在弹奏着欢乐的乐章,"妈妈是宝宝,孩子就是小宝宝,哈哈哈,真是又肉麻又可爱。"

此时常若雨的手机响了,她接完就站起来说,"赶紧回家,我妈已经到了,好久没有陪她了,下午我们母女俩去逛街。"

"我亦刚亦柔的老婆啊,我太爱你了,我下午可以好好睡一觉了。"

"懒鬼。"常若雨白了他一眼,正想给他一粉拳,却见方亮的手机响了起来,接完手机的他脸色十分难看。

"你跟妈妈去逛街吧,我不回去睡觉了,我要赶紧去公司。"

"怎么啦?出什么事了?"常若雨紧张起来了,跟在匆匆往公司方向跑的方亮后面说,"公司有事我也得去,我让我妈先回去。"

方亮停下脚步,夹杂着雨点的风肆虐地从两人之间穿过,他缩了缩脖子说,"也好,而且这种天气也不适合逛街,你让妈妈先回家吧,等天气好了你们再去。"

常若雨边跟在方亮后面小跑边给母亲打电话,一个电话打好,公司也到了。推开门,看到石磊正站在窗边打电话,昏昏暗暗的窗户把他瘦小的身影

241

融化进去,看起来就像是一个阴影。

"很多电话,包括旺旺上面的。"石磊看到他们进来,挂断电话说,"都是要求退票的,说我们卖的浪淘沙沐浴券是假的。"

"怎么可能?"常若雨的语调一下子高了,"我们的票子都是直接从浪淘沙沐浴场进来的,怎么可能是假的?"

"我也是这样回答客户的,可他们说了,不让他们用,说是假的。"说到这里,石磊的手机又响了,他没有去接,脸上露出无处容身的慌张,又像是自言自语,又像是对他们说:"网上留的是我的手机号,现在真烦死了,都来找我。赶快去浪淘沙跑一趟吧,问问他们究竟是怎么个情况。"

整个办公室笼罩在冰冷潮湿的氛围下,空调机都不制热了,也没时间去找人修理。原本这个冬天就是靠沐浴券撑着的,而所有的沐浴券里面,就属浪淘沙卖得最好,如果这个主打的卡券出了问题,他们的财务状况就不容乐观了。这更奠定了常若雨想要多方面开展业务的想法。

"可今天是星期六,主要负责人都休息。要去也得熬到星期一,石磊,这两天只好辛苦你了。"

常若雨在石磊的眼里是缺乏娇媚的一个人物,唯其如此,他才觉得她高贵,不容亲近。这句话虽然是常若雨说的,他却淡淡地避开她的视线,目光停留在方亮的脸上,"我辛苦点没关系。"

"我就不明白了,票子明明就是直接浪淘沙总部去拿的,怎么可能是假票呢?石磊,你脑子比较好,你想想看,这到底是怎么回事?"方亮一脸焦虑地说。

石磊自我解嘲地笑笑,"我聪明就不会给你打工了,我聪明就不会打电话向你求救了。"

"先稳住客户,等我们周一去了浪淘沙再来决定后面的事情。"关键时刻,常若雨总是能这么果断。

"那好吧。"石磊无奈地说。

常若雨试着对他微笑,想要表示一下友好和关怀,但一接触他的目光,那微笑就变得异常僵硬尴尬了。

十四

越来越多的假沐浴券在市面上流传,"真凶"渐渐浮出水面,竟然是浪淘沙里的高层人物所为。常若雨他们虽然洗清了冤屈,制假者也受到了法律应有的制裁。但是浪淘沙公司却中断了与他们的合作,理由是若不是有那么多沐浴券流出去,也不会引来高层人士起贪念来造假。正可谓是城门失火殃及池鱼。

这个冬天原本可以好好赚一笔的,却因为别人的错误而错失了自己。原本每天都可以忙得热火朝天的,现在一下子空了下来,就算他们两个人不去办公室,客服们都轻松得可以每天聊天。

常若雨懒懒地躺在床上不想起床,她娟秀的面庞上带着病态的疲倦。

"宝宝,你的心态什么时候变得这么差了,不就是少了一项生意吗?正好我们也可以轻松轻松。"方亮坐在床边嬉皮笑脸地说,手伸到了妻子的胸前。

因为烦躁、沮丧、气恼,方亮的这个夫妻间最正常的动作在常若雨看来简直就是性骚扰。她皱起眉头拍掉这只手,抬高语调说,"别来烦我,没用的男人!"

"好好,不烦你。你想吃什么早饭?我去弄。"方亮总是这样温柔地宠溺着他的娇妻。

"不吃,饿死算了。"常若雨一倒头又躺了下去。

"不吃可不行,还有很多事情等着你去做呢。"方亮说完这句话,看常若雨还是一动不动,就接着说,"赵辉那里的童装还做不做了?"

一听这话,常若雨果然精神起来了,她一骨碌坐起来,"你觉得我的想法可行?"

"当然可行了。快起床,我们现在就去赵辉的工厂,把这件事情定下来。"

"你说的是真的?"常若雨用期待的目光注视着他。

"有想法就有动力,有动力才有机会,赶快起来吧,做正事去。"

常若雨果然精神百倍起来，激情万丈地梳洗着。方亮在一边偷偷地笑着，对这个妻子的个性，他觉得自己已经完全拿捏住了。

当他们出现在赵辉面前的时候，赵辉过节一般开心，又能多一个客户，而且极有可能是长期客户，这无异于是天上掉下大馅饼。

常若雨看了几件样品，决定先做睡袋和婴儿棉衣棉裤，因为冬天马上就要来了，先做这些，有望打开销路。质量因为赵辉有经验，肯定是有保障的，价格因为是朋友，也是给的最低价。

事情超乎寻常的顺利，让常若雨暗自庆幸找熟人办事就是方便。正当她沾沾自喜的时候，赵辉已向方亮叹起了苦经，谁谁谁货款拖了好几年才付清，谁谁谁竟然货款没付就人间蒸发了，都是朋友和熟人，做事一点情面也不讲。

常若雨看到方亮的表情抽搐起来，她知道他此时心里同情的海浪已经泛滥了，为了避免他说出感情用事的话，造成不可弥补的过错来，她抢先一步道，"赵厂长，付款的事情你尽管放心，我们先付一半，交货后把剩下的全部一次付清，肯定不会拖欠的。而且卖得好的话我们是要长期合作的，所以你尽管放心。我只要求你能按时交货并保证质量就可以了，钱的事情你绝对不用担心。"

方亮正想责怪她不该这样小气，说赵辉是自己人，尽可以放心地先付款再收货，却见赵辉已经激动万分地站起来搓着两手说，"你们这么说我就放心了，方亮是老朋友了，做事靠谱，我当然不担心了，对方亮都不放心，还能放心谁呢？"

常若雨眉毛朝方亮一挑，露出了胜利的笑容。对于这个皆大欢喜的场面，方亮除了发自内心的笑，就没有其他表情了。

当第一批童装运回公司的时候，石磊的目光中划过一丝恨意，常若雨仿佛听到了一声若有若无的嗤笑。

"石磊，以后就不要去七浦路进女装了，我们就好好地专一地做一系列童装。"方亮说。

"好的，你是老板嘛，听你的。"石磊顿了顿，突然毫无预兆地说，"快过年了，过年期间不发货，你们有时间再去找新的客服。哪天快递停止取件了，哪天我就离职了。"

"什么?"方亮吃惊道,"做得好好的为什么要走?"

石磊看了一眼常若雨,"我不想永远当客服。"

"我从来也没有把你当成客服啊?我觉得我们一直是很好的合作伙伴。再说,你不是一直做得很开心吗?"方亮急切地挽留。

"我得有自己的意见和想法,而不是什么都听别人的,方哥,你能理解吗?"

"好了,不说了,年后再给你加工资,这总行了吧?"

"不是工资的问题,我的工资已经够高了,再高有人更看我不顺眼了。"说到这里,石磊又看了一眼常若雨。

"你说哪里话啊?哪有人会看你不顺眼?这间屋子里的每个人都对你很友好。"

"别说了,方哥,这次我是走定了。"

面对石磊破釜沉舟的坚决,方亮知道是无法挽回了,他很遗憾失去了这么一个得力助手,剩下的客服不是年纪小经验不足就是新来的,没有一个人能胜任他的位置。从今往后,自己真的不能做甩手掌柜了,得事事亲力亲为了。

"你要自己开淘宝店?"

"也许吧,可能自己一个人开家淘宝店,可能跟朋友合伙开个自己的网站,总之就是想自己做点事情。年后打算重新开始。"

方亮叹了一口气,"你做了这么久,我不舍得你走。"

石磊哈哈笑起来,"方哥,别说得这么伤感,我们还可以做朋友的,以后说不定还需要你多帮帮小弟。"

"这是一句话的事情。"方亮的胸脯拍得当当的,"以后有什么需要,尽管开口,我这个做哥哥的一定两肋插刀。"

讨厌的石磊总算要走了,这是常若雨盼望的,也是害怕的。盼望的是总算没人跟她较劲,讨好方亮了;怕的是他知道太多的商业机密,以他的阴险和才智,会不会把他们的平安小店打败。他们的进货渠道,操作方法,客户资料,都是石磊所熟悉的,这些东西对于他来说,无异于是很好的武器,他的手中一旦有了武器,如同注入了新的体能。想到这里,常若雨不寒而颤。她开始后悔应该对石磊再好些,他也许就不会辞职了。然而他是个极能审时度势的人,离职不过是早晚的事情。常若雨又后悔应该早点辞掉这个人的,

245

不应该任由他把翅膀长硬。

"若雨,晚上我们请石磊吃顿饭吧,感谢他为我们工作了这么久。"方亮冷不防说了一句。

"啊?哦,哦,好的呀。"常若雨看了一眼石磊,他的脸上挂着无比随和的笑容。他的城府太深了。常若雨心想。石磊的不动声色令她的疑心越来越重,决定晚上吃饭时说话一定得滴水不漏。

这一整天,他们都在把童装分类并拍照,然后每个店铺都挂上去,忙完这一切,夜班的客服已经来了,白班的也下班了。常若雨关照了夜班客服几句,就和石磊方亮一起去饭店吃饭了。

"说真的,没有你在那里监督他们,我还真不放心。何况今天童装是第一天挂,晚班的客服还不怎么清楚白天的事情。"方亮说。石磊是唯一一个既不是做白班,也不是做夜班的客服,他比白班的人晚一个小时到,然后直到晚上九点多才下班,十分辛苦。

"确实,客服们没人监督着就会偷懒。有好几次我都碰到这样的情况,客人来问什么,客服懒得回答,要么不理,要么回一句'店主不在',我已经批评过他们多次了。说说他们好些,不说他们,就又懒下来了。"

听石磊这么一说,方亮心中更是不舍,"你能不走吗?你说,你到底要加到多少钱才肯留下来?"

"这次还真不是钱的问题。我谈女朋友了,她不希望我一直给别人打工。"

"原来是这样,"方亮遗憾道,"兄弟,如果自己做还没有在我这里干赚得多,一定记得回来啊。"

"好啊,"石磊笑道,"就怕到时候你已经找好新的客服领班,已经没有我的位置了。"

"肯定不会的,别人我都信不过。你走了,我跟若雨也不能双宿双飞了,我们两个得轮流去监督这帮客服。"

"方哥,不好意思了。"

说着话,已经到了饭店。破天荒的,节俭的方亮点了一桌子的酒菜,全然不顾常若雨一个劲地在朝他使眼色。

"来,石磊,为我们兄弟一场干一杯。"方亮举起杯子。

"方哥,我也敬你,一直提携我。"石磊的声音听上去竟然有一点颤抖,像是动了真感情一样。

"今天应该把你女朋友也叫来,未来的弟媳,该让我这个当哥的瞧瞧。"

"以后有机会吧。"

常若雨极端反感方亮跟石磊称兄道弟的,觉得他是个被人卖了还在帮人数钱的主。但她知道自己不能像以往那样任性,她必须笑得像一朵花似的,好像他们之间的关系真的亲如兄弟姐妹。

"今天童装是挂上去了,不知道面料、做工,包括吊牌和外包装一起加起来,每件的成本是多少?"石磊边吃菜边问,像是漫不经心的样子。

"每件童装价格都不一样的,这个不好说。"常若雨抢在方亮前面说。

石磊起初有一丝惊讶,很快面色平缓如常,"哦,总比去七浦路进货要便宜吧?"

"也不见得,有几种面料好的成本很高的。"

"难怪呢,我见有些你们挂的价格很高,有些很低,你们是想看看是质量好价格高的卖得好呢,还是质量差价格低的销路好。"

"石磊就是聪明。"常若雨笑眯眯地说,心想:这就是我最怕你的地方。

"石磊,你要是决定自己也开淘宝店,就来做我的下家吧,我给你货比给别的下家便宜。"方亮说。

"好的,谢谢方哥。"

常若雨心道:方亮真是个傻瓜,还看不出石磊这样的人物到了社会上还不是如鱼得水,肯定混得风生水起,怎么可能甘于做下家呢?下家的折扣再大,能大过拿返利吗?想到返利,常若雨的心一沉,以石磊的性格和能力,他一定会效仿他们当年一家家地去各大单位跟别人谈返利的。到时候平白无故地多出一个竞争对手来,真是憋屈。而且方亮多次让石磊一个人去进过卡券,只怕他跟那边的人早就混熟了,连谈都不用谈,就能签下合同来。也有可能别人跟他签了合同,就会终止与他们的合同。常若雨不敢想下去了,她唯有对石磊频频劝酒,以期望他能对他们手下留情。

"方哥方嫂,谢谢今晚请我吃饭,我得先走了,明天还得去监督白天的客服呢。"酒过三巡,石磊准备起身告别了。

还没等方亮开口,常若雨赶紧说,"也好也好,千万别把你累着了,你先走吧,我跟方亮再坐一会。年前若有时间再一起吃饭。"

看着石磊的身影消失在饭店门口,方亮埋怨道,"怎么这就让他走了啊?

我还没尽兴呢,还有好多话要说呢。"

"你就是把心掏出来,他也不会感恩的。"

"你说什么呀,怎么又戴有色眼镜看人了?"

"有色眼镜?等着吧,时间会证明你这人有多笨的。"

听到妻子这样贬低自己,加上满脸的不屑,方亮一口气堵在胸口,上不去又下不来。少顷,才恨恨地说出一句,"无情的人就是把人往坏的地方想的。你看你刚才面对石磊那假得发虚的笑容,一听别人要走,半句客气的话也没有,好像就等着这句话一样。"

"本来就是嘛,跟这么一个心怀叵测的娘娘腔一起吃饭,我当然希望越快结束越好了,每一秒都是煎熬。只有你这个傻子,是真心实意地把人家当兄弟,人家心里不知道怎么笑你傻呢。"

"好了好了,"方亮不想再跟她做无谓的争辩,他挥着手说,"时间会证明一切的。你还吃吗?不吃的话结账走人!"

"点这么多菜,你可真会'扎台型'。服务员,拿5个打包盒过来。"

方亮看着常若雨把相类似的菜分类放进每个打包盒,一点也不浪费。本来很气愤的心渐渐地平静下来了,一个又能赚钱又能居家的女人,不能再在其他地方对她高标准严要求了,人无完人。

常若雨很奇怪地瞟了一眼方亮,不明白前一分钟还怒火万丈的他,在后一分钟怎么又满面春风了。

十五

这个年是常若雨有生以来过得最没劲的一个年。首先是大年夜问题,大家都是独生子女,双方父母都希望小辈来自己家里过。公婆的意思是古往今来都是嫁出去的女儿讨进来的儿媳,大年夜理所当然要陪着男方父母一起过了。而自己的母亲则认为女儿下嫁了,大年夜当然应该回娘家来过。一时间,可愁坏了这对小夫妻,直到小年夜都没商定下来。眼看着除夕之夜以分秒推进,常若雨突然想起来了,可以把双方父母一起接到饭店里去过的,方亮听了也极为赞同。然而去饭店一问,所有的饭店的年夜饭早就被订光了,节骨眼上哪里还会订得到一家饭店啊。

夫妻俩垂头丧气、唉声叹气地在时有时无的鞭炮声中朝家的方向开去,真希望明天永远也不要到来。

"要不这样吧,今年就去我家过,明年去你家。"方亮提议道。

"我看还是今年去我家,明年去你家吧,你都不知道我妈这人有多烦。"

"你妈烦,我妈就不烦了?"

"那怎么办?"常若雨紧紧地皱起眉头,"要不让双方父母都来我家过吧。"

"说什么啊?你又不会烧菜,难道我明天得烧一桌子的饭菜?你想活活累死我?你希望从此以后你在公婆的心目中落个懒媳妇的'美称',擦也擦不掉?"

"那怎么办?你说怎么办?"

"问问小梅吧,以前没结婚时她不是成天在外面流浪吗?说不定她知道上海滩还有哪家饭店现在还能订得到年夜饭呢。"

"她那时流浪是为了写作,不是去肯德基就是去公园,她能知道什么呀。再说了,她流浪也是在上班日流浪,又不会在大年夜流浪。"常若雨想了想还是拿起了手机,"算了,死马当活马医吧,我们两个人反正已经是黔驴技穷了。"

小梅接到这个电话差点没笑出来,无往不胜的常若雨还会败在这种鸡毛蒜皮的事情上面?"你妈可真作,哪有大年夜去娘家过的道理呀,不管逢年还是过节,我每次都是去陈志华的父母家过的。"

"你们这是男尊女卑的思想,凭什么呀?"常若雨说着,心想她这个朋友活得可真憋屈。

"这不是男尊女卑,大年夜去公婆家,年初二去娘家拜年,这是中国的传统。"小梅纠正道。

"我不跟你争论这个问题,我只问你一句,你有办法吗?"

"没办法也得有办法呀,我的店还在你手里呢。你要是一生气不还给我了怎么办?"

说完,电话里一阵笑声。

"你现在变坏了,越来越油腔滑调了。没办法我就挂电话了。"

见常若雨作势要挂电话,小梅收住笑说,"好了好了,说正经的,我倒有个主意,不知道你接不接受。"

"还真有主意啊?"常若雨大喜过望,"快说快说。"

"我上次来你家,看到你家楼下有家拉面馆,大年夜拉面馆都是不关门的,新疆人不回老家过年的。"

"等等等等,"常若雨赶紧打断她,"你是让我爸妈和我公婆大年夜过来吃拉面啊?你以为忆苦思甜哪。"

"别急呀,听我说下去。你们明天去熟菜店多买点冷盘,然后再到拉面馆跟老板说晚上炒几个热菜送上来。你们方亮不是还会烧菜吗?就让他再烧2个菜。这么一来,你家的餐桌就放满了吧?"

常若雨睁大了眼睛,"还真的是可以这样,小梅,你真是深藏不露啊,关键时刻你救了我。"

"还有,吃完饭呢,你记得要去洗碗,不要让你公婆看到你老公又烧菜又洗碗,他们一旦对你有了成见,婆媳关系就不好修复了。"

听到这里,常若雨感动了,这是一个过来人的金玉良言。"谢谢你,小梅,你放心吧,我一定在最短的时间里把你的店铺的信誉搞上去,然后还给你。"

"说什么呢?我开头那是跟你开玩笑的,我们是好朋友,别搞得跟在做生意一样。"

"对,是好朋友,好朋友。"常若雨的眼睛里浮上了一层泪花。

此时灰色的天空开始淅淅沥沥地落起了雨点,就像常若雨的泪珠,她收了线,对方亮说,"回家吧,都搞定了。"

见到妻子眼中的泪花,方亮十分意外,"怎么了?刚才听的你电话好像小梅已经帮你解决难题了,你怎么还哭了?"

常若雨低下头,片刻后再抬起来的时候脸上已有了浅浅的笑容,"方亮,我这人是不是有很多缺点,有时还不近情理?"

"咦?怎么突然知道反省自己了?平时你不都是天下老娘最大吗?"

常若雨捶了他一下,"讨厌!虽然我跟小梅一直是好朋友,但是说心里话,我一直看不起她,觉得她没用。结婚前搞不定妈妈,成天在外流浪,生活得如同游魂一般;结婚后搞不定老公,成天像个受气的小媳妇;生了孩子后又变成个俗妇加怨妇。但是刚才她不但帮我解决了大难题,还特别为我着想,让我好感动。想起以前她在我这里当客服的时候我苛刻她,上个月来我家求我帮忙的时候我把她拒之以千里之外。我都感到我已经不是个人了。"

"在生意场上滚爬的时间越久,身上的人情味就越淡薄,利益的心就会越重。不过你已经意识到了,说明你永远都不会是个无情的人。"方亮说着车子已经抵达了车库里,他停好车,把妻子拉进怀里,常若雨的身体随着男人手臂的引力绵软无力地倒向了他。

在倒进方亮怀里的那一刻,常若雨脑海里浮现出与他在一起时的各种场面,一幕一幕的,都是他百般呵护她,而她却把这当成理所当然,始终没有爱过他。没有爱却跟他生活在一起,于是就成了一种恩赐,却忽略了她的男人需要的不是恩赐而是爱。而他总是不计较,总在不公平不对等的关系中甘之如饴。

常若雨抱紧他,突然觉得他好可怜,而自己好可恶。方亮和小梅都对她很好,可她对他们就差得远了,想到这里,不禁泪眼婆娑。

常若雨的表现让方亮受宠若惊,他们像热恋中的情人那样激烈地拥吻,真有金风玉露一相逢,便胜却人间无数的感觉。

十六

整个过年期间都暖洋洋的,但是一到节日结束,天马上大冷,冬天的童装开始热销,公司里的每个人都忙忙碌碌起来。年前石磊就已辞去了工作,常若雨和方亮轮流顶替他的位置,再也不能双宿双飞了。一开始还真有些不习惯,两天一过,也就适应了。人对于环境的应变能力还是很强的。

这天常若雨早早醒了,看方亮还在熟睡中,就自觉地吃完早饭一个人去公司了。到了楼下,才看见一直阴沉着的天空已经飘起了雪花。这是今年的第一场雪,常若雨看得心花怒放,心想要是方亮在边上就好了,太美太浪漫了。

冬天的风夹着雪花吹走了她脸上从暖和的家里带出来的绯红,本来还想多欣赏一下漫天飘雪的美景,但浪漫的心境毕竟敌不过自然环境中的冷酷,她这会儿已经缩着脖子快步地朝公司走去,期望回到空调的温暖之中去。

一进办公室的门,客服小红就笑容满面地迎了上来,"常总,这么早就来了?"

"是啊,石磊走了,童装这块又做起来了,我不早点来,你们忙不过来的。"

"你可以再找个人接替石磊的。"

常若雨明白小红的意思,是她想接替石磊,不光是她,其他人都有这个想法,毕竟工资要高出一倍了。但是常若雨装傻没听懂,支吾两声就过去了。不是不舍得这点工钱,而是不希望有第二个石磊,探知到过多的商业机密,就像个定时炸弹一样,随时有引爆的可能。她宁可自己忙累点,到底心安。

一上午都在忙着回复客户的问话,想起自己刚开店的时候整天整天的没有生意,有人来买2张票子还不赚钱欣喜若狂地亲自去送,常若雨不禁感慨,人生有太多的未知数,只要你肯挖掘,就有数不尽的宝藏。看着自己日渐高起的信誉,她同时感慨信誉高就是好啊,随便挂什么东西上去,根本不用担心会卖不掉。

因为有对小梅的承诺,只要是有人来买童装,常若雨都把小梅店铺里衣服的链接给对方,让他们拍这个。她要尽快把小梅店铺的信誉搞上去,把一个像像样样的店交过去,也不枉多年的好友一场。

中午方亮跟送盒饭的一起走了进来,常若雨看到他,突然像松了一口气一样,"你总算来了,快来替我,我吃完饭要回去午睡一下。"

方亮拿了2个盒饭,一个递给常若雨,一个给自己,然后在她对面坐下来,"得赶快去招新客服了,不然大家都太累了。虽说只走了石磊一个人,但他一个人顶2个人用。而且我们童装这块做起来了,就时时要去赵辉那里跑跑,不招人肯定忙不过来。再招2个进来吧,以防突然又有人走了,应付不过来。这点钱不应该省,自己的身体要紧。"

"新客服来还要手把手地教,真烦。"常若雨小声说,"以前让这些老客服教,她们又不好好教,总有所保留。后来只好有了新客服都是由石磊亲自教的,现在石磊走了,就只有我们来教了,有这点时间教他们,不如我自己做了,还省钱。"

"现在知道石磊的重要性了吧?"

"他像一个管家一样,是不错,可惜是个有外心的管家,如果能找到一个真正贴心的管家就好了,可惜这是不可能的,现在的人都太现实。"

"小红想顶替石磊的位置。"

常若雨眼睛一瞪,"她也暗示你了？这个野心勃勃的小丫头。但我觉得她这人嫉妒心太强,不适合当管家,恐怕比石磊还不灵。"

"要不让她试试？不试怎么知道好坏呢？"

"如果试下来不好呢？再让她做回普通客服是不可能了,人只能往上走,不能往下走。到时候她就会辞职,又要少一个熟手,会手忙脚乱的。再说如果这个节骨眼让她顶替石磊,其他客服肯定不服气,集体辞职了怎么办？"

方亮叹了一口气,"真是麻烦啊,怪你把公司搞得这么大。如果不做童装这块,我们哪会这么累？"

"有见过没出息的,没见过你这么没出息的。钱是要的,力又不想出。告诉你吧,我以后还要开工厂呢。"常若雨又气不打一处来了。

"别以后了,先看看眼前吧,一堆烂摊子,你打算怎么处理？"

"什么叫烂摊子？生意好你还不乐意了？得了得了,招客服吧,大不了我来教。"

"不打算招客服主管？"方亮一脸的希冀。

"不！"常若雨斩钉截铁道,"我们本来就是2个人,以前却总是当一个人用,我想过了,这是一种浪费,资源的浪费。而且夫妻24小时在一起,时间一长,看对方的脸都会发霉的。"

"不会吧,老婆,我多么希望能24小时跟你在一起。"方亮还想继续说下去,但看到常若雨的目光就退缩了,那是一种绝对不让人说"不"字的目光。

一个人该有多少韧劲和充沛的精力,才能这样孜孜不倦,勇往直前啊。方亮突然扑哧一声笑了。

"你笑什么？"常若雨奇怪地问。

"笑你天天像打了鸡血,吃饱人参一样,怎么以前我没发现你是这样一个人呢？"

"这样一个人不好吗？"

"关键不在于你做的事情,而是这些事情是你做的,所以都好。"

"那我去卖淫杀人也好吗？"

"你做事都有自己的理由和想法,如果真是这样,也是有原因的,所以,都好。"

看见方亮的声音温柔而具磁性,眼睛也更深更亮了,仿佛满怀真情。但常若雨不想被他感动,撇了撇嘴说,"事情没到那份上,你乐得拍马屁,信你不是你傻,而是我傻。"

方亮哈哈大笑起来。

"不跟你说了,有生意来了。"常若雨放下吃到一半的盒饭去应对买家。

方亮三口两口吃完饭说,"交给我吧,我吃好了。你赶紧吃完回去休息吧。"

常若雨起身把座位让给他,交代道,"别忘了,如果有人来买童装,你让他们统统拍小梅店铺的链接。"

"知道啦,老太婆,每天都要说这句话,我又没有健忘症。"

"你是没有健忘症,但你是马大哈。我答应小梅尽快把店铺给她的,我要说到做到。"

方亮刮了一下她的鼻子,"知道啦,老太婆,快走吧。"

常若雨这才放心地回去,到家后看见方亮已经把被子都叠得整整齐齐的了,便不忍心去弄乱,和衣在沙发上躺了一会,没有睡着,头脑倒越来越清醒了。她翻身坐了起来,看看时间是下午两点。她给小梅打了个电话,又给母亲打了个电话,时间才过去了半小时。想想现在石磊走了,业务量增加了,新的客服还没招进来,他们会不会忙得手忙脚乱的? 这么一质疑,就觉得整个公司缺了她一个肯定没法正常运营下去了。她再也不能在家里待下去了,风一样地卷出门去。

兴冲冲地推开办公室的门,首先映入眼帘的是小红和方亮促膝而坐,两只脑袋几乎已经贴在一起了,正有说有笑的,偶尔看一下面前的电脑荧光屏。

常若雨气晕了,一直以来都对自己唯唯诺诺,言听计从的方亮怎么会跟妻子以外的女人玩暧昧呢? 真是知人知面不知心。她悄无声息地朝他们走去,两人正好抬起头,看到她,脸上不约而同地都出现了惊恐的神色。这种神色更加肯定了常若雨的怀疑,这两个人都心术不正,若是正大光明,为何看到她会是这么一个表情。

"你不是在午睡吗? 怎么又来了?"方亮率先反应过来。

"不欢迎我过来? 觉得碍事?"常若雨皮笑肉不笑。

"常总来了就好了,"小红也反应过来了,恢复了一贯的精灵模样,"我忙我的去了,你们接着商量。"

"商量什么呀?"常若雨坐到方亮身边,看到屏幕上什么也没有。

方亮的脸一红,说话也有点结巴,"就……就是商量再找客服的事情。"

见小红坐回了自己的位置,常若雨咬着牙齿说,"够亲热的呀。"

"你瞎说什么呀,我们在谈工作。小红这个人你又不是不知道,平时不拘小节的。"

"我在的时候,她怎么没有不拘小节到这种地步?"

"你别瞎胡搞了,你是来帮忙的还是来捣乱的?已经够乱的了,你还要来添乱。"

常若雨气坏了,半句道歉的话没有,反而指责她无理取闹,若真是被冤枉了,刚才为何紧张?为何结巴?

"你们忙吧,我走了。"说完这句话,常若雨就起身离开了,避免被别的客服看笑话,脸上还得带着微笑,好像就是路过来看一下的样子。

一出门,就感到心脏被气得咚咚地跳,急于想找个人倾诉,她再一次想到了小梅,自从上次解决了她的难题后,她觉得小梅快成了她的生活顾问了。

"这是小事情,若雨,你们在一起上班,碰巧看到了。若你们在两个单位上班呢?再过分的行为你也看不到呀。方亮这个人你还不了解?他怎么可能背叛你呢?那个小红,也没可能看上你老公,就是想当客服领班而已。"常若雨坐在花坛上,拿着手机听小梅开导她,寒风吹过,也不觉得冷,只是拿手机的那只右手已经麻木了,"若雨,记住我的话,夫妻间也是水至清则无鱼。有些事情看到了,想到了让自己心里不痛快,稍加提醒就可以了,不可过分追究。过分追究,让对方委屈和反感,反而推着他背叛你。"

"那怎么?我今天就这样碰了一鼻子灰就算了?而且那个小红,我现在回想起来,她早就不对了。小鼻子小眼睛的,平时像个精豆子,但一看到方亮,就动作羞涩起来,眉梢眼角全都是欲说还说的恋慕。"

小梅哈哈大笑起来,"看来你家方亮还蛮抢手的嘛,你不是一直都看不上他吗?现在别的女人看上他了,你怎么又不高兴了呢?"

"小梅,我是在跟你说正经的,你再这么不正经,我就挂了!"

见常若雨动了怒,小梅不敢再调侃她,"等方亮到家后你就警告他,不许跟除你以外的女人走得太近,不然你会不高兴。"

"就这样?"

"就这样啊,难道你还想大吵大闹?"小梅笑了一下,"你们就是2个小孩子。"

"靠,你比我们2个都小,反而说我们是小孩子。"常若雨笑了,怒气也消了,"不过你一直以来都是很成熟的。谢谢你,朋友。"

"还学会说'靠'了?"小梅吃吃笑着,"有空来玩,现在我要去买菜了哦。"

小梅这么个人才就是成天围着锅台孩子转,真是太可惜了,本来以为凭她的才气和努力可以成为一个大作家的。想到这里,怜悯的同时觉得自己真是太幸运了,不应该再不知足。经过刚才的那一番情绪的大起大伏,她现在只想安稳地躺在床上,什么也不想,好好地睡个午觉。现在生意越来越好了,常常午夜12点钟还有人来买东西。

常若雨朝家的方向走去,看到路边有卖金橘的,她称了一点,边走边啃,心里想到,"干嘛要自己跟自己过不去?我是经过大风大浪的人,这种小插曲,根本就不应该在我的心里停留。"

金桔刚放进嘴巴的时候透心的沁凉,但一会儿就被暖热了,嚼碎了,被味觉享受过了。吃着金橘,常若雨想到其实人生和婚姻就如同这冬天的金橘一样,都是同样的道理。

十七

以往一直觉得很漫长的严冬因为有了忙碌的生意而转瞬即逝,就像睡了一觉一样,醒来已是春暖花开时,常若雨成功地把小梅的店铺做成了2颗蓝钻以后就交给她自己去打理了。

"看来童装的销路越来越好了,我们可以让赵辉大批量生产春夏装了。"方亮站在常若雨身后说。

常若雨的脸上并没有快乐的颜色,反而一副心事重重的样子。

"你怎么了?"方亮赔着小心问,心想:今天还一句话没跟小红说过呢。不会又是因为突然想起了几个月前看到他跟小红促膝而谈而生气了吗?这几个月来这样的状况发生过几次。

"你没发现这些日子以来卡券的生意差多了吗？大买家都突然消失了，只有一些散客在买。"

原来是为这个，方亮松了一口气，"这有什么好奇怪的，大买家买得多，还没有用完呗。"

"我昨天去跟碧浪健身会所签合同，经理竟然跟我说今天还能签，马上换新领导了，明年就不一定签得下来了。"

"这有什么好郁闷的？这不就是明摆着要好处吗？明年过年前给他封个红包去。"

"但我总觉得他的表情怪怪的。"说到这里，常若雨打开以前的买家记录，把大买家一个个整理出来，蓦然发现他们并不是以前买的没有用完，而是都到一个叫大无畏的新开店铺里去买了。

常若雨倒抽一口冷气，"是石磊，是石磊把我们的客户都抢去了。还有那些给我们提供卡券的公司，他一定给过人家大好处了，人家才会想甩掉我们，只给他一个人提供票子。"

"你的想象力也太丰富了吧？凭什么说这个大无畏就是石磊？石磊在我们这里做的时候用的是自己身份证注册的账号，已经是皇冠店了。他怎么可能皇冠店不用，去另外再注册个小号来呢？"

"这就是他的阴险狡诈之处，如果他用自己的皇冠店来做，一定会引起我们的警惕，我们事先会把篱笆扎紧。而我们每天都在观察他的皇冠店，都看不到什么动静。那一定是别人来买他的东西，他都让别人拍他的小号。一定是这样，是这样的。"常若雨失声叫起来。

"不会吧？"方亮将信将疑，"要不我现在打个电话给他问问看？"

"这有什么用？他会跟你说真话吗？与其浪费时间听他的满口谎言来浪费时间，不如好好想想该怎么办。"

"你有什么好办法？"

"没有。"常若雨往椅背上一靠，闭起了双眼，她感到事态的发展已经像洪水泛滥一样失控了。在石磊离职的这几个月，他不但逐步挖走了他们的大客户，还跟提供卡券的公司建立了良好的合作关系。他是想把他们赶尽杀绝，若不是他们已经把童装给做起来了，估计现在的店铺离关门也不远了。

"小红。"她突然叫了声。

"来了,什么事?"小红诚惶诚恐地跑过来问。

"你在这里干得时间是最长的,我问你,碰到大客户来买东西,你们都怎么处理?"

"石磊说,大客户很关键,让我们无论是谁接到,都交给他去处理。"

常若雨的脸色惨白,"他是怎么处理的?"

"这个……好像是让别人拍那个客服小号信誉最高的那个账户的东西,有时还亲自去送票,说发快递不安全,万一遗失了就损失惨重了。"

客服小号信誉最高的那家店,不就是拿石磊身份证注册的那个账号吗?这个时候方亮也听出不对了,"这些事你怎么从来没跟我们说过?"

"这有什么好说的呀,你不是让我们都服从石磊的安排吗?"

常若雨和方亮面面相觑,小红莫名其妙地嘟囔着回到了自己的座位上。

"看到了没有,根本不该设什么客服领班,我们是轻松了,这下好了,彻底轻松了。"常若雨咯咯笑起来。

"老婆,你别吓我。"方亮惊恐地看着她,以为她受不了这种打击,已经疯了。

"我早说过,不要太相信别人,可你总不听。现在看看怎么样,你的好兄弟做的好事情。"常若雨厉声道。

方亮惭愧地低下头,"人心险恶,江湖险恶。"

"你就是个大傻瓜!"常若雨站起来。

"你去哪里?"

常若雨手上抓着那张刚才整理出来的大客户的资料,"去拜访他们,看看能不能再把他们给拉回来。"

"那也不用亲自去啊,网上说就可以。"

常若雨一咬牙,"说你笨还总是自作聪明。你要让别人成为你的固定客源,就得首先跟他们交朋友,至少也应该让他们看到你,这样才有感性认识,下次缺货时才会第一个想到你!"

"是是,那我们一起去吧。"

"你在这里看店,公关的事情我比你在行。现在没有客服领班了,你就是客服领班,不要擅离职守,明白吗?"

"什么?我怎么成客服领班了,你太欺负人了。"方亮还想说着什么,但一接触到常若雨几乎喷出怒火来的眼睛,就什么也不敢说了。

出得门来,常若雨一阵晕眩。刚才是一时冲动,说要去拜访各个大客户,但想着要一个人腆着脸去面对那一张张莫名其妙的,鄙视的,冷漠的脸时,她又不敢跨出去了。到别人那里怎么说,"你要买票吗?"别人说,"已经买过了。"她说,"那不是我,是我一个离职的客服,你们下次得到我的店里来买。"

这太傻了,常若雨觉得自己要疯了。她坐在楼下的花坛上,想要定定神,思量一下到底去了该怎么说。但这一坐下,似乎有无限疲惫,再也不想站起来了。

还是让方亮去办这件事情吧,石磊是他找来的,凭什么有恶果了就得她来承担?想到这里,常若雨嗖地站起来,打算重新回到公司,让方亮一个人去。但刚走到楼下,脚又收回来了。她都觉得是大难事,方亮怎么可能办得好呢?他若是再办砸了,就更不可能挽回来了。

不能再犹豫了,一件事情犹豫得越久就越没有勇气去办。常若雨迅速调整好呼吸,并在那瞬间预备了几句台词,剩下的就看临场发挥了。打定主意后,她回家开上车子,准备向堡垒们进攻了。她先去了一家离她这里最近的公司拜访,以防路途遥远的话,好不容易攒起来的勇气会漏掉。

"你们好,我是平安小店的小雨丝丝。"进了门,她笑容可掬地自我介绍道。

"哦,你好啊,请进,有事吗?"里面一个女办事员说,虽然态度热情,但仍有一股居高临下的势头压下来的感觉,她一定感觉她是平安小店的上帝,而常若雨,不过是只小蚂蚁而已。

"我是来做个回访的,10天前你们买了100张沐浴券,用得还好吗?"

"挺好的呀。"女办事员奇怪地说,她一定是在想怎么现在还搞起登门回访来了。

"那就好。我想跟你们说一下,以后再拍沐浴券的话,就直接拍在平安小店这个老店上面,因为我们想冲金皇冠,可以吗?"

"可以啊,不过我们要拍的时候你最好再能提醒一下我,不然我们会忘记的。"

"那没问题。不过你们还是跟小雨丝丝和Milk这2个旺旺客服说话好吗?其他都是我手下的小客服,我怕他们会搞不清楚。"

女办事员的脸上现出不悦的神色,一定是觉得很麻烦。

"我知道,这样会给你们添麻烦的。但是为了回馈你们为平安小店冲金皇冠做出贡献,我们打算下次你们再买的话,可以在原有的基础上再多送2张票子。"

一看有利可图,女办事员的脸上现出了笑容,"好呀好呀,一句话的事情。"

"那我先走了,谢谢你们。"

离开这家公司,常若雨长长地呼出一口气,她太佩服那个勇敢而智慧的自己了,高兴得直想喊乌拉。

旗开得胜让常若雨信心倍增,立刻马不停蹄地赶往第二家大客户的公司。照例,一进门就是那句客套的常规拜访的话。

这次是一个30出头的男经理接待的她,看到像一股春风一样的常若雨,眼里颇有赞赏之色,"你们客气了,还来拜访,你们的网店越做越有特色了。"

"感谢你们一直以来对本小店的支持,拜访是应该的。"常若雨往灰暗的办公室内一站,本身就是一道赏心悦目的风景。

"谢谢谢谢。"经理一连串的感谢,常若雨的笑声也一如往日干脆。

"前几次来送票的不是一个男生吗?怎么他不来拜访了?"经理望着常若雨纯净而妩媚的眼神说。

常若雨愣了一下,"他是我们的客服领班,已经辞职了。"

"是早就辞职了吧?"

常若雨本来还想粉饰几句,见经理如此洞察秋毫,再躲闪反而没意思,不如就展开个人魅力跟石磊一决高下吧。

"是的,这人不地道。走就走吧,还想抢客户。"

"哦?那你是决定再抢回去?"

常若雨没料到他会这么问,不由看了他一眼,而他也在看她,四目对望,空气中顿时有了暧昧的味道。常若雨脸一红,"本来就是我的。"

经理给了她一个毫无芥蒂的笑容,递过一张名片,"你太率真了,很难得。这是我的名片,以后我就认准在你这里买票了,不过还得再优惠点哦。"

"那每100张再多送一张票子可以吗?"

"可以可以,你们也不容易。"

这句话让常若雨很感动,名片上的名字是李一鸣,她记住了,这个男人的眼神很吸引人。按理已经大功告成可以走了,但是常若雨的脚步却迈不开了。李一鸣也感觉到了,这个春天一样的女人不知从什么时候起,开始向他递送一种缠绵的气息。

　　常若雨心里咯噔了一下:我这是怎么了?我是个有夫之妇啊,怎么会对一个陌生的男人心动呢?真有点一见钟情的味道,而这种感觉是她以前没有结婚时都没从其他男人那里产生过。

　　常若雨闻到了危险的气息,匆忙告辞。出得门来,千头万绪的思潮掠过她的脑海,使她无法平静下来,这种感觉她从来没过。李一鸣与众不同的处事方式,他的长相,他的眼神都是她喜欢的类型。她恨造物弄人,没有结婚的时候怎么从来就碰不到让她心动的男人呢?迎面早春的冷风吹来,她打了个冷战。STOP,STOP。她在心里警告自己,任何痴心妄想只能带来灾难。她早已过了追求浪漫的时间,她已经没有资格了。

　　没有资格了。这个念头折磨着她,让她想哭,但她知道她没有时间去哭,今天必须把大客户们统统拜访完毕。要彻底打败石磊,就不能偷懒,不能三心二意。

　　她一踩油门,朝着第三家大客户开去。

十八

　　双脚插进木质大桶的热水里,肩上被按摩师按着,很久没有这样悠闲地享受过了,特别是一个人去做足疗。为了创业,一直在忙。最近又为了挽回丢失的大客户,常若雨费尽心机把他们一个个拉回来,身体累,心更累,累得腰也酸背也痛。如果再不来泡泡脚,按按肩背放松一下,她觉得自己就会被累死的。按摩是起到辅助作用,最主要是为了让心享受到宁静的安逸。

　　"好了,请躺下来。"按摩师说。

　　常若雨闭着眼睛,半躺在舒适的足摩专用椅上,把双脚交给按摩师去按捏,在酸痛中享受着被服侍的快感。这种时刻是能让人有知足感的,身上的疲劳和心里的烦闷可以暂时全部忘记。

此时是上班日的中午,足疗店鲜有客人,静悄悄的,耳边只有按摩师双手揉捏拍打她小腿肌肤的响声,听起来悦耳动人。

在这最惬意的时候,手机铃声响了起来,有一度常若雨想不去接它,又怕是客户打来的或是什么人有重要事情找她,不得不不情愿地睁开眼睛,一看来电显示却是方亮,她气呼呼地接起来,"你烦不烦啊?我说要去足疗店休息休息,你就看不得我空下来是吗?"

"怎么会呢?你是平安小店的大功臣,为我们挽回了巨大的损失,我怎么敢不让你休息呢?"方亮还是那个嬉皮笑脸的口气,"只是现在有个重大的事情需要你来决定,我怕我擅自决定了,你知道后又要发疯。"

"什么叫又要发疯?我什么时候发过疯了?现在还会有什么狗屁的大事情?"短时期内经历了牙刷消毒器的失败和石磊的背叛,常若雨觉得现在已经没有什么事情对她来讲是重大的了。

"赵辉说这批童装要加价。"

"什么?"常若雨怒目圆睁,"这人怎么可以这样?说好的价格怎么可以做到一半又加价?"

"他说这次我们进的面料的质量太好了,做起来很费人工,所以要加价,每件加8元钱。"

"不加,要加的话下次再说。"

"可这次要是不加的话他会亏本的。宝宝,就加吧。我跟赵辉是朋友,人家都开口了,我们怎么好回绝。"

"他都好意思开口了,你为什么不好意思回绝?"常若雨冷笑一声,"你又要犯老错误了是不是?总是重什么兄弟情,你再看看这些是你兄弟吗?每件加8元,怎么被他想出来的?他是眼红我们生意好吧?说什么面料质量好就费人工,这个理由也太牵强了吧?"

"真的真的,他算了一本账给我,真的是这样的。"

"你懂他的什么账啊?你要是开不了口,让他来找我,我跟他说。"

"可我已经答应他了呀。"

"什么?"常若雨一阵眩晕,"你不是说来等我决定吗?怎么变成通知我了?先斩后奏了?"

"都是朋友,不好驳人家面子的。而且这次面料确实跟上次的不是一批的,做起来有难度也是正常的。"

常若雨拼命忍住冲回公司狠狠抽方亮一个大嘴巴的冲动,"你这个人既没有脑子又没有魄力,只会坏事。我不管,我不会加赵辉钱的,你看着办吧!"

挂断电话,常若雨气得心都在怦怦地跳。

方亮的电话又打进来了,常若雨调成静音不去理他。但是惬意的心情没有了,按摩师按在她小腿上的穴位受刑一样的疼痛。

此时手机收到一条短信,是方亮的:你再不接电话我就到足疗店里去找你了。

常若雨把电话拨过去,"你就这点本事,来烦我,怎么对待外人就草包了?"

"不是我草包,而是赵辉一开始为了照顾我们,把价格说得很低,现在我们童装市场打开了,人家按正常价格收费,也没什么不对呀。"

"早知道找熟人会有这种麻烦,还不如找陌生人。"常若雨恨恨地说,"先让他做完以后出货,钱还是按老价格给他,大不了一拍两散,从此以后再也不要理他了。做童装的工厂铺天盖地,为什么非得在他那里做?"

"宝宝,我知道你一时不能接受,刚开始我也不能接受,后来想想赵辉的要求合情合理。我们要赚钱,人家也要赚钱,我们想多赚一点,人家也想多赚一点。你想就此跟人家一拍两散,你是解气了,但你有没有想过,你也断了自己的一条路。"

"天哪,你这都是什么歪理啊,不跟你说了,你先用冷水洗把脸清醒一下再说吧。"常若雨没有再给他说话的余地,匆匆收线。

静静地等了5分钟,常若雨正惊讶方亮怎么不再打过来了,却接到他的一条长长的短信:宝宝,我知道你生气。我不该不跟你商量就答应赵辉的要求,但你要知道,男人是要面子的,如果我说要回头请示一下老婆,人家会怎么看我?在给你打电话之前,我给其他工厂也打过电话了,同样的童装,别的厂家的报价跟赵辉加过钱的价格是一样的,有的地方甚至更高,所以赵辉提的不是非分要求。而且我跟赵辉合作以来一直很开心。他的人你也看到了,忠厚老实,每次去他工厂,他都请我们吃饭。他做的产品你也满意,再重新找别人,你就不怕遇到牙刷消毒器的事件吗?

看完这条短信,常若雨真的很恨方亮。他太性情中人,太没用了,他不能为她分忧解难,只会拖她的后腿。还老是长他人志气,灭自家威风。谁都

263

在欺负他傻,先是石磊,现在是赵辉。凭什么找其他工厂就一定碰到坏人?与其说他是一朝被蛇咬十年怕井绳,不如说他是懒惰懦弱愚蠢更恰当些。

我为什么要找他当老公?常若雨在心里质疑自己的选择的时候,脑子里突然出现了李一鸣的形象,如果找他当老公会怎么样?这个念头一出,她自己被自己吓住了。

也许她跟方亮做"闺蜜"会更好,就像从前那样,可是他却成了她的丈夫,她明明不爱他的,却在跟他过日子。眼泪无声地盈了上来,不是悲伤,而是悲凉,她的心凉了。她再一次想到了小梅,她的生活顾问。

"我们无往不胜的常若雨啊,最近怎么困惑越来越多了?"小梅在电话那头笑着说,听起来心情很不错,比起前一阵牢骚满腹就像变了个人,到底是经济决定地位,她的童装卖得好,在老公和婆婆面前终于可以不用做个受气包小媳妇了。

"我是当局者迷,你是旁观者清,而且你这么聪明,我不问你还能问谁?"

"问我,我就站在方亮这边。"

"啊?"常若雨的嘴巴张成了O型,"看来我问错人了。"

"到底你是真的想问问别人还是只是要一个跟你心中一样的答案?如果是后者,那就赶紧挂电话吧。"

"别卖关子了,说吧,为什么站在方亮这边?"常若雨的声音显得越来越不高兴。

"因为赵辉的要价并不离谱,虽然做到一半说要加价比较不地道,但是不用去管那么多,让不认识的人做也不见得便宜多少。你不是一直想自己开工厂吗?你只有跟赵辉搞好关系,才能一点点把他开厂的本事学过来。你若找了其他陌生人,怎么可能经常闲下来去他那里吃吃饭,喝喝茶,讨教一下经验呢?"

听起来似乎有点道理,常若雨支起耳朵,"但是,方亮不同意我开工厂啊。"

"是他不肯还是你没准备好?你若准备好了他自然就肯了。所以你现在要多去向赵辉取经,加的这点钱,就当是学费好了,便宜吧?"小梅吃吃笑起来。

虽然明知道她在电话那头,常若雨还是嗔媚地白她一眼,"你这个鬼精灵,我就知道你能给我解决难题。"

"刚才是谁说问错人了?"小梅心里暗笑,嘴上调侃。

"哎呀,你这个坏蛋。"常若雨嘴里说着,心里却仿佛荡开了一股暖流。

"有生意了啊,不说了,先挂了,等会帮我发货。"

常若雨意犹未尽地挂了电话,她本来还想请教一下小梅对她和李一鸣的看法,想重新拨回去问问,转念一想,什么事也没有发生,就凭一个眼神,去问别人,不但幼稚,还很可笑,便作罢了。

十九

常若雨一觉睡醒,惊讶地发现窗外的太阳已经掉到了远处的群楼后面,在那儿闪烁着最后的光芒,再一看时间,已经是下午 5 点多了。

天哪,我竟然睡到这么晚?她从床上弹跳起来,迅速地洗漱。方亮一早就走了,现在该累坏了吧?她得赶紧去替换他。她很奇怪这当中方亮怎么会不打个电话来呢?以前她也有睡过头的时候,都是方亮的电话把她叫醒的。

她从衣柜里随手拿出一套粉色的女式套装来,春天到了,她要穿上这件领口开得大大的,粉嫩色的春装,这套衣服可以把她的皮肤衬得很白,身材很颀长。

她匆匆啃了几口干面包,在太阳快要沉落的时刻,离开家,把渐渐涌起的黄昏关在了屋子里。

心急火燎地推开办公室的门,她的眼睛和嘴都张大了——她竟然看到了石磊。一时间她以为是在做梦,又以为石磊从来就没有辞职过,辞职的事情是一场梦。

"你可来了,你真能睡啊,要不是石磊来了,我早就打电话把你叫醒了。"坐在石磊身边的方亮看到她笑着说。

常若雨蹬着高跟鞋,朝他们走过去,"石磊怎么来了?"

石磊看到她,站起身来,满脸堆笑着打招呼,"阿嫂好!"

"正好,我们出去吃晚饭吧,石磊有事情跟我们说,小雨,你也一起去。"

真是黄鼠狼给鸡拜年——不安好心。常若雨心想。她极不愿意再跟石磊有任何瓜葛,但又怕方亮跟他单独在一起的时间越长就越危险。"这里事情这么多,我们都走了怎么行?石磊是跟我们一起苦过的人,又不是客户,吃什么饭店?跟我们一起吃盒饭吧,边吃边说。"

方亮的笑容顿时僵在脸上,他最恨妻子这点——在外人面前不给他面子,老爷们都说去饭店吃饭了,你凭什么说在办公室吃盒饭?但还没等方亮来得及发作,石磊已经呵呵笑着说开了,"还是阿嫂了解我,把我当一家人。方哥,你说请我去饭店吃饭就太见外了,不把我当兄弟。"

方亮干笑两声,"我是怕办公室里人这么多,影响我们说话。"

"没事的,在这里谈心里踏实,有什么事情还可以及时处理。"石磊环顾一下四周,"又回到这里了,感觉就像到家了一样。"

常若雨听不下去了,这个心计很重的娘炮处心积虑抢跑她的客户以后又想出什么损招来了?也不知道他什么时候到的,看来至少到了有好几个小时了,并且嘴上抹满了蜜,不然方亮怎么会忘了伤疤,又对他像从前那样亲热了呢?"你今天过来是有什么事吗?"

"是啊,我先前跟方亮哥说过了,我想跟你们合作。"

"合作?"常若雨对他的厌恶愈加深重,"合作什么?"

"资源共享啊。"石磊目光中带出一丝自得,"这段日子以来我搞定了上海各大剧院,可以拿到抢手的演唱会票子。怎么样?利润很丰厚的。你们跟我合作,所有的卡券都两家投资及利润各家一半怎么样?"

太厉害了,居然能搞到明星演唱会票子,这可是块大肥肉,这是我搞了几年都没搞下来的项目。常若雨心想,按说跟他合作也不会吃亏,但是他现在找上门来,明摆着是因为抢她的大客户失败,而退而求其次跟她合作,如果抢成功了,别说合作了,估计在路上碰到,都不会正眼看她一眼。就算抛却这些恩怨,她也不想跟他合作,这个人太阴险了,说不定哪一天又被算计了。"石磊,这件事情容我跟方亮回家去商量一下,有了结果再电话你吧。"

"好的,若雨姐,你们商量一下,我明天再过来。"

"什么?明天?这么急?"常若雨愕道。

"当然了,我们都是生意人,哪能拖泥带水?你也知道,演唱会事情繁琐,仅凭我一人的能力,根本没可能做成功。你们要是不合作,我还得要去找别人合作呢。我第一个就想到了你们,是因为我跟方哥的关系,有了好机会,当然第一个就是方哥了。"

常若雨看到方亮的表情都快要陶醉了。

石磊一出门,方亮就迫不及待地说,"还考虑什么嘛,这么块大肥肉,你还不赶快吃下来?"

"你别傻了,本来我们的钱我们自己赚,现在多出来他这一档子事,就要比平时忙很多,钱对半分。等于是事情多了,钱还一样。"

"你开玩笑吧?演唱会是暴利,做好了,钱大把大把的。那些明星你知道有多少昏了头的粉丝吗?为了看一场偶像的演唱会,几万元钱也肯掏的。"

"这么好的事情,他干嘛要分你一半钱?说什么忙不过来,忙不过来不会像我们这样雇人吗?而且演唱会虽然利润大,风险同样也大。万一哪一场歌星说好来结果取消了,这种事情经常有的。那么高价拿进来的票子就得按规定平价退给客户。你有没有想过这些损失?"

方亮皱起了眉头,"我现在发现你越来越不会算账了。十场演唱会里面是正常演唱的多还是取消的多?就算有百分之五十的取消率,也是不亏不赚。再说了,哪会有那么多取消的场次啊?"

常若雨沉吟一下,"石磊这个人理智而残酷,我们都看不透他,这让我害怕。他提的建议虽然诱人,但我不想尝试。跟一个人品有问题的人合作,就像摆个定时炸弹在身边一样。"

方亮的眉头越锁越紧,"你是说他抢我们大客户的事情?那可能是他的一念之差。现在不是已经不抢了吗?如果他继续对着干,你哪能这么轻易就把所有客户都抢回来?说明他知道错了。不能因为这一件事情,就否定他的人品。我知道,从他第一天来当客服起,你就看他不顺眼。我知道为什么,因为他从来都是有事情只跟我商量,不跟你商量,你就觉得他不把你放在眼里对不对?"

"你别自作多情了。反正这件事情我觉得不妥当,而且我们也没有多余的精力。"

"你没有多余的精力去多增加一个卡券的业务,倒有精力成天寻思着怎么开工厂?"方亮嗤笑道,"拜托你找个好一点的理由。如果你怀疑石磊的人品,我敢拿人格担保他。如果你是对这件事情没有信心,那么我们在合作之前都可以谈清楚,比如先合作3个月,好的话继续下去,不好的话一拍两散。"

常若雨发现她跟方亮两个人谁也说服不了谁,一碰到石磊这四块石头,方亮都会变得特别坚硬,不知道石磊给他下了什么迷魂药。唯其如此,她就更不想让他们2个人搭在一起。

"我反正不同意,我讨厌每天要看到这张脸。"

"女人真是不讲道理,"方亮阴郁的脸转向暮色浓厚的窗外天际,"哪怕是做生意的女人。你说要加工牙刷消毒器,我觉得不靠谱,但你特别想,我就付了十几万学费让你去输。你说要做服装,我觉得没必要把自己搞得那么累,但你特别想做,我就四处去替你联系。现在石磊要跟我们合作,你不喜欢这个人,但我觉得机会难得,你就不能为了我谦让一下吗?"

话都说到这个份上了,再要拒绝,恐怕不利于夫妻关系。但是心中又是100个不愿意跟石磊再有什么瓜葛,常若雨陷入了两难的境地。这时,她突然想到了李一鸣,不如约他出来喝个咖啡,详细问问石磊当初是怎么来抢他的,被识破后有没有其他的动作。如果证实下来石磊手段恶劣,后来又不甘心还想极地反击,那么这个人无论如何是不能合作的;如果真的像方亮说的只是一念之差,不如就再给他一次机会,先合作几个月试试看。

常若雨看了看时间,已经快6点半了,不知道李一鸣下班没有。她站起身,"我要出去一下,向那些大客户了解一下当初石磊是怎么抢他们的。回来后再告诉你能不能合作。"

"你不是有毛病吧?还去跟客户了解这个?再说你看看现在都几点了?人家早就下班了。"方亮急了。

"总有一个没下班的。"丢下这句话,常若雨就出门了。

一到楼下,常若雨赶紧拨打李一鸣的手机,心却怦怦乱跳起来,但一听到李一鸣浑厚的嗓音响起时,她的脑袋紧张得一片空白,"李经理,下班了吗?"

"是常小姐吗?"李一鸣的声音有几分意外,"我正要下班,有事吗?"

"有……有一点私事想跟你谈一下,你能给我几分钟时间吗?你说个地方,我过来。"常若雨的心提到了嗓子眼,她怕听到那一句:哦,我没空啊。

但是李一鸣却说,"这样啊,那我在公司里等你吧。"

常若雨的心又喜悦又激动,"别在公司了,你这里附近有没有吃饭的地方?我请你吃饭。"

"这么客气啊?"李一鸣笑了,"饭店太吵,我公司楼下的咖啡馆里有吃饭的,就在那里谈吧,我请你。"

第二部　紫花酢浆草

"不不不,我已经占用你私人时间了,怎么还能让你请我。那你先过去,我马上打车过来。"她已经连回家拿车的时间都不想浪费了。

挂断电话,常若雨伸出手臂来打车,她感到自己是张开了翅膀,飞向一片崭新的天地里。

在温暖的咖啡馆,看到脸上挂着温暖笑容的李一鸣,常若雨感到心都要融化了。"真不好意思,占有你的私人时间,你不急着赶回去吧?"

"没事,我跟我老婆打过电话了,说我今天加班,不回去吃饭了。"

他已经有老婆了?常若雨脸上的笑容消失了。

"你吃点什么?"李一鸣把菜单推倒她面前。

常若雨随便点了一个套餐,她觉得自己特别可笑,一个使君有妇,一个罗敷有夫,却还怀着少女一般的情怀来赴约。她定了定神,告诫自己:别再自作多情了,谈正事吧。

"那个……那个以前来给你送票的瘦小男人,后来有没有再来过?"

李一鸣看了她一眼,那是能迷死人的眼神,"来过,问我们怎么不去他那里买票了。"

"后来呢?"这个眼神让常若雨刚刚平静下来的心又起波澜了,她机械地问了句。

"我说你们店主不是亲自来过了吗?说以后买票都统一拍那个主店。"

"然后呢?"

"他的脸色发白,尴尬地笑着走了。"

常若雨往座位上一靠,舒了一口气。

"不过你也别放松警惕,他欲言又止的样子,看我表情严肃才没说什么。说不定碰到别人,还能扯上几句,交个朋友,你就未必有胜算的可能了。"

"啊?"常若雨张大嘴巴,"这个人简直就是只小强啊。"

李一鸣呵呵笑起来。

"不过还是很谢谢你肯站在我这一边。"

"你看起来不错,我们当然要支持你。"李一鸣看着对面的常若雨说,今天她穿了粉色衣服,显得很嫩,脖子敞露着,纤毫毕露,楚楚动人。

李一鸣的目光和话语让常若雨羞涩地一笑。

"常小姐这么晚还在忙业务,家里人没意见吗?"

听李一鸣这一问,常若雨心中一动,他分明是想知道她有没有成家。可他已经结婚了呀,即使她没有老公,又有什么用呢?常若雨支支吾吾,不知道该怎么回答。

见常若雨没有回答这个问题,李一鸣继续说,"上次你亲自来送票,有没有看到坐在我对面的一个小伙子?"

常若雨有点印象,一个小白脸,看上去只有二十七八岁的样子。她点点头。

"他叫毛帅,你走后他特地对我说以后要一直来你这里买票,还希望你能每次亲自送票。"

常若雨明白了,李一鸣今天肯出来吃饭,不是对她有意思,而是那个叫毛帅的小伙子对她有意思,李一鸣是来替他打探一下她的婚姻状况的。李一鸣一开始就点明自己有老婆,是在告诫她不要对他想入非非,要把心思放在毛帅身上。

如果我告诉他我已经有老公了,毛帅一定很失望,说不定就掉转枪头跑到石磊那里去买票了。但是如果我说我没有结婚,那就成了骗子了。她左右为难,只能顾左右而言他,"代我谢谢他,以后我都会亲自来送票的。不光是你们这里,其他大客户的地方也都是。"

李一鸣没有听到想听到的答案,似乎有点失望,但他还是有涵养地笑笑。

套餐很快就吃完了,看着李一鸣那令自己特别心动的粗犷长相,常若雨还想多待一会,但是显然他没有这个意思,一副想买单走人的样子。可那天在办公室,他明明是很钟情自己的,就算有老婆,多个红颜知己难道不是每个男人的心中所想吗?一定是因为那个毛帅对他说喜欢她,所以他就敬而远之了。一个好有克制力的男人,常若雨对他的好感更深。她再次怨老天弄人,为什么不在他们都还没有结婚的时候相遇。

常若雨抢着买了单,但她还是不想离开,只想跟这个迷人的男人再多待一会,因为她知道,以后这种机会不会再有了。

见常若雨没有离开的意思,反而在神情中显出沮丧和颓唐的样子,李一鸣有点诧异,"你是不是太累了?"

"没有,"常若雨看看他,撒了个谎,"你长得很像我以前的同事,所以看起来很有亲切感。"

"是吗?"李一鸣笑了,"你一定跟这个同事的关系很好。"

常若雨想说:是啊,还差点结婚了。但终究还是没这么说,太露骨地挑逗了。"是啊,可惜后来没再联系了。"

见李一鸣欲言又止,一定是还想知道她有没有结婚。这一餐饭吃得各怀心事,吃完了心事还没解决。

"早点回去休息吧。你放心,我们今后所有的票子都会在你这里买的。"李一鸣笑容明净,眼神柔和,看得常若雨想哭,但她竭力想将矜持和平静保持到最后,于是她很得体地微笑了。

坐在出租车里,常若雨狠狠地拧着自己的大腿:常若雨,你这个不要脸的,你是个已婚妇女,你怎么可以任由你心中不道德的激情泛滥?以后再也不许这样了!

她看到车子前方的镜子里自己的脸,眼睛里,有一层亮亮的东西涌起,涌得厚厚的,模糊了视线,什么也看不到了。

二十

暮色降临,屋子里亮起了灯,同时亮起的还有石磊的身影。他出现在办公室门口,满脸笑容。但在常若雨看来,这种出现,这种笑容,本身就是一种挑衅。

"石磊,你怎么才来?我还以为你不想跟我们合作了呢。"方亮迎上去,如同过去一样的热情,"说好今天过来的,我都等了你一整天了,还以为你改变主意了呢。"

"今天忙了一整天,才得空,马上就赶过来了。还好,常姐也在。今天我请你们出去吃顿便饭,边吃边聊。"

看石磊显出扬扬自得的神气,常若雨真想扇他一巴掌,但方亮事先已经关照过了:一定要给他面子。为了婚姻生活和谐,常若雨只能挂上一缕微笑说,"走不开啊,就在这里说吧。"

"怎么可能?今天是周六,每周的双休日是生意最少的时候,何况现在是晚饭的点,更加空闲。"

他在这里做过几年,对此了如指掌,常若雨无话可说,她唯有站起身乖乖地跟他走,别无他法。跟在他身后,看他那比女人还要瘦小的身材,常若雨就觉得很恶心,而这恶心又是那么令人生厌,混浊不堪。

坐在饭店里,无论是点菜还是上酒,石磊一直都在笑。常若雨觉得那笑容几近于无礼,仿佛在嘲弄他们一直都被他玩弄在股掌间,蠢笨如猪。

石磊举起干杯的酒盏,"来,方哥,常姐,我敬你们。希望接下来的日子里,可以合作愉快。"

这人脸皮怎么这么厚?还没答应他呢,他倒以为是水到渠成的事情。常若雨心想。却见方亮举起酒杯说,"合作愉快!"

"方哥,今天高兴吧?"

见石磊用赠送给别人中意的礼物后那种心满意足的自信语气问这句话,常若雨感到对他的厌恶又比平时多了几分,她不客气地说,"先合作3个月,3个月后看情况再讨论下一步。"

石磊看了她一眼,"用不了3个月就会长期想合作下去了。"

石磊的回答让常若雨觉得充满了自负而又无聊透顶,她不再说话,看着方亮和石磊两个人觥筹交错,把未来设计得满天彩虹。她在边上吃着菜,喝着饮料,保持着一种疏远而又不显得冷漠的距离。

"那赶早不赶迟,我明天就过来了。"

石磊的这句话惊醒了常若雨,"不用这么急吧?"

"'五月天'的票子已经可以预售了,再迟就来不及了。"

"可是怎么合作还没说清楚呢,我们还有服装这块。"

"服装这块就暂时不算进去好了,3个月后看,如果你们觉得差我太多,就把服装这块也加进去。不过我认为这是迟早的事情,不然单独撇开童装这块,计算起来也不好算。"

听了这话,常若雨怎么想怎么不舒服,自己辛辛苦苦创立起来的事业,突然要分人一半了,这算什么名堂啊?她几乎想反悔了,但看到方亮那副踌躇满志的样子,她只有硬着头皮上。不过她已经打定主意了,3个月后一定要拆伙。

离开饭店,告别石磊,方亮兴致勃勃地问:"宝宝,现在是去公司看看还是回家?"

"你的圣上不是说了吗?今天是休息日,没多少生意的,留2个客服在那里足够了。"常若雨恹恹地说。

刚才在酒桌上喝了不少酒,现在被夜风一吹,被妻子的话一呛,方亮的酒都醒了,"你又怎么了?说话怪怪的。既然你这么讨厌石磊,当初就别答应人家呀。"

"我不答应他行吗?你还不把我吃了?又能赚钱,又能天天见到好兄弟,这么块大馅饼从天上掉下来,你不接住,晚上做梦不也得悔青了肠子吗?"街上昏黄的灯光让常若雨愈加打不起精神来。

见妻子有气无力地说出这么一堆酸溜溜的话,方亮心中很是不快,"你现在说这些风凉话还有什么意思?我看你在饭桌上不是半点反对意见也没有吗?怎么一出门就反悔了?"

"我在饭桌上能说反对意见吗?看你一副志得意满的样子,我能打击你的积极性吗?再说了,我能不给你面子吗?面子是你的全部,除了面子,你什么也没了。"

"够了,常若雨,我受够你了!"方亮面红耳赤,青筋暴起,"我做什么事情你都看不惯,你从来就没看得起过我。如果你嫁老公是为了鄙视他的,我真不明白你结这个婚有什么意思?你还不如做一辈子老姑娘好了。"

方亮的激动让常若雨也怒火中烧起来,"对,我现在后悔死了,我们干脆离婚好了!"

"好!离!回去你把离婚协议写好,我签字,明天就去民政局把事情办了。"说完这句话,方亮头也不回地一个人走了。

常若雨呆呆地站在原地,任凭晚风吹拂着她的头发。他真的想离了?她一屁股坐在路边的花坛上。

一直以来,她都觉得不爱他,遗憾没有嫁给这个男人,遗憾没有碰到那个男人。在这段婚姻生活中一直都生活得委委屈屈的,但是她从来没有真正设想过会离婚。当离婚以迅雷不及掩耳之势出现在她面前的时候,她潜意识的声音说话了:我不想离婚。

一直以来都是她在压迫他,源于她一直觉得不爱他。但是今晚他情绪激愤地对她的这种压迫进行了抗议,她恐慌了。

她站起身,朝家的方向走去。她希望方亮只是一时气愤,等她到家了,迎接她的会是像从前一样的一张笑脸。想到这里,归家的脚步越发快了。

常若雨拿钥匙打开门,看到方亮正坐在客厅里看电视,看到她回来,头也没有转一下,虎着一张脸继续看电视。

273

这个景象让常若雨平息的怒火又点燃起来了：什么屁大的事情，用得着这样吗？如果这时候服软，不是要一辈子都服软了？

她蹬蹬蹬地跑进书房，拿出笔和纸，刷刷地写起了离婚协议——离婚！财产各半！店铺各半！

写完，拿着这张纸送到方亮鼻子底下："签字吧！明天去办手续。"

她以为方亮会露出惊愕的眼神，然后笑哈哈地说：宝宝，跟你开玩笑呢，你怎么当真了？但是跟她的以为截然不同的是方亮夺过纸，看也不看内容，就签下了自己的名字。

这一刻，常若雨觉得生活跟她开了个大玩笑。低下头看着这个龙飞凤舞的签名，她始终觉得这是不可能的。

她跑进卧室，抱出一床被子来往沙发上一放。方亮吃惊地说，"你干什么？"

"今天你睡沙发，明天一早去办手续。"常若雨扬了扬手中的离婚协议。

方亮劈手夺下离婚协议，常若雨作势要抢回，方亮眼疾手快地把它撕碎了。

"你干什么？这是我的劳动成果，辛辛苦苦写好的，你怎么撕了？"常若雨佯装嗔怒道。

"你还当真了啊？我跟你开玩笑的。"

他果然说了这句话。常若雨暗喜，嘴上却说，"你是开玩笑的，我是认真的。"

"宝宝，你不是认真的吧？你不要吓我。你不喜欢石磊，现在我就打电话给他，说合作取消了。"

听了这话，常若雨心中的喜悦更是加深一层，她依然板着脸说，"那你打呀。"

方亮艰难地拿起手机，但只犹豫了几秒钟，就拨了石磊的电话。见状，常若雨夺过手机，摁掉了。

"怎么了？"方亮丈二和尚摸不着头脑。

我又不是让你真打，试探一下你对我的感情而已。常若雨在心里偷笑。嘴上一本正经道，"算了，既然答应别人，刚才又吃了别人的饭，现在突然说不合作了，别人会怎么看我们？反正有三个月试用期，三个月后就说不合适拆伙了好了。"

方亮想问:如果三个月后发现这是能让人大赚的项目呢?但话到嘴边还是吞了下去。到那时再说吧。现在一切还是未知数,万一说得不好,又惹得老婆大怒。他可不想离婚,做梦都想追到的女人,好不容易成老婆了,再放手,要么自己真的是疯子或者是傻子。刚才也就是想吓吓她,她真的当真了,他先就吓得尿裤子了。

"宝宝,这床被子麻烦你老人家再抱回卧室好吗?"方亮腆着脸说。

"自己动手!"常若雨生硬地丢下这句话,去了卫生间。

方亮抱起被子,去卧室铺起了床。心想:找个自己爱她比她爱自己要多得多的女人,就是得这样的,没有公平,只有谦让,偏偏还谦让得无怨无悔,置之死地而后生。

二十一

给我一晚时间,让我梳理一下我的感情,我就能够走通。

虽然是这么想的,但一想到每天又要看到石磊了,每当这时,常若雨就后悔,那晚干嘛不趁势让方亮打电话给石磊,说解约的事情?到底还是妇人之仁,女人就是做不了大事。于是她每天只要一踏进办公室的大门,看到石磊那个娘炮一样的形象,就自我责备。

李一鸣又来买票了,当石磊看到常若雨亲自去送票后,似乎明白了什么,他的脸上挂着一种说不出味道来的表情。

办公室里有自己最不想看到的人,而李一鸣公司有她最想看到的人,所以在那里,她总想多逗留一会。而毛帅,每次看到她过来,总会笑逐颜开,也希望她能够多留,她就顺势多留一会,可以多看看李一鸣。

"那个小瘦个,没有再来抢你的生意吧?"

常若雨知道毛帅说的小瘦个指的是石磊,她没法说现在正在跟这个叛徒内奸合作,她怕说了,人家会直接怀疑她的智商或是人品。她支吾了两声微笑一下。

"我看你现在店铺里童装卖得越来越好了。"毛帅没话找话说。

"是啊,最近运气不错。"常若雨回答着,目光瞟向李一鸣,发现他也在看她。她一阵脸红心跳，为了缓解尴尬，她故意用清朗的声音说，"李经理有没有小孩？如果有小孩，可到本店铺来买，我一定优惠你。"

李一鸣笑了一下没有答话，似乎不想说这个问题。办公室里气氛似乎有些尴尬，常若雨不便再待下去，转身告辞了。

一路上，心情却兀自不爽，脑海里老是浮现出李一鸣魁伟的形象，她觉得她必须找人去倾诉一下了，倒倒她的精神垃圾。

听到常若雨来电，电话那头的小梅显然很高兴，"今天又卖掉了几件童装。"

但常若雨无心说童装的事情，她只想说李一鸣。

"不会吧？小雨，你想搞婚外恋？"小梅夸张地叫起来，"陈志华这么对我，我都不敢存这份心思。你倒好，你家方亮对你死心塌地的，你却想出轨。"

"我不是想搞婚外恋，而是就是特别喜欢李一鸣，就想看到他，他一来买票子，我就激动万分，一离开他，我就特别难过。"常若雨解释道。

"还说不想搞婚外恋？你看你都精神出轨了，离肉体出轨也就一步之遥了。"小梅一针见血。

"所以痛苦呀，来找你说说，我该怎么办？"

"怎么办？把这种无谓的感情压下去呀，任由这种感情发展下去，有百害而无一利。对婚姻不忠诚的人，婚姻也不会忠诚她，建议你去学学佛学，就知道万恶淫为首的道理了。人一旦犯了淫邪之罪，就会事事不顺，该你的福气都会没了。你身上的磁场也会因此而改变，这种磁场同样会影响到方亮，到时候他也会不忠诚于你的。"

常若雨将信将疑，"不会吧？"

"信不信由你，作为朋友，也只能说到这个份上了。小雨，你是个聪明人，我相信你会做好自己的。即使你不相信因果报应，做这种事情也是没有意思的。若相爱却不能相守，不是更痛苦吗？那不如从来没有相爱过。若相爱大家各自拆散家庭，就算你不考虑方亮的感受，你就不去想想李一鸣这个能轻易让家庭解体的男人能托付终身吗？"

说到这里，常若雨才算是豁然开朗了，"谢谢你，小梅，你就是上天派来的天使。"

小梅咯咯笑了，"天使不敢当，就是你的一个下家而已。"

常若雨也被逗笑了，同时，心情舒畅起来。

回到办公室，发现方亮和石磊正在热火朝天地讨论着什么，走过去一问，才知道演唱会的订单与日俱增。看着他们红光满面的兴奋样子，常若雨忍不住要泼冷水了："你们接那么多单子，垫进去那么多钱，万一演唱会取消了，要赔死的。都是高价拿到的票，最后以平价退给客户，想想就可怕。"

"你怎么总是乌鸦嘴呢？你怎么就不想想赚的事情呢？"方亮极为不满地说。

"有赚就有赔。石磊拿过来合伙的钱已经都坑在演唱会里面了，接下去就要动用我们的资金了，我当然要担心了。"

"什么叫坑啊？"方亮的语气明显带着少有的强硬和愠怒，"既然合伙，我们怎么可能一分钱也不垫付？赚了钱可是要平分的。"

"你最好搞搞清楚，"常若雨已经不想给他面子了，"演唱会这块是石磊的，钱平分；其他卡券这块是我们的，钱平分，这不是清清楚楚的事情吗？卡券石磊没有投钱进来，所以演唱会我们也不应该投钱进去。你想不明白吗？"

方亮的鼻子都要气歪了，"如果要分得这么清楚，还要合作干什么？"

"如果合作的话，资金是一团糨糊的话，那还不如不要合作。"

"我们垫进钱去，是为了赚得更多。"方亮不想当着石磊的面跟老婆辩论，但现在不辩论的话更加没面子，他只有硬着头皮上。

常若雨摊开双手，"好吧，随你们去弄吧，我不管了。"

她坐到一边冷眼观察这这两个人，看到方亮的兴奋已经达到了顶峰状态，势不可挡。石磊一定是跟他说了能赚多少多少钱，他已被洗脑了。

石磊这次提出合作是因为他知道演唱会这块是有风险的，他过来合作，一方面是减低风险，另一方面肯定还是在找机会夺走他们的卡券这块大肥肉。我怎么一开始就没想到呢？常若雨懊恼不已。不给她太多的时间去理顺思路，这就是石磊高人一等的地方。

也许，还有她还没想到的阴谋。仅是那些想到的就让她禁不住一阵战栗，怎么还承受得住那些没有想到的？引狼入室，说的就是这种情况吧？常若雨心中萌生了无数的揣测和臆测，越想越觉得可怕。

此时，方亮突然一脸兴奋地跑来对她说，"石磊真是我们的大福星，现在我们出去签合同都是用的朋友公司的章和营业执照，太不方便了。石磊说我们自己可以申请一家文化传播公司,他可以帮我们弄。"

"这家公司算我们的还是他的?"

"他自己已经申请下来一家公司了,这次纯粹是帮我们,他觉得你不信任他,他要为我们做点事情出来,让你改变对她的看法。有了正规的公司,以后做什么事情都可以方便很多。"

常若雨用惊愕的目光看向石磊,他正微笑着看着他们。也许这次他是真的想改邪归正了,也许是给我们一颗糖衣炮弹吃,是为了更好地麻痹我们,然后就要把我们炮轰得尸骨无存了。但不管他的出发点是什么,开一家文化传播公司对她来讲,都是有益无害的。

她朝石磊点点头,"谢谢你。"

"你们要多想些公司名字出来,因为重复的就不让用了,我申请自己的这家公司,用到第80个名字才不带重复的。"石磊提高嗓音说。

"啊?那太恐怖了。一般立意比较好的名字应该都被申报过了吧?"常若雨惊道。

"应该是。"

"那就起个怪一点的名字,保管没有重复的。你可以让你那个写小说的小梅去想,她脑子里的怪名字一定很多。"方亮说。

正说着,办公室的门被推开了,小梅神奇地出现了。

"呀,真是说曹操曹操到。"常若雨欣喜地把她拉进来,全然忘了问她为什么会来,一股脑儿地把想注册公司,起名字的事情说了。

"我起的名字太酸,不适合做公司名字。"小梅笑着摇摇头。

"没关系的,说一个听听吧,就算备用的好了。"

"林间湖泊。"小梅脱口而出。

常若雨愣了一下,拍手赞道,"我喜欢这个名字,林间湖泊文化传播有限公司。真的喜欢,方亮你说呢?"

"你说好的那一定是好的。"方亮憨厚地笑着。

常若雨这才想起来忘了问小梅突然造访是为什么来的。

"刚才我本就是想给你打电话的,没想到你先打来了,"小梅把她拉到一边去说,"你说了一堆你的事,我就忘了说我的事情了,挂了电话才想起来。想着要给你打过去,后来一想,坐地铁也很快就到了,还是当面来说吧。"

"那你出来,谁看店呢?"

"今天陈志华没去上班,他可以看店。"

"那你来究竟是什么事情呢?"

"陈志华搞了间门面,我打算到你这里来进点童装,放在门面房里卖,然后里面再放台电脑,就可以网上网下一起做了。"

这个说法要是换成别人,常若雨一点也不会觉得奇怪,但是是具有文学细胞的小梅提出来的,总让人觉得不真实。"这样你人就被彻底套住了,儿子谁来带?"

"我婆婆说了,每个月给她2000元钱,小孩吃的用的全是我的,她就帮我带,若是以后生意好了,就再多加她钱。"

"这死老太婆怎么这么会算计?带唯一的孙子还要钱?"

方亮走过来正好听到这句话,他用手指捅了一下常若雨,"怎么说得这么难听?什么死老太婆。老人带孩子不是义务,很辛苦的,给点钱应该的。难道以后等你有了孩子,让我妈免费给你带?"

"哎呀,不是。"常若雨拍掉他的手,"小辈给是小辈应该给,可不应该开口来要,搞得跟做生意一样。再说了,那时天天催着小梅要生孙子,孙子生下来了,却这么计较。人家好的公婆,每个月不知道要贴给第三代多少钱呢。小梅,你的命怎么这么苦?亲妈很奇葩,婆婆更奇葩。"

"老人计较让她去计较好了,小辈不计较不就行了?"方亮再次插进来说。

"好啦,你们别为我的事情吵架了。"小梅朝常若雨眨眨眼,"男人都是大孝子。"

"这话说的,好像女人就不孝顺一样,男人那是愚孝。"

"怎么又跟我抬起杠来了?"小梅挽着常若雨的手说,"带我去看看你们的童装吧,我看进哪种好。"

"当然是每种都进了,门面房里卖服装,当然品种越多越好。"

小梅看看堆放在角落里的童装说,"就这些?"

"怎么可能就这些呢?这些是今天要发的。我在对面的房子里租了间仓库,走吧,带你过去。"

走在小区里,看着树叶摇动得缓慢而无声,小梅便有些感慨,"好惬意的感觉啊,每天忙忙碌碌的,好久没有这种雅兴了。"

在小区里走走也算雅兴,常若雨突然有些难过:"真要网上网下地做,你的所有时间都被占据了,你真的不写作了?"

"吃饭是第一位的,写作又不当饭吃。"

"那至少也该当个业余爱好啊。"

小梅哈哈笑了,"业余爱好找个这么辛苦的事情去做?可以旅游、看电视、听流行音乐,看看自己喜欢的书,等等等等。人活得这么累,业余了还要继续累,我这不是犯贱吗?"

"难道写作的时候你不是快乐的吗?结婚前你为了写作骗你妈妈在外面上班,其实躲在公园一角或肯德基里面快乐笔耕的事情你都忘了?"

"快乐笔耕?是辛苦笔耕。我那时太傻太幼稚,把一切都理想化了。我年轻时浪费了那么多时间去做一件很无聊的事情,我现在不会再犯傻了。"

不知为什么,听到这些话,常若雨无比心酸。她的人间仙子一样的小梅,现在已经心甘情愿地沦为小商贩了,也许再过几年,她会看到一个膀阔腰圆,巧舌如簧的中年小梅。那就真的是岁月是把杀猪刀了。她不敢想下去了。

"哇,这么多衣服啊,我都眼花缭乱了。"不知不觉,已经到了仓库,看到一屋子的童装,小梅惊呼起来,"我多进点,你给我什么折扣?还有,卖不掉得允许我退货的。"

看小梅现在已经升级到这种程度了,再看她一身毫无品味的装束,常若雨知道,少女小梅已经是过去式了,生活磨炼了她,教会了她,她已从天上坠了凡间。也许,该为她庆贺。不是谁都有少奶奶命的,或者是说,不是谁都有清贫的文人的命的。

二十二

方亮一回到家,就发现气氛有点不对。常若雨阴沉着脸,一言不发地坐在客厅沙发上。

"怎么了?宝宝,又不开心了?不会还是为了石磊吧?"方亮走过去,小心翼翼地问。

"我今天去过医院了。"常若雨依然冷着脸说。

"怎么了？哪里不舒服？"方亮伸出手去探拭她的额头，被她一把拂掉。

"我怀孕了。"

"真的？那太好了。"方亮喜不自禁，"这是大好事呀，你怎么还不高兴？难怪最近你胃口这么好，原来是两个人吃饭了。"

"这孩子来得不是时候，现在刚跟石磊合作，我得时刻提防着他；童装也刚起步，大客户那边的卡券都得我亲自去送。这么多事，我怀孕了，怎么办啊？"

方亮往沙发上一靠，"知道杞人忧天是什么意思吗？你把很多不是事情的事情都提到议程上面来了。你刚才说的那些所谓的大事是天天存在着的，难道你就一辈子不生小孩了？还有，我要指出一点，别老是戴有色眼镜看石磊。他这次过来是真心实意想要合作的，如果他来阴的狠的，你哪里是他对手，但他没有这么做。"

"这是什么意思？我还斗不过他？他不是已经被我斗败了吗？不然早就自立门户永不回头了。你怎么又在维护他了？总是长他人志气灭自家威风。"常若雨越说越激动，站了起来。

方亮拉她坐下，搂着她说："石磊原本已经把大客户抢过去了，那是他的一念之差。你后来又把他们抢过来了，他就没有继续再行动，因为他知道你已经知道他的所作所为，起了惭愧之心。如果他真是你说的那种十恶不赦的小人，他老早就去搞破坏了。他知道我们去跟企业签合同，用的都是别人的营业执照，他只需要把这个情况告诉对方，而他自己已经申请下来自己的营业执照了，完全可以取代我们，但他没有。"

常若雨打断他，"他没有这么做不是因为存好心，而是没有把握，他怕别人觉得我们都不可信，他落得个两败俱伤就更没意思了。"

"你怎么就老把人往坏里去想呢？"

"你怎么就老把人往好里去想呢？"

"好了好了，"方亮搂住她，把脸贴在她的肚子上说，"我们干嘛老是为石磊吵架呀？我们是商人，有利的就是朋友，无利的就是仇人，跟他在一起，不要去想这个人是好人还是坏人，而是去想这个人能给我们带来财富吗？小宝宝，你说爸爸说得对不对？"

"去去去，"常若雨推开他，"别让孩子还在娘胎里就成为一个满身铜臭的、势利的商人。"

"这么说你是打算把孩子生下来了?"方亮惊喜道。

"你这话问得真莫名其妙,我们这孩子是婚生孩子,而且我已经30出头了,并且你老妈天天催着我们生孩子,难道我还会去打掉他吗?虽说是意外怀孕,但既然来了,就是跟我们有缘,当然要一辈子跟着我们了。"

"你说得太对了。"方亮上上下下打量着她,"而且我发现怀孕的女人真美。"

常若雨哼了一声,笑而不答。方亮看她浑身上下流露出的安详,无不透露着她对生活的满足,刚才板着脸原来是在矫情。方亮偷笑了。

"来,老婆,我扶你去阳台上坐坐,呼吸一下晚上的新鲜空气。"方亮说着就来搀她。

"讨厌,人家才刚怀上,又不是大腹便便快生了,谁要你扶?你准是烟瘾犯了,想去阳台上抽烟,你一个人去吧,我现在是孕妇,不能吸二手烟。"

"知我者老婆也。"方亮在她脸上啊了一口,起身去了阳台。

他站在阳台上,掏出烟来点上,一缕缕青烟飘摇摇,飞散。他又摸出手机来,"妈,小雨有了,你终于如愿以偿可以做奶奶了。"

母亲的欣喜若狂更加深了方亮的幸福感,自从遇到常若雨,自己仿佛是时来运转了,而不久后的将来,他就要做爸爸了,这在情理之中又让他感到不可思议,像他这样一个平凡得不能再平凡的男人凭什么可以拥有一切?

从阳台上可以看到对面一幢房子灯火辉煌的窗户,有的把窗帘拉得严丝密缝,有的可以看到里面人影依稀,那些窗口里陌生的邻居都在各自度着自己的时光。但方亮敢担保,没有一家可以过得像他那样幸运且幸福。

月光透过阳台上晾晒的衣服中的空间,洒在他身上,斑斑点点。

"抽完烟还不进去?"不知道什么时候常若雨出现在他身边。

方亮转过头看他的妻子那潋滟盈动的眼睛,娇艳欲滴的嘴唇,似乎比平时更美了几分,他忍不住抱住她亲吻她的嘴唇。

常若雨推开他,"我想过了,我们还是分床睡比较好。"

刚刚还在天堂里,一下子就跌到了地狱里,方亮失声道,"我又哪里做错了?"

"你想到哪里去了?是为了我们的小宝宝,平时我这么忙,所以晚上一定要保证睡眠质量,否则对孩子不好。你晚上打呼噜翻身放屁都会影响到我的。"

"白天你就别去公司了,就好好在家里养胎吧,晚上也别分房睡了。"方亮说着,就伸出臂膀去搂她。

"这不可能,你知道我这个人的。"

"难道为了孩子也不行?"方亮的声音带着明显的不悦。

"我在家不放心公司的事,懂不懂?难道你认为提心吊胆的就对孩子好了?别说了,就这样定了,我去次卧给你铺床。"

看着妻子不由分说地离开了阳台,再一次证明在这个家里她是女王,说一不二。女王,他讨了个女王做老婆。想到这里,一种发自内心的战栗油然而生。他又看向那些窗口,那些普通人的生活,应该比他更简单、实在,或许也不匮乏吵架,但那是生活。那种最普通的夫妻生活,是他最向往的。刚才还觉得自己是最幸福的,现在看来,幸福的界定还有待改变,也许,他是最不幸福的。

"亲爱的,床铺好了,还不进来?"

这就是他的妻子,深谙这种时候应该给他喂颗糖吃了。毕竟,这声亲爱的把他的心融化了。他的妻子强势得让人无法厌恶。

二十三

"五月天"的演唱会被取消了,正应了那句话——出师不利。愤怒的歌迷天天要求赔款,石磊所有的资金都赔进去了,还连带了方亮和常若雨也跟着赔了点。也许不用等到3个月之后,合作就可以解散。这是石磊没有想到的,他以为这次是稳赚不赔的。没想到老天会对他这样残酷,让他顷刻间一无所有。只要他想干点什么事情,总会有不顺利的事情发生,让他的自信到了一败涂地的地步。他几乎要一蹶不振了。

"我早就说了,你不能敞开接单的,差不多的时候就可以收手了。可你不听,一心想要大赚。结果怎么样?有句话不是说吗?谋事在人成事在天。你花高价去进票,却只想要盈利,没有考虑到风险,真是利欲熏心迷了眼。"

见常若雨还在石磊的伤口上撒盐,方亮听不下去了,"你能不能少说两句?失败是成功之母,经验也是慢慢累积的。你怎么不说你加工牙刷消毒器被骗的事情？不是更弱智？"

"你们别为我吵了。"石磊站起身，低着头白着脸说，"我已经想明白了，我这个人根本就没有当老板的命。我帮别人做事情能成就别人，但帮自己，却屡屡失败，这就是命。我们合作到此为止，再见了。"

"等一下。"常若雨拦住他，"你刚才自己也说了，你只有帮别人的命，没有自己做老板的命，那你还愿意回来帮我们吗？我们出你高薪。演唱会的票子你还能继续做，无论赚和赔我们都五五分成。但是卡券和童装这块就不能分你成了，因为已经发你工资了。"

听到这些话，方亮和石磊都愣住了。石磊的脸上浮现出阴沉的微笑，"你就别拿我寻开心了。"

"寻开心？你觉得我有这么无聊吗？我知道这次的事情对你打击很大，你先回去休息一下吧，想好了给我们个回复。"

石磊离开办公室，他的指甲在脸上深深地划过一道痕迹，他恨自己总是失败，也恨老天为什么总爱跟他作对。脸上出现了血痕，他却感觉不到疼痛，因为心灵的痛苦远远超过了皮肤表皮的痛楚。在楼下被春风一吹，大自然的美好让他流泪了，咸涩的液体淌过脸颊上的新伤，又是钝痛又是刺痛，此刻他知道他有救了，已经能够感受到肉体的痛了，说明心里的痛已经减轻。

石磊一离开，方亮就迫不及待地问，"你不是说真的吧？"

"怎么不是？当然是说真的。"

方亮露出意外的表情，"可你那么讨厌石磊，我以为你会借这个大好时机彻底甩了他的，再说你本来就说三个月后想办法要解除合作关系的。"

"我现在怀孕了，要为我肚子里的小孩积积德。"常若雨一副大功告成的得意神情，"石磊这个人我想了很久，觉得你说的是对的，他没我想得那么坏。而且他刚才自己也觉悟了，他只有帮别人成就的命运而没有自己当老板的好命。有这个觉悟是多么难得啊，从此后他不会再对我们三心二意，不会再动歪脑筋。而且这次我们救了他，就是他的恩人了，只要不是狼心狗肺的人，都会知恩图报的。况且我现在怀孕了，确实很需要一个得力的帮手，而不是普通的客服。还有，还有就是他带进来的这个演唱会业务，真的是块大肥肉，只要操作好就没问题的。"

"天哪，你可真是个人精啊。"方亮惊叹道，"好处都让你赚进了。"

常若雨摸摸肚子,"我现在是两个人的智慧。"

若不是现在是在办公室,方亮真想把她好好抱起来狂亲一通,但现在,只能带着赞赏的神情看着她说,"你这样的人才不做生意真是可惜了。"

"当然,所以我不会只满足于开网店的。"

"什么?"刚刚还幸福艳阳天的方亮一听这话又紧张了,"你不会还是想去开工厂吧?"

常若雨咯咯笑了,"看你这个没出息的样子。我现在怀孕了,哪有时间和精力啊?我的当务之急是把孩子好好地给生下来。"

方亮松了一口气,心想:等孩子出生了,天天忙得四脚朝天,看你还哪有心思想东想西地瞎折腾。

常若雨研究着店铺,突然叫了一声。

"怎么了怎么了?"方亮赶紧跑过来问。

"我们的两个主账号要分开卖产品,一个店专卖卡券,另一个店专卖童装,小号的话也要分开卖产品。"

"为什么?"

"我已经研究过了,店铺专卖同一类产品比什么都卖销路要好,因为这样显得专业。而且在默认排序中,什么都卖的店铺排序会在很后面很后面。不信现在就试试,过一个月看结果。"

夕阳投进办公室,在办公桌前和电脑荧屏投下一块整齐的光芒。

"哎呀,太亮了,不看了,反正我已经研究好了。"常若雨遮住眼睛说,"你不会不以为然吧?"

"我完全举双手赞同,其实这个问题我早就想到了,一直在忙演唱会的事情,就忘了说了。现在我要说的是,两个人的智慧到底不一样。"

常若雨扑哧一笑,"你现在学坏了,会学我说话了。"

方亮莞尔一笑,走到窗前看着外面说,"现在太阳西沉,下班的行人如梭,我们却一整天困在这间办公室里了,出去走走吧,小宝宝也要透透气了,他今天都给你出了那么多好主意了。"

常若雨瞪他一眼,嘴里说着,"偷懒还油嘴滑舌的。"身体却站了起来,脚步滑向了门口。

一出门,方亮就迫不及待地挽住她。

"干什么?别挨着我。"

"我没揍你,我揍我儿子呢。"

常若雨啼笑皆非,"还快要做爸爸的人了呢,自己整个一小孩子。"

"所以你不喜欢我。"

"说什么呢?"常若雨白了他一眼,走在夕阳西下的街道上,心情说不出来的舒畅。

"还记得以前我们和小梅一起去南翔古猗园吗?小梅说我不成熟,说你不喜欢我这种类型的。"

"别不知足了,我都嫁给你,快要跟你生孩子了,还说这种话。"常若雨摸摸肚子说。她感到里面正孕育着某种伟大的萌芽,有了自己的孩子,会对配偶的要求降低很多。

方亮笑了,他觉得这是常若雨间接地在说"我爱你"。

常若雨的手机响了。

"是妈妈。"她说了声,接起了。手机那头传来妈妈的声音,"我烧了一桌子好菜,你跟方亮快过来吃饭吧,怀孕的人不能饿着。吃完让方亮一个人去办公室,你就留在妈妈这里好好休息休息。"

挂断电话,方亮问,"妈妈说什么?"

"枷锁,到处都是甜蜜的枷锁。"常若雨站在方亮对面微笑着说道。

方亮不明白是什么意思,正想接着问,手机也响了,他看了一眼说,"是石磊。"

"哈哈,我还以为是你妈呢。"

方亮接起电话,"石磊,怎么?你现在在办公室?好啊,好啊,当然欢迎了,我们现在就过来。"

见方亮挂断电话,常若雨问,"我下午提的方案石磊答应了?"

方亮兴奋地点着头,"是的,他现在就来上班了。"

"真是个急性子,刚走没多久就考虑好了。那好呀,那你还回去干什么?有他在那里盯着呢,我们应该恢复以往的自由。走,先去我妈家吃饭,吃完饭送我回家,然后你再去跟石磊汇合。对了,晚上别忘了把店铺里的东西重新挂一下,一个店铺只能挂同种商品。"

"知道啦,知道啦,真是啰嗦。"方亮说着,语气里充满了难以抑制的欢喜之情。

常若雨双手环住他的脖子,嘴对嘴亲了一下,"当然了,两个人在说话,不啰嗦才怪。"

方亮温柔地指着前方说,"看,再过几年,我们的孩子也能这样了。"

常若雨扭头一看,一个四五岁的小男孩在吹泡泡,他一手拿着一只装着肥皂水的塑料罐子,一手拿着一只带孔的小勺,小嘴对着小孔,轻轻吹一下,泡泡就颤几下脱离开小勺,飘飘摇升起来,晃悠悠飞出窗口去,在夕阳里闪着七色光芒。

这一幕把常若雨看得满心感动,她幻想着那是她的孩子,在属于他的世界里快乐地成长。

为了我的孩子,我也要努力地去拼搏,让他可以有比父辈更多的资本去享受、学习和创业。常若雨心想。不知怎么的,她又想到了小梅,小梅若是有钱,可能早就功成名就,成为一个大作家了,而现在,却不得不抛弃天赋和爱好去为生活拼命成一个俗人。

"你喜欢儿子还是女儿?"她问。

"自己的孩子都喜欢。"

"跟我一样。"

他们相视一笑,手牵着手离去。彩色泡泡在他们身后飞舞,就像一幅美丽而活泼的图画。

二十四

在电脑前,常若雨陷入了深深的沉思中,李一鸣让她今天晚上7点到10点之间把票子送到他们公司去。可这个时间不是应该是他们的下班时间吗?对于李一鸣的人品,常若雨是信得过的,他若是个色狼,第一次在咖啡馆就会露出本来面目了,也不用熬到现在在他的办公室图谋不轨。既然信得过他,就没有理由胡思乱想,也许是有些话不方便白天在办公室里去说吧。可是方亮这里怎么交代呢?凭什么白天不去送票要晚上去送。

就这样犹犹豫豫间已到了晚上吃盒饭的时间了,常若雨装作刚刚想起来的样子叫道,"哎呀,已经这么晚了啊?我票子忘了去送了,我现在赶紧去,你们吃吧,别管我了。"

"这么晚了还去送什么？明天去送好了。再说对方一定下班了。"方亮不出意料地说了这么句话。

"不行啊，人家一早就要用的。他们现在还没下班，就算下班，也有人在那里值班的，我放下票子就走。"

"那我送你去吧。"方亮放下盒饭站起来说。

"不用，我又不是不会开车。这里事情这么繁忙，你可不能走。赶快坐下来把饭吃完，我已经吃好了，我走了啊。"说完，不由分说，一溜烟就出门了。

一路上常若雨都在想，李一鸣会对她说什么呢？不会是表白爱情吧？想到这里，她被吓了一跳。这不是她曾经渴望的事情吗？为什么第一反应会是这样？是因为她已经怀了方亮的孩子，事情已不可逆转还是因为小梅跟她说过的会有报应的那些话？

一路上，她的脑子都乱乱的，还差一点把油门当刹车踩。

办公大楼静悄悄的，好像所有的人都下班了。常若雨怀着忐忑的心情叩响了其中一间的门，门开了，是毛帅。常若雨一惊，怎么他也没下班？这么说李一鸣不是来表达爱情的了，她松了一口气。但当她踏进这间办公室的时候，她发现里面根本没有李一鸣的影子，也没有其他人，等候着她的只有毛帅一个人。

常若雨陡然被一种莫名的愤怒打懵了，李一鸣骗她，原来是安排了毛帅来等他，那么待会表达爱情的人就会是毛帅了。

"真不好意思，这么晚了让你送票子过来，白天事情多。"毛帅笑着说，但明显非常紧张的样子。

"没事，白天晚上对我来说都一样，反正我有车子。票子已经送到，你点一下，数字对的话我就走了。"

毛帅看着常若雨涂着淡淡色泽的口红的嘴唇翕动着，珠光在灯光下闪烁着，不由心跳加速，"等会有空吗？我想请你喝杯咖啡。"

"有事吗？有事就这里说好了，喝咖啡浪费钱。"

"没、没事的，能赏光喝一杯吗？"毛帅结巴了。

常若雨嫣然一笑，"不了，我丈夫还在家里等我呢。"

看似平淡的一句话，常若雨花了极大的力气故作轻松地说出来，她不知道这句话说了以后会有什么样的后果。也许他们从此后不会再做她的客户了,也许李一鸣对她仅存的好感也会荡然无存了。

"你……你结婚了?"毛帅惊道,"但上次李经理说他跟你谈起过,你好像还没有男朋友。"

"那是他的猜测,呵呵。"

"呵呵,也是,像你这样漂亮的姑娘,当然很早就被男人抢掉了。"毛帅尽管抱着如此潇洒的态度,但只有他自己知道,他受到了很大的伤害。他暗恋她很久了,今天总算鼓足勇气让李一鸣安排了今晚,没想到,成了一个笑话。再看常若雨的眼睛,那微笑的目光分明带着心不在焉。

就算她没结婚那又怎么样?看起来对自己是一点意思也没有的。毛帅心想,便有些心灰意冷。

看毛帅冷下来的脸庞,常若雨关心的是以后他们会不会再也不到她那里来买票了。

"你现在下班了吗?如果下班的话我可以送你回去,我有车。"常若雨尽快使自己的语调变得炽热而爽快,仿佛很乐意为他效劳一样。

还是算了吧,她都结婚了,一切都没意义了。毛帅心想,嘴里说道,"不用了,谢谢你,我地铁回去很方便的。"

"那好吧,再见。"

下楼钻进车里的那一刹那,常若雨突然觉很压抑很压抑,但为什么压抑,她又说不上来。

她没有回公司,直接回了家。虽然她知道方亮不在家,但是即使不在家,那里还是会洋溢着平静的家庭气氛,可以让她安下心来思考一些问题,一些关于未来,关于孩子的问题。爱情对她来说已经是奢侈的事情了,她没有资格去想,但她是有资格想想事业,想想未来孩子的模样的。人应该学会知足,就不会有那么多烦恼了。

这时她的手机响了,是方亮打来的。

"我已经到家了。"她第一句话就是这个。

"到家了也不跟我说一声,害我担心到现在。那我也回来陪你吧。"

"不用了,你留在公司吧,公司事情多,石磊一个人怕应付不过来。"

"他哪是一个人?还有客服呢。而你,只有小宝宝陪你,你们两个都是弱势群体,我一定要回来陪你的。"

常若雨听了既好气又好笑,"想偷懒也不用找这种借口吧?好了好了,我知道你今天累了一天了,回来吧。"

"遵命!"

楼上的邻居又在弹钢琴了,琴声轻柔优雅,飘到各家的房间里,不知道这琴声在别人听来是怎么样的,在常若雨听来,它温存又似惆怅。就像她的家庭生活,老公对她很好,却又像个大孩子,缺少了点成熟男人的魅力。

门被砰砰敲响了,她的大孩子回来了,赶走了她的惆怅,让整个屋子都变得生机勃勃起来。他不给她惆怅,只给她热闹得像夏天一样的感觉。

二十五

天越来越热了,常若雨一进办公室,就看到石磊下面穿了一条牛仔裤,上身是一件竖条花纹的短袖衬衫,愈加显得瘦小,好像是一个长期营养不良的人一样。算一下,他也快30岁了,一直也没有女朋友,不知道是因为太瘦,没有女孩子瞧得上他,还是他的性取向有问题。想到他一直跟方亮走得很近,常若雨觉得后一种可能性更大。

因为常若雨怀孕了,吃盒饭没营养,他们就找了一个烧饭的阿姨,来办公室烧一顿午饭。借着吃饭的机会,常若雨笑意盈盈地坐到石磊的身边,"石磊,多吃点,你太瘦了,女孩子们都不喜欢太瘦的男人。阿姨的手艺不错,跟吃盒饭是一个天一个地,你一定要争取把自己吃吃胖。"

石磊笑了一下,露出一口雪白的牙齿,"我的瘦是天生的,不是没吃饱。"

"也是,你虽然瘦,筋骨还算不错,每天这么忙,也难得见你请一次病假。"

石磊有些纳闷,常若雨平时是不跟他聊家常的,今天这是怎么了?

"你都快30岁了,还没女朋友,爸妈急不急啊?我帮你介绍一个好不好?"

石磊很反感常若雨这种非常鸡婆式的毫无意义的多管闲事,他不是没有谈过女朋友,但都不合适,现在的女孩子太势利,像他这种既没有相貌,也没有家庭背景,又没有强大事业的人是很难找到称心如意的伴侣。他只想趁现在还年轻多积攒一点资本,有了钱什么样的女人找不到,何必急在这一时凑合地找一个没感觉的人呢?"不用了,我还是想先立业再成家。"

"业是立不完的,当然要先成家了。就像我跟方亮一样,结婚后事情才好起来的。夫妻同心,其利断金。"

石磊不想再谈这个问题,他看了看窗口说,"好像快要下大雨了,别是方哥来的时候正好下下来,他就要被淋成落汤鸡了。"

常若雨也看了一眼窗外,渐渐暗下来的天空有一种山雨欲来风满楼的味道。她跟石磊从来就谈不来,都说异性相吸,在他们身上倒正好相反。石磊对她是话不投机半句多,对方亮倒是酒逢知己千杯少。

见石磊火速吃完饭坐到了自己的办公桌前忙起了业务,常若雨觉得很扫兴。这时,懒觉睡醒的方亮过来吃午饭了。见到他,石磊紧皱的眉头舒展开了。

见到这一幕,常若雨心里很不舒服,她说了声,"快来吃饭,我有话跟你说。"

"好啊。"方亮盛了一碗饭坐到她身边,"老婆大人有什么吩咐?"

"我想撮合小红和石磊,你觉得怎么样?他们很般配的,都是精豆子一样的小瘦个,而且志同道合。"

"我看这事不靠谱,这两个人一看就是互相不对眼的那种。要是有感觉,天天在一起早就勾搭上了,还用你来撮合?你这是强扭的瓜不甜。"方亮摇着头说。

"也是哦。"常若雨灰心了,"我吃完了,回去休息了。"

"好的,小心点,大肚婆。"方亮把最后三个字的声音压得低低的。

常若雨白他一眼,径自走了。边走边想:我让石磊重新回来,是错的还是对的?想来想去,有利有弊,最终利大于弊,有了他,毕竟轻松多了。

人无完人,事无完事,总的来说可以就可以了。常若雨自我安慰道。

回到家,休息了一会,听了会音乐,觉得十分无聊。走到鱼缸前,看那一缸的热带鱼在悠闲自得地漂游、浮沉,鱼儿看起来很惬意,每天有食物吃,也没有天敌。鱼就像人一样,有的命好,有的命苦。

这时,电话响了,是妈妈打过来的,百般问候,又想过来。常若雨谎称自己要午睡了,不让她过来。有时过度的关心会变成一种负担,她希望妈妈不要把全部心思都放在她一个人身上,每个人都应该有自己的自由和爱好。也该给妈妈找点爱好了。常若雨心想。想到这里,她把电话拨给了小梅,

"小梅小梅,你帮我出出主意,我妈妈天天电话来烦我,还老想来我家串门子,我想帮她找个爱好,你说找什么好?"

"你可真是身在福中不知福,我妈妈从来就是对我不闻不问,我要是该着你这个妈妈,不知道该有多么幸福。"小梅的口气中幽幽地透着哀怨。

"你不知道一个人的注意力都在你身上你有多累多烦,婚前是妈妈,婚后是方亮,一个人我还能忍受忍受,现在两个人的关注力都在我身上,你说我累不累?"常若雨絮絮叨叨,自言自语道,"要不让她去学跳舞吧? 不行,她手脚不怎么协调;要不让她去上老年大学吧? 不行,她从小就最讨厌念书;要不让她学打麻将吧? 不行,这样爸爸会埋怨我的;哎,还是让她去喂流浪猫吧? 我看很多退休的人都去喂流浪猫的。精神既有了寄托,又等于是做了慈善了,真是一举两得,就这么定了。"

"你得了吧,现实点吧。"小梅打断她情绪亢奋的兀自唠叨,"你知道孩子生下来会有多少事情吗? 你以为全部扔给保姆就可以了? 你能放心? 给你老妈找的最合适的爱好就是帮你带孩子,明白吗?"

"带孩子真有那么麻烦吗?"

"当然了,一个晚上要起来好几次喂吃的,婴儿白天的瞌睡时间也极短,你根本没办法休息的。"

"啊?"常若雨的脸上一闪而过的恐慌,"那完全交给我妈可不行,我妈几年前动过乳腺癌的手术,不能太累。"

"保姆加上你妈,你妈最主要起到监督保姆的作用,事情嘛,当然还是保姆去做了。"

常若雨又重新高兴起来了,"我就知道,每次我碰到生活上的难题,你总能为我解决掉的。"

"我希望以后不但能解决你生活上的难题,也能解决你工作上的难题。"

"啊啊,工作上的,那就免了吧。"常若雨的眼前又出现小梅那个柔柔淡淡的样子。

"你别看不起人。自从我卖童装以来,我发现我不但有写作的才能,更有做生意的头脑。所以我今天把话放在这里了,总有一天,你碰到工作上的难题,第一个想到的也会是我。"

常若雨终于忍不住哈哈大笑起来,"好好好,有自信心总是好的,总比自卑好,哈哈哈。"

"你就笑吧,我等你哭的时候来找我。来生意了,挂了。"说完,小梅就把电话挂了。

才挂了电话,突然想起还有石磊的事情要请教一下小梅,鉴于她刚才说的来生意了,常若雨好歹忍了十多分钟才把电话回拨过去,"忙完了吗?"

"又有事了?"

"没事就不能来找你聊天?"

"得了吧?我还不知道惜时如金的常若雨是不会没事找人拉家常的。"

"别这么说我,说得我像没人情味一样。"常若雨不满地撅起了嘴。

"你呀,你不是没人情味,你是想抓紧时间在人生的道路上大步快跑。"

"哎呀,小梅,我发觉我都快爱死你了。"

电话那头传来咯咯一阵欢笑,"现在可以言归正传了吗?"

"你来过我公司,注意到一个娘娘腔的瘦小男人没有?"

"石磊嘛,你给我们介绍过的。"

"对对,就是他,你有没有发觉他挺屁精的?"

"你是怀疑他跟你们方亮有一腿?这我绝对可以保证,方亮的性取向很正常。"

"不是啦,"常若雨支吾着说,"我是觉得石磊不正常,我当然不会怀疑方亮会跟他搞到一起去。但是……他总是亲近方亮疏远我,虽然他们也没做出什么出格举动来,但是我一看到他,总被一种难以言传的不快所驱使着。"

"跟人接触,不可能每个类型都是你喜欢的,能帮你做事就可以,别想这么多。毕竟是个男人,如果是个女人,你倒要小心了。"

"真的?"

"别庸人自扰了。你现在怀孕了,别瞎想,好好睡个午觉!"

被小梅这么一说,常若雨马上觉得周身困倦起来,旁观者清,她是该去睡觉了。为了孩子,午睡也是充实生活的一部分。有个爱她的丈夫,有个即将出生的孩子,有个能出主意的闺蜜,有个关心她的母亲,有自己的事业,有房有车。她什么都有了,还有什么理由得寸进尺地去质问生活为什么安插给她一个石磊?太不知足了。也许,她对石磊那种不明缘由的厌恶感其实是一种嫉妒,嫉妒方亮和他的关系好。方亮应该只爱她一个人,不应该跟其他人走得太近,就像妈妈曾经嫉妒她和小梅的友谊一样。

世上烦恼皆因心胸狭窄、自私。常若雨仿佛听到肚子里的宝宝在跟她说了这么一句话。

她摸着肚子,欣喜若狂地想起了方亮说的话:你现在是两个人的智慧了。

"亲爱的小宝宝,"常若雨温柔地摸着肚子自言自语,"谢谢你告诉我人生的真谛。你累了吗?要睡一会吗?好的,那我们就一起去睡,睡好了看爸爸去。"

她躺在床上,昏昏欲睡,只觉得有股祥瑞之气包裹着她,让她安静、舒心。

二十六

暖洋洋的太阳从卧室窗户里照进来,光柱中飘着很多飞尘。常若雨躺在床上看着这抹光柱中的飞尘,觉得那就像是幅美妙的图案,再扭转头看看躺在她身边的方亮,即使在睡梦中,神态也显得宁和与陶醉。从昨晚起,她已经决定不再分床睡了。她是为人妻的人,不可以任性妄为,做事情得考虑老公的感受。这个道理好像也是小宝宝告诉她的。

常若雨凑上去,亲了孩子他爹一下。这一个亲吻惊醒了方亮,他像弹簧一样坐起来,看了眼时间,"哎呀,这么晚了?今天我跟石磊还要去南翔注册公司呢。"

"急什么?"常若雨边说边下床,走到窗边看看外面说,"今天倒是天空碧透,万里无云,好天气啊。要不我跟你去南翔吧,让石磊在公司待着。"

方亮边火速穿衣边说,"你现在是有身孕的人了,不适合东奔西跑的,还是我跟石磊去吧,你留在公司看店好了。"

"好吧,做女人真麻烦。"常若雨边说着边去刷牙。洗漱好来到客厅看到方亮已经手脚麻利地煎好了荷包蛋,热好了牛奶,正往切片面包上涂抹果酱。

"啊,亲爱的老公,你现在越来越能干了,越来越像一个做父亲的人了。"常若雨赞叹道。

"快吃吧,我去洗脸刷牙了。一会我先开车送你去公司,再接上石磊一起去南翔。"方亮拍了拍她的脸说。

常若雨吃着可口的早餐，心里暖暖的。

方亮洗漱完毕，坐下吃早饭的时候，常若雨已经吃好去穿衣梳头了。等方亮吃完，她也正好穿戴一新。方亮见她穿着一身宽松的休闲装，长发松松地盘起，颇有点古典美人的味道，看上去她脸上的线条显得更加柔和了。

"要当妈的人看起来更美了。"方亮吻了一下她的脸颊说。

"老公，我还是有点担心，石磊这次真的会心甘情愿地当我们的'管家'吗？他就不想当老板？"

方亮边开门边说，"怎么又问这个问题了？他不是说了吗？他尝试过了，只有替别人打工的命，没有自己做老板的命。"

"哦，我明白了，他也曾试图拥有过野心，但野心最终与他并不相称。"常若雨边下楼边说。

"老婆真聪明。不过我想要是公司发展到后来石磊的功劳确实很大，并且他带进来的演唱会的业务也蒸蒸日上的话，我们可以主动让他跟我们合作。如果是合作关系的话，他会更尽心尽力的。"

"到时再说了，最主要看他演唱会这块怎么样，确实赚钱的话可以考虑。要是老是像第一次那样赔钱的话，那就没得商量了。"

说着话，车子已经开到了公司楼下，方亮说，"宝宝，我不上去了，你上去把石磊换下来吧。"

常若雨上楼看到石磊一身轻便的装束，穿着牛仔裤，上身是他们度蜜月时从美国给他带来的绿色T恤衫。

"你穿这套很清爽。"常若雨微笑着对他说，"快下去吧，方亮在车里等你。"

"好的，常姐今天就辛苦你了。"

常若雨看到石磊说这话的时候，一双眼睛放射出格外俊敏的光芒。不知道是自己心情好，看什么都顺眼，还是因为石磊心情好，所以容光焕发。

"这下好了，有了自己的营业执照，就可以开旗舰店了。"石磊走后，小红说，"找了那么多客服，还成立了公司，却没有旗舰店，用的还是淘宝小店，蛮好笑的。"

"有什么好笑的？能赚钱就是王道。"常若雨白了她一眼说。

"常姐，肚子有点看得出来了。"小红就是这么个人，每当意识到自己说错话的时候,紧跟着的总能是一句别人感兴趣听的话。

常若雨低头看了一眼自己穿着休闲装的肚子,心里在想,真能瞎说,穿着这么宽松的衣服都能看得出来,那起码得有六七个月了。她抬头看看小红说,"这是你的错觉。"

小红嘻嘻笑了一下,埋头接单去了。

不一会儿,妈妈的电话又进来了,"小雨啊,我烧了很多菜,中午过来吃饭吧。"

"今天不行,方亮石磊他们去南翔注册公司了,我得待在办公室里。"

"那我把饭菜送过来。"

"哎呀,妈,"常若雨都想缴枪投降了,"你别烦了好不好?中午阿姨烧的菜蛮好的,而且方亮还关照她特地多给我烧个好的,你就别操心了。"

"好吧好吧,那我买点水果给你送过来。"

"别呀,让手下人看见多不好。"常若雨压低嗓门说,"我明天过来吃饭好不好,你今天千万别过来。"

"那我不过来啦?你明天肯定来?"

"是的是的,一定一定。"常若雨忙不迭地挂断电话,母爱也很烦哦。

常若雨来到厨房,看到煮饭阿姨正在削土豆,在她粗壮的手指间,土豆就像被脱了衣服一样,旋转着露出了鲜嫩雪白的肌肤。

"老板娘来啦?"看到常若雨,阿姨咧嘴露出了笑容,表示开心和欢迎。

"今天吃什么?"常若雨像个小孩子那样背过手跑上前去问。

阿姨饶有兴味地介绍道,"番茄土豆汤、蒜苗肉片、八宝辣酱。老板吩咐再多给你一个人蒸一条鱼。老板对你真好。"

"那当然,我肚子里的是他的孩子嘛。"

"就算你肚子里没孩子,他对你也是一样好的。"

"你为什么这么说?"

"看出来的呗,阿姨我活了那么多年,什么样的人还能看不出来?"

常若雨来了兴趣,"阿姨看人这么准?那你看那个瘦瘦的石磊是个什么样的人?"

阿姨微笑了,那微笑中充满了自信,"那个小伙子不是当老板的料,但当管家是一把手。"

"阿姨,你真神了。那你看他是个好人吗?"

阿姨意味深长地看了一眼常若雨,"是不是好人老板娘比我清楚,用好了就是好人,用不好就是坏人,看你老板和老板娘的本事了。"

常若雨叹为观止,她想到了三人行必有我师这句话。

"老板娘将来生下的孩子一定聪明。"阿姨又说了。

"为什么?"

"老板娘在怀孕期间整天动脑筋怎么赚钱,怎么扩大公司,这比任何一种胎教都要好。不过怀孕了,办公室还是要少来来,电脑多,辐射大。"

常若雨心中突然一动,"阿姨,等我生了孩子,你来我家当保姆好不好?钱不比你当钟点工少。"

"哟,"阿姨乐了,"那好商量,你是要我做家务呢还是带孩子?还是又带孩子又做家务?"

"以做家务为主,孩子由我妈、我婆婆和我一起带,你只要搭把手就可以。"

"那倒是挺轻松的。不过一会你妈来住,一会你婆婆来住,一会他们都来了,你家房子够大吗?"

常若雨还真没有想过房子的问题,经阿姨这么一点拨,觉得此事真的要提到议程上面来了。

她回到自己的座位上,思考起了房子的事情。买独栋别墅一直是她的梦想,前院后院种着她喜欢的瓜果蔬菜,养些小狗小猫之类的小动物增添生气,园子里的池塘内再养些锦鲤鱼求个好风水。别墅的装修风格可以是中式的,也可以是西式的,一层自己住,一层保姆孩子父母住,一层做办公室。但是目前的情况,显然资金不够,他们需要大量的流动资金来维系公司的日常开支。而且自从经历了石磊的背叛和一些其他的事情以后,常若雨决定家和公司应该分开来,这样才有私密和安全性。所以她决定卖掉现在的办公室去换一套复式结构的房子,现在居住的房子作为办公室,这样还能让办公室的面积大点,客服们也能呆得舒服点。

黄昏时分,方亮和石磊回来了,常若雨不去问注册公司是否顺利,而是拖着方亮说起了房子的事情。

"好啊,不错,老婆考虑的永远是对的。"只要是家里的事情,方亮永远是这句话。

常若雨跟他击了一下掌,"就这样说定了。明天我就去看房子,不要等到孩子生了才住进去。一起去看吗？"

"你满意的就是我满意的，你要是觉得一个人看房子太寂寞，可以让妈妈陪你一起去。我这里跑不开，不然能跟你一起去看房子，就像是休闲一样。"

"老公辛苦了。"常若雨娇声说，若不是在办公室，她都想搂住他亲一口了。

方亮觉得常若雨自从怀孕后，变得越来越女人了，这点他很喜欢。女人和女强人，他更喜欢女人。

常若雨是个闲不下来的人，想到阿姨对她说不能久待在办公室，辐射太大，她听了心里也怕怕的。但天天待在家里养膘，也不是她愿意有的生活。现在好了，公司有了石磊的到来，她可以不必每天去坐镇了，她可以约上亲爱的妈妈，看看新房子，指挥工人搬家，也不失是做了一件大事，还没有辐射。她觉得老天真是太眷顾她了。

二十七

早晨的太阳在楼群间若隐若现，常妈妈觉得能每天陪着女儿看房子，真是太快乐了，这种操作对于一个爱女儿的母亲来说，无疑是辛苦中渗透着欢欣，关怀中掺杂着陶醉。

看了很多处房子，结果还是定下来本小区的一套复式结构房子。一方面是因为是精装修的，省去了装修的劳累和时间；另一方面，买在同小区，便于管理公司。

妈妈和常若雨站在新房子的窗口看外面，这是整个小区视野最好的一套房子，从窗口看出去，花园一片葱茏尽收眼底，叫人心旷神怡。

"没想到我们小雨结婚后就交了好运了，年纪轻轻已经有两套不错的房子了。"常妈妈感慨道，"我跟你爸爸累死累活一辈子，都没你一半富有。"

"因为你跟爸爸都是按部就班地上班呀，我跟方亮是从商的，每天都在动脑筋，都在努力怎么发展事业，当然不一样了。这不是什么交了好运了，而是只要合理付出，总会有回报的。不过我们也压力挺大的，虽说有两套房子,但都是在贷款,所以我们也不敢有任何闪失,做事情都不敢大意。"常若雨一字一顿地说。

常妈妈的脸上笑开了花,她觉得女儿就是旷世奇才兼绝世美人。"方亮能讨到你真是前世修来的。"

听母亲这么说,常若雨哑然失笑,天下的父母总认为自己的孩子是最好的,不会反过来想想是对方帮助了自己的孩子。常若雨心想,方亮的妈妈言下之意也有这层意思——她常若雨能嫁给方亮,是前世里烧了高香了。

"不是他前世里修来的,是我俩八字合。"

"对对,是你们八字合。"常妈妈眉毛都笑弯了,"不过你现在有孩子了,不要再管生意上的事情了,日子过得去就可以了。"

"你是让我回到以前的贫穷生活中去啊?"常若雨的嘴巴撅起来了,"如果人认为只要有口饭吃,有张床睡就满足了,那这种人不是心态好,而是骨子里就是个奴隶。"

"你说妈妈是奴隶?"

"我可没说你。再说你也不是这种人,你若是这种人,就不会成天抱怨爸爸没用了。"

常妈妈被说得哑口无言,她觉得世界上再也没有比她女儿更聪明的人了,但她还是不希望女儿太累,她还在据理力争,"你不管公司的事情,怎么就会变成穷人呢?公司已经上了正轨,有方亮就足够了。"

常若雨不想就这个问题再跟母亲争论下去了,她们母女二人从来就是谁也说服不了谁的,她岔开话题,"妈,我现在想去一趟办公室,你是跟我一起去呢还是回家?"

"都不要,"常妈妈不满了,"我们一起回家,我给你烧点好吃的东西。你怎么就不知道休息和保养呢?大着肚子还成天惦记着你的网店。"

常若雨从落地窗俯视着窗外,小区的湖水和绿化尽收眼底,这样的好天气应该出去逛逛,可她心里装满了事情,是没有这样悠闲的心境,她的母亲是不会理解的。"公司离这里就十几分钟路,又不累。"

"走这点路是不累,可你操心呀。"

"你的女儿就是个劳碌命,你不让她操心,她就浑身不舒服。"

常妈妈叹了口气,"好吧好吧,你现在主张大得很,也不会听我的。那你去吧,我也回家了,要给老头子准备晚饭。"

常若雨哈哈笑起来，"自从你开刀以后，一天烧三顿饭的事情都落到了爸爸身上，你还想抢功？"

常妈妈拍了她一巴掌，"你这个孩子真是坏死了。"

常若雨笑得前俯后仰。

常妈妈一直把女儿护送到办公大楼前，看着她上楼才离开。常若雨的心中装着满满的母爱来到办公室，却发现方亮和石磊都不在。

"他们两个出去拉业务了。"小红说。

"拉什么业务？是演唱会的事情吗？"常若雨很惊讶在她看房子的这段时间，方亮可以不跟她商量就去做什么事情。

"演唱会已经决定不做了，现在他们打算做体检卡。"

"体检卡？怎么回事啊？"常若雨越发糊涂了。

"我也不大清楚，你还是自己打电话去问吧。不过现在估计他们正忙着，也不会跟你解释得很清楚，不如等他们回来你再当面问个明白吧。"小红看了看时间，"他们一早就出去了，现在应该也快要回来了。常姐，我给你倒杯水吧。"

"不用，我自己会倒。"

"你现在是有身子的人了，还是小心点为好，我给你倒。"

看着小红殷勤的背影，常若雨却愈发郁闷了，不就是怀孕了吗？为什么每个人都当她是废人了？

接过小红递来的水杯，常若雨想到，不仅仅是因为她怀孕了，而是自从石磊又来了以后，方亮就变得什么事情都不愿意跟她商量了。想到这里，常若雨感到胸闷。石磊是一个男人，他有什么本事可以把方亮给迷惑住？方亮不是同性恋，石磊好像除了长相，也没有实际证据证明他是个同性恋，那为什么这两个人会这样投缘呢？

胡思乱想中，方亮和石磊就回来了。常若雨不去看方亮的表情，那永远是一个傻笑的表情，她第一眼就朝石磊看去，然而石磊的表情被隐蔽在一副大大的黑色墨镜后面无法看见。

"若雨，你来了？看完房子了？"方亮问道，显然他的心情看上去很不错。

"对，已经签完购房合同了。"常若雨瞟了他一眼，"说说看，你今天忙了些什么？"

方亮见常若雨穿了一件白色的针织套装，画着淡妆，结合刚才那个说不出是什么味道的眼神,看起来有味道极了。若不是在办公室里,他真想亲她一口。

"回去再说吧,反正是好事情。"方亮的嘴角闪着得意之色。

"不行,现在就说!"

方亮做了个嘘声的手势,"大家都在忙呢,你别这么大声。"

见方亮说完这句话,就跑到石磊跟前说着什么事情,常若雨就气不打一处来,她早已习惯方亮的世界只能单一地围绕着她转,即使是商量工作,也只能跟她一个人商量。自从石磊重新回来以后,她就一直强装笑脸粉饰太平,但她现在不想压抑了,她朝着他们走去,重重地坐在他们身边看着他们。

"常姐。"石磊抬头叫了一声,常若雨看到了他一脸的无辜,不由心一软,那种郁积在胸中让她不能呼吸的压力明显减轻了。

她挂上一脸灿灿的笑容问道,"怎么想到不做演唱会票子,而改作体检卡了呢?谁的主意?"

"你什么时候变得这么性急了?不是说晚上回去再告诉你的吗?"方亮微微皱着眉头说。

"常姐想早点知道也无可厚非。"石磊语气极其平静地说,像是其他人的情绪一点点也没有影响到他一样,他耐心地解释道,"演唱会需要投入的精力太大了,本身我们这块的业务就很繁忙,再要花出大量的时间、精力、财力,有点得不偿失的。而且演唱会的风险太大,就像第一次那样,说取消就取消了,我们高价买来的票子只能平价退掉。现在我把这块的业务交给我的一个好朋友去做了,每年他会分一点提成给我。我呢?就一门心思地在这里打工了,我知道我自己只有管家的命,没有老板的命。至于体检卡这块,是我跟方亮商量下来的,觉得是块大肥肉,最主要是风险小,我们现在还是万事求稳比较好。"

都是你的主张。常若雨心想,再问道:"那你们今天去谈得怎么样了?"

"还挺顺利的,过几天再去找体检中心的领导谈。"

"你现在怀孕了,这些事情你就别操心了。"方亮插进来说,"我跟石磊现在配合得越来越默契了,石磊真是上天赐给我的一双翅膀。要不你现在回去休息吧,我们这里人手已经够了。好好回家去养胎,生意的事情你就别管了。"

现在我好像真的成了多余的人了。丈夫在外打拼,把钱悉数拿回来交给妻子。这应该是绝大多数女人梦寐以求的生活,可是我怎么就觉得那么不舒服呢?常若雨心想。她看了一眼石磊,虽然他表情平静,但她还是看出了不自然的痕迹。

"有人找你。"方亮指着电脑屏幕说。

常若雨一看,是李一鸣又来买票了。她的心突然异样感动起来,她本以为他和毛帅知道她已经结婚了,就再也不会光顾她的店铺了,现在看来是自己以小人之心度君子之腹了。

"我去送票吧,你大肚子不方便。"方亮说。

"不,他们是我的客户,除非我躺在医院里没办法了,其余时间,都得我自己亲自去送。"

"什么你的我的,还不都一样吗?"方亮嘟囔着。

怎么会一样呢?你怎么会懂?常若雨心想。她的心情突然好起来了,不知道是因为发觉自己又成了一个有用的人,还是因为她假想出来的李一鸣他们不再理睬她的事情是不存在的。总之,心情若能好起来,比赚到很多钱更能让人感到高兴。

当她出现在李一鸣和毛帅面前的时候,他们的目光很自然而然地落到了她微微隆起的小腹上面。但他们什么也没问,什么也没说,她当然就什么也没解释。三个人很友好地在那里清点票子,最后友好地告别。常若雨觉得,把这种客户关系掌握在陌生人和友情之间的分寸是最好的,牢固,带点点神秘,有期待,有过程,没有结果,是最适合他们的。

二十八

以前看电视剧,镜头里放出生孩子的妇女大呼小叫的情形,常若雨总会发笑。她那时想,如果哪天我也生孩子了,绝不叫喊,那样子太可笑滑稽了。当小梅顺产生完孩子,她也曾问过她,生的时候痛吗?你叫了吗?小梅回答:很痛,但我没叫,每次宫缩的时候,我都抓紧床杠子,然后使劲。那时她心想,小梅才是正常的女人,这一点点痛都要叫成那个样子,也太矫情了。

"啊。"这样难听凄厉的声音是从哪里传出来的?一头冷汗的常若雨突然意识到,那是从她嘴里发出来的。痛,前所未有的痛,是她根本想象不出来的痛。她不想叫喊的,但是撕心裂肺的疼痛让她不得不叫喊。此时她才明白,不叫喊的女人才是不正常的。比如小梅,耐受能力已经超过了正常人的范畴。

但是为什么产房里的医生护士在她身边视若无睹地走过,难道没有听到她的叫喊声吗?难道不知道过来帮她接生一下吗?

"医生,我要生了。"她忍无可忍地大声叫道。

一个医生走过来往她下体看了一眼,然后不屑地说了句,"才开了两指,还早呢。"

什么?还早呢?还不能生?常若雨感到天都要塌下来了。

等待,在剧痛中等待。

终于,她再也忍不住了,惊天动地地叫了起来。

"叫什么叫?疼的时候就用力呀,叫叫孩子就能出来了吗?"接生婆是个老女医生,毫无同情心,只有满脸的厌恶。常若雨想不通,难道她们都没生过孩子吗?怎么可以这样冷酷?

一个年轻小护士走了过来,往她嘴里倒了一瓶事先准备好的人参粉,鼓励道,"疼的时候用力,不疼的时候就保存实力。"

好亲切的感觉啊,没有生过孩子的女人比生过孩子的女人更知道体谅和关怀。

小护士又给她倒来一杯水,杯子里放上一根吸管。常若雨不想喝水,但她不想拒绝这份关怀,还是从产床上欠起半个身子,忍着痛楚喝了几口凉水。她喝的不是水,是关心,是她目前为止最渴望的东西。

当她的子宫口完全张开的时候,医生才算过来给她接生了。她照着医生护士的吩咐,痛的时候使劲,不痛的时候保存实力。但是除了漫无边际的疼痛,她的孩子就是生不下来。好像已经没有什么不痛的时候和痛的时候的区别了,每一分钟都是痛的,而且越来越痛。

最后,她感到连叫喊的力气也没有了。她还曾经嘲笑剖腹产的女人,怕痛,竟然要求在肚子上划一刀。但现在,她只想剖腹产。她用微弱的声音对老女医生说道,"医生,我生不下来了,我要剖腹产。"

"现在剖腹产来不及了,孩子已经进入产道了。现在没有人可以帮到你,只有你自己帮自己知道吗?"

常若雨绝望了,她有一种自己和孩子都会死掉的感觉。

剪刀将她的下体剪开,竟然一点疼痛的感觉也没有。这要在平时,还不活活疼死啊。可见生孩子时的宫缩胜过世间的任何一种痛。

一股热流从她的下体冲破,一声声青蛙叫一样的新生儿呱呱声响起来。一时间,腹痛神奇地止住了。耳边传来小护士惊喜的叫声,"生了生了,是个儿子,你这个儿子生得真辛苦啊。"

老女医生把小东西的屁股对着她,让她看清楚是个儿子。常若雨欣慰地笑了,然后医生护士抱着浑身是血的小东西去清洗。

不一会儿,清洗干净,穿着新衣的小东西被送到了她的怀里,刚才还在青蛙叫的小不点一到妈妈的怀里马上就不哭了,嘴巴一歪,露出了一个笑容。常若雨紧紧抱住他,急不可待地看着这张将永远出现在她生命中的小脸。

但很快的,孩子就被抱走了,青蛙叫声又响了起来。

我做母亲了。常若雨不敢相信。

她被推出了产房,她看到所有的人——父母、公婆和方亮的脸上都现出了惊喜的表情。公婆奔着孙子而去了,父母和方亮留下来照看着她。

常若雨想到了一则故事,一个女人生了儿子,丈夫和公婆都奔着孩子去了,只有母亲留下来,说:你们有了孩子,而我的孩子还在受苦。当时看到这则故事,常若雨被伟大的母爱所感动,为男人的冷情而失望。但她现在看到方亮自觉自愿地跟着母亲留下来陪她,她第一次感到方亮是她的亲人,从今往后她再也不会背叛他,哪怕只是精神上的。

"太好了,是个儿子,我这辈子最大的遗憾就是没能生出个儿子来,我的心愿你帮我完成了。"常妈妈的话让在场所有的人都笑了起来。

"你刚才在产房里叫得好惨。"方亮在她耳边说。

"什么?你怎么听到了?"常若雨奇道。

"这么大声,不是聋子都听得到。"

常若雨被羞得满脸通红,她已经忘了一个人对痛苦的承受力是有一定限度的,她只为她刚才有失风度的大喊大叫无比羞愧。这时,她看到了母亲满脸的心痛,再对比一下方亮说这话时的笑脸,常若雨不由感慨:丈夫对你的爱终究不及母亲的爱来得深厚真切,即使他口口声声说他是这个世界上最爱你的人,但在最关键的时候一比较,就明显地比出结果来了。但鉴于他没有像故事里的男人一样走掉,常若雨还是决定坚守刚才心中默默的誓言。

　　孩子被抱过来了,放在常若雨的身边。他弯曲着双腿,高举着双手,睡得正香,小小的身子却占据了大半张床。常若雨缩在一边,看着这个小东西,心中充满了甜蜜。她预感到,这个小东西将成为她生命中最重要的人。

　　常母看了看窗外,雨密密麻麻地在树叶上响作一团。

　　"我生你的时候也下雨,所以给你起名叫若雨。没想到你的儿子出生时也下雨,而且下得比你那个时候还要大,你说叫什么名字好呢?"

　　"要不就叫大雨?"方亮在一边说。

　　"难听死了,方大雨,太没创意了。"常若雨一口否决。

　　"我早就想好名字了,"婆婆不失时机地插进来说,"就叫方林。"

　　你给儿子起的名字就够大众化的了,给孙子起名一点长进也没有。常若雨心想,不过即使是个好名,我也不会用,我的儿子自然得由我来起名。"名字的事情不急,你们都累了,都回去休息吧,就方亮一个人留下来陪我就可以了。"

　　"方亮一个人我怕他弄不来。"常妈妈不放心地说。

　　"不是还有护工吗?没事的,你们都回去吧。"

　　好不容易支走四个老人,常若雨问道,"儿子叫什么名字?"

　　"你不是早就想好了吗?生女儿就叫方爱雨,生儿子就叫方杰天,刚才我说方大雨是跟你开玩笑的。"

　　"你妈会不高兴吗?我见她的样子很想给孙子起名字。"常若雨忧心忡忡地说。

　　"起名的事情她早就跟我说过了,不过我没有接话头。你要是喜欢她起的名字就叫方林吧。"

　　"那怎么行?我的儿子一定得由我自己来起名字。"

　　常若雨的强势一直以来都是不容置疑的,方亮对这个回答一点也不感到意外,"那就用你起的。"

　　"但我估计就你妈那个小心眼,说不定就结下梁子了。"

　　"办法不是没有的。"方亮卖着关子。

　　"快说!"

　　"我看你中气很足嘛,一点也不像刚生完孩子的人,你应该很虚弱才对。"方亮笑道,"我看电视剧里都这样的。"

"那是她们装的,生孩子疼是真的,虚成说话还半死不活的那是装的。"常若雨瞪他一眼,"知道我刚生完孩子也不知道照顾我一下,还让我说那么多话,你作死啊?还不快说有什么好办法?"

常若雨气势汹汹的样子让方亮对她愈加怜爱,"别喊了,我说我说。就说我们拿着这个名字去找过算命先生了,算命先生说方林这个名字是大凶,方天杰这个名字是大吉大利。就说方天杰这个名字是算命先生起的,她不就不会生气了吗?"

"那不行,我起个名字还得偷偷摸摸的,明明是我起的,干嘛不敢承认?这个主意不好。"

"那就说我们拿着这两个名字去找过算命先生了,算命先生说方林这个名字是大凶,方天杰这个名字是大吉大利。这样我妈也不会生气的。"

"哎呀,你现在真是越来越聪明了,真是近朱者赤。"常若雨坐起来给了他一个热情洋溢的吻。

见妻子夸别人的时候还不忘把功劳记在自己的头上,方亮笑得都快憋不住了,要不是在病房里而是在自己家里,他一定要开怀大笑一番。因为他今天实在是太快乐了,他做爸爸了。从此以后他不但有一个聪明可爱的妻子,还有一个乖巧俊逸的儿子。生活对他敞开了幸福的怀抱,他跌进去出不来了。

二十九

常若雨把嘴唇凑近儿子长着小绒毛的额头,她闻到了一股带着乳臭的特殊气味,她贪婪地吸着鼻子使劲闻着,这是只属于她的儿子的气味。

"好啦,天天抱着儿子都不肯松手。让他好好睡吧,客人们马上就要到了,你快下楼去准备准备吧。"方亮来到她身边小声说。常若雨仰头看了他一眼,方亮发现自从生了儿子以后,妻子打量他的眼神温和多了。

常若雨放下这只小肉团,他不满意地闭着眼睛叫了两声,但随即便重新进入了惬意的梦乡中。

他们相视一笑,牵着手下楼。楼下厨房里保姆正在做菜。平时这个时候,不是奶奶就是外婆会在场,今天有很多朋友要过来看小宝宝,常若雨就让她们都别来了,家里有大人在,朋友们会不自在。常若雨一直对保姆很照顾也很谦让,但奶奶和外婆就不一样了,时不时是要摆摆谱,教训保姆几句的。在保姆看来,那就是两个老妖婆,今天老妖婆不在,这间大屋子就是她的天地了,她不但可以照着自己的意思来,更可以摆出过来人的面孔,教教这对小夫妻做菜之道和带孩子之道,很有成就感。此时,她正一边哼着歌曲,一边在厨房里扭动屁股打着节拍,双手并没有受到影响地切着蔬菜。

常若雨和方亮相视一笑,退出厨房。

不一会儿,就从外面传来细碎而欢快的笑语声,他们知道,朋友们都来了,这些朋友都是方亮以前的同学,今天也算是小型同学聚会了。果然,一打开门,门口站着不下10个人。

"好啊,朋友们真给面子,快进来。"方亮的眉宇间满是笑意,那是一个成功者的笑容。

"哇,你们家好大啊。真羡慕死人了。"其中几个女生夸张地叫着。方亮脸上的笑意更深了。

"你们安静点,在别人家里呢。"一个男同学善意地提醒那些进门就一直咋咋呼呼的女同学。

"没事的,今天,在这个家里,没有什么不可以容忍的东西。"常若雨微笑着说。

客人们这才注意到女主人穿了一条湖蓝色的夏裙,使她美丽纤细的身材都被显现出来,一点也不像一个刚出月子的产妇。

"方亮,你小子真是前世里修来的,这辈子竟然能讨到一个白富美做老婆。"一个男生艳羡地说道。

"可能是的吧。"方亮的眼睛笑弯了。

"哎,"一个女生注意到客厅的墙上挂着一幅巨大的油画,画上是一大片看上去不知名的紫红色小野花,"这是什么哦,这么大一幅画干嘛挂这种图案的?"

常若雨走到画前笑意盈盈地解释道,"这种花名叫紫花酢浆草,算是一种野花吧,平常在花坛苗圃里经常可以看到它们夹杂在其中花之间,看起来不显眼,但真正到它的开花期,成片开花的时候,那是美不胜收的,胜过任何一种名贵的花朵。我去逛花鸟市场的时候看到这幅画,一下子就被它吸引了,一般没人会画这种油画,而且是这种大尺度的,所以我觉得很难得,就把它买下来了。而且这种花看起来很亲切,它不娇贵,乡间野地就可以自由生长,但它又是那么美。我喜欢它们的生命力和美。"

所有的人都站到了这幅画的面前,突然他们觉得紫花酢浆草就是常若雨,虽然早就听说方亮娶了一个能干漂亮的妻子,两人白手起家,但闻名不如见面,今天见到了,果然是美丽又不娇贵,落落大方,机灵懂礼貌的一个人。难怪这对夫妻会喜欢这种花,因为他们就是这种花——紫花酢浆草。不需要太多养分,就可以成片成片地开放,美了自己,也美了环境。

"来,去楼上参观一下吧。"常若雨带领着一干人往楼上走去。

一路上,同学们都在啧啧称赞。一个女生探询地问道,"原来做淘宝店可以赚那么多钱,买那么大的房子啊。你们带我一起做吧。"

所有人的希冀的目光都落在了常若雨的身上,她依然挂着得体的微笑说,"成功跟做什么没关系,做淘宝的人失败的比成功的人多得多呢。最主要看你怎么做,肯吃苦,方向对了,做什么都能赚钱。"

常若雨说的是大实话,但是唯其太实在了,反而让人觉得是推托之词,一时间,气氛有点尴尬。一个长着魁梧身材,娃娃脸的男同学打起了圆场,"说得太对了。我们今天是来玩的,不是来探讨事业的。大家都小声点,别吵醒了小毛头。"

小肉团团安详地躺在他的小床上,所有的大人都鸦雀无声了。他们看了一小会,就小心翼翼地下楼了,然后齐齐掏出手机,对着那幅紫花酢浆草的油画啪啪拍起照来。

"你们这是干什么呀?"方亮不解地问。

"做屏保,时时激励自己。"一个男同学半真半假地说。

"做屏保倒是不错的建议,不过我有个更好的建议,我们大家一起在这幅画的下面合个影吧,这样的屏保才有意思。"常若雨的建议立刻得到了大家的拥护。

楼上传来婴儿稚嫩而洪亮的哭声,常若雨三步并作两步跑上楼把孩子抱下来。她抱着孩子和方亮站在最当中,身边簇拥着一群刚过而立之年的男男女女。保姆拿着一打手机,一个个地拍着照片,所有的人都在笑,有念"茄子"的,有竖剪刀手的。他们的头顶上是一簇又一簇的紫红色的最富生命力的鲜花。

落地窗外,炽烈的阳光飞扬得到处都是。

台上
一分钟
第三部

一

　　呈大字型，常若雨用最舒服的姿势把自己陷入柔软的床垫里，身体惬意了，头脑还不肯停歇，许多回忆的点滴，电影镜头一般鲜活着此起彼伏。从她开淘宝店的第一天起，她的生活似乎就在不经意间演绎成了一个神话。跟别人比起来这点成功或许不算什么，但与她之前平淡的生活比起来，就已经不可思议到奇迹了。她迷恋这种奇迹，想要创造新的奇迹。她看似无比惬意地躺在床上，仿佛在养精蓄锐，就是为了能够一触即发，去迎接新的挑战。

　　复式结构屋子的楼下传来乒乒乓乓的声音，应该是母亲又跟保姆发生冲突了，或者是母亲又在教训保姆了，借助椅子凳子在给自己壮胆呢。常若雨躺不下去了，母亲每次来都是添乱，不明白她为什么要在保姆面前摆出一副家长的面孔来。在这点上面，婆婆明显比母亲拎得清多了，来了就是客人，大家客客气气的不比什么都好？偏要摆出比女主人还要女主人的派头来，害得每次母亲前脚离开，她都得百般哄着保姆。

　　"你怎么下来了？不是说晚上带了一夜孩子，白天要好好睡一天吗？"母亲看到女儿下楼，露出诧异的神情。

　　"你们这么吵，我还怎么睡得着？老妈，你上来一趟，我有话对你说。"

　　母亲疑惑着，嘴里嘟嘟囔囔地跟她上了楼。

　　关上房门，常若雨正色对母亲说，"你以后能不能对保姆好一点？她是来带孩子的，不是来做童养媳的。你对她不好，她随时随地可以对孩子下手，我们防不胜防。所以我们只能将心比心地对她好，你明不明白啊？而你一来就是添乱，每次你走了，我都得给你擦屁股。"

　　"我啥地方有对她不好了？我只不过是指出她做得不对的地方。"母亲虽然嘴上还是驳斥，但是颓唐的神情轻易地出卖了她，她已经知道自己犯了个多么低级而又愚蠢的错误，自以为占了上风，却不明白命脉还捏在别人的手里——那就是她的外孙子。

　　见母亲的中气低了下去，隐隐还有些可怜兮兮的样子，常若雨忍不住扑咻一笑,"好啦,不说这个了。现在网店有方亮和石磊两个人,加上几个客服,我基本上是没事了。家里嘛,有保姆和钟点工,加上你和婆婆轮番过来帮忙,我也显得多余。所以,我还是想把工厂开起来。"

"怎么又想开工厂呢?我觉得你们做卡券最好了,又轻松来钱又快。"

"时代变化太快了,不跟紧就要被淘汰了。其实你别看现在我们的事业红红火火的,事实上是危机四伏。"

"怎么说?"常妈妈紧张起来了,竖起了耳朵。

"一家提供卡券的公司换领导了,新领导把条件提得非常苛刻,我们虽然还在继续签约,但基本已经没有什么盈利了;还有一家公司的负责人得了癌症,现在新的合同迟迟找不到人来签。我们当然希望他能够身体痊愈继续上班,但是现在他在家休养,谁知道接下来的事情会怎么样呢?还有几家,反正都有这样那样的问题,我们很没有安全感。方亮以前一直是反对我开工厂的,认为是多此一举,但他现在也松口了,觉得不妨放手一搏,不至于到时候青黄不接。"

常妈妈的脸色愈发凝重起来,"看来真是没有一劳永逸的事情。其实小雨,按我说你不要这么辛苦,就算退一万步来讲,你们网店的生意越来越差,日子还是可以过下去的。你们把员工们都辞了,办公室搬到家里来,还能多一套房子出租,吃饭的钱总是够了。保姆钟点工统统回掉,孩子自己带,我经常过来帮你打扫打扫。"

常若雨哑然失笑,"我若只满足于有口吃饭的钱,只满足于当个普通人,当初就不会这么辛苦地闯,好不容易闯出一片天地来,再回到从前,那么之前我所付出去的努力就成为一个零了。"

"怎么会是零呢?不是还有两套房子吗?"常妈妈纠正道。

"人活着也不仅仅是为了钱,还要有存在感和价值感。"常若雨看着母亲一脸的不解,解释道,"我就是不想让好不容易开垦出来的事业打了水漂,我想延续下去,结合起来,发扬光大。妈妈,你能懂吗?"

常妈妈想说别太辛苦,女人家要什么事业。但是接触到常若雨充满希冀的倔强眼神,她把这句话咽了回去,换成一句:"我随便你,你的主意大得很。需要员工吗?我来给你打工。"

妈妈的这句话把常若雨逗乐了,脸上呈现出愉悦的放松,"暂时还不需要,有需要的时候一定八抬大轿抬你来坐镇。"

母女俩相对哈哈大笑,笑过之后一时没了新的话题。

常妈妈走到紧闭的窗前,外面天气阴沉,满天是厚厚的、低低的、灰黄色的浊云。她叹了一口气,"好好的春天成了雾霾天了,连窗子也不敢开,更不敢带宝宝出去呼吸一下新鲜空气。"

"是啊,环境污染真严重。"常若雨的心情也有点郁闷。春天由于它的短暂而显得格外珍贵,可惜这短暂的春天已经被糟蹋了,不复存在了。看着这天,想到越来越严酷的卡券生意,常若雨的心里就像落下了一地霜。她原本想自欺欺人寻找开心的,但现在觉得肩上的担子真的很重。尽管她是个性格开朗的女人,但也不可能永远保持阳光灿烂的心态。

"既然想做,就放手去做吧,跟你以前一样,放着好好的工作不做,义无反顾地去开淘宝店。现在年纪大上去了,怎么反而优柔寡断起来了?"常妈妈突然说。其实开工厂的结果和过程对她而言都是陌生的,她只是不愿意看到一个郁郁寡欢的女儿,她喜欢看到一个热血沸腾,而因此朝气蓬勃的女儿。

常若雨张大嘴巴愣了半晌,在这个瞬间,她突然发现那个无论天长地久都了解她的人原来就是母亲,她要她放手一搏,就是对她最大的支持。因为母亲知道,无论是成功还是失败,都是一样的。成功大家皆大欢喜,失败母亲自会站在她身边给她安慰和亲人的照顾。

常若雨克制住自己声音里的颤抖,展开一个笑颜说:"谢谢妈妈。"

"看你,对自己的妈妈还说谢。"常妈妈突然间就脸红了,逃避一样地下楼照顾小宝宝去了。亲昵无间的女儿会对妈妈说谢谢了,做母亲的一时间竟有些受宠若惊般的不适应。

母亲的话轻易就点中了常若雨内心深处的渴望,她要去做,马上去做,虽然不知道结果怎么样。有些东西是不在你掌握之中的,无论你事先如何规划,命里没有就是没有。而有些东西,你不需要做太多的准备工作,自有一股神奇的力量推着你朝前走。

二

当常若雨独自驾驶着车子去崇明看厂房的时候,突然感到一种压力,今天原本是跟方亮两个人去看厂房的,但临时有两个客服突然辞职,方亮和石磊都得顶在岗位上脱不开身,于是看厂房的任务就变成了她一个人的事情了。这个时候,她心中也有些后悔,这些麻烦事都是自找的,如果不是自己一心开工厂,哪里会有这种压力。想到这里,她把车靠边停了,在一棵树荫下陷入思索中。

从赵辉那里她了解到,在上海郊区租一家工厂下来每年只要几万元的租金,初步暂定为30个工人,每个工人每月付至少2000元的工资,加上其他乱七八糟的费用,每年100万元的支出是雷打不动的。现在他们开淘宝店吃过用过后的利润是每年将近200万元,那么付掉工厂的钱,每年只剩不到100万元了。对此,方亮是极力反对的。他认为赵辉的这家服装加工厂每年的净利润只有二三十万,有时甚至更少。那么如果他们开工厂的话无异于是劳民伤财,动用了本该是很宽裕的流动资金,万一亏本,得不偿失还是小事,只怕还会连累网店没钱进货。但是常若雨对自己有信心,她认为赵辉的工厂只是加工产品而没有销售渠道,所以挣不多,而她有销售渠道,并且还可以从其他途径再继续开拓出新的销售渠道,所以每年的赢利不可估算,最重要的是开工厂更能让自己的价值有所体现。几番激烈争论之后,方亮败下阵来,勉强同意开工厂。

想到这里,常若雨体内蓬勃的青春激素已经不耐烦了,催促着她赶紧上路。她是谁啊?她是常若雨啊。她的人生字典里从来就没有后悔和退缩,只要她想干的事情,老天爷也欣赏她,会帮着她去完成的。既然花那么大力气去说服方亮,到了关键时刻退缩,那之前的无数次争论就都成了一个个笑话了。而且,她潜意识里也是迷恋这种不断自我挑战的感觉的。

常若雨一踩油门,车子就开了,道路越来越开阔,她把车窗摇下来,风吹了进来。前方的天空高而清澈,云顺着天边划过,空气中流动着越来越浓郁的水腥味。

当常若雨站在崇明岛上这片废旧厂房面前时,她强抑住内心的波涛汹涌,面色平静地问房东,"一年是6万元租金吗?"

"当然,电话里都谈好的,最低价,不能还了。"乡土气息浓郁的厂房老板紧张地说。

常若雨想说的是:这么大一块地方,这么好的厂房,一年才6万元,实在是太便宜了。但她不能这么说,她故意做出犹豫的样子。

显然这块厂房已经很久没有租出去了,好不容易来了个客户,厂房老板很珍惜这次机会,凭借着他那三寸不烂之舌一直在游说她,说自己厂房性价比之大,价格也不贵,遇见就是缘分,就是福气。

看房东说得口干舌燥,常若雨做出下定决心的样子说,"好,看你这么有诚意,这厂房我租了,去办手续吧。"

可能没想到这个看上去并不像是个女强人的年轻女人这么爽气,更没有想到这个小女人可以做主,房东反倒愣住了,直到接触到常若雨一双质疑的眼睛,他才像回过神来一样说,"好好,我们去签合同。"

"我先要看看你的身份证明和厂房场地的所有权权属证明,。"

"没问题,我手续都齐全的,去我家吧。"

常若雨看了一眼这个男人,虽然是满脸诚意,但自己孤身一个女人,去别人家里总是不安全,她环顾一下厂房说,"你把证件和合同都拿过来吧,因为我还想再仔细看看这片厂房。"全然没有想到,如果此人真的是一个坏人,那跟他单独待在无人的厂房里,一样是危险的。

"不会我拿来了,你又变卦了吧?"房东不放心地问了一句。

"怎么可能,你看我像是这种出尔反尔的人吗?"

谁知道,女人心海底针。房东心想,但他还是遵命地说,"那好吧,你再转转,我一会儿就回来。"

房东一走,常若雨马上兴奋地扑向厂房,犹如扑进情人的怀里,她喃喃地说,"亲爱的,你马上就要属于我了,我一定会把你打扮得漂漂亮亮的。"

厂房院子里泥土的香味夹杂着花香迎面扑来,废弃的厂房自发地长满了各种野草野花,一种类似于紫花酢浆草的紫色的小花繁星般点缀在翠绿的野草间,兀自开得灿烂,鹅黄色的花蕊伴随着微风颤动着摇曳生姿。

她一间厂房一间厂房地巡视着,从仓库到车间,在这2000平方米的广阔天地里徜徉,从这些粗粝的建筑物中,常若雨隐隐看到了她的未来。

最后她在一间还没有被撤掉桌子和椅子的房间里坐了下来,一口气吹上去,桌上的灰尘轻舞飞扬起来。她呛咳着,心里却仿佛渗进了蜜糖水。

她掏出包里的餐巾纸,细细擦拭着桌椅。

"以后你开工厂,这套桌椅还能用,这是之前的老板留下的。"

身后突然响起说话声,常若雨被吓了一跳,回头一看,正是房东拿了一叠材料进来了。

"你怎么知道我在这里?"

房东笑了,"你不在外面,一定在这里了,因为只有这间屋子还能有地方可以坐坐。"

"你坐。"常若雨像主人一样邀请房东坐下来,"你刚才说的老板是做什么的?后来怎么不做了呢?"

"他们做服装加工厂,自从开厂以来一直亏,最后实在撑不下去了,只好关门大吉。你准备开什么呢?"

"啊?"常若雨惊愕万分,"我也准备开服装厂啊。原来的这些设备呢?怎么我一个也没看到?如果留下来折价卖给我多好啊。"

房东也惊愕了,"怎么你也准备开服装厂?再之前的老板也是开服装厂的,设备折价卖给后来的老板的,后来的老板工厂关门后又把这批设备卖给他的朋友了。"

常若雨更惊愕了,"怎么之前再之前的工厂也是做服装的?也还都亏了?"

"是啊,"房东刚想说:看来开服装厂确实不好挣钱。突然想到不会因此这个女人不再租下这个厂子,那他到嘴的肥肉就飞了,这间厂房已经很久没有租出去了。立马改口说,"不过你来开服装厂一定挣钱。"

"为什么?"

"有句话不是说'事不过三'吗?前面两家都亏了,到你这第三家不就肯定赢了吗?"

房东的话正中常若雨的下怀,她不觉得那是房东为了尽快把厂房租出去在生搬硬套地瞎说,她觉得就是这个道理。做服装亏本,那不是大傻子就是运气太背。女人买衣服总是能激起她们自己分享生活的愿望和乐趣,怎么可能亏本?何况她自己要做的是童装,哪个女人不舍得把钱砸在自己的孩子身上呢?怕是倾囊而出也舍得。小孩子就像青草,割了还长。满大街能看到的就是大着肚子,手里还牵着一个的少妇。只要女人的繁殖能力旺盛,那么童装这一块的市场就大着呢。想到这里,她又激情万丈了,催促着房东赶紧签合同。

房东暗自高兴,庆幸自己明智地话锋一转,力挽了狂澜。

签完合同,送走房东,常若雨又一个房间一个房间去审视,哪个是车间,哪个是仓库,哪间是厂长室,哪间是财务室,虽然都是空荡荡的,她却在心里已经有了规划。

手机响了,她接起来,是方亮愉快的声音,"忙到现在刚刚才有空给你打电话,厂房看得怎么样了?"

"很好啊。"她得意地回答。

"好,那哪天我抽空跟你一起去看一下。"

常若雨抬头看看崇明的天空,云渐渐稀薄、变白,慢慢融进天空里,茫茫一色。"不用啦,我已经签完合同了。你还是抓紧时间去帮我买设备吧。"

"什么?"一把无名火从方亮的腹部一直烧到了脑门,他无法保持冷静,"你现在越来越过分了!不是说好你先来看看,等我有空再一起来签合同的吗?这么大的事情你怎么可以擅作主张?"

"多大点事啊?值得你这么激动吗?价格合适,房子满意,就租咯。这点小事,还要一遍遍浪费时间,你觉得有意思吗?"

"好好,"方亮气得发抖,冷笑道,"你主张大得很,那么接下来买设备,招人,什么什么的,你都一个人摆平吧,不要浪费资源了,要节约成本,人力成本!"

这下常若雨也生气了,这个男人太小男人,太小家子气,怎么教、怎么感化都是没用的。但她不想吵架,吵架耗费精力,把宝贵的精力消耗在无谓的吵架中太无聊。她打算就此冷战,只要她一冷战,方亮就摸不清她的来路,就会瞎猜,越猜越怕,到时候就会来哄她了。

"那你就做甩手掌柜试试看!"说完这句话,她啪地挂断了电话,不给对方好反驳自己的机会。对一个人完全了解了,有对策了,自然就有底气,有了底气也就有了勇气,就不知道害怕和生气为何物了。

办公桌上还遗留着一只旧杯子,常若雨把它洗洗干净,然后下楼採了一把野花放进去。看着这把开着星星点点小蓝花的野花静静地装点着灰旧的屋子,她的心情就愈加开朗。做完这一切,她就离开了,还一步一回头看着这所厂房,有一种就该是属于自己的亲切喜爱之感。

回到家,方亮还没到,保姆在厨房忙乎,她的儿子在小床上睡得正香,静静的屋子里充满着菜香和饭香。常若雨突然被这种温馨所打动,好好的家不待着,为什么还要在外面闯荡,并且吃力不讨好呢?她经常会这样问自己。

这个时候,铁杆闺蜜小梅的电话进来了,"嗨,小雨,我今天打电话给你,你家保姆说你去看工厂了？我怕打搅你，也没敢打你手机。"

"是啊，"每次接到小梅电话，常若雨都会特别开心，"我一个人做主把合同签了，方亮为此还不高兴了呢。刚才我还在想，温馨的家不呆，干嘛风风火火地冲在外面？床上躺躺，零食吃吃，儿子抱抱，多爽啊。"

小梅哈哈大笑起来，"爽啊。当初你到我家来，看到我带孩子有多爽了吧？没有钱，谈什么爽？没有钱，就请不起保姆，什么事情都得你自己去做，并且因为你不赚钱，在家里就一点地位都没有。你当初来我家，看到我的惨状，极力劝我要走出去，要经济独立。幸亏我听了你的话，开了小店，能赚钱了，婆婆和老公的态度天壤之别了。小雨，别这山看着那山高了。你开工厂，我举双手赞成，如果有什么地方需要我出力的，我也非常乐意效劳。想享受，得看老天爷答不答应。老天爷是不会让年轻人去享受的，这会遭天谴的。小雨，我跟你来个50岁之约吧。到了50岁，我们赚够钱了，就彻底停下来，我们姐妹俩一起周游世界好不好？"

每次都是这样，在她迷茫的时候，小梅总能用最真挚和理智的话让她清醒。以前不觉得什么，现在可能是人成熟了，觉得能有这样一个一辈子的闺蜜真是前世修来的。

"好。"常若雨应了声，声音却是哽咽。

门咔嚓一响，是方亮回来了，常若雨匆匆跟小梅说了再会，就挂断了电话。她听到方亮跟保姆说了几句话后就上楼来了，她马上换上一副生气的面孔，靠在床头不理他。

方亮看了看她，咳嗽一声，她还是没有变化的样子，他知道她生气了。

"小宝宝，小宝宝。"他颠颠地跑到儿子的小床边逗他，但是他的儿子一点也不配合他，依然在呼呼大睡。

他有些尴尬地离开小床来到窗口，突然像发现新大陆一样喊道，"有晚霞，有晚霞哎。"

常若雨依然一动不动，像没有听到一样，但她知道，方亮马上就要投降了，刚才的表现就是投降前的前兆。这本是她预料中的事情，只是没想到这么快。看来她的丈夫的耐心越来越差了，也许是越来越聪明了，知道冷战的结果是认输，反正横竖都是道歉，还不如早点结束这场战争。

"宝宝，你快来看呀。"他终于忍不住跑到她的身边，拉着她就来到窗前。从窗口看出去，彩色的晚霞顺着小区的天空绵延伸展，像一团正在燃烧的野火。

好美啊。常若雨暗暗赞叹一下。却用力甩掉方亮拉着他的手,"干什么,别动手动脚的,滚开!"

"怎么老婆大人又生气了呢?"方亮做出可怜兮兮的样子。

常若雨扭过头不理他,此时整个氛围略显尴尬,常若雨知道,是该收手的时候了,等方亮再间接求一次饶,她就可以顺梯子下了。

"老板,老板娘,饭好了,你们下来吃吧。"保姆在楼下叫着。

方亮像得到令牌一样兴奋起来,一把拉起常若雨,"赶快赶快,吃饭去了,搞什么啦,板着个脸,别让阿姨觉得我们是吵架了。"

就这么被他一路上拖着下楼,等到了餐桌旁,常若雨早已笑岔了气。

"吃饭吃饭,要不要来点酒,庆祝一下今天你顺利签下合同?"方亮献媚地说。

一提起合同,白天受的委屈又泛上心头,常若雨再次板起脸,"你不是很不满意吗?还庆祝什么?"

"我哪有不满意?我那是正话反说,你听不出来啊?哈哈哈。"

常若雨横他一眼,扑哧笑了。

三

常若雨把孩子完全交给了婆婆、母亲和保姆,把网店完全交给了方亮和石磊。自己一头扎进当女厂长的进程中去。经过一步步繁琐的工作——买设备、找工人、买面料等先期工作,忙得不亦乐乎。总算摇摇摆摆地把工厂给开起来了。原本以为很难的事情,真正上手做起来,才发现其乐无穷。虽然当时方亮只是一句气话,但真正上手做的时候,她确实没有让他帮太多忙。一开始,方亮还陪同她干这干那,但两人的意见总归相左,常若雨就干脆让他不要再插手工厂的事情了,所有的事情都她来,他只需把网店打理好就可以了。

看着越来越强势的妻子,方亮的心里突然涌起对她的陌生感,这还是曾经那个自己心心念念,碰到一点点事情就打电话向他求助的弱女子常若雨吗?是什么东西,把她潜在的能力和活力给激发出来了?他不知道,正是由于自己对她的宠爱,才让她"肆无忌惮"地把自己的优秀给挖掘出来。而以前没有出嫁的时候,对母亲还是有忌讳之心的,很多潜能就这样被压制着。而现在压在孙悟空身上的大石头已经被搬开,她怎么可能不一个筋斗翻出来,大展宏图呢?

方亮失魂落魄的样子引起了客服小红的注意,她递给他一个娇媚的眼神,"帅哥,这些天怎么一直没看到老板娘来啊?"

"她在忙工厂的事情。"

"老婆太强,老公是不是压力山大?"

这句话问到了方亮的心里,他感到鼻子发酸,大脑嗡地一声炸开了。他是压力山大,大得都快爆炸了。他原本娶的不是这样一个女人,什么时候被调包了?

"你别嫉妒别人了。"听到他们的对话,客服主管石磊插进来说,"人家是强,所以能当老板娘,能替老公分忧解难,能为家里赚大钱。你呢?没有能力,所以只能替别人打工,看别人赚钱。"

石磊的话像一股清风,吹开了挡在方亮眼前的迷雾,让他感到耳清目明,头脑也清醒起来了。能讨到这样一个才貌双全的女人,是他前世修来的,他不知道感恩体谅妻子的辛苦,还在心里酸溜溜地抱怨,真是太不知足了,自己都替自己感到脸红。这么一想通,就感到脉络顺畅,仿佛浴火重生一般。

小红气呼呼地闭了嘴,方亮朝石磊投去感激的一瞥。

石磊接住方亮的目光说,"最近卡券的生意是四面楚歌,生意越来越不好做了,要是阿嫂的工厂真的开得顺利的话,能把我们的公司救活。"

"看你说的,只是没有以前好而已,离倒闭还差得远呢。说什么救活公司不妥当,说是锦上添花还差不多。"方亮说。

"对对,锦上添花。"石磊笑着频频点头。

"这几天常若雨给我们的童装系列注册了一个商标,叫'好宝宝'系列,还买了设备,招了30个工人和一个高级设计师,把钱都花光了。我是真的担心会血本无归,毕竟我们都是外行。可是她倒一点不担心,反而干劲和信心越来越足了。"

看着一脸愁容的方亮,石磊哈哈大笑起来了,"不投资哪来的回报?也没有什么事情做了就一定会成功的,但是不做肯定是不成功。方哥,你就把心放到肚子里吧,你看阿嫂这么聪明能干,她不会让自己输的。"

"我想过去帮帮她。"

"你不是一过去你们就吵架吗?你就让她去吧,而且我们的网店也离不开你啊。裁员后加上你我,只有四个人了。周六周日还要轮流值班,你再一走,我们岂不是要忙死了?"

"再招人呗。"

"再招人?"石磊的眼睛瞪得跟铜铃一样大,"要再招人还用得着裁员吗?你不是一直说钱周转不过来吗?"

方亮长长地叹了一口气。

"不许叹气,会把好运气叹走的。"小红插进来说,紧接着朝他挤了一下眼睛。

方亮装作没看见,看着电脑。除了常若雨,其他女人都是粪土。

"老板,老家有事,我要不干了。"烧饭的阿姨走过来对他说。

听了这话,方亮像松了一口气一样说,"好的,那就把账结一下,你回去吧。"他早就想辞退她了,就是不好意思开口,负担太重。她倒好,想加工资,每个人想的事情都不在一条线上。

阿姨板着脸拿了工资走人了。

"又要每天吃盒饭了。"小红不满地撅起嘴。

方亮心中突然泛起内疚,小红是他的员工,他是亏欠她的,于是他说,"今天中午我请你出去吃饭,算是补偿。"

小红两眼放光,"就我们两个人?"

"别想得美了,"石磊说道,"要请客肯定大家一起请,怎么可能只请你一个呢?"

"都请?那店谁看?"

"所以这是不可能的呀,方哥是说过就算请过的。"石磊哧哧笑起来。

"你以为方哥是你啊?小气鬼!"小红扭转身不再搭话。

方亮也笑了,和他们一起工作让他身心愉悦,而每当跟常若雨一起去弄工厂的事情,往往会意见相左而不欢而散,这让他变得越来越不想跟常若雨在一起。但是当常若雨回到家,哪怕深夜,他都会为她端上一份夜宵,看着她美美地吃完,这个时候他又是最希望跟她在一起的。男人说到底还是需要一个女人,而不是女强人。想到这里,他又长长地叹了一口气。

小红回过头,嗔怪地横他一眼。方亮惶恐地捂着嘴,用眼神说:我又忘了不该叹气了。

小红把头转回去,双肩不住抖动,看来是笑得非常欢畅。

四

这段时间,常若雨觉得用一个"忙"字来形容她的生活,那简直是肤浅到了极点。这段日子,她过得天昏地暗,招人、买设备、注册商标、寻找提供面料的供应商,她只知道白天和黑夜交替出现,她却常常连喝口水的时间都没有。

"小雨。"

是谁在她的耳边轻轻地呼唤着她?那声音这么温柔,这么贴心,就像前世的母亲,那么遥远的爱。常若雨使劲睁开眼睛,映入她眼帘的是小梅那张清秀的脸庞。

"小梅?"一时间,她仍然以为自己是在梦里。

"天冷了,你不能就这么倒在沙发上睡觉,会生病的。我想找条毯子给你盖上,但不知道你放在哪里。"小梅微笑着说。

"你怎么来了?"常若雨这才反应过来不是做梦,而是现实生活。她从沙发上坐起来,看看窗外和挂钟说,"阴天,难怪被我当成是晚上不小心睡着了。"

小梅掩口娇笑,"你一个大美女把自己累得跟狗似的,你觉得有意思吗?"

"要想做一点事情出来,不累可能吗?美女能当饭吃吗?要能当饭吃,你之前也不会这么委屈了。"常若雨把一件开始时枕在头下的旧衣服拿起来拥着,靠在沙发上说道。

小梅渐渐收敛了笑意,"今天我来是受你妈的委托,她让我来帮你的。"

"我妈?"常若雨失声叫道,"她可真多事,先是说她自己要来帮我,好不容易把她赶走了,怎么又把你给支使过来了?你还要看店呢,赶快回去。"

"我的店你就别操心了,老公家的亲戚帮我看着呢,付她点工资就可以了。"

"那小孩呢?"

"小孩婆婆带着,给她钱就可以了。"

"你哪有那么多钱给这个人给那个人的?我可付不起高薪给你。"

"我不要你付高薪给我,我是来做你助理的,拿助理的工资就可以了。"

常若雨没睡醒的脑袋更加云蒸雾罩了,"做我助理就得住在厂子里,陈志华没意见吗?"

"这也是他的主意。"小梅微笑着说。

"这个人的门槛可真精,把每个人都充分利用起来了,哪怕夫妻两地分隔也无所谓。"常若雨不屑地撇了撇嘴。她这时才看到小梅穿了一件淡绿色的高领毛衣,绿色很淡,几乎就是在白色上泛起了一层绿光。

小梅的脸上带着若有若无的笑意,"每个人的想法不一样,也许这是最好的。再说夫妻两地分隔也是暂时的,以后厂子理顺了,一切都好办了。就像你跟方亮,也不可能会一辈子两地分隔下去。"

"你这件衣服很漂亮,哪里买的,要知道淡绿色可是我的最爱。"常若雨突然问。

"淘宝上面买的。"

"是吗?"常若雨呵呵笑道。

"你也可借鉴这件衣服的颜色和式样,改成童装。"

"你能这么想很好,就是要有这种意识和思维,这样才能成为我的好帮手。好吧,梅助理,我这就带你四处去转转,你好抓紧上岗。"常若雨打起十二分的精神站起身说。

小梅跟着常若雨下楼,去参观车间、仓库和其他办公室。她看到现在是深秋时节,崇明的气候比市区要冷一些。工厂的墙上攀爬着枯萎了的爬山虎,只有零星几片叶子还绝望地挂在那里,剩下的只有褐色的藤蔓,一眼望去,就像无数纵横的裂缝,到处是衰败之感。

"小雨,我想作诗了。"

"少来啊,"常若雨停下脚步正色说,"在这里只有像牛一样地工作,不许诗兴大发,要写诗回家去写,别在我这里写,我这里是最俗不可耐的地方,脑子里只能装着怎么赚钱的思维方式。而且,小雨只能在我们两个人的时候叫叫,在人前得叫我常总或者常厂长。"

小梅脸上的笑容慢慢凝结,"用得着这么上纲上线吗?"

"你以前来我这里做过客服,结果闹得不欢而散,差点连朋友也没得做了。所以这次我压根不想让熟人来帮我,可你执意要来,既然要来,一切就得听从我的安排。如果你依然抱着像以前林黛玉一样的小心眼,我可没多余的精力来照顾你的情绪。你要明白你是来帮我的,不是来给我添麻烦的。若你想明白了就留下来,想不明白还是趁早回去吧,省得以后矛盾越来越深,真的不是朋友成仇人了。"

小梅的眼圈红了,"你真的变得跟以前完全不同了,我想这就是生活的历练。我很佩服你,真的很佩服,我一定要留在你的身边向你学习。写诗做什么?除了浪费时间能当饭吃吗?"

见小梅动了感情,常若雨登时心下一软,拉着她的手说,"没办法,创业阶段就得对自己这么残酷,别忘了我们50岁的约定,要环游世界呢,到时候你天天写诗念给我听。谁说写诗没有用的,那是精神食粮。"

小梅的双手被闺蜜握着,却没有消除距离感,反而感到她们离得越来越远。但她知道她没有退路,文学对于她已经是另一个世界里的东西,她嫁了一个现实的丈夫,这就是命运,她必须改变自己,向命运低头。她的闺蜜已经成为一个女强人,她便不能弱,她也只有迎头赶上去。她在常若雨的面前必须收敛清高,因为她没有资格,她在家庭中的地位全是仰仗面前这个看起来有些盛气凌人的女人。为了顾全大局,她只有把自己磨得跟鹅卵石一样圆滑,只有把自己低到尘埃里面去。

"是,我们共同努力吧,希望我能帮到你,而不是成为你的累赘。"

"你不会成为我的累赘的,"常若雨高兴地把手环绕住小梅的肩头,搂得很紧,"你只要认清形势,改变观念。我相信,你会是我最得力的助手。因为你的头脑很聪明,我需要你的智慧。"

小梅喉咙一哽,说不出一个字。她如履薄冰一样跟着常若雨熟悉着人和物,在高级设计师周霞的面前,她恰到好处地称了常若雨一声"常总",她看到闺蜜的眼睛中露出赞赏和喜悦的灿烂光芒。

就这样时间已经到了下午5点,工人们一窝蜂地下班了,偌大的工厂只剩下了她们两个女人。

虽然常若雨准许在小梅只有两个人的时候可以叫她"小雨",但此时此刻已经叫过她"常总"的那张嘴却怎么也叫不出来"小雨"两个字了。

"哎,"小梅觉得这么称呼最自然些,"才5点就下班了?我听说很多服装厂都干到晚上的。"

"每月才付给工人2000块钱工资,还想让人家给你干十几个小时?"常若雨哧哧笑道,"我可不是剥削阶级,也没这个本事当剥削阶级。"

"那既然这么早就没事了,你干嘛还住在工厂里,不回家呢?"

"刚开始的时候一切都乱七八糟的,哪有时间回去,现在总算步入正轨了,我是该回去了。但每天这么来来回回地赶确实很辛苦,还好你来了,我们可以轮流回家。"

"轮流回家?你的意思是我得经常一个人待在这里?"小梅睁大了惊恐的眼睛。

"你怕什么?我不也这么过来的吗?从来没有碰到过流氓啊、强盗啊、流窜犯啊,"说到这里,常若雨哈哈大笑起来,"更没碰到过强奸犯。放心吧,小梅,你只要把大门锁好,你睡觉的房门锁好,就绝对没问题,你就把心放到肚子里面去吧。"

听她这么一说,小梅的心才稍稍安定下来,"你今天就回去吗?"

"今天先陪你一晚,让你熟悉熟悉环境。明天回去,后天我尽量早点赶过来,你毕竟一个人待在这里这里会不习惯的嘛。大后天你回去,你没车过来不方便,第二天就别来了,第三天再来。"

见小梅有点犯晕的样子,常若雨推了她一把,"反正不用特别教条主义的,到时候看怎么舒服怎么来。"

小梅点点头。

"好了,现在出去吃晚饭吧。对面有家面馆做得很不错,我们去吃面。"

小梅看了看她,心想:都说人越有钱越小气,看来真的是这样。

她们点了两碗大排面,加了点烤麸,常若雨边津津有味地吃着面边问,"怎么样?好吃吧?都是回头客来吃的。"

小梅觉得这面虽谈不上特别难吃,但也绝对不算好吃的,她有点吃不下了,突然问,"你在这里吃面,你老公在家里吃什么呢?"

"吃饭吃菜呀,家里有保姆的。"

"还是他口福好。"

常若雨看了她一眼,呼噜呼噜几口把菜和面都吃光了,然后放下筷子擦了擦嘴说:"我吃好了。你看起来吃不下的样子,小梅,你现在嘴巴是越来越叼了。"

"我是胃口小。"小梅勉强把菜吃了,那面却是一口也吃不下了。她搁下筷子,"我吃不下了。"

常若雨露出心疼的表情,连一点面条浪费了她都心疼,小梅愈加想不通。

"好吧,吃不下就别吃了。但一会晚上肚子饿了可没人陪你出来吃饭,黑灯瞎火的,我们两个女人不安全。"

"这里有小卖部吗?我去买点吃的。"

"有,但要走很远,我今天是累着了,不想走了。要不就在这家面店给你买点菜打包回去吧。"

见常若雨露出不悦的表情,小梅赶紧说,"不用你给我买,我自己会买的。"

"老板娘,打包两听啤酒,10个卤鸭掌。"常若雨挥手道。

小梅在低头掏钱包的当口,常若雨已经把钱付了。

"不是说好我来吗?"

"你来个屁。"常若雨笑着爆了一句粗口,"哪有老板让员工买单的道理。晚上我们一醉方休。我们酒量都不行,两听啤酒足以把我们打到了。老板娘的卤鸭掌做得非常好吃。我知道你就喜欢啃鸡爪鸭掌、鸡脖子鸭头的。"

小梅的脸红了,"如果肚子真的饿了,鸭掌好像吃不饱的。"

"饿了我那里有面包,我知道你一定会馋的,女人都是馋猫。给你买卤鸭掌,是给你解馋的。"常若雨刮了一下她的鼻子。

望着同龄的闺蜜,小梅觉得她比自己大好多,自己一下子渺小到小妹妹的状态中去了。她想叫她老大,开口却是,"哎,我们快走吧,天都黑了,怪怕人的。"

"胆子这么小,可怎么做事哟。"常若雨摇着头说。

"我觉得你得在厂门口配备一个看门的保安,最主要来上晚班。"小梅越走越快。

"多一个人不要多付一份工资的吗?而且这份工资付得毫无必要。刚开始创业,你得学会省,把钱用在刀口上。"常若雨掏出钥匙,开了厂房大门。

小梅突然顿住脚,"你不会也觉得我多余吧?"

"你不会多余的,也没人敢说你多余。"常若雨的话语中透出一股强烈的当家做主的女汉子的味道。

说着话,已经到了睡觉的房间,简陋的房间,一张大床映入小梅的眼帘,"今晚我们睡一张床吗?"

"是啊。本来大床是为方亮和我两个人准备的,结果他一天也没来睡过。反正我俩睡一张床也不是第一次了,你不会感到别扭的。"常若雨想到了以前跟方亮斗气住到小梅家的事情,不禁莞尔一笑。

"是啊。"小梅有些感慨,她们曾经是那么好的一对朋友,现在却又变回她的手下了。于是,这友谊便不由自主地变味了。

"嘶"的一下,常若雨打开了一听啤酒,又"嘶"的一下打开了另一听,她率先坐到方桌前,"来,我们大碗喝酒,大块吃肉。"

"你再怎么喝酒吃肉也不像孙二娘。"小梅嫣然一笑,坐到她对面,举起啤酒跟她碰了一下,"祝你的工厂开得顺顺利利、红红火火的。"

"我也祝你可以沾到我的光,大把大把往家里拿钱。"常若雨哈哈笑着说。

"但愿如此。"小梅说着,拿起一只鸭掌。

"哈,你的馋感染到我了,我也要吃。"常若雨说着也拿起一只卤鸭掌。虽然连日来的操劳让她看上去有些憔悴,但显然小梅的到来带给了她欢乐,她的声音是雀跃的。

"既然工厂不能断人,准备一只冰箱是需要的。"小梅提议。

"对对对,有空你去把这件事情办一下,钱去财务那里报销。"常若雨连连点头。

"你还有财务?"

"废话,这么大一个工厂没财务怎么行?"常若雨瞪大了眼睛。

"可你以前不是没财务的吗?"

"你是说网店啊?有啊,财务就是方亮呀。后来我们转成天猫店以后,我是想专门找个财务的。可这时候偏偏生意不好起来,所以就还由方亮兼着做财务。"

小梅突然不说话了,静静地啃完一只鸭掌后突然幽幽地来了一句,"你真不容易。"

常若雨的脸上泛起了桃红,"我身体里缺少酶,一喝酒就脸红。"

常若雨故意避开这个话题,反而唤起了小梅酸涩的感情。一切日新月异,变得那么快,让人应接不暇,稍一懈怠,就落到了人后。她们都不敢懈怠,所以即使再累,也只有向前奔跑。

突然,常若雨响亮地笑起来,指着桌子上的残骸说,"哈哈,你真厉害,一大半的鸭掌都是你啃的,啃得比狗还要干净。"

而小梅的笑总像燕子低低地掠过池塘,"十个鸭掌确实少了点。"

"买冰箱买冰箱,里面塞满好吃的东西,让你吃个够。"

小梅看常若雨已经有了醉意,就收拾着桌子说,"你去洗个澡睡吧。"

"这么冷的天洗什么澡啊,洗把脸就可以了。"

小梅赞同地看着常若雨,她们是两个正在打拼阶段的女人,已经没有资格去小资了。夜已经深了,她们得抓紧时间休息,明天太阳升起的时候才有精力去面对那一堆事务。

五

下午咖啡喝多了,时至深夜方亮还是没有睡意。今天常若雨又睡在工厂了,虽说现在已经有小梅过去帮忙了,可常若雨的大部分时间依然扑在工厂上面,这让方亮心生怨言。工厂是否赚钱现在还是个未知数,家里却已经是他形单影只了,他只是需要一个妻子,怎么也没想到事态的发展已经不是他能控制的了,他根本不需要找个女强人,一个铁姑娘在那里,这与他的理想生活背道而驰。家里少了妻子,他的生活像是缺失了一大块,空得直灌风。他想去抱抱儿子,可一想到儿子跟保姆睡,他一个大男人深更半夜地跑到保姆房中实在不像话。他长长地叹了一口气,少了女主人的家处处显现着冷情和不方便。

窗外有风轻轻吹过,引起残叶哗哗作响,但这一瞬过后,又是死寂的安静。方亮再也躺不下去了,他起身打开电脑,漫无目标,胡乱地看着各类新闻。然后他上了旺旺,想看看离线的这段时间有没有卖掉过东西。令他没有想到的是,他看到小红竟然在线。而小红显然也看到了他,兴奋地打着招呼,"老板,怎么这么晚了还上线?"

"睡不着,想看看有没有卖掉过东西。"他打着字说。

"老板娘又没回来?"

幸亏是打字,不然这句问话一定会让他的声音里有一种拧得出水来的酸楚来的,虽然只是打字,方亮的眼睛还是一下子湿润了,"是啊。"

"老板,上QQ。"

方亮不解地上了QQ,却见小红在邀他视频对话。方亮犹豫片刻,还是接受了邀请。

他看到视频上小红穿着一件黑色的睡衣,扭动着臀部,胸大腰细屁股大,个子虽然不高,曲线却真是美妙无比。方亮不由自主地咽了一口口水,"你能坐下好好说话吗?"

小红依言坐了下来,带着诱惑人的媚媚的笑,发出一种软软的声音,"看着你说话,我感觉好多了。"

方亮的脸一红,心中却是一暖。

"哇,"小红打量着视频头所能拍摄到的背景说,"你家看起来很富丽堂皇,而且干净得跟狗舔过一样。"

"嗨,怎么用形容词的。"方亮说着,也打量了一下小红身后的背景,有一种家徒四壁的感觉,显然是出租屋。这个从陕西只身来上海打拼的女人,还挺不容易的。方亮有一种想发她奖金的冲动。

小红眼底笑意渐浓,"形容得不对吗?可惜这一切不是女主人的功劳,而是保姆的杰作。"

方亮想说如果没有女主人在外打拼赚钱,哪来的资本可以请保姆,把家收拾得跟狗舔过一样。但他没有这么说,跟所有的男人一样,在仰慕他的女性面前,他喜欢显现出他的委屈——没有讨到一个贤妻良母。

"怎么这么晚还在上网?"方亮岔开话题。

"孤枕难眠啊。"

"该找个男朋友了,你也不小了。"

"何止是不小啊,在我们老家,像我这个年龄的,小孩都打酱油了。"

"那你可要抓紧了。"

小红近乎放肆地笑起来,"感情这东西,我可不想将就,不找到我自己喜欢的,我宁可当一辈子老姑娘。"

方亮的心中隐隐透着不安,也同时透着喜悦,"太晚了,休息吧,女孩子熬夜会长皱纹的。"

"干嘛呀,才说了没几句话,难道我的话题这么无聊,说着说着你就困了?"

"不是,我是怕你困了。"方亮尽量做出淡然的姿态。

"一点也不困,我谈兴正酣呢。"

"可是明天还要上班,我可不希望你睡得太晚,明天没有精神帮我做事,或者工作中出差错。晚安啦。"

小红欲言又止,像有话要说,但方亮还是关掉了视频,他也怕自己会走远了。卧室里淡黄色的灯光温柔地笼罩在他的身上,他的心突然就宁静了,他并没有被女人所抛弃,不管这个女人是处于什么样的一种身份,只要有女人惦记着,他的自信和存在感就不会消失。

躺在床上,方亮不再思念常若雨,满脑子都是小红这个年轻外来妹的形象。这是个刁蛮和听话融合得很好的女孩子,所以即使不高雅没气质,依然可以为她加高分。他清楚地知道她对他有情有义,想要进一步发展关系,她对他的每个小动作里面都含有一种小小的亲昵。

满足感渐渐填满方亮的胸膛,他再也难以招架沉沉的睡意,投入到周公的怀抱里。

第二天,当方亮来到办公室,看到小红已经到了,整个办公室就只有他们两个人。方亮惊讶地发现一直没觉得她起眼的小红,经过昨晚的亲昵视频,竟然变得无比妩媚起来。这个发现让他感到意外,原本以为这只是个泥塑的花瓶,没想到这个花瓶里不知什么时候已经插上了鲜花,立马生动鲜活起来。

"小红,怎么这么早就来了?"

"我昨天晚上失眠了。"小红满面娇羞地说,一双眼睛勾魂地看着他。

方亮心中是喜悦的,只是这双眼睛太过热烈,让他不敢直视。

"你呢,你睡好了吗?"小红径自朝他走来,依偎到了他的怀里。

方亮像遭到电击一样僵直在那里,一只胳膊却条件反射般环绕住了小红。就在这时,门被推开了,石磊进来了。虽然小红已经迅速离开方亮的怀抱,还是被石磊看了个全部。望着石磊吃惊的表情,方亮脸上顿时挂不住了,再讪笑也掩盖不了他的窘迫。

看着一脸尴尬的方亮和眼里溢出明珠般光芒的小红,石磊心中已经明白大半,他的脸上浮起冰冷的微笑跟方亮打了声招呼,坐到了自己的座位上。

"我想跟你商量一下,今天要不要出去跑跑业务。"方亮露出一脸蠢笑对石磊说,"我们不能让生意越来越好、货源越来越匮乏的状况持续发展下去。如果开发出新的地方,那些利润极薄的地方我们就回绝掉好了。"

"现在出去跑还有用吗?如果有用,常若雨也不会拼了命去生产童装了,她是想重新开辟一条血路出来。原先的那些卡券,多半是她开发出来的。无奈世事无常,各个地方都换了领导,提出的要求越来越苛刻,等于是让我们给他们白干。求人不如求己,常若雨正是看明白这一点,才想自己成为自己的供货商。"石磊说到这里,觉得满嘴苦涩,曾经那么讨厌这个女人,现在才感到这个女人是这样伟大。

"哼哼,自己想偷懒还找出一堆理由。"小红在一边似乎是小声地自言自语,但所有人还是听到了。

"人才啊,我们怎么忘了办公室里还有小红这么一个人才。"石磊的笑声里有一种孤注一掷的味道,"我们就派小红一个人去跑业务吧。要求不高,你今天能跑出一个来就加你工资。"

小红正想把这句话顶回去,却见方亮像发现新大陆一样激动起来了,"我怎么把小红这个人才给忘了呢?想当年常若雨就是这么跑出业务来的,小红公关能力不比她差,应该可以去试试。"

"我就两条腿怎么跑业务?要不方哥你开车送我吧,当年老板娘也是你开车送她去的呀。"

方亮还没想好怎么回答,石磊已经开口了,"你让老板当你的车夫?亏你想得出来。自己坐地铁去,地铁费公司报销。"

小红像挨了一记闷棍,半天没匀过气来,她看了一眼方亮,方亮完全没有为她说话的意思。这下她心里发了狠:好,让我两条腿去跑业务,我这就回家睡大觉去,你们也不知道我没去跑!

看到小红出了门,方亮喃喃说了一句:"不知道会不会有效。"

"过一个小时给她打个电话,看看她的业务进展情况。"石磊脸上挂着掩饰不住的讥嘲的笑容说。

"这样不好吧?她会以为我们是在监督她的。"

"你心疼了?"

"乱说什么。"方亮一脸窘态。

"小红的心思我知道,只是你可不要一时糊涂,做出对不起常姐姐的事情来。"

石磊的话让方亮听了很不顺耳,好像在教训他一样。想当初他总是喜欢跟常若雨抬杠,这时候的他很可爱很贴心,哪像现在这副老气横秋的家长做派。倒是小红,事事以他方亮为中心,酷似当年的石磊,已经越来越讨自己的欢心。方亮发现,他感情的天平在慢慢倾斜,倾向小红这边。此时他有些后悔不该让小红一个人去跑业务,他这个当老板的还没发话,他石磊凭什么越俎代庖替他发号施令?还想过一个小时打电话去监视小红,小红肯定会以为是他让石磊那么做的,这样会伤了小红的心的。想到这里,方亮觉得应该先给小红打个电话。

"我下去买包烟。"方亮说着就打开了门。

"烟我有。"

方亮没有理他,径自下楼了。他边下楼边拨打小红的手机,而此时的小红,刚刚坐上回家的公交车。

"今天你辛苦了,下次我送你去。"

接到方亮的这个电话,小红不禁喜上眉梢,她本来已经郁闷得快要爆炸了,但此时她觉得大自然的惠赐永远是那么奇妙,山穷水尽之时必有奇迹发生。

"那别下次了,就今天吧,我回来找你。"

小红的兴奋具有感染力,让方亮有一种当初陪同常若雨去跑业务的激情,他这个时候无法拒绝一份来自妻子以外的女人好心的邀请,"你在哪里?我开车过来接你。"

此时一个站点到站,小红嗖一下从车上第一个跳下来,看了看街上的路名,报了出来。方亮边去拿车边打电话给石磊说,"今天要辛苦你了,我爸妈那里有点事,需要我过去一趟,我晚点再回公司。"

挂断电话,石磊已猜出全部,他想打电话给常若雨,旁敲侧击一下她,让她多回来陪陪丈夫。但一想到常若雨要因此而分心,他就决定不打这个电话了。他现在满心的希望也寄托在新的工厂上面,期待着新生事物可以把现在这家已经开始岌岌可危的网店给带活起来。毕竟,当前没有什么事情比这个更重要的了。方亮和小红,就随他们去吧,小河浜是翻不出大浪花来

332

的。方亮就是寂寞,不会傻到丢掉西瓜去捡芝麻的份上。

石磊仿佛觉得有一丝冷酷的笑容爬上他的嘴角,他感觉这一丝冷笑的同时也隐隐感到他的心又慢慢恢复到从前的邪恶上面去了。他一激灵,告诫自己,不要自己再重走失败的老路。

看到方亮的车子在她身边停下,小红在内心匿笑,她感到她离成功已经越来越近了。

见小红坐到副驾驶座位上面,颇有一副女主人的派头,方亮预感到她后面想说什么了。果然,她一开口就是,"老板娘干嘛这么拼命啊?崇明又不远,干嘛总是不回家?别是有其他原因吧?"

"你没看到现在天越来越冷了吗?她现在在赶制一批冬天的婴儿睡袋,过几天我们就该挂到网上去了。最近工厂那边是最忙的时候。所以小红,我们这边也不能落后啊,要多跑出点业务来,不要输给老板娘。"说完这句话,方亮竟有些沾沾自喜,什么时候傻傻的自己也成了老奸巨猾了?

小红若无其事地坐着不动,心中却已经翻腾开了:现在原有的客户,该跑的地方常若雨早已跑过,连她都搞不定的事情,凭她一个小红怎么可能搞得定?她小红若有这本事搞定那些客户,早就自己当老板了,还会委身在这家天猫店低三下四地当客服?如果重新去开发新客户,那就更没有头绪了。

"我觉得我们得规划一下,原有的客户那里也别去跑了,试试新的地方吧。"小红嗫嚅着说。

"新的地方?"方亮似有所思,"你有什么想法?去哪家比较好?"

"去我家吧。"

"什么?"方亮瞪大了惊恐的眼睛,像看一只怪兽一样地看着小红。

看了方亮这个表情,小红心下失望,但她极力克制住自己的挫败感觉,咯咯笑着说,"你别误会呀。我的意思是说,你现在最重要的就是好好轻松和放松下来,享受生活,这样你的头脑才不会发热,才会有正确的思维能力和判断能力,才能知道你下一步该怎么做。"

"你说得对啊,"方亮茅塞顿开,"这段日子脑子真是乱哄哄的,是该好好清醒一下了。不过也别去你家啊,毕竟瓜田李下。我们去喝杯咖啡吧。"

虽然自己的建议没有被采纳,但是能单独跟方亮一起喝咖啡,说明自己的计划已经朝前迈出了关键的一步,小红决定要好好把握这次机会。她的脑子里在盘旋着哪家咖啡馆有暗簇簇的那种包房,可以便于她下手。无奈自己只是一个外来妹,平时也没有机会去咖啡馆,现在一时半会也想不出曾在网上看到过哪几家咖啡馆可以搞暧昧。

这个时候,方亮的手机响了,小红瞟了一眼来电,看到是常若雨,不由得心里咕噜咕噜地冒酸泡。再看方亮的表情,一脸的崇拜和欢喜,根本不是她心里想的会不耐烦,连最起码的平淡都不是。可她刚刚还在幻想着去一间咖啡馆的包房,浪漫的情调之下,被这个男人紧紧地箍在怀里,箍得那么紧,丝毫不能动弹,运气好的话还能引发他的兽性。可这个电话打碎了她的梦想,方亮是把他的妻子当女神来看的。想到这里,小红心中突然生出一股恶意。如果常若雨是女神,就让她小红当神女好了。女神是用来崇拜的,而神女是用来做爱的。

等方亮挂断电话,小红抛给他一个媚眼,酸溜溜地说,"哟,都老夫老妻了,还这样恩爱啊。"

"什么恩爱啊,说的都是工作上的事情。小红,今天不能和你去喝咖啡了,我现在要马上回办公室,跟石磊商议事情。"

"啊?"小红大失所望,"那我呢?我怎么办?"

方亮眼角露出一丝笑意,"你可以跟我一起回公司,也可以按原计划一个人去跑业务,你自己选择吧。"

小红觉得自己在方亮的心中就是一个无足轻重的人物,尽管费尽心机,眼看马上就要成功,人家原配的一个电话打过来,自己所说的话,所做的努力就什么都不是了。连当小三都没有资格,更不用痴心妄想想取代原配了。

见小红不说话,方亮说道:"很难决定吗?我看你还是一个人去跑业务吧,不然我们一起回去,被石磊看到,一定会多心,以为我们有什么事情。"

"我看这样吧,我找家咖啡馆等你,你跟石磊商量完事后就过来,好不好?"小红灵机一动。

方亮看到小红露出无限的娇媚状,心想小红和常若雨相比,常若雨就像天山上的雪莲,小红就像大饼油条,根本不是一个级别的人物。他方亮若是一个内心高贵的人,一定会追求天山上的雪莲;若他是一个俗物,就会拿大饼油条来填饱肚子。他是希望自己可以成为高贵的人,只是有时候肚子真的会饿。

"小红,今天真的不行。要不这样吧,今天你先去跑业务。改天,改天我们再一起喝咖啡轻松一下好不好?"

方亮的话说得小红无言以对,但他毕竟没有把话说死,小红觉得她还是有希望的。"你跟石磊要商量什么事情啊?"

"要不你一起回去听?"

"那还是算了。"小红讨厌看到石磊那张脸,那副阴阳怪气的表情,她开门下了车。

方亮开着车,心中竟有一丝丝遗憾。他不知道这样做对不对,小红的心意他是明白的,但是他真正爱的是天山上的雪莲,他不能用刚刚吃过大饼油条的臭嘴去吻那圣洁的雪莲。

看到开门而入的方亮,石磊吃惊地张大嘴巴脱口而出,"你怎么回来了?没去找小红?"话音刚落地,突然意识到自己说错了,赶紧改口说,"你不是去你爸妈家了吗?"

方亮装作没有听到前半句话的样子,"常若雨打电话来,我有事跟你商量。我爸妈那里不去了,让他们自己处理好了。"

石磊憋住笑说,"好啊,你的头脑还不算糊涂,知道孰重孰轻。"

"什么意思啊?"

"现在没有什么事情比挽救我们这个破公司重要,不是吗?"

"我们的破公司?"

见方亮用生疏的目光看着自己,石磊意识到他们之间的关系已经不像过去那样是一种兄弟情了,他不能再像过去那样随便说话了,他的大哥方亮已经变成了老板方亮,也许是小红的缘故,也许是他意识到自己是个大老板或是快要成为大老板了,总之,这种情绪关系的微妙只能用直觉来感知。

"口误口误,是你的公司。"

见石磊的笑容颇富深意,方亮纠正道,"正确的说法应该是我们的公司。"

石磊突然心下一阵感动,原来他的方亮还是他的大哥:"是,我们的公司。"

见石磊感动的样子,方亮心中愉悦,"刚才常若雨给我打电话,提了两个方案,我觉得很好。但她现在盯在工厂那边,分身乏术,所以让我们两个去办。"

"哪两个方案?"

"第一,我们现在做淘宝店是以私对私,但是现在开工厂了,仅凭几家淘宝店是不行的,我们还得注册一个阿里巴巴,以公对公。"

"就是做批发嘛。"石磊打断他说。

"对的,搞批发。第二,我们的产品得去做电视购物。"

"等等,"石磊打断他,"电视购物早几年还行,现在应该不行了吧?而且我们也没有那方面的人脉啊。"

"阿里巴巴那块你去负责,我知道你在这方面比我熟;电视购物交给我,我以前打工的单位就是做电视购物的,所以我还有点这方面的人脉。"见石磊面带难色,方亮说,"做好了加你工资,或者你拿提成,好不好?"

石磊原本已不想跨步向前,只想混混日子算了,但被方亮这么一推,他也情不自禁地想大干一场了。加工资和拿提成,他更偏向于拿提成。但他没法把自己的意愿表达出来,这样显得自己太凉薄,他曾经伤害过方亮夫妇,别人不计前嫌接纳他,他白干都是应该的,但他知道他不会白干,他了解方亮的个性。真的做好了,他会把他当成有功之臣来善待的。

"听你的,方哥。"

方亮笑了,"那我们现在就开始吧,今天先电话联系起来。"

石磊知道,繁忙且繁琐的日子又开始了,方亮和常若雨是在为自己而做,心里应该是满足的。而他只是一个打工者,付出的辛劳却并不见少。每当这个想法一冒出来,他就有单干的念头,但一想到从前,就又胆怯了。人还是认命比较好,才可以有至少衣食无忧的日子。

六

接下来的日子,石磊把常若雨新办出的工厂生产营业执照进行复印,上传给阿里巴巴,等到有人来认证的那一天又去了一趟崇明,陪同了对方一整天,参观、拍照,完事后就可以等待认证了。

这时,他第一次看到了小梅,竟然第一次对女性有了怦然心动的感觉。这个年长他几岁的女子一抬手一投足都有一种淡淡的风韵,一股说不出是香水还是自然女性芬芳的味道在似有似无之间。石磊心想,杨过第一次看到小龙女大概就是这种感觉吧。

石磊的失态被常若雨和小梅尽收眼底,不知怎的,她们竟都有种淡淡的遗憾,也许小梅嫁给石磊会比嫁给陈志华要幸福,可惜,她现在已经没有资格去比较了,名花有主的人不能跟其他的人发生些什么,世界就是这样,没有规矩不成方圆。

送走来认证取证的工作人员,天已经擦黑了。常若雨见石磊四下张望着,便知道他在寻找小梅,她单刀直入,"你在找梅风雪?"

"没有没有。"石磊顷刻面红耳赤,"我随便看看。"

"没有就好,人家小梅已经结婚生子,你可别做错事。"

结婚生子?石磊的心一下子掉落到了谷底,为什么好不容易看上个女人,却是恨不相逢未嫁时?

常若雨借故走开了,石磊却鬼使神差地朝着小梅的办公室走去。走到门口,他看到小梅坐在桌前在沉思,她细瘦的双手搁在同样细瘦的膝盖上一动不动,垂着脸,略有些稀疏的长发里露出一小节耳廓,脸颊和脖颈交会处在没有开灯的昏暗的光线中,勾勒出一道朦胧的曲线。

这个时候,石磊突然有一种泄了气的感觉,如果当时凭着一股冲动的勇气跑到小梅的门口,恰巧她也看到了他,两人一搭讪,情况就和现在完全不一样了。但是现在他看到了沉思中的小梅,安静得就像一幅画那样不真实。他的勇气散了,甚至害怕小梅会突然抬起头看到他,看到了,又能说些什么呢?这个女人早已是人妻人母,跟他就是两个世界里的人了。他悄悄退了出去,下楼,迈开大步朝工厂门口走去。

"石磊,等等我。"石磊站住脚步,回头看到常若雨气喘吁吁地朝他跑过来,"我今天回家,搭你的车子回去。"

石磊一愣,"你不自己开车吗?那你第二天怎么过来?"

"第二天可以坐摆渡船过来,现在非常时期,能省一点油费是一点。再说,路上我们也好说说话,你知道这两个月来我一直盯在工厂这边,还想好好问问你网店那边的情况呢。"说着,她抬头扯开嗓门对着二楼喊,"小梅,我回去了,今晚就辛苦你值班了。"

小梅的身形没有出现,只从她的办公室里飘出一声幽幽的应答,"放心吧,再见。"

常若雨见石磊的脸上现出了痛苦的神色,催促说,"走吧走吧,我还想赶回去吃晚饭呢。"

"现在工厂只剩小梅一个人了,工人们也都下班了,这样行吗?她晚饭怎么办?"

看到石磊那个焦急的样子,常若雨扑哧一声笑了,"看来我们的小石磊是长大了嘛,知道关心人了。放心吧,小梅这也不是第一天一个人值班了。哎,你这个胳膊肘往外拐的家伙,我一个人值班的时候,怎么从来没见你来问候一下的?"

石磊脸一红,一头钻进车子里,一伺常若雨进副驾驶座,就迫不及待地发动起了车。

车子在越来越黑的道路上开了一段,石磊自始至终都抿着薄薄的嘴唇一语不发。

"车可以开慢点。"常若雨说。

石磊凄寂地笑了笑,没有答话,车速也没有减慢。一直开到堵车的路段,石磊才不得不停下车子,但依然一言不发。

"石磊,记得我以前要给你介绍女朋友,你一直都很排斥的。"常若雨打破沉寂。

"呃,嗯,我自己还没混出个人样来,哪有心思找女朋友。"石磊愣了一下回答。

"你这个想法就不对了,这点你要好好跟你方哥学习学习,他那时比你落魄多了,可还不是勇往直前地追求他所喜欢的女孩子?"

"那是他有自己喜欢的女孩子,而我没有。"

"那我给你介绍个跟小梅差不多的女孩子怎么样?"

石磊身子一震,"算了,不要了,我喜欢随缘。"

常若雨还想再劝慰一下他,却见他双眉扬风,嘴唇紧闭,一副不愿再提及此事的样子,常若雨便不想再自讨没趣了。石磊的想法也对,爱情是需要缘分的,有些女孩子看起来都差不多类型,但接触起来感觉却大相径庭。她换了个话题,"现在网店那边裁员,你们那边只剩下方亮、你、小红三个人了,现在又要分出人手去办阿里巴巴和电视购物,人手够吗?"

"不够,所以我跟方哥商量,又招了一个小客服进来,昨天刚来上班,小红在教她。"

"怎么这些事情方亮都不跟我说的?"常若雨的眉头皱了起来。

"你别怪方哥,是我的意思。你工厂那边业务这么繁忙,我们这边增个人减个人这样的小事就不让你分心了。"

"你就替你方哥说话吧,有事情总往自己身上揽。不过说真的,他能有你这么个兄弟,也是他傻人有傻福。"

石磊淡淡一笑,心想:放心吧,我还会义务看着他,不让他做对不起你的事情。

石磊把常若雨送到家门口,常若雨刚归心似箭地跨出一条腿,却像想起什么似的收回腿说,"你一个人住也没地方吃晚饭,来我家吃吧。我刚才给方亮发过信息了,他已经到家了,正好,我们还可以边吃饭边谈谈工作。"

"这个,不方便吧?"石磊虽然嘴上这么说,却是心中窃喜。

"都是自己人,没什么不方便的,多一个人吃饭还香呢。"

常若雨盛情邀请,石磊正中下怀。

刚进门,就看到常妈妈迎上来大呼小叫,"你总算回来了,再不回来我就要到工厂去找你了。"

"妈?你怎么来了?"常若雨吃惊道。

"方亮告诉我的,你今晚回来吃饭,下午我就去菜市场买了很多菜,给你好好补补,看你这段日子瘦的。"

"哈,"常若雨扭头对身后的石磊说,"看你口福多好,今晚我妈亲自烧了一桌子菜。"

见家里有长辈在,石磊本想告辞,却见方亮下楼了,又热情又高兴地说,"石磊来了?快快快,跟我上楼看看我儿子去。"

见两个大男人上了楼,加上妈妈来了,常若雨便不像以往一样一回家就去亲亲儿子,她洗了手说,"妈,我来帮你烧菜。"

"已经烧好啦,端到桌上就能吃了。"

常若雨正想端菜,保姆已经飞一般过来了,"我来我来,你们都坐着休息去。"

常若雨拉着妈妈的手坐到餐桌旁,娇憨地说道,"妈,好长时间没有看到你了,想死我了。今天爸爸怎么没来啊?"

"你爸一直是这么傻的你又不是不知道,他哪懂人情世故,他说来你家他不自在,让你经常去看他。"

不知从何时起,回家看父母竟成了一件奢侈的事情,拼事业的年轻人真是伤不起。常若雨苦笑一下,"快过年了,过年我天天泡在爸妈家。"

饭菜上桌,方亮和石磊一前一后下楼来了,保姆则上楼去照看小宝宝。

"跑到那么远的地方去开工厂,真不知你们是怎么想的。"看到女儿女婿都上桌了,常妈妈也顾不得桌旁还有一个外人,自顾自地抱怨道,"开开网店不是蛮好的嘛,日子只要能过下去就好了,老是要发展发展的。上次我去崇明看你,那个鬼地方空气潮湿得要命,我都能闻到鱼腥的味道了。"

见方亮面露尴尬,石磊识相地说了句:"我去下卫生间。"

"妈,有同事在呢,你能不能别发牢骚?"石磊一离开,常若雨马上抗议道。

"这什么同事啊?跟童养媳差不多,一脸苍白,还一副忐忑不安的样子。你们公司怎么用这样猥琐的人?"

"妈,我真被你气死了。你一来就是添乱。"常若雨沉下脸,扔掉筷子。

"小雨,好好跟妈说话。"方亮碰了碰她的脚。

"好好,我不说了。"常妈妈突然意识到什么,匆匆吃了几口饭菜说,"我上楼去看小宝宝了,让给你们年轻人好好聊聊。"

"妈,你烧了一下午的菜,怎么才吃这么点?"方亮说。

"烧菜的人油烟都吸饱了,根本就不饿,我去换保姆下来吃饭了。"

见母亲匆匆上楼,常若雨心中突然一酸,觉得自己好不孝,母亲再啰嗦,也是为她好,她怎么可以这样恶声恶气地伤母亲的心?

石磊从卫生间出来,看到常妈妈不在,心头一喜,眼睛一亮,"伯母呢?"

"她吃完上楼了,你快过来坐。"方亮扬手招呼道。

"这么快就吃完了?"石磊扫视着几乎没有动过的菜肴说。

"老人家胃口小,这桌菜最主要是为我们烧的。"

"那我就放心了,如果伯母是因为我在就不吃了,我就罪过了。"

常若雨心想:本来就是因为你。她都有点后悔不该邀请石磊来家吃饭了。

"今天还顺利吧?"方亮问。

"挺顺利的。阿嫂真能干,工厂还真像那么一回事,说开就开起来了。每条操作线上都有相应的工人,从裁剪、缝纫、后道、熨烫、打包一条龙都很正规,我今天看了一天,员工们都没有偷懒的。"石磊津津有味地赞叹道。

方亮用赞赏的目光看了一眼常若雨。

"不过在那个偏远地区,让梅姑娘一个人守在工厂里,我总觉得不妥当。"

"梅姑娘?"方亮一愣,马上反应过来,"你是说梅风雪啊?我听我们小雨说工厂那边治安还是很好的,她不会有事的。"

"哎呀,明天总算可以睡到自然醒了,有小梅帮我真是好,我打算把她从厂长助理升为副厂长了。"常若雨舒展了一下筋骨说。

"这事不急,等工厂那边赚到钱再说吧,升她为副厂长就要加工资了。"方亮说。

石磊不满地看了他一眼,常若雨咯咯笑起来。

"你傻笑什么?"方亮丈二和尚摸不着头脑。

"只可意会不可言传。"常若雨边笑边摇头晃脑地吃着菜说。

石磊也低着头扒菜吃,他怕他的眼神又会出卖他了。

此时保姆下楼来看到三个年轻人,讪笑了一下,拿个空碗盛了一些菜去厨房吃了。平时她是跟主人一同坐在餐桌上面吃饭的。

"厂里工人调教得好,家里保姆也调教得好。"方亮钦慕地看着妻子说。

"那是,嫂子这等人才是一流的,别的女人要是自不量力去跟嫂子比,简直就是自寻死路。"石磊一语双关道。

常若雨只道这是一句吹捧的话,听了心里兀自甜蜜。方亮横了石磊一眼,石磊也不回避这种目光,眼神仿佛在说:既然你觉得你老婆这么好,就别再对小红欲迎还拒了。

"方哥,你交代我的事情我办得不错吧?你那边电视购物进行得怎么样了?"见方亮调开目光,石磊把话题转移到了正事上面。

"我找到原先做电视购物的老朋友了,这么多年他还在干这一行,这太好了。他现在驻扎在北京,北京的电视台他都能搞定。他让我先把我们产品的资料传给他看,他内行,知道哪些产品好做,哪些产品不好做。我把我们工厂现在正在加工的睡袋和童装的资料都发给他了,他研究过后就会给我回音的。"说到这里,方亮感到很有成就感。

"你的这个朋友的意思是要跟你合作吗?"提起合作,石磊有些心酸,他总是没有机缘跟方亮合作,只能是个打工的。

"是合作,赚了钱大家分。"

"那做片子是我们做还是他做?"常若雨问道。

"现在还没谈到这个问题,等他看完产品资料再具体谈如何合作。"

341

"不管怎么说,这是一个好消息。我们的童装做出来,既能够在淘宝上面卖,又能够在阿里巴巴上面卖,还能够在电视购物上面卖,顺利的话只怕还来不及加工生产呢。"

　　方亮哈哈笑起来,"老婆,你尽想好事情了。"

　　"当然要想好事情,想了好事情,好事情才会来找你嘛。"常若雨举起杯子说,"我以茶代酒敬你们两位一下,我吃完了,上楼陪我妈妈和儿子去了。你们慢慢吃,慢慢聊。"

　　走到楼梯口,突然又回过头说,"现在我们有了工厂的营业执照,有了自己的童装品牌,你们天猫店的事情要抓紧。"

　　"知道了,在家里你就别老是想着生意上的事情了。天猫店已经在申请中了。"方亮说道。

　　常若雨满意地点点头,迈着轻快的步子上楼了。

　　"就我们2个人了,要不要来点酒?"方亮问道。

　　石磊的头点得像鸡啄米,一连串地说,"好好好。"

　　方亮起身从厨房拿了一瓶黄酒出来,今天他心情很好,劳累过后与知己举杯碰盏,人生还有什么比这个更惬意的事情?

七

　　冷雨中似乎加了微雪,寒冬真正地到来了,崇明的冬天就更加冷。但是常若雨却忙得热火朝天,她没有想到他们的产品在电视购物中播出以后成交量会那么大;加上把网店的一个大号升级为天猫店以后,生意也是突飞猛进;还有在阿里巴巴上面也有大单进货。她成了一个真正的女老板,财源滚滚,成了许多人羡慕的对象。但是她心里清楚得很,她得到了一切,无非是付出了时间,她现在连回家看儿子的时间都没了。工人每天都要加班到深更半夜,双休日也要加班。已经晋升为副厂长的小梅也跟着她回不了家,有时工人实在忙不过来,她还得跟常若雨一起,临时充当工人的角色。

　　工人们叫苦不迭,常若雨还得拖着疲惫的身体安慰他们说,"就是忙个冬天,等冬天过去就没那么忙了,我带你们去外地散散心。"

直到晚饭时,小梅才捞到跟常若雨说话的机会,因为常若雨午饭都没有时间吃,"哎,你今天跟工人们说的,冬天过后就带他们去外地玩是真的还是假的?"

"当然是真的了,我是厂长,得一言九鼎。"直到停下来吃饭,常若雨才敢露出一脸倦态。

"你带几十号人一起去旅游,不得累死吗?而且工厂这边就得停工了,损失不小啊。"

"累死也得带他们去呀,这批工人都是熟练工,我得拉拢人心。工厂停工几天没关系的,钱是赚不完的,只要发展前景好就可以。"

"那方亮一起去吗?"

"他就别去啦,阿里巴巴和淘宝网就够他忙的了。"

小梅意味深长地看了她一眼,"夫妻长期分居可不是一件妙事。"

"方亮不会有外心的,他这个人傻乎乎的。倒是你的陈志华,滑头得很,你要看紧他。"

"才不是,陈志华是守财奴,舍不得花钱找女人的。但是方亮把钱看得不重,你倒是要小心。"

常若雨呵呵笑起来,"别杞人忧天了。"说完这句话,也不休息,又马不停蹄地去车间了。

小梅扒完最后两口饭,也正想去车间,一抬头,看到门口竟然站着常若雨的父母亲,她一下子愣住了,"叔叔阿姨,这么晚了你们怎么来了?"

"小雨说好今天回去吃晚饭的,我们菜都烧好了,她又说来不了了,我们就给她送过来了。"

小梅这才注意到他们一人一只保温袋,鼓鼓囊囊的,她的鼻尖一酸,可怜天下父母心,这么远的路,老两口一路倒公交过来,就是为了给女儿送一顿晚饭,她怎么就没摊上这么好的父母呢?

"叔叔阿姨,你们来怎么也不说一下啊?小雨刚吃好饭。"

"我们说要来,她死也不让我们来,我们只好偷偷来了。"常妈妈说完这句话,眼光落到桌子上,只有2只菜盘子,足见晚餐的简陋,"这么点点东西怎么够?她这么辛苦,不吃饱不吃好身体要垮掉的。小梅,你去把她叫过来。你和她两个人再一起吃一点。"

"我就不吃了,我吃过午饭的。小雨没有吃午饭,晚饭又吃得少。我这就下去把她替上来。"小梅说着就下楼了。

"什么,她午饭都没吃?"看到小梅离开,常妈妈眼睛红红地冲着老公就嚷开了,"这个孩子太不知道爱惜自己了。她是个女孩子啊,怎么能做这种高强度的工作呢?"

常爸爸低着头不说话,仿佛这都是他的错。

不一会儿,常若雨就上来了,很不满地叫道,"爸、妈,你们能不能别在这种关键时刻添乱了?每天都要赶工,哪里都缺货,我时间都不够用,还要抽出功夫来陪你们,请你们体谅体谅我好吗?"

"你这个孩子说的什么话?我们是心疼你。你不好好吃饭,身体垮了,倒了,更来不及。再说了,赶工也不缺你这一个人。你不会多招一点工人吗?"常妈妈说。

"多招一点工人?机器设备就这点,多招有什么用?再说了,就是冬天的睡袋卖得最好。过了冬天就不忙了,难道再把工人给辞退?只有等以后都走上正轨之路了,我们才要添设备,扩招工人。"常若雨仰起头按了一下额头说,"跟你们说这些你们也不懂的。你们还没吃晚饭吧?正好,把你们带来的饭菜吃掉,我要下去忙了,就不陪你们了。"

"站住!"常爸爸喝住她,常若雨惊讶地发现从不发火的父亲一下子变得严厉起来,"再忙也不差吃一顿饭的时间,吃完我们就走,不给你添乱。"

见父亲发火,常若雨的气焰灭了,"好吧好吧,我们一起吃吧。"

常妈妈一听这话,高兴地咧开嘴笑了,她把菜一盒一盒地往外拿,常若雨一看——鸡鸭鱼肉,样样都有,丰盛得很。她的心软下来了,"这么远的路赶过来,今晚就住在这里吧,明天再走。"

"明天你送我们回去,把方亮换过来。"常妈妈说,"凭什么呀,辛苦的工厂你来蹲点,轻松的网店他在打理。"

"妈,你别这么计较好吗?是我要开这个工厂的,这个工厂就像我的孩子,我不能离开它。"

"工厂是你孩子?那你的亲生儿子呢?"

"对啊,小宝宝现在怎么样了?"提起儿子,常若雨突然高兴起来了。

"现在方亮也成天忙到深更半夜才回来,你婆婆不放心孙子给保姆一个人带,已经住过去了。"

"太好了,这样我就放心了。"

常妈妈横了她一眼,"哪有你这样当妈的,等你再回去,儿子都要不认得你了。"

"怎么可能?血浓于水,儿子永远都是跟我最亲。再说了,我这样辛苦,不也是为了儿子吗?"

吃了加热过的饭菜,常父常母感到一路上的寒冷都被驱散了,先前被风吹得僵硬的身体也舒展开来了。女儿让他们心疼和操心,和这种精神折磨相比,身体受到的苦楚根本不值一提。

"好啦,吃了饭暖和多了。"父亲的脸上现出了欣慰的笑容,"刚才太冷了。"

常若雨的心一抽,觉得自己真是罪过,连累父母跟着受罪,不但不知道感激,刚才还咒骂他们。她哽咽着说不出话来。

看到女儿难过,常父常母的喉头也哽塞了,常若雨低着头,他们只看到她娇小的肩头负荷着所有的劳苦。

"爸爸妈妈,我不能陪你们了,房间里有电视,你们看吧。累了就在床上睡,我跟小梅睡另外一间。"常若雨说完,就下楼了。

常爸爸叹了一口气。

"老头子,你去车间帮帮他们。我收拾完这些残羹剩饭也下来。"常妈妈果断地说。

常爸爸依言下了楼,站在院子里,不知道女儿在哪一个车间。郊区的风从裤腿灌进来,就像站在冰水里。

"叔叔,你怎么下来了?外面冷,快回房间。"小梅适时地出现在他身后。

"哎呀,真冷啊。我真搞不懂小雨,放着好日子不过,来吃这种苦。"常爸爸跺着脚说。

"叔叔,裴多菲说过:理想失去了,青春之花也就凋零了,因为理想是青春的光和热。这是小雨的理想,正因为她追求理想,才使得她的生命可以永葆青春活力。如果你让她安于现状,差不多就是杀了她。"

常爸爸愣住了,看着眼前这个曾经狂热地想当作家的女子,灯光下,她的脸色显得异常苍白,皮肤纸一般薄,隐隐可看到下面青色的细小血管。此时因为寒冷,小梅抱着手肘跟他说这些话,深邃的眼眸一动不动地凝视着他。平静的语气中充满了温暖,就像是个女神一样。这个理想破灭的女孩子,现在却在为了别人的理想搭上了自己的宝贵时间。常爸爸的眼眶湿润了。

此时,常妈妈也下来了,一边直冻得搓手一边埋怨道,"你这个老头子,怎么还有心思站在风口里跟人聊天,还不去帮女儿?"

"阿姨,是小雨让我出来的,她猜到你们会要下来帮她,她让我务必送你们上楼去休息。车间里的那一套,你们也不会。"小梅说。

"不会站在边上看看也行呀,我们大老远过来了,不是为了来看电视的。"常妈妈不满地说。

"小雨说,怕你们影响到其他工人。"

常爸爸叹了一口气,"我看我们还是回去吧,我们帮不上忙,只会添乱。"

"别啊,叔叔阿姨,这样小雨会怪我的。"小梅急了。

"不会的,现在你是她最信任的人。"常爸爸说,"我想拜托你一件事情,小雨一忙起来就什么也顾不上了,你能不能抽空就给她买点烧点营养品吃?"

"我会的,叔叔,你放心吧。"

"给她做的时候,你自己也一起吃,你看这段日子你们都瘦了。"常爸爸说着,从口袋里掏出一卷钱塞到小梅手里,"拜托了。"

"不要不要,我有钱。"小梅赶紧往外推。

"好孩子,你就拿着吧。"常妈妈发话了,"这是额外给你们补充营养的,不能倒贴你自己的辛苦钱。"

小梅握着还有常爸爸体温的钱说,"那好吧,我一定悉数把这些钱都用在小雨身上。"

"那我们走了,你先别跟小雨说,等她忙完了再说。"

"那你们怎么回去呢?"

"我们怎么来的就怎么回去。"

看着常父常母的身影消失在漆黑的大门口,两行热泪从小梅的脸上滚落下来。她摊开手掌,火红的百元大钞在她的掌心里微微颤动,就像两颗为父为母的红心。她团起手掌,把红心紧紧地捏在手心里。

随着天猫店的顺利开张以及阿里巴巴的成功加入,生意又红火了起来,他们又招了2个客服进来。这一下,小红的心理不平衡了。本来好不容易裁员到一个办公室就剩方亮、石磊和她三个人,只要一俟石磊离开,她就可以去跟方亮套近乎。没想到现在又招了2个比她年轻,比她清秀的小姑娘进来,她已经越来越没市场了。她的头脑轻飘飘的,这便是少了灵魂重量的样子。她没想到常若雨会这样,做事情顺风顺水的,还没等她来得及下手,就又开始了忙碌的日子,没有时间谈情说爱,连想跟方亮单独相处一会会都成了一种奢望。

但是这天,她来上班的时候方亮也正好来上班,两人在楼下不期而遇了。

"早啊,小红。"方亮热情地打着招呼。

"早。"小红一开口,一股乳白色的热气就从她的嘴里喷出来。

方亮呵呵笑起来,"今天的天可真够冷的啊。好!睡袋又可以大卖了。"

见方亮要上楼,小红情急之下叫了句,"等一等。"

"什么事?"方亮回过头来。

"为什么这些天,你晚上都不上QQ了?"

"白天忙了一整天,晚上哪里还有空上QQ啊,倒头就睡了。"

"一个人睡?"

方亮见她秋波流转,便知道她的心又动了,他讪笑一下,"没办法,创业阶段,只好辛苦一点了。"

小红知道他指的辛苦是夫妻两地分居的意思,"别忘了我们的约定。"

"什么约定?"方亮奇道。

"去喝咖啡,轻松一下,脑子里的弦不要绷得太紧了。"

方亮一拍脑袋,"真是的,我忘了。最近实在是太忙了,突然就忙得不可开交起来了。"

"选日子不如撞日子,就今天下班后怎么样?我们去喝咖啡。"见方亮面露难色,小红紧接着说,"别再说忙忙忙的,照这个趋势,你永远都没有空的时候。所以,你愈加需要放松。就今晚,好不好?"

"那……"方亮犹豫道。

"别犹豫了,就这么定了。感觉不好的话以后就别去喝了,感觉好的话,以后就拿这个来调剂神经。"说完,小红已经蹬蹬蹬地上楼了,10厘米高的细高跟鞋敲击在水泥阶梯上,留下一串清脆的脚步声。

小红若无其事地穷追猛打,让方亮彻底乱了阵脚。他既害怕前进,又不愿后退。他僵在楼下,突然发现已经没有勇气上楼了。

不过好在这一整天繁忙的工作已经冲刷了这种尴尬,只是在喘息的间歇,可以感受到从小红那里溜过来的深情款款的目光。

"方哥,今天我老爸生日,我要早些走,今天只好辛苦你了。"黄昏时分,石磊起身道别,而往常,都是他最后一个收尾走人的。

"好的,你去吧,我们这里人手够。代我向你老爸说声生日快乐。"方亮回答,却见小红眼睛的光芒一闪。

也许这就是天意。方亮心想。

等到另外两个客服小姑娘到点下班后,办公室里就只剩下方亮和小红两个人了。

"小红,你也早点回去吧。"方亮头也不抬地说。

小红脸色骤变,"方哥,你忘了上午说的话了吗?"

方亮的浓眉拧成了八字,"算了吧,生意不断,石磊又请假走了,喝咖啡的事情今天肯定不行了。"

小红一边毫无顾忌地看着方亮,一边心中暗忖:算了吧,别假正经了,我就不信还有不偷腥的猫。

方亮感受到这种目光,抬起头来,接触到一双火辣辣的眼睛,他的心怦地一跳,他害怕可能会发生的事情。

见方亮微露惬意,小红觉得是到了该出击的时刻了。她走到他面前,娇柔地叫了声,"亮哥。"

方亮一颤,连称呼都变了,他不敢抬头,一只手拿着鼠标,一只手按在键盘上,两眼一眨不眨地盯着电脑荧屏。突然,他的腰眼被毫无防备地戳了一下,又痛又痒的感觉遍布全身。

"你做什么?"他抬起头,大声质问道。

小红扑哧一笑,"我叫你了,你没反应,我只好戳你了。"

"好了,我正忙着呢,你手头事情忙完的话,就先回家吧。"

"回家也是一个人,怪寂寞的,还不如留在这里陪你,还能帮你分担一些事物。"

方亮心中一动,眼神也柔和了,"你也老大不小的了,该找个人成家了。下班后去谈谈恋爱,多好的事情。年纪轻轻的耗在办公室里,你亏不亏啊?"

小红又笑了,"你说话的口气老气横秋的,要多假就有多假。"

方亮抬眼看着她,这个陕西女子的眸子深处仿佛有某种东西眼看着将要流溢出来,他突然有一种感觉,这个女人身上有某种吉卜赛女郎的特质,如果真的跟她发生些什么,可能会成为她的俘虏。理智告诉他不能和这个女人发生实质上的关系,就像混进水里的一滴油再难重回油壶之中,无论情不情愿都必须随着水一起被冲到阴沟里。他无法想象这件事情被常若雨知道后会发生什么样的后果,即使她最终选择原谅他,两人的感情也不可能恢复到从前了。他不希望这成为他们夫妻关系的永生污点。

"我请你吃顿饭吧。"他提议。

小红一愣,这个反应太出乎她的意料了。但随即她又开心了,只要能给她单独的机会,她就有信心把他拿下来。

"好啊,去哪里吃,让我想一想。"

"还想什么。去楼下的小饭店吃呗,吃了我还要工作呢,要抓紧时间。"方亮说着,已经站起了身,"走吧。"

小红心里轻轻地哼了一下,跟着他下楼了。

小区门外的小饭店没有包房,但是空调打得很热。小红脱下外套,连毛衣也一起脱了下来,只穿一件加绒的背心。背心是深红碎花的,从背心里伸出来的两条胳膊异常白皙,虽然有些粗壮,但却有一种结实的性感。

方亮看了脸颊微微发烫,赶紧低头点菜。

"怎么才点2个菜?你这个当老板的可真小气。"小红说。

方亮笑了笑,"2个菜,2碗饭,吃了正好,节约时间,节约金钱。"这时,他看到了小红张开胳膊支在桌子上,腋窝下的腋毛隐隐露了出来。他随即把视线转开,冲着饭店老板喊,"老板,上菜快一点。"

小红见他那架势是想吃了就走啊,心下不由又是恼怒又是失望,怎么还会有这样不解风情的木头人?她几乎都想放弃了。她把手从桌子上面撤回,软绵绵地垂着,似乎要从肩膀上脱落。她的沮丧并没有打动方亮,他反而拿起手机,在手机上接起单子来了。

菜还没有上来,方亮在埋头工作,小红只能坐在桌边毫无兴趣地喝着一杯水,她感到眼里有泪要流出来,拼命憋住。她觉得自己的梦已经醒了,却发现无路可走,她的心很空很空。

"我想起来了,我今晚还有点事情,就不陪你吃饭了,先走了。"

方亮抬起头,吃惊地看着正在穿毛衣的小红,而且她的声音很低,语气

349

也很冷淡,简直跟以前的热情开朗判若两人。

"怎么了？生气了？好好好,我把手机关了,陪你说话好不好？"

小红发现了一个奇怪的现象,当她努力朝这个男人靠拢时,他却飘忽不定,而当明哲保身地退了一步,他却惶惶然放不了手。真是个贱贱的纠结的男人。

"我没生气,是真的有事。"话虽这么说,那脚步却再也不肯动一下了。

"好啦,本来还约我晚上去喝咖啡的,怎么会有事？坐坐坐,不许耍大小姐脾气。"

气氛已经悄然转好。

小红的口气稍稍缓和下来,"好吧,就陪你吃完饭。"

方亮堆出一脸笑容说:"那吃完饭呢？"

"回家呀。"

方亮一阵失落,一个一直暗恋追求他的女孩子说不爱就不爱他了,让他的感觉很受挫。长到这么大,从来就没女孩子追求过他,就连常若雨,也都一直是他腆着脸贴着她,而她一直是高高在上的样子。他需要有一个卑微的女人来崇拜他,一旦这个崇拜他的女人放弃他了,他会有惊恐的挫败感。

"别呀,说好一起去喝咖啡的。"

小红瞟了他一眼,"你不是有忙不完的工作吗？"

"就喝一个小时,让脑子里的弦放松一下。"说完这句话,方亮以为小红会因为他的这种恩赐而欣喜若狂,却见她淡淡地笑了一下,不说好,也不说不好,低头吃起了饭。

方亮心中的失落愈甚,嘴里的饭菜也变得味同嚼蜡。

吃完饭,两人走出饭店。夜幕完全降了下来,寒冷像穿了夜行衣,倾巢而出,迎面而来的风比白天更有一种无法抵御的冷钝感。

"好冷啊。"想到这么冷的天还要在公交车站等车,小红就绝望了,"早知道晚上这么冷我就不陪你吃晚饭了。不去喝咖啡了,不然更晚就更冷。"

"真不好意思,"方亮也冷得上下牙直打哆嗦,"旁边走几步就有一家咖啡馆,我们先进去暖和一下,一会儿我取了车送你回家。"

小红心花怒放,看来欲速则不达,对于这个男人,还真是要慢慢来的。她装出一副勉强同意的样子,"那……好吧。"

两人缩着脖子小跑着到了咖啡馆,一进门,一股暖意,立刻包裹住了全身,两人都长长地舒出一口气来。

昏黄的灯光下,两人面对面坐在柔软的沙发椅上,一种奇妙的温馨感觉包围了上来。两人相视一笑。

"看来真的可以解压,我感觉轻松多了。"方亮说。

"看,听我的不错吧,你不去尝试,怎么知道这是好东西呢?"小红一语双关。

"对,你说得对。"方亮假装没听懂。

小红的身子暖和了,她又把毛衣脱了,两条白胳膊又露了出来,而这时,他看到方亮的两眼发直了。

小红暗自一笑,喝了一口咖啡,"唔,这里的咖啡味道真不错。"她得装出很小资的样子,才能够配得起方亮。

"是的,这间咖啡馆情调也很好。"方亮的语气突然间变得很温柔。

小红含情脉脉地看着他,"所以说,听我的,没错。"

方亮喝的是咖啡,但他觉得像喝了酒一样,有点晕乎乎的。

"我去上个洗手间。"小红翩然起身,留下方亮一个人痴痴傻傻的。而小红再次回来的时候,却自然而然地坐到了他的边上。她看到方亮略有些惊讶地看着她,但她并不离开,因为她已经察觉到了他心里泛起的涟漪。

"小苹果"的音乐声响起,方亮像突然醒了一样身体跳了一下,迅速接起手机,"喂。"

"我刚才打办公室的电话,为什么没人接?晚班的客服哪里去了?"是常若雨的来电,就像及时雨一样,再晚打来,他怕要把持不住了。

"今天轮到石磊值班,但他爸爸生日,就请假回家了。"

"那你呢?你在哪里?"

"我顶他顶到现在,刚出门准备回家。"

"那你快点回去,到家了再打我电话。"

"有事吗?"

"没事就不能电话了?难道你就不想我?"

"怎么会呢?好,挂了,回去电话你。"

挂断电话,方亮充满歉意地说,"不好意思,老婆来查岗了,我得马上回去,你自己再坐一会吧,完了打车回去,天太冷,别坐公交车了。"说完,取出 2 张毛爷爷放在小红面前。

"你什么意思?"若不是咖啡馆灯光昏暗,一定可以看出小红的脸色已经发紫了。

"你买一下单,剩下的给你打车回家。"方亮说着,已经穿起了衣服。

小红不相信地仰头看着这个男人,不敢相信这也叫男人。常常听上海人说怕老婆的男人叫气管炎,今天总算是见识到了。她为自己之前的努力付出所不值,这么努力地付出,只换来几十元的小费。她哈哈笑起来。

方亮停下穿外套的动作,不解地看着她,"你笑什么?"

"我笑你也算是个爷们?"小红咬着牙齿说,心里想大不了不干了,也要出一下心中的恶气。

方亮沉下脸来,"你说什么?"

"一个男人活得都没有自己了,还不如去死!"

她以为方亮会暴跳如雷,没想到他反而坐了下来,"你就是这样看我的。"

"你还要别人怎么看你?老婆的电话就像圣旨一样,一个电话打过来,你就像哈巴狗一样直摇尾巴。说好送我回去的,怎么又反悔了?说话像放屁一样。连我都替你感到脸红!"

方亮叹了口气,"我是怕她分心,现在工厂刚刚起步,要全心全意,所以我要安稳她的情绪。罢了罢了,服务员买单。我就送你回去吧,你在这里等我,我去拿车,一会儿我到了门口打你手机你再出来。"说完,离开了咖啡馆。

小红先是愣住了,然后大喜若狂,她搏对了,男人就是这么贱。

室外很冷,但方亮却感受不到冷,他满脑子都在想着怎么均衡这两个女人。当他坐到车里的时候,拨响了常若雨工厂卧室的电话,他不敢打她手机,因为手机有来电显示,显示他还没有到家。

"宝宝,我到家了,难得见你想我。"

"工人们加班刚走,我一个人好寂寞,想跟你说说话。"

"老婆辛苦了,明天还要早起呢,赶紧睡吧。"

"我不,我要跟你说话。"

方亮心急如焚,"不是啊,老婆,最近太忙了,我都好几天没洗头了,现在头痒得要命,我得先去洗头洗澡了。就再陪你说2分钟话好不好?"

"那你先去洗头洗澡,我等你。洗完后不要打座机了,打我手机,因为我要上床了,我要在床上跟你打电话。现在挂了,你洗快点啊,我等你。"

"再快也得半个多小时吧,还要稍微把头发吹吹什么的,你别等我了,累了一天了,先睡吧。"

"没事,我也要去洗个澡,然后再上床。那就说定了,半个小时后你打我手机,么么哒。"

挂断电话,方亮马上打电话给小红,"你到门口来吧。"然后一踩油门,往咖啡馆方向开去。

到了咖啡馆门口,小红一脸怨气地拉开副驾驶座的车门,"不是说好到了再打电话让我出来的吗?害得我在风头里等了那么久。"

方亮不想解释,心里却在嘀咕开了:都怪我自己,把好好的上下级关系搞得这么暧昧,这个小客服竟然一而再再而三地用这种口气跟我说话。

见方亮一路上一言不发,脸上还不知从什么时候起布满了憎恶的表情,小红便不敢再造次了,他们两人的关系到目前为止还停留在精神出轨,没有到肉体出轨的程度,她还没有资格像个情人一样发脾气,点到为止就可以了。她取出一百多元钱,"努,给你。"

方亮看了她一眼,继续开车道,"什么?"

"喝咖啡找下来的钱。"

"给你吧,算是你今晚的加班费。"

方亮的神情明显好转了,小红松了一口气,"今天不算加班,我不要。"说着,把钱放到了车窗前。

"这世道,不要钱的都是傻瓜。"

"那我宁可做这样的傻瓜。"小红歪着头故作天真地笑起来,果然不出她所料,方亮也笑起来了。

不一会儿就到了小红出租屋的楼下。

"今天不好意思了。"方亮看着她,歉疚地说。

"不上去坐坐,喝杯茶吗?"小红希冀的目光看着他。

如果不是那条常若雨硬性的要求,方亮想他应该会上去的,但是……他用力握了一下小红的手,"今天就算了,我们后会有期。"

"真的会后会有期吗?你不讨厌我?"

"你这么可爱,这么善解人意,我怎么会讨厌你呢?"

"那喜欢我吗?"

方亮长久地看着她,伪装的文明开始绽裂,从中溢出真心话来,"当然,你是有吸引力的。"

小红突然抱过方亮的头,在他腮上重重地亲了一口,然后迅速打开车门,咯咯笑着跑走了。

方亮像呆了一样一动不动,直到腮上的唾液自然晾干,他才怅然若失地发动起了车子。

九

码头上看水,因为黑,这江水显得深不可测。月光淡淡地在天边闪着微弱的光芒,带着腥味的风似乎还能发出飒飒的响动来。再有几天就要过年了,不管是电视购物这块还是淘宝店和阿里巴巴,生意都明显清淡下来。常若雨和方亮这才有闲工夫一起吃个海鲜,然后在码头上散散步。脚下的石铺路,表面布满深深浅浅的坑洼,这是经年累月的磨砺洗刷后,岁月留下的痕迹。

你要多放点心思在老公身上,你看他一开始每天给你打那么多电话,现在你不打给他,他已经想不起来要打给你了,别是外面已经有人了吧?再贴心的男人如果妻子长期不在身边,也是会很危险的。他在你眼里不算什么,但在有些女人的眼里可能就是香饽饽。小梅的话再一次在常若雨的耳边响起。而她从一开始的哑然失笑到后来将信将疑,意志已经越来越不坚定。

"方亮,网店那边就属石磊和小红是老员工了,其他人员都一直在流动。就连石磊,以前也想背叛我们,只是失败了,才又回来的。你说,小红凭什么一直留下来呢?"常若雨装作若无其事地试探道。

"敬业呗。"

"她从穷山恶水的农村来到大上海混,不可能只是为了混日子来的,肯定想混大钱,傍个大老板什么的。你说,她留着不走,是什么原因呢?"常若雨看着方亮的眼睛说。

一听这话,方亮的眼里写满焦躁,"你看你这个人,怎么这么说人家?人哪有什么高低贵贱之分?你为什么要把自己摆在高高在上的位置?人家有外心,你说人家是叛徒;人家忠心,你又怀疑人家有什么企图,你这个人倒真是难弄。"

还真是急了。常若雨心中冷笑一声。

"我们老是这么长期分居可不好,我看要不然把网店也搬到崇明来吧,这样可以互相照顾。"

方亮的表情写着不愿意,"这怎么行？石磊他们的家都在市区,难不成你把他们都辞退了,然后重新招些崇明人过来？"

"那你有什么好办法？"

"现在不是没那么忙了吗？而且工厂那边还有小梅,你也已经聘她为副厂长,很多事情都可以放手让她去做了。你也说了,曾经的流浪文人梅风雪管理起厂子来居然也是一把手,你不是一天到晚感慨人的潜能真是无穷无尽的,只要肯挖掘,总能挖到意想不到的宝藏吗？这样,工厂那边你少呆呆,多回市区不就行了？"

"那可不行。"常若雨一如既往的干脆利落,嗓音清亮,"现在生意清淡是因为快过年了,冬天快要过去了,我们的好宝宝系列最主要是做冬天的婴儿睡袋和冬季童装,等来年又会忙起来的。而且我还打算年后开发一些夏天的东西,那么一年四季就都没有空的时候了。"

"你看你看你,这不都是你自找的吗？"方亮两手一摊,"是你自己不让自己空闲的,那就不要再唧唧歪歪了。世界上是没有十全十美的事情的,世界也不可能都围着你转。"

"世界虽然不会都围着我转,但是人是活的,可以协调。"

方亮看着她,"怎么协调？除了把网店的老老少少都搬到崇明来,你还能协调出什么方案来？"

方亮这种含讽带刺的话让人听了极不舒服,常若雨强按下心头的不满,和颜悦色地说道,"为了家庭,我决定跟你双宿双飞,一周去工厂,一周去公司,我们就像从前一样,形影不离。"

方亮吃惊地瞪大了眼睛,"这不是浪费资源吗？"

从方亮的表情上可以看出来,小梅不是在凭空猜测,他的心里有人了。常若雨的心跌落到谷底,"我以为你会很高兴的。"

常若雨的表情让方亮的心像被刺了一下一样,如果不是小红已经慢慢深入到他的心里了,妻子的这番话不知该让他有多高兴呢。他拉起妻子的一只手,轻轻抚摸着,"我不明白,你为什么总要把自己搞得这么忙,像我们以前这样不是很好吗?"

"好?如果你觉得吃不饱也饿不死的生活状态是好的话我真是无语了。一个人,如果你不逼自己一把,你根本不知道自己有多优秀。"常若雨的眼睛在夜空下熠熠闪光。

"可你这是在透支自己的健康。"方亮心疼地说。

"才不是,我会协调的。你什么都好,就是没有冲劲,老想退缩。"

我何尝不想冲刺?方亮心想,但是每一次鹰一样的俯冲却带着羊的恐惧,也是很痛苦的事情。

常若雨目光锐利地看了方亮一眼,"刚才我的建议,你觉得怎么样?"

"一周去公司?一周去工厂?我们双宿双飞?"方亮忧心忡忡地说,"我在公司的时候每天都很忙,突然离开,就怕我不在的一周,客服们的工作量会大增,他们会有怨言也就算了,万一忙中出错就糟糕了。"

"这个你就放心吧。小梅也是一周去公司,一周来工厂,哪一边的工作量都不会加大。"

"网店那边小梅肯定没问题,她自己也做过好长时间。就怕工厂那里,她无法独当一面。"

常若雨的鼻孔哼哼发出两三声轻笑,"我也是第一次开工厂,凭什么我就能独当一面,她就不能?而且我把前期最复杂的工作都做掉了,留给她的还能是什么难题?"

方亮在心里狠狠地抽了自己一巴掌,别再拒绝了,老婆都不开心了,难道你真的要大海不死死在阴沟里吗?

"宝宝说什么就是什么?我都听你的。马上就要过年了,过年大家都放假的,等一过完年,我们就这样操作好了。"

"好,就这么说定了,我们回去吧。"

两人手牵着手离开码头,朝着工厂的方向走去。然而方亮刚才不爽气的态度很伤常若雨的心,她的内心在翻江倒海,她怕小梅的猜测是对的,那么她的方亮真的是太让她失望了。

一路上,一种难以言述的巨大痛苦都在包围着她,沉甸甸地压着她。

十

　　窗外火树银花,光彩耀眼,处处是鞭炮声,漫天都是烟花。今天是除夕夜,公婆和父母都集中到小两口的家里去过年。想起曾经,为到底是去婆家过年三十好,还是去娘家过年三十好这个问题还特地去向小梅搬救兵。现在这些问题都迎刃而解了,小东西的出生早就把两家人很自然地融合到了一起。他们夫妇一直忙于事业,双方老人尽力带好第三代,在经常的接触过程中,没有爱,也磨出了爱。

　　常若雨看到此时妈妈和婆婆像两个老姐妹一样亲昵地坐在客厅沙发上看电视,而爸爸和公公则坐在她们身边,姿态安详,嘴角隐秘的笑意若有似无。看得出来,他们内心是很幸福的。

　　小家伙被鞭炮声吵醒了,再也不肯睡觉,常若雨只好抱着他也坐在沙发上看电视。

　　"快看快看,这不是我们小雨的产品吗?"

　　听到母亲夸张的喊叫,常若雨一抬头,看到电视频道不知道什么时候从春晚调到了电视购物上面,上面正在播放好宝宝婴儿睡袋。

　　"哎呀,真的是我们小亮的产品。"婆婆也不甘示弱地叫起来。

　　常若雨和方亮对视一下,扑哧一声笑了。

　　"你们笑什么?"常妈妈警觉地问了一句。

　　"大过年的不笑还哭啊?"常若雨笑着回了一句。

　　"快看,订购的人还真不少呢。"公公说了一句。

　　"等过完年我们还要开微店。"方亮充满成就感地大声对他爸爸说。

　　"微店是什么?"婆婆和妈妈异口同声地问道。

　　"就是在微信上面开店。"方亮回答。

　　"微信上面开店不是都只有朋友圈里的人看到吗?那有什么用?"常妈妈摇着头说。

　　"朋友圈介绍朋友圈,生意不会比在淘宝上卖东西差的。"常若雨回答。

　　"年轻人就是活络,知道充分利用网络。小雨,我就知道,这一定是你的主意。"

见妈妈又把所有的功劳都记在女儿一个人头上,婆婆的脸色有点难看,常若雨赶紧说,"你的女儿可没有这么神通广大,这是我们所有员工的 idea。特别是方亮,是他先提议的。"

常妈妈狐疑地看看女儿,却见亲家的脸上已经露出了胜利的笑容。她不再看亲家脸上炫耀胜利所带来的幸福感,从女儿手里接过小东西说,"小孩子不能累着,我抱他上楼哄他睡觉去。"

婆婆也站起身来对常若雨说,"小雨,我跟你妈妈说好了,过年期间我们就不来带孩子了,你爸你妈住在你们家帮你们带孩子,等年过了,我们再来替你爸妈。"

常若雨的头点得像小鸡啄米,"知道了,谢谢妈妈,你们辛苦了。"

方亮拿起车钥匙,"我送爸妈回去。"

常若雨看了一眼时间,"送完爸妈就赶紧回来哦,还要等你放鞭炮呢,我可不敢放。"

"放鞭炮要到 12 点呢,我 10 点多就能到家。"

常若雨把三人送出大门后,马上从妈妈怀里夺过儿子,"再让我抱抱,好不容易过年可以天天在家休息,我一刻也不想跟儿子分开。"

常妈妈的额头蹙起皱纹,"还不是你自找的?"

这次常若雨没有据理力争,而是点点头说,"确实是自找的,可这也是命。"

"劳碌命。"

"对,就是劳碌命。"

"有小家庭,有儿子,你还不满足,偏要拼什么事业,真不知道你是怎么想的。"

常若雨亲了一口儿子粉嫩的脸蛋,"因为家庭代替不了事业,就这么简单。"

"小雨说得对,你老思想了,理解不了她。"常爸爸发话了。

这次常妈妈没有像往常一样训斥他,而是鼓着嘴巴坐到他身边,一起看起了电视。常若雨紧紧怀着这小肉团团,来到楼上,她要独享这母子间的温情,在这个时候,她才会觉得自己的生活,真的是完美无缺的。

十一

城市还在淡淡的蓝色之中,常若雨却已经醒了。想起来春节已过,今天该去公司了。这一周,她和方亮两个人将去公司一同上班了。小梅这会儿应该已经在赶去崇明工厂的路上了吧?想到小梅,常若雨一阵愧疚,一直搭乘公车去工厂,想要去学个驾驶证出来,却总也没有时间。按理说春节过了生意没初冬的时候好了,小梅就有时间去考驾照了。可是为了她和方亮的婚姻,小梅再一次做出了牺牲,不但没有时间学开车,还要完全代替她去管理工厂。

想到这里,常若雨再也睡不着了,她穿好衣服,想去看看儿子。但是当她推开母亲和儿子的房间时,却看到里面空无一人。常若雨的脑袋轰地一下炸开了,这么一大早他们会去哪里?买菜也不用这么早吧?她再冲进爸爸的房间,依然看到空无一人的景象。

难道是小宝宝半夜里得了急病?父母亲半夜里就送宝宝去医院了?常若雨慌乱地拨打父母亲的手机,却发现手机在房间里响了,他们竟然都没有带手机。她三步并作两步来到主卧,推醒方亮,带着哭腔说,"不好了,爸爸妈妈和儿子都不见了,会不会出什么事?"

"啊?"方亮也被吓醒了,赶紧起床,"我开车到处去找找。"

"我跟你一起去。"

两人手忙脚乱的头也不梳,牙也不刷就准备出门,却见门一响,爸爸妈妈抱着小宝宝进来了。一时间,两人都呆住了,张大了嘴巴。

"咦,你们怎么这么早就起来了?"常妈妈惊讶地问道。

"小宝宝,"常若雨跌跌撞撞地冲过去,"他没事吧?医生怎么说?"

"什么医生怎么说?这么小家伙一早醒了就开始闹,手指着外面要出去,我跟你爸爸没办法只好帮他穿好衣服在小区里转了一圈,怕他冻着,赶紧就回来了。"

常若雨和方亮对看一眼,几乎要喜极而泣了,原来只是虚惊一场。父母在对待孩子的问题上面,自会有一种神经过敏。常若雨惭愧地看着母亲说,

"爸、妈,你们辛苦了。"

"没什么啦,等过了正月十五,保姆回上海了,我们就能轻松点了。"母亲说着,就给小宝宝冲奶去了。

常若雨回头瞪了一眼方亮,"你看你父母门槛多精,要等着保姆回来才过来带孩子。就苦了我爸妈了。"

方亮想说这是双方老人商量下来的结果,又不是我爸妈的主意。但一接触到妻子满怀敌意盯视着他的目光,他把反驳的话咽了下去。"多给你爸妈一点劳务费吧。"

"什么?难道我爸妈是为了钱才来受这份罪的?"常若雨怒目圆睁。

"不是为了钱,而是为了你这个做女儿的才来受这份罪的。"方亮也不满了,扭过身就上楼了。

常若雨正想发作,被爸爸制止了,"你看你说话像把刀子,哪个男人受得了?"

"他以前可没那么娇气,无论我说他什么,他都笑嘻嘻的。"常若雨想到了小红,声音里满是悲伤。

"你现在越来越像你妈妈了,说话做事不饶人。不是每个男人都可以忍的,我忍了你妈妈一辈子,就是想息事宁人。逼急了,男人宁可不要这种生活。"

常若雨悲伤地看着爸爸,颓然坐到沙发上,"我逼他什么了?还真说不得了?"

常爸爸笑了,"小时候我们就说你的待客手段向来八面玲珑,讨人喜欢,怎么对待老公倒不会了?"

"老公是自己人呀,难道对自己最亲近的人还要戴面具吗?"

"当然不要戴面具,但是也要有分寸。你对爸爸妈妈怎么从来不这样恶声恶气地说话呀?因为你是个孝顺女儿。那么对待老公也是这样的,要尊重他爱他,爱他就不会伤害他了。"

悲伤转成了惊愕,常若雨突然领悟她和方亮的感情没经历过爱情就直接到了亲情,然而这种亲情又远远比不上父母和子女之间的亲情,所以在有意和无意之间,不爱的那个人都会伤害到爱的那个人。常若雨是坚信方亮是爱她的,即使有小红的出现,他对她的爱也不会改变。她和方亮的心就始终如不相交的平行线一般,想必方亮也早就发觉了吧,不然的话,怎么还会溜一点点空隙给别人乘虚而入呢？

想到这里，常若雨来不及感伤，她的心很疼，是为方亮而疼，她突然觉得其实他是很可怜的，貌似娶了一个能干漂亮的老婆，却得不到应有的关心和爱护。她抛下父亲，蹬蹬蹬上楼了。她看到方亮倚靠在床头，眼光黯淡得有如一块洗旧了的布，一点光也没有。

常若雨愈加心疼，朝他走过去，她在心里酝酿了千种开头："对不起。""别生我气了好吗？""你生气了吗？""你怎么了？"

见常若雨一脸歉疚地站在自己面前，想说话又不知道怎么开口的模样，方亮又是吃惊又是高兴，他这个唯我独尊的女神妻子，也知道自己错了吗？方亮的嘴角浮现了一丝温暖的笑容。

这抹宽容的话终于让常若雨把想说的话说出来了，"刚才我不该朝你乱发脾气，更不该说你爸爸妈妈，他们其实也很辛苦的。过年的这几天我亲自带儿子，才知道那真是一个累。老人帮我们带孩子不是义务，是情分，可我却还不知道感恩。"

方亮拉住常若雨的双手把她拉到自己的怀中，"这才是以前那个温柔懂事的小雨点嘛。不过我一点也不怪你，我知道你累，你压力大。你的强势，你的坏脾气并不是天生的，而是在这种压力山大的环境中养成的，所以我是能够体谅到的。"

常若雨的眼泪不争气地扑簌扑簌掉下来，只是方亮没有看到。常若雨头更低地埋在他胸前，"老公，谢谢你。"

"唔，我猜出来了，刚才你肯定是被爸爸说了，不然你才看不到自身的缺点呢，永远都是别人欠了你的。"方亮笑起来。

"你好讨厌。"常若雨捶了他的肚子一下，"我们出发，去吃早饭，顺便给爸爸妈妈带大饼油条回来。"

"遵命。"方亮朝她敬了个礼。

"讨厌。"常若雨又娇羞地捶了他一下。

又去那间曾经一直去吃的小店吃大饼油条，老板娘还认得他们，连连叫着，"好久没见你们来吃早饭了。"

"最近忙，不过以后会经常来吃的。"常若雨看了一眼方亮说，方亮回她一笑。

给父母送完早点，两人一起去公司，此时阳光已经越来越辉煌，照耀得两人的心里暖暖的。

方亮和常若雨一前一后走进办公室,办公室里小红已经最先到了,她没有看到跟在后面的常若雨,也根本没有想到她会来,小红只看到了方亮,马上扑过来说,"亮哥,你来了?"

蓦地,她看到了常若雨,此时常若雨正冷冷地看着她,眼神已经变成了一把冰刀,都可以杀人了。于是差点从喉咙脱口而出的那句:等得我好心焦啊。被活生生地憋了回去,已经碰到方亮身体的身子也赶紧后退了一步,她的脸涨得通红。

"石磊还没到吗?"方亮的问话似乎缓解了尴尬,小红点了点头,她看到常若雨的愤怒表情现在又变成满脸的鄙屑。于是她的内心开始愤怒起来,凭什么看不起她?

"小红,"常若雨高高扬起声调,接着又轻蔑地降低声调说,"从这个月开始,你要减工资,减到跟那两个客服一样的水准。"

"为什么?"小红大惊失色、义愤填膺,"我做错了什么?"

常若雨心里在说:做错了什么你心里明白。

方亮也没想到常若雨会这么说,他也吃惊地看着她。

"因为你做的工作跟那两个客服是一样的,凭什么你的工资要高过她们?你不比石磊,石磊还起到开发的作用,而你的工作,是个人教一下都会做。"常若雨直直地盯着小红的眼睛说道。

小红的嘴唇变得僵硬,僵硬到一个字也说不出来,她想像只大蜘蛛一样手脚并用抓住方亮的身体问他:你是个男人吗?就听任这个老巫婆这样糟践我?但她只是僵硬得一句话也说不出来。

常若雨知道自己的脸上出现的是一种果敢和泼辣,因为她内心深处正在灼烧着这样的一把火焰。本来她对小红只是猜测,想要多观察观察,可刚才一进门就看到她一脸荡妇的淫笑扑上来,若不是自己跟得太近,小红早就扑到方亮身上去了吧?不怕贼偷就怕贼惦记,小红惦记方亮已经不是一天两天了。以前自己也没把这等小人物放在心上,现在才知道自己大错特错。寂寞的男人用不着是优秀的女人就可以把他搞定。

方亮明白,这是常若雨在变相地赶小红走。他的心里很不是滋味,一方面,小红正日益深入到他的生活中来;另一方面,常若雨竟然都不跟他商量一下就下决策了,也太不把他放在眼里了。最主要的,他跟小红之间什么事情也没有,只是暧昧了那么几回,凭什么常若雨就臆断他们有一腿呢?也许根本就没有臆断他们有一腿,而是她要给他一个下马威,让他知道,他永永远远都不可能有异心,有了异心,这就是下场。

"这件事情再说吧,至少公司里的高管也该坐下来讨论一下再定。"方亮发话了,他不能听由常若雨把他当空气。

公司里还有高管?常若雨心里嗤笑一下,这公司不就是他们夫妻俩的吗?就算算上石磊是老资格,直接说石磊好了,还说什么高管。但是方亮敢这样明着帮小红,让争强好胜的常若雨觉察到自己处于被动的招架之势,不由自主地焦躁起来。她用斩钉截铁的口气说道,"不用商量了,就这样定了!"

小红那双又圆又大的眼睛里滚出两行眼泪。

看到小红被常若雨欺负成这个样子,方亮潜伏在内心深处的男子汉的本性跳了出来,他大声说,"常若雨,这个公司不是你一个人的。就连升级成天猫店的那个大号,用的还是我方亮的名字。这件事情,我没点头,就不能通过!"

不管是当着别人面前还是在家里,方亮从来没有用这种口气跟她说过话,但是现在他为了这个乡下女人,竟然让她如此下不了台。常若雨石化表情下的血管骤然绽裂,紫色血流将所有的愤怒注满了整张脸庞。

此时,那两个新客服也来上班了。小红挑衅地看了一眼常若雨,故意大声对两个小客服说,"长假已过,要收骨头了,怎么都来得这么晚?明天不可以了,现在赶快各就各位接单子去。"

方亮看到常若雨的目光里突然现出一种暴力,他也开始心慌了,刚才突发的勇气散掉了,他畏畏缩缩地坐到自己的座位上去。

常若雨看到现在只有石磊的那张座位还空着,他今天要值晚班,所以要晚来。那么也就是说,她暂时可以坐到石磊的那张座位上面去,但是等到石磊一来,她就没地方坐了。

"多一个人啊,要裁员,不需要那么多人手。"她喃喃自语。

但是就这么轻轻的一句话把两个小客服吓得一激灵。小客服惊恐的样子让方亮又看不下去了,他再次站出来为小姑娘们说话:"这个星期看起来像是多出一个人来,但下个星期我们都要去工厂,替换过来的人只有小梅一个人。你要是裁掉一个人的话,那下周不是少掉一个人了吗?"

"有用的人一个人可以当两个人用,但心猿意马的人连一个人的活都干不好。石磊已经多次向我反映,夏红最近频频在工作中出错,不是发货的时候地址填错就是东西发错,上班的时候老是神游。如果一个人总是做错事需要返工,那还不如不要这个人的好。小梅做事仔细认真,有她在我很放心。所以不存在少一个人的问题。夏红,你这就结账走人吧。"说完这段话,常若雨忽然觉得好疲惫,这段话好像耗尽了她体内全部的力量。

小红愣住了,她没想到常若雨会这么绝,她期冀的目光看向方亮。但是这次方亮没有再替她说话,而是眼睛看着电脑荧屏,好像发生的事情都跟他无关一样。小红的心冷了,她不知道方亮实在是太了解常若雨了,常若雨已经放出这样的狠话,若是他再敢像刚才那样顶撞叱责,接下来的结局就是离婚。方亮从没想过要离婚。

"好!我走,不过你们会后悔的!"小红放下这句狠话,连工资都没拿,就重重拉开门走了出去,然后又重重地关上门。整个房子都在震动,可见她摔门的动作有多大。

伴随着关门声,方亮的心一痛,随即又一空,他忽然醒悟自己失去了从来没有拥有过的东西。而常若雨感觉心头的一块大石终于卸下。看到两个小客服睁着惊恐的眼睛,常若雨和颜悦色地对她们说,"没你们的事情,你们只要认真工作,做好了我就加你们薪水哦。"

够了够了,你你个巫婆。一会是泼妇,一会是天使,做给谁看呢?方亮在心里发出怒吼的喊声。他走到阳台上,朝常若雨招了一下手,常若雨会意地跟他来到阳台,关上门。

"好了,你把小红炒掉了。这下不用我们两个人形影不离,一周来公司,一周去工厂了吧?"

常若雨望着方亮发青的脸说,"这是什么意思?炒掉小红跟我们双宿双飞有关系吗?难道你承认你跟小红有不正当的关系?"

方亮一时语塞,愣了几秒才说,"现在正是用人的时候,年过了,我们还要筹备开微店,你却意气用事炒掉一个老员工。你说,你为什么怀疑我和小红?你是看到什么了还是听到什么了?"

常若雨轻轻一笑,不置可否。难道进门所看到的这一切还不足以说明问题吗?但她没有这么说,她知道如果她这么说了,肯定被方亮骂她是神经过敏。

常若雨的态度让方亮更是气愤,一股怒火在他皮肤下奔涌,传遍了全身。为了亲近他,小红使尽招数,到头来却是一无所有,连他都替她感到不值。

一阵轻轻的敲门声响起,轻浅得如同小鸟啄门。常若雨一回头,看到石磊正站在阳台门外,朝他们尴尬地笑着。

方亮打开门,一边把石磊让进来一边说道,"石磊,你来给评评这个理。"

"别说了,刚才客服已经告诉我了,阿嫂把小红给炒鱿鱼了。"石磊的唇边滑过了一丝笑意,"阿嫂做得对,小红虽然是老员工,工作起来却很不上心,还老是好高骛远,让她出去跑业务吧,从来就没有拉到过一个业务。我打电话给她,她要么不接,要么就说她正在别人公司里,很忙,就把电话给挂了。其实我知道,她根本就没去跑业务,不是在家睡觉就是在外面逛街呢。"

"可也不能这样就把人说炒就炒了呀。"见石磊站在常若雨这边,方亮明显不满,"而且她不好好在工厂那边待着,还说要跟我两个人一起一周来公司,一周去工厂,跟工厂那边的梅副厂长轮着换。也就是我们都不在的时候,很多事情都要你石磊去做了,那个小梅没什么用的,只能给你打打下手。"

石磊的眼睛中放出异彩,"你是说,每隔一周,梅风雪会来公司上班?"

石磊的表情让方亮莫名其妙,而常若雨则心领神会,她已经忘了石磊对小梅一见钟情的事情了,这个表情重新唤起了她的记忆。她在心中暗暗高兴,到时候怕是男女搭档,干活不累,石磊工作的积极性应该会更高了吧。

"对啊,怎么了?"方亮问道。

"那就太正确了呀。"石磊兴奋异常,"你看你们这对小夫妻吧,长期两地分居,那感情是要出问题的。说不定哪天你被哪个客服掳走,阿嫂被哪个身强力壮的工人征服。到时候大问题出了,想挽回都挽回不了了。"

"什么乱七八糟的,都没句正经的。"方亮嘴里这么说着,心里却泛起了嘀咕:石磊的话不是没有道理,车间里有个小青工长得一表人才,说不定时间长了还真会出问题。

"哟,小客服叫我了,肯定又碰到不会的东西了。"石磊边说边打开阳台的门,"那就这样说定了,一周换一周的,你们人比翼双飞,真是太好了。"

他为什么这么高兴?方亮百思不得其解。

"你看,我的决策都是对的吧?"常若雨满脸得意地笑。

方亮没有回常若雨的话,想要给予对方以最强硬的回答,莫过于是沉默不语,让她猜不出他的内心所想。

　　方亮一径来到石磊身边,悄悄对他说,"小红的工资都没结,一会儿你打个电话给她,问她要个卡号,把钱给她打过去,多打点。"

　　石磊朝他竖起大拇指,"好!方哥真是有情有义。"

　　方亮佯装朝地上啐了一口,"你什么时候变得这么会贫嘴了?"

　　石磊嘻嘻笑着,看着方亮垂头丧气地走开了,他的眼前又浮现出了小梅的形象,那脸上的皮肤,苍白得让他觉得他的手指都能戳进她的面颊,穿透她的表面。真是太美太神奇了。闭上眼睛,小梅的影像反而更加清晰,她单薄的身子,偏偏能给人性感的意蕴。

　　方亮昏昏沉沉地坐在椅子上,心中乱作一团。刚才发生的事快得让人一点思想准备也没有,小红就这么走了,他像猫抓心一样难受,但又一点办法也没有。也许该打个电话或发个短信跟小红道一下歉,但他犹豫一下想想还是算了。像他这样没用的男人,怎么还有脸去道歉?况且,小红在他心目中的分量跟常若雨是不在一个档次上面的,一个太重,一个又太轻。

十二

　　才三月初,被春天笼罩的绿意就迫不及待地恣意吐绽着生机,小树的枝头已经冒出了嫩芽尖,风中,都是春天的味道。

　　小梅站在窗前,抬起视线朝外面望了望,阴沉的天空稍显转晴,春阳透过云层泻下迷蒙的微光。她想不通常若雨到底是怎么想的,就是为了一个承诺,真的让工厂的全体员工停产停工一周,和方亮两个人带着工厂的那批工人去杭州旅游了。没有货了,网店这块仅靠卡券撑着,每天四个人待在办公室里,就显得太过于空闲了。而一空闲下来,面对石磊炽热的目光,总叫她无所适从。

　　也许我可以请假,反正也没生意。小梅想到这里,心头不由一亮,正好回家去看儿子。

　　"石磊,明天我就不过来了吧?你看,又没货,这样四个人呆在办公室里挺浪费人力资源的,不如我回家去养精蓄锐。"

　　石磊呵呵笑了两声,他的笑声听起来有点勉强,脸上的笑容反而令他看上去更添几分凄寂。

　　"别笑啊,同不同意?"

　　石磊把所有想说的话都化为一个微笑,一点意传的关心和轻微的一记点头。看着这个含蓄而略带羞涩的笑容,小梅的心中突然泛起柔情无数。看着这种温柔的目光,石磊赶紧低下头,他害怕他的眼睛里已经流露出亵渎。但当他再次抬起头的时候,看到小梅依然在温柔地看着他,清秀的眸子里漾着动人的清露,看不到有丝毫暧昧和胆怯。

　　"明天真的不过来了吗?"

　　小梅终究敌不过这样深情的问话,她扭转身再次来到窗前,天空阴晴不定,越来越多的浓云从太阳下涌出。

　　你慌什么?你是有老公有小孩的女人,你有资格慌吗?坦然坦然,你心中若没有鬼一定可以坦然的。小梅在心中拼命告诫自己。她与这种纠结进行着斗争的时候,石磊已经来到了她的身边,"你想不来就不来了吧,老板那里,我替你挡着。"

　　小梅哑然失笑,"我还要你挡吗?"

　　"怎么?你以为你是常若雨的闺蜜就可以无组织无纪律了吗?你不知道私企老板发你工资,即使没有事情,也要你坚守岗位的吗?何况他们现在正在热火朝天地带着工人们旅游,这比上班还要累。而当他们得知这时候你在家里睡大觉的时候,你认为他们会怎么想?"

　　小梅的心一寒,她想到了常若雨,对她好的时候好上天,但如果在工作中不合她的心意,说起话来比谁都难听,却又是那种句句在理的难听。

　　"还是你了解他们。"小梅黯然神伤。

　　"别难过,将来你强大了,自己当老板就不用看别人脸色了。"说到这里,石磊自知失言,他想到了曾经背叛方亮夫妇,想要自己当老板而惨败的事情。他不知道这件事情常若雨有没有跟小梅说过,如果说过,那他真没脸见人了。

　　小梅没有注意到石磊表情的变化,她的心情很压抑,一种寄人篱下的无奈之感涌上心头。

　　看小梅的表情,常若雨应该没有跟她说过这些事情,反而是刚才的那句话让本性清高的小梅不舒服了。他决定开导开导她，内向的人容易走极端，最需要朋友的开导。

"不过能给好朋友打工总比给陌生人打工好，好朋友多多少少总能照顾到你的，而给陌生人打工，可一点点情面也不会给你留。而且打工的好处是没有压力，到点拿工资就行。当老板的看起来面上风光，实际上压力大着呢。"

"你是这么看的？"小梅的脸上果然阴转多云了。

见自己的话让女神有了反应，石磊心中的成就感愈加突出，"那当然了，老板我曾经也干过，不行，太烦了，也不是每个人都有老板的命。不是一个人有能力有头脑就可以当老板的，还得有这个命。而如果打工收入还行的话，我宁可打工，肩上没担子，人要轻松多了。"

细想起来，还真是这么个道理。人要么累死累活当老板，得到一切，不过是付出了时间和大量的心思，成功还可，若失败，想跳楼的心都会有的吧。而如果打工，就把日子混得风生水起，也是另一种成功。小梅笑了："谢谢你。"

"谢我什么呀？"石磊嘴上这么说着，心中更甚得意。

"你的话很有道理。听君一席话，胜读十年书。"

这句文绉绉的话让石磊突然想到一个问题，"听常若雨说，你写过很多东西？"

"别提了，"小梅的脸色再次黯淡下来，"百无一用是书生，先把日子过小康了才是王道。写东西是奢侈品，很多年轻人不知道，上了贼船，才发现一辈子都被毁了，后悔也来不及了。好在我及时下船了。"

"怎么会呢？"石磊觉得作家是个很高级的职业，怎么在小梅的嘴里，就是那么一钱不值？

"隔行如隔山，你不会明白的。"小梅突然释然一笑，"既然我们都是打工的，也得对得起老板开给我们的工资呀。趁着他们还在杭州旅游，我们把微店开起来吧。常若雨临走的时候说等她回来开微店，我知道她的意思，是想要我空的时候去办这件事情，她回来就能捡现成的了。"

"有你这个员工真是他们前世修来的。那你现在短信他们跟他们说一下吧，不然你擅自做了好事，说不定别人还不领情呢。"

小梅觉得这个小个子男人心思真是缜密，若是生在古代，可是个好管家呢。

短信发出去不久,马上收到常若雨一连串的谢谢和亲亲的图标。

小梅看了石磊一眼,突然露出羞涩的表情,石磊正在纳闷中,却见她说了一句,"微店怎么开?我不会。"

石磊哈哈大笑起来,"不会我教你,你坐在我边上,我教你。"

小梅坐到他身边,硕大的电脑荧屏恰到好处地挡住了那两个小客服的视线。石磊抑制住自己怦怦乱跳的小心脏,给她讲解着,"微店是目前比较火的开店项目,不仅有手机微店,还有电脑端微店。先说手机微店吧,手机端微店只要下载微店APP注册就可以了。注册的时候要求输入手机号码,注册过程很快,马上就登录进去了。进入主界面后,打开我的微店,进入我的微店,刚开的微店是没有货物的,要自己添加。点击添加货物,可以加入货物图片、货物详情等描述。还可以设置商品价格、库存等,设置完成后货物就上架了。你是淘宝店主,甚至可以进行店铺搬家。"

"那先在我和你的两个手机上开店吗?"

"那是,他们的手机都在他们自己手里呢。不过我觉得还是先别手机开店吧,我们毕竟是打工的,店开在我们的手机上不大妥当。还是先电脑开微店。"

"你想得真周到,快说说电脑开微店怎么个开法?"

被心中的女神夸赞,石磊的心里像被灌了蜜,他更加起劲地介绍道,"可以直接百度微店,找到微店网,进入后QQ可以5秒注册,和手机端差不多,注册很快。注册完成后给店铺起个名字就可以了,商品都有货源,你只需要负责推广获取佣金就可以了,这一点和手机端有点不同。商品种类很多,具体要看图的。店铺开通后就有了商品,不用自己添加。可以进入后台查看自己的销售情况。"

见小梅听得一愣一愣的,石磊笑了,"开微店还要先去微信公众平台申请一个微信公众号,提交等待审核,一般是2个工作日就可以审核通过。"

"好吧好吧,慢慢搞吧。"小梅看了一眼时间,"先叫盒饭吧,我都饿了。"

"今天叫两个盒饭。"见小梅疑惑地看着他,石磊笑着说,"给那2个小客服的。我请你出去吃。"

"我不去,吃了你的还要还,我怕没机会。"

石磊没想到这个看上去清雅的女人还会开玩笑,心中不由更加高兴,

"我知道这附近有家火锅店特别好吃,趁着这几天自由,我们去开开荤,不然等他们一回来,你觉得还会有这种机会吗?"

小梅想想也是,就点头同意了。

石磊想的是能和自己喜欢的人共进午餐是何等美事,而小梅想的是自己掌握好尺度,有个特别投缘的同事日子还真是要开心多了。

推开火锅店的门,雾气扑来。果然如石磊所说,人满为患,就连门口,都塞满了等座的食客。

小梅的头先晕了,"出去吧,赶紧出去,再好吃我也不吃了。一股味道,昨天我才洗了头。"

说着,已经先出去了。石磊也只好跟出来,"你想要人少,那再过2小时来。"

"2小时?你想饿死我呀。看来今天老天爷都不让你请我客,还是我请你吧。对面有家快餐店,我们去那里吃。"

其实去哪里吃对石磊来说并不重要,重要的是跟谁在一起吃。明知道对方是有夫之妇,但就是喜欢跟她在一起。他的脸上现出火热的光彩,"听你的。"

在快餐店,他们面对面地坐着吃饭,石磊突然冒出一句,"你知道吗?你的身上有一种渗透到骨子里的书卷气和仙气。"

"不会吧?"小梅嘴上说着,心里却美美的。

"石磊!"

突然一声断喝,一个女人操着有口音的普通话站在他们的桌前。小梅一抬头,看到一张有些面熟的脸孔,却想不起来在哪里见过。

"是小红?"石磊觉得真是太煞风景了,好不容易有个跟小梅单独出来吃饭聊天的机会,还碰到小红这个丧门星。

小红自顾自地坐在石磊身边,"看起来小日子过得不错呀。"

"还行还行,你呢?上次让你把卡号给我,我把工资给你打过去,你怎么到现在还没给我呢?"

"你没看到我的回信吗?要给钱让方亮亲自来给我。想用几个小钱就把我给打发走?我又不是乞丐。这也太欺负人了,回去后我越想越气,这件事得让方亮给我个说法。"

听到这里,小梅明白了,原来这个人就是常若雨的情敌,难怪这么面熟,以前就见过。

"看来你是没找到工作,不然你不会这么气。"石磊边吃饭边说,"你要老板亲自给你送钱,这就没道理了啊。员工工作没做好,被炒鱿鱼,这是最正常不过的事情,你还要搞什么搞?搞到后面一分钱也拿不到,你觉得有意思吗?"

小红冷笑两声,"对啊,我跟你在这里废什么话啊?你也不过是一条摇尾乞怜的狗。今天我本来就是打算进来吃点东西,然后去常若雨那里讨个公道的。"

石磊啪的一声放下筷子,"夏红!你不要给脸不要脸。你还想去办公室闹?你敢去,去了我们就报警。"

"那你看我敢不敢去!"小红说着,已经愤然起身。

"小红。"小梅叫住她。

小红回过身,"你是谁?你怎么知道我的名字?"

"我也是在给常若雨打工的,以前我来取过童装,所以见过你。"

"哦,"小红也想起来了,"你不是常的闺蜜吗?怎么现在也成了她的打工狗了?"

见小红口不择言,石磊听不下去了,"闭上你的臭嘴!"

但小梅并不生气,也不害怕,她微笑着说,"你心里有结,这个结别人解不了,只有方亮可以解。但是他现在去杭州了,你要见他,也得等他回来才行。"

"他去杭州了?真的?"小红狐疑地问。

"是的,下周回来。"

"那我下周再来。"小红说着,再次起身。

"等一等。"小梅叫住她,"不是还没吃饭吗?吃了饭再走吧。你吃什么?我去给你买。"

"小梅,你这是干什么呀?"石磊叫道。

"你吃完了吗?吃完了你先去上班吧,我想跟小红聊聊。"

"好啊,你等我,我去买点吃的,一会跟你聊。"小红说着,去了收银处。

"来者不善啊。你干嘛没事找事?"石磊埋怨道,"我得留下来,我怕你会有危险。"

小梅哈哈笑起来,"放心吧,我就是个旁观者,又不是她的情敌,我会有

371

什么危险？你赶紧走吧，你在这里反而坏事。我们都是女人，女人跟女人之间好说话，说不定聊着聊着，就把这个心结给解了。你把身边的钱都给我，我今天尽量把账都给她结了，就没有后顾之忧了。"

石磊将信将疑地把钱给她，"那你小心点。"

"放心，相信我。"

石磊与小红擦肩而过的时候，很想警告她一句，但他看到小梅投来的圣母一般的目光，终究还是忍住了。

"聊啊，聊什么？"小红坐到石磊原先的座位上说。

"你真的还没找到工作？"

"关你屁事？你管的可真多啊。"这句话显然触到了小红的痛处，她眼里的怒火喷射着小梅的脸。

"我们都是在替常若雨打工的，以前你是，现在我是，所以我们是一样的人，我想跟你心平气和地谈一谈。"

小红打了个看上去是百无聊赖的哈欠，"你的话题真乏味。"

小梅突然伸出手，握住了小红的手。小红一愣，随即敌视的表情消失了。仿佛这一握，把友爱之情给输入了进去。

"我知道，你心里气不过。"

这句话说到了小红的心里，她义愤填膺地控诉道："可不是吗？姓常的这个贱女人，把男人把玩在自己的手里，又不把男人当回事，做事从来不顾老公的自尊心。别人还没怎么样她的老公，她就醋意大发。就算她自认为是爱情的女王，她也没道理这么作践其他女人。"

小梅心想：常若雨这次做事真的是欠妥当了。真要开除小红，也不用自己亲自出手，让石磊去办就行，不然就不会有现在的麻烦了。小红现在是光脚的，不怕穿鞋的。

"可是我们这些打工的，总要时时碰到不公平的待遇，一件事情就想不通，那日子还怎么过呢？你拿别人的错误来惩罚自己，受到伤害的只能是自己。不如把这次当成一个经验教训，以后再替别人打工，就不会犯相同错误了。"

小红点的盖浇饭上来了，但她并不动筷，她在这个陌生的城市，与一个同是打工的上海女人于一家冷暖无情的快餐店比邻而坐，说说心中的怨气，她产生了一种依赖的情绪。

"你爱方亮吗?"小梅突然问。

"不!"小红像触电一样说了一句。

"既然不爱,也无法原谅他的无情和懦弱,那就彻底地离开他,越远越好。因为这是保护自己的最佳办法。"

小红听了这句话,才涌起的温情又被打压了下去,她气得站起来就要走,"我干嘛要在这里跟你废话?你就是来为姓常的当说客的,我怎么忘了你们是闺蜜了?我还把你当好人!"

"吃完饭再走。"小梅冷静地说,"我才懒得来当说客,说服你我能有什么好处?常若雨的性格你还不了解吗?她不会认为我做得对,反而觉得我是多管闲事。"

这句话再次安抚了小红的情绪,她重新坐下来,"既然这样,你干嘛还要多管闲事,做这种吃力不讨好的事情?"

"碰上了就是缘分,我相信缘分。"

缘分这两个字打动了小红,她垂下眼睑,"老天爷真不公平。"

"老天爷是很公平的,他只对安安分分、规规矩矩的人好。"

"难道姓常的是安安分分、规规矩矩的?"

"怎么不是?她安安分分地做人,规规矩矩地做生意。"

小红突然大口大口地扒起饭来。

"我有个办法替你出气。"小梅用探讨的口吻说道,"她不会同意多给你工资的。但我现在可以跟你结工资,她看我给你那么多钱一定会暴跳如雷的,我就说是方亮同意给的。你知道常若雨是个醋坛子,这下他们两个还不吵翻了?你的大仇不就报了吗?"

小红放下筷子,若有所思。接着又一小口一小口地吃着饭。小梅在忐忑不安地等着她的回答。最后,小红放下筷子,"好,我同意!"

小梅掏出钱包,把里面的百元大钞都拿出来,又把刚才石磊给的一叠也拿出来,"一共五千元,你给我写个收条。"

"五千元?这么少就把我给打发了?"小红尖叫起来。

"你可以去找常若雨,看她会给你多少钱。辞职那个月你才上了几天班?"

小红像被戳破的球往座位上一靠,"干嘛要写收条?"

"因为这钱是我的,我得找常若雨去报销。"

小红犹犹豫豫地看着钱说,"这样姓常的真的会暴跳如雷?可这样一来太便宜了方亮这个没有担当的男人了呀。"

"怎么会便宜他呢?常若雨天天跟他吵翻天,你说他能有好日子过吗?"

小红的脸上露出邪恶的笑容,"拿纸来,我写收条。"

小梅从包里取出纸笔,"你就写收到工资五千元,然后签名,写上日期。"

做完这一切,两个女人都松了口气。在她们看来,也许这真的是最好的解决办法。

临走时,小红突然说了句,"我们可以做朋友吗?"

"我们已经是朋友了。"小梅微笑着看着她。

这句话温暖了小红冰冷的心,她决定好好做人,去找份工作。这段时间她一直沉浸在屈辱和愤怒中,都没有去好好找工作。她极度缺爱,于是来自一个女人的关心,哪怕她都不能确认这是不是真的关心,她已经认定了这份友情之爱。

十三

小红事件让方亮对小梅刮目相看,以前总觉得这个瘦瘦弱弱、阴阴沉沉的女孩子不会有什么能力,现在居然可以轻轻松松地就把小红这个刺头给解决了。而且是主动来处理这件事情,并不是他们派给她的任务。很难想象,如果不是小梅出头来摆平这件事情,小红会闹出个什么结果来。他这才钦佩起常若雨的眼光来,她说是人才的人,那么肯定就是人才了,他的妻子是不会重用一个无能的人的。

"现在是几月份了?"常若雨冷不丁地问。

"你日子都过昏头了吗?现在是3月份。"方亮斜靠在工厂办公室的老旧布艺沙发上回答。

"难怪婴儿睡袋的销路直线下降,我们得赶紧开发新的产品,一定要是夏天的,这样才能一年四季都不空缺。"

"这个问题你不该找我商量,而是应该找你那个高价聘请的周霞设计师。"方亮毫不客气地打断常若雨的话,他觉得根本不需要有那么一个人。

方亮的话像是一个耳光扇在脸上,常若雨的脸红了,当初一心想办好工厂,才请了这么一个人过来,现在发现真的有点浪费。

"走,我们一起过去找她。"常若雨站起来。

"你是厂长,打个电话让她来你办公室不就得了?"方亮懒得动弹。

"我们正好去突击检查一下不好吗?别懒了,站起来。"常若雨语调高昂清晰。

方亮呵呵笑了两下,"突击检查什么呀,她对着电脑玩游戏,看到我们进来就把游戏关了,打开设计页面,你还以为她特别认真呢。"

"你真没劲,自从跟你双宿双飞以来,我就看不到小梅了,还是跟她在一起上班有劲,她的头脑可比你聪明多了,人又勤快。来工厂没多久,她就走访了周边的一些小型加工厂,把做商标的、包装袋的人都搞定了,现在差不多都是成本价给我们。而你每天在工厂就是喝喝茶,看看报,顺便发几句牢骚,跟个大老爷一样。"

方亮收敛起刚才嬉笑的神情,变得郑重了,"你和小梅才是黄金搭档,我看我还是回去搞网店吧,现在那边的微店、天猫店、淘宝店,几乎都是石磊一个人在搞,我和他也才是黄金搭档。"

"夫妻长期两地分居,搞不好又会出来什么小绿小黄的来。"

方亮干笑两声,"放心吧,我的心已经容不下别的女人,只有你。"

常若雨的眼前又出现小红那身姿妖娆的样子和略微跋扈的表情,心中不由又是酸痛,又是冒火。她咬着牙齿恨恨地说道,"当我能够近距离明明白白看清你的灵魂的时候,就再也不会信你的那些鬼话了。"

"怎么说这些话呢?怎么这么不相信人呢?"

当方亮还没为自己辩解完毕的时候,常若雨的话题突然就跳到了别的上面,"你看出来石磊对小梅有意思吗?"

方亮一愣,有点接受不了她的跳跃性思维,"我们跟小梅是交叉班,我又看不到他们在一起的工作状态。不过他们两个倒是一类人。"

"他们怎么是一类人了?我看是天和地好吧?"

"都比较阴沉。"

"再阴沉的人也是情感动物,都渴望群居和关爱。再说了,他们是内向,不是阴沉。石磊以前是阴沉,现在是内向。"

方亮哈哈大笑起来,"现在石磊开始往你这边靠了,你就说他好话了。"

"现在去找周霞吧。"常若雨又跳跃性思维了。但是方亮觉得她下命令的样子有种指点江山的豪情吸引着他,他欣然尾随其后。

在周霞的办公室,午后的阳光爬上桌面,让她昏昏欲睡。一激灵,常若雨已经站在了她的面前。一睁眼,看到一袭旗袍上的暗花怒放。

"常总,你怎么来了? 有什么事情吩咐一声就可以了。"周霞说完,望着常若雨,等待她进一步的指令。

"没打搅你午休吧?"

"我哪里午休了,在想工作上的事情呢。"周霞掩饰地端起茶杯,喝了一口已经凉了的残茶。

虽然心中反感周霞的虚伪,可是常若雨的脸上却仍旧带着笑,"那正好啊,正好让我和方亮一起听听,你想了些什么好主意出来。"

"好啊,你们坐。"周霞一边搬凳子给他们坐,一边脑子里已经飞快想好后面要说的话了,"我今天来上班的时候,看到已经是春天了,春风扑面,天地万物都充满了生机。所以我想着,我们该做小孩的春装了吧? 就做中式唐装的那种。"

方亮暗暗钦佩常若雨找的都是能人,这脑子的反应也太快了吧? 若她早有这样的构思,不早就说了? 还用得着等他们上门了才说。

"中式唐装? 这构思可以考虑。但现在设计加工已经来不及了,当务之急是想想看夏天有什么好卖的东西没有。"

"确实,常总说得有道理,不知常总有什么高见?"周霞身子微微向前倾着,摆出一种非常恭敬的倾听状态。

我要有高见还要你干什么? 常若雨心想。她扬起笑脸说,"你是专业人员,当然是听你的。"

望着常若雨那张和煦的笑脸,周霞说:"那做夏天的小孩唐装怎么样?"

"总感觉不那么好。"常若雨略一沉吟,"我们今天把夏天的方案落实一下,明天就可以着手去做了。"

周霞心里暗暗叫苦,脸上却不得不堆上笑容说,"正好,我们三个人,三个臭皮匠赛过诸葛亮。"

"你有经验,我们想听听你的意见。"方亮发话了。

去你妈的,刚才提了意见不是已经被你们否决了吗? 周霞暗骂一声。她暗自提了一口气,好保证自己的声音听起来能够和刚才一样,欢快的甚至是充满喜悦的。"对对对,那容我想一下,你们先回去,我想出什么方案来,再来向两位汇报好不好?"

"我们是做童装的,夏天的产品肯定也是要做童装,问题是怎么把童装给做好看了才是王道。你之前夏装的设计太普通,在巨大的市场竞争下肯定不会有市场。要有特色,买童装的都是年轻妈妈,女人对外表打扮的东西天生有好感,所以童装一定要设计得好看。"方亮说,"你考虑一下,时间不等人,要尽量快点。我们先回去等候你的佳音。"

周霞心中千万个草泥马飘过,面子上矜持地点了点头。

"老公,你真行,这些话我都说不出口呢。"一出门,常若雨立马挽住方亮的胳膊,撒娇道。

"那当然,"方亮得意地说,"她拿着我们这么高的薪水,不做事怎么行?"

"看来用小梅来换你是对的。我觉得你就像摩托车头盔,关键时刻很有用。虽然你平时看起来,就像是个傻帽。"常若雨点了一下她的额头说。

"你敢讽刺我是傻帽?"方亮伸出手去呵她胳肢窝。常若雨笑着逃开了,一时间,方亮仿佛觉得又回到了从前,那种两小无猜的感觉,好久都没有这样的感觉了,遥远得就像前世一样。

十四

小梅一进门,石磊的眼睛就顿时亮了,等了一个星期,又看到了这个仙一样的女人,马上就觉得浑身都是精神。

"最近还比较空,我要抓紧时间去学驾驶。一旦夏天的产品被开发出来,又要每天忙得四脚朝天了。"小梅说。

"那真是太好了,学会开车,去崇明就方便多了。"石磊希望自己的笑容能够由衷,他多么希望小梅能够留在办公室里。但他清楚地知道,她去学驾驶,一定是利用在公司里的时间,而不会是在工厂里的时间。

"那平时就要辛苦你多担待了。"

"这是哪里话,你跟我还这么客气,不是生疏了吗?"石磊的脸上带着热忱至极的笑容,虽然他的心在滴血。

见石磊这样理解自己,小梅的心,就像窗外的天空一样,变得透明起来。她脱去外套,里面是一条藕色无袖羊毛裙,乍一看到她露出的两条细瘦雪白的胳膊,石磊顿时觉得热血沸腾,躁动不安起来。

见石磊的眼中闪着狂热的光,小梅赶紧一低头。看起来,这个男孩子是越来越喜欢跟自己在一起了,正所谓接触生感情。小梅觉得,不能再这样下去了,她这个已经没有资格的人,是没有资格去耽误别人的。

该给石磊介绍一个女朋友了。她给常若雨发去一条信息。

常若雨马上心领神会:他喜欢的是你这种类型的女人,你觉得普天之下找得出第二个来吗?

那怎么办?

你这样冰雪聪明的人来问我怎么办?感情的事情一直是我来问你的。

小梅放下手机,抬头看到石磊眼波流转之间,仍旧是紧紧地拴在了她的身上。小梅心中一动,感情的事情在别人身上看得清楚,落到自己身上,早就意乱情迷了。

别人。小梅灵机一动,也许只有男人找男人才可以聊得通。她给常若雨又发去一条信息:有空让方亮找石磊谈谈。

我就知道你能找到解决的办法。聪明!

看到常若雨的回复,小梅松了一口气,同时又浮上淡淡的惆怅。

石磊不明白小梅为什么会突然露出如释重负的神情,他说,"今天你不会去学驾驶吧?等会有个帅哥要来。"

"今天不学,明天开始。哪个帅哥要来?来干什么?"小梅不明白石磊葫芦里卖的什么药。

看到这双清澈的眼睛,石磊预感到他这辈子完了,他努力稳定自己的心神回答道,"也是做淘宝的一个男孩,今年刚27岁,从安徽来,专门卖体检卡,就凭一个人的力量,几年工夫就赚了几百万。我今天约他来讨教一下经验,他一会就到了。本来想下周方亮常若雨他们都在的时候约他,可他很忙,只今天一天有空。"

"哦?"小梅也有了兴趣,"我记得常若雨以前也想做体检卡,没做下来呀。"

"所以要约帅哥过来讨教经验呀。"石磊温柔地笑着说。

"他凭什么要把经验告诉你呢?"

"这问题问得好,因为他同样很羡慕我们,也想来讨教一下经验。"

"你们是怎么认识的?"

"网上搭来的。"

小梅呵呵笑起来,让石磊陶醉,他觉得那笑声就像是能让他心动的音乐,连她的笑声,他都爱上了。他也笑了。而他之前,一方面因为性格的原因,一方面也是为了在客服面前凸显自己的威严,总是很吝啬笑容。

门被敲响了,说曹操曹操到,果然进来一个帅哥,一米八的个头,雪白的肌肤,大大的眼睛。

"邵祥龙,你可真准时啊。"石磊迎上去,直比来人矮了整整一头,两人一比较,就感觉石磊像是小人国里出来的。

"不准时的人做不好生意。"邵祥龙笑着说。

"来,喝水。"小梅奉上一杯纯净水。

看到小梅,邵祥龙的眼睛一亮,小梅再次感到,自己真的是结婚结早了。

"这是我们的梅副厂长。"石磊介绍道。

"真的真的,感觉你们公司好神奇啊。快跟我说说,你们是怎么一步步发展到现在这个规模的?"看到比实际年龄显小的小梅,邵祥龙的情绪明显亢奋了。

"先说你吧?怎么在短短几年中仅靠一个人的力量赚到几百万的?"

"其实也不是一个人,还有我妈在帮我。"邵祥龙露出一抹羞涩的笑容。

"那也很牛啊,快向我们传授一下经验。"

看着小梅那满含期待的目光,邵祥龙的眼中蕴满了浓浓的笑意,"其实就六个字:踏实、勤奋、好运。"

"不行不行,你这个太不够哥们了。"石磊连连摇头,以示不满。

"我们要听细节。"小梅在一边帮腔。

邵祥龙呵呵笑了两声,"好吧,细节。本来我刚到上海的时候做淘宝,做得很杂,有什么就做什么。后来卖了几次体检卡,觉得不错,就跑了几家体检中心,要求做他们的代理,拿到代理权,就慢慢做大了。"

"这不是跟常若雨当初创业是一样的吗?只不过她是做其他卡券,而你是专做体检卡。"小梅插嘴道。

"是吗?那大家都是一样的了,所以我现在比较感兴趣的是她后来怎么去开工厂了呢?"

"等等,先把我们的问题回答完,我们再来回答你的问题。"石磊说,"后来我们代理的几家卡券公司都换了负责人了,新的合同要么就没签下来,要么虽说签下来了,利也都很薄了。难道你做了那么多年,那些体检中心都没换过负责人吗?"

"怎么可能没换过?当然换过。但是我帮他们代理体检卡是双方都获益的,所以他们没理由不跟我续签合同。"

"看来帅哥出师比美女出师效果要好多了。"石磊哈哈笑着说。

"这倒不是,这就涉及我刚才说的那六个字中的好运了。我只做体检卡,做得很专业也很认真。我不知道你们其他卡券的情况,你们做的卡券范围比较多,有的合同续签下来了,有的没有续签下来。其实跟我是一样的。我做了几年赚了几百万,你们赚了远不止几百万,不是吗?"

"是,是。"小梅连连点头,"可以前常若雨也去跑过体检中心,没做下来呀。"

"那就是没找对人了,她一定是找高层,其实没必要,找手下的小员工就行。"

"明白了,明白了。"石磊露出恍然大悟的样子,"常若雨一门心思去找高层,不屑跟小员工谈,所以小员工怀恨在心,故意阻挡她跟高层见面,或是高层压根不屑跟她谈这种小事。"

"有可能。现在可以跟我透露一下工厂的事情了吧?"邵祥龙含笑问道。

"那时有好几家卡券代理都碰到了钉子,我们心中惶恐,然后常若雨就想卖其他东西试试,方亮以前的一个朋友是童装加工厂的,我们试着从他那里进了点童装来卖,似乎还不错。常若雨就想自己开工厂了,这个女人有魄力,想到就去做,然后就成了。"石磊说。

邵祥龙频频点头,"很佩服,其实就是一种方式,一直前进,不要回头。当然,你们的人脉也很厉害,还做电视购物。"

"怎么样?馋了吧?"石磊朝他眨眨眼睛。

"的确,身边人的成功,才最具有诱惑力。"邵祥龙点头道。

"也想效仿?"

"暂时没有这个想法,先把我的体检卡做好我就很满意了。最近老家来人跟我一起做了,我实在忙不过来。等他们都学会了,我是打算再开拓业务的。这不,今天不就来向你们讨教经验了吗?"邵祥龙的声音轻快,一看便知是个阳光开朗的男孩。

"如果我们有时间,也可以帮你卖卖体检卡;当然,你也可以做我们其他卡券的下家。"

"好啊。"邵祥龙高兴地站起来,"回头你把你们卡券给我的价格报一下,我这就回去挂上去。"

"这就走了?不多坐一会?"石磊诧异地站起来。

"不了。我现在的生活就只存在两种状态,工作和准备工作。"

石磊击节赞叹,"敬佩,你这样的人不发,谁发?"

"我想,你们的常若雨应该也是这样的人吧?"邵祥龙灿烂一笑。

"你们有异曲同工之处。"小梅把邵祥龙送出门去,感觉他来去就像一阵风。

回头看到石磊在打电话,一会就挂了。

"什么情况?"她问道。

"我电话方亮,问他我们什么价格把卡券给邵祥龙代卖,他说由我来做主。"

"不错啊,你有半个老板的味道了。"小梅调侃道。

我曾经倒是想做老板来着,可惜损人不利己。石磊想到了邵祥龙说的好运,他石磊不缺智慧,缺的就是好运吧?

"想什么呢?"小梅碰他一下。

"啊,没什么,没什么。"虽是隔着衣服的触碰,仍然使石磊心动不已,他痴痴地看着她说。

小梅决定忽略掉他的目光,"好吧,那你现在把给邵祥龙的报价搞成一个清单,省得时间一长容易忘,而且等下周方亮他们来了,你也好给他们过目一下。"

"有道理,到底是梅副厂长,做事真有条理,清清爽爽。"石磊赞道。

"少拍马屁。"小梅嗔他一下,回到自己的座位上去。

"小梅。"石磊叫了一声。

"什么事?"她转过头来。

石磊想问她晚上有没有空,但一想到她已是人妻人母,终究压下了这句话,只目光蒙眬地瞟了她一眼,说了句,"忘了要说什么了?"

哦,天。小梅心想,真的要让方亮跟石磊谈一下了。与其说是为了拯救石磊,不如说是为了拯救她自己。她怕她有一天也会在这样的爱恋之下,迷失掉自己。

十五

小女孩牛仔背心裙上一朵鲜艳的小红花,小男孩的牛仔背心,牛仔短裤,牛仔背带裤,每一件都那么可爱,仿佛是小小的高贵,小小的顽皮结合在一起的清新一夏。

常若雨把周霞搂了又搂,想把以前对她苛刻的行为都补偿回来,"你是个天才设计师,太美了,每一件都那么美好,那么独特。我相信,一定可以大卖的。"

周霞很有成就感地得意地微笑着,带着些许高傲。

"怎么样?方亮,你看,是不是很成功?"常若雨把图纸递给方亮。

但是很显然,周霞的设计并没有带给方亮什么太大的冲击,他干巴巴地回答道,"那就试试吧。"

常若雨不满地瞪他一眼,周霞识相地说,"那我过去了。"

"好好,一会午饭时见。"常若雨满脸欢笑地送走周霞,重重推了一把方亮,"你眼睛生痔疮了?这么好的设计看不出来?"

"我不是已经回答说试试看了吗?看今年夏天会不会好卖。"

"可你好像很不满意的样子。"

"图纸刚设计出来,结果怎么样还不知道,难道就要给她摆庆功宴?"

"你!"常若雨气不打一处来,"人家是用了心的,一看就知道。"

"这个事情先不说了,反正就定了。还是说说你的小梅吧。"

"小梅又怎么了?我现在发现你越来越讨厌了,看谁都一身毛病。"

"你让我去跟石磊谈,我电话他了,果然是一往情深。我看一提到小梅的名字,石磊就颤抖不已。还有我走访了小青工,好几个也对她迷恋得不得了。我就奇怪了,她这个人瘦瘦的,又不明艳照人的,性格也有缺陷,与周围的年轻漂亮的女工女人格格不入,整个人给人的感觉就是毫无亲密的欲望,怎么就迷倒那么多男人了?"方亮一长串的疑问。

"你不喜欢她这种类型的,自然有别人喜欢,你管得着吗?"

"不是你让我管的吗?不然我才懒得管。"

常若雨想想也是,这是她交代给他的任务。"那么,你劝过石磊了吗?"

"当然劝了,所有该说得都说了,他只回你一句:我知道的,我有分寸的。你说,我还能怎么说?"

常若雨急了,"那就是你没有深入地去说,没有说到点子上啊。只说小梅有老公有小孩,这些他都知道,你说了也等于白说。还不如把刚才那一段诋毁小梅的话告诉石磊,说不定效果还来得好呢。"

"我可不做这样的恶人,万一哪天他俩真的好上了,石磊把这些话都告诉小梅,你还让我怎么面对她?"

"那怎么办?"常若雨皱紧眉头。

"把他俩分开,时间一长就好了。"

"也是,把爱情掐灭在萌芽里,就像你跟小红一样。"

"什么什么?"方亮瞪大了眼睛。

常若雨哼了一声,"原本以为牢不可破的东西,原来单薄得如同蛋壳,还需要把男人牢牢系在裤腰上面才能管得住他。失败啊,真是女人的失败。"

"我跟小红什么事情也没有,你不能老拿这说事,很伤感情的,你知不知道?"

"让小梅常驻工厂,跟从前一样。可是方亮,我能信得过你吗?"常若雨喃喃自语,心头一片茫然,左右为难。

"你这么不信任我,我很难过。"

方亮那显而易见的沮丧,反而让常若雨的心情好起来了,"就这么办,让小梅常驻工厂,我们两头跑跑,可以一起跑,也可以轮流跑。总之,不要让石磊来工厂,也不要让小梅回公司就可以了。"

"这样,石磊会不会有抵触情绪,不好好工作啊?"方亮有些担心。

"我也不知道,试试看吧。"常若雨耸耸肩。

"要不,先打个电话给石磊,征求一下他的意见?"

看到方亮诚惶诚恐的样子,常若雨扑哧一声笑了,"打,你打。"

拨通了石磊的电话,方亮清了清嗓子,"石磊,跟你商量件事情。小梅留在公司真是大材小用,她应该来工厂。工厂的事情她处理得得心应手,很多客户总喜欢拖欠货款,有她在,就不会有这种事情。没有没有,没有骗你,在

383

这方面,她的本事比你常姐姐大。"

然后常若雨看到方亮一直没有说话,在倾听,一段时间后,就挂断了电话。

"怎么了?"她迎上去。

"石磊一听就明白是怎么回事了。"

"然后呢?"

"他让我们放心,他不会再纠缠小梅了。不要让小梅常驻工厂,她跟丈夫长期两地分居,婚姻会亮起红灯的,就像我和你一样。"

常若雨的心里一阵难过,"没想到石磊这么懂事,看来他是真的喜欢小梅,才希望所爱的人可以幸福。"

"所以我们放心吧,不要杞人忧天了,他不会拆散小梅的家庭的,就让他们两个做闺蜜吧。"

"闺蜜?"常若雨哑然失笑,"好啊,就让他们做闺蜜,才会更加为我们效力的。"

方亮横她一眼,"看你说的这句话,活脱脱一个资本家、剥削阶级!"

常若雨一吐舌头,"所以,有时心里的话还真是不能说出来。"

"那是当然,不过对我,可是例外。"

方亮的这句话把常若雨逗乐了,她捏着方亮的鼻子说,"你最坏了,就属你最坏。"

方亮哎哟哎哟叫着,心里高兴得跟灌了蜜一样,他就喜欢这种两小无猜、打打闹闹的感觉,这才是繁忙生活中的亮点。

一个粗壮的身影在门口出现,拍着手说:"好好,真是神仙眷侣,羡慕煞人了。"

方亮和常若雨赶紧分开,有点不好意思,"赵厂长,哪阵风把你给刮来了?"

"一直想来看看你们的工厂,一直也没时间,今天总算有空来崇明,不来拜访一下是不对的。"来人正是奉贤服装加工厂的厂长赵辉,此时一股酸酸的味道浮现在他脸上,"没想到工厂开得这么有规有模,想当初你们到我这里来取了不少经了。"

"是啊,赵厂长是我的领路人,早就说要请你吃饭,一直忙得四脚朝天没时间,正好今天你来了,中午我们一定要好好请请你。"常若雨笑容可掬地恭迎赵辉的大驾光临。

"吃饭就不必了,我今天来是有一件事情麻烦你们的。"

看到说完这句话后赵辉的神情变了,常若雨也跟着变得严肃起来,她预感到赵辉无事不登三宝殿,肯定没有什么好事情。

"你说,什么事?"方亮热情地回答,"我们兄弟间的,不要说那些客套话,能帮的我一定不会推辞。"

赵辉的面部神情因为方亮的这句承诺而有点放松,他叹了一口气,"最近倒霉了,到处是欠钱不还的人,工人的工资都发不出来了。你也知道的,我的工厂不比你们的工厂,是纯做加工的,本身利润就薄。可是东西生产好了,对方的货款却迟迟不结。好几家都是这样的,一拖再拖。本来年前要发给工人年终奖的,也发不出来,承诺他们过完年一定给。可那些企业说话不算话,过完年好一阵了,还不给我打款,现在别说年终奖了,就连工资也发不出了,工人们都等不下去了。"

"没事的,没事的,"方亮拍着赵辉的肩膀安慰道,"人生跌到低谷,刀架在脖子上都不要紧,只要坚定,一切都会过去。"

赵辉心里对方亮的话极其地不以为然,太空了,他需要一个能解决问题的答案。"还不知道他们要拖到什么时候,我现在急需钱应应急。"

"你是要借钱吧?借多少?"

"不多,就十万,三个月内保证还清。"

方亮听了赵辉的话之后,沉吟了良久,他不是拿不出钱,而是这种事情太多了,借钱的时候是孙子,要他还钱就成老子了。方亮把目光投到了常若雨的脸上。

常若雨努力保持着脸上的笑容,不让心底的不安和厌烦流露出来,她的脸有些僵硬了,"赵辉哥,我们的交情,你有难我们当然要帮的。可是现在工厂刚刚开起来,前期用掉了很多钱。阿里巴巴上面也用了不少钱。现在的流动资金真是少得可怜。要不你先回去,我们盘一下账,看看能借你多少钱,你看行吗?"

赵辉的脸也僵住了,他觉得这明显是一句推托之词,心中很是不快。如果不是他传授给他们这么多开厂经验,哪有他们的今天?俗话说喝水不忘挖井人,这十万元钱,就是送给他也不为过,居然还不肯借。

见赵辉的脸色难看了,方亮连忙对常若雨说,"赵辉来一趟不容易。要不这样吧,我先陪辉哥去吃个午饭,你留在财务那里盘盘账,看能不能借钱出来。"

常若雨心中不悦，每次能解决的事情，都能坏在方亮手中，他这个人就是太重情义了。

赵辉的脸上露出了由衷的笑容，他太了解方亮了，只要吃饭的时候多跟他诉诉苦，拉拉关系，借钱的事情是不在话下的。而那钱，他压根是不准备还的，他觉得这是他们该付的学费。而且十万元钱，对他们来说，跟拔根毛有什么区别？

方亮赵辉一出门，常若雨马上软软地靠在了椅子上，感到一下子疲惫不堪。钱永远是最能调动人的积极性的原动力，她也不例外，所有才会拼命去赚钱。可她是在靠自己的双手挣钱，但是太多的人却想不劳而获。她家的亲戚，方亮家的亲戚，都知道他们发达了，经常有人来借钱。她是最烦这些事情的，几万几万的确实对他们目前来说都是小意思。可每一分钱都是凭借自己的努力挣来的，为什么要拱手送给别人？而这些人只看到他们的成功，没有看到他们为此而洒下的汗水。好像就应该送给他们一样，理由就是他们比他们富，很可笑的一条理由，却被所谓的亲朋好友认定为真理。不借给他们就是铁公鸡，背后被人骂死；借了，凭什么要借？她知道没人会还的，所以她是不会借的。

但是赵辉的情况有些例外，他不同于那些亲戚，他确实是他们开厂的领路人。本来她就跟方亮商量好的，要好好谢谢赵辉。原本是想买些好烟好酒，再封个红包给赵辉儿子的。这样满打满算也不过是一万元左右，现在赵辉提出十万元，多了整整十倍，让人难以接受。

她想打电话咨询一下小梅，以前每次当她迷茫的时候总会打电话向她讨教问题。但是当她把手伸向电话机的时候，又缩了回来。她是她的领导，怎么能在员工面前示弱呢？她现在既是厂长，又是网店的老板，这种小问题都解决不了，她自己都要对自己失望了。

常若雨在办公室枯坐很久之后，打定了主意，她去财务室领了2万块钱出来，回办公室的时候，正碰上方亮和赵辉吃完饭回来。

常若雨努力保持着微笑，把2万元钱递给赵辉，"实在没有多的了，这点钱你拿去，也不要你还了。"

常若雨话音刚一落，赵辉已经夸张地叫了起来，"你这是什么意思？什么叫不用还了？你以为我是来要饭的吗？我缺10万元钱，你给我2万有什么用呢？总不见得有的工人发工资，有的工人不发吧？你要是不想借，就明说，我另外想办法去。"

"别别，老赵，我再去财务室看看，今天无论如何给你凑到10万块钱。"方亮赶紧拦住作势要走的赵辉。刚才在饭店里，赵辉早就把他捧到了天上，而把自己说成了一个到处受欺凌的老实人。方亮已经完完全全被赵辉迷住了，他有钱，跟赵辉是老朋友，赵辉是老实人，他有什么理由见死不救呢？若不是真的没有法子了，老实人赵辉怎么可能厚着脸皮来开这个口？

看着方亮完全没有把自己放在眼里，一阵风似地就旋出了门，常若雨觉得后背的冷汗在慢慢地冒出来，她想她的脸色一定发白了。她的腿颤抖着几乎要支撑不住自己的体重了，她一屁股坐下来。

赵辉看着她，笑着说，"放心吧，弟妹，我一有钱马上就还你们。"

常若雨看着这张看似憨厚的脸，但她从他憨厚的笑容中看到了阴险。

不一会儿，方亮就拿着8万块钱回来了，"拿着，老赵，好不容易从财务室调出来的，你先拿去救急。"

赵辉伸出双手捧过钱，一边往自己的包里塞，一边笑得嘴都合不拢了，"方亮，够朋友，我就知道你这人最讲义气，最靠得住！"

常若雨刷地从一本本子上撕下一张纸，放到赵辉面前，"亲兄弟明算账，麻烦你写一下借条。"

赵辉的脸一僵，随即说，"应该的应该的。"

你写得倒爽气，你是吃准了方亮是不会盯着你要债，更不会跟你打官司的吧？常若雨心想。

"那我走了。方亮，有空去我那里坐坐。"

"老赵，我送送你。"

常若雨脑子里一片空白，她把头埋在桌子上。她想等方亮回来她是不会跟他吵架的，她真的很累。

十六

日新月异，工厂的运作已经完全正常，夏天还没到，"好宝宝"牛仔系列已经销售一空,每天都在赶制中。现在童装发货都在崇明这边了,不再运货到市区浪费劳动力,这下小梅是彻底驻扎在了工厂,自然而然地跟石磊分开了。她在崇明买了房子,丈夫和儿子就两头住住。市区的办公室,只负责卡券的销售,所以仅留石磊和一个小客服在那边接单发货。

"这下石磊再也见不到你了。"常若雨跟小梅开玩笑说。

"这是天意。"小梅说,尽量忽略掉此时自己心里的感受。

"不过你在这里估计也不会太平,小刘和小王经常为你争风吃醋呢。"常若雨笑道。

小梅脸红了,"你别瞎说,说多了,假的也成了真的了。"

"好吧,那就说正经的,我准备盘家店下来,专门卖我们的童装,这样我们就有实体店了。"

"好啊,真是个好主意。"小梅竖起大拇指道,"我就知道你是个能人,会越做越大的。"

"到时候我就聘你去负责商场那块,手下都是女营业员,省得你这个狐媚子在这里把我们小青工的魂都勾跑了。"

"怎么说着正经的,说着说着又不正经了?"小梅转过脸,佯装生气道。

常若雨望着小梅,笑意盈然,"好吧,就说正经的,调剂一下也不行,一点幽默感也没有。你说,商铺买在哪里好?"

"你是要买,不是租?"

"我喜欢买,而且商铺不在房屋限购里面,当然买划算。"

小梅略一沉吟,"首先,肯定要交通便利。在主要车站的附近,或者在顾客步行不超过20分钟的路程内的街道设店。选择哪一边较有利于经营,需要观察马路两边行人流量,以行人较多的一边为好;其次,接近人们聚集的场所,比如剧院、电影院、公园等娱乐场所附近,或者大工厂、机关附近,这一方面可吸引出入行人,另一方面易于使顾客记住该店铺的地点;再者,选择人口增加较快的地方,企业、居民区和市政的发展,会给店铺带来更多的顾客,并使其更具发展潜力;还有,要选择较少横街或障碍物的一边,许多时候,行人为了要过马路,因而集中精力去躲避车辆或其他来往行人,而忽略了一旁的店铺;再有,要选取自发形成某类市场的地段,在长期的经营中,某街某市场会自发形成销售某类商品的"集中市场",若能集中在某一个地段或街区,则更能招徕顾客,因为人们一想到购买某商品就会自然而然地想起这个地方；最后嘛，服装店铺肯定要开在人流量大的地方。"

常若雨啧啧赞叹，"真是说得有条有理。小梅，你天生就是个做生意的人，只是你一开始选错了，选成了写作。"

"不过我想退休后还是要写点东西的。"小梅神秘地笑着，"题材和素材我都想好了，是一本长篇小说。"

"哦，说来听听，准备写什么？"常若雨感兴趣道。

"写你。"

"写我？"常若雨愕然。

"还有谁比你身上还有故事的？"

"我有什么故事，只不过像头牛一样苦干罢了。"

"那小说的名字就叫《美女牛》好了。"

常若雨哈哈大笑起来，"小梅，我真是越来越喜欢你了。"

"小说开头我也想好了，开场白就是'我是野狼，是狮子，是狗熊，是雪豹，我尝试着像它们一样吼叫。但当我叫出声音来的时候，才发现我是一头牛。'"

"绝妙！"常若雨做出一副陶醉样子，紧接着立马精神抖擞地说，"现在思路马上从你的小说中调回来，我要派给你一个艰巨而光荣的任务，去帮我找商铺去。"

"啊？我去？"

"你刚才头头是道地说了那么多，我发现，除了你，没有谁能找到合适的商铺。"

"如果按我的说法去找商铺，不一定正好有出售的，恐怕要租。"

"不管是租还是买，总之，你今天下班后就回你市区的家去。明天就去看商铺，有合适的 CALL 我，我来定夺。"

"一天时间恐怕不够。"

"反正看到你满意为止，别管几天。"

"不怕我趁机偷懒？"

"你舍得偷我的时间？"

"你是个工作狂，我可不是，保不准控制不了自己，会偷懒的。"

常若雨挂上分外明朗的笑容，"偷吧偷吧，被你偷了我心甘情愿。"

小梅也笑了，笑得很甜很知足，"你这个女人，简直天生就是为了做生意而生的。"

常若雨脸上的笑容更欢。

"什么事情让你们这么开心啊?"从车间巡查回来的方亮问道。

"问厂长吧,我出去了。"小梅说着,走出了厂长办公室。

"厂长,刚才你们说什么说得这么开心?"方亮嬉皮笑脸地问道。

常若雨收敛起脸上的笑容,"赵辉借钱到现在已经多长时间了?"

方亮沉下脸来:"才3个月而已,你还想别人今天借了钱,明天就还?"

常若雨的脑海里又出现了赵辉临走时脸上那缕挑衅的微笑,心中不由得不舒服起来,"可别忘了,借条上写着3个月内还钱的,今天可是最后一天。"

"那你想怎么样?总不见得时间一到,马上就去催债吧?要讨钱,至少也得再过一阵子。再说了,有钱的话赵辉马上就会还的,现在没还,肯定就是手头还是紧张嘛。我们又不缺钱,干嘛为一点小钱去逼别人?"

"那他一辈子没钱,你就准备一辈子不去问他讨了?"

"你干嘛要这样触人家霉头?人还是厚道点好。"

常若雨都懒得跟他吵架了,觉得这个男人实在是愚蠢。

看到常若雨拉长了脸,方亮心中就有些发毛,"好啦,再过几天,我去问问赵辉。"

"问了也白问,他不会还给你的。"

"怎么可能?不是有借条吗?"

"那你会去告他吗?"

"不会到这个地步的,你总是不相信人,赵辉是个多么老实的人,我心里有数的。"

常若雨又懒得跟他争论了,只是在心中冷笑了一声。可方亮的话还在继续,"我老早就认识他了,知道这个人的,老实到傻的地步,只看到过他被别人骗钱,从来没有见到过他骗别人钱。"

常若雨沉默了良久,突然就笑了,"好吧,哪有人不犯错误的,我原谅你了。好在这是个小错误,赛过你将来被别人骗去百万千万来得好。这次的学费也算是交得值了。"

方亮先是惊愕,然后就生气了,"那我们就走着瞧吧,看看到底是谁看走了眼。"

突然明白了这个道理，常若雨也就不生气了，虽说依然是懒得跟他争论，心里却已经敞亮了。

十七

办公室每天只剩了石磊和一个名叫珠珠的小客服，回想起以前的热闹和有小梅日子的温馨，石磊不由得黯然神伤。他边接单子边用手机播放了一首二泉映月。这曲子本来就缠绵悱恻、催人泪下，他更是把自己满腹的冤屈都揉了进去，更使得曲子令人不忍卒听。

"老大，能把音乐关了吗？"珠珠说道，"再听下去，我怕你的眼泪要汹涌而出了。"

石磊在心里哀号着：小丫头片子，你胡说什么？我一点都不难过，更不会哭，我是男子汉。

门被推开了，石磊对着来人愣了很久，他以为自己是在做梦，或是得了癔症了，不然怎么会想什么人，什么人就会出现在他面前呢？

"没打扰你们吧？忙不忙？忙的话我就走了。"

"不忙不忙。"石磊身上像装了弹簧一样跳起来，他反应过来了，这不是梦，是真实的世界，他的女神出现了。

"那就好，我想跟你商量个事情。"小梅拉开石磊对面的椅子坐下来说。

"别说一件事情了，就是一百件事情都行。"

看到石磊那个打了鸡血的样子，再看看还在播放循环音乐的手机，小梅忍不住笑了，"你在听二泉映月？"

石磊赶紧把音乐关掉，"屋子里太静，每天接单子的生活太枯燥，放点音乐解解闷。"

"不听流行歌曲，听二泉映月，你还挺高雅的嘛。"

"你别取笑我了，快说需要我为你效什么力？"

"是常若雨，想开实体店，让我这几天都别去工厂了，去找找有没有什么商铺，或买或租都行。我一点点经验也没有，让你陪我去看，我肯定也不敢有这样的奢望了，就想让你帮我出出主意，我该往东南西北哪个方向跑？"

石磊哈哈大笑,那是一种发自内心的真正开心的笑,直笑得前俯后仰。

"我知道我很笨,可你也不用笑成这个样子吧?"小梅被他笑得莫名其妙。

石磊止住笑,看了一眼珠珠,嘴巴凑近小梅小声说,"公园的樱花都开了,我们去散散心好不好?每天闷在屋子里就想亲近一下大自然。"

"正事还没干呢,你倒有闲心,我答应过常若雨了,绝对不偷她的时间。"

石磊站起来,吩咐珠珠道,"我陪梅厂长去看商铺,今天你就辛苦一下了。"

见石磊要走,珠珠急了,"那怎么行?我一个人忙不过来的。光是邵祥龙那里的单子,就够我喝一壶的了。"

"这个邵祥龙真烦,让他囤货,他非要我们代发货,他这边人气又旺得要命,每天要帮他填几十张单子,改几十次价格。不行,我得电话他一下,让他囤货,不然每天光填发他卖出的东西就累死人。"石磊说着,拿起电话。

小梅制止他,"我们这个价格给邵祥龙,他基本也没啥钱赚,如果要他囤货,又压资金又有风险的,他肯定就不干了,没必要。你别陪我去了,给我一两点建议就好。"

石磊又对珠珠说,"你跟邵祥龙说,今天人手不够,他的货明天再发。你就别管了,好吧?我跟你请一天假,小姑奶奶,行不行?"

见石磊这么说,珠珠笑了,挥着手说了声,"准了准了,你们走吧。"

"走。"石磊拉了一把小梅,两人走出办公室。

"小姑娘挺可爱的呀,圆圆的脸像苹果。我建议你可以向她发起进攻。"小梅说。

"开玩笑,要找这样的我早就找到了,我是个有要求的人。"说到有要求这几个字,石磊的眼神和声音都暧昧了。

小梅赶紧岔开话题,"我们先去哪里看看?哪里的商铺集中点?我们可以先去那种地方。我开车还是你开车?"

"常若雨的意思是不是先自己开家旗舰店,然后招商加盟对不对?"

"应该是的吧。"

"以前我们童装都从七浦路进货,先去那里看看有没有铺位出租吧。我来开车,你休息。"

"好。"有石磊在身边拿主意,小梅宽心多了。见石磊很认真地开着车,小梅终于忍不住了，"刚才在办公室,你说去公园看樱花是怎么回事？"

你还把我这句话放在心上？石磊心想,一阵喜悦,"我想先跟你一起去顾村公园看花展散散心,然后再去找商铺,可你说你不愿意偷老板的时间,我只好不敢再提了。"

"我怕,时间来不及。"

小梅的回话大大出乎石磊的意料,看来她还是愿意跟他一起去看花展的。顷刻间,石磊精神焕发,神采奕奕,眼角眉梢都禁不住透着那么股子喜气,"常若雨不是给了你几天假了吗？第一天我们先去看花展。"

"她不是给我假期,是给我找商铺的时间。"

石磊笑得眉飞色舞,"你这个人啊,真是呆板得可爱,所以才能跟精明的常若雨成为最好的朋友吧？若是跟她一样精明,你们恐怕都绝交八百回了。"

小梅不禁对他的话深以为然,虽然她那么不愿意别人认为她是比较"傻"的。

"你说你傻不傻？"石磊继续说道,"平时常若雨用她那种狂人似的工作态度压得人透不过气来,而像现在这种机会是千载难逢,你却不懂得抓住,好好放松一下,怎么样？"

石磊住了口,似乎是在让小梅好好消化他的这些话。

小梅的兴趣显然被他调动起来了,石磊的话就好像是一双灵活的手,把包裹着她的沉重的外衣给剥去了,刹那间一阵轻松,心情愉快。

"好吧,就去看花展,经过了一个冬天,樱花一定开得很灿烂。"小梅充满憧憬。

石磊兴奋的眼睛闪闪发光,整个人都洋溢着按捺不住的得意,把车开得跟跳舞似的。小梅脸上不禁涌起了一阵潮红,跟一个小伙子一起去逛公园,即使她没有存那份心,也是不妥当的吧？不过石磊说得对,平时太压抑了,就算放松一回又能怎么样？只要分寸掌握好就可以了。

公园里游人并不多,可能不是休息日的缘故。但那樱花却并不因为欣赏的人少而甘于寂寞,一任粉红的色泽张扬地舒展。

"来,你站到那里去,我给你拍张照片。"石磊拿出手机。

小梅依言站到一棵樱花树下,一手扶着桃枝,一手捋着一缕黑发,浅浅笑着,把个石磊给看呆了。岁月的流逝,季节的变迁,生意场上的风风雨雨,都没能在这个女人的身上留下任何痕迹,她看起来就是个少女。石磊觉得喉咙有些发干,整个人不由自主紧张了起来。

"来,我也给你拍一张。"不知什么时候,小梅已经来到他的身边,拿出自己的手机,对着他说。

如果她是我的女朋友该有多好。石磊心想。他的笑容有些无奈:"我一个大男人在樱花树下拍照太傻了吧?"

"这有什么傻的?你看那边不是有个男的也在拍照吗?"

"人家这是女朋友在给他拍。"石磊忽然诡异地一笑,"也好,你就给我拍吧。"

小梅似乎意识到了点什么,也许再跟他相处下去,他不但要越说越放肆,万一乱性怎么办,"石磊,你回去吧,地铁可以到公司的,我想一个人在公园逛逛。"

"什么?"石磊大惊失色且黯然神伤。

"因为我觉得两个人逛公园很别扭,我们的关系有点尴尬,我不希望发展。虽然你肯定要说我们只是同事和朋友,其实你自己比谁都清楚,你不会真的这么认为。"

石磊不明白她为什么非要把的他内心给挑明了,那是埋藏在深处的东西,而这个女人,却把它们一一指出来,扔在阳光下面晒。而且,她怎么能够说这些话的时候还带着他所熟悉的那种亲切的笑容呢?

"你还是不要笑好看,你就是一个不适合笑的人。"

见石磊愤怒地扭头要走,小梅也深感无奈,她甚至后悔不该答应他来看花展,花展把他已经湮灭的情爱之火又点燃了,而要掐灭火苗,却会痛,而这一切本可以避免的。

"石磊,"小梅叫住他,"明天你还能陪我去看商铺吗?"

石磊转过身来,很夸张地笑了一声,丝毫也不掩盖笑声中的嘲讽,"我们只是同事,你觉得你一而再再而三地麻烦我合适吗?"

小梅努力挤出一丝笑容,"对不起,给你添麻烦了。"

看见小梅眉宇间显出淡淡的疲惫和无奈,不知道怎的,石磊的怒气全消了,取而代之的是心疼。这个保守的女人,活得太累了。他紧紧地盯着她的眼睛说:"你不要想太多,就不会这么累了,遵从内心,你会快乐很多。遵从内心,你想不想明天我陪你去,如果想,明天就来办公室找我。"

石磊的话在小梅的心中激起了轩然大波,他只是单纯地喜欢她,并没有要破坏她的家庭,也没有想让她做情人而动手动脚,倒是她,想多了。想多了,正证明了她的心反而是不纯净的。

"谢谢你,石磊,真的谢谢你。"她艰涩地说出这句话。

石磊笑了,伸出了右手,脸上洋溢着非常具有感染力的笑容,"握个手吧。你一个人好好逛逛,我先走了。"说完用力握了一下她的手,就迅速松开了,头也不回地走了。

望着石磊离去的瘦小背影,小梅的全身充满了一种冲动的力量,想要奔过去抱住他。然而,她什么也没做,只是眼睁睁地看着他越走越远,消失在她的视野中。

她失魂落魄地沿着公园朝前走,有樱花的地方人有些多,她专门挑僻静的地方走,一直走到公园的湖边。那里有五六只小划子,停靠在绿草如茵的湖岸上,如同刚出水的一条条亮闪闪的鱼。一股清风从极目处吹来,把一湖碧水吹皱,然后又像起伏的波浪推进岸边的青草,最后悄声细语地伏到她的脚边,好似一个春情萌发的少年拜倒在姑娘的石榴裙下。小梅的眼眶有点潮湿,如果她现在还是少女该有多好。以前为了瞒着母亲写作,她总喜欢在公园里流浪,伪装成上班的样子。那个时候,怎么就碰不到心仪的少男呢?

一对恋爱中的男女从一艘游船上面下来,女的沉浸在爱河之中,满脸是陶醉的喜悦。那男的看到了小梅,竟流露出怅然若失的表情。一个具有高雅气质的女孩子,是一道难得的景观,只可惜坚实的臂膊被一个相形见绌的女孩所牵扯,双脚也只能依依不舍地随她远去,只有那留恋的目光还在由着脖颈朝那愈来愈远的地方频频暗递秋波。

小梅不打算再滞留下去了,因为她已经明白了,未经风浪的真正少女是不会有夺人心弦的魅力的,只有经过社会的磨炼,恰又长着一张少女的脸的成熟女人,才可能会有令人荡气回肠的白云般的美丽。

一想通这个问题,小梅就释然了,也不再纠结恨不相逢未嫁时的问题,真的未嫁,她也就没有魅力了。她在公园里愉快地独自吃了午餐,心情好了,就想好好逛一下公园。好像不做流浪文人以来,就一次公园也没有去过了。现在更是每天忙于更正工作和繁杂事务,跟个陀螺一样。像今天这样悠闲的时光,可能将来很长的一段时间都不会有了。

午后的公园一处喧闹,一处宁静,条条小路的上空晴朗明媚,透着沁人心脾的蔚蓝。清风阵阵吹拂翻弄起小径两旁灌木的树叶,像刚才湖中的小鱼偷跑了出来,正在如水的空气间游动翻腾。好一派静中有动的自然景象。远离世俗的尘嚣,回到少女时代的心无杂尘,小梅仿佛置身在另一个世界里梦游,又仿佛一个集市里的盲人,搜索找寻她失散的引路人。

她流连在一株樱花树下,嗅着这无形而固定的芳香,但它偏偏不让她深入其间,就好似她有心找回失去的时光,她的心也永远不可能再是那颗少女的心了。

刺目的阳光的色彩逐渐变柔和了,由金到红,一副暖色调的油画世界。小梅知道,她该回家了。惬意、悠闲和顿悟的一天结束了。明天一切将回到现实和忙碌中去,这也是她赖以生存的生活。

十八

自从开了一家童装实体店,并在网上成功招募到很多加盟商,现在只要开着车子在上海的大街小巷上转悠,都能看到他们的童装挂在别人家的店铺里卖,常若雨的心就越来越亮堂了。只是为了照顾小梅能够和家里人团圆,把她派去负责旗舰店等市区事务,他们夫妇就常驻工厂,网店那块基本就交给石磊全权负责了。工厂没了小梅,小青工们似乎都有些懈怠,没有精神。常若雨不由对小梅身上的这种魅力羡慕嫉妒恨,自己长得也不比她差,为什么就没有她有魅力?小梅身上有一种让人一下子就不知不觉地被卷入到她的磁场之中,开始不由得围绕着她旋转的吸引力。

无论哪一个细节都证明出,这是一个懂得生活并且很有品位的女人。石磊的话在耳边回荡。可能,这就是终极答案吧。常若雨并没有心思再去深想其中的原因,她每天都很忙,能有闲工夫想这些问题的时间实在是少得可怜。

"好消息好消息。"方亮兴冲冲地奔进厂长办公室,满脸红扑扑的。

"什么好消息?"

"石磊太厉害了,不但把霓虹体检中心的合同签下来了,还在网上带领全体卖家涨价,这样我们的利润一下子就多起来了。"

常若雨听了,并没有像方亮那么喜出望外,心情反而有点沉甸甸的,"也就是说他谈下来的体检卡不但在我们天猫店卖,还在我们的各个淘宝店和微店上面卖?"

"是啊,那当然,不在这些地方卖,能在哪里卖?"

"那你准备怎么嘉奖他?"

"我准备给他加工资,再多配备一名客服,这样他可以轻松点。"

"他同意了吗?"

"我还没跟他说呢,准备明天去一次公司,亲口对他说。"

"他不会同意的。"常若雨沉闷地说。

"为什么?"

"他会心理不平衡。这样吧,今晚我们请他吃个饭,看看他的意思。据我对他的了解,他会要求我们分成。就像当初的演唱会票子一样,只是后来演唱会票子他自己也搞不定了,才把提成的事情搁下了。现在他谈成了一笔大合同,怎么可能只安于涨工资呢?"

"好吧,在哪里吃饭?"经过一系列的事情,方亮已经越来越佩服常若雨,现在只要有什么决策,他对她都是言听计从。

"在我们家吃饭,我现在吩咐保姆多准备一些菜。"

"家里有父母,会不方便吧?"

"没事,可以让爸妈先吃。等石磊下班,我们赶回家都已经很晚了,他们早就吃完上楼休息去了。我贪恋家的温暖,平时在市区的时间越来越少,能早点回家干嘛不回家呢?"

常若雨的话让方亮心中不禁油然升起一种感慨,台上一分钟,台下十年功。外人艳羡他们,不知道他们付出的是常人所不能付出的东西。连普通人最平常的回家,对他们来说都是一件很奢侈的事情。

"好,我这就打电话给石磊。要不要也叫上他心仪的小梅?"

常若雨一摆手,"别多事了,完全没有这个必要性!"

方亮露出了很赞许的笑容,最近他总喜欢对着老婆露出这样的笑容。

夕阳西下,渐渐西沉的太阳透过窗子,为他们镀上了一层柔和的金光。下班铃响,他们从窗口看到了工人们陆续朝厂门口走去。

"工人们都下班了,我们也走吧。"方亮站在常若雨身后说。

但常若雨站在窗口没有动弹,她凝神仰望琥珀的暮色,它开始变得越来越漫长,越来越迟缓,最后竟似不走了,凝滞在天空中。好像今天才发现黄昏竟可以这么美,平时忙碌得身边最简单的美都视而不见。

"最后一个工人也走了,你还不抓紧时间,早点回去看儿子?"

一提起儿子,还沉浸在美景中的常若雨像被触电一样浑身一跳,"赶快走,别磨蹭。"

"到底是谁在磨蹭啊?"方亮啼笑皆非。

两人锁上工厂大门,驱车前往市区。

"唉,跟儿子见面的时间越来越少了,他现在对我都有陌生感了。"坐在副驾驶座的常若雨叹口气说。

"既然我们想要成功,那么就注定了我们得比别人付出很多倍,也牺牲很多。不过放心吧,亲情浓于水,儿子终归是你的,终归跟你是最亲的。"方亮边开车边安慰道。

听了这句话,常若雨发自内心地笑起来,"你总算也有说对话,看对人的时候。"

看到常若雨开心地笑,方亮也开心了,可就在他的笑容刚刚才绽放出来的同时,却听到了这句话。他的笑容被掐灭在萌芽里,"你怎么说话的?我哪件事情做得不对,哪个人看错了?"

"多少日子了,赵辉还钱了没有?"

方亮听出常若雨的问话有些盛气凌人,不免有点心虚,"会还的,赵辉说了,年前一定还。"

常若雨审视地望着他,"这是你说的还是赵辉说的,你究竟有没有问过他?"

方亮急了,"当然问过了,后来有一家拖欠货款的人遁了,所以还要缓一缓才能还钱。"

"好啊,好啊,说什么债主人间蒸发。他总有理由的,那你就年前再去催他吧。"

方亮挤出了一丝笑容,"好。"

"估计那时他会说等过完年一定还。"

方亮听出来常若雨的声音中带着隐隐的不满和怒气,毕竟这件事情是自己擅自做主的,他也不敢再争辩下去,只能找找其他话题。这一路上的氛围就有那么一点勉强和尴尬。

一进家门,常若雨就眼珠子乱转,到处找寻儿子,却不想在客厅沙发上看到了端坐着的石磊。

"石磊?你已经到啦?"

"刚到几分钟。"看到他们,石磊站起身来。

常若雨只得克制住想先看看儿子的心思,吩咐保姆说,"饭菜热热上桌吧。我妈呢?"

"刚吃了饭,在楼上哄小宝宝。"保姆回答。

"好,没事了。"常若雨说着,已经帮保姆把饭菜从厨房端到餐厅里。

看着活力四射的常若雨,石磊想到了沉静如水的小梅,都好久没看到她了。

常若雨举起杯子,"先祝贺一下石磊,拉到了一单大生意。说说看,怎么做到的?"

"还是受邵祥龙的启发,不找高层,只找那些小姑娘。我试着邵祥龙教的办法,也去体检中心跑跑看,似乎这个行当很需要销售合作伙伴,结果,还真跑成功了。"

"不错不错,干杯干杯。"

石磊也举起杯子,"所以说多一个朋友多一条路,随便跟邵祥龙聊聊,还聊出灵感来了。"

"说明你很有商业头脑。"常若雨咽了一大口酒说。

"呵呵,你们工厂那边还好吧?"

"很好,一切顺利。"

"实体店那边呢?"

"小梅管理得也很好。"

"顺风顺水,人品大爆发啊。"

"是的,来吃菜吃菜。"常若雨用公筷给石磊夹了一块鱼,"年年有余。"

"年年有余,我只是一个打工的,有余不了。"

见石磊终于把话题绕到了他最关心的问题上面,常若雨微笑着说,"你是功臣,我们自然不会亏待你。你提提要求看,要怎么奖励你?"

石磊喝了一口酒笑着说,"好,既然你们问了,那我就提个建议,你们参考一下,如果有什么不同的意见,也欢迎一起来探讨。"

"我们若有相反意见,恐怕你就要翻脸,然后不欢而散了吧?常若雨心想,脸上却如沐春风,"说吧,我们洗耳恭听。"

"以前说好的,我拉来的演唱会票子是拿提成的,可惜我自己不争气,没有能力做下去。但这次的体检卡不同,一方面不复杂没风险,另一方面有什么问题我随时可以请教邵祥龙,你们是一点点力也不用出,更不用担风险。我呢,等于是借用你们高信誉的店铺卖我自己的体检卡,我们之间的关系就等于是互惠互利,离开了谁都赚不到钱。所以我觉得就是体检卡这块我们五五分成,其他卡券还是按原样,那么我们谁也不吃亏。你们觉得我说得对吗?"

"我觉得这主意不错。"方亮抢先说到,他担心若是自己不说这句话,被常若雨说出反对意见来,石磊一怒之下离开他们的公司,那就糟糕透顶了,他们的公司离不开石磊,有了石磊,他的心要定多了。

"那阿嫂你的意见呢?"见常若雨脸上是一种很抗拒的神情,石磊问道。

常若雨迟疑了一下,"你方哥都答应了,我自然没有意见。我只有一个小小的要求,希望你对我们公司的所有产品都不要厚此薄彼。不要有时候忙起来,你只接体检卡的单子,不接其他产品的单子,或是不及时接其他产品的单子。"

石磊把胸脯拍得当当的,"阿嫂尽可以放心,我石磊不是这么没有素质的人,拿着你们发给我高薪的工资,却只干自己的私活。我在这里发誓,真的有你说得那种手忙脚乱的情况出现,我也都是最后一个接体检卡的单子。"

"那也不必,看先来后到就行。养子和亲儿子一视同仁就可以了。"

常若雨的比喻把石磊逗笑了,那是一种开怀大笑。

"来,石磊,希望我们能一辈子这么合作下去。"方亮举起酒杯,"我们是天作地合的一对搭档,谁离了谁都干不好事情。"

"方哥真是抬举我了。"石磊笑得嘴也要合不拢了,站起身,弯着腰跟方亮碰杯。

"石磊,不是哥说你,你的终身大事也该考虑起来了。"

"婚姻这种事情是要靠缘分的,缘分没到,急也是急不出来的。让我再奋斗几年,成为钻石王老五,到这个时候再找不是更好吗?"

"也是。"常若雨插嘴道,"现在这么忙,石磊怕是真的没有时间谈恋爱。

他是男孩子,不怕的,不像是女人,年龄一大就嫁不掉了。"

"就是就是,我父母、朋友的身边都是剩女,就是不见老五,所以我不急。"石磊放下筷子,"时间不早了,我也吃饱了,就不打搅你们享受天伦之乐了。"

虽然意犹未尽,但方亮和石磊还是不约而同地决定结束这个愉快的夜晚。

"我送送你。"方亮也放下筷子,和石磊一同出了门。

一看到他们离开的身影,常若雨啪地一下直冲楼上:小宝宝,想死我了,妈妈来了。

十九

街上行人如织,店铺灯火通明,舶来的圣诞节,让人们心甘情愿地顶礼膜拜。小梅管理的旗舰店也是生意爆好,她穿着一件无袖粉色羊毛裙,戴着一条和田玉的毛衣链,外面罩着一件黑色阿曼尼兔毛小外套;盘发,高跟鞋,画着淡淡的妆容,从头到脚都是精心雕琢过的。以前做网店,做工厂,都可以不修边幅。但现在每天都要面对那么多时尚的年轻父母,她必须要以最好的形象出现。形象好了,顾客才会信任你的产品,愿意花相对更高一些的价格去买你的产品。

"真想不到啊,你们越搞越大了。"一个穿着鲜红色套装的年轻女子不阴不阳地拨弄着一件小牛仔服说道。

"小红?"一种不祥的预感在小梅心头慢慢地弥漫开来。

"叫我夏红,别叫得这么亲热,小红也是你们叫的?是跟我最亲近的人才能叫的。"

看到小红来者不善,小梅的心就不由自主地往下沉,看来这个女人还是没混出名堂来,恰恰又看到他们开店了,心理不平衡,就故意找茬来了。但她不得不笑意盎然地直视小红说,"好吧,夏红,你还是一点没变,依旧这样心直口快。"

小红哼了一声,"现在你们赚钱是不是赚疯了?"

从小红的脸上,小梅似乎隐隐看到了一场狂风暴雨马上就要爆发起来,她心平气和地说,"我只是一个打工的,只拿工资,至于老板赚多少,我就不知道了。"

"打工的?我看你已经是半个老板了吧?前几天我来,怎么没看到你?"

"我没有投资过,有什么资格当半个老板?前几天你没看到我,是因为我不是营业员,不可能一直待在店里。"

"哦,对,你是负责人,怎么可能做营业员的工作呢?你只负责视察工作。"小红哈哈笑着说,"听说你们的加盟店也越来越多了?"

这个女人看来是特地打听过他们的情况了,小梅不想再就这个问题说下去,"也不算加盟店吧,只能说是代销店。小红,你怎么样?还好吧?"

"你老年痴呆症还是怎么回事?不是让你叫我夏红吗?如果你不聋的话就给我听好了。"说到这里,小红一个字一个字地说道,"我很不好,如果不是常若雨把我赶走,我至少也可以做你的工作了吧?"

不可能,因为你心术不正。小梅心想,嘴上说,"你不要总是纠结这件事情,难道你自己就没有错吗?"

"我有什么错?我做了什么了?"小红咆哮起来。

商店里的顾客和营业员一起朝她们看过来。

"我们出去说。"小梅说完,转身走出店铺。

小红还想继续咆哮,想告诉顾客们,这是一家黑店,你们不要来买东西。但看到小梅已经越走越远,便倍觉无趣,只得草草收场,追赶小梅去了。

看到小红追上来了,小梅往路边一站,力求让自己的声音听起来更委婉一些,"你今天过来应该不是路过吧?"

"你说呢?"小红挑衅地说。

小梅从小红的眼睛中看到了答案,她点点头,"好吧,如果我没有记错的话,上次我们已经把事情给解决了,你没有道理再来讨说法吧?"

"麻痹的,我发现你比常若雨还要可恶,她就是个大钢炮,而你满肚子坏水,阴险得要命。上次,你就是用你那看起来楚楚可怜的样子打动我,觉得你也是个受人欺负的弱女子,我头脑一发热,就这么算了。你这条狗,常若雨到底给了你多少狗食,让你这样为她卖命?所以我这次就不找她,就来找你。上次我来找她,你把我拦住了。那么好吧,你就替你的主子受死去吧!"

小红把胳膊舞得团团转,一串串恶毒的咒骂从嘴里吐出来。

在霓虹灯的映衬下,小红的脸庞显得格外得狰狞。小梅感到有些恐怖,同时又觉得这真是一个可怜的人。是的,小红的敌意已经是显而易见的,小梅心中却有着对她的一丝丝怜悯。她刚想说:当时我这么做是想帮你,而不是你说的是一条狗。但还没等她开口,她的手机就响了,她朝着小红抱歉地笑了笑,接通了电话。

电话是常若雨打的,声音很急切,"刚才营业员打电话给我,说有个外地口音的女的来闹事,听描绘长相我猜是小红对不对?你现在出去跟她单挑了?你别怕,先稳住她拖延时间,我让石磊已经十二万分火急赶过来了,必要时可以报警。"

"不用的,我会处理。"说完这句话,小梅已经把手机摁掉了。

"是常若雨打来的?你会处理?你怎么处理?还像上次那样?"小红一连串地问。

小梅故意忽略掉对面一双充满了敌意的眼睛,心平气和地说,"不会再像上次那样给钱了,该结清的账我们已经结清了,我们这里不是冤大头,不可能你来闹一次我们就给你一次钱,我们不欠你的。"

小梅的这句话再次点燃了小红心头的怒火,这团怒火无处宣泄,到处乱窜,把她的脸憋成了紫红色。

路上的小汽车在她们身边如流水般过去,大都是私家车,里面不乏高档车。上海有钱人太多了,我就是个赤贫的人,所以谁都可以看不起我。想到这里,小红心里发了狠——拉着这个阴险的女人一起去撞车,撞死了算了。小梅那听起来温柔,但句句能刺伤人的话就像一把菜刀,用刀背就能把她拍闷,直接就打在了小红的头顶,把她仅存的理智都打掉了。

"我要跟你同归于尽。"小红说着,就作势伸出双手。

"何必呢?一点小事就要死要活的。你当初想要独闯上海的时候的勇气都到哪里去了?"小梅并不因此而害怕,甚至都没有后退一步。她平静得叫小红又害怕又惭愧,但是双手已经伸出,还是一把抓住了她的衣襟。

"放手,在马路上不要拉拉扯扯的。"

小红直勾勾地瞪着小梅,"你就不怕我把你拉到马路中间让车给压死?瞧你那弱不禁风的样子,我要拽你,你是一点反抗的余地也没有的。"

"这个社会,不是凭谁力气大就可以胜利的。如果你的思维这么简单,那么你永远都不可能获得你想要的东西。"

在这彩灯流光溢彩的街头,小红突然心有触动,松开手,蹲下身子号啕大哭起来。

此时,石磊急赤白脸地赶来了,对小梅说,"这个疯婆子没把你怎么样吧?"

小梅摇摇头,"她需要帮助。"

石磊鄙夷地看了一眼蹲着身子哭泣的小红,"我们这里又不是慈善机构,一个有手有脚的年轻人,不想靠努力去挣钱,成天想歪门邪道,还要我们去帮她?简直就是异想天开。"

听了这些话,小红再也按捺不住了,一下子跳起来,不顾满脸泪痕说,"够了!你们两个狗男女不要一个唱白脸一个唱红脸了,真叫人恶心。"

石磊的眉头皱得更紧了,"你再这么无理取闹下去,我就要报警了。"

"石磊,好好说话,小红不是不讲道理的人,她只是心结还没有打开。"小梅制止道。

"她还有什么心结?勾引老板的男人,老板还多给她结工资了,还要怎么样?"虽然想给小梅一个面子,有意克制自己的情绪,但石磊的声音中还是带着火气,说的话怎么也好听不起来。

"听着,我没有勾引谁,只不过是互相有好感,谈得来罢了,不带这样作践人的。"小红愤愤然说。

"好吧好吧,就算你说得是,可你究竟还想干什么呢?我们和你之间的雇佣关系已经结束了,你这样来闹,严重影响了我们的工作。我就不明白了,你想闹出个什么结果来?"石磊觉得,跟小红说话,实在是一件非常不舒服的事情,偏偏没有办法,还得对着她说。

"我要讨个说法。"

"说法不是早就给你了吗?还要来讨什么?再说了,你讨说法拜托找对人好不好?这事跟小梅有什么关系?当初她一心想帮你,还帮错了?我明白了,这就是现实版的农夫与蛇的故事啊。"

"我跟你说不清楚!"说完这句话,小红愤然拂袖而去。

石磊松了一口气,"这个十三点总算走了,今天碰了一鼻子灰,我猜以后她再也不会来自讨没趣了。"

"也许吧。你说这么久了她怎么还没找到工作呀?"

"可能都换了好几个工作了吧?这个乡下人苦吃不了,还一心想着傍大款发大财,这样的人怎么可能在一个地方干长久呢?"

小梅沉默不语,石磊注意到她的神色非常凝重,但即使这样,形象依然很美,就连身上的羊毛连衣裙下摆在微风吹动下,都仿佛水流中的水藻一般迷人。

"刚才吓到你了吧?我们去吃夜宵压压惊?"

"你是从公司过来的还是从家里过来的?"

"我是从公司下班后回家的路上被叫过来的。"石磊说着拿出手机,"我得给常若雨打个电话,她特地关照我要报个平安的。"

小梅安安静静地站在路边等他打完电话。

"哈,若雨说了,让你也别回店里了,她会电话关照营业员的。她让我去请你吃顿好的,公司报销。"石磊朝她眨眨眼睛,一脸欢笑。

"我不吃夜宵,没有吃夜宵的习惯。"

"干嘛呢?这就想回家?去吧,谈谈小红的事情。"

说起小红,小梅才勉强同意找家小饭店坐一坐。她不吃菜,只点了一杯雪碧。

"你说,如果那天我没有擅自做主给小红结工资,而是听任她去找常若雨,结果会是怎样?"小梅端起杯子浅啜了一口雪碧后问。

石磊给自己叫了一瓶啤酒,几串烧烤和两个小菜。他的心情很好,没想到圣诞夜能和女神共度良宵,虽然宵夜环境是差了点,也没有红酒和牛排,他依然感到很浪漫。

"结果是被常若雨骂一顿,叫人把她揪出去,然后她更加怀恨在心,说不定会叫上几个人埋伏方亮和常若雨,这个后果就不堪设想了,可能非死即伤。"见小梅露出惊恐的表情,石磊笑着说,"好在常若雨命大,让你碰见了小红,把事情给摆平了。虽然后来小红迁怒于你,但你温柔的性格同样压住了她的火爆脾气,如果是碰到常若雨,今晚说不定会有血光之灾。"

小梅想到了小红想拉她去马路中间被车撞死的事情,这时才开始了害怕,"好险。"

"放心吧,你们都是好人,吉人自有天相。"

"可我还是搞不懂,本来就没有什么事情,她为什么要这样折不断拗不断的。"

"看我们做大了,心理不平衡呗。她想如果她不被炒鱿鱼,现在也差不多要发了。可对比现在,拿着低薪还屡屡失业,当然气了。她过来找你,可能本意还是想让你帮她说服常若雨,让她继续留下来干活。但是与你话不投机半句多,说着说着火气上来了,就做出违反本意的事情来了。"

随着石磊的分析,小梅脑子里也渐渐清晰了,好像还真就这么一回事。如果真的是这么一回事,那小红以后可能真的不会再来了,那就天下太平,阿弥陀佛了。虽然今夜自己表现冷静,却是后怕的。

"她还是不要再回来工作的好,说不定哪天又生出勾引方亮的心来了。"

烧烤上来了,石磊递给小梅一串烤羊肉,小梅摇摇头,石磊就自顾自地咬了一大口说道,"就是这个道理。她压根就没有改过的心,若真心悔过,怎么可能越混越差?老天爷都是公平的,早就眷顾她了。"

小梅微笑着看着石磊说,"听你这么一分析,我的心情真的好多了。嗯,给我来一串鸡胗吧。"

见小梅开了胃口,石磊一边把鸡胗递给她,一边说,"我再叫一点,反正今天是吃公款。"

小梅咯咯笑起来,"这点油你都要揩啊?你不是现在体检卡拿分成了吗?还在乎这点小钱?"

"体检卡那是我的劳动所得。而今晚,我是利用下班时间在做公事。"

"你是说现在你在加班对不对?"

见小梅眼睛中闪动着寒光,石磊自知说错话,赶紧纠正道,"今晚我是在假公济私。"

小梅的唇边绽开了一抹笑容,"石磊,你真是聪明,人才啊。"

"你这是在夸我呢还是讽刺我?"

小梅微微一笑,不再说话。而石磊心中一动,她真的是温柔得让人神往。

菜上来了,一盆木须肉,一盆青椒炒干丝。

"今天不是吃公款吗?怎么点得这么差?也不点两个好点的菜。"

小梅的声音仍旧是她所特有的那种轻轻柔柔,让人如沐春风,石磊的声音也温柔下来了,"好菜只为你点,你都不吃,我随便点两个能吃饱肚子就可以了。方亮若雨都是自己人,又不是冲头给我斩。"

小梅看着他,突然觉得他的笑容异常的阳光,真不明白为什么常若雨老说这个人阴森森的。

"今晚谢谢你,如果不是你及时赶到,小红不知道还要纠缠我多久呢。"

石磊努力让自己的笑容看起来更真诚,"你的能力应付这点小事是绰绰有余的,只是我的出现缩短了你处理问题的时间而已。"

小梅看到石磊目光如电,整张脸都焕发出一种火热的光,不由得也是怦然心动。她拼命克制住自己的这种感情,淡淡地说,"快吃吧,热菜冷了就不好吃了,吃完好回家了。"

石磊脸上的笑容隐去了,小梅看到,常若雨说的那种阴森森,浮了上来。

她微笑着,恬静地看着他吃菜。石磊抬眼看了一下她的笑容,也牵动了一下嘴角,只是那笑容,看起来多少有些落寞。

二十

人生无常,当一个人面对亲人的死亡,并且是飞来横祸的时候,这四个字就会以它最深刻的形态出现。直到公公已经落葬,常若雨都不敢相信好好的人说没就没了,而且这个人还是为了要救她的儿子才丧生的,那种内心的内疚感更是哽咽着排遣不出去。

眼泪是上帝专门送给女人的礼物,你就痛痛快快哭一场吧。小梅曾经这样对她说过。但是她哭不出来,因为她不敢相信慈祥的公公就这样去了。一场车祸,为了救孙子,他用尽全力把孙子抛出,自己葬身车轮底下。常若雨始终觉得这是戏剧,一直不敢相信。

"宝宝,你不要自责了。不是因为你让爸爸给你带儿子才发生这样的事情的。这是意外,不是你的错。"后来连方亮都看不下去了,反过头来安慰妻子不要为自己父亲的意外离世而伤心。

常若雨继续无语,她的心在滴血。如果不是自己埋头创业,先自己把儿子带到三岁,可能公公就不会因为休息不好,加上年纪大了反应迟钝,碰到马路杀手避让不及。一切的一切都不会发生,可都是因为她,一切都发生了。唯有在黑暗中,她抱紧儿子,方能让眼泪流下来。

"今晚,我想过去陪陪我妈妈。爸爸走了,只剩她一个人了。"方亮打断了她的思绪。

常若雨压下心中的万千思绪,回到现实中来。公公走了,只剩婆婆孤孤单单一个人了,这是最严峻的问题。

窗外,下着大雨,有很多串强有力的雨丝随风袭来,撞上玻璃碎成雨滴。这样的天气,一个刚刚丧夫的老人该有多么孤单和恐惧啊。常若雨的心从死去的人身上转移到活着的人身上,马上就感到眼睛一阵发热,眼泪终于可以在人前就滚滚而下。

"把妈接过来一起住吧。"

"我妈常住这里,你爸妈过来的话就没地方睡觉了。"

听到方亮这句话,一个念头很突兀地冒了出来。因为他们名下已经有两套房子,限购政策不允许他们买第三套房。本来她是想再买套别墅,写上自己爸妈的名字的。但现在,她改主意了,别墅写上婆婆的名字,然后住在一起。等将来再有钱了,再帮爸妈买别墅。

常若雨的提议让方亮心头一热,娶妻如此,夫复何求?

"买别墅搬家还有段时间了,今晚,我还是陪我妈去睡吧。"

"快去吧,多住几天。家里、公司、工厂、商店里的事情你暂时别管了,还好我们有石磊和小梅这两个得力助手,这些天一定把他们给累坏了,将来一定要好好补偿他们。"

"那好吧,你也多注意身体。"

离开家了,常若雨的心空落落的。她走到客厅前的紫花酢浆草的面前,在商场上,她是成功的,然而这种成功都是留给别人看的,有多少苦只有自己知道。她想起小梅说的话:等退休后,我要写一本书,名字就叫《台上一分钟》。

台上一分钟,已经不需要再多解释了。常若雨在这花前闭上眼睛,沿着时光的长河往回走,从小店开张的第一天起,那些青涩的日子,谁也没有想到,若干年后,她会成为一个成功的企业家。想到自己已经有那么多钱了,她突然有一种赤贫的农民,面对广阔而又富饶的土地时的茫然无措。她抱紧自己,很紧地抱着,告诉自己,这不是梦。邵祥龙也说过:踏实、勤奋、好运,就会成功。她想再加上一句,还要拥有能够勇往直前的勇气,不服输的韧劲,才可以不枉费这台下十年功。